Louisiana-Trilogie

Erster Band
Tiefer Süden

Zweiter Band
Die noble Straße

Dritter Band
Am Ufer des Ruhmes

Weitere Werke von Gwen Bristow

Kalifornische Sinfonie
Der unsichtbare Gastgeber
Celia Garth
Morgen ist die Ewigkeit
Alles Gold der Erde
Melodie der Leidenschaft

Gwen Bristow

Die noble Straße

Roman

Schneekluth

CIP-Kurztitelaufnahme der Deutschen Bibliothek

Bristow, Gwen
Die noble Straße: Roman/Gwen Bristow. 16. Auflage, Sonderausgabe
Aus dem Amerikanischen von Carl Matthias Fischer
München: Schneekluth, 1983
Einheitssacht.: The Handsome Road <dt.>
ISBN 3-7951-0665-6

Aus dem Amerikanischen übersetzt von Carl Matthias Fischer
Die Originalausgabe erschien unter dem Titel
THE HANDSOME ROAD

ISBN 3-7951-0665-6

Gesamtherstellung: Freiburger Graphische Betriebe, Freiburg i. Br.
Printed in Germany 1983 o

»Nigger pick de cotton, nigger tote de load,
Nigger build de levee foh de ribber to smash,
Nigger nebber walk up de handsome road,
But I radder be a nigger dan po' white trash!«

(Plantation Song)

»Nigger pflückt die Baumwoll', Nigger schleppt die Last,
Nigger baut die Dämme, die der Fluß dann zerbricht,
Nigger niemals geht auf der noblen Straß';
Doch lieber ich ein Nigger bin als arm', weiß' Pack!«

(Lied der schwarzen Sklaven von den
Baumwoll-Pflanzungen in den Südstaaten)

ERSTES KAPITEL

Corrie May Upjohn lehnte an einem Stapel Baumwollballen und sah den Schiffen zu. Corrie May war gern am Hafen, wo die stämmigen schwarzen Stauer Baumwolle verluden, wo wunderbare schwimmende Paläste ihre Passagiere über schwanke Laufbrücken hinweg aufs feste Land entließen – ach, all das war aufregender als selbst ein Stück im Theater. Corrie May erwartete ihren Verehrer; es paßte ihr sehr, daß er sie gerade hierher bestellt hatte.

Vierzehn Lenze zählte Corrie May. Schmal und jung von Gestalt, das war sie. Noch hatten ihre Füße, hoch im Spann, nicht die Form verloren, wenn auch Corrie May tagein, tagaus nur barfuß ging – vom Winter abgesehen. Das blaue Baumwollkleidchen paßte gut zu ihren blauen Augen, stach aber auch auf liebenswürdige Weise gegen ihr Flachshaar ab – und gegen ihre schön durchblutete, sonnenbraune Haut. Ihre Lippen trafen sich in einer geraden Linie, wölbten sich aber unter und über ihr keineswegs kärglich: ein Mund, zum Küssen prächtig; er verriet aber auch, daß Corrie May wußte, was sie wollte. Ihr Verehrer, Budge Foster, war nicht der einzige junge Bursche, der ihr schöne Augen machte. Budge gefiel ihr am besten; doch Corrie May war entschlossen, auch noch mit andern ein wenig zu liebeln: Budge sollte sich gar nichts einbilden! Sie war nicht allein auf ihn angewiesen.

Ein Windhauch vom Fluß her kühlte ihr die Stirn. Corrie May holte tief Atem. Wie liebte sie den Strom, den ungeheuren Mississippi! Hier an den Landungsbrücken bot sich die ganze Welt auf einmal dar – Flußdampfer wendeten und drehten sich gleich großen Damen, ehe sie festmachten; unverschämte kleine Boote von den Pflanzungen tanzten auf den Wassern und gerieten in jedermanns Quere; Überseer unter fremden Flaggen dampften den Fluß herauf, sich den Bauch voll Baumwolle zu stopfen; Sklavenschiffe entledigten sich ihrer menschlichen Fracht; in langen Reihen trieb man die Neger zu Markte; oberhalb der Landungsbrücken wurden sie zum Verkauf ausgestellt; schwimmende Freudenhäuser legten sich an den Kai; sie pflegten bald hier, bald da vor den Städten und Städtchen am Fluß aufzutauchen, immer auf der Flucht vor den Hütern der Moral; Theaterschiffe unter gewaltigen, blumigen Bannern; Händlerboote mit einem Geschäftchen an Deck, worin Kattun und Nähnadeln und anderer Schnickschnack zu erstehen waren; Wohnboote von Wunderdoktoren, die zauberhaft wirksame Tränklein und Pülverchen feilhielten; Eisschiffe entluden ihre kalten Lasten, milchige Blöcke, im Winter zuvor aus gefrorenen Gewässern des Nordens geschnitten; sie wurden im Sommer stromab gefrachtet, und für fünfundzwanzig Cents das Pfund in die Küchen der Reichen von Louisiana verkauft. Corrie May war noch nie gereist. Aber man braucht nicht zu reisen – sagten die Leute –, wohnt man in einer Stadt am Strom; er bringt die ganze Welt vors Haus!

Corrie May war heimlich stolz darauf, daß sie hier bei den Landungsbrücken auf einen Verehrer warten konnte, obwohl sie erst vierzehn Jahre zählte. Budge hatte an diesem Vormittag den St. Clairs, der mächtigen Grundbesitzer-Familie, die Pacht für den Akker zu zahlen, den er bebaute. Ein strebsamer Bursche war er, erpicht darauf, Baumwolle anzupflanzen und sich selbständig zu machen – anstatt am Hafen auf Gelegenheitsarbeit zu warten wie Corrie Mays Brüder. Budge war mächtig in Corrie May verliebt. Zwar hatte er sich noch nicht ausgesprochen, aber sie wußte es doch. Budge war noch nicht so weit, daß er deutlich werden konnte. Er zimmerte ein Häuschen; aber es war noch nicht fertig; unterdes wohnte er bei seinen Leuten unterhalb des Hafens am Rattletrap Square. Es gibt genug junge Kerls, die ein Mädchen zur Frau haben wollen – und besitzen nicht einmal ein Häuschen, mit ihr darin zu wohnen; so war Budge nicht!

Corrie May hielt es für angenehmer, sich zu verheiraten, als weiter zu Hause zu hocken. Ihre Brüder arbeiteten fleißig und gern – wenn sie Arbeit hatten, womit es jetzt im Sommer schlecht bestellt war; und Vater, natürlich, der tat sowieso nichts anderes als Reden zu halten! Im Winter pflegte Pappa mit mehreren Reisepredigern ein Wohnschiff zu besteigen, und den Fluß hinauf und hinunter zu befahren – seelenrettenderweise! So leicht war am ganzen Fluß kein Salbader zu finden, der den alten Upjohn übertrumpfte. In seinen Predigten grollte es donnernd von Babylon und Sodom, von höllischen Feuern, hohen, weißen Thronen und ewiger Verdammnis – der alte Upjohn stand seinen Mann! Doch in der schönen Sommerzeit stahl er dem Herrgott den Tag; er hockte auf den Stufen vor seiner Haustür und schwätzte über Politik und Religion und mancherlei sonst. Predigen war eine schöne Sache, aber satt wurde man nicht davon. Corrie May war heilfroh, daß wenigstens die Brüder sich redlich ihren Unterhalt verdienten und den Himmel und die Hölle ihrem Vater überließen.

Budge ließ immer noch auf sich warten. Die Pächter mußten manchmal lange anstehen, ehe einer nach dem anderen an die Reihe kam, sein Geld hinzulegen; zuweilen eine Stunde lang oder zwei. Es wurde heiß in der prallen Sonne. Corrie May dachte an den Park hoch über dem Fluß, wo an schönen Nachmittagen die feinen Damen spazierengingen. Dort war es kühl. Sie schlenderte an den Landeplätzen vorbei, durchschritt das breite Tor und erreichte den kleinen See, der sich inmitten des Parks unter Bäumen verbarg. Dort ließ sie sich im Schatten eines Magnolien-Strauches ins Gras sinken und blickte den Schwänen nach, die lautlos über das Wasser glitten. Schlaftrunkene Stille herrschte; der Lärm vom Strom verlor sich ganz in den dichten Gebüschen. Hier und da eine schwarze Wärterin, die mit ihren Kindern spielte; sonst keine Menschenseele! Von vornehmen Leuten war nichts zu erblicken; wer etwas auf sich hielt, der weilte jetzt im Norden und vermied die sommerliche Hitze. Doch gerade als Corrie May dies bedachte, vernahm sie den dumpfen Paukenschlag von Pferdehufen auf weichem Boden; eine Kutsche rollte näher, hielt an; der Wagenschlag flog auf. Corrie May erkannte, wer da ausstieg; Mr. Denis Larne, dem die Ardeith-Plantage gehörte, der schönste und reichste Besitz in ganz Louisiana – wenn man den Leuten glauben konnte; und Miß Ann Sheramy, deren Vater Eigentümer von Silberwald war, der Ardeith nordwärts benachbarten Pflanzung. Mr. Denis Larne, ein großer, schlanker Mann in schwarzem Anzug mit langen Hosen, die durch ein Lederband unter dem Spann straff gehalten wurden, sah vorzüglich aus. Mit ehrerbietigem Anstand beugte er sich über die Hand der jungen Dame und verabschiedete sich. Ann Sheramy war wunderhübsch anzuschauen, als sei sie eben einem Mode-Journal entstiegen: weit bauschte sich ihr Reifrock aus Musselin, eine Feder nickte von ihrem nelkenfarbigen Barett. Die beiden jungen Menschen neben dem Gefährt aus Ardeith boten ein Bild von solcher Eleganz, daß Corrie May vor Bewunderung lächelte, ohne es zu wissen.

Mr. Larne verließ den Park zu Fuß. Miß Sheramy gab dem Kutscher eine kurze Weisung und wandte sich dann dem See zu. Verwirrt und schüchtern plötzlich überlegte Corrie May, ob sie nicht davonlaufen sollte. Aber Ann Sheramy schien gar nicht wahrzunehmen, daß sie nicht allein hier weilte; sie setzte sich ins Gras, breitete ihre weiten Röcke um sich aus und träumte zu den Wolken hinauf. Corrie May seufzte tief: wie konnte man teure Kleider so achtlos behandeln! Ann Sheramy schien keinen Gedanken darauf zu verschwenden. Sie zog ihre Handschuhe aus, rief einen der schwarzen Händler herbei, die Näschereien für Kinder feilhielten, und kaufte zwei Sirup-Kuchen. Dann hockte sie sich auf die Knie – ihr Kleid bekam unweigerlich Grasflecken – und begann, die Schwäne mit Kuchenbrocken zu füttern.

Nach einer Weile spürte sie, daß Corrie May sie mit staunend geöffneten Augen betrachtete. Ohne zu überlegen, bot Ann Sheramy ihr einen der braunen Kuchen an: »Willst du ihn haben?« fragte sie.

Corrie May merkte, wie ihr das Blut ins Gesicht stieg. Sie rutschte dankbar ein wenig näher. »Wie? Ja, Fräulein! Vielen Dank, Fräulein!« Sie biß in den Kuchen – und hielt unsicher inne, blickte das süße Gebäck verlegen an; ein halbmondförmiges Stückchen war herausgebrochen. »Ach«, sagte sie, »ich sollte wohl die Schwäne damit füttern?«

Ann blickte zu ihr hinüber; sie hielt die Hand voller Brocken. »Nein, warum? Wenn du ihn selber essen willst –!« gab sie lächelnd zur Antwort.

Corrie May hatte Ann Sheramy schon oft in der Stadt gesehen, zu Fuß und zu Pferde, aber noch nie war sie ihr so nahe gewesen. Sie wollte zu gern wissen, ob Miß Ann wirklich von Natur hübsch war, oder ob nur ihre Kleider sie hübsch erscheinen ließen. Nein, sie war in der Tat wunderschön: lichtbraune Locken drängten sich unter ihrem Barett hervor; aus großen dunklen Augen blickte sie, und ihre Haut schimmerte hell und zart – kein Sonnenstrahl schien sie je berührt zu haben. Wenn sie lächelte, so tauchte unter ihrem rechten Auge ein überraschendes Grübchen auf.

»Diese Sirup-Kuchen schmecken bestimmt gut!« stellte Corrie May anerkennend fest.
»Wirklich? Ich habe noch nie einen gegessen!« Sie versuchte ein Stückchen von dem Rest des Kuchens, den sie in der Hand hielt. »Tatsächlich –!« stimmte sie verwundert zu, drehte sich um und rief:
»Marchande! Apporte-nous encore des gateaux!«
Corrie Mays Bewunderung steigerte sich merklich. Ann schloß ihren Kauf ab und reichte Corrie May einen zweiten Kuchen.
»Danke schön, Fräulein!« sagte Corrie May. »Sie können aber erstklassig Französisch!« stellte sie fest.
»Ich bin in Frankreich zur Schule gegangen«, sagte Ann. Sie schmauste mit Genuß. Miß Sheramy ist kein bißchen eingebildet, dachte Corrie May. Mag sie auch als reiche Pflanzerstochter über das Meer gereist sein, ins Ausland und überallhin – sie ist wirklich nett!
»Ich hab' noch nie jemand französisch reden hören; bloß immer solche Nigger wie den da!« sagte Corrie May. Dann, lächelnd, ein wenig scheu: »Sie sind doch Miß Ann Sheramy, nicht?« –
»Ja. Und wie heißt du?« –
»Corrie May Upjohn.« –
»Bist du hier daheim?« –
»Ja, Fräulein! Wir wohnen unten am Rattletrap Square. Da sind Sie wohl noch nie hingekommen –?«
»Nein, ich glaube nicht!« Ann warf den Schwänen die letzten Krumen zu. Was für schöne Hände sie besaß, lang und weiß, mit glänzenden Nägeln und nicht ein bißchen Schmutz darunter! Corrie May krümmte ihre nackten Zehen ins Gras; sie nahm sich in acht, ja nicht Anns duftigen Rock zu berühren: »Hoffentlich stör' ich Sie nicht, Miß Sheramy?« –
»Durchaus nicht. Ich habe nichts Besonderes vor. Ich warte auf den Herrn, mit dem ich hierher kam.« –
»Herr Larne hat wohl etwas zu erledigen?« –
»Ja, er will einen Anschlag machen lassen. Er braucht Holzfäller, um Zypressen zu roden.« –
»Holzfäller?« gab Corrie May eifrig zur Antwort. »Kann man bei ihm Arbeit bekommen?«

»Ja, warum?« –
»Ach, Fräulein, ich habe zwei Brüder. Die sind ohne Arbeit. Ob die wohl Beschäftigung finden könnten, da bei den Zypressen?«
»Warum nicht? Ich verstehe nicht viel davon. Herr Larne erzählte mir gerade, er wolle ein Sumpfgebiet kultivieren, das zu seiner Pflanzung gehört. Sie müßten einmal im Kontor nachfragen. ›Ardeith‹ steht über der Tür.«
Corrie May errötete. »Meine Brüder haben nicht viel lesen gelernt, Fräulein Sheramy. Aber sie werden das Kontor schon finden. Daß Sie mir das gesagt haben, bestimmt, ich bedank' mich auch schön dafür!« Sie erhob sich zögernd aus dem Gras; die Kuchen hatte sie verspeist; sie wischte sich am Rock ihre Hände ab. »Ich glaube, ich gehe jetzt. Lemmy und George – so heißen meine Brüder – lungern irgendwo am Hafen herum. Ich will ihnen wegen der Arbeit Bescheid sagen. Vielen Dank auch, Fräulein, und vielen Dank für die Kuchen!«
»Nicht der Rede wert!« sagte Ann.
Corrie May wußte nicht, wohin mit den Händen, und rieb sie nochmals am Rock ab. Schließlich brachte sie einen kleinen Knicks zustande, wandte sich und machte, daß sie fort kam.
Sie rannte zu den Landungsbrücken; es gab nichts Eiligeres zu tun, als Lemmy und George zu suchen. Wenn sich Budge inzwischen einstellen sollte, so würde er eben warten müssen. Den Brüdern Arbeit zu verschaffen, war wichtiger als alles andere!
Sie entdeckte ihre Brüder im Schatten eines Gebirges von Zuckerfässern; sie saßen auf einer Schubkarre und rasteten. Lemmy und George, große, starke Burschen, blondhaarig und braungebrannt wie Corrie May, paßten in ein Holzfällerlager. Corrie May berichtete ihnen, daß Mr. Denis Larne tüchtige Männer suche; er hätte vor, Zypressen roden zu lassen.
»Feine Sache! Großartig!« riefen die beiden. Solche Arbeit hielt wohl den ganzen Sommer über vor; sicherlich aber so lange, bis die Pflanzungen anfingen, ihre Baumwollernte abzufahren. Die beiden zogen sich die Hosen zurecht und machten sich auf die Suche nach dem Kontor der Pflanzung Ardeith, während Corrie May sich wieder zu dem Stapel Baumwollballen trollte, bei dem Budge sie hatte treffen wollen. Er wartete schon.

»Tut mir leid, daß du hier hast herumstehen müssen, Budge!« entschuldigte sie sich höflich.
»Macht mir nichts aus!« versicherte er.
»Ich hab' nämlich Lemmy und George Arbeit verschafft«, erklärte sie. »Zypressenroden!« –
»Na, so was! Das ist aber fein!« sagte Budge. »Fein!«
Corrie May lächelte ihm zu. Budge war ordentlich und kräftig gebaut, weiß Gott; ein Bursch mit einem breiten, roten Gesicht. Sein Hemd stand am Hals offen; dichtes helles Haar wuchs ihm auf der Brust; die Haut darunter, von der Sonne verbrannt, schimmerte ziegelfarben. Nein, elegant und scharmant wie Denis Larne war er nicht; aber Fräulein Ann mochte mit ihrem Denis glücklich werden; mir gefällt mein Budge, dachte Corrie May.
Ihre bloßen Füße hinterließen Spuren im Staub der Hafenstraße, als sie gemächlich davonschlenderten. Budge lachte verschmitzt.
»Hab' dir was mitgebracht!« ließ er sich vernehmen.
»Was denn?« fragte sie neugierig.
Aus einer Papiertüte zog er zwei längliche Gebilde aus rosenrotem Zucker mit einem Holzstäbchen mittendurch; er reichte ihr eins davon. »Ach, danke schön!« sagte Corrie May – und freute sich, daß sie nichts von dem Kuchen verraten, die sie von Miß Sheramy geschenkt bekommen hatte.
»Du bist gut zu mir, Budge!«
»Na, das will ich meinen!« gab Budge obenhin zur Antwort. »Du weißt ja, eines von den Nigger-Weibern verkauft diese Dinger.«
Sie lutschte das Zuckerzeug von dem Stöckchen, während sie an dem Valcour-Speicher entlang wanderten und den Hafen hinter sich ließen. »Hast du deine Pacht bezahlt?« fragte Corrie May.
»Klar!« sagte Budge und fügte hinzu: »Schönes Stückchen Land, das ich da gepachtet habe, ganz gewiß!«
»Wirklich?«
»Und ob!« sagte Budge. »Paß auf! Jetzt haben wir Achtzehnhundertneunundfünfzig.« Er zählte an seinen Fingern die Jahre ab. »Neunundfünfzig, sechzig, einundsechzig. Einundsechzig hab' ich's geschafft, wenn's keine Überschwemmung gibt oder sonst was Blödes, womit ich angeschmiert werde; denn dann könnt' ich die Pacht nicht bezahlen.«

»Du bist tüchtig!« sagte Corrie May.
Budge grinste verlegen und stolz. – Sie tauchten in das Gewirr der Gassen um den Rattletrap Square. Wer sich hier nicht auskannte, der verirrte sich unweigerlich. Die engen Straßen bogen um viele Ecken und Kneipen, kreuzten sich so wirr und krumm, daß man schwindlig werden konnte. Doch Corrie May und Budge waren hier geboren; sie beeilten sich.
»Ich werd' mal lieber erst meiner Mamma das Maismehl abliefern, das ich ihr besorgen sollte«, sagte Budge; sie hatten die Stufen vor seiner elterlichen Hütte erreicht. »Ich komm' nachher noch ein bißchen rüber. Vor dem Abendbrot!«
»Ja, komm' nur!« meinte Corrie May herzlich.
Sie wandte sich dem Hause zu, in dem sie mit ihren Eltern wohnte. Bevor sie es noch erreichte, hörte sie ihres Vaters Stimme dröhnen; erbittert hob sie die Schultern.
Der alte Upjohn war wieder einmal im besten Gange. Er hockte auf den Treppenstufen vor seinem Hause und redete und redete. Ab und zu, wenn er seinen Sätzen besonderes Gewicht verleihen wollte, spritzte er zwischen den beiden mittleren Schneidezähnen fein säuberlich einen Strahl Tabaksaft hervor; der Staub zu seinen Füßen war schon braungetüpfelt. Die Nachbarn standen um ihn her, halb belustigt und halb einverstanden. Man hatte zwar nicht viel davon, wenn man dem alten Upjohn zuhörte; aber es war kühler hier draußen als unter den Dächern, wo die Frauensleute das Abendbrot kochten, und wenn er die böse Welt anklagte, so hörte sich das leichter an, als wenn die müden Frauen nörgelten und barmten.
Der alte Upjohn schwenkte den Arm weit. Der Wind blies ihm durch den Bart und hob die Fetzen seines Hemdes:
»Glaubt mir, alles falsche Organisation! Manche Leute kriegen zuviel und andere zuwenig. Keine Gerechtigkeit in diesem Lande! Die Regierung hockt in Washington und hält Maulaffen feil. Hab' ich nicht recht? Also bitte! Hab' ich nicht recht!«
Mr. Gambrell biß ein Stück von einer Banane, die er aus der Tasche gezogen hatte: »Wird schon stimmen, Upjohn!«
»Klar stimmt's! Und worüber zerbrechen sich die Reichen den Kopf? Das will ich dir sagen: wie sie bloß noch reicher werden, das ist alles! Kein Herz und kein Mitleid! Man braucht ja bloß mal die

Straße am Fluß hinauf und hinunter zu spazieren, da sieht man, wie die Leute leben, in Sünden und Verschwendung. Die haben noch niemals die Bibel aufgeschlagen. ›Wehe über euch!‹ spricht der Herr. Aber sie hören nicht. Die nicht!«

In weitem Bogen zischte der Tabaksaft zwischen seinen gebleckten Zähnen hervor; er traf ein halb verfaultes Kohlblatt; eine magere Katze beroch es gerade; sie quäkte erschreckt und entfloh.

»Lauter falsche Organisation!« dröhnte der alte Upjohn weiter. »Alles ungleich verteilt in diesem Lande! Der ganze Staat Louisiana ist nicht in Ordnung. Oder denkt ihr etwa, ich nähme das Maul zu voll? Du glaubst das wohl, Gambrell, was? Machst so'n hochnäsiges Gesicht!«

»Gar nicht, ganz und gar nicht, Upjohn!« beteuerte Mr. Gambrell eilig. »Ungerechtigkeit gibt's überall auf der Welt und hierherum ganz besonders, das stimmt schon!«

»Ungerechtigkeit? Und ob! So wahr ich geboren bin! Wem gehört denn zum Beispiel das Land, auf dem wir alle wohnen. Euch doch nicht! Kein Fatz davon! Den St. Clairs gehört es! und wohnen die etwa hier? Ganz gewiß nicht! Die brauchen mehr Land, da an der Straße am Fluß, damit sie drauf wohnen können. Ich habe gerade ein Buch gelesen. Ich weiß, was ich rede. Wem gehört denn das ganze Land hier im Süden? Ich will's euch sagen. Achtzig Prozent des Landes gehören einem Prozent der Bewohner!«

»Hm, hm, hm. Das müßte abgeändert werden! Das müßte es!« brummelte Mr. Kelby. Er drehte sich voll versteckter Hoffnung seiner eigenen Behausung zu; gab es denn immer noch kein Abendbrot? Enttäuscht schnitt er sich einen Brocken Kautabak herunter und ließ den alten Upjohn weiterräsonieren:

»Wieviel Negersklaven haben wir in diesem Lande, weiß das einer?« donnerte der alte Upjohn fort. »Vier Millionen! Vier Millionen Sklaven hier im Süden! Und gehört dir vielleicht einer davon, Gambrell? Oder dir, Kelby? Kein einziger! Kein Nigger, kein einziger, der euch bei der Arbeit hilft. Und wem gehören alle die Nigger? Dreihunderttausend Leuten! In allen Südstaaten zusammen gibt es vier Millionen Nigger und sieben Millionen Weiße; aber die vier Millionen Nigger gehören nicht allen Weißen, sondern nur dreihunderttausend davon. Und das soll gerecht sein? Wir sind genau so weiß wie die Dreihunderttausend! Haben wir nicht genau so verdient, daß Nigger für uns arbeiten wie für die protzigen Leute von der Straße am Fluß? Das kommt alles bloß davon, daß –«

»Ach, Pappa, um Himmels willen!« fiel Corrie May ihm ins Wort. Sie hatte ein Weilchen zugehört; jetzt konnte sie sein Gebelfer nicht länger ertragen. Uferlos schwatzte er da – und es gab doch zu tun genug, was getan werden mußte. »Hast du das Holz gehauen? Mamma sagte dir doch, daß du Holz hauen solltest«, fragte sie.

Der alte Upjohn hüstelte verlegen in die vorgehaltene Hand: »Ach, es geht mir nicht besonders, Corrie May!« brummelte er. »Mir tut mein Bein weh!« Er streckte und reckte sein Bein und stöhnte dabei. »Hier hinten schmerzt es!«

»Wenn man sich schon auf dich verläßt –!« sagte Corrie May verächtlich.

»Wo bist du überhaupt gewesen?« ging ihr Vater zum Gegenangriff über. »Rumscharwenzeln mit irgendeinem jungen Bengel, was, anstatt deiner armen alten Mamma in der Küche zu helfen?«

Na, dachte Corrie May, wenn alle so wären wie du, dann gäbe es nicht viel in der Küche zu kochen und zu helfen. Sie warf ihren Kopf zurück und verteidigte sich: »Ich bin mit Budge Foster unterwegs gewesen. Er hatte am Hafen zu tun und fragte mich, ob ich nicht mitkommen wollte, es wäre so heiß.« –

»Mach nun aber, daß du hineinkommst, und hilf Mamma!« sagte ihr Vater. »Ich geh' schon!« antwortete Corrie May und blickte zu dem Fosterschen Haus hinüber. Budge kam gerade wieder zum Vorschein, winkte ihr und sprang die wenigen Schritte herüber. Er kümmerte sich nicht weiter um die Männer, die da versammelt standen, und trat mit Corrie May ins Haus.

»Was hat denn dein Vater schon wieder zu reden?« wollte Budge wissen. »Ach, wie immer!« sagte Corrie May, als sie in die Küche gingen. »Politik und Regierung, und wie alles verkehrt gemacht wird!«

Budge zuckte die Schultern: »Na ja, die den Mund voll nehmen mit Reden, die haben nichts Besseres hineinzustopfen.«

Mrs. Upjohn blickte hoch, sie zu begrüßen. Auf dem Herd brodelte das Abendessen. Die Frau beugte sich über ein Waschfaß in der Herdecke, wrang ein paar Hemden aus und hängte sie auf eine Leine nicht weit vom Ofen, damit sie bis zum nächsten Morgen trockneten. Der Wrasen machte die Küche heiß und stickig. Die Düfte des schmutzigen Seifenwassers und die des schmorenden Abendbrotes versuchten, sich zu übertrumpfen.

»Na, wie geht's, Budge?« fragte Mrs. Upjohn gastfreundlich.

»Kann mich nicht beklagen, Frau Upjohn!« antwortete er.

Budge bewunderte Corrie Mays Mutter. Sie war eine gute Frau, wenn auch nicht besonders erfreulich anzuschauen. Ihre Schultern waren verkrümmt von ewiger Arbeit; ihr Bauch drängte sich vor; das Schürzenband teilte die Wölbung mit sonderbar tiefem Einschnitt in zwei Hälften. Graues Haar hing ihr feucht und wirr über die Ohren herab; der magere Knoten im Nacken drohte den Nadeln zu entschlüpfen, die ihn hielten.

»Ich glaube, du mußt erst ein bißchen Feuerholz hacken, Corrie May!« sagte Mrs. Upjohn. »Auf Pappa zu warten, hat keinen Zweck.« – Corrie May wollte das Beil von der Wand nehmen, wo es aufgehängt war. Budge hielt sie zurück: »Wär' ja noch schöner! Ein Mädchen – und Holzhacken! Ich werd' es tun!«

»Nein, Budge!« sie errötete. »Du bist sicher müde!«

»Keine Spur! Ich bin nicht so leicht müde. Gib mir das Beil!«

Sie ging mit ihm auf den Hof hinaus: »Da ist das Holz. Viel ist nicht mehr übrig. Ach, hoffentlich kriegen die Jungens Arbeit!«

»Sie werden schon!« sagte Budge. Er wollte ihr Mut machen. Corrie May stand neben dem Haufen Feuerholz und zerrte an ihrem Ärmel; er war zerrissen an einer Stelle. Sie wußte nicht, wie der Schaden entstanden war; aber der Stoff war so mürbe –; er zerfiel von ganz allein.

»Du, Budge –!«

»Ja, was denn?« Er lächelte ihr zu, so freundlich und liebevoll er konnte; er bückte sich und setzte ein Stück Holz auf, es zu spalten. Corrie May fühlte, wie sie abermals errötete: »Wie wär's, Budge, wenn du zum Abendbrot bei uns bliebest? Ich könnte uns Pfannkuchen backen!«

»Das klingt nicht übel!« sagte Budge. »Wenn ihr nichts dagegen habt, bleibe ich gern!«

Er lachte über sein ganzes ehrliches Gesicht.

Corrie May lief eilig in die Küche zurück: »Budge bleibt zum Abendbrot!« verkündete sie.

Mrs. Upjohn war einverstanden; sie lächelte: »Budge ist ein guter Mensch! Das ist er!«
Auch Corrie May lächelte, als sie das Maismehl hervorholte. »Mamma?« fragte sie und rührte den Teig an. »Wie alt warst du eigentlich, als du heiratetest?«
»Fünfzehn auf sechzehn«, sagte Mrs. Upjohn. »Und ich hatte die Auswahl –!«
Corrie May erwiderte nichts. Mit der Auswahl konnte es nicht weit her gewesen sein, wenn kein besserer als ihr Vater übriggeblieben war. Sie besaß natürlich kein Recht, dies auszusprechen; außerdem regte sich die Mutter längst nicht so über Pappas Predigten auf wie sie selbst. Mamma meinte gutmütig, das käme davon, wenn einer lesen lernte. Arme Leute sollten die Hände von den Büchern lassen; sie kriegten dann große Rosinen in den Kopf – und das täte nicht gut.
Mamma fing an – was sie gern tat –, in Erinnerungen zu kramen: »Ich hab' deinen Vater auf einem Ball kennengelernt – an einem Samstagabend in der Scheune von den Sheramys. Ich kannte einen Mann, der bei den Sheramys an der Maschine arbeitete; der nahm mich mit. Wenn die Ernte vorüber war, dann gaben die Pflanzer den Männern ein Fest; jeder konnte sich Damen mitbringen. Ich hatte ein rosa Kleid an mit großen, weiten Ärmeln und einen Strohhut auf mit Bändern dran, und das Haar hatte ich mir mit Quittensaft gelockt. Und wir tanzten den Virginia-Schottisch – und ich war am leichtesten beim Tanz; das sagten alle!«
Corrie May wußte nichts zu sagen. Aber schweigen durfte sie nicht; sie mußte sich äußern irgendwie, um sich nichts anmerken zu lassen; es fiel ihr schrecklich schwer, sich ihre Mutter als leichtfüßige Tänzerin vorzustellen. Sie fragte:
»Was – was hatte dein Haar damals für eine Farbe, Mamma?«
»Ziemlich hell, so wie deines!« sagte Mrs. Upjohn. »Ich hätte dir bestimmt gefallen, wie ich damals aussah. Dein Vater sagte immer, er hätte niemals ein hübscheres Mädchen gesehen.«
Corrie May ließ den Rührlöffel in die Schüssel sinken und wandte sich um. Die Mutter stand immer noch über das Waschfaß gebeugt. Ihr Gesicht, zerfurcht und verwittert, glich beinah' einem alten Rock, der lange im Regen gelegen hat. Ihr Atem zischte ein wenig,

wenn er den Mund verließ; Mrs. Upjohn hatte ihre vier oberen Schneidezähne verloren. Vom heißen Wasser war die Haut ihrer Hände gerötet und gequollen; fast ähnelten sie Stücken rohen Fleisches.

Corrie May trat vor einen zerbrochenen Spiegel, der an der Küchenwand hing. Einen Spiegel muß man haben, sagte die Mutter stets. Das sieht hübscher aus – und hängte rote Pfefferschoten um ihn her, auf eine Schnur gezogen. Corrie May betrachtete ihr Spiegelbild, die kräftig schöne Linie des Halses, die hohen, festen Brüste, ihre warm durchblutete, reine Haut. »Mamma«, fragte sie mit leiser furchtsamer Stimme, »wann war das? Als du damals auf den Ball gingst und Pappa kennenlerntest –?«

»Wann? Warte mal! Das muß – ja, neununddreißig ist das gewesen!«

Neununddreißig, neundundvierzig, neunundfünfzig – vor zwanzig Jahren also! Dann war Mamma jetzt erst fünfunddreißig Jahre alt! Eine böse Hand griff nach ihrem Herzen. Sie schluckte krampfhaft. Aus dem Hinterhof hörte sie, wie Budge sein Beil in die Holzscheite trieb; er sang vergnügt mit klarer Stimme:

»Als die Arbeit vorbei war, ging ich Jinny besuchen.
Und Jinny setzte den Topf aufs Feuer.
Und Jinny setzte den Topf aufs Feuer.
Das tat Jinny, mein Schatz –!«

Corrie Mays Fäuste ballten sich; sie fühlte sich hilflos vor Furcht. Sie stand mitten in der Küche. Ihren Budge also sollte sie heiraten. Und wenige Jahre danach würde sie ebenso anzuschauen sein, wie ihre Mutter jetzt aussah! Sie dachte an ihr Erlebnis vom Vormittag: in einer ihrer wunderbar gepflegten Hände hatte Miß Sheramy die Handschuhe gehalten und mit der anderen die Schwäne gefüttert.

Sie dachte an Denis Larne, wie er am Wagen gestanden hatte; sie versuchte sich vorzustellen, wie Ann Sheramy wohl in zwanzig Jahren aussehen mochte – ach, ihre Hände würde sie dann immer noch wunderbar pflegen.

Plötzlich kamen ihr die Worte in den Sinn, die sie von ihrem Vater vernommen hatte – vor einer Viertelstunde erst, als sie heimgekommen war! Sie hatte sie kaum begriffen, war viel zu zornig darüber gewesen, daß ihr Vater wieder uferlos schwatzte. Aber sie hatte sie doch behalten. Und nun mit einem Male wurde ihr klar, was ihr Vater gemeint hatte.

Wenn man die Sklavenhalter-Familien nicht mitzählte – so gab es sechs Millionen Weiße, die sich keine Sklaven halten konnten. Sechs Millionen, die wenig oder nichts ihr eigen nannten. Corrie May war klug genug, zu wissen, daß wer Sklaven besaß, auch über alles andere verfügte. Wenn jemand zu Geld und Ehren kam in dieser Welt – das erste war, daß er sich einen Nigger kaufte.

»Herr Jesus!« sagte Corrie May ganz laut.

»Corrie May Upjohn!« rief ihre Mutter entsetzt. »Hör auf damit! Du sollst den Namen deines Gottes nicht unnützlich führen!«

»Gott hat bisher nicht viel für mich getan!« sagte Corrie May.

»Wie darfst du so reden!«

Mrs. Upjohn wrang das letzte Wäschestück aus, hängte es auf und trocknete sich die Hände an der Schürze ab. »Hast du etwa kein Zuhause? Hast du nicht gute Geschwister, die alles bei mir abliefern, was sie verdienen? Hast du nicht genug zu essen? Hast du schon einmal keine Kleider mehr anzuziehen gehabt? Hast du nicht einen feinen jungen Mann, der dir schöne Augen macht? Was willst du wohl noch? Auf den Knien solltest du deinem Schöpfer danken, daß er's so gut mit dir meint! Wenn ich an andere denke. –«

»Ach, laß nur! Ich sage nichts mehr!« fiel ihr Corrie May ins Wort. Sie fühlte sich hilflos. Eine graue Wand türmte sich vor ihr auf. Ihr Schicksal schien seit Menschenaltern beschlossen. Sie wurde einfach hineingezwungen; und jedermann schien an der feindlichen Verschwörung beteiligt: Mutter und Vater und Budge genau so wie die reichen Leute mit ihren Sklaven.

»Ich habe heute im Park Miß Ann Sheramy gesehen«, sagte Corrie May unvermittelt.

»Wirklich? Die Sheramys sind immerfort im Park zu treffen. Na, ich komm' schon lange nicht mehr hin.« Mrs. Upjohn fing plötzlich an zu kichern.

»Was lachst du?« wollte Corrie May wissen.

»Ich mußte an deinen Pappa denken. Er erzählt manchmal die doll-

sten Geschichten. Er hat mir mal gesagt, er wäre mit den Sheramys verwandt.«
»Verwandt?« Corrie Mays Stimme klang dünn vor Unglauben. Mrs. Upjohn lachte: »Er denkt sich wirklich verrückte Sachen aus, manchmal wirklich! Das ist einer! Sein Vater hat es ihm erzählt; der hieß Gideon. Und Gideons Mutter soll eine Dame aus Cuba gewesen sein. Zuerst war sie mit einem von den Sheramys verheiratet; dann hat es einen großen Krach gegeben, und die Sheramys setzten sie an die Luft. Sie verzog sich hierher zum Rattletrap Square; Gideons Vater lief ihr über den Weg, und sie heiratete ihn. Dein Vater erzählt manchmal das Blaue vom Himmel herunter – das kann ich dir sagen!«
»Glaubst du daran?« fragte Corrie May nachdenklich.
»Ach, bewahre! Was dein Pappa so alles daherredet – davon stimmt kaum die Hälfte! Stell jetzt den Teig aufs Feuer!«
Corrie May goß den zähen Teig in die Pfanne und rückte ihn aufs Feuer. Eine Dame aus Cuba – du lieber Himmel! Sie glaubte nicht an Damen, die mir nichts, dir nichts, Männer namens Upjohn heirateten. Aber aufregend war die Geschichte, sogar gruselig: wär' dies oder das nur ein wenig anders geraten, vielleicht trüge sie jetzt Reifröcke und führe in einem schönen Wagen spazieren! Es klang wie ein hübsches Märchen. Wie seltsam, allzu seltsam wäre es, wenn ihr und Ann Sheramy ein Löffelchen gleichen Blutes in den Adern flösse!
Budge brachte einen Armvoll Kleinholz herein. »Hier ist das Holz!« verkündete er. Mrs. Upjohn sollte merken, daß er sich nicht für zu gut hielt, seinem Mädchen zu helfen. »Das riecht ja wunderbar, was Sie da auf dem Feuer haben, Mrs. Upjohn!«
Mrs. Upjohn wischte mit ihrer Schürze einen Stuhl ab. »Setz dich, Budge, und ruh dich aus! Die Jungens werden gleich da sein. Mach dir's gemütlich! Als wenn du zu Hause wärst!« Sie lachte ihn an; er sollte wissen, wie stolz sie war, daß er, ein so ansehnlicher Bursche, ihre Tochter verehrte. »Corrie May, setz dich auch und fang mit Budge an zu essen. Ich werde euch auftischen; es macht mir nichts aus!«
Corrie May gehorchte wortlos.
»Ich bin drauf und dran, mir ein Häuschen zu bauen auf meinem Stück Land«, sagte Budge.

»Ist nicht möglich!« ereiferte sich Mrs. Upjohn.
»Doch, doch! Ich ziehe bald hinaus. Das Haus soll zwei Zimmer haben und ein Regenfaß an der Rückwand. Ich bin nicht damit zufrieden, immer bloß in einem einzigen Zimmer zu wohnen wie manche.«
»Du willst hoch hinaus, wie?« sagte Mrs. Upjohn. »Hast du gutes Land?«
»Bestimmt gutes! Meine Baumwolle ist erstklassig. Und wenn ich die Pacht bezahlt habe, bleibt mir immer noch etwas übrig!« Er räusperte sich und schlug ein Bein über das andere. Sie half ihm weiter: »Dann wirst du wohl bald eine Frau brauchen, die dir beisteht, Budge. Ein Mann kann alleine seine Sachen nicht richtig in Ordnung halten.«
»Das stimmt, Mrs. Upjohn. Das stimmt wirklich. Ich brauche eine Frau. So ist es!«
Er warf einen Seitenblick auf Corrie May, die neben ihm auf dem Stuhl saß. Er sieht nicht übel aus, gab sie widerwillig bei sich zu, mit seinem gelockten Haar und seinem breiten, gesunden Gesicht. Und ehrlich ist er und fleißig. Er würde gut zu mir sein – und am Sonnabend nicht betrunken – und schlagen würde er mich auch nicht, wenn einmal die Ernte nicht nach Wunsch ausfiel.
Doch ihr Inneres brodelte in hellem Aufruhr; ihr schien nicht mehr verlockend, was den anderen so gut gefiel.
»Ein gutes, häusliches Mädchen, das brauchst du, wenn du heiraten willst!« sagte Mrs. Upjohn. »Laß dich bloß nicht von einer fangen, die nichts als Kleider im Kopfe hat und den Männern am Hafen hübsche Augen macht. Ein gutes häusliches Mädchen, das was vom Kochen und Saubermachen versteht und dir hilft im Herbst, wenn die Baumwolle zu pflücken ist!«
»Ja, ja, Frau Upjohn, ein gutes, häusliches Mädchen!« stimmte Budge bei. Seine Augen ruhten auf Corrie May.
Corrie May atmete schwer, als sei ein schwerer, unsichtbarer Deckel über sie gestülpt, und sie könnte nicht schreien und sich nicht dagegen stemmen. So steigt in Hochwasserjahren die Flut, kriecht an den Dämmen höher und höher, unaufhaltsam – und du kannst dich nicht wehren.

»He, Ma!« kam eine Stimme von der Tür. »Ist das Abendbrot fertig?«
Corrie May sprang auf wie hochgeschnellt; gerettet! Für den Augenblick war die Gefahr gebannt. Lemmy und George stampften ins Zimmer.
»Ruf den Pappa herein und rücke die Stühle an den Tisch!« sagte Mrs. Upjohn herzhaft. Budge errötete stärker noch; er sah aus wie ein Ziegelstein.
»Wie geht's, Budge?« fragten die beiden Brüder Upjohn.
»Mir geht's gut, kann mich nicht beklagen!« erwiderte Budge.
»Habt ihr Arbeit bekommen?« erkundigte sich Corrie May.
»Und ob! Ich erzähle gleich! Muß erst was essen!« sagte Lemmy.
Corrie May ging schnell hinaus, ihren Vater zu rufen. Jeder zog einen Stuhl herbei. Alle sprachen durcheinander. Die Jungen schwatzten in bester Laune. Die Küche war heiß; Mrs. Upjohn stieß die Hintertür auf; frische Luft strömte herein. Jeder hatte Hunger mitgebracht. Es gab ein gutes Essen: grobes Gemüse mit Bauchfleisch, Pfannkuchen mit Sirup und Kaffee. »Probier nur einmal diese Pfannkuchen, Budge!« drängte Mrs. Upjohn. »Corrie May hat sie gebacken. Die kann beinahe besser kochen als ich. Sei nur nicht ängstlich. Greife ordentlich zu. Es ist genug da!«
»Feine Sache, daß du so reichlich gekocht hast, Mamma!« sagte Lemmy und schöpfte sich einen Berg von Kohl auf den Teller. »George und ich, wir brauchen ein kräftiges Essen heute abend. Morgen in aller Frühe müssen wir los!«
»Gute Arbeit?« fragte sie eifrig.
»Es geht, es geht!« meinten die Brüder, ein wenig von oben herab, als wollten sie sagen: geschickte Kerle wie wir – uns trägt man die Arbeit hinterher; wir brauchen nur auszusuchen, was uns am meisten behagt.
»Großartig!« sagte der alte Upjohn.
Die Burschen grinsten mit vollen Backen. Sie nahmen ihrem Vater nicht viel übel; beschwerten sich wohl hier und da über seine Faulheit und waren im geheimen stolz auf ihn: er verstand es, dicke Reden zu halten, und die Nachbarn respektierten ihn.
»Ihr seid gute Söhne!« sagte Mrs. Upjohn. »Wollte Gott, ich hätte mehr als bloß euch zwei übrigbehalten!« Sie seufzte. Sie hatte so

viele Kinder geboren; aber schwieriger war es, in diesem Elend und dieser Enge die Kinder auch großzuziehen. Die kleinen Dinger legten sich einfach hin und starben.
Lemmy und George beredeten die neue Arbeit; George gab Lemmy gewöhnlich nach, denn Lemmy war älter.
»Wir werden Zypressen fällen – in einem Sumpfland zwischen Dalroy und New Orleans«, berichtete Lemmy. »Der Sumpf gehört Mr. Denis Larne, demselben, der auf der Plantage Ardeith sitzt. Wir kriegen erstklassige Löhne.« Er legte bedeutsam eine Pause ein. »Fünfundsiebzig Cents am Tag!«
»Fünfundsiebzig Cents am Tag!« wiederholten alle; es ging wie ein Echo um den Tisch.
Die Brüder nickten: »Anständige Löhne, was?«
»Dieser Mr. Larne muß ein ordentlicher Mensch sein!« stellte Budge fest. »Macht seine Leute nicht zuschanden wie mancher andere!«
»Seht euch vor!« sagte der alte Upjohn. »In den Sümpfen, da holt man sich leicht das Fieber um diese Jahreszeit!«
»Ach was!« antwortete George; er war böse, daß der Vater den guten Nachrichten einen Dämpfer aufsetzte. »Das Sumpffieber hat uns noch nie was anhaben können. Wir sind zähe. Kann ich mal den Sirup haben, Corrie May?«
Corrie May reichte ihm den Topf mit dem süßen braunen Saft ohne ein Wort. Was ihr vor dem Essen durch den Kopf gegangen war, hatte ihr die Freude verdorben. Sie hatte den Brüdern Arbeit verschafft – nun gut! Für fünfundsiebzig Cents am Tage, wie erbärmlich!
»Außerdem«, fuhr Lemmy fort, »ich will dir was sagen, Pappa. Ein paar von den Männern haben allerhand vom Fieber gesprochen. Mr. Larne sagte, daß manchmal ein paar Leute Fieber bekommen, da bei den Zypressen. Aber er ließe die Männer nicht hingehen, wo sie krank werden; sein Sumpf, der wäre gesund, da würde keiner krank! Und wenn doch einer am Fieber sterben sollte – dafür wäre auch gesorgt. Dann würde den Hinterbliebenen eine Versicherung ausgezahlt –: fünfzig Dollars!« Genießerisch langsam ließ er die letzten Silben fallen, damit sie auch jeder begriff.
»Fünf – zig Dol – lars?« Sie wiederholten die Worte ehrfurchtsvoll und bewundernd.

»So wahr ich geboren bin: fünfzig Dollars!« sagten Lemmy und George wie aus einem Munde. George fügte hinzu: »Mit dem Fieber kann es nicht schlimm sein, sonst würde Mr. Larne nicht soviel riskieren!« –

So ging das Abendmahl vergnügt vonstatten. Die Brüder legten sich bald zu Bett; sie hatten früh auf und fertig zu sein am nächsten Morgen.

Budge flüsterte mit Corrie May, ob sie nicht noch am Hafen entlang mit ihm einen Spaziergang machen wollte. Aber sie fühlte sich nicht mehr munter genug.

Der Mutter gefiel das nicht besonders. Doch Corrie May brauchte Zeit, um nachzudenken. Budge nahm also Abschied; er schied ein wenig gekränkt. Corrie May wusch das Geschirr. Was gab es groß nachzudenken! Gegen Budge war nicht viel einzuwenden; sie konnte sich keinen besseren Mann wünschen. Und trotzdem war in ihrem Innern ein böser Ärger wach geworden; wie sie die Umstände plötzlich haßte, in die sie hineingeboren war; sie redete sich selbst gut zu, vernünftig zu sein und nicht Unmögliches zu verlangen. Doch das Unbehagen und die Unzufriedenheit, die ihr Herz beschlichen, wollten nicht weichen.

In dem kleinen Verschlag hinter der Küche kroch sie ins Bett. Sie hörte den Vater schnarchen – und hörte auch die Mutter: wie ihr der Atem leise pfeifend durch die Lücke hinter der Oberlippe fuhr, wo ihr die Zähne fehlten. Corrie hielt sich die Ohren zu und vergrub ihr Gesicht in den Kissen.

ZWEITES KAPITEL

1

Vier Wochen zogen ins Land, und alles ließ sich großartig an. Welch Glück, daß die Brüder für einen so guten Herrn wie Mr. Larne arbeiten durften. Der kümmerte sich um seine Leute! Jeden Sonnabend, den Gott werden ließ, erschien ein Bote aus dem Lager der Holzfäller und machte die Runde bei den Frauen und Eltern der Arbeiter; er zahlte den halben Wochenlohn an die Familien aus; die andere Hälfte wurde den Holzfällern gutgeschrieben; sie wurde erst abgerechnet, wenn die Arbeit getan war.

Corrie May gedachte dankbar des Mr. Larne, während sie sich mit dem Mittagsmahl beschäftigte. Heute war Donnerstag und Samstag abend wieder der Geldbote fällig: eine feine Sache, wenn regelmäßig Geld anlangte.

Sie buk ein süßes Maisbrot und kochte einen Topf Blattkohl mit Reis. Ihr Vater mochte Blattkohl gern; Corrie May lehnte ihn ab. Nach ihrer Meinung schmeckte er wie Löschpapier, in Schmalz gesotten; aber sie war daran gewöhnt. Und die Mutter mahnte gleich, ob die Tochter etwa glaubte, eines reichen Mannes Kind zu sein, der sich grüne Erbsen und Spargel leisten könnte. Zum Lachen ist es doch, dachte Corrie May, während sie den brutzelnden Topf bewachte: die reichen Leute auf den Plantagen, die lassen den Blattkohl wachsen, aber essen tun sie ihn nicht! – Sie pflanzten ihn an in gewaltigen Feldern, große Stauden mit groben rauhen Blättern, so dunkelgrün, daß sie beinahe schwarz aussahen, und fütterten ihre Nigger damit und schickten den Überschuß auf den Markt, ihn billig an arme weiße Leute zu verhökern. Aber wozu soll man sich darüber den Kopf zerbrechen, meinte schließlich Corrie May; sie hob die dampfenden, blattreichen Büschel aus dem Kochtopf, sie zu zerschneiden. Man brauchte sich keine Sorgen zu machen; das Dasein lief munter und glatt dahin bei den Upjohns wie schon seit langem nicht. Und was sagte die Mutter immer: es ist genug, daß ein jeder Tag seine eigene Plage habe!

Als die Kohlblätter aufgetischt waren, ging sie nach vorn, die Eltern zum Essen zu rufen. Der alte Upjohn saß auf einer Kiste und rauchte seine Pfeife; er redete feierlich daher wie meistens, obgleich ihm niemand weiter zuhörte als seine Frau – und die kannte seine Reden schon und horchte kaum noch hin. »Laßt ihn nur reden«, sagte sie, »mich stört das gar nicht, und man kann so gut stopfen und nähen dabei.«

»Das Essen steht auf dem Tisch!« verkündete Corrie May.

»Schon!« sagte die Mutter. »Der Faden ist gleich zu Ende.«

»Du hilfst deiner Mutter ganz ordentlich!« meinte gnädig der alte Upjohn, erhob sich und klopfte sich die Hosen ab.

Corrie May zuckte heimlich die Schultern. Solche Redensarten führte er immer im Munde. Dabei konnte er selbst mehr Wehleidigkeiten erfinden als irgendwer sonst – es brauchte nur die kleinste Arbeit zu verrichten zu sein! –

Die Gasse herauf drang ein scharfer dünner Weheschrei. Corrie May fuhr auf:

»Wer ist das: Mrs. Gambrell? Was hat sie denn?«

»Herr im Himmel, ich weiß nicht!« erwiderte Mrs. Upjohn und blickte besorgt die Straße entlang.

Sie sahen Mrs. Gambrell auf den Stufen vor ihrer Hütte stehen. Ein Mann redete auf sie ein; aber es wollte ihm nicht gelingen, sie zu beruhigen. Mrs. Gambrell hielt sich die Schürze vors Gesicht, wiegte sich auf den Hacken hin und her, hin und her – und weinte und schrie laut dabei:

»Oh, mein Gott! Ach, Herr im Himmel, erbarme dich! Ach, erbarme dich! Oh, oh, oh!« Immer lauter und gellender.

Corrie May lief die Straße hinunter. Drei, vier andere Frauen schlossen sich an. Jeder wollte wissen, was passiert war. Corrie May langte als erste bei der Weinenden an.

Sie packte Mrs. Gambrell bei den Schultern und schüttelte sie sanft:

»Was ist denn? Was ist denn bloß los? Ist etwas Schlimmes passiert?«

Mrs. Gambrell schwankte hin und her und klagte laut. Die Stimmen der Nachbarn fielen ein; sie jammerten allesamt aufs tiefste betroffen.

»Himmel, hilf uns, hilf uns allen!« Mrs. Gambrell ließ die Schürze sinken; sie flatterte zu Boden. »Sie haben ihn mir umgebracht. Mei-

nen Mann! Im Sumpf da unten – mit Fieber! Herr, Herr, erbarm dich meiner kleinen Kinder! Ich hab's ihm ja gesagt! Ich hab's ihm ja gesagt! Er hätte nicht hinzugehen brauchen! Ach, Herr Gott im Himmel! Ach, lieber Gott im Himmel!«
Corrie May schreckte zurück. Auch die anderen Frauen, die sich um die Klagende drängten, fuhren zurück – die Augen weit aufgerissen in den versorgten Gesichtern. Einen Augenblick schwiegen sie alle still vor Entsetzen. Jetzt erkannten sie auch den Mann, der Mrs. Gambrell die Schreckensbotschaft überbracht hatte; es war derselbe, der samstags pünktlich die Löhne ablieferte. Sie fielen über ihn her mit hundert wilden Fragen; sie wollten wissen, was aus ihren Männern geworden war. Und immer noch mehr Frauen eilten herbei; die Kinder strömten zusammen; sie wußten nicht, was passiert war; aber aufregend mußte es sein; das durften sie nicht verpassen. Der Mann aus dem Holzfäller-Lager blickte sich um, mitleidig und ungeduldig zugleich; er zog sich zurück; ihm lag nichts daran, sich die Knöpfe vom Rock und die Ärmel aus dem Anzug zerren zu lassen.
»Nun einmal Ruhe, Ruhe! einen Augenblick Ruhe, bitte! Ich werde alles berichten. Ihr müßt nur ein wenig Geduld haben. Laßt mich nur eine Sekunde in Frieden! Ja, wir hatten ein bißchen Fieber im Lager. Es war nicht schlimm, war nur halb so schlimm, wie ihr alle denkt! Die meisten Männer haben kein Fieber, sind kerngesund! Macht mir Platz, Leute! Laßt mich durch!«
Er schwang sich auf Mrs. Gambrells Treppenstufen; die Frauen preßten sich um ihn her. »Das Fieber!« schrie eine der Frauen. »Schleppen die Leute in die Sümpfe mitten im Sommer!«
»Sachte, sachte, Frau, das soll keiner sagen! Kein Mensch wurde in die Sümpfe geschleppt. Jeder einzige, der sich anwerben ließ, Zypressen zu roden, hat das freiwillig getan und auf eigene Gefahr. Das wißt ihr genau so gut wie ich. Werdet nur erst ruhiger, Leute!« Er wedelte mit der rechten Hand in der Luft, als wollte er jeden der Versammelten auf die Schulter klopfen.
»Ich will die Namen der Männer, die krank geworden und gestorben sind, der Reihe nach vorlesen.« Er sagte es mit besänftigender Stimme; fuhr dann lauter fort: »Bevor ich aber beginne, möcht' ich euch alle daran erinnern, daß die Männer für einen vornehmen Herrn ge-

arbeitet haben, wie kein besserer jemals Arbeit vergeben hat. Mr. Larne hat alle gegen das Fieber versichert. Und dabei ist es geblieben; das prägt euch ein! Jede Frau, die einen Mann aus ihrer Familie verloren hat, bitte sehr, die kann gleich zum Ardeith-Kontor am Hafen gehen, und da bekommt sie die Löhne, die der Mann noch ausstehen hat, und fünfzig Dollars dazu. Nun seid also still, damit ich die Namen vorlese!«

Er zog ein Papier aus der Tasche. Corrie May wurde von einem solchen Krampf der Angst und Erwartung überfallen, daß ihr die Waden schmerzten. Sie hatte den Arm um die Mutter gelegt; die schmiegte sich eng an sie an. Ihr Vater stand ein Stückchen weiter hinten. Der Mann auf der Treppe erhob die Stimme:

»John Gambrell. Felipe de Sola. Joshua Horton.« Jedem Namen antwortete kreischend ein Schrei aus der Menschenschar. Die arme Mrs. de Sola fiel im Staub auf die Knie und fing an, schluchzend auf spanisch zu beten; sie beugte den Kopf bis zur Erde und hob ihn wieder im Takte des klagenden Gebets. Die anderen klopften ihr auf die Schulter und blickten doch nicht hin; sie lauschten angstvoll den nächsten Namen.

»Peter Creel. Yvon Picot. Jean Lapeyroux. Hernando Grima. Henry Wales. George Upjohn. Lemmy Upjohn.«

Corrie May hörte einen langen, wie erstickten Schrei aus ihrer Mutter Kehle dringen und preßte die ins Herz Getroffene dichter an sich heran; sie vernahm die weiteren Namen nicht – wie durch einen Nebel wurde sie noch des Jammers der anderen Frauen gewahr – und wunderte sich zugleich, warum sie alle kreischten und schrien; es nutzte ja nichts mehr!

»Wir wollen heimgehen«, sagte sie langsam.

Sie führte ihre Mutter in die Küche. Da stand noch auf dem Tisch das heiße Maisbrot, und aus der Schüssel mit Reis und Kohl stieg der Dampf. Der Vater war daheim. Er saß im Stuhl am Ofen; sein Kopf hing auf die Brust; die Hände ließ er zwischen die Knie pendeln. Schwankend erhob er sich, als hätte ihn wer auf den Schädel geschlagen. Er sagte zu seiner Frau:

»Komm, setz du dich hierher, mein Schatz!«

Während Corrie May ihre Eltern beobachtete, begriff sie zum erstenmal in ihrem Leben, warum die Mutter den Vater immer noch liebte, warum sein verspieltes Gebaren sie niemals ungeduldig machte. Er ging so sanft mit ihr um, rieb ihr die Hände zwischen den eigenen, ließ sich aufs Knie nieder und trocknete ihr mit der Schürze die Tränen ab. Leise sprach er ihr zu, wie man einem Kinde zuspricht. Seine Worte klangen wunderbar schön; er wußte Sprüche aus der Heiligen Schrift, die wie Musik ertönten: im Blute des Lammes wären die Kinder nun gewaschen und wanderten im Licht auf goldenen Straßen Gottes, an tiefen Strömen entlang, darinnen die Wasser des Lebens fließen.

Corrie May trat vors Haus und setzte sich auf die Treppe. Er wußte besser als sie, was zu tun war. Bald füllte sich das Haus mit Nachbarn. Wer selbst nicht betroffen war, der wollte die anderen trösten. Corrie May war froh, daß das Mittagessen noch auf dem Tische stand. Die Mutter vermochte kaum einen Bissen zu sich zu nehmen; mochten die anderen ihr zureden, soviel sie wollten: daß sie gerade jetzt bei Kräften bleiben müsse und nichts damit geholfen wäre, wenn sie hungerte. Und vor lauter Zureden bekamen die Gäste selber Hunger, ließen sich nicht lange bitten, und schnell war die Schüssel leer, das Brot verspeist.

Am nächsten Morgen erschien Budge Foster. Er war schon in die Hütte umgezogen, die er sich auf seinem Ackerland errichtet hatte. Zu ihm war die schlimme Kunde verspätet gedrungen. Er fragte, ob er helfen könnte. Corrie May dankte Gott, als er sich blicken ließ, denn alles, was getan werden mußte, das würde sie zu verrichten haben – daran war kaum zu zweifeln. Die Mutter weinte und wankte gebrochen umher; niemand außer dem alten Upjohn vermochte ihr Trost zu spenden.

Budge meinte, er wolle sich aufmachen, die Leichen aus dem Lager in die Stadt zu holen; die Jungens sollten ordentlich begraben werden!

»Ich komme mit!« sagte Corrie May.

»Ach, überleg mal, liebes Mädchen! Das brauchst du nicht!«

»Ich glaube doch, ich muß mit dir fahren!«

»Das ist nicht das Richtige für ein Mädchen!« Budge sagte es männlich ernst und wichtig.

»Aber ich kann doch keinen Fremden meine Brüder holen lassen; dazu habe ich sie zu gern gehabt«, beharrte Corrie May.

»Ich bin kein Fremder!« widersprach Budge Foster. »Außerdem könnte die Fieberluft immer noch im Lager herrschen, Kindchen! Nachher wirst du mir auch noch krank!«
»Und wenn schon!« begehrte sie auf. »Das ist kein Leben mehr! Lieber tot sein und im Himmel! Immerzu muß man sich kümmern und sorgen, daß sich die Männer nicht selber umbringen – und wollen doch bloß ihren Unterhalt verdienen, weiter nichts!«
Budge ließ sich auf keinen Streit mit ihr ein. Sie kletterten auf den Wagen und holperten aus der Stadt, die große Straße entlang, bis sie den Seitenweg erreichten, der zu den Sümpfen führte. Die Zypressen wucherten üppig in der warmen, feuchtschweren Luft; den dichten Urwald hier hatte der Mensch noch nicht unterworfen. Die Bäume drängten sich so dicht zum Licht empor, daß der moorige Grund ewig im Dämmern lag. Überall waltete lautlose Stille, die nicht nur die Ohren, sondern auch die Augen einschläferte. Grau das Wasser und silbern die Stämme; Moos quoll in langen, spitzen Fahnenfetzen von den Ästen hernieder, lavendelfarbene Sumpf-Hyazinthen schimmerten verhalten; – in der heißen, stumpfen Luft schwebte die Landschaft, als besäße sie nur Höhe und Breite, ermangelte aber der Tiefe. Am Grund des Waldes lastete seltsam die Hitze; ganz anders spürte man sie hier als weiter oberhalb am Strom, wo die Stadt lag; sie drückte feucht und schwer; der Schweiß wollte nicht mehr trocknen auf der Haut; die Tropfen liefen den Rücken hinunter, zwischen den Beinen abwärts und tropften von der Stirn und den Augenbrauen, als wären es Tränen.
Die Toten lagen in einem Zelt unweit des Fahrwegs aufgebahrt. Weit hinten am Rande der Lichtung waren die Holzfäller an der Arbeit, schlugen weiter Baum für Baum aus der graugrünen Dämmerung. Der Mann, der das Totenzelt beaufsichtigte, behandelte die Besucher sehr höflich; er beteuerte, wie tief er bedauere, daß all' die jungen Leute hätten sterben müssen. Er fragte Corrie May, ob sie mit den beiden Toten verwandt sei. Ja, sie wäre die Schwester. Sie erhielt ein Papier: »Gib das deinen Eltern!« sagte der Mann. »Sie sollen damit zu dem Kontor am Hafen gehen. Sie bekommen hundert Dollars Versicherung darauf. Fünfzig Dollars für jeden!«
Corrie May steckte den Schein in ihre Tasche. Soll ich ihn Mamma geben? Die verlor ihn womöglich in ihrem Kummer. Und Pappa –

der würde das Geld verschwenden, würde es für Wein und Blumen ausgeben und für schöne Trauerkleider, um Mamma damit zu trösten. Am besten, sie behielt das Geld und sorgte für Essen und Trinken.

Sie hoben die Toten auf den Wagen und breiteten ein Laken über sie hin. Corrie May vermochte sich der Tränen nicht zu erwehren, als sie heimwärts rumpelten. Budge legte liebevoll seinen Arm um ihre Schulter: wie leid ihm alles täte, wie leid!

Die Jungen bekamen ein schönes Begräbnis. Mr. Upjohn hielt selbst die Predigt; von weit her waren die Leute herbeigeströmt. Jedermann meinte, es wäre das feinste Begräbnis gewesen seit Menschengedenken.

Mr. Upjohn – gewiß, der war ein gewaltiger Prediger vor dem Herrn!

2

Am Tage nach dem Begräbnis erschien Budge abermals mit seinem Wagen, Corrie May abzuholen; er wollte mit ihr zum Kontor der Pflanzung Ardeith fahren, das Versicherungsgeld einzukassieren. Budge und Corrie May waren sich einig, das Geld den Eltern nicht auszuliefern.

Als sie zum Hafen hinunterrollten, fragte Corrie May, ob es Budge nicht schwerfiele, seine Äcker so lange im Stich zu lassen. Budge hob erstaunt die Stimme:

»Aber Mädchen, wo denkst du hin? Du bist mir wichtiger als die Baumwolle. Ich wollte dir sowieso schon sagen –«

»Was denn?« fragte Corrie May.

Budge räusperte sich verlegen: »Ach, eigentlich ist dies nicht die richtige Zeit; die schwarzen Bänder hängen noch am Türpfosten und an der Klinke. Ich wollte dich fragen –. Aber du weißt es wohl schon – ich, ich hab' dich schon immer gern gehabt.«

Sein Gesicht war puterrot, als wäre ihm übel: »Du brauchst mir ja nicht zu antworten, ehe die Trauerzeit vorbei ist, aber wenn wir uns

heiraten können, bevor die kalten Tage kommen – das wäre eine Sache! Ich, ich – wär' stolz auf dich, Corrie May!«
Corrie May kaute auf ihren Lippen und zögerte. Eine seltsam zärtliche und tröstliche Wärme stieg in ihr auf. »Ich, – ach, ich weiß nicht –« erwiderte sie. »Ich, ich hab' noch nicht viel ans Heiraten gedacht.« – »Mich kannst du schon heiraten, Kind!« sagte Budge. »Ich meine es ehrlich, werde schon auf dich aufpassen. Ich habe einen hübschen kleinen Acker; von den Ernten kann ich leicht die Pacht bezahlen, und zum Essen ist immer genug da. Und ich bin wirklich ganz verrückt nach dir –!«
Seine Stimme drängte. Corrie May zerrte an ihren Hutbändern. Sie war verlassen gewesen und hatte sich geängstet. Jetzt stiegen ihr erstickend die Schluchzer auf; sie dämmte die Tränen nicht mehr zurück und schämte sich nicht; sie flüsterte kaum hörbar: »Wenn du meinst, Budge, daß wir miteinander auskommen –!«
»Ach, mein Honiglamm, ist das dein Ernst?« Budge küßte sie öffentlich, hoch auf dem klappernden Wagen. »Das kannst du mir glauben: ich bin glücklich, wirklich glücklich!«
Sie wischte sich mit dem Handrücken die Tränen fort und lächelte. Sie fühlte sich warm und sicher neben Budge. »Du machst mich auch glücklich, Budge. Nicht viele Mädchen kriegen einen so feinen Mann wie dich!«
»Also – noch ehe das kalte Wetter anfängt –!«
»Ja, Budge!« – Er blickte sie so sehnsüchtig an, als könnte er sich kaum enthalten, sie abermals zu küssen; sie rutschte scheu auf dem Wagenbrett ein wenig zur Seite: »Nicht hier, Budge. Die Leute sehen schon her!«
Sie fühlte sich erleichtert. Seit die Brüder gestorben waren, hatte ihr Herz noch kein einziges Mal so frei und leicht geschlagen. Budge würde für sie sorgen. Ob das wohl erlaubt wäre: einen kleinen Teil des Versicherungsgeldes für ein Kleid und neue Schuhe auszugeben? Sie wollte doch heiraten und den Leuten beweisen, wie stolz sie auf ihre Heirat wäre; da durfte sie nicht barfuß vor den Geistlichen treten, wie es die Neger machen.
Als sie das Kontor am Hafen erreichten, zitterte sie fast vor Glück, obgleich ihr das frohe Gefühl fast wie Sünde erschien; denn für das Versicherungsgeld, das sie einkassieren wollte, hatten ja die Brüder

ihr Leben lassen müssen. Der Mann hinter dem Schreibtisch blickte sie an und lächelte. Er hält mich für gierig und herzlos, dachte Corrie May: ich sehe so glücklich aus, wo doch der Anlaß so traurig ist. Die Augen des Mannes glitten weiter zu Budge; sein Lächeln wurde breiter noch, als er Budge betrachtete.

»Upjohn?« sagte er, als er Corrie May das Papier aus der Hand genommen hatte; er suchte den Namen in den Spalten seines Kontobuches.

»Stimmt: Upjohn. Hier steht es. Sie sind mit den Toten verwandt?« fragte er Budge.

»Ich bin mit diesem jungen Mädchen verlobt«, sagte Budge.

Corrie May senkte verschämt den Kopf.

»Sie ist die Schwester der Verstorbenen!« erklärte Budge.

»Ich darf die Gelder nur an ein Familienmitglied auszahlen«, erklärte der Mann und schüttelte den Kopf.

»Ich bin ja die Schwester«, wiederholte Corrie May.

Er blickte sie zweifelnd an und runzelte die Brauen: »Du hast noch nicht das richtige Alter! Wie alt bist du?« fragte er.

»Bald fünfzehn!«

»Tut mir leid, aber ich habe meine Vorschriften. Ich darf die Versicherungssummen nur an Familienmitglieder auszahlen, die großjährig sind. Hast du keine Mutter mehr, die das Geld abholen könnte?«

Corrie May blickte zu Budge hinüber; aber Budge war mit seinem Latein schon am Ende. Sie versuchte die Sache zu erklären: »Ich habe noch eine Mutter und auch einen Vater, Herr, aber meine Mutter – sie ist noch gar nicht wieder zu sich gekommen vor lauter Kummer –! Sie müssen das begreifen. Und mein Vater – mit dem ist es auch nicht das Richtige – auf den kann man sich nicht verlassen. Wenn der hundert Dollars in der Tasche hat, dann verliert er den Kopf. Ich weiß es genau –!« Sie streckte mit einer dringlichen Gebärde die Hand aus: »Ganz genau weiß ich das – und es wär' ein Jammer: in zwei Wochen hätt' er alles ausgegeben!«

Der Mann hinter dem Schreibtisch hatte aufmerksam zugehört und nickte verständnisvoll: »Mag sein, Fräulein! Kann mir schon denken, wie das zugeht. Wenn es mein Geld wäre –! Aber es ist das Geld von Mr. Denis Larne; ich muß es so verwalten, wie er es angeordnet hat.« Er dachte einen Augenblick nach. »Ich will Ihnen was sagen: fahren Sie mit dem Schein zu Mr. Larne. Wissen Sie, wo Ardeith liegt?«

»Das weiß ich!«

»Gut! Ihr Bräutigam kann Sie hinausfahren; ich gebe Ihnen einen Zettel mit, auf dem ich Mr. Larne das Nötige mitteile. Und wenn er auf der Rückseite Ihres Scheines notiert, daß er einverstanden ist, dann zahle ich Ihnen die Gelder aus. Begriffen?«

Sie nickte und seufzte; in der heißen Sonne würde es eine lange und ermüdende Fahrt werden. Doch Budge sagte: »Geht in Ordnung, Herr Vorsteher. Ich fahre sie hinaus!«

Der Mann schrieb einen Zettel aus. »Also viel Glück!« sagte er freundlich. Sie kletterten beide wieder auf den Wagen, und Budge trieb das Maultier an. Es war sehr heiß; beide hatten noch nichts gegessen. Budge kaufte ein paar Bananen, und sie erfrischten sich daran, während der Wagen weiterrasselte. Die reichen Leute machen es den Armen schwer, dachte Corrie May; selbst wenn sie nur das haben wollen, was ihnen zusteht.

»Der Mann war anständig!« sagte Budge.

»Es ging –!« erwiderte matt Corrie May.

»Ein freundlicher Kerl, wirklich! Was dein Pappa immer über die reichen Leute redet, Corrie May – alles Quatsch! Sie sind gar nicht so schlimm!«

»Der Mann im Kontor war nicht reich, war auch bloß ein Angestellter.«

»Das stimmt. Ich meine die wirklich reichen Leute wie Mr. Larne. Er hat es gar nicht nötig, seine Arbeiter zu versichern; es steht in keinem Gesetz – oder doch?«

»Ich weiß nicht!«

»Ich auch nicht. Aber schön ist es, daß deine Mamma jetzt das Geld bekommt. Da braucht sie nicht zu hungern. Und wir beide können heiraten und müssen uns nicht erst den Kopf zerbrechen, wovon sie leben soll. Ich würde ihr beistehen, ganz gewiß, wenn es sein müßte. Aber es ist doch gut von Mr. Larne, daß er allen Frauen die Versicherung auszahlt, wenn sie ihre Männer am Fieber verlieren; manche von ihnen haben noch kleine Kinder.«

Corrie May wandte sich ihm plötzlich zu: »Mr. Larne hätte die

Männer überhaupt nicht in die Sümpfe schicken dürfen. Er wußte ganz genau, daß sie da das Fieber bekommen.«
»Sei doch vernünftig, Schatz! Wie kann er das vorher gewußt haben. Im voraus weiß das kein Mensch!«
»Doch! Immer holen sich die Leute da das Fieber. Es ist nicht recht. Er hätte keinen hinschicken dürfen!«
Budge kratzte sich den Kopf: »Langsam, Corrie May, langsam! Du hast selber ein bißchen schuld, hast den Jungens zu dieser Arbeit verholfen. Mr. Larne hat bestimmt nicht an das Fieber gedacht; du hast ja auch nicht dran gedacht. Natürlich hat es dich schwer getroffen: deine Brüder tot und all das –«
»Ja!« Die Stimme stockte ihr im Hals. »Es macht mich ganz krank: jede Nacht wache ich auf, und dann höre ich, wie meine Mutter weint über meine Brüder. Es ist alles nicht gerecht!«
Budge vereinte die Zügel in einer Hand; mit dem freien Arm zog er sein Mädchen an sich.
»Arme Kleine!« murmelte er. »Die ganze Sache ist zu schwer für dich, bestimmt! Red nur drauf los und wein dich aus! Wenn dir nur leichter davon wird. Ich weiß schon, wie's dir geht.«
»Kannst du nicht wissen!« sagte Corrie May mit leiser Stimme; aber sie lehnte sich doch an ihn an. Sie schwiegen. Budge behielt sie im Arm – und der Wagen holperte weiter. Er war lieb und milde und gut; aber verstehen konnte er sie nicht; vielleicht begriff er ihren Kummer; aber ihren Zorn begriff er nicht. Budge nahm das Dasein unbesehen hin und fragte nie danach, ob es auch anders sein könnte. Wenn sie ihn heiratete – vielleicht lernte sie dann auch, gelassen und zufrieden dahinzuleben wie er.
Sie fuhren an Baumwollfeldern vorbei, die schon silbern schimmerten; vorbei an breiten Äckern voll Zuckerrohr, hellgrün in der Sonne leuchtend. Schließlich erreichten sie das hohe Tor der Plantage Ardeith. Es stand offen; eine mächtige Eichenallee führte zu dem Herrenhaus im Hintergrund. Budge hielt den Wagen an, und Corrie May blickte die Allee hinauf.
Man konnte es nicht deutlich erkennen, das mächtige Gebäude, in dem die Larnes wohnten; Moos hing in schmalen Fahnen von den hohen Bäumen und verwehrte den Blick. Daß es ein wunderbares Haus sein mußte, ersah man trotzdem. Ein mächtiger, kunstvoll ge-

schmiedeter Zaun schied den Park von den Feldern. Die Rasenflächen schimmerten wie grüner Samt. Blumenbeete glänzten bunt; Eichen schatteten kühl; sie mochten wohl hundert Jahre zählen. Und hinter den Eichen also erhob sich das Schloß, weiß und leuchtend wie eines Königs Palast; Säulen trugen das weite Dach. Corrie May hatte oft genug die Pracht des Hauses rühmen gehört. Türgriffe und Kerzenhalter aus Silber, eine wunderbare mächtige Wendeltreppe von beinahe märchenhafter Vornehmheit, Gardinen aus Brokat und Seide, Mahagoni-Betten so geräumig, daß eine ganze Familie auf einmal in ihnen schlafen konnte – dies alles sollte auf Ardeith zu finden sein.

Corrie May kletterte vom Wagen herunter. »Ob ich hier hineingehe?« fragte sie Budge.

»Wohl lieber nicht!« meinte Budge unsicher. »Der Weg führt hier am Zaun entlang weiter. Es wird einen Hintereingang geben.«

»Warte hier auf mich!« sagte Corrie May. »Ich komme gleich wieder, wenn ich Mr. Larne gesprochen habe.« Sie folgte dem Weg, der auf der Außenseite den schmiedeeisernen Zaun begleitete.

»Soll ich mitkommen?« rief Budge ihr nach.

»Nein, ich schaffe es schon selbst.«

In Wahrheit wollte sie allein sein, um sich das Haus anzusehen. Budge redete zu viel. Ihr war so Märchenhaftes von dem großen Gebäude berichtet worden. Jetzt wollte sie die Gelegenheit benutzen, sich zu überzeugen, wieviel an den Geschichten stimmte; und wollte die Pracht in aller Stille und ungestört genießen; ein zweites Mal würden sich die Türen von Ardeith ihr wohl nicht öffnen.

Selbst auf der Rückseite war das Haus noch schön; auch hier reichten die hohen, weißen Säulen bis unter das Dach und stützten es. Corrie May durchschritt den Hintereingang des Parks. Auf der Veranda vor den Quartieren der Hausbediensteten saßen ein paar Neger; sie hatten offenbar nichts zu tun. Wie hübsch die Mädchen angezogen waren; sie trugen Kleider aus blauem Kattun und gefältelte Schürzen vorgebunden, dazu adrette Schuhe. Corrie May blickte an ihrem eigenen verblaßten Kleid hinunter. Es war sauber gewesen, als sie von Haus abgefahren war, jetzt aber schmutzig und verstaubt – genau wie ihre nackten Füße, die ohnehin vom Barfußlaufen hart und rissig waren.

Aus der offenen Tür des Küchenhauses strömte verführerischer Bratenduft. Beneidenswert, wer so gute Sachen jeden Tag zum Abendbrot vorgesetzt bekam. Corrie May fürchtete sich: die Neger mochten von ihr wissen wollen, was sie hier zu suchen hatte. Sie fühlte nach dem Brief in ihrer Tasche, den der Mann aus dem Kontor ihr mitgegeben hatte; er bewies, daß sie ein Recht besaß, hier einzudringen. Sie eilte den Weg entlang und stieg die wenigen Stufen zur Hinterveranda des großen Hauses hinauf. Ein Neger hockte auf der Galerie und drehte die Kurbel an einem Fäßchen für Sahneeis. Sahneeis zum Abendbrot –! Das stelle man sich vor! Dabei kostet jetzt in der heißen Zeit das Eis fünfundzwanzig Cents das Pfund!

Corrie May zögerte. »Ist Mr. Larne zu Hause?« fragte sie.

Der Mann an dem Fäßchen für Sahneeis blickte auf.

»Was ist?«

»Mr. Larne!« sagte Corrie May. »Ich habe was Geschäftliches!«

»Er ist vor einer Weile nach Hause gekommen. Klopf nur immer an die Tür!«

Sie trat an die Hintertür und pochte. Die Tür stand offen; aber der hohe Raum dahinter ruhte im Dämmern; draußen blendete die Sonne. Gähnend groß dehnte sich die Halle. Man hätte mit einem Maultiergespann hindurchfahren können, und immer noch wäre auf beiden Seiten Platz geblieben. Im Hintergrund neben der Vordertür stieg weißes Holzwerk auf. Das mußte die berühmte Treppe sein. Die Flügel der Vordertür waren aufgeschlagen; vor ihr hoben sich wieder die Säulen hoch, das konnte Corrie May erkennen. Weiter hinaus glitt der Blick zu den alten Eichen und dann die stolze Allee entlang.

Auf Corrie Mays Klopfen tauchte ein Mulattenmädchen auf; sie trug ein gestärktes blaues Kleid; auf ihrem Scheitel schwebte keck ein zierlich geblümtes Häubchen. Ihr Kragen aus Musselin war zu vielen winzig niedlichen Falten steif geplättet. Goldene Ringe schmückten ihr die Ohren. Corrie May ängstigte sich fast vor so viel Staat, aber schließlich war die Türhüterin trotz allem nur ein Sklavenmädchen; sie aber, Corrie May Upjohn, war weiß von Haut und frei! Sie zog den Zettel aus der Tasche und verlangte, daß er Mr. Larne überbracht würde.

»Sehr wohl!« sagte das Mädchen. »Warten Sie hier!«

Als die Dienerin hinter der fernen Treppe verschwunden war, schlüpfte Corrie May in die Halle. Der Griff an der Tür – lieber Himmel, wirklich, er war aus Silber! Ihre Finger waren darauf zu sehen; sie rieb ihn schnell mit dem Ärmel ab. Und die Türangeln – auch aus Silber, so wahr ich geboren bin! Sie wagte sich weiter in die Halle vor, wobei sie staubige Fußstapfen zurückließ. Und die große Wendeltreppe! Warum die nicht zusammenbricht! Weiß der Teufel! Schwingt sich einfach in die Luft hinauf ohne jede Stütze! Und die Schnitzereien am Geländer! Na, wer all die Blumen und Schnörkel abzustauben hatte, womöglich jeden Morgen –! Aber irgendwer staubte sie sicherlich ab; sie schimmerten wunderbar blank und sauber, in allen Falten und Winkeln makellos.
Sie hörte in einem der Vorderzimmer eine Zeitung knittern. Dann vernahm sie Mr. Larnes Stimme.
»Vielen Dank, Bertha. Das Mädchen wartet also hinten in der Halle?«
»Ja, Herr!«
»Ich werde mit ihr sprechen!« Er kam hinter der Treppe hervorgeschritten; seine Gestalt schob sich als Schattenriß vor die helle Vordertür; er trug eine Zeitung unter dem Arm und studierte den Zettel, den Corrie May überbracht hatte. In diesem Augenblick rollte eine Kutsche die Allee herauf. Mr. Larne eilte auf die Freitreppe vor den Säulen. Corrie May vernahm seinen lauten Willkommensruf:
»Seid gegrüßt! Kommt nur herein!«
Corrie hatte die Kutsche schon mehr als einmal gesehen und erkannte sie gleich an den grünen Seidenvorhängen vor den Wagenfenstern; sie stammte aus Silberwald. Der Kutscher zog seinen hohen Hut und verneigte sich vor Mr. Larne. Der junge Herr aus Silberwald, Miß Anns Bruder Jerry, verließ den Wagen als erster. Corrie May war diesem Jerry Sheramy schon häufig auf der Straße begegnet; nach ihrer Meinung gab es keinen häßlicheren Mann unter der Sonne als Mr. Jerry Sheramy, mochte er auch noch so elegant auftreten. Sein Haar hatte die Farbe von Schwemmsand; seine rotgeäderten Augen quollen ein wenig vor. Er war lang und hamplig gebaut, als hätte der Schöpfer die Teile, aus denen er ihn zusammenfügen wollte, einem ungeschickten Gehilfen überlassen – und der wäre mit der Aufgabe nicht recht fertig geworden. Seine Ohren standen weit

vom Schädel ab; und wenn er grinste wie jetzt, so reichte sein breiter Mund von einem zum anderen Ohr, als hingen zwei schlaffe rote Schnüre, die Lippen, quer über sein Gesicht herab. Er schüttelte dem Herrn des Hauses die Hand; dann half Denis Larne dem Fräulein Ann Sheramy aus dem Wagen.

»Sind wir die ersten?« fragte Ann Sheramy.

»Jawohl! Ich freue mich, daß ihr schon so früh gekommen seid!«

Einige dienstbare schwarze Geister tauchten auf, den Gästen beizustehen. Wie hübsch Miß Ann aussah, kühl und frisch wie ein junges Blütenblatt. Ihr Kleid aus grünem gemustertem Musselin bauschte sich weit; die Treppenstufen verschwanden darunter, als sie den Säulengang hinaufschritt; ihr Hut ließ grüne Bänder flattern; um den Nacken lag ihr ein weißer Spitzenschal. »Wie angenehm es hier im Schatten ist«, sagte sie. »In der Kutsche war es schrecklich heiß!«

»Wir können uns hier draußen niederlassen!« schlug Denis vor. »Hier geht die Luft leichter als drinnen.« Er zog Stühle herbei und schickte einen Schwarzen fort, Wein zu holen. Corrie schlich verstohlen näher. Die drei Menschen erregten ihre Bewunderung. Wie Miß Ann in raschelndem Kleide ihren Hut und Schal einem der Mädchen überließ –! Wie großartig trotz seiner Häßlichkeit ihr Bruder wirkte mit spiegelblanken Schuhen und einem schwarzen Anzug aus feinstem dünnem Tuch; seine Handschuhe waren zitronenfarben. Ehe er sich niedersetzte, warf Jerry einen Blick in die Zeitung, die Denis gerade gelesen hatte:

»Was gibt es Neues in der Welt? Ich habe heute noch keine Zeitung gelesen.«

»Nichts Besonderes!« entgegnete Denis. »Mr. Buchanan will sich nicht wieder zur Wahl aufstellen lassen; aus der Kabelverbindung über den Atlantischen Ozean scheint nichts zu werden, und South Carolina möchte wieder einmal aus den Vereinigten Staaten ausscheiden.«

»Schon wieder?« brummte Jerry und verzog sein äffisches Gesicht. »Solange ich denken kann, scheidet South Carolina aus der Union aus. Ob es diesmal ernst gemeint ist?«

»Wenn es Ernst ist, weiß es niemand außer ihnen«, sagte Denis. »Im Norden wird South Carolina nicht mehr ernst genommen.«

Corrie May ahnte nicht, was »ausscheiden« wohl bedeuten mochte.

Aber Ann Sheramy machte ihr einiges deutlicher, als sie sich vorsichtig auf der obersten Treppenstufe niederließ, sich an eine Säule lehnte und gemächlich meinte:
»Ich verstehe nicht, wie South Carolina ein Land ganz für sich allein sein könnte.«
»Ach, das wollen sie nicht, die Leute aus South Carolina«, erklärte Denis. »Sie haben die Idee, der ganze Süden würde ihnen nachfolgen, wenn sie nur den Anfang machten und aus der Union austräten.«
»Louisiana auch?« Ann rümpfte die Nase. »Dann müßten wir Zoll für alle die Dinge bezahlen, die wir aus New York bestellen. Mir kommt das nicht sehr gescheit vor.«
»Ach, es ist nicht ganz so dumm, wie es aussieht«, meinte Denis lächelnd.
»Glaubst du wirklich?« fragte Jerry.
»Offen gestanden, ja! Wir bilden eigentlich zwei Nationen!«
Jerry lehnte sich zurück und reckte sich. »Vater ist aufs schärfste gegen die Trennung vom Norden. Kein Wunder schließlich, nachdem er sein Leben lang der Unions-Armee gedient hat. Er weiß auch eine Reihe vorzüglicher Gründe anzuführen. Er sagt, der Norden würde zu den Waffen greifen, ehe er zuläßt, daß die Union auseinanderbricht.«
»Daran glaube ich nicht. Der Norden wird schwerlich dafür kämpfen, uns unter Zwang an die Union zu fesseln. Man schätzt uns im Norden ohnehin nicht besonders«, erwiderte Denis.
Jerry lachte: »Sie schätzen uns nicht; trotzdem wollen sie mit uns im gleichen Staate leben. Darin hat der Oberst recht.«
Denis lehnte an einer Säule, Ann Sheramy gegenüber; er zog seine Augen von ihr ab, um Jerry einen Blick belustigten Mißfallens zuzuwerfen. »Oh, Jerry, werde nicht sentimental! Wegen ein paar prächtiger Brandreden gegen die Union wird es nicht gleich Krieg geben!«
Jerry erwiderte trocken: »Sicherlich nicht! Aber wegen ihres Geldbeutels werden sie zur Flinte greifen; das war von jeher der beste Grund, sich gegenseitig umzubringen. Der Norden kann es sich nicht leisten, die Mündung des Mississippi einer fremden Nation zu überlassen; und die Textilfabriken im Norden machen bankerott,

wenn sie für die Einfuhren von Roh-Baumwolle Zoll bezahlen müssen. So liegen die Tatsachen, und sie bedeuten viel für eine Reihe von einflußreichen Leuten, denen es nicht schwerfallen sollte, die vaterländische Begeisterung zu solcher Siedehitze anzublasen, daß der Krieg einfach nicht mehr aufzuhalten ist.« – Denis gab nur ein Achselzucken zur Antwort.

»Die Männer geraten so leicht in Harnisch!« sagte Ann. Ein weißer schottischer Schäferhund trottete die Säulengalerie entlang und blieb vor Ann schweifwedelnd stehen; sie legte ihm den Arm um den Hals und streichelte seinen schönen Kopf. »Wir wollen uns über etwas Netteres unterhalten. Die Politik langweilt mich schrecklich. Liberale, Demokraten, Konservative, Fortschrittler, Wollköpfe, Silbergraue, Weichmuscheln, Hartmuscheln, Feuerfresser, Abolitionisten und Filibusteros – ich weiß nicht einmal, was auch nur die Hälfte von ihnen eigentlich will. Und ich möchte wetten, daß die Männer nicht viel mehr davon begriffen haben; aber in den Haaren liegen sie sich fortwährend –!«

Das Gelächter der Herren klang gutgelaunt. Corrie May verstand im einzelnen nicht, worüber geredet wurde, aber sie hörte mit Vergnügen zu. Das Gespräch war von ganz anderer als der ihr sonst gewohnten Art. Ihr Vater benutzte manchmal die gleichen Worte, aber nicht auf die gleiche Weise. Diesen Leuten bereiteten die Ereignisse offenbar nichts weiter als Vergnügen. Wenn nur alle Welt sich höflich und nett benehmen wollte – dann käme alles von selbst ins Gleichgewicht – so klang ihr Gespräch.

Von oben her vernahm Corrie May das Rauschen von Röcken; eine grauhaarige Dame stieg die Wendeltreppe herab, hoch und würdevoll von Gestalt; in ein weißes Gewand gekleidet, das mit schwarzen Rüschen besetzt war. Ein Witwenhäubchen aus schwarzer Spitze krönte ihr Haar. Sie führte ein kleines Mädchen an der Hand. Die jungen Leute unter den Säulen erhoben sich sofort in deutlich betonter Ehrerbietung: »Guten Abend, Mrs. Larne!«

»Guten Abend!« grüßte sie. Die jungen Herren verbeugten sich; Ann sank zu einem tiefen Knicks zusammen. Mrs. Larne küßte sie auf die Wange: »Wie schön, dich zu sehen, mein liebes Kind!« Aber es kam ein wenig steif heraus, als wäre es nur eine höfliche Redensart, die wenig bedeutete. Ann antwortete ebenso höflich wie

förmlich: »Vielen Dank, Mrs. Larne! Es war sehr liebenswürdig, uns einzuladen!« Sie schien erleichtert, als sie das herausgebracht hatte, beugte sich zu Denis' kleiner Schwester herab und umfaßte sie: »Und, Cynthia, Liebes, wie geht es dir? Du bist ja schon ein großes Mädchen!«
»Ich bin zehn!« sagte Cynthia stolz.
»Paß nur auf: du wirst zu einer erwachsenen Dame, ehe du es ahnst. Was hast du für ein reizendes Kleidchen an!« Cynthia blickte hingegeben und dankbar zu ihr auf:
»Gefällt es Ihnen wirklich, Miß Ann?«
»Wirklich! Die dunkelroten Bänder stehen wunderhübsch zu deinen schwarzen Haaren. Ich könnte niemals rote Farben tragen.«
Cynthia schmiegte sich scheu ein wenig enger an die junge Dame:
»Darf ich nicht einmal nach Silberwald kommen; ich möchte so gern deine Kleider aus Paris bewundern.«
»Aber natürlich! Für dich bin ich jeden Tag zu Haus! –«
»Morgen vielleicht? Ich habe ein neues Pony geschenkt bekommen. Ich könnte hinüberreiten.«
»Schön! Das ist mir recht!«
»Liebe, liebe Mutter, darf ich morgen Miß Ann besuchen?«
Mrs. Larne lächelte zärtlich. »Hoffentlich macht sie Ihnen keine Umstände, Ann!«
»Durchaus nicht! Ich habe gern Kinder um mich!«
Miß Ann Sheramy benimmt sich wirklich wundervoll, fuhr es Corrie May durch den Kopf, wenn auch Mrs. Larne ihr nicht besonders wohlgewogen zu sein scheint. Wie gewählt sie alle redeten, selbst das kleine Mädchen! Sie sprachen die Worte ganz anders aus als die Leute vom Rattletrap Square. Mrs. Larne stellte die Frage:
»Denis, wer ist das weiße Mädchen, das da in der Halle wartet?«
»Um alles in der Welt!« Denis sprang auf. »Das habe ich vollkommen vergessen. Entschuldige mich einen Augenblick, bitte!« Er betrat die Halle und blickte sich um. Corrie May hatte sich hastig in den Schatten der Treppe geflüchtet; vielleicht war es ihnen unangenehm, wenn man sie belauschte. Nun kam sie zum Vorschein:
»Hier bin ich, Mr. Larne!«
»So, ja! Du bist also die Schwester der beiden jungen Upjohns?«
»Ja, Herr!« Sie zupfte an ihrem Ärmel herum. »Mr. Larne, ich wäre

heut' nicht hergekommen, wenn ich gewußt hätte, daß Sie eine Gesellschaft geben.«

»Oh, keine Gesellschaft! Ein paar Bekannte zum Abendbrot, nichts weiter!«

Er lächelte sie freundlich und ermunternd an. Ein schwarzer Bedienter ging vorbei; er trug eine Karaffe auf einem Tablett und schöne langstielige Gläser. »Der kurze Brief meines Kontoristen erklärt mir alles, was ich wissen muß, glaube ich«, sagte Denis zu Corrie May.

»Dann darf er mir also das Geld ausbezahlen?« rief sie dankerfüllt.

»Ja, ich habe keine Bedenken. Hast du das Zertifikat bei dir, das deiner Brüder Tod beglaubigt?« –

»Was für ein Ding?«

»Ich meine die Bescheinigung, daß deine Brüder im Lager am Fieber gestorben sind.«

»Oh ja, Herr! Hier ist sie!«

»Danke!« Er zog einen Stuhl von der Wand herbei. »Setz dich ein wenig – der weite Weg muß dich ermüdet haben. Ich schreibe inzwischen die Anweisung aus!«

Er verschwand in einem der Zimmer neben der Halle. Corrie May setzte sich, strich den Rock glatt und versteckte ihre Füße unter dem Stuhl. Wie wohlerzogen er sie behandelte! Gar nicht hochmütig wie Miß Ann Sheramy! Keine Spur davon! Wahrscheinlich war ihr Vater wirklich im Unrecht, wenn er die reichen Leute verlästerte. Cynthia Larne kam in die Halle; sie zog Ann hinter sich her. Offenbar wollte sie ihr nach der Weise kleiner Mädchen, wenn sie sich einer angebeteten älteren Freundin bemächtigt haben, irgend etwas Kostbares zeigen. Sie rannte so schnell die Halle entlang, daß sie Corrie May gar nicht wahrnahm und beinahe über sie gestürzt wäre.

»Oh!« rief Ann und bat lachend um Entschuldigung. Cynthia betrachtete Corrie May mit offener Neugier. Offensichtlich war sie den Anblick weißer Mädchen mit Sonnenhüten und nackten Füßen nicht gewöhnt: »Bist du das Mädchen, das meinen Bruder sprechen wollte?« fragte sie.

»Ja, Fräulein!« Corrie May erhob sich ungeschickt. »Miß Ann, wenn ich Sie und die kleine Dame hier stören sollte, kann ich auch vor der Hintertür warten.«

»Durchaus nicht!« sagte Ann. »Bleibe nur hier. Hast du Mr. Larne schon gesprochen?«

»Ja, Madame. Ich hab' mit ihm geredet. Er schreibt mir den Zettel aus.«

»Was für einen Zettel?« fragte Cynthia.

»Wegen meiner Brüder. Sie haben Fieber bekommen beim Zypressenroden und sind gestorben.«

»Gestorben? Wie schrecklich!« sagte Ann mitleidig. »Das tut mir aber leid!«

»Ja, Madame! Besten Dank für Ihr Beileid, Madame!« sagte Corrie May.

Der Neger mit dem Tablett erschien von neuem in der Halle: »Miß Ann, die gnädige Frau läßt fragen, ob Sie ein Glas Sherry mögen?«

»Danke, ja!« Ann nahm eins der vollen Gläser vom Tablett. »Und gieße dieser Dame auch ein Glas ein, Napoleon!« Corrie May zuckte vor Überraschung zusammen, aber der Diener tat, wie ihm geheißen – auch er schien sich respektvoll zu verwundern. – Ann reichte ihr das Glas: »Bitte! Du bist sicher erschöpft nach dem langen Marsch durch die heiße Sonne. Bist du tatsächlich zu Fuß hergekommen?«

»Nein, Madame. Mein Verehrer besitzt Wagen und Maultier. Er hat mich hergebracht.« Corrie May setzte sich nieder; vorsichtig hielt sie das Glas. Sie gab sich Mühe, so zierlich zu schlürfen wie Ann und nichts danebenzutropfen.

»Fräulein Ann«, wisperte Cynthia, »darf ich einmal schmecken?«

»Ach, Liebling, ich traue mich nicht. Deine Mutter denkt sicherlich schrecklich streng darüber?«

»Ja, Fräulein Ann, sie ist sehr streng. Aber mein Bruder Denis läßt mich manchmal kosten.«

»Bruder Denis darf sich viel in diesem Haus erlauben, mein Herz, was mir verboten ist. Aber ich bringe es nicht fertig, dir den Schluck abzuschlagen. Er wird dir nichts schaden. Hier!« Sie trat einen Schritt zur Seite, so daß ihr weiter Reifrock sich zwischen die Tür und Cynthia schob. »Diese Reifröcke sind im Himmel erfunden!« flüsterte sie über Cynthias Kopf hinweg Corrie May zu, wie wenn sie als Erwachsene ein Komplott miteinander schmieden müßten. Corrie May hätte für ihr Leben gern gewußt, wie man sich fühlen

mochte, wenn man einen Reifrock trug. Doch das war ihr noch nie vergönnt gewesen. Das Gestell allein kostete fünf oder sechs Dollars, und dann brauchte man viele, viele Ellen Stoff, es zu umkleiden. Arme Leute konnten sich Röcke mit einem Umfang von fünfzehn oder zwanzig Ellen nicht leisten. Cynthia nippte heimlich an dem Glas, das Ann ihr angeboten hatte. Sie wollte es zurückgeben.
»Schmeckt es dir?« fragte Ann. Cynthia nickte eifrig.
»Du kannst das Glas austrinken, darfst mich aber deiner Mutter nicht verraten.«
»Dann bleibt ja nichts für Sie übrig!«
»Ich kann mir das Glas wieder füllen lassen!«
»Das ist lieb von Ihnen!« sagte Cynthia und schlürfte den Rest mit so hingerissenem Behagen, daß Corrie May ein Lächeln nicht unterdrücken konnte. Auch Ann lachte, als sie Corrie Mays Blick auffing.
»Bin ich dir nicht schon irgendwo begegnet?« fragte sie.
»Ja, Madame! Ungefähr vor einem Monat. Sie fütterten die Schwäne im Park und schenkten mir Kuchen.«
»Ach ja, natürlich. Ich erinnere mich!« Ann biß sich auf die Lippe, als ihr die Zusammenhänge einfielen: »Wie war es doch – ich erzählte dir, daß Arbeiter eingestellt wurden, Zypressen zu roden, nicht wahr?«
»Sie dürfen sich nicht grämen«, antwortete Corrie May respektvoll. »Sie wollten mir ja einen Gefallen tun.«
»Doch es tut mir schrecklich leid«, rief Ann. »Kann ich dir nicht irgendwie helfen?«
»Nein, Madame, vielen Dank, Madame! Mr. Larne macht das schon!«
»Nun, wenn es dir irgendwann einmal schlecht geht, dann wende dich nur an mich, hörst du?« –
»Miß Ann«, bettelte Cynthia, »komm doch, bitte, und sieh dir mein Pony an!«
Mit einem letzten bedauernden Blick auf Corrie May gab Ann Sheramy nach: »Ich komme, Liebling! Aber setze das Glas nicht auf den Stuhl; es hinterläßt einen Ring. Stelle es auf den kleinen Tisch mit der Decke!«
Corrie May hörte ihre Stimmen auf der hinteren Galerie verklingen.

Inzwischen war eine andere Kutsche vorgefahren und hatte aus ihrem geräumigen Inneren eine Anzahl junger Damen und Herren entlassen. Sie hörte, wie Mrs. Larne ihren Sohn Denis entschuldigte: er würde in wenigen Augenblicken erscheinen. Corrie May fühlte sich sehr unbehaglich: offenbar war sie doch in eine richtige Abendgesellschaft hineingeraten, mochte Mr. Larne es auch abgestritten haben; was sie vom Hintergrund der Halle her beobachtete, kam ihr allzu anspruchsvoll und großartig vor. Sie atmete erleichtert auf, als Denis Larne endlich wieder auftauchte. Er reichte ihr ein Papier:
»Hierauf wird dir der Kassierer das Geld auszahlen. Kannst du schreiben?«
»Nicht viel, Herr! Aber ich kann meinen Namen schreiben.«
»Das genügt. Sonst wäre noch ein Zeuge erforderlich, dein Namenszeichen zu beglaubigen. Wenn du das Geld erhältst, so setze deinen Namen auf diese Linie.«
»Ja, Herr! Ich danke Ihnen!«
»Und sprich, bitte, deiner Mutter mein aufrichtiges Beileid aus«, fügte Denis hinzu.
»Ja, Herr!«
Denis fuhr fort: »Das Fieber im Lager hat mir schwere Sorgen bereitet. Wir geben uns die größte Mühe, den Männern die Gesundheit zu erhalten; aber leider lassen sich Erkrankungen nicht völlig vermeiden.«
»Nein, Herr, das glaube ich auch.« Corrie May stand still für einen Augenblick; sie blickte in sein Gesicht, in dem sich ehrliche Anteilnahme spiegelte. Er sah nicht aus, als ob er je einem anderen wehtun wollte. Wie wäre er auch sonst bereit gewesen, seinen Arbeitern eine Lebensversicherung zu gewähren! Hundert Dollar – das war viel Geld! – Der schwarze Bediente, der den Sherry herumgereicht hatte, schritt wieder an ihnen vorbei. Wie gut er gekleidet war, wie zufrieden er aussah! Die Gesichter der Leute vom Rattletrap-Square trugen einen anderen Ausdruck, zeigten jene stirnrunzelnde, angestrengte Gespanntheit –! Ach, es mußte herrlich sein, sich von einem solchen Schwarzen aufwarten zu lassen – wenn es auch unsinnig war, nur daran zu denken. Ein gut angezogener Diener wie dieser war dreitausend Dollars wert.
Plötzlich fuhr wie ein Nadelstich ein Gedanke durch Corrie Mays

Hirn: Die Felder Mr. Larnes wimmelten von Negern. Schon ein gewöhnlicher Landarbeiter kostete bereits fünfhundert Dollars auf dem Markt – für zwei tote weiße Arbeiter brauchte Mr. Larne nur hundert Dollars auszuwerfen. Zwei tote Sklaven, auch die billigsten, würden ihn tausend gekostet haben. Es war also wesentlich billiger, gefährliche Arbeiten von Weißen verrichten zu lassen, als Sklaven dafür zu benutzen; wenn ein Weißer starb, so traf der Verlust allein seine Angehörigen, aber nicht den Arbeitgeber –!
Corrie May wandte sich ab und ging hinaus. Es war ihr unmöglich, den Mann noch länger anzublicken. Sie überquerte die hintere Galerie und erreichte das rückwärtige Tor; dort erst fiel ihr ein, daß sie von dem schönen Sherry kein Glas mehr getrunken hatte; mochte der Himmel wissen, ob ihr jemals wieder ein solches Getränk geboten wurde.
Ein paar Negerjungen lungerten vor der Tür des Küchenhauses; wahrscheinlich wußten sie, daß die Köchin gelegentlich einen Lekkerbissen für sie abfallen ließ. Keiner von ihnen rührte sich, das Tor für Corrie May zu öffnen. Sie hatte den schweren Flügel selbst beiseite zu drücken, dann wanderte sie an den Lagerschuppen für Baumwolle entlang. Rampen waren den langen Hallen vorgebaut, um die Baumwolle leichter abladen zu können; ein paar Neger ruhten sich dort nach des Tages Arbeit aus. Einer von ihnen ließ ein Banjo summen. Die anderen sangen dazu. Geruhsam hockten sie in der Abendsonne; die alten Plantagenlieder verschwebten wehmütig in der stillen Luft. Und zu singen verstanden die Neger alle, ohne viel Übung, wie von selbst. Als Corrie May nahe genug herangekommen war, die Worte des Liedes zu verstehen, stockte ihr der Atem; sie hielt inne.

»Nigger pflückt die Baumwoll', Nigger schleppt die Last.
Nigger baut die Dämme, die der Fluß dann zerbricht.
Nigger niemals geht auf der noblen Straß';
Doch lieber ich ein Nigger bin als arm', weiß' Pack!«

Corrie May trat hinter eine Ecke des Lagerhauses; die Neger hatten sie nicht bemerkt. Sie wiederholten den Refrain; die kleinen Negerjungen tanzten dazu; Corrie May hörte ihre nackten Füße über die

Bohlen schlurfen; die anderen wiegten sich im Rhythmus der Worte, die ihnen wohl so eng vertraut waren, daß sie kaum noch über sie nachdachten.

»Oh Herr, lieber sein ein Nigger,
lieber sein ein Nigger, oh mein Herr!
Nigger niemals geht auf der noblen Straß';
Doch lieber ich ein Nigger bin als arm', weiß' Pack!«

Corrie May fing an zu laufen. Sie rannte durch die Baumwollfelder, als sei etwas hinter ihr her, wollte sie einfangen und sie zu Tode malmen.
»Zum Teufel noch eins, warum rennst du so, Corrie May?« rief Budge, als sie endlich die Hauptstraße erreicht hatte.
Sie hielt sich am Wagen fest. Sie keuchte so heftig, daß sie nicht gleich antworten konnte. Budge zog plötzlich ein grimmiges Gesicht: »Hat er dich etwa 'rausgeworfen?«
»Nein, nein«, brachte Corrie May schließlich hervor. »Er war freundlich zu mir. Er sagte, es täte ihm leid.«
Sie beschirmte ihre Augen mit der Hand und blickte zu dem Schloß der Larnes mit seinen Säulen zurück. »Er sagte, es täte ihm leid!« wiederholte sie nochmals mit seltsamem Unterton.
Budge versuchte, sie zu besänftigen: »Na also, das war doch ganz anständig von ihm. Ich hab' dir ja gesagt, daß er ein ganz vernünftiger Mensch ist.« Er kletterte vom Wagen herunter. »Komm, Corrie May, ich will dir auf den Sitz helfen. Wenn wir meinen faulen Esel ordentlich auf den Trab bringen, dann sind wir noch vor Dunkelwerden in der Stadt. Hü, Nellie!«
Corrie May hockte neben ihm auf dem Kutscherbrett; verzweifelt suchte sie nach Worten. Budge redete, und allmählich begann sie, ihm zuzuhören. Er sprach davon, wie schön es werden sollte, wenn sie erst verheiratet wären und in ihrem eigenen Häuschen auf dem Baumwollacker wohnten.
»Du mußt hart arbeiten, Budge, auf deinem Stück Land, nicht wahr?« fragte sie plötzlich.
»Bestimmt, Liebchen, man erntet keine Baumwolle, wenn man nicht arbeitet. Aber das macht mir nichts aus. Nicht jeder verdient

genug, daß er die Pacht für sein Stück Land bezahlen kann.« Budge sagte es selbstzufrieden.
»Leicht hast du's auch nicht gerade«, sagte Corrie May. »Jeden Tag die Schufterei vom ersten Morgengrauen bis in die sinkende Nacht – und bloß, damit die Pacht bezahlt wird. Und ich dann auch –! Wenn ich erst mir dir verheiratet bin – nichts wie Arbeit hab' ich dann und kein bißchen Hilfe!«
»Nun hör' aber auf, Mädchen!« widersprach Budge mit gekränkter Stimme. »Was hast du schon groß zu tun! Zwei Stuben aufräumen, weiter nichts!«
»Ja, und Baumwolle muß ich pflücken und Mais hacken und die Kinder warten!« sagte Corrie May bitter.
»Ist ja halb so schlimm!« erwiderte Budge. »Vielleicht sparen wir uns sogar genug zusammen und kaufen uns einen Nigger!«
»Einen Nigger?« fragte sie spöttisch und ungläubig.
»Zum Donnerwetter, ich kann nichts dafür, daß ich arm bin!« brach Budge in plötzlichem Ärger aus.
Sie antwortete etwas sanfter: »Nein, lieber Budge, es ist nicht deine Schuld. Ich weiß, du tust alles, was du kannst!«
»Hör' lieber auf, von Sachen zu reden, die du nicht verstehst«, wies Budge sie streng zurecht.
»Gut, ich hör' auf!« antwortete sie matt.
»Na ja, na ja!« Er klopfte schnell besänftigt ihre Hand. »Im Herbst heiraten wir beide und werden gut miteinander auskommen!«
Corrie May fühlte, wie ihr der Nacken steif wurde. Ihre Hände krampften sich um die Kante des Sitzbrettes und hielten es fest, daß ihr die Finger schmerzten. Auch ihre Füße wurden steif, und ihre Zehen krümmten sich zurück, als wäre es mit einem Male kalt.
»Ich – ich heirate diesen Herbst nicht!« sagte sie.
»Das ist doch nicht zu früh!« bettelte Budge. »Wenn du lieber ein bißchen warten willst, bis Weihnachten vielleicht –?«
»Ich will dich überhaupt nicht heiraten.«
»Was willst du? Du hast doch gesagt –«
»Ja, und jetzt sag' ich was anderes. Ich hab' es mir überlegt. Ich hab' keine Lust, mein Leben lang zu schuften und mich abzuquälen. Ich will was werden. Ich will wer sein, Budge Foster, hörst du das? Ich will wer sein und will anständige Kleider haben zum Anziehen, und

die Leute sollen mich kennen und mich auf der Straße grüßen.«
»Du hast mir doch versprochen –!«
»Ich nehme alles zurück!«
»Wo ich dich so gern habe und immer hinter dir her gewesen bin –«
»Ach, lieber Gott, es tut mir furchtbar leid, Budge.« Ihre Stimme zitterte ein wenig.
»Paß mal auf, Corrie May!« sagte Budge ärgerlich drohend. »Du wirst dich in die Nesseln setzen, wenn du so anfängst!«
»Nein, werd' ich nicht! Das wirst du noch erleben!« hieb sie zurück.
»Du denkst wohl, du bist zu gut für einen Mann, der dich anständig heiraten und versorgen will!« Er wußte nicht recht weiter; man merkte ihm an, wie tief er gekränkt war; er verlegte sich nochmals aufs Handeln und Bitten: »Corrie May, Kleine, ich liebe dich aufrichtig. Du kannst doch nicht einfach Schluß machen!« – – »Ach, laß mich zufrieden!« sagte Corrie May.
Er begehrte auf: »Du, wie redest du zu mir! Ich bin kein Nigger!«
»Herr im Himmel, nein!« rief Corrie May heftig aus. »Du bist kein Nigger! Du bist so weiß, daß du nicht einmal einen anrührst! Du bist so verschieden von einem Nigger wie ein Maultier von einem Flußdampfer!«
»Und ob ich verschieden von einem Nigger bin! Was –«
»Ich will dir sagen, wie verschieden du bist!« fiel sie ihm mit plötzlicher Wut ins Wort. »In aller Herrgottsfrühe krauchst du aus dem Bett und machst dich über die Baumwolle her, wie ein Nigger; du trägst dieselben Arbeitshosen und große Flicken an den Knien, wie ein Nigger; und abends wackelst du nach Hause, so müde, daß du kaum noch die Augen aufhalten kannst, wie ein Nigger. Und wenn du stirbst, bist du genau so arm wie an dem Tage, als du geboren wurdest, wie ein Nigger. Aber du bist kein Nigger. Du bist ja so weiß! Du wirst krank eines schönen Tages und kannst deine Baumwolle nicht mehr versehen, und wer kümmert sich darum? Die Ernte läßt dich im Stich – und woher kriegst du trotzdem was zu essen: Und wer flickt dein Dach aus, damit der Regen nicht durchkommt? Wem macht es was aus, wenn du dich zu Tode hungerst? Keiner Menschenseele! Und das ist der einzige Unterschied zwischen einem

Nigger und dir, Budge Foster! Da kannst du mir erzählen, soviel du willst!«

Budge war viel zu verdutzt, als daß er auf der Stelle hätte antworten können. Corrie May war nicht aufzuhalten, sie fuhr fort, bebend vor Zorn:

»Und wenn ich dich nun heirate, Budge? Und wenn ich mich nun zuschanden schufte mit Kochen und Baumwollepflücken und Kindergroßziehen? Und wenn dich ein Maulpferd vor den Leib tritt und du stirbst? Ich könnte die Pacht nicht bezahlen, und sie würden mich bald von dem Stück Land verjagen! Und bekäm' ich dann irgendwo Arbeit, zu nähen oder zu schrubben oder Wäsche zu waschen? Glaubst du, irgendwer zahlte einer weißen Frau auch nur einen roten Heller dafür? Es gibt ja genug Nigger, die machen es für umsonst! Ich will dich nicht heiraten. Verdammt nein, verdammt nein, ich will es nicht. Lieber will ich ein Nigger sein als arm', weiß' Pack!«

DRITTES KAPITEL

1.

Wenn auch Jerry Sheramy wie ein mittelalterlicher Wasserspeier aussah, so war er doch klug und weise in vielen Dingen. Als Denis ihn unter vier Augen bat, Ann nach dem Abendbrot heimgeleiten zu dürfen, verstand er sofort. Er schützte vor, in der Stadt noch etwas besorgen zu müssen, und empfahl sich.

Als Denis und Ann nach Silberwald fuhren, fragte er sie zum vierten Male, ob sie ihn nicht heiraten wolle. Zum vierten Male senkte Ann die Augen, so daß er entzückt die Länge ihrer Augenlider bewundern konnte; sie antwortete: »Um ehrlich zu sein, Denis: ich weiß es nicht. Laß mir Zeit, nachzudenken. Ich kann nicht in fünf Minuten über mein ganzes Leben verfügen.«

Denis war halb belustigt, halb außer sich. Er verstand sich zur Genüge auf Frauen und konnte mit ziemlicher Sicherheit voraussagen, daß Ann ihm schließlich keinen Korb geben würde. Aber er liebte sie mit solcher Sehnsucht, daß er endlich Gewißheit haben wollte.

Er wandte sich zur Seite und blickte sie an. Im Dämmern der Kutsche war sie ein warmer Schatten; sie duftete herausfordernd nach einem Parfüm, das er nicht kannte.

»Ann, wie lange willst du mich noch zum Narren halten?« fragte er.

Sie widersprach: »Aber ich halte dich nicht zum Narren. Ich weiß wirklich nicht, was ich machen soll!«

Es war zu dunkel, als daß er den Ausdruck ihres Gesichtes deutlich genug erkennen konnte. Er vermochte sich nicht darüber klar zu werden, ob sie ernst meinte, was sie sagte, oder nicht.

Die Kutsche hielt vor der Freitreppe von Silberwald.

»Darf ich noch ein wenig eintreten?« fragte Denis, als der Kutscher die Tür öffnete.

»Sei kein Frosch!« antwortete Ann mit leisem Unwillen. »Natürlich bist du willkommen.« Sie lachten sich gegenseitig ein wenig aus, als sie die Treppe hinaufschritten.

Das Haus schimmerte silbern in der Dunkelheit. Es glich einem griechischen Tempel. Zehn korinthische Säulen trugen den schweren

Giebel; hinter ihnen führte zwischen zwei mächtigen Pfeilern eine große Doppeltür in die Haupthalle. Sie traten ein; eine schwarze Dienerin tauchte auf, die Ann Hut und Schal abnahm. Sie öffnete die Tür des Salons zur Linken. Wie alle Räume zur Linken der Halle war der Salon mit einem Kamin aus schwarzem Marmor ausgestattet, während in den Zimmern zur Rechten Kamine aus weißem Marmor prunkten – eine Einrichtung, die für die romantisch gesonnenen Sheramys bezeichnend war; sie liebten in jeder Hinsicht die Abwechslung. Die Türgriffe und Angeln im Erdgeschoß bestanden aus Silber, aber die Klinken im ersten Stockwerk waren aus Dresdner Porzellan gefertigt mit kleinen rosa und blauen Blumen darauf. Es war ein echtes Herrenhaus; nicht nur das, es war auch schön. Zwar gab Denis dem eigenen stets den Vorzug; aber das war zweifellos nur in einer Tatsache begründet: er war auf Ardeith geboren und gedachte, dort auch zu sterben.

Oberst Sheramy erschien im Salon, um Denis zu begrüßen: ein großer, wortkarger Mann in den Fünfzigern mit weißem Haar und ernstem Gesicht. Die meisten seiner Bekannten blickten mit einiger Ehrfurcht zu ihm auf. Nach wenigen Minuten ließ er den Gast und die Tochter wieder allein, und Denis konnte sich Ann ungestört widmen. Sie hatte auf dem Sofa Platz genommen, ihre weiten Röcke um sich ausgebreitet, und plauderte über lauter Belanglosigkeiten – wie heiß das Wetter sich anließe und wie trist es daheim wäre um diese Jahreszeit. »Ich war entsetzlich böse«, fuhr sie fort, »als Vater uns aus Saratoga zurückkehren ließ.«

»Wolltet ihr denn den ganzen Sommer dort verbringen?«

»Ich hatte es gehofft. Aber Vater hat brieflich einen neuen Aufseher einstellen müssen und hielt es für unmöglich, die ganze Baumwollernte einem Unbekannten anzuvertrauen. Er erlaubte mir nicht, allein in Saratoga zu bleiben.« Sie schlug die Augen nieder und spielte mit den Fingern im Schoß. »Denis –!« sagte sie. »Was denn, Liebes?«

Anns Mundwinkel zuckten verräterisch, aber ihre Stimme klang höchst ernsthaft: »Ich glaube, ich darf es dir nicht verschweigen: ich habe mich in Saratoga sehr schlecht betragen.«

Denis lachte leise:

»Ich glaube nicht daran.«

»Doch, es ist so! Man redete sogar über mich. Die alten Damen nannten mich ›jene leichtfertige, junge Person aus dem Süden‹.«
»Meine Teure«, sagte Denis, »ich habe die Beobachtung gemacht, daß alte Damen eine junge Dame gewöhnlich dann für leichtfertig halten, wenn die Herren eifriger ihr den Hof machen als den unverheirateten Töchtern, die sie selbst noch unterzubringen haben.«
Ann kicherte leise. »Du bist sehr verständnisvoll. Doch ich hielt es für nötig, dich zu unterrichten. Was hast du da?« fragte sie, denn Denis hatte sich gebückt und etwas vom Teppich aufgehoben.
»Dies fiel dir aus der Tasche.« Er hielt ihr Riechsalz hoch, eine kleine Flasche in einem Behälter aus Silberfiligran. Er ließ seine grauen Augen neckend auf ihr ruhen: »Wozu brauchst du das?«
Ihre Aufrichtigkeit wirkte entwaffnend. »Ein Theatermittel, Denis!« erwiderte sie der Wahrheit gemäß; er lachte laut heraus:
»Dachte ich mir, Ann! Du bist unglaublich!«
»Und du schreckenerregend! Ich trau' mich nie, dir etwas vorzuflunkern!«
»Solltest du auch nicht! Du hast nicht viel Talent zum flunkern.« Er beugte sich über sie, als wollte er sie küssen; aber sie wich ihm aus.
»Nein –! Wenn du dich so benehmen willst, dann fährst du lieber nach Hause.«
»Kann ich wenigstens noch lange genug verweilen, um dir zu sagen, daß du bezaubernd aussiehst!«
»Bei Kerzenlicht sieht jede Gans bezaubernd aus. Du mußt nach Hause fahren!«
Denis betrachtete sie nachdenklich. Die weiten Röcke bauschten sich um sie her. Sie glich einer großen umgestülpten Blüte. Sie besaß eine köstliche Figur: eine allerschmalste Taille, vollkommen geformte Schultern und hohe, runde Brüste. Die Brüste waren durchaus nicht vorgetäuscht. Denis fragte sich manchmal, ob es wirklich Männer gab, die sich betrügen ließen, wenn flachbrüstige Mädchen sich kunstvolle Polster ins Unterzeug nähten. Er war nicht ganz sicher, ob die Wellen ihres Haares natürlichen Ursprungs waren; das Haar selbst, üppig und echt und goldenbraun, umrahmte ihr Antlitz mit seidenen Gespinsten. Seine Augen glitten über ihre Züge: die Natur hatte offenbar die Absicht gehabt, sie klassisch zu gestalten; aber sie waren ebenso weit von griechischer Gemessenheit entfernt

wie die Hyazinthen der feuchten Urwälder von sagenhaften Asphodelos-Blüten: eine gerade, hochmütige Nase, ein Mund, üppig und eigensinnig, und große Augen, die um einige Schatten tiefer noch dunkelten als ihr Haar. Ihr Kinn schien zu unvermittelt eckig, um schön zu sein, aber es trug ein versöhnendes Grübchen – und noch ein anderes Grübchen tauchte auf: unter ihrem rechten Auge – – wenn sie lächelte. Jetzt lächelte sie unter seinem prüfenden Blick, und das Grübchen bot sich so entzückend dar, daß er mitlächelte, ohne sich dessen bewußt zu werden.

»Weißt du nun endlich ganz genau, wie ich aussehe«, fragte sie ihn mit vergnügtem Spott.

Er nickte. Dann erwiderte er in der beiläufigen Art, in welcher er häufig überraschende Wahrheiten von sich zu geben pflegte: »Du siehst aus, mein Liebling, wie ein Mädchen, das sich vom Duft der Rosen nährt und allezeit in Lilien bettet – und die nicht daran denkt, zum Teufel, jemals etwas anderes zu tun! Und die auch –« fügte er hinzu, »niemals mehr zu tun haben wird, soweit das von mir abhängt!«

»Lieber Himmel!« seufzte Ann. »Kein junger Mann sollte solche Urteile von sich geben. Rosen und Lilien – ob deshalb deine Mutter nicht mit mir einverstanden ist?«

Denis lachte: »Unsere ganze Generation findet ihren Beifall nicht. Sie behauptet, wir modernen jungen Leute wären unbescheiden und hätten keine Manieren.«

»Sie liebt dich«, erwiderte Ann. »Du bist ihr Erstgeborener und außerdem, Denis – ich glaube, sie respektiert dich ganz besonders, weil du niemals von Schmerzen geplagt worden bist. Ihre Gesundheit ist recht empfindlich, nicht wahr? Sie hält es für ein besonderes Talent, daß du niemals krank gewesen bist.«

»Bist du jemals krank gewesen?«

»Eigentlich nicht. Aber sie lehnt mich trotzdem ab. Wenn ich nur wüßte, womit ich sie gekränkt habe? Sie ist so entsetzlich höflich zu mir, als hätte ich Schecks gefälscht und dafür gebüßt, und die Leute hätten verabredet, die Sache nicht mehr zu erwähnen.«

Denis nahm ihre beiden Hände in die seinen: »Ann, sie hat eine furchtbar ernste Auffassung vom menschlichen Dasein; Mädchen, die sich Gedanken machen und auf ihre Würde Wert legen, schätzt sie mehr. Aber das braucht uns beide nicht zu trennen. Mir bist du lieber wie du bist!«

»Schönsten Dank!« Sie lächelte ihn voller Freimut an. »Ich habe dich gern, Denis! Du bist so ehrlich – und so selbstsicher. Ich wollte, ich wäre es auch!« –

Denis hielt sich noch eine halbe Stunde nach diesen Bekenntnissen auf. Dann schickte Oberst Sheramy einen Diener in den Salon, um auf die vorgeschrittene Stunde aufmerksam machen zu lassen. Ann weigerte sich, Denis zum Abschied zu küssen. –

2

Um die Wahrheit zu gestehen: Ann fand seine Küsse so erregend, daß sie fürchtete, ihren klaren Verstand zu verlieren. Und den brauchte sie dringend; als sie in ihr Zimmer hinaufstieg, nahm sie sich vor, gründlich zu Werke zu gehen und nachzudenken. Aber dann hielt sich die alte schwarze Amme so lange damit auf, ihr die Haare zu bürsten, daß sie schläfrig wurde. Ehe sie noch recht zum Nachdenken gekommen war, hatte der Schlaf sie schon entführt.

Der Tag, zu dem sie neu erwachte, war so heiß und still, daß Ann von einem dumpfen Gefühl des Unbehagens schon beschlichen wurde, ehe sie überhaupt die Augen aufgeschlagen hatte. Sie wünschte sich zurück nach Saratoga; wenn doch der neue Aufseher sich als ein Muster von Tüchtigkeit entpuppen wollte! Vielleicht ließe sich dann ihr Vater, der Oberst, bewegen, wenigstens noch im September mit ihr in ein Seebad zu reisen. Ann lüftete die Stange, die das Moskitonetz spannte, und zog an der Klingelschnur.

»Guten Morgen!« sagte sie, als Mammy mit dem Frühstücks-Tablett erschien. »Guten Abend!« antwortete die Amme vorwurfsvoll.

Ann lachte ein wenig: »Wie spät ist es denn?«

»Bald wieder Zeit zum Schlafengehen. Brauchst gar nicht erst aufzustehen.« Mammy stellte das Tablett auf das Nachttischchen, und Ann richtete sich auf, damit die Amme ihr die Kopfkissen in den Rücken stopfen konnte. »Schickt sich nicht für Miß Ann, so lange im Bett zu bleiben; der Tag ist schon halb vorbei. Das ist keine Art!«

»Wenn du mich ausschimpfst«, sagte Ann, »schicke ich dich aufs Feld, Baumwolle pflücken; dann kann Lucile mich anziehen.«
Mammy hatte diese schreckliche Drohung schon mehr als hundertmal vernommen und maß ihr keine Bedeutung bei; sie fuhr fort, ihren Schützling zu schelten. Der Tag mochte noch so heiß sein, Mammy in ihrem gestärkten blauen Kattunkleid und ihrem adrett über der Stirn schwebenden Häubchen machte stets einen frischen und ordentlichen Eindruck. »Willst du nun endlich aufstehen, Miß Ann?« wollte sie schließlich wissen.
»Auf der Stelle! Bereite mir ein kaltes Bad!«
»Schön!« sagte Mammy und watschelte hinaus. Ann stellte die Kaffeetasse fort, fuhr mit den Füßen in die Pantöffelchen, die vor dem Bett auf sie warteten, und huschte zu dem Waschständer hinüber, um sich mit einer Handvoll Wasser die Augen auszuspülen. Sie betrachtete sich einen Augenblick lang im Spiegel. Jerry behauptete stets, daß sie die Hälfte ihres Lebens vor dem Spiegel verbrächte – eine Beschuldigung, über die Ann zu lachen pflegte, ohne sie zu bestreiten. Kein Zweifel: sie mochte alles andere sein – häßlich war sie nicht. Selbst noch in ihrem zerdrückten Nachtgewand – mit den Haaren über der Stirn in Lockenwickeln – bot sie ein Bild, das ihren Bewunderer Denis hingerissen hätte. Ann wandte sich vom Spiegel fort. Sie mußte endlich zu einem Entschluß kommen. In einer Woche war ihr zwanzigster Geburtstag fällig. Der zwanzigste – ein abscheuliches Alter; es war so endgültig, setzte einen Punkt hinter die Mädchenzeit; man war damit unweigerlich über die Grenze gezerrt, jenseits welcher das erwachsene Dasein nicht mehr abzuleugnen ist. Es wurde Zeit zu heiraten. Ann hatte, solange sie lebte, nicht viele Entscheidungen treffen müssen; diese wenigen hatte sie so gefällt, wie es ihr der Augenblick eingab; je weniger man sich dabei anstrengte, desto besser. Das Leben war bisher sehr freundlich mit ihr umgegangen; wenn sie Denis Larne heiratete, brauchte sie auch in Zukunft sich nicht den Kopf zu zerbrechen. Die Aussicht schien verlockend –!
Es klopfte an der Tür. »Ja!« rief Ann in der Annahme, daß Mammy das Bad bereitet hätte.
Statt dessen hörte sie Jerrys Stimme. Er drückte die Klinke nieder. Ann griff schnell nach einem Morgenrock. Jerry brachte ein Paket

ins Zimmer. »Bist du endlich aus dem Bett?« begrüßte er sie. »Das siehst du ja«, sagte Ann. Sie verehrte ihren Bruder sehr. Eigentlich trug er den Namen seines Vaters, Cyril. Aber die Mutter hatte gelegentlich damit begonnen, ihn kurzerhand Jerry zu nennen; dabei war es geblieben. Jerry war umgänglich, vergnüglich, häßlich und besaß gesunden Menschenverstand – sie stritt sich häufig mit ihm, hörte aber auf seine Ratschläge mit großem Respekt.

»Ein Geschenk für dich!« sagte er. – »Was ist es?« – »Keine Ahnung! Denis hat es herübergeschickt.« Jerry breitete sich auf einem Stuhle aus; er wirkte unbeholfener denn je gegen das zierliche Möbel mit den dünnen Beinen und dem blaßblauen Damastpolster.

Ann hockte sich auf den Flur und nahm entschlossen den Kampf mit den Schnüren auf, die das Paket zusammenhielten. Schließlich hob sie den Deckel: ein Strauß wunderschöner, weißer Rosen kam zum Vorschein.

»Sieh an, wie schön!« bemerkte Jerry. Unvermittelt fragte er: »Ann, wie ist das also? Willst du Denis heiraten oder nicht?«

Sie richtete sich auf, saß mit gekreuzten Beinen auf dem Boden. »Ich weiß nicht. Was geht es dich an?«

»Entschuldigen Sie, mein Fräulein!« Jerry grinste gewaltig und reckte seine langen Arme: »Ich habe dunkle Gerüchte vernommen, daß er wehklagend die Wälder durchschweife, wilde Drohungen auf den Lippen, sich sein kostbares Leben zu nehmen.«

»Ach, sei still! Ich wollte, die Leute hörten endlich auf, mich auszulachen!«

Jerry pfiff leise durch die Zähne; sein großer Mund verzog sich absonderlich.

»Du siehst wieder aus wie ein Affen-Großvater«, sagte Ann. Sie stand auf und legte die Rosen auf den Sims des Kamins; das Weiß der Blüten hob sich schimmernd gegen den Marmor; die Adern des Steingesimses schienen in schwarzen Schatten zu verdämmern. »Sag' mir endlich, Jerry, was du denkst! Soll ich Denis heiraten?«

Jerry hörte auf zu pfeifen; er beugte sich auf dem gebrechlichen Stühlchen vor und verschränkte die Hände zwischen den Knien. »Natürlich sollst du! Er ist ein prächtiger Bursche. Ich weiß nicht, warum du zögerst!«

Sie blickte an ihm vorbei; ohne es zu wissen, knüpfte sie den Gürtel ihres Morgenrockes unablässig auf und wieder zu: »Vielleicht – vielleicht ist er mir zu prächtig. Hier bei uns – du weißt ja – –: wir sind nicht sehr für Förmlichkeiten. Aber auf Ardeith – ich meine, wenn ich erst Mrs. Denis Larne bin, werde ich nicht nur ein Mensch, sondern auch ein Begriff zu sein haben. Und das wird mir schwerfallen.«

»Glaube ich nicht! Dir nicht!«

Sie kam einen Schritt näher: »Jerry, erwartet er von mir, daß ich ihm den Haushalt führe wie seine Mutter, in den Wäschekammern krame, jede Woche das Silber nachzähle und in der Nähstube herumstehe, wenn die Kleider für die Feldarbeiter zugeschnitten werden, damit kein Stoff verlorengeht –?«

Jerry lachte laut heraus: »Heiliges Kanonenrohr, Ann! Denis ist doch kein Dummkopf!«

»Offenbar hältst du mich dafür.« Ann nagte an ihrer Unterlippe. »Ich weiß, daß ich nicht besonders tüchtig bin. Aber schwachsinnig, wie alle Welt annimmt, bin ich auch nicht. Ich kann Klavier spielen; ich tanze vorzüglich, was du wissen würdest, wenn du jemals mit mir getanzt hättest. Madame Bertrand hat stets gesagt, meine Aussprache des Französischen wäre so gut wie vollkommen – und das will viel heißen, denn eigentlich hielt sie alle Amerikaner für eine Art von Wilden, die auf Büffeln spazierenreiten. Ich kann sticken und häkeln, und ich weiß, wie man Gesellschaften gibt und die Gäste unterhält.«

Jerry nickte voller Ernst: »Das alles klingt, als hätte der Herrgott dich speziell zur Mrs. Denis Larne vorbestimmt!«

Ann stützte ihre Arme auf das Kaminsims und lehnte ihre Stirn daran. Sie wünschte, ihre Mutter wäre noch am Leben, sie zu beraten. Die Mutter war gestorben, als Ann erst zehn Jahre zählte. Ach, sie entsann sich gut der schwarzhaarigen, liebenswürdigen Frau, die Haus und Dasein mit heller Fröhlichkeit erfüllt hatte! Wie anders wirkte die gemessene Zurückhaltung der alten Mrs. Larne.

In diesem Augenblick ging die Tür auf und Mammy keuchte ins Zimmer; sie trug zwei große Krüge Wasser.

»Massa Jerry!« rief sie aus. »Schämst du dich gar nicht? Kommst hier 'rein, und deine junge Schwester hat nicht mal Kleider an?«

Ann und Jerry wandten sich lachend um. Ann war erleichtert:

Mammy erschien gerade im rechten Augenblick. So schwierige Gedanken auszuloten, behagte ihr wenig; es erforderte zuviel Zeit und Mühe.

»Sie hat doch einen Haufen Kleider an!« verteidigte sich Jerry.

»Stimmt gar nicht, Massa Jerry! Und jetzt muß ich sie baden. Marsch, hinaus! Du hast hier nichts zu suchen. Bestimmt hast du Besseres zu tun, als hier herumzuhocken.«

»Nicht die Spur, Mammy! Laß mich nur in Frieden. Ich bin so brav wie möglich gewesen; hab' den ganzen Morgen lang die Felder abgeritten.«

»Hast du den neuen Aufseher gesehen?« fragte Ann.

»Natürlich! Er heißt Gilday. Er hat ein großes, rotes Gesicht und spricht mit einem Nordstaaten-Akzent, als hätte er eine Stimmgabel in der Nase.«

»Wenn er aus dem Norden kommt, versteht er dann, wie Baumwolle angepflanzt wird?«

»Er sagt, er lebte schon eine ganze Weile im Süden und verstände sich auf den Baumwollbau. Aber er geht niederträchtig mit den Negern um. Dann wird er auch die Felder schlecht behandeln; meist geht das Hand in Hand. Ich glaube, wir können ihn nicht behalten.«

»Jetzt aber hinaus, Massa Jerry!« befahl Mammy abermals.

»Ich gehe schon. Was hast du also vor, Ann?« Jerry schickte sich gehorsam an, den Raum zu verlassen.

»Ich will in die Stadt fahren.« –

»Draußen ist es entsetzlich heiß. Die Hitze wird deinen sogenannten Verstand zum Sieden bringen.«

»Das macht nichts. Ich habe etwas zu erledigen. Oder etwa nicht?«

Ohne zu antworten, zog er die Tür hinter sich ins Schloß und stieg pfeifend die Treppe hinunter. Mammy half Ann aus ihrem Morgenrock und Nachtgewand; sie ließ nicht ab, vor sich hin zu murren, wie schlecht sich neuerdings die jungen Leute benähmen. Sie schleppte die Badewanne aus ihrem Versteck hervor, einem verhängten Alkoven, und goß das kühle Wasser ein. Ann erschauerte zuerst darin, aber dann streckte sie sich wohlig aus. Ab und zu streifte sie Mammys ehrbares Antlitz mit vergnügten Blicken.

Mammy nörgelte unaufhörlich weiter; dabei nahm Ann den ersten Platz in ihrem Herzen ein. Ann war von Mammy an voluminösem Busen genährt worden, als sie noch ein Säugling war, und seither von ihr gewaschen, an- und ausgezogen und gescholten worden. Mammy hätte jeden anderen gevierteilt, der Bemerkungen über ihr weißes Kind gewagt hätte, wie sie selbst sie von früh bis spät im Munde führte.

Als sie fertig angezogen war, schaute Ann noch einmal prüfend in den Spiegel. Heut' sollte Denis mich treffen, dachte sie, ihm würde einfach der Atem stocken! Ihr grünes Reitkleid lag rund um sie auf den Boden gebreitet und verlieh ihr ein seltsam gedehntes Aussehen, als spiegelte sie sich im Boden eines blanken Silberlöffels; oberhalb der Taille umschloß das Kleid ihre Figur wie angegossen. Ann saß gern zu Pferde – nicht zuletzt deshalb, weil eine gute Figur auf keine Weise besser zur Wirkung gelangt als im Reitkleid; sie wußte, wie vorzüglich sie gewachsen war. Mammy hatte ihr das Haar in Locken um die Schultern gelegt; darüber thronte ein schicker, kleiner, grüner Hut. Die Feder von seinem Rande küßte ihre Wange gerade dort, wo das Grübchen sich bildete, wenn es ihr einfiel, jemand anzulächeln. Ann zog sich die Stulphandschuhe an, nahm die Reitgerte aus Mammys Hand entgegen und hob die Schleppe über den Arm, um sie so weit zu verkürzen, daß sie ausschreiten konnte.

Das Haus lag sehr still, als sie treppab stieg. Der Oberst war auf die Felder geritten, und Jerry mußte unterwegs sein. Ann überquerte die hintere Galerie und wandte sich dem Küchenhaus zu. Ein halb Dutzend kleine Negerlein, die sich in der Hoffnung auf einen Lekkerbissen um die Küchentür drängten, riefen: »Guten Tag, Fräulein Ann!«, als sie sich näherte. »Guten Tag!« antwortete Ann und lachte ihnen zu; zumindest werde ich eine gute Mutter abgeben, fuhr es ihr durch den Sinn. Kinder hatten es ihr angetan. Sie trat in die Küche, um der Köchin Bescheid zu sagen; wieder wurde sie ausführlich gescholten, da sie die Mahlzeit versäumen wollte; aber schließlich bekam sie doch ein paar noch heiße Brötchen mit Pfirsich-Marmelade. Munter kauend schritt Ann durch das Haus zurück. Vorn am Wagenplatz stand der schwarze Plato und wartete auf sie mit den Pferden.

Er half ihr in den Sattel und stieg dann selbst zu Roß, um ihr zu folgen. Sie ritten die Allee hinunter. Das schwere Eisentor an ihrem Eingang stand weit offen. Gerade wollte ein Ackerwagen draußen vorbeifahren. Als Ann sich näherte, schrie ein weißer Mann, der neben dem Wagen auf einem Maultier ritt, dem schwarzen Wagenlenker wütend zu:

»He, du schmutziger, schwarzer Nigger. Mach der Dame Platz, oder nimm dich mit deiner Haut in acht!«

Ann zuckte zusammen. Es war ihr widerlich, wenn jemand die Neger anbrüllte. Sie zügelte ihr Pferd und sagte kühl:

»Ich komme gut vorbei! Danke!«

Der weiße Mann warf ihr einen prüfend frechen Blick zu, tastete sie von oben bis unten mit seinen Augen ab, als stände sie auf dem Markte zum Verkauf. Er zeigte ein flaches, rotes Gesicht und kleine, unangenehme, schwarze Augen – ein Stück Rindfleisch, in das man zwei Rosinen gesteckt hat. Als er seinen Hut zog, bemerkte Ann, wie dicklich seine Finger waren; feine Schweißtröpfchen glänzten zwischen den Härchen auf seinem Handrücken. Er verbeugte sich mit einem Lächeln, das er offenbar für verbindlich hielt, und sagte:

»Meine Hochachtung, Madame! Darf ich mir ergebenst erlauben, die Frage auszusprechen, ob ich die Ehre habe, mit Fräulein Sheramy zu sprechen?«

Sein Benehmen wirkte ölig. Er redete durch die Nase, wie es die ungebildeten Leute aus Neu-England und dem nördlichen Teil des Staates New York zu tun pflegen.

»Ja, ich bin Ann Sheramy«, erwiderte sie und versuchte, weiterzureiten; aber er drängte sein Maultier so zur Seite, daß er den Weg versperrte: »Darf ich mich vorstellen, Madame!« sagte er mit einer neuen Verbeugung. »Ich bin Gilday, der neue Aufseher Ihres Herrn Vaters. Sehr erfreut, Ihre Bekanntschaft zu machen.« Er fuhr sich mit der Zunge über die Lippen, während seine Augen sie abermals von oben bis unten musterten. Ann glühte; sie fühlte, wie ihr die Nasenflügel vor Widerwillen zu beben begannen.

»Wollen Sie mich, bitte, vorbeilassen!« rief sie aus.

»Aber gewiß doch, Madame! Stets zu Ihren Diensten, Madame!« Er lenkte sein Maultier ein wenig zur Seite. Ohne zu antworten, versetzte sie ihrem Pferd einen leichten Schlag mit der Gerte und fegte davon. Obgleich sie so dem Kerl schnell aus den Augen kam – schneller ging es kaum –, wurde sie immer noch von dem Gefühl beherrscht, daß er sie von oben bis unten betrachtete. Sie schauderte zusammen; eine leise Übelkeit stieg ihr auf. Das also war der neue Aufseher! Der durfte auf keinen Fall lange auf Silberwald bleiben. Wenn sie ihrem Vater oder Jerry auch nur andeutete, wie er sie gemustert hatte, so verschwand Gilday von der Pflanzung, ehe noch die Ernte begann.

Als die Straße endlich von der geraden Richtung abbog, zog sie ihrem Pferd die Zügel an. Der Weg führte quer durch Baumwollfelder; Bäume säumten ihn mächtig, von denen lange graue Moosfahnen über das Haupt der Reiterin hinwehten. Weit jenseits der Felder zeichneten sich die grünen Abhänge des Deiches in den Horizont; in sanften Kurven begleiteten sie den Lauf des Stromes. Wie schnell die Ernte reifte! Wie üppig die Pflanzen alle auf diesen samtig glänzenden Äckern unter den Dämmen gediehen! Die Baumwolle – mit schon springenden Samenkapseln hier, dort noch immer in rosa und weißen Blüten prangend, reich und still in der heißen Sonne, heiter und ungetrübt! Was bedeutet es schon vor diesem süßen Frieden, wenn sich ein Aufseher ungezogen benahm. Ann fühlte ihren Zorn verrauchen.

Der schwarze Plato holte sie wieder ein; er sagte: »Miß Ann!« – »Ja?« – »Der neue Aufseher, mit dem ist nichts los!« –

»Ach, sprich nicht drüber!« erwiderte Ann. »Er wird bald wieder gehen müssen!«

Sie ritten langsam weiter; Plato hielt sich einige Pferdelängen hinter ihr. Die Fahrstraße wand sich als ein graues Band voll bunter Sonnentupfen unter den Bäumen hin. Angenehme, freundliche Stimmungen überwallten die Reiterin. Gilday mochte im Hintergrunde warten, bis sie ihrem Vater oder Jerry berichtet hatte, was für ein abscheulicher Kerl er wäre. Wenn sie ihn auch getroffen hatte, sie war doch froh, das Haus verlassen zu haben. Wie ein Rausch erfüllte sie stets, die prachtvoll reichen Felder des hohen Sommers um sich her gebreitet zu sehen.

Granatapfelbäume bezeichneten die Grenze zwischen Ardeith und Silberwald; sie flammten in lauter karmesinfarbenen Blüten. Gerade hatte sie die leuchtenden Bäume passiert, als sie eine Stimme hörte,

die ihren Namen rief. Sie blickte zur Seite, und die Kehle wurde ihr ein wenig eng; Denis Larne war es; er kam durch die Baumwollreihen herangeritten.
Ann verhielt ihr Tier, um Denis Zeit zu geben, die Straße zu erreichen. Wie vorzüglich er aussah! Denis war hochgewachsen, sein Körper sehnig und muskulös, mit breiten Schultern, schmalen Hüften und langen, harten Beinen. Er trug weder Rock noch Hut; sein rötliches, von der Sonne gebleichtes Haar wehte fröhlich im Wind über dem scharf und kräftig geschnittenen Gesicht, dessen Konturen durch einen spitz gezogenen Schnurrbart noch betont wurden; der Bart glitt rechts und links des festen Mundes gerade abwärts und schwang nur ein wenig nach außen, wo er die Kinnlinie traf.
»Das nenne ich Glück!« Mit diesem Ruf gesellte er sich ihr zur Seite. »Wie geht es dir? Wo willst du hin?«
»Danke ausgezeichnet! Ich habe kein bestimmtes Ziel«, entgegnete sie. Denis betrachtete sie begeistert. Wie anders Gildays unverschämte Blicke sie getroffen hatten; wie er sie abgetastet hatte! Ich habe bislang nicht begriffen – dachte sie –, was Denis für ein durch und durch anständiger und ritterlicher Mensch ist. Sie hörte ihn sagen:
»Du siehst bezaubernd aus und kühl wie Eis-Creme.«
»Vielen Dank!« Sie lächelte ihn bewundernd und geschmeichelt an, geschmeichelter, als er eigentlich ahnen sollte. »Und schönsten Dank für die Rosen, die du mir heute morgen schicktest. Sie sind entzückend.«
Sie ritten in gemächlichem Schritt die Straße entlang.
»Als die Sonne aufging, sah ich sie vom Fenster aus in unserem Garten; sie glichen dir aufs Haar!« sagte Denis.
»Und dann? Was hast du dann getan?« fragte sie.
»Ich habe sie geschnitten und den Boten abgesandt. Dann habe ich mir die Baumwolle angesehen. Die Blüten öffnen sich schneller als gewöhnlich. Wie macht sich deines Vaters neuer Aufseher?«
»Er ist widerlich«, antwortete Ann mit innerlichem Schaudern. »Ich werde Jerry und meinem Vater sagen, daß er mir gar nicht gefällt. Willst du –«; sie suchte nach einem Thema, das mit Gilday nichts zu tun hatte. »Willst du wieder Zypressen roden lassen, trotz der Fiebergefahr?«

»Gewiß! Es hat nur wenige Fieberfälle gegeben. Die Krankheit ist jetzt erloschen. Sie hat mir viel Sorge bereitet.«
»Mir auch!« antwortete Ann. »Ich fühle mich für einige Todesfälle mitverantwortlich. Damals, als du den Anschlag machen ließest, begegnete mir die Tochter der Upjohns im Park; ich erzählte ihr, daß du Arbeiter suchtest. Gestern traf ich sie in Ardeith; ihre zwei Brüder sind im Lager gestorben.«
»Du kannst nichts dafür, Ann!«
»Nein, aber es war mir doch schrecklich. Ich wollte dich fragen, ob du nicht weißt, wo sie wohnt. Vielleicht ist sie in Not.«
»Mache dir keine Gedanken!« sagte Denis besänftigend. »Ich weiß, daß es ihr zur Zeit nicht schlecht geht. Ich habe allen Familien, die ihre Männer verloren haben, Schadenersatz gezahlt.«
»Wirklich?« Sie rief es erstaunt und begeistert. »Ach, das macht mir die Geschichte leichter. Das ist wunderbar von dir, Denis! Nicht viele Pflanzer sind so großzügig!«
Wenn Denis gelobt wurde, fühlte er sich unbehaglich. Mit einem kurzen Lachen lenkte er ab: »Gut, gut! Das Fieber ist vorbei, und die Zypressen sind geschlagen, bevor die Nebel einsetzen. Das Holz ist schon verkauft. Nun kann ich das Land mit Reis bepflanzen.«
»Wie tüchtig du bist!« bemerkte sie. Nur wenige Leute in Denis' Alter – überlegte sie – zeigen sich der Aufgabe gewachsen, eine so große Plantage wie Ardeith verantwortlich zu verwalten. Die meisten jungen Herren in der gleichen glücklichen Lage wie Denis vertreiben sich in irgendeinem Seebad angenehm die Zeit und lassen die Banken für den Rest sorgen.
»Nicht tüchtig«, erwiderte er lächelnd, »nur ehrgeizig! Da sind wir!« Sie hatten die Tore von Ardeith erreicht. »Hast du Lust, ein Weilchen einzutreten?«
Sie nickte. Ihre Pferde bogen in die Allee. Ann fühlte sich auf ganz unvernünftige Weise glücklich. Denis' kühle Selbstsicherheit wirkte erfrischend, verglichen mit der höflichen Unaufrichtigkeit ihrer zahlreichen anderen Verehrer. Sie beobachtete seine feste Gestalt, den adligen Schnitt seines Gesichtes mit steigendem Wohlgefallen.
Bald hatten sie das Haus erreicht. Er hielt ihr Pferd, während sie abstieg. Die Luft war erfüllt vom Duft der Gardenien; sie blühten üppig vor der Säulenhalle. Denis pflückte ihr eine Blüte. Sie steckte das

duftende Geschenk ins Knopfloch am Aufschlag ihres Reitkleides.

»Du bist sehr schön!« flüsterte er ihr verhalten zu, damit Plato es nicht hörte.

Sie lächelte. Denis schickte Plato in die Küche; er solle sich etwas zu essen geben lassen, während er dort wartete. Ann und Denis traten in den Schatten der Säulen-Galerie.

»Soll ich uns eine Limonade bestellen?« fragte er sie.

»Wunderbar! Und laß mir eine Menge Eis hineintun!«

»Gut!«

Als er im Innern des Hauses verschwunden war, verweilte Ann noch einen Augenblick auf der Galerie; nachdenklich streichelte sie eine der Säulen mit der Reitgerte.

Sie war im Hause Ardeith schon hundertmal zu Gast gewesen. Doch wollte es ihr scheinen, als erfaßte sie seine weitgerühmte Herrlichkeit heute zum erstenmal; denn zum ersten Male stellte sie sich ernsthaft die Frage, ob sie hier den Rest ihres Lebens verbringen könne und wolle.

Dalroy – so hieß die Stadt, die unterhalb der großen Plantage am Flusse lag; man nannte sie oft eine Stadt der Paläste. Die Straße aber, die von Dalroy ins Land hinausführte, galt als eine der vornehmsten in ganz Amerika; viele stolze Herrensitze säumten sie. Doch so lang sie sich auch erstreckte – nicht ein einziges Schloß an ihrem Rande ließ sich mit Ardeith vergleichen.

Ein schmiedeeiserner, hoher Zaun mit kunstvollen Toren auf der Vorder- und Rückseite schied das mächtige Gebäude und den Park ringsum von den Feldern der Pflanzung. Vor vielen Jahren hatten sich die Larnes aus Frankreich einem Gartenarchitekten verschrieben, der ihnen den Park entworfen hatte – Mimosen, Magnolien, Myrten, Bananen-Stauden, ein Dutzend verschiedener Palmenarten, Rosen und Azaleen, Kalla-Lilien und Gardenien, feuerfarbene Canna indica, karmesinroten Hibiscus mit langen, goldgefiederten Blütenzungen, Kamellien, Jasmin und Oleander, lavendelfarbene Wasser-Hyazinthen mit zwiebeligen Stengeln – die Blumen- und Blütenpracht schwoll unabsehbar. Das Haus war aus Zypressen-Balken erbaut; Zypressenholz überdauert Generationen. Vor seinen vier Veranden an den vier Seiten erhoben sich mächtige dorische

Säulen. Über der Doppeltür des vorderen Eingangs war ein Fächerfenster eingelassen, mit Scheiben aus buntem Glas. Das Haus wandte dem großen Mississippi hinter den Deichen im Hintergrund die Rückseite zu; so zauberte die Frühsonne jeden Morgen durch das bunte Fenster einen Regenbogen in die Halle. Diese aber, die große Halle, durchquerte das ganze Gebäude bis zu der Doppeltür, die auf die hintere Veranda führte.

Dreißig Zimmer umschloß das erstaunliche Bauwerk – abgesehen von den Quartieren der Haussklaven, die sich seitwärts vor der Hinterfront erhoben, und von dem aus Ziegeln errichteten Küchenhaus, das mit dem Haupthaus durch einen überdachten, aber sonst offenen Holzgang verbunden war. Die Sheramys hatten sich aus Italien neun weiße und neun schwarze Marmor-Kamine kommen lassen; die Larnes hatten für alle Kamine weiß als Farbe gewählt – auch jede Abwandlung der Türgriffe hatten sie sich versagt. Alle Angeln und alle Klinken zu Ardeith bestanden aus getriebenem Silber; das galt auch für die Kerzenhalter auf beiden Seiten der marmornen Kamine. Die Vorhänge aus dunkelrotem Brokat waren in weiße Seide gefaßt. Die Möbel des herrschaftlichen Schlafzimmers hatte man, in einzelne Teile zerlegt, den Fluß heraufschaffen müssen, so schwer waren sie; der Tischler hatte sie begleitet, um sie erst an Ort und Stelle zusammenzusetzen.

Aber das Prachtvollste im Hause Ardeith war die Treppe.

Ann betrat die Halle und betrachtete die schwebenden Stufen, deren Geschichte sie schon viele Male vernommen hatte. Als David Larne, Denis' Großvater, das Haus erbaute, nahm er sich vor, es vor allen anderen in Louisiana auszuzeichnen: nicht nur durch Marmor, Silber und Brokat – darauf verfiel jeder Dockarbeiter, der zu Geld gelangte. Der alte Larne hatte der großen Tradition, die sich in diesem Hause für die Familie verkörperte, noch besondere Gestalt verleihen wollen. Die Vorfahren waren nach Louisiana gezogen, als sich weit und breit noch Sumpf und Urwald dehnten; sie hatten sich Ardeith aus der Wildnis herausgeschlagen. Nun löste ein Larne den anderen ab; sie wuchsen und heirateten, zeugten Kinder und starben; sie träumten ihre Träume und trugen ihre Enttäuschungen; nie sollte sie der Mut verlassen, fortzufahren. »Denn natürlich«, hatte David Larne seiner Frau gesagt, »das Leben läuft immer im Kreise.«

Sie hatte eingewandt: »Wollen wir nicht lieber sagen, es bewege sich in Spiralen? Was meinst du dazu?«
So hatten sie die Treppe bauen lassen. Der Architekt saß monatelang über den Berechnungen – und als die Treppe errichtet war, vernichtete er die Pläne. Sie trug sich frei, die wunderbare Wendeltreppe, wand sich ohne Stütze einmal in der Luft um sich selbst, ehe sie das obere Stockwerk erklomm, ein Wunder der Baukunst wahrhaft. Sechs Fuß maßen ihre Stufen in der Breite. Das Geländer hatte ein Künstler seines Fachs geschnitzt; die Schnörkel, Girlanden und Blumen waren tief herausgearbeitet; jeden Morgen mußten zwei Slaven eine Stunde lang Staub wischen. Am Fuß der Treppe, wo die Stufen sich erweiterten, kurvte das Geländer aus und schlang sich um eine weiße Säule, als wäre es lebendig. Wenn des Abends die Kerzen zwischen Tür und Treppe entzündet wurden und der Zugwind die Flämmchen flackern machte, so entlockten sie der Schnitzerei geheimnisvolles Schattenspiel. – In den meisten Häusern bedeutet eine Treppe nur das Mittel, ein höher gelegenes Stockwerk zu erreichen. Die Treppe von Ardeith aber war ein Mahnmal des Geschlechts der Larnes, von Legenden umwittert. Wenn die Frauen der Larnes in ihren raschelnden Röcken und Schleppen die Treppe herniederrauschten, wenn die Männer der Larnes, schmalhüftig, elegant, unverwechselbar, sie erstiegen, dann wurde deutlich, daß hier edleres geschaffen war als nur ein zweckbestimmtes Werk, einem alten Geschlechte schicklich zu dienen. Die Treppe war das Sinnbild einer Tradition, die Generationen überdauert hatte und weitere überdauern sollte.
Ann stand am Fuß der Treppe und blickte sich um. An den beiden langen Wänden hingen die Bildnisse der Vorfahren Denis', Menschen von strahlender Natürlichkeit, die sich hier in festlichem Glanz für die Nachwelt hatten verewigen lassen. Die Namen der meisten kannte sie nicht. Aber sie wußte, daß einer von ihnen mit ihr verwandt war. Sie und Denis besaßen gemeinsame Ahnen. Anns Augen glitten mit keineswegs freundlichen Blicken über die gemalten Gesichter: ob jene Männer und Frauen die Bürde vorausgeahnt hatten, die sie ihren Nachfahren hinterließen, als sie starben? Denis allerdings schien niemals als Last zu empfinden, was ihm vererbt war. Er nahm die Vergangenheit der Familie hin, wie er das Land

hinnahm, worin er geboren war; beides hatte ihn zu dem gemacht, der er war; beides war immer gegenwärtig; man brauchte es also nicht zu erörtern. Denis schätzte es wenig, das Dasein zu zerdenken.

Das alles braucht mich nicht zu erregen, dachte sie bei sich in der Stille der großen Halle. Anns und Denis' Familien waren gleich alt; Anns Blut war ebenso blau wie das seine. Der einzige Unterschied zwischen ihnen bestand darin, daß die Sheramys sich lieber als Einzelpersönlichkeiten denn als Glieder eines Geschlechts gewürdigt sehen wollten; sie zogen es vor, nur das zu tun, was ihnen behagte. Ann hatte es stets sehr erheiternd gefunden, daß ihr Vater ein leichtsinniges junges Ding mit hochfliegenden Plänen, ihre Mutter nämlich, geheiratet hatte, die mit ihren eigenwilligen Streichen das ganze Land am Strom in Atem hielt. Noch heute hatten die Leute nicht aufgehört, sich über den alten Sheramy und seine verrückte Heirat zu wundern. Doch hatte Ann bisher nicht im geringsten zu bezweifeln brauchen, daß ihr Vater mit ihrer Mutter in glücklichster Ehe gelebt hatte.

Denis trat in die Halle. Bin ich nicht ein Dummkopf, fragte sich Ann, wenn ich zögere, einen Mann zu heiraten, um den mich alle Welt am Strom beneiden wird? Als Denis sie am Fuß der Treppe erreichte, zog er sie in plötzlicher Leidenschaft in seine Arme.

Ann entzog sich ihm ein wenig nach den ersten Augenblicken. Sie blickte zu ihm auf; sie empfand seine körperliche Nähe erregend angenehm. Denis sagte kein Wort. Er hielt sie in seinem linken Arm; seine Rechte ruhte auf ihrer Schulter; er lächelte sie so zwingend an, daß Ann spürte, wie sie nachgab – als wäre seine Inbrunst ein Befehl und ihr mangelte es an Kraft, sich aufzulehnen. Als Denis sie abermals an sich zog, warf sie ihm die Arme um den Nacken und hielt ihre Lippen den seinen entgegen. Er flüsterte, wie sehr er sie liebe. Ihr Kopf ruhte an seiner Schulter; ihre Hand verwirrte sein kupfriges Haar. Als er in diesem Augenblick von neuem sie bat, seine Frau zu werden, da nickte sie bejahend. Doch zugleich spürte Ann, wie in entlegenen Winkeln ihres Gemüts eine leise quälende Frage nicht schweigen wollte: hatte sie nur diese romantische Verehrung zu erwarten – – – nichts weiter? Eine leise Unruhe blieb zurück, denn sie wußte keine Antwort.

Denis jedoch war strahlend mit sich im reinen. Sein Entzücken ließ ihn von innen her glänzen. Sie sagte: »Ist Heirat das, was alle von ihr sagen – so ernst und feierlich? Wie soll ich heute wissen, was ich mir in dreißig Jahren wünschen werde?« Denis lachte tief und verhalten; er hob eine Locke von ihrer Schulter und küßte sie. »Was es auch sein mag, Liebste«, versprach er, »du sollst es bekommen, wenn ich es vermag.«

»Niemand ist lieber als du!« flüsterte Ann; wieder legte sie ihm die Hände auf die Schultern und blickte zu ihm auf, scheinbar vor Glück ganz außer Atem. Tatsächlich aber fuhr ihr der Gedanke durch den Sinn: was für ein hübsches Paar wir abgeben werden, Denis und ich! Die Leute werden mich beneiden; er sieht vorzüglich aus – und ich mit meinem Talent für Kleider und Schmuck –! Und eine Hochzeit will ich feiern –! Nach Jahren noch sollen die Leute davon reden!

Nach einer Weile traten sie in den Salon. Während sie geeiste Limonade schlürften, lehnte sie sich auf dem Sofa an den Verlobten. Er hatte den Arm um sie gelegt; in dem beschatteten Raum, bei dem kühlen Getränk merkten sie nichts von der Hitze des Tages. Sie sprachen nicht viel. Denis war glücklich, daß sie sich endlich ihm versprochen hatte, und Ann empfand ein Gefühl des Gesichertseins. Alle Schwierigkeiten würden sich von selber lösen, seit sie sich nun entschlossen hatte, Denis zu heiraten. Sie sah ihr zukünftiges Dasein deutlich vor sich ausgebreitet, als hätte sie es schon durchschritten.

Vielleicht fände ich die Aussicht auf eine solche Ehe erregender – überlegte sie –, wenn ich dazu erzogen wäre. Es wandelte sie sogar der Gedanke an, das Leben meine es allzu gut mit ihr; aber er verflog so schnell, wie er gekommen war, beschämt ob seiner Unangemessenheit. Doch hinterließ er die unwillkürliche Erkenntnis: sanft ist die Straße, über die ich gewandert bin – mir fehlt ein Maßstab; von den Gipfeln und den Abgründen der Wirklichkeit weiß ich nichts.

3

In der ersten Woche des Oktobers beraumte die alte Mrs. Larne den alle sechs Monate fälligen Hausputz an. So war es im Hause Ardeith von jeher Sitte gewesen. Als die Arbeit gut in Fluß gekommen war, unternahm sie ihren ersten Rundgang durch die Kammern und Lagerräume. Sie mußte sich vergewissern, ob auch alle ihre Anweisungen genau befolgt wurden. Achtunggebietend rasselten die Schlüssel an ihrem Gürtel.

Mrs. Larne liebte das Haus, fast als wäre es ein lebendiges Wesen. Die duftenden Wäschekammern, die blanken Fußböden, die Regale mit langen Reihen verstaubter Weinflaschen – das Porzellan, das Kristall, das Silber, ein jedes schimmernd an dem Platz, der ihm vorbestimmt war – der sorgsam gepflegte Besitz flößte ihr ein Gefühl wie nach wohlverrichteter Arbeit ein. Hier lag ihr Königreich, und sie regierte es mit Anstand. Die Dienerschaft wußte, was sie zu tun hatte; sie wurde gut und gerecht behandelt; jeder verrichtete die ihm zugewiesene Aufgabe mit Besonnenheit und Sorgfalt, wie jeder seiner Muße und Erholung sicher war, wenn er seine Arbeit getan hatte. Sie hatte niemals die Sorglosigkeit verstanden, mit welcher manche Frauen ihre Häuser bezahlten Wirtschafterinnen anvertrauten. Sie ließ die Schlüssel niemals aus der Hand; nur wenn sie einmal krank das Bett zu hüten hatte, übergab sie diese höchsten Symbole ihrer Würde dem unvergleichlichen Napoleon. Dieser war seit seinen Kindertagen so sorgsam gezogen, er war auf seine Stellung als Oberdiener so stolz, daß er die Untergebenen strenger zu ihren Verrichtungen anhielt, als es die Herrin des Hauses selbst gewohnt war.

In den Wäschekammern schichteten die Mädchen das Leinen in die Schrankfächer, die sauber geputzt waren und mit frischem Seidenpapier ausgelegt. Sie legten trockenen Lavendel und Veilchenwurzeln, zierlich in Tüll gewickelt, zwischen die einzelnen Packen. Der angenehme Duft drang durch das ganze Haus. Mrs. Larne griff nach einem Stapel von Tischtüchern; ihre Hand strich wohlgefällig über den schweren Damast. Hier und da glitten ihre Finger über gestopfte Stellen, die aber so gewissenhaft im Gewebe versteckt waren, daß sie kaum entdeckt werden konnten. Sie hatte selbst die Mädchen gelehrt, so kunstvoll zu stopfen. Ihr Leinen war dazu bestimmt, jahrzehntelang zu halten; wenn es gut behandelt wurde, dann hielt es auch so lange. Sie kaufte nur das Allerbeste; aber sie benutzte es, bis es auseinanderfiel.

Auf der hinteren Veranda lagen die Winter-Vorhänge und Teppiche ausgebreitet. Eifrig bürsteten die schwarzen Hausdiener daran herum, um die letzten Reste der Tabakblätter zu entfernen, die man, die Motten fernzuhalten, während des Sommers in sie eingerollt hatte. Mrs. Larne warf den fleißig Tätigen einen prüfenden Blick zu und trat dann wieder in die Halle zurück. Hier schloß sie die Weinkammer auf und öffnete die Tür in ihrer Rückwand; dahinter führte eine Treppe in ein unterirdisches Gewölbe hinunter. Mrs. Larne stieg die Stufen hinab; eines der Mädchen hatte ihr eine brennende Kerze gereicht. Dumpfige Luft schlug ihr entgegen. Die vier Fuß starken Mauern waren aus Mörtel und Ziegeln gefertigt. Auf den Regalen ruhten in dichten Reihen spinnwebverhangen und bestaubt altehrwürdige Flaschen, unersetzliche, köstliche Jahrgänge edelster Weine, Whiskys, Kognaks und Brandys, die nur bei großen Gelegenheiten wie Taufen oder Hochzeiten ans Tageslicht gehoben wurden. Zur Linken wuchtete der gepanzerte Schrank; er enthielt eine Anzahl wertvoller Erbstücke und Dokumente; sie waren zu kostbar, als daß sie auf den oberen Stockwerken verwahrt werden konnten.
Das Gewölbe zeigte sich in bester Ordnung. Mrs. Larne stieg die Treppe wieder hinauf und schloß die Tür hinter sich ab. In der Halle reichte sie die Kerze dem Mädchen zurück und wies Napoleon an: »Wenn die Wäsche eingeräumt ist, sage mir Bescheid. Du findest mich oben in meinem Arbeitszimmer.«
»Jawohl, Madame!« Mit der wohlerzogenen Ehrerbietigkeit, die für ihn bezeichnend war, beugte sich Napoleon aus der Hüfte zu Boden: »Sie verloren Ihr Taschentuch, Mrs. Larne!«
»Ich danke!« sagte sie. Napoleon wandte sich um und begann, die nötigen Anweisungen zu erteilen, wie die minderen Bediensteten die Winter-Vorhänge aufzuhängen hatten. Er war auf Ardeith geboren wie vor ihm seine Eltern, das Haus war sein ganzer Stolz. Mrs. Larne blickte dankbar zu ihm hinab, als sie die Wendeltreppe aufwärts stieg. Sie trat in ihr Arbeitszimmer. Die Rechnungsbücher lagen auf dem Tisch; aber sie machte sich nicht sofort an die Arbeit. Sie blickte sich im Zimmer um; über die lichten Möbel aus Rosenholz und die Schale mit Dahlien auf dem Kamin spielten die Strahlen der herbstlichen Sonne. Viel Sonnenschein war nicht mehr zu erwarten. Jeden Tag mochten die Nebel vom Strom her zu wallen beginnen; sie hoff-

te, das Haus schon bestellt zu haben, wenn die dunklere Zeit einsetzte.

Mrs. Larne preßte die Hände ineinander und lauschte den Stimmen der Dienstboten, die von unten heraufdrangen: »Mrs. Larne sagt, wir sollen – – –. Die Mistreß will – – –. Die Mistreß hat befohlen, – – –«

Laut sprach sie vor sich hin: »Zum letztenmal!« Die Hände zerrten an den Bändern der Haube, ohne daß sie es wußte. Unhörbar flüsterte sie: »Hilf mir, Herr, daß niemand merkt, wie schwer es mir fällt!«

Seit dem Tode des Gatten hatte sie sich auf den Tag ihres Rücktritts vorbereitet; denn selbstverständlich würde Denis eines Tages heiraten. Sie wünschte nicht, ihn für immer zu leiten, und hatte sich geschworen, keine jener Schwiegermütter zu werden, die sich ewig einmischen und nicht imstande sind, auf ihren Vorrang und die Schlüsselgewalt zu verzichten. Aber die Möglichkeit, Denis könne das Gänschen aus Silberwald mit dem süßen Augenaufschlag heimführen, war niemals ernsthaft von ihr ins Auge gefaßt worden.

Sie ließ die Gedanken durch all die Jahre rückwärts wandern. Sie sah sich selbst als junges Mädchen, lang und schmal wie einem alten Legendenbuch entstiegen, mit einem Antlitz, nicht gerade schön zu nennen, aber voller Stil und Anmut. Sie war als Frances Durham geboren, eine Tochter also aus der großen Familie von Schiffseigentümern, die ihr Vermögen schon in längst vergangenen Tagen begründet hatte, als es noch keine Vereinigten Staaten von Nordamerika gab; die Durhams hatten damals Kiel- und Flachboote für den Handel und Verkehr auf dem großen Mississippi gebaut. Sie entsann sich des Tages, an welchem sie Sebastian Larne geehelicht hatte, der Größe ihrer Aufgabe bewußt und voll heißer Gebete, sie möge ihm eine so pflichtbewußte Gattin werden, wie er's verdiente. Sie entsann sich des zielsicheren Geschicks, mit welchem sie – nicht ohne Grazie – ihre Stellung als Herrin von Ardeith angetreten hatte. Ihr Leben war nicht einfach gewesen, hatte sie sich doch nie einer besonders kräftigen Gesundheit erfreut. Sie schenkte Denis das Leben und schien damit ihr Äußerstes geleistet zu haben. Viermal noch hatte sie geboren; aber die winzigen, schwächlichen Wesen hatten nie länger als ein paar Tage gelebt. Nur Cynthia, ihrem sechsten

Kinde, schien es gelingen zu wollen, die Jugendjahre zu überstehen; doch das Haar der Mutter war inzwischen weiß geworden; die Sorgen um die Gesundheit der Tochter hatten es gebleicht. Als aber Denis zum Manne herangewachsen war, wollte es Frances Larne so erscheinen, als hätte sich ihr Leben schließlich doch gelohnt, wunderbar gelohnt. Denn Denis bewies den kraftvollen Wagemut, der seine Vorfahren in die Wildnis geführt hatte, und zugleich den schönen Anstand, den sie mit wachsendem Erfolg und Reichtum erwarben. Denis war noch jung, als sein Vater starb, aber Frances Larne spürte, daß das weitere Geschick der Plantage Ardeith in Händen lag, die es zu meistern verstanden.

Dann kehrte Ann Sheramy aus dem Pariser Institut zurück, wo sie den letzten gesellschaftlichen Schliff empfangen hatte. Sie brachte einen Berg von schönsten Kleidern mit und schien kein weiteres Lebensziel zu kennen, als sich mit ihnen angetan von einer möglichst zahlreichen Schar junger Herren bewundern zu lassen. Sie schlug ihrer Mutter nach, die ein Fräulein Leichtfuß mit einer besonderen Vorliebe für Champagner gewesen war; Oberst Sheramy hatte sie in Savannah kennengelernt, wohin er abkommandiert gewesen war. Frances hatte nie begriffen, warum der ernste und schwerblütige Mann sie geheiratet hatte. Nun hatte Denis vor den Reizen dieser Ann kapituliert, die nichts weiter war als ein hübscher Dummkopf.

Die beiden hatten sich verlobt, und gleich nach der Baumwollernte sollte die Hochzeit stattfinden. Als Denis seiner Mutter berichtete, daß er mit Ann einig geworden, war Frances Larne gegen ihre Absicht nicht imstande gewesen, ihren Widerspruch zu unterdrücken. Noch niemals, solange er lebte, hatte der Sohn die Mutter mit so harten Worten zurechtgewiesen:

»Ich weiß, daß du sie nicht liebst. Aber ich liebe sie. Alles weitere geht dich nichts an.«

»So ist es!« hatte sie geantwortet. »Entschuldige, Denis!«

Dann fragte er: »Mutter, warum lehnst du sie so heftig ab?«

»Ich lehne jedes Mädchen ab«, rief sie aus, »die nichts weiter im Sinn hat als Kleider, Männer und wie man Geld ausgibt.«

»Das stimmt nicht und ist ungerecht«, erwiderte Denis entschieden und bitter. Frances schwieg nach diesen Worten. Es mochte nicht

besonders höflich sein, was sie gesagt hatte, aber es entsprach der Wahrheit.
Mrs. Larne maß ihr stilles Zimmer mit den Schritten aus, immer wieder. Ann also sollte Herrin auf Ardeith werden mit seinen dreißig wunderbaren Räumen und der Ordnung, die sie hier geschafft hatte. Sie stellte sich Ann vor: wie sie den Reichtum der Larnes zum Fenster hinauswerfen und Denis' strahlendes Leben verspielen würde. Frances Larne vernahm, wie jenseits der Halle die kleine Cynthia in ihrem Schulzimmer sich mit der Erzieherin auf französisch unterhielt; dabei fiel der Name Ann Sheramy. Die Erzieherin ließ das Kind über alles sprechen, was es wollte, wenn es sich nur richtig auf französisch ausdrückte.
»Sie ist schön, Mademoiselle, und so schöne Kleider bestellt sie für ihre Aussteuer. Sie wird die schönste Braut sein, die jemals einer gesehen hat. Ich würde sie jeden Tag besuchen, wenn Mutter es mir erlaubte. Ihr Hochzeitskleid wird aus echten Brüsseler Spitzen geschneidert und das Unterkleid aus weißer Seide. Richtige Brüsseler Spitzen – ach! Und der Reifrock aus feinstem Stahl und federleicht –!«
Echte Spitze, dachte Frances. Tausend oder fünfzehnhundert Dollars für ein Kleid ausgeben, das sie nur ein einziges Mal in ihrem Leben anziehen wird. Oberst Sheramy würde ihr die Sterne vom Himmel holen, wenn sie Lust bekäme, sie im Haar zu tragen.
Sie hörte, daß Denis sein Zimmer verließ. Sie trat vor ihre Tür.
»Willst du ausreiten?« fragte sie ihn; er zog sich gerade die Reithandschuhe an und trug die Reitpeitsche unter den Arm geklemmt.
»Ja, nach Silberwald. Vielleicht bleibe ich zum Abendbrot drüben.«
»Bruder Denis!« rief Cynthia aus ihrem Schulzimmer auf englisch; sie hatte feine Ohren. Sie steckte ihren Kopf zur Tür hinaus:
»Bruder Denis, wenn du nach Silberwald reitest, bestelle doch Miß Ann viele Grüße!«
Er drehte sich lachend um und rief: »Wird geschehen, Schwesterchen!« Dann fragte er:
»Bist du im Augenblick sehr beschäftigt, Mutter?«
»Nein. Was gibt es?«
»Darf ich einen Augenblick bei dir eintreten?«

»Gewiß!« Er zog die Tür hinter sich ins Schloß.
»Mutter, ich wollte dir sagen, daß wir den sechsten Dezember als Hochzeitstag festgesetzt haben. Ann möchte gern, daß wir an die Golfküste reisen. Im Norden wird es zu kalt sein.«
Frances hatte an ihrem Schreibtisch Platz genommen und blätterte geistesabwesend in einem Konto-Buch: »Gewiß! Wie lange gedenkt ihr, unterwegs zu sein?«
»Einen Monat etwa.«
»Das ist eine lange Reise für diese Jahreszeit. Du wirst dann schwerlich wieder hier sein, wenn das Pressen des Zuckerrohrs beginnt.«
Denis lächelte: »Diesmal mögen sie ohne mich anfangen. Schließlich heiratet man nicht oft. Ann ist so gern an der See.«
»Wahrscheinlich ist es ihr noch nie in den Sinn gekommen, daß eine kürzere Hochzeitsreise den Verpflichtungen einer Pflanzersgattin besser entspräche!«
Als sie den Satz kaum ausgesprochen hatte, hätte sie sich am liebsten die Zunge abgebissen; aber es war zu spät. Eine dunkle Röte stieg Denis ins Gesicht; er stützte sich mit einer Hand auf die Tischkante und lehnte sich zu ihr hinüber:
»Mutter, ich möchte nicht ungezogen sein. Aber ich habe dergleichen nun genug angehört; meine Geduld ist am Ende.«
Sie seufzte:
»Mir tut leid, was ich gesagt habe, Denis!«
»Immer tut dir leid, was du ausgesprochen hast. Warum behandelst du sie nicht ein wenig freundlicher? Wenn schon nicht um ihretwillen, könntest du es wenigstens um meinetwillen versuchen.«
Frances antwortete gefaßt: »Ich hoffe, daß ich niemals unfreundlich gewesen bin, Denis.«
»Du behandelst sie so kühl, daß sie die Absicht spüren muß. Sie hat mich schon mehr als einmal gefragt, warum du mit ihr umgehst, als sei sie mit Aussatz behaftet.«
Das klang nach der Ausdrucksweise Anns. Frances hob die Augen und deckte seine Hand mit der ihren. Sie zwang sich zu einem Lächeln: »Denis, ich habe mich mein Leben lang bemüht, keine jener Mütter zu sein, die sich in die Angelegenheiten ihrer Kinder eindrängen; aber manchmal gelingt es mir nicht ganz. Ich liebe dich und habe vielleicht eine allzu bestimmte Vorstellung von dem Glück, das

ich mir für dich wünsche; diese Vorstellung deckt sich offenbar nicht mit deinen eigenen Wünschen.«

»Ich verstehe«, erwiderte Denis und lächelte nachgiebiger. Dann wurde er wieder ernst: »Früher oder später werde ich dir noch etwas anderes sagen müssen. Ich kann es ebensogut auch gleich tun.«

»Was ist es, Denis?«

Er antwortete ohne Zögern, doch langsam, als ob er seine Worte besonders sorgfältig wählte, bevor er sie aussprach: »Es ist mir unklar, warum dir ein so entzückendes und sanftmütiges Geschöpf wie Ann mißfällt. Aber da du nun einmal gegen sie eingenommen bist, werde ich kaum erwarten dürfen, daß ihr beide unter dem gleichen Dach in Frieden miteinander auskommt.«

Der alten Herrin von Ardeith war, als griffe eine Hand nach ihrer Kehle; aber sie sagte nichts. Dies hatte sie nicht erwartet. Doch konnte sie nicht bestreiten, daß sie, mit den Augen ihres Sohnes betrachtet, vielleicht nichts Besseres verdiente. Er fuhr fort: »Wenn Vater noch am Leben wäre, könnten sich Ann und ich in der Stadt ein Haus nehmen. Doch wie die Dinge liegen, bedarf die Pflanzung meiner ständigen Aufsicht.«

Frances erhob sich langsam; sie schickte ein stummes Gebet zum Himmel, daß es ihr vergönnt sein möge, ihrer Stimme einen ruhigen Klang zu geben. Sie antwortete sehr gefaßt: »Ich verstehe, Denis!« Sie blickte ihm geradewegs in seine klaren, grauen Augen und fuhr fort: »Ich habe ohnehin die Absicht gehabt, mit Cynthia auf Reisen zu gehen. Die Aussprache ihres Französisch muß noch verbessert werden. Gleich nach deiner Hochzeit wollen wir abfahren – und wenn wir wieder nach Amerika zurückkehren, werden wir uns nicht mehr in Ardeith niederlassen.«

Er lächelte sie an: »Du bist viel klüger, Mutter, als die meisten anderen Leute. Ich danke dir aufrichtig!«

»Mein liebster Junge!« fuhr Frances fort. Sie nahm seinen Kopf in ihre Hände: »Möge Gott mir helfen, daß ich dich dein eigenes Leben auf deine eigene Weise leben lasse. Nun reite nach Silberwald und sage Ann, ich ließe sie in Liebe grüßen!«

»Du bist die bezauberndste aller Mütter!« Denis sagte es ernst, beugte sich hernieder und küßte ihre Wange.

Sie hörte, wie er mit schnellen Schritten die Treppe hinuntersprang. Frances trat an den Kamin und zerpflückte eine der Dahlien. Die Blumenblätter flatterten auf die Feuerstelle.
Sie hatte sich stets bemüht, ihre Pflicht zu tun. Niemand ahnte, wie schwer es sie manchmal ankam. Außer ihr gedachte ja niemand mehr der vier kleinen Gräber auf dem Friedhof. Frances spürte ein leises Zittern in der Brust wie von einer kleinen Flamme. Manchmal machte sich ihr Herz auf diese Weise bemerkbar – besonders dann, wenn es ihr nur mit äußerster Anstrengung gelungen war, sich selbst zu beherrschen; doch klagte sie über die Schmerzen, die ihr der Körper manchmal bereitete, ebenso selten wie über die Qualen, die ihre Seele zuweilen zu bestehen hatte. Ob auch diese beiden strahlenden Menschen, ihr Sohn und die junge Ann Sheramy, noch einmal würden lernen müssen, wie hart es die Menschen ankommt, Haltung und Anstand zu bewahren, wenn das Schicksal sie feindlich behandelt? Die Erfahrung bleibt keinem erspart. Gegen ihren Willen stieg ihr ein stoßendes Schluchzen in die Kehle; sie stützte die Stirn gegen den Marmor; wie tröstlich kühl er zu spüren war! Eine Träne bahnte sich den Weg die Wange abwärts, überquerte die Stelle, auf welche Denis seine Mutter geküßt hatte, und zersprühte auf den farbenbunten Blütenblättern zu ihren Füßen.
Frances merkte nach einer Weile, daß sie das Kaminsims mit ihrer Rechten streichelte. Wie stolz war sie auf Denis stets gewesen, wenn sie ihn über die Felder reiten sah; wie sie seinen lockeren und zugleich straffen Sitz zu Pferde liebte; so saß im Sattel, wer geboren war zu befehlen. Entweder er oder sie beurteilte die geplante Ehe falsch; sie liebte ihren Sohn zu innig, um nicht zu hoffen, der Irrtum läge bei ihr. Es klang so einfach, dem jungen Paar das Haus zu überlassen, um nicht zu einer der Schwiegermütter aus den Witzblättern zu werden. Denis würde ihr unendlich dankbar dafür sein und die Mutter nur noch tiefer lieben. Jenes Mädchen aber, das er heiratete, es besaß nur soviel Verstand wie ein Kanarienvogel. Ann würde mit den Schultern zucken und als ihr gutes Recht betrachten, die ältere Generation beiseite zu drängen; die Schwiegermutter hatte das Haupt zu neigen und abzutreten.

4

Denis und Ann feierten Hochzeit in jenen Wochen des Nebels und der Stille, die auf den Plantagen anbrechen, wenn die Baumwolle abgeerntet ist und das Pressen des Zuckerrohrs noch nicht begonnen hat. Ann stand neben Denis in der großen Halle zu Silberwald. Einhundertundfünfundzwanzig Fuß handgeklöppelter Spitze waren in ihrem Brautkleid verarbeitet. Und ihr Schleier – so hatte Denis es ausgedrückt – schien aus den Nebeln des großen Stromes gewoben. Ihr Reifrock besaß einen solchen Umfang, daß Denis sich fast hinüberlehnen mußte, als sie den Finger aus dem Schlitz im Handschuh schlüpfen ließ, damit er ihr den Ring darüberstreifen konnte; der schwere goldene Reif trug auf der Innenseite eingraviert die Schrift: »Für Ann von Denis, am 6. Dezember 1859.« – Hundert Gäste waren zu der Feier geladen, zweihundert andere erschienen außerdem, um ihre Glückwünsche abzustatten – und um die Hochzeitsgeschenke abzuschätzen. Zwei vertrauenswürdige Sklaven wanderten mit Argusaugen durch die Räume: berauschte Gäste mochten auf den Einfall kommen, sich einen silbernen Löffel als Andenken an die wunderbarste Hochzeit mitzunehmen.

Viele der Hochzeitsgäste ließen ihre Wagen vorfahren, um das junge Paar zum Hafen zu geleiten, wo Denis und Ann das Schiff stromab nach New Orleans besteigen wollten. Sie hatten vor, die Nacht im St. Charles Hotel zu verbringen und am nächsten Tage nach Pass Christian weiterzureisen. Ann ließ sich bei den Landungsbrücken von Denis aus dem Wagen helfen; sie brachte ihren Rock rund um sich her wieder in Ordnung und zog den Pelz fester um die Schultern – es wehte kalt vom Strom herüber. Leise fiel ihr ein, daß sie für eine eben heimgeführte Braut beinahe allzuviel Haltung zeigte, und auch, daß sie noch nie in ihrem Leben besser ausgesehen hatte. Der Wagen mit den Koffern rumpelte näher. Denis ging hinüber, um den Kutscher anzuweisen, wie er das Gepäck verstauen sollte. Ann tat ein paar Schritte zur Seite; sie näherte sich der Laufbrücke, die das Schiff mit dem Ufer verband; die vielen schwatzenden Gäste, gingen ihr allmählich auf die Nerven.

Ihre Röcke streiften die buntgestickte Reisetasche eines geringeren

Passagiers, der darauf wartete, an Bord zu steigen, sobald der dichte Haufe der Hochzeitsgäste sich verlaufen hatte. Ann blickte auf, ein Wort der Entschuldigung auf den Lippen – der Mann, den sie vor sich sah, war Gilday, der frühere Angestellte ihres Vaters, der als Aufseher auf Silberwald nicht zu gebrauchen gewesen war.
Ann fuhr zurück, als sie seine Rosinen-Augen über ihre Glieder tasten fühlte; doch hinter ihr schleppte eine dichte Kette von Negern die Koffer an Bord; für den Augenblick sah sie sich auf der Stelle, wo sie stand, gefangen. Gilday wurde sofort dessen inne, daß sie ihm nicht auszuweichen vermochte; er zog kühl und bedächtig den Hut und musterte sie.
Ann wandte ihre Augen ab, dem Flusse zu. Ihr fiel ein, was Jerry berichtet hatte, als sie sich über Gilday bei ihm beschwerte: der Oberst wollte Gilday ohnehin entlassen; er hätte gerade erfahren, Gilday wäre in Maryland Teilhaber einer »Zucht-Farm« gewesen; für Aufseher solcher Sorte hätte er auf seiner Plantage keine Verwendung. Ann hatte den Ausdruck »Zucht-Farm« noch nie vernommen und wollte wissen, was darunter zu verstehen sei. Jerry verweigerte zunächst jede Erklärung; er bedauere, das Wort überhaupt in den Mund genommen zu haben. Aber sie bestand darauf, sich nicht abspeisen zu lassen. Schließlich erläuterte er, daß es in Maryland und Virginia hier und da billiges Land zu kaufen gäbe; dort hätten gewisse Leute Siedlungen eingerichtet, wo wenige schwarze Männer mit vielen schwarzen Weibern zusammengesperrt würden, um Kinder für die Sklavenmärkte zu produzieren; dort richtete sich der Preis der Negerinnen nicht nach ihren Kenntnissen und Fähigkeiten, sondern nach ihrer Fruchtbarkeit. Ann hatte sich vor Entsetzen gekrümmt, als sie dies hörte! Übel war ihr geworden; sie drängte, was sie vernommen hatte, in den hintersten Winkel ihres Bewußtseins zurück und beschloß, sich Gildays und seiner widerlichen Geschäfte niemals zu erinnern. – Nun sie dem Mann hier abermals begegnete, spürte sie den gleichen physischen Ekel wie damals. Ihr Magen drohte, sich umzukehren. Und dies an meinem Hochzeitstage! Sie dachte es zornig. Sie wünschte den Burschen tot, der ihr zu dieser Stunde solche Vorstellungen heraufbeschwor.
»Schönen guten Tag, Madame!« sagte Gilday mit schmieriger Vertraulichkeit. »Sie haben sich also verheiratet?« Seine Lippen streck-

ten sich zu einem glatten Grinsen. »Eine schicke Hochzeit, wie ich sehe –!«
Ann schaute sich unwillig nach den Kofferträgern um. Warum beeilten sie sich nicht! Wenn dieser Kerl sie anrührte, so würde sie schreien. Aber er rührte sie nicht an.
»Ich gehe ja schon.« Gilday brachte die Worte absichtlich träge heraus. »Keine Ursache, sich weiter über mich aufzuregen. Aber ist das nicht eklig: ich reise auch auf Ihrem Flitterwochen-Schiffchen; schade, daß Sie mich so wenig leiden mögen!«
»Es geht mich nichts an, wie Sie reisen«, sagte Ann so bestimmt und abweisend wie möglich.
»Nein, Madame, da mögen Sie recht haben«, näselte Gilday weiter. »Aber ich habe darauf gehofft, Sie wiederzusehen. Man hat mir zugesteckt, daß Sie es gewesen sind, die Vater und Bruder beredet hat, mich auf die Straße zu setzen. Das war nicht sehr hübsch von Ihnen, Fräulein, gar nicht hübsch von Ihnen!«
»Wollen Sie, bitte, jetzt so gut sein, mich vorbeizulassen!«
»Oh –!« Aber er rührte sich nicht. »Ich meine nur, Sie sollten es wissen: dankbar bin ich Ihnen nicht. Sie werden auf Ihrer Hochzeitsreise in den feinen Hotels manchmal noch an den armen Gilday denken, der ohne Stellung ist – und die Schuld haben Sie!«
»Ach, schweigen Sie!« knirschte sie zwischen den Zähnen. Gerade stapfte der Neger, der den letzten ihrer Koffer trug, hinter ihr vorbei. Sie floh fast, eilte den Kai entlang, um sich wieder zu ihren Freunden zu gesellen. Eine der Brautjungfern, Sarah Parcell, ein lustiges, rothaariges Mädchen, lief ihr entgegen:
»Hier ist sie ja! Um alles in der Welt – wo hast du nur gesteckt, Ann?«
»Die Kofferträger haben mich aufgehalten!« sagte Ann fast außer Atem, als spürte sie die schleimigen Augen Gildays immer noch in ihrem Rücken.
»Du bist mir eine schöne Braut! Gehst auf der eigenen Hochzeit verloren!« schalt sie vergnügt.
Ann gab sich Mühe, wieder zu Atem zu kommen.
»Wo ist Denis?«
»Hier bin ich!« hörte sie seine Stimme. Niemals war er ihr so willkommen gewesen. Ohne hinzuschauen, entriß sie Sarah ihre Hand

und faßte seinen Arm. »Das Gepäck ist verstaut«, sagte er. »Wir können an Bord gehen.«
Fest hielt sie seinen Arm. Als sie der Laufbrücke zuschritten, ging ein dichter Regen von Reis über ihnen nieder. Denis lachte, und auch Ann lachte in fast hysterischer Erleichterung. All dies vollzog sich so richtig und regelrecht: wie sie über das Deck des Dampfers lief, der Hochzeitsreis auf ihre Haube prasselte und ihr den Rücken hinunterrieselte. Gemeinsam liefen sie durch den Salon des Schiffes und erreichten ihre Kabine. Denis knallte die Tür zu und schob den Riegel vor.
»Zentnerweis liegt er an Deck!« rief er, warf den Rock ab und ließ den Reis herniederprasseln. »Kein Mensch wird gehen können, ohne auszugleiten, ehe das Zeug nicht aufgefegt ist.«
Ann lachte, als sie den Reis aus ihrer Haube schüttelte; sie schob das Hütchen zur Seite, verschränkte ihre Hände in seinem Nacken und blickte ihm in die Augen:
»Denis, ich liebe dich!«
Er umarmte sie: »Und ich dich, Liebste, Schönste!«
»Bis zu dieser Minute, meine ich, habe ich nicht richtig gewußt, wie sehr ich dich liebe!« sagte Ann. »Du bist so gut zu leiden. Du bist so, so – unvermeidlich. Ich weiß immer genau, was du tun wirst, denn es ist immer das, was im Augenblick zu tun ist. Ich freue mich, daß ich dich geheiratet habe.«
Denis küßte sie. Als sie in seinen Armen lag, überkam Ann das Empfinden, als hätte sie sich in eine Burg zurückgezogen.

5

Die Sklaven von Ardeith tanzten und sangen vor dem Haus auf dem Rasen, als Ann heimkehrte. Die ganze Sippe Larne, von Denis' Mutter angeführt, stand unter den Säulen versammelt, sie willkommen zu heißen. Ann errötete weder noch klopfte ihr das Herz, als sie lächelnd die Küsse der Versammelten entgegennahm. Sie wußte sehr wohl, daß man möglicherweise in ihrem Gesicht nach jenen dunkleren Ringen unter den Augen suchte, die man die Schatten der Stor-

chenflügel nennt. Es bereitete ihr ein geheimes Vergnügen, sie alle mit ihren blühenden Wangen zum Narren zu halten. Noch hatte sie keinen Grund, den Storch zu erwarten, und sie wußte wohl, daß die Verwandtschaft viel zu zurückhaltend war, als daß sie ihre Neugier durch eine unmittelbare Frage verraten hätte.
Sie trat ins Haus und vertauschte auf ihrem Zimmer das Reisekleid gegen ein solches aus feiner blaugewürfelter Kaschmirwolle mit weißem Batistkragen und langen Ärmeln; in ihr Haar schmiegte sich das Häubchen der verheirateten Frau aus Spitzen und Batist mit blauen Bändern; zum ersten Male hatte sie ihrem eigenen Abendtisch als Hausfrau vorzustehen. Zwanzig Gäste waren versammelt, darunter ihr Vater und Jerry und eine verwirrende Anzahl von Vettern aus beiden Familien. Mrs. Larne, die einen Tag später nach Europa abreisen wollte (Gott sei gepriesen! dachte Ann, fromm wie nie), präsidierte fern von ihr am anderen Ende des Tisches, an Denis' rechter Seite; aber Cynthia saß unmittelbar neben Ann – und war im siebenten Himmel!
Als sich die Damen erhoben, um abzufahren, schritt Mrs. Larne den Tisch entlang und übergab Ann das Bund mit den Schlüsseln. Ann sagte: »Dankeschön!« und küßte der Geberin die Stirn. Denis' Oheim brachte noch einmal einen Trinkspruch auf die junge Herrin von Ardeith aus. Ann wartete, bis er geendet hatte, dankte dann allen und schlang die Kette mit den Schlüsseln um ihren Gürtel.
Das Gewicht der Schlüssel an ihrer Hüfte war ihr höchst unbequem. Sie verabscheute Zeremonien dieser Art. Als sie abends mit Denis die große Treppe aufwärts stieg, fiel ihr Blick auf Napoleon, der gerade in der Halle die Kerzen löschte. Sie lehnte sich über das Geländer, löste die Kette von ihrem Gürtel und rief ihn an:
»Napoleon, ich habe eine Dame als Haushälterin angestellt; sie wird nächste Woche eintreffen. Du weißt viel besser als ich, wo alles Nötige zu finden ist. Nimm die Schlüssel so lange in Verwahrung.«
Napoleon formte eine Schale aus seinen Händen; sein dunkles Gesicht zeigte sehr erstaunte Falten: »Ich soll die Schlüssel führen, Mrs. Larne?«
Sie ließ das Bund in seine Hände fallen. Napoleons Augen glitten fragend zu Denis hinüber. Der lachte in nachsichtiger Liebe:
»Tu nur, was Mrs. Larne dir aufträgt, Napoleon!«

Ann schob ihren Arm unter den ihres Gatten und stieg schnell mit ihm die Treppe hinauf.
Frances hatte in der offenen Tür ihres Zimmers gestanden und die Stimmen gehört. Als Denis und Ann die letzten Stufen nahmen, trat sie hastig zurück; die beiden blickten nicht zu ihr hinüber; sie aber konnte sie beobachten. Denis öffnete die Tür zum großen ehelichen Schlafzimmer. Er nahm die Karaffe auf, die gleich neben der Tür auf einem kleinen Tisch wartete: »Einen Schlaftrunk, liebes Herz?«
»Ja, danke!« sagte Ann.
Er lehnte sich über die Karaffe und küßte sie. Im Hintergrund des Zimmers brannten in silbernen Armleuchtern die Kerzen. Auf dem weißen Marmorsims des Kamins ruhten zwei Schalen mit Rosen.
Die mächtigen Schränke standen bereit, Anns zahlreiche Kleider aufzunehmen –.
Frances hatte sie mit ihrer so viel bescheideneren, sparsameren Garderobe räumen müssen ...
Und das große Ehebett mit dem mächtigen Himmel, den vier Pfosten trugen, und den karminroten Vorhängen –! Man hatte es in Stücke zerlegt den Fluß heraufschaffen müssen, so gewaltig und schwer war es gebaut. Sie blickte die Halle hinunter, wo die Treppe sich umschwang. Denis' Großvater hatte sie errichtet – als Wahrzeichen eines großen Geschlechts.
Frances fühlte einen hilflosen Zorn in sich aufsteigen, der schmerzhaft brannte. Drüben schwang die Tür ins Schloß. Der Schlüssel knirschte leise. Frances trat in ihr Zimmer zurück und riegelte sich ein, als wäre sie bedroht.

VIERTES KAPITEL

1

Selbst eine so ungeheure Summe wie hundert Dollars reicht nicht ewig. Obgleich Corrie May jeden Cent dreimal umdrehte, bevor sie ihn ausgab, löste sich ihr Reichtum langsam, aber sicher in Wohlgefallen auf, bevor sich noch der Winter seinem Ende näherte. Pappa hielt ganze Serien von schönen Reden, aber mit der Arbeit hatte er nach wie vor nicht viel im Sinn. Jetzt war er mit einigen anderen Predigern auf einem Wohnboot unterwegs und rettete Seelen stromauf und stromab. Jedermann sprach davon, was für ein wundervoller Prediger er wäre; wer ihm zuhörte, der fühlte das höllische Feuer unter den Sohlen brennen, hörte über seinem Scheitel die Engel im Himmel singen; aber das zauberte keine einzige Bohne in den Kochtopf daheim und erst recht kein Stückchen Fleisch.
Tag für Tag wanderte Corrie May am Hafen entlang und zerbrach sich den Kopf. Budge war böse auf sie, und ihre Eltern waren es nicht minder; warum mußte sie ihn auch so unfreundlich behandeln! Er hatte nun auf dem Pachtacker seine Wohnstatt aufgeschlagen. Ab und zu war sie versucht zu glauben, daß sie alle Widerwärtigkeiten vermieden hätte, wäre sie seine Frau geworden – aber zugleich spürte sie in einem anderen Winkel ihres Herzens, daß auch die Heirat ihr nichts genutzt hätte. Sie wäre damit endgültig der gleichen Hoffnungslosigkeit verkettet worden, in die sie hineingeboren war; noch hatte sie sich die Freiheit gewahrt, ihr zu entrinnen. Wo aber war die Brücke, über die sie von der immer höher und gefährlicher umfluteten Insel ihres kleinen Daseins auf sicheren Grund entfliehen konnte?
Der Rattletrap Square hielt sie saugend fest wie schleimiger Morast. Jeden Tag versank sie ein wenig tiefer darin. Wenn sie nachts in dem Verschlag hinter dem Herde auf ihrer harten Bettstatt lag, dann streckte sie sich manchmal und fühlte ihre jungen Muskeln unter der festen Haut sich regen; es war noch nichts verloren; es war noch nicht zu spät, sich aus der dumpfen Umwelt hochzukämpfen. Doch dann stürzte die Erkenntnis über sie herein, wie hoffnungslos die Schlacht für sie stand. Sie hatte kein Ziel vor Augen, dem sie zustre-

ben konnte; die Möglichkeiten, die vielleicht die Welt ihr irgendwo bot, wollten sich nicht enthüllen; sie blieben hinter dichten Nebeln verborgen wie das westliche Ufer des Stromes im Herbst.
Es gab manch besseres Los – das wußte sie –, als es ihr vom Schicksal gewährt war, so zum Beispiel das jener wenigen bevorzugten Leute wie Ann Sheramy und Denis Larne. Corrie May hatte am Hafen gestanden, als die beiden zu ihrer Hochzeitsreise das Schiff bestiegen. Als sie am Abend darauf das kärgliche Nachtmahl bereitete, versuchte sie, sich das Leben vorzustellen, dem das junge glückliche Paar entgegenging. Aber ihre Gedanken verloren sich bald im Nebel. Nicht nur, daß sie einen Haufen Geld besaßen, unterschied jene Leute von ihren eigenen – es trat noch etwas Weiteres hinzu: die Gewißheit, von den »richtigen« Eltern geboren zu sein. Auf den großen Plantagen verrieten selbst die Sklaven noch die selbstverständliche und unbewußte Sicherheit, über welche die Menschen nur dort verfügen, wo sie eines bestimmten und angemessenen Platzes in der allgemeinen Ordnung der Dinge gewiß sind und wo für ihre leiblichen und seelischen Bedürfnisse vorgesorgt ist, solange sie sich dieser Ordnung willig einfügen. Corrie May entsann sich jener geschäftigen schwarzen Mammy – wie sie knickste, als Ann vorüberging –, jenes hochgewachsenen kaffeefarbenen Dieners – wie er sich verbeugte, als Denis die Laufbrücke betrat, die zu dem Flußdampfer hinüberführte –, all jener Kutscher, die würdevoll auf den Böcken der herrschaftlichen Wagen saßen! Sie wurden menschlich und gerecht behandelt, das merkte man ihrem ruhigen und sicheren Benehmen an; sie erhielten, was ihnen zustand.
Solche Sicherheit und Ordnung hatte das Schicksal ihr verweigert; sie wußte nicht, wie beides zu gewinnen war, wenn es den Menschen nicht schon in der Wiege beschert ist.
Inzwischen hatte man weiter sein Leben zu fristen, mußte essen und trinken und die Miete bezahlen. Corrie May sah sich in der Gegend des Hafens nach Arbeit um. Sie war bereit, die Fenster der Kontore zu putzen oder in den Hotels Treppen und Flure zu wischen. Überall erhielt sie die gleiche Antwort: für solche Arbeiten besaß man seine Sklaven; weiße Mädchen mietete man nicht. Manchmal wurde sie bei den Landungsbrücken von Männern angesprochen oder am Arm gefaßt. Sie schüttelte sie ab – nicht so sehr aus Gründen der Tu-

gend, sondern weil sie wußte, daß dies kein Ausweg war. Zu Beginn des Winters wurde sie mit anderen weißen Mädchen auf Ardeith eingestellt, um Orangen zu pflücken; in diesem Jahre waren die Orangen gerade zu der Zeit reif geworden, in welcher das Zuckerrohr geschnitten werden mußte; die schwarzen Sklaven reichten nicht aus, die Arbeit zu bewältigen. Corrie May verdiente dreißig Cents am Tag. Mit einem Dollar und achtzig Cents vermochten ihre Mutter und sie, eine Woche lang auszukommen – ein paar Handvoll rote Bohnen, ein paar Hände voll Reis und einige Zwiebeln dazu, das gab eine Mahlzeit, und sie kostete knapp einen Nickel. Aber die Apfelsinen-Ernte war allzubald vorbei.

Etwa sechs oder sieben Wochen nach der großen Hochzeit sah Corrie May eines Tages die junge Mrs. Ann Larne mit einer anderen jungen Dame, Miß Sarah Purcell, im Park spazierengehen. Dabei verlor Ann einen Handschuh, ohne daß sie es merkte. Corrie May hob ihn auf und wendete ihn in der Hand hin und her; er war aus Rehleder gefertigt und besaß die Farbe einer unreifen Zitrone. Zu ihrem Erstaunen bemerkte Corrie May, daß die Spitze des Zeigefingers vorsichtig und sehr sorgfältig gestopft war. Corrie May lief hinter den beiden Damen her und gab den Handschuh zurück. Ann dankte ihr und wandte sich dann mit Miß Purcell einem Wäschegeschäft zu. Corrie May blickte den beiden nach – mit einem Male drängte sich ihr ein neuer Gedanke auf. Es war ihr niemals eingefallen anzunehmen, daß auch vornehme Damen gestopfte Kleider tragen. Corrie May hatte der nebelhaften Vorstellung gehuldigt, daß sie schadhafte Gegenstände einfach fortwürfen; doch dieser Gedanke entsprach offenbar nicht den Tatsachen. Und Corrie May verstand, sehr zierlich zu stopfen. Unzweifelhaft verfügte Ann schon über so viele Dienstboten, als sie nur haben wollte; aber sicherlich hatte sie auch viele nötig; auf einen mehr oder weniger kam es wohl nicht an.

Am nächsten Morgen fand sich Corrie May schon früh am Hafen ein. Sie hatte Schuhe angezogen – von dem Versicherungsgeld der Brüder hatte sie ein Paar erworben –; sie machte einen sehr ordentlichen Eindruck. Sie hielt die Augen offen und entdeckte schließlich einen Zuckerwagen, der ein Schild mit der Aufschrift »Ardeith« trug. Als der Fahrer seine Fässer abgeladen hatte, ging sie auf ihn zu und sagte:

»Ich habe etwas Geschäftliches in Ardeith zu erledigen. Du kannst mich mitnehmen.« Der Schwarze blickte von der Apfelsine auf, an der er lutschte, grinste und erwiderte: »Gewiß doch, weißes Mädchen, steig auf!«

Corrie May kletterte auf den Kutschersitz; sie versteckte die Hände in ihrem Rock; sie sollten sauber bleiben. Es war eine lange Fahrt, aber Corrie May hatte Freude daran. Der Januarmorgen leuchtete, die Sonne funkelte auf den Feldern, und die Zuckersiedereien sprühten Feuer. Am rückwärtigen Tor von Ardeith stieg sie ab, dankte dem Fahrer und wandte sich der Hintertür zu. Als auf ihr Klopfen ein schwarzes Mädchen öffnete, nannte sie ihren Namen und verlangte, die junge Mrs. Larne zu sprechen.

Bald kam die Dienerin zurück: die Dame des Hauses warte. Corrie Mays Herz klopfte ängstlich. Ann war freundlich zu ihr gewesen, aber Corrie May hatte nichts von ihr zu erbitten brauchen; nun aber war sie auf eine Gunst aus, und der Empfang mochte weniger herzlich ausfallen. Wenigstens wollte sie ein einziges Mal die große Wendeltreppe hinaufgestiegen sein.

Sie täuschte sich. Das Mädchen führte sie ans Ende der hinteren Galerie; eine schmale, gerade Holztreppe führte von hier aus die Wand entlang nach oben. Corrie May erklomm die Stufen gehorsam; vielleicht werde ich eines Tages – so dachte sie – würdig sein, die Wendeltreppe zu benutzen.

Die obere Halle, weit und breit wie die untere, öffnete sich nach vorn in einer hohen Glastür auf einen kleinen, weißen Balkon. An den Seitenwänden reihten sich einige Türen nebeneinander; Corrie May unterdrückte einen bewundernden Seufzer: auch sie besaßen silberne Angeln und Klinken. Das farbige Mädchen klopfte an eine der Türen. »Ja!« rief Anns Stimme.

»Hier ist das weiße Mädchen, das Sie sprechen möchte, Mrs. Larne!« sagte die Dienerin und ließ Corrie May ins Zimmer treten. Als sie über die Schwelle schritt, stiegen ihr die Brauen hoch vor Erstaunen. Sie hatte das Wohnzimmer einer Dame betreten, einen hohen, warmen und unbeschreiblich behaglichen Raum; Kupferstiche hingen an den elfenbeinfarbenen Wänden; die gepolsterten Stühle und Sessel waren mit Damast bezogen, der die Farbe dicker Sahne zeigte. Feiner Duft eines Parfüms schwebte in der Luft. Aus den Fenstern blickte man zu Tulpen- und Kamellien-Bäumen nieder, die schon Knospen ansetzten. Auf einem Sofa unweit des Feuers lehnte Ann gegen einen Berg von Kissen. Ihr Haar war offen; sie trug einen weißseidenen Morgenrock mit weiten Faltenärmeln und keine Strümpfe; ihre Füße blickten zur Hälfte aus zierlichen weißen Pantoffeln, die mit Pelz besetzt waren. Als Corrie May eintrat, ließ sie das Moden-Magazin sinken, in dem sie gelesen hatte.

»Ah, guten Morgen, Corrie May!« sagte sie und entließ das farbige Mädchen mit den Worten: »Das ist alles, Berta!« Ann richtete von neuem ihre Augen auf Corrie May und fragte: »Was führt dich her?«

Corrie May hatte die Absicht gehabt, mit einer Entschuldigung zu beginnen; etwa mit den Worten: »Hoffentlich bin ich nicht aufdringlich, Madame – – –«; sie hatte die ganze Ansprache während der Wagenfahrt geübt. Nun vergaß sie alles; der Anblick, den Ann ihr bot, brachte sie aus der Fassung; wie warm und träge Ann dalag, so ohne alle Sorgen und Pflichten; sie war noch nicht einmal angekleidet, obwohl die Mittagszeit schon vergangen sein mußte. Der Ärger verzehrte Corrie Mays Schüchternheit; sie stieß wenig freundlich hervor: »Entschuldigen Sie, Mrs. Larne, daß ich schon so früh am Morgen komme.«

»So früh?« fragte Ann verwundert; dann mochte ihr bewußt werden, wie unvollkommen sie bekleidet war. »Oh –!« sagte sie mit einem kleinen Lächeln. »Ich habe die vergangene Nacht auf einem Kostümfest vertanzt und bin gerade erst aufgestanden. Deshalb bin ich noch nicht angezogen.«

Corrie May entdeckte jetzt, daß auf einem kleinen Tischchen neben dem Sofa Anns Frühstück stand; aus der silbernen Kaffeekanne stieg noch Dampf. Gerade erst aufgestanden – um diese Tageszeit! Ann fragte:

»Ich hoffe, es geht dir gut?«

Corrie May krampfte ihre Hände ineinander; es fiel ihr schwer, sich zu beherrschen. Am liebsten hätte sie Anns weichen Leib aus den Kissen gezerrt, hätte die träge junge Dame grün und blau geprügelt und sie dann fortgeschleppt, um sie einmal mit der Nase drauf zu stoßen, wie die allermeisten Leute in der Stadt Dalroy lebten, der reichsten am Fluß, der Stadt der Paläste. Sie schluckte – – aber statt

der sanften, ehrerbietigen Antwort, die sie eigentlich zu geben vorhatte, sagte sie:
»Mir ist es schrecklich ergangen. Ich meine, krank bin ich nicht gewesen. Aber seit meine Brüder umgekommen sind beim Zypressenroden für Ihren Mann, gibt es in unserer Familie keinen mehr, der Geld verdient.«
»Ach –«, seufzte Ann. Sie ließ das Magazin zu Boden gleiten und richtete sich auf den Ellenbogen hoch. »Das tut mir wirklich sehr leid. Würdest du bitte den Klingelzug rühren –.«
Sie verkörperte vollkommen jene liebreiche Leutseligkeit, mit welcher die Dame nach ihrem Geldtäschchen greift –. Corrie trat einen Schritt näher und griff nach der Kante des Tisches, auf dem die silberne Kaffeekanne stand. »Nein!« rief sie. »Ich bitte nicht um Almosen.«
Ann geriet aus der Fassung: »Ja, was denn sonst?«
»Ich suche Arbeit«, beteuerte Corrie May heftig. »Bitte, Madame, geben Sie mir etwas zu tun. Ich weiß, Sie haben einen Haufen Neger. Aber ich will arbeiten. Ich muß für meine Mutter sorgen und auch für mich selbst. Bestimmt, ich verstehe mich auf vielerlei. Ich kann flicken und stopfen, Ihre Kleider und Handschuhe –.«
»Aber ich brauche nie – – –«, wollte Ann einwerfen; doch Corrie May war nicht aufzuhalten: »Ich könnte eine Wette drauf eingehen: keiner Ihrer Neger versteht, Kleider so hübsch auszubessern wie ich. Und wenn ich das übernehme, dann können die Schwarzen inzwischen zu was anderem angestellt werden. Ich kann nähen – mit allerwinzigsten kleinen Stichelchen, Miß Ann. Und ich muß eine Arbeit finden.«
»Jetzt verstehe ich«, antwortete Ann freundlich. »Mein Irrtum von vorhin tut mir leid. Natürlich sollst du Arbeit haben, wenn du sie so dringend nötig hast. Kannst du zum Beispiel Musselinkleider stärken?«
»Ja, Madame!«
»Ich finde es sehr nett von dir, daß du für deine Mutter sorgst. Komm hier herein!« Sie durchquerte das Zimmer zu einer Seitentür; ihr Morgenkleid rieselte hinter ihr her über den Teppich.
Die Tür öffnete sich in ein Schlafzimmer an der nördlichen Vorderecke des Hauses. Noch nie in ihrem Leben hatte Corrie May ein

größeres Zimmer betreten. Von den vier Pfosten des Bettes war jeder weit umfangreicher als Corrie Mays Taille; in schweren roten Falten wallten die Vorhänge vom Betthimmel hernieder. Auch in diesem Raum brannte ein Feuer – schiere Verschwendung, dachte Corrie May, ein Schlafzimmer auch tagsüber zu heizen! Die Wasch- und Frisier-Toilette war mit großen Spiegeln versehen; auf den Handtüchern prunkten dick gestickte Monogramme. Der Ankleidetisch blitzte vor silbernen Haarbürsten, geschliffenen Parfümflaschen und daunigen Puderquasten mit silbernen Griffen. Eine Mulattin räumte Kleider, Unterröcke und Intimeres noch zusammen, womit der Flur bestreut lag. Corrie May schritt staunend durch Wolken zarter Düfte; Ann öffnete einen hohen Mahagonischrank:
»Hier«, sagte sie und holte einen Unterrock hervor, dessen steif gestärkte Falten knisternd auseinanderfielen. »Der Besatz ist zerrissen. Lucile«, sie wandte sich an das hellbraune Mädchen, »besorge Faden und Nadel. Du kannst hier Platz nehmen, Corrie May. Wenn du den Rock gestopft hast, schaue ich mir deine Arbeit an. Sollte der Schaden schön geheilt sein, so werde ich sicher weitere Arbeit für dich finden.«
Corrie May griff nach dem Unterrock, außer sich vor Freude, in einem solchen Zimmer arbeiten zu dürfen! Bis jetzt hatte sie nur die Arbeit im Sinne gehabt; sie mußte ja ihren Unterhalt verdienen; nun wurde sie der Pracht und des Reichtums inne, der sie hier umgab; wie würde sie sich hier erholen! Kein Schmutz, keine kreischenden Kinder, keine Betrunkenen nebenan, keine mageren Katzen, die ihr um die Beine strichen, keine Kakerlaken, keine üblen Gerüche! Sie blickte auf:
»Dieser Rock kommt frisch aus der Wäsche. Ich will erst meine Hände richtig blank scheuern.«
»Gewiß, da ist der Waschtisch!« Ann wandte sich wieder dem Zimmer zu, aus dem sie hergekommen war. »Lucile, du kannst hinuntergehen, wenn du hier fertig bist. Plätt heute irgendwann die Bänder an meiner Haube aus blauem Satin.«
Lucile stellte vor Corrie May einen Nähkasten nieder mit Garn, Schere und Fingerhut und verließ den Raum. Corrie May wusch sich die Hände; es kam ihr wie eine Entweihung vor, als sie sich an einem Ende des sauberen Handtuchs abtrocknen mußte; sie faltete es zu-

sammen, daß es aussah, als wäre es noch nicht benutzt; sie stülpte den Deckel wieder über die Seifenschale, goß das Wasser aus und spülte die Schüssel sauber. Dann setzte sie sich und fing an, die zerrissenen Besätze vorsichtig aufzunehmen und zu stopfen; sie arbeitete angestrengt; feine Schweißtröpfchen traten ihr auf die Stirn.
Als sie mit der schwierigen Aufgabe fertig und der Schaden geheilt war, lehnte sich Corrie May aufatmend und glücklich zurück. Welch prächtiger Raum – und wie gepflegt! Einen Augenblick lang war sie beinahe froh, daß sie solche Häuser nicht gewohnt war; denn wäre sie es gewesen, so hätte sie dies unbeschreibliche Gefühl des Wohlbehagens nicht zu schmecken vermocht. Alles war so wunderbar ringsum. Zur Seite stand zwischen den Fenstern ein kleiner Tisch; die Sonne beschien ihn mit schrägen Strahlen – und plötzlich wurden Corrie Mays Augen geblendet von grünen und roten Funkellichtern.
Sie stand leise auf, faltete den Unterrock hinter sich auf dem Stuhl zusammen. Dort lagen sie gehäuft: Armbänder und Halsketten und Ohrringe; die Steine glitzerten in der Sonne. Corrie May fragte sich staunend und aufgeregt, was sie da wohl vor sich hatte. Sie entsann sich der Namen von Edelsteinen, die sie gelegentlich vernommen hatte – Diamanten, Amethyste, Perlen, Smaragde, Topase – welch ein Berg von Herrlichkeit!
Furchtsam streckte sie die Hand aus und rührte das Wunder an. In dem Spiegel über der Waschtoilette erblickte sie ihr Bild – wie mich wohl solche Juwelen kleiden mögen; fragte sie sich kühn. Eine Sünde wär' es nicht, es zu versuchen; sie wollte den Schmuck gleich wieder an seinen alten Platz zurücklegen. Sie schob den Ärmel ihres Kleides hoch und spannte ein Armband um ihr Gelenk; sie hielt sich eine bunte Halskette vor und zitterte fast vor Entzücken, als sie die Sonne in den Steinen blinken sah.
Die Tür ging auf. »Bist du fertig?« fragte Anns Stimme.
Corrie May schnellte herum. Das Halsband entglitt ihrer Hand und rasselte zu Boden. Die Träume von Sicherheit und Stille in diesem Hause zersplitterten zur gleichen Zeit. Eine fliegende Hitze lief ihr unter den Kleidern über die Haut.
»Mrs. Larne, ich schwöre es; ich wollte sie nicht wegnehmen!« Ihre Stimme bebte vor Angst. Sie nestelte an dem Armband; das Schloß

wollte sich nicht lösen: »Bitte, bitte, Mrs. Larne! Um alles in der Welt nicht; ich würde nicht stehlen! In meinem ganzen Leben habe ich noch nie gestohlen. Ich weiß ja, alle diese Sachen gehören Ihnen. Ich wollte nur probieren, wie man damit aussieht.« Sie brach plötzlich in Tränen aus. Die Knie zitterten unter ihr. Sie sah sich schon schrecklich im Gefängnis sitzen, weil sie versucht hatte zu stehlen. Schluchzend warf sie endlich das Armband auf den Tisch, lief auf Ann zu, nahm Anns Ellbogen in ihre Hände: »Mrs. Larne, bei dem allmächtigen Gott –« Sie schluchzte krampfhaft.
»Aber, aber, mein armes Mädchen!« vernahm Corrie May Anns Stimme. Sie fühlte, wie Ann den Arm um ihre Schultern legte, fühlte Anns Taschentuch, das ihr die Tränen trocknete.
Corrie Mays Wange ruhte auf der kühlen Seide des Morgenrocks, den Ann immer noch trug. »Mein Gott, Mrs. Larne, Sie sind ja so gut, eine so liebe Dame.« Ihre Stimme war kaum zu verstehen vor Schluchzen. »Ich weiß, die Dinger sind tausend Dollars wert oder womöglich noch mehr; und ich – ich sollte sie wirklich nicht angefaßt haben, ganz bestimmt nicht, ich weiß es! Aber ich habe noch niemals Diamanten oder so etwas angehabt, noch niemals!«
»Weine nicht!« sagte Ann. Plötzlich nahm Corrie May wahr, daß Ann zu lachen schien. Sie hob ungläubig den Kopf und blickte die Trösterin an. Ann lachte wirklich; sie sagte: »Kleine Corrie May, es sind ja keine Juwelen; der ganze Berg ist nicht zehn Dollars wert.« Sie lief zu dem Tisch hinüber, der all die bunten Schmuckstücke trug, hob das Geglitzer mit beiden Händen auf:
»Hier!« sagte sie, »willst du sie haben?«
Corrie May fühlte ihren Atem stocken: »Sie meinen –« So verwirrt war sie, daß sie kaum sprechen konnte: »Sie meinen, ich soll das behalten?«
»Gewiß, du kannst es behalten. Der Schmuck ist nur aus Glas. Ich trug das Zeug letzte Nacht zum Kostümfest; ich hatte mich als Zigeunerin aufgetan.«
Corrie May griff nach den Geschenken mit zitternden Händen. Wenn es auch keine echten Juwelen waren – am Rattletrap Square würden sie großen Eindruck machen! »Vielen, vielen Dank, Madame! So etwas Schönes habe ich noch nie besessen. Bestimmt, ich dachte, es sind lauter Juwelen!«

»Wenn es echte Steine wären –« erklärte Ann freundlich, »man könnte die ganze Pflanzung und noch viel mehr dafür kaufen!«
Corrie May lächelte und hob ihren Arm ungeschickt zu den Augen, um sich mit dem Ärmel die letzten Tränen abzuwischen: »Aber, Mrs. Larne, wenn es auch keine richtigen sind, bestimmt, ich wollte sie nicht stehlen!«
»Ich glaube es dir, Corrie May!« tröstete Ann sie. »Denke nicht mehr daran. Gewiß willst du mich so wenig bestehlen wie ich dich!«
Corrie May schlug die Augen nieder. Ann fuhr fort:
»Zeige mir jetzt den Unterrock!«
Corrie May legte die Schmuckstücke auf den Tisch zurück und entfaltete ihr Werk. Sie bewegte sich langsam; es bereitete ihr einige Mühe, die schöne Unparteilichkeit zu begreifen, mit welcher die Moral ihr ebenso das Stehlen untersagte wie der jungen Mrs. Larne.
Ann jedoch, der solche moralischen Probleme offenbar noch niemals Kopfzerbrechen bereitet hatten, prüfte eindringlich, wie die Krausen ihres Unterrockes gestopft und wieder befestigt waren:
»Das hast du wirklich sehr schön gemacht!« meinte sie schließlich.
»Danke schön, Madame!« erwiderte Corrie May beglückt.
Ann setzte sich; der Rock breitete sich über ihre Knie: »Wenn du wirklich Arbeit brauchst, so kannst du an zwei oder drei Tagen in der Woche hier für mich tätig sein. Du mußt auf die Wagen warten, die ständig zur Anlegestelle der Dampfer fahren.«
Corrie May glühte auf: »Meinen Sie es wirklich im Ernst, Miß Ann? Da bedank ich mich sehr, Miß Ann!«
»Schön, Corrie May! Ich werde alles für dich aufheben, was zu stopfen ist; vielleicht auch die Wäsche.«
»Das ist herrlich, Miß Ann! Soll ich morgen wiederkommen?«
»Ja, das kannst du tun.«
»Und jetzt gehe ich wohl lieber?«
Ann lächelte: »Du schenkst mir viel Vertrauen. Wie wollen wir es mit dem Lohn halten?«
Corrie May biß sich auf die Lippe: »Ich habe keine Ahnung, Mrs. Larne!«
»Ich auch nicht.« Ann zuckte leise mit den Schultern. »Ich weiß nicht, was an Löhnen gezahlt wird und erst recht nicht, was ich dir

anbieten soll. Was hast du sonst für einen Tag an Lohn bekommen?«

»Fürs Apfelsinenpflücken wurden dreißig Cents gezahlt.«

»Dreißig Cents?« wiederholte Ann. »Wie lange mußtest du dafür arbeiten?«

»Vom ersten Tageslicht bis zum letzten Tageslicht, Mrs. Larne!«

»Du lieber Gott –!« murmelte Ann halblaut. Laut sagte sie: »Wenn du das gewohnt bist – ich will dir etwas sagen: hier hast du feinere Arbeit zu verrichten als in den Orangen-Gärten. Wollen wir also fünfzig Cents für den Tag festsetzen?«

»Oh, du meine Güte, Mrs. Larne, das ist viel Geld! Tausend Dank, Madame!«

»Gern geschehen, Corrie May!« Als Corrie May den Raum verlassen wollte, fügte sie hinzu: »Noch einen Augenblick!« Sie ging zu ihrem kleinen Schreibtisch, zog ein Schubfach auf und nahm ein Geldtäschchen aus Seide heraus, mit vergoldeten Perlen bestickt. »Hier!« sagte sie, »dies ist für den Unterrock!« und reichte Corrie May einen Vierteldollar. Corrie May stockte der Atem; soviel Großzügigkeit hatte sie nicht erwartet; für ihre »Probearbeit« wurde sie auch noch bezahlt. »Oh, Mrs. Larne, meine Arbeit war keinen Vierteldollar wert!«

»Schon gut, behalt ihn nur! Ich denke, daß dir bald ein Wagen begegnet, wenn du die Straße am Park entlanggehst.«

»Ja, Madame!«

»Und vergiß deine Juwelen nicht!« rief Ann über die Schulter zurück, während sie sich wieder in ihr Wohnzimmer begab. Corrie May verwahrte den Vierteldollar sorgfältig in der Tasche und packte die Schmuckstücke, die Ann ihr geschenkt hatte, in ein Tüchlein. Als sie schließlich gehen wollte, wurde sie noch einmal durch die offene Tür ihrer Wohltäterin ansichtig. Ann lag auf dem Sofa und stützte das Kinn in die Hand. Sie blickte aus dem Fenster, aber ihre Augen waren leer; die schönen Gärten schienen ihr kein Vergnügen zu bereiten – sie nahm sie wohl nicht einmal wahr. Sie sah so gelangweilt aus, daß Corrie May erschrak und unwillkürlich laut aufseufzte. Ann wandte den Kopf: »Hast du noch einen Wunsch?«

»Ach nein, Madame!« Corrie May hielt verlegen inne. Sie fühlte sich gezwungen, etwas zu sagen, und wußte nicht, was. »Entschuldigen

Sie, bitte! Ich wollte Ihnen nicht auf die Nerven fallen. Ich dachte nur, Sie sähen nicht ganz wohl aus. Hoffentlich sind Sie nicht krank!«

»Ich bin durchaus in Ordnung.« Ann legte sich auf den Rücken und reckte die Arme. »Ich bin nur heute in elegischer Stimmung.«

»Elegisch?« wiederholte Corrie May unsicher. »Was ist denn das?«

»Es bedeutet, daß man nicht sehr glücklich ist.«

»Oh«, sagte Corrie May. Sie warf noch einmal einen Blick auf all die Pracht ringsum. »Lieber Himmel, Sie müssen doch glücklich sein!«

Ann betrachtete Corrie May mit einem Blick, so vollkommen verständnislos, daß die Schöne vom Rattletrap Square tief errötete. Hastig verließ sie das Zimmer und eilte über die Hintertreppe und den Hof vor dem Küchenhaus davon, so schnell sie die Beine nur tragen wollten.

2

Geld war vielleicht nicht alles, aber Geld war viel! Corrie May fand eines Tages ein viereckiges Kästchen, das Ann weggeworfen hatte, nachdem es ihr eine Zeitlang dazu gedient hatte, einige seidene Blumen für ihren Gürtel aufzubewahren. Corrie May vermischte ein wenig Mehl mit Wasser, schnitt einen schmalen Schlitz in den Dekkel und klebte ihn dann auf dem Unterteil fest. Jedesmal, wenn Ann ihr den Lohn auszahlte, warf sie ein Kupferstück oder einen Nickel in diese simple Sparbüchse. Sie verbarg das Kästchen hinter dem alten Vorhang, der ihr, quer in eine Ecke ihres Verschlages gespannt, den Schrank ersetzte. Ihr Pappa durfte den Schatz nicht entdecken, wenn er von seinen religiösen Wanderfahrten heimkehrte; sonst fiele ihm gewiß bald etwas ein, was er keinesfalls entbehren konnte; um ihr Geld war es dann geschehen.

Es dauerte lange, ehe Corrie May auch nur einen einzigen Dollar zusammengespart hatte – aber die Münzen in dem Kästchen rasseln zu lassen, verlieh ihr ein Gefühl der Sicherheit. Geld bedeutete Macht, eine wunderbare Macht! Es war imstande, eine Mauer ringsumher zu bauen, die Angst und Hunger und Häßlichkeit so vollkommen abwehrte, daß man ihr Vorhandensein einfach vergaß. Wer über Geld verfügte, der konnte sich erlauben, sauber zu sein und sich hübsch zu kleiden; Geld verlieh seinen glücklichen Besitzern Anmut des Benehmens und den Zauber schöner Sprache. Geld bewirkte, daß die Leute sich verbeugten, als erwiese man ihnen schon damit eine Gnade, daß man am Leben war. Wer kein Geld besaß, an dem trotteten die Leute ebenso stumpf vorbei wie er an ihnen. Geld verlieh ewig angenehme Laune. Bevor Corrie May nach Ardeith geriet, hatte sie sich nicht träumen lassen, daß Geld die Menschen so ungemein zu ihrem Vorteil wandelt.

Sie hatte geglaubt, genau zu wissen, wie es unter Eheleuten zugeht. Am Rattletrap Square blieb nichts Privates verborgen. Mit ihren eigenen Ohren hatte Corrie May vernommen, wie des Nachts die Frauen ihre Männer anschrien, sie in Frieden zu lassen: sie hätten schon Kinder genug in die Welt gesetzt. Sie hatte dieselben Frauen noch wilder keifen gehört, wenn die Männer loszogen, um sich am Hafen ein allzuwilliges Mädchen zu greifen. Sie hatte geholfen, wenn Kinder geboren, und auch, wenn die dürftigen toten Körperchen aufgebahrt wurden; die verbrauchten Leiber der Mütter gaben keine Milch mehr her, sie am Leben zu erhalten; die winzigen Wesen verhungerten schnell. Am Rattletrap Square brüllten sich die Leute an, wenn sie wütend wurden; die Weiber warfen den Männern Holzscheite an den Kopf, und die Männer zahlten mit Hieben zurück.

Zwar hatte sie nicht erwartet, daß Denis und Ann ebenso hart miteinander umgingen wie die Leute am Rattletrap Square; doch auf so viel Höflichkeit und Ritterlichkeit, auf so viel angenehme Schmeicheleien war sie nicht gefaßt gewesen; sie klopften an die Tür des anderen und fragten: »Darf ich eintreten, Liebe (oder Lieber)? Bist du beschäftigt?« Corrie May war nun regelmäßig auf Ardeith tätig; sie beobachtete mancherlei, obgleich sie sich stets bescheiden im Hintergrund hielt, auch kaum beachtet wurde. Wie Ann und Denis miteinander umgingen – so ganz anders als alle Menschen, die Corrie May sonst kannte –, das bezauberte sie fast. Weder Ann noch Denis besaßen engelhafte Anlagen im Überfluß; aber selbst wenn sie sich zankten, geschah auch dies noch auf wohlerzogene Weise.

Corrie May erlebte zum Beispiel einen Tag, an welchem Oberst Sheramy zum Mittagessen geladen war und danach mit Denis in der Bibliothek in Streit geriet. Corrie May war von Ann zu Mrs. Maitland, der Haushälterin, geschickt worden, um sich einige Sommergardinen aushändigen zu lassen, die in der Wäsche beschädigt worden waren und geflickt werden mußten. Als sie an der Tür der Bibliothek vorüberkam, vernahm sie, wie Denis und Oberst Sheramy sich zankten.

Der Oberst meinte heftig: »Vollkommen falsch, Denis! Die Rebellen in South Carolina bedrohen ihr eigenes Wohlergehen ebenso wie das unsere. Die Union zu spalten, würde –«

Denis fiel ihm ins Wort: »Zwanzig Jahre lang hat der Kongreß unsere Rechte geschmälert. Die ewigen Eingriffe des Parlaments –«

»Welche Eingriffe, du junger Heißsporn? Der Süden war es mit seiner Empfindlichkeit, der den Vergleich von 1850 annullierte! Es waren die Männer aus den Südstaaten am Obersten Bundesgericht –«

Die Stimmen verklangen hinter Corrie May. Als sie wieder in ihrem Nähzimmer saß, hörte sie die beiden Männer immer heftiger miteinander streiten, wenn sie auch kein Wort verstehen konnte. Schließlich ließ der Oberst sein Pferd vorführen, schwang sich wütend in den Sattel und ritt davon. Auch Denis hatte die Bibliothek verlassen; in der Halle trat ihm Ann entgegen. Sie hatte ihn offensichtlich erwartet.

»So sprichst du also mit meinem Vater!« rief sie. Die beiden standen in der Halle vor der Tür des Nähzimmers einander gegenüber.

»So werde ich mit jedem reden, der mich einen ahnungslosen jungen Dummkopf nennt«, erwiderte Denis zornig. »Wenn man deinen Vater hört, so könnte man glauben, einen Parlamentarier vor sich zu haben; von der Abschaffung der Sklaverei kann leicht salbadern, wer nichts davon versteht.«

»Das stimmt nicht und hat auch nichts damit zu tun, daß du ihn respektlos behandelst. Wenn du nicht daran denkst –«

»Du verstehst nichts von Politik, und ich verzichte auf deine politischen Ansichten!« Kein Zweifel: Denis wurde noch zorniger. Doch Ann schlug zurück: »Ich rede nicht über Politik. Ich rede über dein Benehmen. Du bist ungehobelt wie ein Sklaventreiber. Ich wünsche, daß du ihm sofort nachreitest und dich entschuldigst!«

»Ich bedaure nicht ein einziges Wort, das ich ihm gesagt habe, und werde mich nicht entschuldigen. Es war allerhöchste Zeit, ihm einige Tatsachen klarzumachen.«
»Du wirst dich doch entschuldigen!«
»Ganz und gar nicht! Sei still!«
»Du beleidigst meinen Vater und willst mir den Mund verbieten. Du willst dich also nicht entschuldigen?«
»Keineswegs!«
»Du unerträglicher Grobian!«
Corrie May vernahm schnelle Schritte und das Rascheln gestärkter Unterröcke. Ann lief die Treppe hinauf. O Gott, dachte Corrie May, nun werden sie sich den ganzen Nachmittag lang in den Haaren liegen. Als sie nach einiger Zeit die gestopften Vorhänge nach oben trug, hörte sie Stimmen aus dem großen Schlafzimmer dringen. Sie konnte die Worte nicht unterscheiden, aber daß die beiden sich immer noch zankten, war leicht zu erraten. Sehr friedlich ist Mrs. Larne gerade nicht, dachte Corrie May; aber hoffentlich schlägt er sie nicht. Lieber Gott, bitte, gib, daß er sie nicht verprügelt. Was hatte er auch den alten Herrn grob anzufahren! Der Schrecken packte Corrie May. Das klang ja, als ob sie sich im nächsten Augenblick zerreißen wollten. Plötzlich stürzte Denis aus dem Schlafzimmer, knallte krachend die Tür hinter sich zu und lief die Treppe hinab. Von dem Vorderfenster der oberen Halle sah Corrie May, wie er sich auf ein Pferd warf und im gestreckten Galopp die breite Allee entlang davonsprengte. Ach, du liebe Seele, dachte sie, jetzt ist er auf und davon und wird sich betrinken und bis morgen früh nicht wiederkommen. Jetzt geht der Teufel los auf Ardeith! Auch glaubte sie, aus dem Schlafzimmer ungewisse Laute zu vernehmen. Sie war sich nicht ganz sicher, aber es stimmte wohl: Ann lag auf dem Bette und heulte vor Wut in die Kissen.
Es wurde schon dunkel, als Denis zurückkehrte. Gerade hing Corrie May in dem größten der Gästezimmer die neuen Gardinen auf, als sie ihn die Allee heraufreiten sah. Sein Pferd ging im Schritt, auch saß er aufrecht und sicher im Sattel. Betrunken war er nicht.
Sie hörte ihn die Treppe heraufsteigen und jenseits der Halle an die Tür des großen Schlafzimmers klopfen. Anns Stimme rief von innen: »Ja? Wer ist da?«

»Ich bin es, Denis!«
»Geh fort! Laß mich allein!«
Denis rasselte am Türgriff: »Liebling, sei kein Spielverderber! Schließe die Tür auf!«
»Nein, ich schließe nicht auf!«
»Um alles in der Welt, Ann, sei vernünftig! Komm! Laß mich eintreten!«
»Ich habe dir schon einmal gesagt, daß du fortgehen sollst!«
»Wenn du die Tür nicht aufschließt, breche ich sie ein!«
Corrie May zweifelte, ob er das fertig bekäme; diese schwere Tür einzustoßen, das überstieg eines Mannes Kräfte. Aber sie zitterte.
Ein paar Augenblicke lang herrschte Schweigen. Dann rauschte der Schlüssel im Schloß, und die Tür knarrte leise auf.
»Also? Was gibt es nun?« wollte Ann wissen.
Denis lachte verhalten: »Sag mir, Honigkind, haben wir uns nicht lange genug gezankt?«
»Willst du dich bei meinem Vater dafür entschuldigen, daß du ihn so angeschrien hast?«
»Ich werde mich wieder mit ihm vertragen; aber das wollte ich dir nicht sagen. Ich wollte dir sagen, wie leid es mir tut, dich angeschrien zu haben. Ich liebe dich, Ann! Warum bringst du mich zur Raserei?«
Danach trat eine Pause ein. Dann waren undeutlich weitere Worte zu vernehmen; sie wurden geflüstert. Schließlich hörte Corrie May, wie die Tür sich leise schloß. Corrie May huschte zum Ausgang des Zimmers, in dem sie gearbeitet hatte, und spähte in die Halle hinaus: wirklich, die beiden waren in dem großen Schlafzimmer verschwunden; gerade wurde der Schlüssel von innen umgedreht. So mühelos und schnell vertrug man sich also! Wie sanft sie miteinander umgingen!
Gerade aß Corrie May auf der hinteren Galerie ihr Abendbrot, als das Ehepaar wieder die Treppe herniederstieg. Ann ließ Corrie May rufen und sagte ihr, daß Mrs. Maitland am nächsten Morgen den Rest der sommerlichen Gardinen aufhängen wolle; Corrie May könnte im kleinen Nähzimmer übernachten; so sparte sie sich den weiten Weg zur Stadt und wieder heraus. Corrie May verschlug es fast die Sprache, als sie Ann im Abendkleide vor sich stehen sah; so

hatte sie die junge Frau nur selten erlebt. Denis und Ann wollten den Abend offenbar auswärts verbringen; Ann strahlte in einem cremefarbenen Seidenkleid, mit großen Rüschen aus Tüll rund um den Rock; Juwelen funkelten in ihrem Haar und an ihren Armen. Als Corrie May die nötigen Anweisungen erhalten hatte und sich mit einem Knicks verabschiedete, beobachtete sie gerade noch, wie Ann sich umdrehte und Denis hingerissen in die Augen blickte. Ann hielt ihren Arm ins Licht; die letzten Sonnenstrahlen lockten Funkelblitze aus dem Armband an ihrem Handgelenk: »Denis, ein so bezauberndes Ding habe ich noch nie in meinem Leben gesehen. Du bist schrecklich lieb!«

Denis lachte leise: »Du bist mir also nicht mehr böse?«

»Oh, Denis! Ich schäme mich. Doch wenn du mir so wundervolle Sachen schenkst, muß ich dir ja jeden Tag eine Szene machen!«

Corrie May blickte sich nachdenklich um und trabte auf die Hintergalerie hinaus. Sie setzte sich in dem kleinen Zimmerchen, das ihr angewiesen war, auf das schmale Bett und dachte nach. Kein Wunder, daß reiche Leute so angenehme Manieren an den Tag legen. Wenn Ann und Denis am Rattletrap Square hausten, wohin hätte Denis ausweichen können, seinen Zorn zu vergessen? Nur in eine Kneipe oder ein Hurenhaus! Da hätte er das Geld vertan, das man für Essen und Trinken brauchte, und so erst recht Unheil gestiftet. Anstatt sich friedlich auszuruhen und ihre Nerven zu beruhigen, hätte Ann am Waschfaß stehen oder Abendbrot kochen müssen, wäre heiß und schwitzig und müde geworden und natürlich bösartiger denn je. Und selbst wenn Denis am Rattletrap Square seine Heftigkeit bereute, ein Armband, die Reue zu beweisen, hätte er nicht erschwingen können. So war es eben: Am Rattletrap Square schrien sich die Leute an und warfen sich harte Gegenstände an den Kopf – und in Ardeith besänftigten sie sich statt dessen mit Küssen und nannten sich gegenseitig »Liebling«.

Geld! Das war es! Aber Geld nicht allein! Es kam noch etwas hinzu; sie dachten darüber nicht nach; aber sie waren von ihrem eigenen Wert selbstverständlich überzeugt. Corrie May begriff dies besonders deutlich, als Ann sich anschickte, Mutter zu werden. – Denis und Ann hatten den heißen Juli weiter im Norden in einem Kurort namens Saratoga verbracht; sie kehrten wieder heim, und Corrie

May merkte sofort, daß Ann ein Kind erwartete. Wenn Ann den Reifrock trug, verriet sich nichts; vertändelte sie aber halbe Vormittage in ihrem Morgenrock, konnte sie ihren Zustand nicht mehr verheimlichen. Corrie May war nicht weiter überrascht oder gar aufgeregt. Daß ein junges Paar Kinder bekam, war wirklich nichts Besonderes. Corrie May hielt das Kinderkriegen für eine abscheuliche Einrichtung. Sie machte sich nicht viel aus kleinen Kindern: sie quäkten und blökten, beschmutzten die Windeln und machten ewig Arbeit; die ganze Mutterschaft mit all ihrem Drum und Dran – ein Verhängnis! Die Männer und Frauen vom Rattletrap Square schätzten sie wenig.

Um so mehr war Corrie May erstaunt, als sie erlebte, was nun auf Ardeith sich abzuspielen begann. Ein Thronerbe in Sicht! Wie wundervoll! So bald schon! Bist du nicht stolz, Denis? Ann, mein Liebling, fühlst du dich auch wohl? Soll ich dir einen Schal holen? Es zieht vom Fenster!

Man schaffte seltenes Obst herbei, das gar nicht in die Jahreszeit paßte, um Anns Appetit zu reizen; man schenkte ihr die neuesten Bücher, um ihre erzwungene Muße zu beleben. Die schönsten Gewänder wurden für Ann genäht, damit sie ihren schwellenden Leib so wenig wie möglich zu beklagen brauchte; es war doch wichtig, die angehende Mutter bei fröhlicher Stimmung zu erhalten.

Corrie May hätte all die Besorgnis schließlich begriffen, wären Anzeichen dafür vorhanden gewesen, daß Ann sich nicht wohl fühlte. Doch Ann erblühte in ihrem neuen Zustand wie ein wohlgehüteter und gepflegter Garten – jedermann konnte merken, daß sie sich als werdende Mutter unbeschreiblich wichtig und herrlich vorkam.

Die Neger bewiesen nicht mehr Verstand als die weißen Leute. Sie strahlten und grinsten und sprangen herbei, ihr zu helfen – als ob sie in Ohnmacht fallen müßte, wenn sie ungestützt die Halle durchschritt. Auf der hinteren Galerie hörte man nicht auf, das bevorstehende glückliche Ereignis zu preisen. Die Diener und Dienstboten des Hauses waren alle in seinem Schatten geboren worden; schon die Eltern und Großeltern hatten zu Ardeith gehört. Seit vierzig Jahren hatten die Larnes nie einen Sklaven verkauft; sie gehörten zur Larneschen Sippe wie die herrschaftliche Familie selbst. Nun kündigte sich ein neuer Erbe an. Da lag es der Dienerschaft angenehm ob, dem

Herrn im Himmel zu danken. Das Geschlecht der Larnes gedieh; die Herrin war gesund; ihre Stimmung konnte nicht fröhlicher und hoffnungsvoller sein; so würde bald das Haus sich dehnen – nicht schrumpfen wie unter dem Vorgänger. Die Diener hängten gekrauste Gardinen vor die Fenster des alten Kinderzimmers; die reich geschnitzte Wiege aus Rosenholz wurde neu poliert; Mr. Denis hatte in ihr geschlafen. Napoleon und Mammy waren sich darüber einig, daß sie so bald nicht wieder auf den Boden zurückkehren würde; sie sollte nun ein kleines, strampelndes Wesen nach dem anderen beherbergen!
Das Mulattenmädchen Bertha, Napoleons Frau, erwartete etwa um die gleiche Zeit wie Ann ein Kind. Sie wurde der Ehre gewürdigt, die Amme des Erben von Ardeith zu werden; sie zog aus den Negerquartieren in ein Zimmer des großen Hauses; man umhegte sie und umschmeichelte sie mit fast ebenso vielen Annehmlichkeiten, wie sie die Herrin selbst erfuhr. Corrie May dachte: wenn ich Bertha wäre, ich käme mir wie eine Milchkuh vor, die für die landwirtschaftliche Ausstellung aufgefüttert wird; doch Bertha, eine fesche, junge Person mit vorzüglichen Manieren und vornehmer Sprechweise, schien ihre Nase nicht hoch genug recken zu können.
Die Mädchen im Nähzimmer schnitten und stichelten an Bergen winziger Jäckchen, Röckchen und Hemdchen; kein Säugling war imstande, sie jemals abzutragen, ehe er aus ihnen herauswuchs. Um Ann, die Königin der Mütter, angemessen für ihr Wochenbett auszustatten, wurden Nachtgewänder und Kissenbezüge, Betthäubchen aus Bändern und Spitzen und vieles andere entworfen und kunstvoll bestickt. Neue Bettvorhänge wurden beschafft, aus roter Seide, mit Weiß abgesetzt, denn Ann sollte im November niederkommen – und jede Zugluft über ihr Bett mußte verhütet werden. Aus New Orleans wurden eigens erfahrene Schneiderinnen herbeizitiert, über die neusten Moden Bericht zu erstatten; sie entwarfen und nähten für Ann ein märchenhaftes Kleid; damit sollte die junge Mutter sich schmücken, wenn ihr Kind zur Taufe getragen wurde. Und Denis! Er wandelte umher mit einer Miene, als wäre er eben zum Präsidenten der Vereinigten Staaten gewählt; dabei hatte er nur die höchst alltägliche Tat vollbracht, ein Kind zu zeugen.
Doch niemand außer Corrie May schien all diesen Aufwand lächer-

lich oder auch nur verwunderlich zu finden. Wenn es um ihr Leben gegangen wäre: Corrie May hätte nicht anzugeben vermocht, warum die bevorstehende Ankunft eines kleinen Larne zu einem so ungeheuerlichen Ereignis aufgeplustert werden mußte. Die ganze Sippe, schwarz und weiß, fühlte sich von Gott speziell gesegnet. Je länger Corrie May den Gang der Ereignisse beobachtete, desto eindringlicher kam ihr zu Bewußtsein, daß sie, die kleine, arme Näherin, mit dem mächtigen Geschlecht nichts gemein hatte. Sie stand außerhalb des pompösen Bereichs; sie verriet kein Wort ihrer wahren Gedanken; sie hatte nicht die Absicht, ihren Lebensunterhalt zu gefährden; die weißen wie die schwarzen Leute auf Ardeith hätten es als Lästerung empfunden, wäre Corrie May darauf verfallen, anzudeuten, daß ihr all der Aufwand albern vorkam – ja, manchmal erstickte sie fast vor Wut: die ganze Welt schien sich nur noch um Ann zu drehen.

Corrie May dachte daran, wie die Frauen vom Rattletrap Square mit der Mutterschaft fertig wurden. Sie hatten wie gewöhnlich ihre Arbeit zu verrichten; sie kochten und scheuerten, und keiner fragte danach, ob sie sich wohl dabei fühlten; oft genug wurden sie am Waschfaß oder am Herd von den Wehen überrascht. Wenn die Kinder im Sommer geboren wurden, so genügte eine Windel, sie zu kleiden; im Winter wickelte man sie in ein Umschlagtuch oder eine alte Decke.

Die kostspielige Komödie, die man zu Ardeith aufführte, wurde Corrie May allmählich widerlich. Sie stuckerte auf den Baumwollkarren nach Ardeith und wieder zurück zum Rattletrap Square. Manchmal hockte sie auf den Stufen vor ihrer Wohnung und glaubte, sie hätte die alte Heimat ringsum noch nie gesehen, so scharf und neu gezeichnet stand sie ihr jetzt vor Augen. Hier waren die Frauen alt mit fünfunddreißig und greisenhaft abgelebt mit vierzig Jahren, und jeder zweite Säugling starb nach seinem ersten Sommer. Da wälzten sich die Kinder in den schmutzigen Pfützen, um ein wenig Kühlung zu genießen; ihre aufgetriebenen kleinen Bäuche schwärmten von Fliegen. Corrie May erinnerte sich der Sklavenweiber auf Ardeith – lagen sie in den Wochen, so wurden sie sorgfältig gepflegt; denn ein kleiner Neger war hundert Dollar wert, schon am Tage seiner Geburt! Ihre Hände ballten sich auf den Knien; die Gedanken hämmerten wie ein Trommelwirbel: »arm' weiß' Pack, armes, weißes Pack! Nigger niemals geht auf der noblen Straß'; aber lieber ich ein Nigger bin als arm', weiß' Pack.«

Wie sie die Leute all auf Ardeith haßte! Sie haßte selbst das ungeborene Kind; schon in seiner Mutter Leibe war ihm vorbestimmt, Corrie May und ihre Leute in der Vorhölle gefangenzuhalten, wo sie zu bleiben hatten, damit es ihm wohlergehe. Im geheimen ließ sie ihre Sparbüchse klappern; es war nicht viel darin; aber die Münzen rasseln zu lassen, erfüllte sie immer wieder mit stillem Entzücken. Sie verdiente selten mehr als anderthalb Dollars in der Woche; ein Wochenverdienst ging im Monat allein für die Miete ihrer Wohnung drauf. Aber sie sparte doch – und wenn es nur Pennies waren. Ann versah sie außerdem mit abgelegten Kleidern; und die Mahlzeiten, die Corrie May vorgesetzt erhielt, waren so reichlich bemessen, daß sie beinahe immer einen Teil beiseite tun und nach Hause mitnehmen konnte.

An einem feuchten Novembermorgen fand Corrie May, als sie in Ardeith eintraf, das Haus so still und feierlich wie eine Kirche. Mrs. Maitland bedeutete ihr an der Haustür im Flüsterton, daß das Kind des Nachts geboren sei und die Mutter jetzt schlafe: »Heute wird nicht gearbeitet. Es darf sich keiner rühren im Haus und draußen, damit sie ja nicht aufwacht. Du kannst übermorgen wieder nachfragen, Corrie May!«

Solch ein Theater, dachte Corrie May. Die ganze lange Fahrt umsonst! In diesem elenden Wetter! Der Tag war farblos verhangen, Nebel überall. Als sie wieder um das Haus herumwanderte, fröstelte sie; sie wickelte die Hände in ihr Umschlagtuch.

Vor der Vordertreppe wartete Dr. Purcells zweirädriges Wägelchen; gerade verabschiedete sich der Arzt von Denis Larne. Als Denis sich umwandte, um wieder ins Haus zurückzutreten, bemerkte er Corrie May.

»Guten Morgen, Corrie May!« sagte er.

Sie knickste: »Guten Morgen, Mr. Larne!«

Er lachte vergnügt, ohne es zu wissen: »Ich habe einen Sohn bekommen, Corrie May. Hat man es dir schon erzählt?«

»Ja, Herr! Ich hörte es!« antwortete sie höflich. »Sagen Sie bitte Mrs. Larne, daß ich ihr alles Gute wünsche!« –

»Tausend Dank!« sagte Denis und sprang leise pfeifend die Treppe hinauf.

Corrie May fühlte sich versucht zu lachen, ganz ohne Mißgunst diesmal, sondern aus einem seltsamen Mitgefühl, das sie überraschte. Denis wirkte genau wie ein beschenkter kleiner Junge. Trotz all der Wichtigtuerei um das Kind war Mr. Denis noch so jung – wie komisch das ist, dachte sie unvermittelt. Sie selbst zählte erst fünfzehn Jahre; er war wohl zehn oder zwölf Jahre älter als sie – und doch machte er noch einen ganz jungen Eindruck wie Ann auch. Sie hatten beide einfach keine Ahnung, wie es wirklich im Leben zuging, keine blasse Ahnung! Sie dachte an die empörte Wut, die sie vor wenigen Minuten erst empfunden hatte; sie fühlte sich ein wenig schuldbewußt: so lange war sie schon in diesem großen Hause tätig – und hatte bisher keinen Augenblick daran gedacht, daß auch sie einen Glückwunsch darbringen könnte. Sie eilte die Allee hinunter und wartete, bis ein Baumwollkarren vorbeikam, der sie zur Stadt mitnahm.

Daheim holte sie die Sparbüchse aus dem Versteck hervor und wog sie in der Hand. Noch nie hatte sie auch nur einen Penny herausgeschüttelt. Auch jetzt fiel es ihr schwer, ein Stückchen des Schutzwalls einzureißen, den sie gegen das Nichts errichtet hatte. Sie steckte das Kästchen nach den ersten Versuchen wieder an seinen Platz zurück. Ihr zitterten die Knie. Dann biß sie die Zähne zusammen und brachte es abermals ans Licht. Es war ja nicht abzuleugnen: Ann hat mir Arbeit verschafft, als ich schon verzweifeln wollte; ich muß ihr meine Dankbarkeit beweisen und ihr für das Neugeborene etwas Hübsches schenken!

Sie nahm ihren ganzen Mut zusammen, drehte die Büchse um und schüttelte sie. Ein Penny und ein Nickel fielen heraus. Corrie May holte tief Atem und schüttelte weiter. Ein Zehner kam zum Vorschein, vier weitere Pennies, ein Nickel, dann ein Penny. Jede Münze, die ihr in den Schoß fiel, bereitete ihr bittere Pein. Doch sie schüttelte weiter, ohne auf den Schmerz zu achten. Sechs Pennies drängten sich einer nach dem anderen wie widerwillig durch den Schlitz. Dann sank ihre Hand herab. Sie war einfach nicht imstande, ihren Schatz noch mehr zu berauben. Zweiunddreißig Cents – dafür bekam man schon etwas!

Sie steckte das Geld ein, machte sich auf den Weg zur Hauptstraße und betrat einigermaßen furchtsam ein Wäschegeschäft. Obgleich sie ein frisch geplättetes Kleid angezogen, ein wollenes Tuch umgeschlagen und ein Paar beschädigte Stiefelchen mit Gummizug an den Füßen trug, fühlte sie sich fehl am Platze. Der Verkäufer hinter dem Ladentisch war angelegentlich mit einer jungen Dame beschäftigt. Er warf Corrie May einen kurzen Blick zu und sagte: »Einen Augenblick!« – als wüßte er schon, daß von ihr kein besonders großartiges Geschäft zu erwarten stand. Corrie May kannte die junge Dame; sie hatte sie schon oft auf Ardeith gesehen; es war Anns Freundin Sarah Purcell, ein zierliches Wesen mit sanfter Stimme, auf merkwürdige Weise anziehend, mit vielen winzigen Sommersprossen im Gesicht und gekrönt von einer Wolke prächtigen roten Haares. Als Sarah Purcell endlich damit fertig war, das passende Band zu einer Probe Seidenstoff auszusuchen, begleitete der Verkäufer sie zur Tür und wandte sich dann an Corrie May: »Und was wünschen Sie?«

Sie erhob sich von dem Stuhl am Ladentisch, wo sie gesessen hatte: »Ich möchte etwas Flanell haben, schönen weichen Flanell für ein Kinderhemdchen.«

Der Mann zeigte ihr, was sie wünschte. Der Stoff zu einem Hemdchen kostete dreiundzwanzig Cents, und eine Docke Seidengarn zum Besticken kam auf acht Cents. Corrie May behielt also noch einen Penny übrig; sie steckte ihn in ihre Tasche zurück; er kam wieder in die Sparbüchse.

Als sie heimgekehrt war, wusch sie sich sorgfältig die Hände, breitete ein sauberes Handtuch über ihr Bett, damit der Flanellstoff ja sauber bliebe, wenn sie das Hemdchen zuschnitt. Sie bat ihre Mutter, das Abendessen zu bereiten, und war nicht einmal willens, auch nur ein Stückchen Holz aufs Feuer zu legen, um sich nicht die Hände schmutzig und ihre Näharbeit staubig zu machen. Sie war aufmerksam wie noch nie bei der Sache, fügte die Säume aus feinsten Stichen. Selten hatte ihr eine Arbeit eine so merkwürdig tiefe Freude bereitet. Langsam entstand ein liebenswürdiges kleines Werk. Die Stickerei, mit welcher Corrie May die Kanten einfaßte, mußte besonders fest und glatt gefertigt werden, denn ein Knötchen schon konnte die Haut des Kindes wundscheuern. Corrie May war den ganzen Tag tätig, sie arbeitete, bis ihr die Augen schmerzten. Als die Dunkelheit hereinbrach, bekam sie Kopfschmerzen und ließ die Nadel sinken. Das Licht des Herdfeuers glomm nur noch matt; sie mußte aufhören, sonst wurde die Stickerei schließlich ungenau.

Am nächsten Morgen erhob sich Corrie May schon früh und machte sich von neuem an die Arbeit. Sie zwang sich zu solcher Sorgfalt, daß die Näherei nur langsam voranschritt; aber als es zum zweiten Male dunkelte, lag das Hemdchen endlich fertig vor ihr. Es war wirklich schön; es sah hübscher aus als jene, die von den Näherinnen auf Ardeith genäht worden waren. Ann würde es sicherlich entzückend finden.

Am nächsten Tag fuhr Corrie May wieder auf die Pflanzung hinaus und meldete sich bei Mrs. Maitland. Sie bekam ein Frisierjäckchen Anns in die Hand gedrückt, an welchem sich die Ärmel aus den Schultern lösten. Corrie May ließ sich in dem kleinen Ankleideraum neben dem Schlafzimmer nieder, um den Schaden zu heilen. Das Zimmer, in welchem Ann lag, war voll von Freunden und Verwandten; Corrie May wartete, bis Denis die Gäste zum Mittagessen hinuntergeführt hatte. Dann nahm sie ihr Paketchen in die Hand und klopfte an die Tür des Schlafzimmers. Anns Mammy öffnete:

»Könnte ich Mrs. Larne für einen Augenblick sprechen?« fragte Corrie May. Mammy zögerte ungewiß:

»Sie ist schrecklich müde.«

»Bitte, frag sie doch!« bettelte Corrie May. »Sag ihr, ich hätte etwas Hübsches für das Kind gemacht.«

Immer noch zögerte Mammy; aber Ann rief: »Sie kann hereinkommen, Mammy.«

Corrie May hielt das Paket in ihren beiden Händen und trat ins Schlafzimmer; sie knickste. Die vielen Blumen und das Feuer im Kamin verbreiteten ein helles, freundliches Licht; man vergaß den regenverhangenen, trüben Tag vor den Fenstern. Die roten Vorhänge wallten vom hohen Betthimmel herab – so muß ein Thron aussehen, dachte Corrie May. Am Kopfende des Bettes stand die schwere, dunkle Mammy gleich einer Leibwache. Ann lag in die Kissen gelehnt; sie trug ein Nachtgewand, von Spitzen überflutet; um ihre Schultern schmiegte sich ein Schal aus weißer Wolle. Das Haar floß ihr in einem Wirbel von Locken um die Schultern; es mochte eine gute Stunde Geduld gekostet haben, ehe sie alle mit der Brennschere so hübsch und gleichmäßig gebrannt waren. Ann sah Corrie May einladend entgegen und lächelte: »Nun, Corrie May?« sagte sie.

Vor den Stufen der Bettstatt knickste Corrie May noch einmal. Ihre Zunge war gelähmt vor Verlegenheit, denn der Sekretär und die Tische waren beladen mit vielen Paketen, die alle noch nicht geöffnet waren. Aber Ann lächelte ihr immer noch freundlich zu: »Wie lieb von dir, daß du an mich gedacht hast!«

»Ach, es ist nicht viel, Mrs. Larne!« entschuldigte sich Corrie May ungeschickt, obgleich sie noch immer Kopfschmerzen fühlte, so sehr hatte sie ihre Augen überanstrengt. »Ich dachte nur – ich meinte, vielleicht könnte ich dem kleinen Herrn auch etwas schenken, damit er es gut warm hat – wo er doch in der nebligen Zeit geboren ist.«

»Du machst dir wirklich Sorge«, sagte Ann; sie nahm das Päckchen entgegen und wickelte es aus.

»Aber, Corrie May, das ist ja wirklich entzückend. Vielen, vielen Dank!«

»Gefällt es Ihnen wirklich, Mrs. Larne?«

»In der Tat! Eine wunderhübsche Arbeit!«

Corrie May fühlte sich vor Stolz erröten. Aber nun legte sich Mammy ins Mittel. Sie war offenbar der Ansicht, daß der Besuch die Kräfte ihres Lieblings lange genug in Anspruch genommen hatte:

»Jetzt mußt du aber ruhen, mein Herzblatt!«

»Ja, das will ich, Mammy! Und nochmals schönsten Dank, Corrie May!«

»Nicht der Rede wert, Madame! Aber es freut mich sehr, daß es Ihnen gefällt!«

»Du gehst jetzt lieber wieder an deine Arbeit!« sagte Mammy zu Corrie May. »Die gnädige Frau hat schon den ganzen Morgen zu viel reden müssen!«

»Ich gehe schon«, sagte Corrie May, knickste und wandte sich zur Tür.

»Leb wohl, Corrie May!« sagte Ann herzlich.

»Alles Gute, Mrs. Larne!«

Als Corrie May wieder über ihrer Arbeit saß und sorgsam die Ärmel des Frisierjäckchens in die Schultern einfügte, fühlte sie sich sonderbar glücklich; Ann hatte solchen Gefallen an dem Hemdchen gefunden! Sie ist wirklich nett, dachte Corrie May und machte sich einige Vorwürfe, daß sie Ann so bitter und haßerfüllt beneidet hatte, weil die junge Mutter unter einem seidenen Betthimmel ruhen durfte; Neid war weder christlich noch anständig.

Das Schloß der Tür war nicht richtig eingeschnappt; ein schmaler Spalt war offen geblieben. So vermochte Corrie May die Worte zu verstehen, als Ann sagte:

»Weißt du, Mammy, ich bin wirklich entsetzlich müde. Du solltest niemand mehr zu mir hereinlassen!«

»Nein, es darf keiner mehr ins Zimmer, mein Herzblatt!« versprach Mammy besänftigend. »Wenn du gegessen hast, mußt du gleich ein Schläfchen machen.«

»Aber den kleinen Denis darf ich noch einmal sehen, bevor ich einschlafe, nicht wahr?«

»Das darfst du, mein Kindchen. Ich hole ihn gleich, wenn ich den Kamin nachgefüllt habe, damit es gut warm ist. Aber erst will ich das Dings da vom Bett nehmen!«

Corrie May horchte auf; die Näharbeit glitt ihr von den Knien und raschelte zu Boden. Ann im Nebenzimmer erhob Widerspruch:

»Das Hemdchen? Was willst du damit? Es ist so hübsch.«

»Ja, ja, aber gib es nur her. Der Kleine hat genug Hemden, die hier im Hause gemacht sind.«

»Er kann dies doch auch tragen«, rief Ann. »Sieh nur, wie süß diese Zäckchen gestickt sind.«

Corrie May hörte Mammy tief aufseufzen: »Ach, mein Herzblatt, du hast so viel Verstand, als wenn du eben erst geboren wärst wie der kleine Herr. Dies Hemd hat Corrie May bei sich zu Haus genäht, und die Wohnungen, worinnen diese Art von Leuten hausen, kannst du dir nicht vorstellen. Es sind bloß Buden und Löcher! Es wimmelt da von Wanzen. Das geb' ich nicht zu. Das Kind darf nichts anziehen, was vom Rattletrap stammt – unser kleines Lämmchen!«

Corrie May erhob sich. Verfluchtes Negerweib, verfluchtes! Wie eine Dame lebt das schwarze Biest unter ihren weißen feinen Leuten! Was weiß die vom Schweiß und Schmutz der Armut! Was kann ich dafür, wenn die Wanzen immer wieder eindringen, von den ver-

sumpften Gassen her – oder durch die baufälligen Wände von nebenan. Corrie May dachte daran, wie oft ihre Mutter auf den Knien lag und die Ecken mit kochendem Wasser spülte, um die Wanzen in Schach zu halten. Sie vernahm Anns Stimme; sie klang plötzlich schrill und aufgeregt:
»Nimm es fort, Mammy, schnell, nimm es fort, bitte! Daran habe ich nicht gedacht. Wirf es fort. Ich will es nicht mehr anfassen!«
»Ja, ja, Herzblatt! Ich werf's gleich ins Feuer!«
»Nein, das nicht! Der Stoff riecht abscheulich, wenn man ihn ins Feuer steckt. Wirf's auf den Kehricht, daß es mit vergraben wird!«
An der Tür, die in die Halle führte, klopfte es. »Ist das Napoleon?« fragte Ann. »Wenn sie mir wieder Hühnerbrühe schicken, werde ich wild.«
Corrie May hörte das Klappern von Geschirr. Sie flog am ganzen Leib vor Zorn. Gleich würde sie hineingehen, um den beiden zu sagen, was sie von ihnen hielt; sie mußte nur erst aufhören zu zittern. Sie hörte, wie Ann sagte:
»Ich verstehe nicht, warum nicht alle Leute ein ordentliches Leben führen. Schließlich könnten sich auch die Armen sauber halten!«
Die armen Leute – und sauber; Ann sollte es einmal versuchen, fuhr es Corrie May durch den Kopf. Mammy fiel ein:
»Natürlich könnten sie; aber sie tun es bloß selten. Ich möchte wirklich, daß du das Mädchen endlich wegschickst, Miß Ann. Sie hat hier nichts zu suchen. Die Kleider kann auch jemand anders nähen!«
»Ach, schweig still! Fängst du schon wieder davon an. Sie sieht immer sauber aus, wenn sie hierher kommt, und sie braucht die Arbeit dringend und die Pfennige an Lohn, die sie dafür bekommt.«
Corrie May setzte sich langsam wieder hin; sie fühlte sich plötzlich sehr erschöpft wie nach schwerer, übermäßiger Anstrengung. Natürlich: sie konnte die Arbeit nicht entbehren; konnte sie so wenig entbehren, daß sie auch jetzt würde lächeln und knicksen und danken müssen. Erkühnte sie sich zu einem einzigen respektlosen Wort, so würde die junge Herrin von Ardeith überrascht und gekränkt zu antworten wissen; in wohlgesetzten Worten und in vornehmstem Tonfall würde Ann ihr kündigen und sie nach Hause schicken, zum Rattletrap Square – da konnte sie dann verhungern.
Corrie May zerbiß sich in hilfloser Wut die Lippen. Tränen standen

ihr in den Augen. Sie mochte es sich nicht eingestehen, aber sie wußte, daß sie zum letztenmal in ihrem Leben dankbar gewesen war. Sie haßte sie allesamt mit ihrer gelegentlichen zufälligen Freundlichkeit und ihrem niedlichen wohlerzogenen Mitleid.

Corrie May beugte sich nieder und nahm das Frisierjäckchen wieder vom Boden auf. Tonlos formte ihr Mund die Worte: »Ich will für euch arbeiten. Aber bevor ich sterbe, will ich zu etwas kommen. Ich will etwas werden. Und eines Tages werde ich so weit sein, daß ich euch sagen kann, was ich von euch halte.«

Ihre Hände bebten heftig; mehrere Minuten vergingen, ehe sie von neuem die Nadel festhalten konnte.

FÜNFTES KAPITEL

1

Als das Kind eine Woche alt war, schenkte Denis seiner Ann ein Medaillon, das mit Diamanten besetzt war; es sollte ein Bildchen des Kindes in seiner vorderen Schale und eine seiner Locken in der anderen aufnehmen, die auf die Haut zu liegen kam. Er saß auf dem Bettrand, während Ann das Medaillon in ihren Fingern hielt, es hin und her wandte und sich an den kleinen Behältern erfreute, die jene Zeichen ihres Erstgeborenen aufnehmen sollten.

»Wunderhübsch!« sagte sie. »Sobald sein Haar lang genug dazu ist, will ich ihm eine Locke abschneiden. Ich kann es, glaube ich, als Busennadel tragen.«

Denis beugte sich über sie und küßte sie. »Wie fühlst du dich?«

»Gut! Dr. Purcell sagt, ich könnte in wenigen Tagen aufstehen.«

»Überstürze es nicht, Liebling!« drängte er. »Du hast ja so viel Zeit, wie du willst.«

»Ach, das stimmt nicht, Denis. Bald müssen wir zum ersten Male unseren Hochzeitstag feiern. Wie schnell das Jahr vorüberging!«

»Erst in drei Wochen!«

»Ja. Aber ich habe den Mädchen anbefohlen, mein Abendkleid nicht eher fertigzunähen, als bis ich es anprobiert habe. Sie haben es nach meinen alten Maßen zugeschnitten. Wer weiß, ob die noch stimmen. Und das will ich dir gleich sagen, Denis Larne«, sie hob warnend ihren Zeigefinger, »wenn meine Figur nicht genau so geblieben ist, wie sie war, kannst du im Schuppen oder auf dem Boden schlafen; denn dann will ich nie wieder ein Kind bekommen, solange ich lebe.«

Denis brach in ein schallendes Gelächter aus. Manchmal wünschte sich Ann, er möchte sie nicht so oft auslachen. Die Zärtlichkeit, die er für sie empfand, beruhte zur Hälfte auf der Tatsache, daß er sie amüsanter fand als irgend jemand sonst auf Erden. Schon kurz nach ihrer Hochzeit hatte Ann ihm eines Tages vorgeworfen: »Du brauchst gar keine Frau! Du hältst mich nur als dein Schoßhündchen!« Denis hatte die Bemerkung so erheiternd gefunden, daß er sie bei einer Abendgesellschaft mit großem Erfolg zum besten gab.

Ann streckte sich: »Denis, wir wollen in diesem Winter eine Menge aufregender Dinge unternehmen. Du glaubst gar nicht, wie froh ich bin, daß ich nicht mehr mit dem Gefühl herumlaufen muß, ein Dutzend Zentner zu wiegen.«

»Ich habe schon darüber nachgedacht. Wir könnten einen Neujahrsball geben«, schlug er vor.

»Wunderbar, das wollen wir machen. Wir müssen einen ganzen Haufen von Gesellschaften geben. Den ganzen Herbst über konnten wir keine Menschenseele einladen. Die Stadt wird voll von Wintergästen sein.«

Denis stimmte mit Vergnügen zu, fuhr aber fort: »Vorläufig solltest du noch ein wenig schlafen. Die Purcells haben sich mit Jerry und deinem Vater zum Essen angesagt. Sie werden dich alle besuchen wollen.«

»Ich bin nicht müde«, protestierte sie.

»Du wirst es aber sein, wenn du mit so vielen Leuten reden willst, ohne vorher ein wenig geruht zu haben.« Er erhob sich von der Bettkante und küßte sie. »Ich gehe jetzt hinunter, Liebes.«

»Nun gut!« antwortete sie und fand es wie gewöhnlich einfacher zu gehorchen, als ihm zu widersprechen. Denis rief Mammy herbei und befahl ihr, die Bettvorhänge herunterzulassen.

Ann schob das Medaillon unter das Kopfkissen. Wenn die Vorhänge zugezogen waren, lag man im Bett wie in einem kleinen Häuschen. Sie hörte das Feuer im Kamin leise prasseln; der Regen trommelte sanft an die Fenster. Ob der kleine Denis wohl schlief –? Sie wußte noch kaum, wie er wirklich aussah; nur daß er winzig war und rot wie eine Mohrrübe, das wußte sie. Zumeist verwies Mammy ihn ins Kinderzimmer; sein Geschrei und ihre allzu heftige Zärtlichkeit – sie wurden noch nicht recht miteinander fertig. Ann wünschte sich, ihn häufiger bei sich zu haben. Bevor er noch geboren war, hatte sie ihn selbst nähren wollen. Doch Denis hatte erstaunt widersprochen: »Liebes, du machst dich für Monate zum Sklaven des Kindes. Wir würden nirgendwo hingehen können.« So hatte sie nachgegeben, und Bertha hatte ihr Amt angetreten. Ann spürte wenig Lust, eine jener jungen Mütter zu werden, die von ihren Kindern so in Anspruch genommen werden, daß sie für ihren Mann keine Zeit mehr finden. Doch wenn sie auch nicht viel Zeit mit ihrem Kinde teilte, so war es doch beruhigend zu wissen, daß es lebte und schlief und

schrie und trank und die Wärterin in Atem hielt. Ihr war, als hätte sie etwas Denkwürdiges geschaffen; nun war nichts weiter zu tun, als still zu liegen und darüber nachzudenken. Und sie dachte: ich habe der alten Mrs. Larne ein Enkelkind geschenkt; vielleicht finde ich jetzt mehr Gnade vor ihren Augen. Dieser Tugendbold von Frau ist schwer zufriedenzustellen. Dabei habe ich ihr nie etwas Böses getan. Vielleicht meint es der Himmel gut mit mir –: vielleicht bleibt sie in Europa! Wenn sie jetzt wieder nach Hause kommt, werde ich sie womöglich »Mutter« nennen müssen.
Die Vorstellung war ihr höchst peinlich. Mrs. Larne plante, den Winter mit Cynthia in ihrem Hause zu Dalroy zu verbringen. Ann war sich klar darüber, daß sie ihre Schwiegermutter häufig würde besuchen müssen: um eine Zuneigung vorzutäuschen, die sie durchaus nicht empfand – denn das wurde sicherlich von ihr erwartet. Aber sie war entschlossen, sich nicht allzuviel Mühe zu geben; es mußte genügen, wenn sie die Regeln der Höflichkeit beachtete.
Ann verschränkte die Hände hinter ihrem Kopf und blickte zu dem dämmernden Himmel des Bettes empor: sie ließ die Leute Revue passieren, die zu dem Neujahrsball geladen werden mußten. Vor allem sollte man irgendwie auskundschaften, was für auswärtige Gäste in den Hotels der Stadt Zimmer belegt hatten. In jedem Winter schlugen angesehene Leute aus dem Norden in Dalroy für einige Wochen ihr Quartier auf, um der Kälte zu entgehen und sich zu erholen. Und im vergangenen Sommer hatten Denis und sie so herzliche Gastfreundschaft genossen, als sie in Saratoga weilten, daß es Zeit wurde, sich erkenntlich zu zeigen. Ann zog dem Betthimmel ein schiefes Gesicht: es war gar nicht so leicht, ein großes Haus zu führen; man hatte so viele Leute einzuladen, die eingeladen werden mußten, daß man kaum noch Zeit fand, jene einzuladen, die man wirklich einladen wollte. Es war bequem, aber – um die Wahrheit zu sagen – nicht sehr aufregend, die Herrin eines großen Hauses zu spielen; was man von ihr erwartete, stand von vornherein so sicher fest, daß große Entschlüsse kaum jemals zu fassen waren. Es war auch angenehm zu wissen, daß man nur einer vorgezeichneten Richtschnur zu folgen brauchte, wenn man sein Dasein zu einem vollen Erfolg gestalten wollte; wer klug war, der nahm dies Schicksal lächelnd hin. Was hatte jene Corrie May Upjohn ihr gesagt – damals,

als sie nach Ardeith kam, um Arbeit zu suchen? »Sie müssen doch glücklich sein!« Wahrscheinlich hatte Corrie May gemeint, daß jeder zu beneiden wäre, der sich um sein täglich Brot nicht zu mühen, der sich nicht abzuhetzen brauchte, um für des Leibes Notdurft zu sorgen. Eine komische kleine Person, die Corrie May, dachte Ann mit einer gewissen unverbindlichen Heiterkeit; wie still sie stets ist; sie scheint nicht viel von dem wahrzunehmen, was um sie herum vorgeht. Vielleicht ist sie sogar ein wenig blöde. Wahrscheinlich führt sie kein leichtes Leben; aber sie wird es schließlich gewöhnt sein. Leute dieser Art erwarten nicht viel vom Leben.

Wie hieß das trübe Sprichwort, das Mammy immer im Munde führte? »Selig sind, die nichts vom Leben erwarten; sie werden nicht enttäuscht werden.« Ann spürte einen sanften Gewissensbiß: das war es eben; sie erwartete zu viel; sie verlangte Sicherheit und Abenteuer zur gleichen Zeit. Sie hatte nun die Sicherheit gewählt, freiwillig und ohne Zwang, so daß sie kein Recht besaß, sich zu beklagen. Denis war ein ritterlicher, großzügiger und hinreißend leidenschaftlicher Liebhaber und Ehemann. Und Ardeith – oh, wie wunderbar war doch Ardeith und alles, was es bedeutete: ein Dasein frei von Zwietracht und Unordnung, zuverlässig in sich selbst ruhend, und in dieser Zuverlässigkeit die Gefühle all der Menschen sänftigend, die zu Ardeith gehörten. Es kam Ann vor, als schaute sie sich selber zu: wie aus dem Mädchen, das sie gewesen war, die große Dame wurde, welche die stolze Reihe der Larneschen Frauen würdig fortsetzte. Ich bin dazu fähig, dachte sie; nicht alle sind es; und weiter dachte sie: Eine große Dame – das bedeutet Musik, Mondschein und kluges Gespräch; aber sie muß auch biegsam und hart sein können wie Stahl; sie ist zu zart, sich selbst die Schuhe und die Strümpfe anzuziehen; aber sie schenkt zehn Kindern das Leben und findet es selbstverständlich; ihr hübscher Kopf ist zu keinem praktischen Gedanken fähig; aber sie versteht es, hundert nicht immer verträgliche Gäste zu einer fröhlichen Einheit zusammenzuschmelzen. Vor der Nervenprobe, sich zu einem Ball ankleiden zu lassen, muß sie stets eine halbe Stunde ruhen; aber dann ist sie imstande, bis zum Morgengrauen zu tanzen. Sie wird ohnmächtig, wenn sie sich einmal in den Finger schneidet und ein Tröpfchen Blut hervordringt; aber sie reitet wilde Jagden hinter der Meute und ist beim blutigen Halali zu-

gegen, als hätte sie nie etwas anderes getan. Den Armen erscheint sie als der Engel des Erbarmens; doch ein Nero kann nicht grausamer sein als sie, wenn sich einer ihrer Standesgenossen gegen die Regeln des vorgeschriebenen Anstandes vergeht. Sie befolgt die Weisungen ihres Gatten mit friedfertigem Respekt, aber wenn sie sich einmal etwas in den Kopf setzt, so erreicht sie alles bei ihm, was sie will!
Ann lachte leise: wenn dies von ihr erwartet wurde, so sollten sie es haben. Sie beschloß, sich so bald wie möglich von dem besten Maler malen zu lassen, der verfügbar war. Ihr Bild sollte in der großen Halle von Ardeith neben den Portraits der Larneschen Vorfahren aufgehängt werden; sie wollte die große Familienlegende eindrucksvoll genug fortsetzen! Es gab schon ein Bild einer geborenen Sheramy in der Halle, jenes bezaubernde alte Bildnis der Judith Sheramy, die noch vor den Unabhängigkeitskriegen einen Philipp Larne geheiratet hatte. Das war in den Tagen geschehen, als der Urbegriff der großen Dame der Südstaaten erst im Entstehen war. Heut war die Tradition längst geschaffen; man hatte ihr nur noch nachzuleben.
»Weißt du«, sagte Ann schläfrig zu sich selbst, »ich würde es um die Welt nicht laut sagen, aber ich glaube, ich bin ein Feigling. Nichts wünsche ich mir mehr als Sicherheit. Mir wird wohl nie etwas Aufregendes und Besonders zustoßen; aber ich bin so sicher, so wunderbar sicher.«

2

Sobald der Arzt es erlaubte, stand sie auf; sie hatte hunderterlei Dinge zu tun. Wenn erst die Feier ihres ersten Hochzeitstages und dann die Taufe des kleinen Denis vorüber waren, so hatte sie das Weihnachts- und Neujahrsfest vorzubereiten. Sie schrieb Einladungen zu ihrem Neujahrsball, bis ihr die Finger schmerzten; noch in ihre Träume folgte ihr die Formel: »Mr. und Mrs. Larne geben sich die Ehre, ——«. Sie besprach mit den Aufsehern, wie das Weihnachtsfest der Feldsklaven gehalten werden sollte; der Christbaum wurde in dem großen Lagerhaus aufgerichtet, bunt und glitzernd vor Silberschmuck und Rauschgold; und jeder Neger auf der Plantage bekam ein Geschenk, die Männer fest gewirkte Hemden, die Frauen

Kleider und jedes Kind ein Spielzeug. Ann wollte ihre Gaben am Festmorgen selbst austeilen. Eine kleine Kapelle würde unter dem Lichterbaum ihre Banjos klingen lassen und feierlich dazu singen; dann aber sollten sie alle zum Herrschaftshaus wallen, um dem kleinen Denis ein erstes Ständchen darzubringen, bevor sie sich an ihr Festmahl setzten. »Jetzt hat die Sache wieder Schick hier auf Ardeith«, sagten ihr die Neger, als sie überall nach dem Rechten sah. »Eine junge Frau im großen Haus, das ist doch etwas anderes!« Ann lachte und antwortete, sie sollten nur tüchtig Zuckerrohr schneiden und sich so ihre Feiertage verdienen.
Mitten in diesen Vorbereitungen erreichte sie die Nachricht, daß der Staat South Carolina aus der Union der Staaten Nordamerikas ausgetreten war. Das überraschte Ann; sie hatte vom Austritt aus dem Bund, der Sezession, reden hören, solange sie lebte, und niemals daran gedacht, es wirklich ernst zu nehmen. Jetzt sprach alle Welt davon, daß die Südstaaten geschlossen austreten und eine eigene Regierung aufrichten wollten. Zunächst war Ann nicht uninteressiert. Als aber auf sämtlichen Gesellschaften, zu denen sie jetzt geladen wurden, die Herren nichts weiter mehr besprachen als politische Fragen, wurde ihr die ganze Angelegenheit schließlich langweilig. Obwohl sie sich bemühte, den Sinn der Aufregung zu begreifen, von der fast alle ihre Freunde erfaßt waren, wurde sie doch um ihr Leben nicht schlau aus der Sache. Warum sollte eigentlich die Regierung, die so lange, wie sie denken konnte, nicht übel funktioniert hatte, plötzlich nicht mehr genügen? Einige der Herren hatten sich große Mühe gegeben, sie davon zu überzeugen, daß es sich tatsächlich nicht mehr um die gleiche Regierung handelte. Doch wenn sie ausrief: »Aber sie ist schließlich auch amerikanisch!«, so lächelten sie nachsichtig und meinten, Ann wäre viel zu hübsch, um als Blaustrumpf anerkannt zu werden.
Denis wurde von den Ereignissen außerordentlich bewegt; aber auch er vermochte ihr die Zusammenhänge nicht zur Genüge zu erklären. Sie wußte nichts von den Zolltarifen, den Kompromissen von 1850 oder den Unruhen im Staate Kansas und gelangte schließlich zu dem Schluß, daß der Austritt aus dem Bund den Politikern bedrohlich scheinen mochte – sie selbst wollte nichts damit zu tun haben.

Außerdem war sie viel zu beschäftigt, um nachzudenken. Nach dem Neujahrsball bestellte sie das Kleid, in dem sie gemalt werden wollte. Es war ein hinreißend einfaches Abendkleid aus hellblauer Seide mit kurzen Ärmeln aus feinen Spitzen und einem Spitzenkragen, der tief unter ihrem Busen zusammengerafft war, so tief, daß die Mißbilligung in den Augen der Schwiegermutter schlechterdings nicht zu übersehen war. Aber Ann kümmerte sich nicht darum; sie war stolz auf ihren Busen und ihre schönen Schultern auch und hatte beschlossen, beide der Nachwelt nicht vorzuenthalten.

Denis fand das Kleid bezaubernd; der Künstler, den man sich von New Orleans verschrieben hatte, bekannte galant, daß er schon lange nicht mehr so glücklich gewesen war, eine wahrhaft schöne Frau porträtieren zu dürfen. Er malte Ann am Fuß der stolzen Wendeltreppe stehend, während sie ihre Hand auf dem Schlußpfosten des Geländers ruhen ließ; von der Treppe sollte genug zu sehen sein, um jeden Zweifel daran auszuschließen, wo das Bild gemalt worden war. Ann hatte also viele Stunden lang Modell zu stehen; sie mußte darüber wachen, wie für den kleinen Denis eine neue Aussteuer genäht wurde; er wuchs allmählich aus seinen Säuglingskleidchen heraus; sie hatte all die Feste und Gesellschaften nachzuholen, die sie im Herbst versäumt – ach, sie war pausenlos in Anspruch genommen, konnte nur selten in eine Zeitung blicken und erst recht nicht verfolgen, welche Staaten in der Union verblieben und welche austraten. Von Denis sah sie nicht viel in diesen Tagen. Er war in der Stadt, er war am Hafen, er war bei der Zuckerpresse und trieb die Leute an, denn die Lieferungen nach dem Norden mußten erfüllt werden, solange Handel und Verkehr noch nicht unterbrochen waren. Ann war nicht mit ihm einverstanden, er sollte sie nicht so viel allein lassen. Er erläuterte ihr, daß der Staat Louisiana zwar den ungehinderten Verkehr auf dem Mississippi garantiert habe – aber natürlich könnten diese Garantien jeden Tag widerrufen und zwischen Norden und Süden Zollschranken errichtet werden. Sie seufzte und sagte, wie verrückt ihr die ganze Geschichte vorkäme; es sei doch früher alles glatt gegangen –.

In den ersten Wochen des Frühlings brach die politische Zwietracht in ihr persönlichstes Dasein, und zwar auf eine Weise, die sie beinahe aus der Fassung brachte. Das Modegeschäft nämlich, von dem sich

Ann gewöhnlich bedienen ließ, eröffnete ihr, daß die neue Frühjahrskollektion nicht eingetroffen und auch vorläufig nicht zu erwarten wäre. »Wenn der März vorbei ist, kann man doch nicht weiter Wolle und Sammet tragen!« erwiderte sie höchst ungehalten. Der Verkäufer schüttelte bedauernd sein Haupt: alle Geschäfte, von New York bis nach New Orleans, hätten ihre Aufträge annulliert – wegen der Krise, wie es hieß. Der Inhaber des Geschäfts zeigte ihr den Modebericht aus »Godey's Damenblatt«; er enthielt nichts weiter als die Klage, in diesem Jahre sei modisch schlechterdings nichts Neues zu berichten. »Zeigen Sie mir, was Sie vorrätig haben«, stöhnte Ann ehrlich verzweifelt. »Ich muß mir etwas für die heiße Zeit anschaffen.«

Der Verkäufer verbeugte sich tief: »Gewiß, Madame! Was für Stoffe darf ich Ihnen vorlegen? Wo gedenken Madame den Sommer zu verbringen?«

Ann erwiderte, ohne nachzudenken: »Gewöhnlich habe ich einen Teil des Sommers im Norden verbracht –« und hielt plötzlich inne, setzte sich bös auf den Stuhl vor dem Ladentisch und sagte: »Ach, verdammt!«

Mit vollendeter Höflichkeit wandte sich der Verkäufer ab, als hätte er nichts davon gehört, daß auch eine Dame von Welt sich zuweilen zu Flüchen hinreißen läßt; er begann, einige Stoffballen aus den Regalen hervorzuziehen. Ann spürte einen solchen Zorn, daß ihr ganz gleichgültig war, ob der Verkäufer sie fluchen gehört hatte oder nicht. Sie kaufte einige Meter Batist und fuhr in einem Zustand äußersten Unbehagens heimwärts. Sie wollte sich auf ihr Zimmer zurückziehen und den amüsanten Roman beenden, den sie vor einigen Tagen begonnen hatte; dabei würde sie sich erholen. Doch in Ardeith erwartete sie neuer Ärger.

Mrs. Maitland brachte ihr die Gästeliste für ein Abendessen, das Ann schon lange plante. Ann hatte sie längst für beschlossen gehalten. Jetzt hatte Denis sie radikal umgestoßen. Viele Gäste stammten aus anderen Staaten; neuerdings – wie Mrs. Maitland sagte – war es üblich geworden, die Gäste aus jenen Staaten, die als erste aus der Union ausgetreten waren, obenan zu placieren; den Besuchern aus South Carolina gebührte also der Ehrenplatz. Ann riß Mrs. Maitland die Liste aus der Hand und lief damit in das Kontor auf der

Rückseite des Hauses, wo Denis über einigen Kontobüchern saß. »Das ist der tollste Unsinn, den ich je gehört habe!« rief sie wütend.
Denis lehnte sich in seinen Stuhl zurück und stimmte ihr erheitert zu: »Vollkommen richtig, Liebling! Aber die Tischordnungen werden jetzt überall nach dieser Regel entworfen. Wir können doch unsere Gäste nicht vor den Kopf stoßen.«
Ann seufzte tief und ließ sich in einen Stuhl fallen; sie nahm die Liste zur Hand. »Meine Vettern aus Savannah – sollen sie über die Leute aus unserer Gegend gesetzt werden?«
»Ja! Georgia ist früher als Louisiana aus der Union ausgetreten.«
»Ich bin froh, daß es so ist. Sonst müßte ich die Fremden tiefer setzen als die Einheimischen. Und die Prestons – sie stammen aus Virginia?«
»Virginia gehört noch zur Union. Die Prestons kommen also ans Ende des Tisches.«
»Schön! Ich kann nichts dagegen unternehmen. Und wie ist es mit den Delaneys? Sie sind in Wilmington, Delaware, zu Hause. Gehört Delaware noch zur Union?«
»Ja, und es wird wohl auch darin verbleiben. Delaware ist zwar auch ein Sklavenstaat, aber es fühlt sich mehr zum Norden als zum Süden hingezogen. Setze sie also noch unter die Prestons!«
»Ob sie das nicht übelnehmen? Wir wissen ja gar nicht, ob Virginia wirklich ausscheiden wird und Delaware nicht. Und was soll ich mit Mr. und Mrs. Rendon anfangen? Sie sind in Philadelphia zu Hause.«
Denis pfiff leise: »Ich weiß es beim besten Willen nicht. Müssen wir sie überhaupt einladen?«
»Sie sind schon eingeladen. Sie haben uns im vorigen Sommer in Saratoga eine wunderbare Abendgesellschaft gegeben; das weißt du doch.«
»Natürlich weiß ich's«, bekannte Denis. »Außerdem gefallen sie mir!«
»Mir auch! Ach, warum hat sich all dies nicht lieber im Sommer ereignet? Dann wären wir aus dem Süden im Norden gewesen und nicht die Leute aus dem Norden bei uns im Süden; dann hätten sie sich den Kopf zerbrechen müssen. Die ganze Geschichte ist total

verrückt. Präsident Buchanan hätte den Streithammeln rechtzeitig das Handwerk legen sollen.«
Denis lächelte kläglich: »Mein liebes Kind, Präsident Buchanan wurde gewählt, weil er ein freundlicher, alter Herr ist, der keinen Menschen mehr durch allzu viel Taten belästigen wird. Weißt du was –? Wir wollen lieber ein Tanzvergnügen veranstalten statt einer Abendgesellschaft. Dann brauchen wir uns nicht wegen der Tischordnung den Kopf zu zerbrechen.«
Ann stimmte ehrlich erleichtert zu: »Mit Vergnügen! Ich bringe es nicht fertig, meine Freunde unfreundlich zu behandeln, nur weil sie weiter im Norden geboren sind als ich. Ach, aber da fällt mir ein – –«
»Was denn?«
»Ich habe die Einladungen ja schon hinausgeschickt; nun müßte ich einen zweiten Brief hinterherschreiben, um sie abzuändern. Dabei habe ich schon jetzt einen Schreibkrampf. Im nächsten Winter muß ich mich nach einer Dame umsehen, die sich etwas Geld verdienen will, und muß sie zu meiner Sekretärin machen. Doch inzwischen, Denis, was wollen wir im kommenden Sommer anstellen? Wollen wir wieder nach Saratoga gehen? Oder wollen wir uns mit der Golfküste begnügen?«
»Ich kann nichts versprechen, Liebes. Zur Zeit kann man beim besten Willen keine Pläne machen.«
Ann erhob sich gekränkt; sie löste ihre Hutbänder. »Ich möchte wissen, woher diese Horde von Politikern sich das Recht nimmt, mein Dasein derart zu komplizieren!«
Denis lachte in sich hinein: »Ann, Liebes, geh nach oben, bitte! Ich muß meine Baumwollrechnungen durchgehen, ich muß!«
Ann erwiderte trocken: »Du bist seit einiger Zeit nicht viel vergnüglicher als ein Säulenheiliger. Ich gehe jetzt und spiele mit meinem ehrenwerten Sprößling. Er ist außer mir der einzige im Hause, dem die sogenannten Schicksale des Landes gestohlen bleiben können.«
Sie warf ihm einen Kuß zu und verließ das Arbeitszimmer. Ein Stockwerk höher im Kinderzimmer fand sie den kleinen Denis; Bertha sang ihn gerade mit einer alten Kirchenweise in den Schlaf. Ann warf Hut und Schultertuch auf einen Stuhl und streckte ihre Arme aus: »Gib ihn mir!«

Bertha gehorchte, und Ann rieb ihre Wange wohlig an der des Kindes; sie wiegte es leise hin und her und summte dabei weiter das alte Lied, das Bertha begonnen hatte. Wie süß das kleine Wesen war! Nicht länger mehr rot und häßlich war es anzuschauen; es strahlte vor Gesundheit mit runden Bäckchen und einem Gesichtchen wie Milch und Blut; und Grübchen schmückten den kleinen Kerl an jeder nur erdenklichen Stelle. Wenn sie das Kind in ihren Armen hielt, so senkte sich eine liebliche Stille auf ihr Herz; weit fort flog dann der Ärger über verspätete Moden; sie vergaß die Sorge, wie neuerdings Abendgesellschaften und hohe Politik auseinanderzuhalten wären. Während ein unbewußtes, tiefes Glück ihr Inneres erfüllte, sang sie leise:

»Wer trägt mich in den Himmel hoch
auf einem Blumenbeet der Freude? . . .«

Denis war sehr froh darüber, daß sie ihr Bildnis erst jetzt bestellt hatte, anstatt schon ein Jahr zuvor; die Mutterschaft, so behauptete er, hatte sie wunderbar erblühen lassen wie nie zuvor. Ob diese Behauptung nun der Wirklichkeit entsprach, ob sie nur Denis' schmeichlerischer Einbildung entsprang – das wagte Ann nicht zu entscheiden; aber daß er es sagte, entzückte sie immer wieder von neuem. In der Tat versprach das Porträt sehr schön zu werden; hoffentlich nur zeichneten ihr die Ärgernisse der Zeit keine Linien um den Mund!
Der Maler vollendete sein Werk im April. Jedermann fand es bezaubernd, und Ann geriet fast außer sich vor Entzücken. Sie stellte sich manchmal heimlich vor, wie es sein würde, wenn sie alt geworden wäre; als zierliche kleine Dame mit weißen Locken und einem Spitzenhäubchen darüber würde sie dann die große Treppe herniedersteigen und gelegentlich ihren Enkelkindern berichten: »Im Jahre achtzehnhunderteinundsechzig sah ich aus wie auf diesem Bilde, meine Lieben.« Der Gedanke erheiterte sie, blieb aber in ihr haften; sie bat Denis, sich auch malen zu lassen, bevor Monsieur de Launay wieder nach New Orleans zurückreiste. Denis entgegnete, er wäre zu beschäftigt; er könne jetzt die Zeit nicht erübrigen, dem Maler

Modell zu stehen, versprach aber, es zu bedenken; wenn sich erst das politische Durcheinander ein wenig geglättet hätte, dann dürfte man sich vielleicht ein wenig Muße gönnen.
Ganz plötzlich dann, so überraschend wie uns eine angeschlagene Tasse in Scherben aus den Fingern fällt, wurde Ann von der Erkenntnis überfallen, daß Krieg vor der Türe stand.
Sie konnte sich nicht mehr darauf besinnen, wann das Wort »Krieg« zum ersten Male gefallen war. Es kam ihr vor, als hätte sie noch gestern ihr Leben wie stets zuvor geführt; heute flatterten mit einem Male Fahnen von allen Häusern, Truppen marschierten durch die Straßen, und die Kapellen spielten »Dixie« von früh bis spät. Es war schrecklich aufregend. Die Schaufenster füllten sich von heut auf morgen mit Gewehren, Pistolen, Patronen, kriegerischen Gürteln und Schärpen und feldmarschmäßigen Ausrüstungen. Die Modengeschäfte zeigten Stoffe für Damenkleider in der grauen Farbe, die man für die Uniformen der konföderierten Armee der Südstaaten gewählt hatte. Die Buchhandlungen verbannten Romane und Gedichtbände auf die hintersten Bretter, um Raum zu schaffen für Lebensbeschreibungen von Generälen und für Abhandlungen zur Taktik und Strategie des Krieges. Selbst die Spielzeugläden nahmen ihre Puppen und Kinderdrachen aus den Auslagen und ließen statt dessen ganze Regimenter von Zinnsoldaten aufmarschieren. Von allen Ekken und Enden rasselten patriotische Ansprachen. Der neue Zustand entwickelte sich so schnell und überwältigend, daß man sich kaum noch der Zeit entsinnen konnte, in der es keinen Krieg gegeben hatte, sich an ihm zu begeistern, jener Zeit, in welcher das Dasein der grandiosen Abenteuer der Rosen, der kriegerischen Musik, der blitzenden Paraden, der kühnen Rebellen und der hundsföttischen Yankees vollständig ermangelt hatte.
Ann fühlte sich von den Ereignissen derart in Anspruch genommen, daß alles Vergangene ihr flach und blöde erschien. Dabei war es erst ein paar Monate her, so erinnerte sie sich, daß sie geglaubt hatte, ihr sei nichts Erregendes mehr vorbestimmt. Sie gab den Offizieren des Rekrutenlagers bei Dalroy lustige Gesellschaften; sie war dabei, wenn es galt, vaterländische Vereine zu gründen, die für die Soldaten Strümpfe und Halstücher strickten; während dieser etwas langweiligen Beschäftigung prägten sich die hilfreich versammelten Damen

die neuesten Soldatenlieder ein. Ein nie so erlebtes Vergnügen bereitete es, gemeinsam loszuschmettern:

»... Texas, Florida verwegen
zogen ihre blanken Degen;
wollten nichts von Leuten wissen,
die Kattun nicht sehr vermissen
und nicht ahnen, wo er wächst.«

Anns Hände flogen vor Begeisterung; sie konnte kaum noch die Tasten anschlagen. Die jungen Offiziere, die in dem Lager bei Dalroy ausgebildet wurden, erschienen auf Ardeith, prächtig angetan mit goldenen Knöpfen an ihren neuen, grauen Uniformen; sie schwenkten die Hüte so tief und ritterlich, daß die Krempen den Boden streiften. Im großen Empfangssaal des Hauses wurde getanzt; und die jungen Herren verschwiegen der Dame des Hauses und ihren Freundinnen keineswegs, als welch große Ehre sie es betrachteten, für so viel Schönheit, Anmut und Keuschheit kämpfen zu dürfen. Sie saßen auf den Stufen von Ardeith und knüpften sich Stricke an die Kolben ihrer Gewehre; sie wollten sich jeder einen Yankee fangen und am Strick nach Hause führen; der sollte dann ins Geschirr gespannt werden und die Zuckerpresse drehen; und das Maultier hätte Urlaub. Der Krieg würde natürlich nicht lange dauern; der Norden verpflichtete seine Soldaten nur für drei Monate; die Südstaaten zogen ihre Männer für die Dauer eines Jahres ein, natürlich nur, um den Norden zu übertrumpfen; denn im Herbst, wenn das Zuckerrohr geschnitten wird und in die Presse geht, dann wären sie alle längst daheim, frei und siegreich und beladen mit Ruhm.
An einem Nachmittag kam Denis nach Hause und zog sie beiseite: »Ich habe mich freiwillig gemeldet, Ann!«
Stolz und Furcht, seltsam vermengt, stürzten über sie her wie eine Flut. Sie brach in Tränen aus, warf ihm ihre Arme um die Schultern und schluchzte, daß sie ohne ihn nicht leben könnte. Sie standen am Fuß der großen Treppe in der Halle. Im Saal sangen die Männer mit kräftigen Stimmen, Sarah Purcell spielte auf dem Flügel die Begleitung dazu. Aber trotz des Lärms vernahm sie deutlich Denis' Stimme an ihrem Ohr: »Ich mußte mich melden Ann! Du kannst

nicht wollen, daß ich andere Männer das Land verteidigen lasse und selbst zu Haus herumsitze. Unser Oberaufseher ist durchaus imstande, die Pflanzung eine Zeitlang allein zu verwalten.«

Ann hielt ihn fest umschlungen; Denis zog sein Taschentuch hervor und trocknete ihr die Augen. Sie bat ihn um Verzeihung: sie wäre gewiß kein Feigling; wie stolz würde der kleine Denis auf seinen Vater sein, wenn er erst größer und verständiger geworden wäre. Der große Denis streichelte ihr Haar und küßte sie und flüsterte ihr zu, daß er nur für eine kleine Weile von Hause fortgehen würde; die Frauen müßten tapfer sein in solchen Zeiten. Sie hob ihr Haupt und blickte ihn an; wie groß und vornehm er aussah; sie glühte unter Tränen ihm entgegen. Aus dem Saal nebenbei hörte sie schwere Stiefel stampfen. Die jungen Offiziere exerzierten um den Flügel her und sangen dabei:

»Wenn das Zuckerrohr geschnitten ist,
dann sind wir wieder da,
ach, dann sind wir wieder da,
ja, dann sind wir wieder da.
Ist das Zuckerrohr geschnitten,
sind wir längst schon wieder da;
bringen uns zu unsrem Glück
einen Yankee mit am Strick,
und das Maultier, und das Maultier
geht auf Urlaub –«

Ann begann zu lachen. Es fiel ihr ein, wie blendend Denis in Uniform wirken würde. Sie dankte dem Himmel, daß Monsieur de Launay durch einen anderen Auftrag in Dalroy festgehalten worden war; nun würde er Denis im Grau der Konföderierten malen; der kleine Denis sollte später nicht zu bezweifeln brauchen, daß sein Vater ein Soldat gewesen und wie stolz er ausgesehen hatte.

Anns Vater stand schon bei der Armee. Obgleich Oberst Sheramy den Austritt aus der Union stets bekämpft hatte, war er doch nicht willens gewesen, gegen die Heimat zu kämpfen. Als der Krieg nicht mehr aufzuhalten war, hatte er auf seinen Rang und sein Kommando in der Armee der Vereinigten Staaten verzichtet. Prompt wurde er daraufhin zum Obersten im neuen Heer der Konföderierten ernannt und rückte ein; Jerry blieb daheim, die Pflanzung zu verwalten, solange der Vater im Felde weilte. Ann sagte sich im stillen, während sie immer noch an Denis' Schulter lehnte: nicht jede Frau genießt den Vorzug, sowohl Tochter als auch Frau eines Soldaten und darüber hinaus sogar noch die Mutter eines künftigen Kriegers zu sein; sie war wirklich drauf und dran, das Beste, was sie besaß, für das Vaterland hinzugeben. Sie küßte Denis noch einmal: wie in diesem Augenblick so brennend hatte sie ihn noch nie geliebt, und sie flüsterte es ihm zu. Dann aber machte sie sich eilig los und rief Napoleon herbei. Denis wollte die große Nachricht jetzt auch den anderen überbringen. Das durfte mit nichts anderem als Champagner gefeiert werden.

SECHSTES KAPITEL

1

»Sag mal, Mamma, kann man heute einen Schal tragen, oder wird es zu warm sein?«

Corrie Mays Mutter stand am Herd und kochte Kaffee. »Mir läge nichts daran, einen Schal zu tragen«, sagte sie. Sie wischte sich mit dem Schürzenzipfel den Schweiß von der Stirn. »Schon am Vormittag wird es furchtbar heiß werden.«

»Ja, aber das Kleid ist in den Armlöchern schon ein bißchen ausgerissen.« Corrie May wandte dem Spiegel an der Küchenwand den Rücken zu, drehte sich aber beinahe den Kopf aus den Schultern, um festzustellen, ob der Schaden unter den Achseln zu erkennen war. Der blaugemusterte Stoff des Kleides war aus der langfaserigen Baumwolle des Mississippi-Deltas gewoben und glänzte wie Seide. Corrie May hatte das Kleid von Ann geschenkt bekommen und trug es über einem alten Reifrockgestell, das ebenfalls von Ann stammte. Die Stangen des Reifrocks waren an einigen Stellen schon gebrochen; Corrie May hatte die beschädigten Stäbchen mit Schnüren wieder zusammengeflickt; man merkte es unter dem Rocke nur, wenn man genauer hinsah. Corrie May wußte längst, daß ihr Anns Kleider in den Hüften stets zu eng waren; sie trug daher eine breite Schärpe um die Taille; so blieb der Schlitz, in dem der Gürtel auseinanderklaffte, einigermaßen verborgen. Aber die ausgerissenen Schultersäume waren nicht so leicht zu verstecken. »Ich habe eben breitere Schultern als Mrs. Larne«, gab sie mißmutig zu.

»Du hast mehr Muskeln als sie«, meinte Mrs. Upjohn. »Solche Damen, die nie richtig gearbeitet haben, bleiben schmal in den Schultern. Trink aber lieber noch 'ne Tasse Kaffee, bevor du fortgehst.«

Corrie May nahm ihrer Mutter die Tasse ab, blieb aber vor dem Spiegel stehen und betrachtete sich weiter. Sie hatte sich für die Parade so schön herausgeputzt wie nur möglich. Wenn man als Mädchen den Soldaten zujubelte, die auszogen, das Vaterland zu verteidigen, dann mußte man fesch aussehen. Sie setzte die Tasse auf den Tisch zurück und griff nach ihrem Schultertuch, einem hellbraunen Gewebe aus Seide und Wolle, das Ann ihr geschenkt hatte, als es zerrissen war. Corrie May hatte es sorgfältig gestopft; wenn sie die Stopfstelle nach innen faltete, so wirkte es fast wie neu. Sie schlang es sich zierlich um die Schultern; die kleine Quaste an der Ecke mußte genau in der Mitte des Rückens herabhängen. An ihr Hütchen hatte sie ein neues Band genäht; sie probierte es in vielen Stellungen, bis sie schließlich den steilen Winkel herausbekam, der in diesem Jahr modern geworden war. Wenn sie nur auch die Handschuhe über ihre Finger streifen könnte –! Sie sähe dann nicht minder fein aus als die feinen Damen, elegant geradezu! Doch obgleich Ann viele Handschuhe verbrauchte und ablegte, war Corrie May beim besten Willen nicht imstande, sie zu verwenden; ihre Hände waren von der Arbeit längst zu breit und hart geworden, als daß sie sich noch in die schmalen Futterale zwängen ließen. Sie konnte also die Handschuhe nur in der Hand tragen; die Leute würden ihr schon glauben, daß sie die Dinger bloß vor lauter Hitze nicht anzöge. Sie faßte das Schultertuch vor ihrer Brust mit einer Hand zusammen, in der sie zugleich die Handschuhe zur Schau stellte; jedoch auf eine Weise, daß man die aufgeplatzten Nähte an den Fingerspitzen nicht bemerkte. Dann trat sie auf die Straße hinaus, um die anderen Mädchen zu treffen, mit denen sie sich verabredet hatte.

Sie überflog die Kleider ihrer Freundinnen mit einem Blick und erkannte sofort, daß sie selbst feiner ausgestattet schien als die andern alle. Eines der Mädchen war Budge Fosters Schwester Ethel; Corrie May hatte nichts mehr von ihr gesehen und gehört, seit Ethel einen Burschen geheiratet hatte, der an den oberen Dockanlagen arbeitete. Ethel zeigte keine Spur von Befangenheit, als sie hier mit ihres Bruders verflossener Braut zusammentraf. Sie war eine verträgliche Seele, die es ohne viel Nachdenken hinnahm, daß Corrie May und Budge nicht mehr miteinander »gingen«.

»Du siehst aber wirklich wie eine feine Dame aus, Corrie May!« sagte Ethel, als der Schwarm den Rattletrap verließ, um der breiten Straße oberhalb des Parkes zuzustreben, auf welcher die Parade abgehalten werden sollte. »Ach wo –!« antwortete Corrie May.

»Corrie May arbeitet jetzt auf Ardeith«, erklärte eines der anderen Mädchen. »Und elegant wird sie auch, bestimmt!«

»Das ist richtig!« fügte Ethel offenbar nicht ohne Neid hinzu. »Ein hübsches Kleid hast du an, Corrie May.«

»Delta-Musselin!« erwiderte Corrie May selbstgefällig.
»Delta-Musselin – ist doch nicht möglich!« rief Ethel aus. »So was, so was!« Sie rieb eine der Rüschen am Rock zwischen ihren Fingern: »Fünfzig Cents der Meter kostet solcher Delta-Musselin. So teuer ist das Zeug! Und einen Reifrock hast du auch noch drunter?«
Corrie May nickte, hielt aber den Kopf gleich wieder still, damit ihr Hütchen nicht seinen modisch schiefen, aber sehr unsicheren Sitz verlor. »Zu diesem Rock sind sieben Meter Stoff verarbeitet, rundum am Boden gemessen.«
»So was, so was!« meinte Ethel abermals. »Ich möchte auch ganz gern mal einen Reifrock tragen. Aber sie kosten zu viel Stoff. Sag' mal, Corrie May, du kommst jetzt ganz gut voran, scheint mir.«
»Ach, bewahre!« entgegnete Corrie May obenhin. »Es ist nicht weit her damit. Manchmal kriege ich in Ardeith eine Kleinigkeit geschenkt.«
»Aber wozu trägst du einen Schal?« wollte Ethel wissen. »Wenn ich ein Kleid hätte aus richtigem Delta-Musselin, ich würde kein bißchen davon unter einem Schultertuch verstecken.«
»Ich bin so empfindlich gegen Zugluft«, sagte Corrie May. Daß es diese Schwäche gab, hatte sie erst vor kurzem entdeckt, seit nämlich die alte Mrs. Larne aus Europa zurückgekehrt war. Jedesmal, wenn Mrs. Larne zum Essen erschien, wurde eines der Mädchen fortgeschickt, um für sie den stets vergessenen Schal zu holen. Corrie May hatte keine rechte Vorstellung, wie Zugluft den Leuten schadete, die dafür empfindlich waren; doch »so empfindlich gegen Zugluft« zu sein, war zweifellos ein Abzeichen der oberen Zehntausend. Ethel nahm die Erklärung willig hin:
»Ach was, das wußte ich gar nicht. Sieh dich nur vor damit!«
Ethel war der Meinung, daß sie Corrie May genügend bewundert hatte; sie wollte selbst an die Reihe kommen, bewundert zu werden; sie verkündete: »Mein Mann ist auch Soldat geworden!«
»Ach, wirklich?« riefen die Mädchen aufgeregt. »Wann ist er eingetreten?«
»Es ist noch nicht so lange her. Er wird heute auch in der Parade marschieren.«
»Ist das wirklich wahr?« Die Mädchen wandten sich Ethel zu. Corrie May mochte prächtig aufgetakelt sein, aber einen Soldaten zum

Mann zu haben, dessen konnte sie sich nicht rühmen; sie war überhaupt nicht einmal verheiratet. Das waren die zwei anderen Mädchen auch nicht. Also durfte Ethel größere Achtung beanspruchen als Corrie May; denn Ethel hatte bereits erreicht, was ein Mädchen als das höchste Ziel im Leben anzusehen hat. »Macht es dir viel aus, Ethel, daß er eingerückt ist?«

»Natürlich nicht!« erwiderte Ethel voller Stolz. »Nicht jeder Mann bringt den Mut auf, für sein Land in den Krieg zu ziehen.«

Es ärgerte Corrie May, daß sie nicht mehr beachtet wurde; sie warf ein: »Mein Pappa ist auch ins Heer eingetreten.«

»Nein so was! Wirklich?« Corrie stand mit einem Schlage wieder im Mittelpunkt. Der alte Upjohn genoß am Rattletrap Square einen gewissen Respekt. Er verstand sich auf Fremdwörter, wußte die Schrift auszulegen und gewaltig zu predigen, wenn es über ihn kam; aber daß er unter die Soldaten gehen würde, das hätte ihm keiner zugetraut. Corrie May machte sich allerdings keine Illusionen; sie wußte, daß er sich wegen des regelmäßigen Soldes hatte anwerben lassen; außerdem aber war der Beifall der Menge wie überhaupt die ganze festlich-ernste Marschiererei Manna für seine Seele; trotzdem erwiderte sie:

»Er ist ja stark und gesund. Er wird doch nicht zu Hause sitzen, wenn man Männer braucht, die für die Heimat kämpfen!«

Die Mädchen, deren Väter sich immer noch auf zivile Weise beschäftigten, wußten nicht recht, ob sie sich entschuldigen oder verteidigen sollten. Corrie May schob ihren Arm unter den Ethels. Mit Soldaten im Hintergrund, die bereit waren, für sie und die Südstaaten zu fechten, konnten sie sich stolz zusammentun!

Die Straßen quollen über von Menschen; die Mädchen kamen nur langsam voran. Corrie May mußte die Gefährtinnen mehrfach ermahnen, sie nicht allzu heftig zu drängen, sonst verbogen sie ihr den Reifrock. Schließlich erkämpften sie sich vier Plätze an der richtigen Straße; sie standen im Schatten eines schmiedeeisernen Balkons, der vom ersten Stock eines vornehmen Wohnhauses weit in die Straße hinausragte. Corrie May hatte ihre Freundinnen nicht ohne Absicht gerade hierher geführt; denn dies war das Haus der Durhams, denen die vielen großen Dampfer auf dem Strom gehörten. Aus Bruchstücken von Gesprächen, die sie zuweilen in Ardeith aufschnappte, hatte sie entnommen, daß die alte Mrs. Larne eine geborene Durham war. Die Parade würde nicht bis zu den Pflanzungen draußen hinausgelangen; es stand also zu erwarten, daß die Larnes sich das militärische Schauspiel vom Balkon der Durhams ansahen. Wenn Ann hier vorbeikommen, sie bemerken und ansprechen sollte, so wurde Corrie May dadurch noch viel herrlicher ausgezeichnet, als wenn sie mit einem Soldaten verheiratet war. Soldat werden, das kann schließlich ein jeder Mann, der nicht gerade siech ist; aber sie, Corrie May, war höchstwahrscheinlich das einzige Mädchen vom Rattletrap Square, das sich der Bekanntschaft mit einer der großen Damen von den Plantagen rühmen konnte.

Überall vor den Häusern fuhren Equipagen vor und entließen ihre Insassen ins Innere der Gebäude, die den Paradeweg säumten. Polizisten wiesen das mindere Volk beiseite, damit die Hauseingänge nicht versperrt wurden. Corrie May und ihre Freundinnen drängten sich so dicht an den Eingang des Durhamschen Hauses, als es der Wachmann nur eben erlaubte. Die Durhams hatten offenbar alle Welt eingeladen. Noch immer strömten Gäste ins Haus. Corrie May ließ die anderen an ihrer überlegenen Wissenschaft teilnehmen.

»Das ist Miß Jeannette Heriot, die da in rosa Batist mit dem hohen Hut. Ihrem Vater gehören die großen Sägemühlen und Holzlager. Das kann ich euch sagen: so ein großer Dampfer verbraucht sechs Klafter Holz am Tage; kaum zu glauben, aber es ist so! Und all das Holz kaufen sie von Heriot. Das ist Mr. Raoul Valcour. Er soll Miß Jeannette schon lange den Hof machen. Man redet sogar von Hochzeit. Und da ist Miß Sarah Purcell, die Rothaarige mit dem grünen Kleid.«

»Die zieht sich aber auffallend an, nicht?« flüsterte Ethel.

»Sie soll sich so auffallend kleiden, damit ihr Haar noch mehr den Leuten in die Augen sticht. Das da ist ihr Bruder Hugh, der Große mit dem mageren Gesicht. Und das ist Mr. Jerry Sheramy, der Häßliche.«

»Der?« sagte Ethel ungläubig. »Der sieht ja aus wie –.« Sie zögerte.

»Wie ein Gorilla!« fiel Corrie May ein, als Ethel nicht weiter wußte, weil ihr kein passender Vergleich einfiel. Corrie May vermochte nicht mit Sicherheit anzugeben, was ein Gorilla wäre; sie hatte das Wort erst vor kurzem Ann abgelauscht.

»Komisch«, sagte eines der Mädchen, »daß er in dem Wagen der Purcells angekommen ist, anstatt in seinem eigenen.«
Corrie May bemerkte mit wichtiger Miene: »Wie ich gehört habe, wird er sich bald mit Miß Sarah Purcell verloben.«
Die vornehmen Herrschaften bedankten sich lächelnd bei den Polizeibeamten, die ihnen den Zugang zu den Hauseingängen frei hielten. All die Purcells, Sheramys und Heriots schienen die übrige Menge gar nicht wahrzunehmen, als schritten sie nur wie durch große Büsche, deren Zweige die Polizisten für sie zurückdrängten. Corrie May wunderte sich wieder einmal: wäre sie selber je dazu fähig, wozu diese Leute mit unbeschreiblicher Selbstverständlichkeit imstande waren; ach, selbst wenn sie noch so reich wäre, sie würde es niemals lernen, über mindere Leute achtlos hinwegzuschauen, wie es die Larnes taten! War es überhaupt denkbar, daß sie nicht zur Kenntnis nahmen, wie ihr Benehmen, ihre Kleider, ihre Diener gierig betrachtet, begutachtet und abgeschätzt wurden. Wer gar ein paar Worte ihrer Unterhaltung aufschnappte, der fühlte sich schon ihrem engeren Kreise angehörig und erzählte voller Wichtigkeit seinen Freunden und Bekannten: »Ich habe gehört, wie Mr. Sheramy zu Miß Purcell sagte: den Soldaten wird es bei der Parade in ihren schweren Uniformen schön heiß werden, na ja!«
Corrie May fuhr zusammen; sie vermochte ihre Aufregung kaum zu verbergen; jetzt rollte die Kutsche von Ardeith heran. Sie erkannte sie an ihren glänzenden schwarzen Pferden und den Vorhängen aus geblümter weißer Seide; Denis hatte sie sich wie üblich in dunkelrot gewünscht, aber Ann hatte auf den weißseidenen bestanden. Corrie May schob sich so weit an die Bordkante wie möglich.
Der Kutscher zügelte die Pferde. Während er die schäumenden Tiere zum Stehen brachte, sprang der Lakai vom Bock und riß die Wagentür auf. Seine Verbeugung war sehr geschickt berechnet; sie erreichte ihren tiefsten Punkt gerade in dem Augenblick, in welchem seine Herrin ihren Fuß auf den Boden setzte – in diesem Fall Anns Schwiegermutter. Ein ältlicher Herr war vors Portal getreten. Er rief:
»Ich freue mich, dich zu sehen, Frances! Tritt ein! Hast du die jungen Damen mitgebracht?«
Das war offenbar der Fall; hinter Mrs. Larne kam Miß Cynthia

Larne zum Vorschein; sie trug ein entzückendes Kleid aus getüpfeltem Musselin nach der neuesten Mode. Cynthia knickste und sagte: »Guten Morgen, Onkel Alan!« sagte es mit so viel Grazie, daß man kaum an ihre mageren zwölf Jahre glauben mochte; sie ist auch das ganze letzte Jahr über in Frankreich gewesen, dachte Corrie May. Cynthia bat, auf Ann warten zu dürfen; Mrs. Larne trat mit ihrem Bruder ins Haus. Corrie May erblickte im Wageninnern eine weißbekleidete Hand, die sich der ebenso bekleideten des Lakais näherte; dann quoll zierlich die große Wolke eines Reifrockes aus der Tür des Wagens. Das wundervolle Gewand war aus weißem Batist gefertigt; die Volants zeigten sich mit winzigen gestickten Blumensträußchen eingefaßt, rosa, blau und grün; Corrie May erschauerte unwillkürlich: wie viele Stunden wohl die Stickerin über dies Kleid gebeugt gesessen hatte – ein Kleid, das kaum sechs Wäschen erleben würde!
»Das ist Mrs. Larne!« verkündete sie wispernd.
»Ich habe sie schon einmal gesehen«, hauchte Ethel ehrfurchtsvoll. »Die Larnes sind die reichsten Leute weit und breit, glaube ich.«
»Das kann schon stimmen«, sagte Corrie May.
»Ist es wahr, daß die Türen in ihrem Hause silberne Griffe haben? Und eine Wendeltreppe soll im Hause sein, die nach oben führt, ganz ohne jede Stütze?«
»Das kannst du glauben. Das stimmt!« sagte Corrie May, vergaß aber zu erwähnen, daß sie selber nie etwas anderes benutzt hatte als die Hintertreppe.
»Soll man nicht für menschenmöglich halten! Und diese Damen sollen sich Negerweiber halten, von denen sie sich jeden Morgen anziehen lassen.«
»Ja, das habe ich selber gesehen.«
»So was, nein, so was!« staunte Ethel.
Es bereitete Ann einige Schwierigkeiten, den Wagen zu verlassen, denn ihr Reifrock hatte einen solchen Umfang, daß er nur mit viel Geschick und Vorsicht durch die Wagentür zu bugsieren war. Ann trug nicht etwa ein gewöhnliches Häubchen wie die meisten anderen Frauen, sondern einen Strohhut größer als ihr Sonnenschirm; ein Nebel aus Tüll überwogte ihn, Spitzen quollen über seinen Rand herab, und zwei lange rosa Bänder rieselten von oben her über Anns Schultern bis auf den breiten Reifrock hinunter. Corrie May zitterte

vor geheimer Erregung: würde Ann vorübergehen, ohne sie zu bemerken? Jerry trat aus dem Haus, um Ann und Cynthia zu begrüßen; aber Ann schien mit Cynthia noch etwas Wichtiges besprechen zu müssen. Corrie May gab sich Mühe zu verstehen, was die beiden miteinander redeten; es gelang ihr auch.
»– – – ich bin froh, daß sie gleich hineingegangen ist; ich wollte dich nämlich fragen, ob ich für deine Mutter irgend etwas Besonderes zum Abendessen anrichten lassen kann.«
Cynthia überlegte:
»Sie ißt Lammbraten besonders gern; aber das hast du wohl schon bestellt.«
»Ja! Mrs. Maitland hat es veranlaßt. Wie ist es mit Sahneeis? Wir könnten es noch zum Frieren bringen, wenn wir nach Hause gekommen sind.«
Cynthia nickte begeistert: »Eis wäre herrlich!«
»Sahneeis ist leider nicht mehr möglich!« fiel Jerry trocken ein.
Cynthia blickte betroffen zu ihm auf: »Warum nicht?«
»Das Eisschiff ist ausgeblieben.«
»Kein Eis?« rief Ann. »Was soll denn das? Sind denn während des letzten Winters die Flüsse im Norden nicht gefroren gewesen?«
»Im Norden, sagtest du – – –!« erwiderte Jerry anzüglich.
»Oh – aber sie müssen uns Eis senden! Wir können ohne Eis nicht leben!«
»Solch ein gemeines Volk!« sagte Cynthia.
Jerry grinste: »Zur Strafe schicken wir ihnen auch keine Baumwolle, was ihnen kaum sehr sympathisch sein wird.«
»Die Kleider vom vorigen Jahr kann man weitertragen; aber das Sahneneis vom vorigen Jahr kann man heute nicht mehr essen«, entgegnete Cynthia böse. »Wir sollten uns mit dem Krieg beeilen; mir gefällt er gar nicht.«
Ein schwarzer Diener trat aus dem Eingang und verbeugte sich: »Mrs. Larne, würden Sie wohl die Güte haben, einzutreten!«
»Ja, sofort!« sagte Ann und wandte sich der Tür zu. Im gleichen Augenblick bemerkte sie Corry May. »Sieh da, unsere Corrie May! Auch zur Parade unterwegs?« sagte sie herzlich.
Corrie May wurde rot vor Stolz, wie rote Beete rot sind. In diesem Augenblick war sie bereit, Ann alles Vergangene zu vergeben. Sie

knickste tief. »Guten Morgen, Mrs. Larne! Ja! Bei diesem schönen Wetter!«
»Wirklich, ein wundervoller Tag!« lächelte Ann, nickte Corrie May zu, nahm ihren Rock auf und schritt zur Tür, von Jerry und Cynthia gefolgt. Corrie May gab sich Mühe, so alltäglich wie möglich auszuschauen, als wenn es ihr nicht viel bedeutete, von einer großen Dame angesprochen zu werden. Ethel rief aus:
»Die spricht ja so zu dir, als ob sie deine Freundin wäre!«
»Ach ja, ich mag sie ganz gut leiden«, erwiderte Corrie May. In dieser Minute wußte sie nichts davon, daß sie Ardeith haßte und jeden, der dort zu Hause war. Sie badete sich im Abglanz des Ruhms der großen Dame von der größten Plantage. Ethel bemerkte kichernd:
»Stell' dir vor! Wie die sich aufregen, weil das Eisschiff ausgeblieben ist!«
Eines der anderen Mädchen sagte: »Menschenskinder, als ob sie sterben müßten, wenn sie kein Sahneeis essen könnten!«
»Ich habe schon einmal Sahneeis gegessen«, bemerkte Corrie May wie nebenbei.
»Ach, wirklich? Wie schmeckt denn das Zeug?«
»Nicht so besonders. Ähnlich wie gefrorene Milch mit Zucker.«
»Kann ich mir nicht viel drunter vorstellen. Wo hast du es bekommen?«
»In Ardeith«, ergänzte Corrie May. »Mit dem Eis ist es sowieso nicht sehr weit her. Wenn man den Milchtopf in den Brunnen hängt, dann bleibt die Milch genau so kühl, als wenn sie auf Eis steht.«
Über den Mädchen traten jetzt die Damen auf den Balkon hinaus. Die Dienerschaft brachte Stühle für sie ins Freie. Mehrere Herren, die noch nicht ins Heer eingetreten waren, boten den Damen Wein an. Alles schwatzte durcheinander; die Damen winkten mit kleinen Fähnchen in den Farben der Konföderierten vom Geländer des Balkons. Weit unten in der Straße spielte eine große Kapelle »Dixie«, die Nationalhymne der Südstaaten.
Jetzt schienen sie zu kommen. Corrie May drängte mit ihren Freundinnen dicht an den Straßenrand. Alle anderen Gefährte hatten die breite Fahrbahn verlassen müssen. Die Kompanien zogen heran. Sie boten einen großartigen Anblick: die Offiziere hoch zu Roß; jedem Zug flatterten mächtige Fahnen voraus. Corrie May entsann sich

nicht der Namen all der Staaten, die an der Seite Louisianas im Kriege standen; sie hatte sie in friedlicheren Zeiten nie vernommen. Nun war der große Kampf im Gange; ihr Pappa marschierte genau wie ein Herr mit den anderen in Reih und Glied, prächtig angetan in blanker Uniform; daß ihm die Sterne am Kragen fehlten, was tat es schon! Die Trompeten schmetterten »Dixie«, und jeder sang begeistert mit.

Die Damen und Herren ließen vom Balkon Rosen auf die Soldaten niederregnen. Oberst Sheramy ritt auf tänzelndem Pferd vorbei. Er zog seinen Hut und beugte sich im Sattel vor den Damen. Corrie May hörte Ann ausrufen: »Ach, Vater! Noch nie ist er mir so großartig und wundervoll vorgekommen!« Ann warf ihm eine Kußhand nach der anderen zu. Oberst Sheramy verbeugte sich, daß man denken konnte, er wolle vom Roß fallen – und die Damen schleuderten ganze Büschel von Rosen unter die Hufe seines Pferdes. Bald danach ritt Hauptmann Denis Larne heran. Auch er wurde mit Rosen überschüttet. Dann zogen weitere Offiziere vorüber, die Corrie May auf Ardeith schon gesehen zu haben sich deutlich entsann. Es war wirklich ein Krieg der großen Herren, der hier begann; Corrie May war stolz darauf, daß auch ihr Vater dabeisein durfte, wenn er auch zu Fuß in Reih und Glied marschieren mußte. Und Corrie May sang aus vollem Halse »Dixie«, bis ihr die Kehle weh tat, und ihr Pappa marschierte vorbei und lachte sie munter an. Die Soldaten hatten alle Halfterstricke an ihre Gewehre gebunden, an denen sie die eingefangenen Yankees nach Hause führen wollten. Die Damen ließen immer noch Blumen vom Balkon herniederregnen; eine davon traf Corrie Mays Pappa auf die Schulter, nicht anders als die großen Herren getroffen worden waren. Flaggen und Fahnen überall, schmetternde Militärmusik, vom Himmel lachte die Sonne; Corrie May prangte in ihrem besten Kleid – es war ein großartiger Krieg!

2

Seit sie denken konnte, hatte Corrie May noch nie so vergnüglich geschäftige Tage erlebt wie diese. Wenn sie auf Ardeith nicht gebraucht wurde, so saß sie mit ihren Freundinnen vom Rattletrap Square beisammen, strickte Socken und Fausthandschuhe oder nähte an festen Hemden für die tapferen Verteidiger der Heimat. Ein paar der Mädels waren der Meinung, es sei Mr. Denis Larne hoch anzurechnen, daß er wie jeder andere auch Soldat geworden war. Corrie May hielt nicht so viel davon und sprach es auch aus: »Es ist ja sein Land ebenso, wie es unseres ist. Wenn sie bis hierher herunterkommen und verbrennen alles, was sie kriegen können, dann hat er, weiß der Himmel, mehr zu verlieren als wir alle.«

Nun ja – die anderen Mädchen waren nicht ganz einverstanden; sie hielten den Krieg für doch so übel nicht; er machte die Menschen hübsch gleich; er drehte die Reichen geradeso durch seine Mühle wie die Armen. Dixie-Land, das Land, in dem man »Dixie« sang, die schönen, warmen Südstaaten – sie waren ihrer aller Vaterland; und ein armer Mann konnte ein Gewehr genau schultern wie ein reicher; in Uniform sah einer aus wie der andere; und jeder schloß mit jedem Freundschaft.

Corrie May leugnete nicht, daß diese Auffassung viel für sich hatte. Die Uniform machte alle Männer gleich, und auch die vornehmen Damen strengten sich für die Armee aufs äußerste an. Sie hatten Strickvereine gegründet, trafen sich reihum in ihren Häusern, um für die Soldaten zu arbeiten, und schienen ihr Wirken nicht einmal sehr hoch einzuschätzen, ja, sie widmeten sich der ungewohnten Arbeit anscheinend sogar mit größtem Vergnügen. Als allerdings der Strickverein sich auf Ardeith traf, fragte sich Corrie May, ob die Damen nicht vielmehr erschienen waren, ein vergnügtes Fest zu feiern. Sie entstiegen ihren Kutschen mit hübschen Arbeitsbeuteln am Arm, lachten und schwatzten unermüdlich und beklagten sich immer wieder darüber, daß die Garnfäden abfärbten und ihnen die Finger beschmutzten; doch obgleich sie den Ruin ihrer schön gepflegten Hände ständig so vor Augen hatten, schien ihnen dieser sichtbare Beweis ihres Patriotismus eher Vergnügen als Ärger zu bereiten.

Am Nachmittag rasselte eine Kavalkade junger Offiziere im Handgalopp die Allee herauf, begleitet von anderen jungen Herren, die noch nicht beim Heere standen; Ann und ihr Bruder Jerry setzten sich abwechselnd an den Flügel und spielten zum Tanz auf, bis die Sonne sank. Oder die ganze Gesellschaft versammelte sich um das

Instrument, und Jerry, der nach dem Gehör jede Melodie sicher wiedergeben konnte, begleitete die Damen und Herren zu ihren Rebellenliedern, daß die Scheiben klirrten.
Die jungen Damen vergossen gefühlvolle Tränen, und die jungen Herren küßten sie fort – und das dazu noch ziemlich öffentlich. Zu guter Letzt setzte man sich dann zum Abendessen nieder; zwei der jungen Soldaten tranken so viel, daß sich ihr Patriotismus außerordentlich geräuschvoll entfaltete; doch keiner schien es übelzunehmen. Als dann die Gäste endlich abgefahren waren, trat Napoleon zu Corrie May ins Zimmer und sagte ihr, daß Ann sie gern gesprochen hätte.
Corrie May öffnete die Tür zu dem großen Wohnzimmer, in welchem die Gesellschaft stattgefunden hatte, und fand Ann auf einem breiten Sessel hockend, wie sie betrübt und spöttisch zugleich die Garnreste und Stoffschnitzel betrachtete, die über die Teppiche verstreut lagen; Ann fragte unvermittelt:
»Verstehst du etwas vom Stricken, Corrie May?«
»Aber gewiß doch, Madame!«
»Willst du mir's beibringen?« fragte Ann.
»Können Sie nicht stricken, Madame? Ich glaube, ich habe Sie schon einmal mit ein paar Nadeln herumspielen sehen.«
Ann lachte kurz auf: »Herumspielen – da hast du recht, Corrie May. Eine glatte Bahn kann ich wohl stricken, wenn mir das Glück wohl will, und ich keine Masche fallen lasse. Aber ich habe keine Ahnung, wie man eine Hacke ansetzt oder die Fingerspitzen an einem Handschuh zusammenfügt. Wir sind ein feiner Haufen von Patrioten –! Sieh dir dies Meisterstück an, das Sarah Purcell hinterlassen hat!«
Aus einem Arbeitsbeutel zog Ann ein formloses, graues Etwas, steckte ihren Finger hindurch und zog ein wenig – und die Maschen schwanden dahin wie Schnee vor der Sonne. Corrie May lachte spöttisch auf:
»Was soll denn das vorstellen?«
»Ich weiß es auch nicht. Vielleicht ein Halstuch. Sag, Corrie May, willst du mir wirklich beibringen, wie man strickt?«
»Sicher, warum nicht, Madame!« bekräftigte Corrie May. »Haben Sie ein paar Nadeln zur Hand?«
Ann kramte sie aus dem wilden Durcheinander ihres Arbeitsbeutels

hervor, auch ein Knäuel Wolle kam zum Vorschein. Ann winkte Corrie May, neben ihr auf dem großen Sofa Platz zu nehmen. Und Corrie May machte sich ans Werk, der Herrin von Ardeith das Stricken beizubringen. Doch schon nach einer halben Stunde bemächtigte sich ihrer eine so gereizte Stimmung, daß sie kaum noch an sich halten konnte. Es kam ihr vor, als wäre ihr ein so dummes Wesen wie diese Ann noch nie im Leben begegnet. Die zarten, weißen Finger zeigten sich unglaublich ungeschickt; sie brachten es nicht einmal fertig, den Wollfaden über die Nadel zu schlingen. Statt dessen zogen sie Knoten ins Garn, ließen die Maschen fallen, Ann vergaß das Zählen und verwechselte rechts und links. Was schlimmer war: sie schien unfähig, auch nur zwei Minuten lang bei der Sache zu bleiben. Während Corrie May ihr mühsam dies oder jenes erklärte, blickte sie plötzlich zum Fenster hinaus und bewunderte den Mond, der lautlos hinter den hohen Bäumen aufstieg. Corrie May erinnerte Ann daran, daß sie sich vorgenommen hatte, stricken zu lernen; noch einmal begann sie ihre Erklärung von vorn; ehe sie noch halb damit fertig war, sprang Ann unversehens auf, um einen Nachtfalter einzufangen, der um die Kerze tanzte. Es fehlte nicht viel, und Corrie May hätte Ann einen Pappschädel genannt; sie bezwang sich gerade noch und sagte nur: »Madame, ich kann Ihnen wirklich nichts beibringen, wenn Sie nie länger als eine halbe Minute bei der Sache bleiben.«
Ann entschuldigte sich, lächelnd und niedergeschlagen zugleich: »Es tut mir leid, aber ich kann mich überhaupt nicht konzentrieren. Du mußt mich für dumm und ungeschickt halten.«
Das stimmte zwar aufs Haar; doch erwiderte Corrie May so taktvoll wie möglich: »Ach nein, Madame. Ich glaube schon, daß es einer Dame wie Ihnen schwerfällt, mit eigener Hand etwas zu verrichten; Sie haben das niemals nötig gehabt. Nun hören Sie aber bitte zu, Madame, damit ich Ihnen die Sache erkläre!«
Von da ab gab Ann sich größere Mühe, als schämte sie sich. Es bereitete ihr offenbar nicht geringe Mühe, dem Unterricht Corrie Mays zu folgen; aber als der Abend vorüber war, schien sie doch einiges begriffen zu haben.
Bei all ihrem Mangel an Geschick indessen verfügte Ann – wie Corrie May am nächsten Tage zugeben mußte – über einen erstaunlichen

Vorrat an Ausdauer. Sie strickte vom Morgen bis zum Abend; sie unterbrach ihre Arbeit nur, um die Mahlzeiten einzunehmen und ein wenig mit dem kleinen Denis zu scherzen. Zwar mußte sie das meiste wieder auftrennen, was sie »gestrickt« hatte. Aber als Corrie May an jenem Nachmittag zu Ann ins Zimmer trat, um ihren Lohn zu erbitten, hatte sie den zwei Finger breiten Anfang eines Pulswärmers zu bewundern, den Ann ihr auf vier Nadeln stolz entgegenhielt:
»Sieh dir das an, Corrie May! Achtmal herum, und nicht ein einziges Mal verkehrt gestrickt!«
Corrie May unterdrückte die Bemerkung, die ihr auf der Zunge schwebte; sie prüfte das bescheidene Erzeugnis eines ganzen Tages und meinte höflich: »Das ist hübsch geworden, Madame!«
»Ist es wirklich richtig so?« fragte Ann besorgt.
»Ja, Madame!« antwortete Corrie May mit leichter Ungeduld; sie war müde und sehnte sich nach Hause. »Nur, es sind einige Maschen loser als die anderen. Sie müssen noch lernen, den Faden immer gleichmäßig gespannt zu halten.«
»Ich will's versuchen!« So sorgfältig wie möglich nahm Ann sechs neue Maschen auf und zählte dabei laut, wobei sie jedes Mal leicht mit dem Kopf nickte. »Ich muß das lernen, und wenn's mich umbringt«, sagte sie mit angehaltenem Atem.
»Sie werden es schon lernen«, tröstete Corrie May und lachte dabei. »Es ist alles nicht so schwer, wie Sie denken, Madame. Sie sind es bloß nicht gewöhnt.«
»Das mag wahr sein. Aber es ist schwer!« Sie nahm eine weitere Masche auf.
»Dürfte ich wohl um mein Geld bitten, Madame?« fragte Corrie May.
»Natürlich! Hier ist es.«
Ann griff nach ihrer Börse und händigte Corrie May einige gelbe Scheine aus. Corrie May drehte sie zweifelnd hin und her; sie trat von einem Fuß auf den andern, näßte ihre Unterlippe mit der Zunge und wußte nicht, was sie mit den ungewohnten Papieren anfangen sollte. Ann sah von ihren Nadeln auf.
»Willst du noch etwas?«
»Madame, ach –« stotterte Corrie May verlegen, »Madame, bitte, entschuldigen Sie, aber diese Dinger hier, ist das Geld?«

»Aber gewiß! Du glaubst doch nicht, daß ich dich betrüge!« Sie lachte. »Es ist das neue Geld, konföderiertes Geld. Lies doch, was auf den Scheinen gedruckt steht, Corrie May!«
»Aufs Lesen verstehe ich mich nicht besonders«, entgegnete Corrie May betreten.
Ann nahm ihr die Scheine wieder aus der Hand: »Sieh hier! Da steht es quer oben drüber: Konföderierte Staaten von Amerika. Das Geld ist genauso gut wie das alte.«
»Kann man sich also genau so viel dafür kaufen wie für das alte?« fragte Corrie May erleichtert, aber immer noch nicht völlig überzeugt.
»Durchaus! Du brauchst nichts zu fürchten!« erwiderte Ann lächelnd.
»Es ist wohl nur wegen des Krieges, daß wir jetzt anderes Geld haben?« wollte Corrie May wissen.
»So ist es!« antwortete Ann; sie war schon wieder mit dem Zählen ihrer Maschen beschäftigt.
Corrie May verließ das Haus über die Hintertreppe wie gewöhnlich und kletterte auf den Wagen, der sie nach der Stadt mitnehmen sollte. Der Wagen war zur Hälfte mit Melasse-Fässern beladen. Corrie May setzte sich aufs Hinterende des Wagens und wartete auf die Abfahrt. Als der Kutscher endlich auf seinen Sitz kletterte, rief er ihr zu, daß er erst noch in einen Seitenweg einbiegen müsse; er hätte noch eine Bestellung auszurichten. Sie lehnte ihren müden Rücken an eins der plumpen Fässer und seufzte: wie lange würde es nun heute wieder dauern, ehe sie nach Hause kam!
Die Nebenstraße war holperig und voller Löcher; die Leute, die hier wohnten, besaßen keine Equipagen, mit denen man gern auf glatter Straße fuhr. Die Grundstücke drängten sich dicht aneinander; ein Hauch von Verkommenheit überwehte die weißgekalkten Hütten, die windschief und armselig in ihren Pfosten hingen. Nichts erinnerte hier an den Glanz und Reichtum der großen Pflanzungen. An dieser Seitenstraße gehörte der Grund und Boden den St. Clairs; sie bearbeiteten ihr Land nicht selbst, sondern verpachteten es in kleinen Parzellen; von den Pachtgeldern lebten sie offenbar recht üppig. Corrie May hatte auf Ardeith einen jungen Herrn namens Bertram St. Clair und eine junge Dame, Miß Harriet St. Clair, zu Gesicht be-

kommen und hatte sich nicht genug gewundert, daß beide sehr liebenswürdige und angenehme Leute zu sein schienen. Denn am Rattletrap Square und bei ihren Pächtern galten die St. Clairs als gierige Blutsauger, die nichts weiter taten, als mit langen gelben Fingern Pachtsummen und Mieten zu zählen und immer noch mehr aus ihren armseligen Opfern herauszupressen. Corrie May hatte schon eine ganze Menge reicher Leute auf Ardeith kennengelernt, sich aber noch nie recht klar darüber werden können, wie sie zu gleicher Zeit grausam und freundlich sein konnten. Sie kannte am Rattletrap eine Frau, deren Mann von einem Baugerüst gestürzt und seinen Verletzungen erlegen war; schon eine Woche nach dem Unfall hatten die St. Clairs die Frau mit vier Kindern auf die Straße gesetzt, da sie die Miete nicht mehr bezahlen konnte. Am Tag darauf hatte Corrie May auf Ardeith den jungen Mr. Bertram St. Clair erlebt: er war mit seiner Mutter zum Mittagessen eingeladen; er behandelte die alte Dame mit so viel Aufmerksamkeit und Geduld, daß er als ein Muster der Liebe und des Anstands gelten konnte.
Rätselhaft, wirklich rätselhaft, dachte Corrie May und wußte nicht weiter.
Der Wagen holperte an einem Baumwollfeld vorüber. Corrie May betrachtete es mit Erstaunen, denn die Baumwolle stand prächtig; sie war genauso gut gepflegt wie auf Ardeith. Wer diesen Acker auch gepachtet haben mochte – auf alle Fälle war es ein tüchtiger Bursche, der etwas auf sich hielt und in der Welt vorankommen wollte. Unweit der Straße stand sein Häuschen, frisch und sauber, als sei es gestern erst gebaut; Bohnenranken kletterten zum Dach empor. Rings um das Haus lag ein Gemüsegarten gebreitet, in dem sie einen Mann bei der Arbeit sah. Der gebeugte Rücken kam ihr irgendwie bekannt vor. Der Mann wandte den Kopf, als der Wagen vorüberrasselte. Corrie May erschrak beinahe und hielt den Atem an: der Mann war Budge Foster.
Sie hatte Budge seit langer Zeit nicht mehr getroffen. Am Rattletrap ließ er sich beinahe nie mehr sehen. Corrie May spürte, wie ihr Gesicht von einer fliegenden Hitze übergossen wurde. Sie entsann sich der bösen Worte, die sie ihm gesagt, als sie seinen Antrag ablehnte. Am liebsten hätte sie sich hinter einem der Fässer versteckt, damit er sie nicht entdeckte. Aber Budge hatte sie gleich erkannt, winkte mit

einer Hacke und kam den Pfad zur Straße hergelaufen. Der Kutscher war wie alle Neger keinesfalls abgeneigt, ein wenig zu schwatzen, wenn die Gelegenheit sich bot; er zog die Zügel an und brachte sein Gefährt zum Halten. Budge lehnte sich auf seine Hacke, lachte ihr mit kaum merklicher Verlegenheit einen Gruß entgegen und sagte: »Sieh da, die Corrie May! Wie geht's dir denn?«

Er strotzte vor Gesundheit und schien mit sich im reinen zu sein. Sein Gesicht und seine Arme waren von der Sonne verbrannt; man konnte ihn fast mit einem Indianer aus dem Bilderbuch verwechseln. Sein blaues Hemd klaffte am Hals weit offen; die Ärmel hatte er bis zu den Ellenbogen aufgerollt; die groben Hosen waren an den Knien sorgfältig geflickt. Gute, reiche Erde verkrustete seine Füße. Corrie May musterte ihn vom Kopf bis zu den Flicken an seinen Knien, fast ohne es zu merken. Ihr machte keiner weis, ein Mann wäre imstande, seine Hosen so sauber zu flicken; irgendein weibliches Wesen versorgte ihn, das war sicher. Es kann mir ja gleich sein, versicherte sie sich im stillen; aber es war ihr nicht gleich.

»Guten Tag!« nahm sie scheu die Unterhaltung auf.

»Du siehst wirklich großartig aus!« schrie Budge. »Du sollst jetzt auf Ardeith arbeiten, hab ich gehört. Wie wirst du denn da behandelt?«

»Oh, ganz gut«, sagte Corrie May – wenn sie doch nur ihre Augen von den Flicken auf seiner Hose abwenden könnte! – »Dir scheint es auch nicht gerade schlecht zu gehen.«

Ein stolzes Grinsen flog über das Gesicht des Mannes. »Oh ja, mir geht's gut. Das kann ich wohl sagen!« meinte er herzhaft. Mit einer weiten Handbewegung wies er ihr sein Feld: »Sieh es dir nur an! Ist es nicht ein schöner Platz? Du hättest ihn mal sehen sollen, als ich ihn übernahm; inzwischen hat er sich gewaltig verändert. Ich habe im letzten Herbst einen halben Ballen Baumwolle vom Morgen erzielt. Und in diesem Jahr hole ich noch mehr heraus. Wenn du es nicht eilig hast, sieh dir mein Land doch ein bißchen an. Ich zeige es dir. Hinter dem Haus habe ich Mais gepflanzt und Tomaten –«

Corrie May blickte an ihm vorbei zu seiner Hütte hinüber: sie hatte sich nicht getäuscht; da ging doch jemand im Innern der Behausung auf und ab; und der Jemand trug Röcke –! Sie fragte nicht sehr freundlich:

»Budge, was ist das für eine Frau da drüben?«
Budge wandte sich um und warf einen Blick zur Tür seines Hauses hinüber. Im selben Augenblick brach er in ein prustendes Gelächter aus, wollte sich schier ausschütten vor Lachen. Er schlug dröhnend mit der Faust auf das Seitenbrett des Wagens und schrie: »Du bist mir eine! Du bist mir eine!« und lachte noch lauter.
»Ich glaube, daß es Zeit ist, weiterzufahren«, sagte Corrie May voller Würde. »Der Neger auf dem Bock muß noch verschiedenes besorgen, bevor wir zur Stadt fahren können. Zum Herumstehen haben wir wirklich nicht viel Zeit.«
Budge faßte sie beim Arm: »Ach, sei doch friedlich. Warum hast du solche Eile?« Er fing von neuem an zu lachen. »Das ist ja niemand weiter als meine Schwester Ethel. Sie ist zu mir herausgezogen, seit ihr Mann zu den Soldaten gegangen ist. Ethel!« schrie er über seine Schulter, »komm' mal heraus! Wir haben Besuch bekommen.«
Corrie May fühlte plötzlich ihr Herz klopfen; es schlug ganz laut. Was Budge tat oder nicht tat, das scherte sie nicht im geringsten; doch sonderbarerweise fühlte sie nach Budges Worten solche Erleichterung, daß sie unwillkürlich mitlachen mußte. Ethel kam den Pfad entlanggelaufen. Sie hatte ein sauberes Baumwollkleid an; das Haar fiel ihr, zu einem kurzen Zopf geflochten, steif den Rücken hinunter.
»Nein, so was, so was! Die Corrie May!« hieß Ethel sie herzlich willkommen. »Du kommst doch ein bißchen herein und bleibst für ein Weilchen!«
»Das ist sehr nett von dir, Ethel!« antwortete Corrie May zögernd. »Aber ich muß wirklich nach Hause!«
»Ach, komm' doch ein bißchen herein! Wir bekommen so selten Besuch hier draußen. Wir freuen uns, daß du da bist. Wenn der Kutscher nicht so lange warten will, fährt Budge dich nach Hause. Was meinst du, Budge?«
»Gewiß doch, es wird mir eine Ehre sein!« lachte Budge. »Komm nur herein. Schau dir mein kleines Gewese an!«
Corrie May kraxelte vom Wagen herunter. »Du mußt zum Abendbrot dableiben!« sagte Ethel. »Ich habe gerade frische Maiskuchen in den Herd geschoben. Und wir haben noch Fleisch übrig vom letzten Schweineschlachten.«

»Ich zeig' dir inzwischen alles!« verkündete Budge.
Budge strahlte vor Vergnügen. Wahrscheinlich, mutmaßte Corrie May im stillen, weil er mir seine Farm zeigen kann und wie er darauf geschuftet hat – und ich muß hinterherlaufen und mir alles anhören. Er durfte wirklich stolz sein, das mußte sie bald zugeben. Seine Baumwolle gedieh prächtig und sein Gemüse nicht minder; Hühner gackerten; in einem niedrigen Verschlag grunzte eine Sau; um sie herum flitzten und quiekten ein Dutzend Ferkel. Im kommenden Herbst, wenn die Baumwolle geerntet war, wollte er sich eine Kuh anschaffen. Eine gute Scheune stand im Bau. Er stapfte gemächlich durch den hohen Mais und lachte stolz auf sie herab – als trüge er eine Krone auf dem Kopf und zeigte ihr ein Königreich. »Wie gefällt dir dies alles?«
Sie lächelte voll ehrlicher Bewunderung: »Großartig, Budge.«
»Will ich meinen!« erwiderte er eifrig. »Du hättest den Platz sehen sollen, als ich hier ankam: nichts als Unkraut und Unrat!«
Corrie May schluckte verlegen. Sie blickte zur Seite. Mit einem Male nahm Budge sie in seinen Arm und küßte sie. Sie fuhr zurück: »Oh, Budge! Nicht doch!«
Aber er hielt sie fest; sein Gesicht war dem ihren ganz nahe. »Du denkst wohl, ich habe nicht an dich gedacht die ganze Zeit über, wie?« fragte er mit leiser Stimme.
Sie blickte zu ihm auf: »Ich glaube – ich glaube, ich hab' auch an dich gedacht. Ich wollte gar nicht an dich denken. Aber manchmal habe ich doch an dich gedacht, manchmal ziemlich oft.«
»Was glaubst du wohl«, wollte er wissen, »weshalb ich wie ein Verrückter gearbeitet habe? Du hast mir gesagt, ich müßte erst etwas aufzuweisen haben. Du hast mir gesagt, daß du lieber ein Nigger sein wolltest als armes weißes Pack. Du hast gemeint, ich wär' Pack. Na ja, ich hab' wohl zum Pack gehört, weil ich da geboren bin. Aber ich brauche da nicht zu bleiben.«
Er atmete tief. Sie fühlte, wie sein Körper sich an den ihren preßte.
»Da fährst du nun jeden Tag nach Ardeith und arbeitest in dem Haus neben all den Negern«, flüsterte Budge. »Und läufst in den abgetragenen Kleidern herum, die du von den Larnes bekommst, und trägst Schuhe mitten im Sommer. Und deswegen denkst du, daß du nicht zum Pack gehörst, bloß deswegen?«

Sie entzog sich ihm und brach in Tränen aus. Sie kam sich vor wie ein Käfer, den ein grober Stiefel beschattet und zertreten will.
»Ich weiß es ja. Du brauchst es mir nicht erst zu sagen«, brachte sie schließlich heraus; sie wischte sich mit dem Ärmel die Augen: »Ich kann es dir sagen: ich hasse sie!«
Budge knurrte bitter: »Das dachte ich mir. Das mußte so kommen. Ich hatte sowieso vor, dich in den nächsten Tagen zu besuchen und dich zu fragen, ob du dir mein Grundstück nicht einmal ansehen wolltest.« Nach einer Weile platzte er heraus: »Sei doch ehrlich, Corrie May! Möchtest du nicht lieber hier bei mir bleiben als da bei den Larnes herumzuknicksen und dankbar zu sein?«
Sie blickte abermals zu ihm auf; Tränen hingen noch an ihren Augenlidern. Sie flüsterte:
»Ich weiß nicht, Budge.«
»Du hast mir doch gesagt, daß du sie hassen mußt!«
»Ja, ich hasse sie wirklich. Muß in ihrem Haus auf Spitzen gehen und vorsichtig, damit ich ihnen ja keinen Schmutz auf den Teppich bringe. Und alle Augenblicke muß ich mir auf die Zunge beißen, damit ich nicht sage, was ich von ihnen denke. Ja, Madame; vielen Dank, Madame; allerherzlichsten Dank, Madame – manchmal möchte ich ihnen mitten ins Gesicht schlagen!«
»Warum gehst du denn überhaupt noch hin?« fragte Budge eindringlich. Er fügte leiser hinzu: »Corrie May, am ersten Tage, als ich dich sah, da hab' ich dich schon liebgehabt. Was willst du noch bei den Leuten auf Ardeith? Bleibe hier bei mir!«
Corrie May preßte ihre Hände zusammen und drehte sie hin und her, ohne es zu wissen. »Im Winter haben sie es schön warm. Und überall ist es bei ihnen sauber und still, und sie reden höflich miteinander. Harte Arbeit brauche ich nicht zu verrichten; ich sitze bloß und nähe und stopfe; und immerzu blühen Blumen in ihrem Garten –«
Budge zog geistesabwesend einen Maisstengel durch seine Hand und versuchte, eines der kräuseligen Blätter zu glätten. Er fragte: »Und das gefällt dir so viel besser, als bei mir zu bleiben?«
»Ich weiß nicht«, erwiderte sie wiederum.
Von der Tür der Hütte her tönte Ethels Stimme: »Hallo, ihr beiden! Das Abendessen steht auf dem Tisch!«

Budge, groß und breit und schwer, sah mit einem nachsichtigen Lächeln auf Corrie May hernieder. Er sagte: »Du mußt schon selbst damit fertig werden; ich will dich nicht drängen; ich weiß schon, wie es mit dir steht.«

Sie folgte ihm zur Hintertür der Hütte. Budge ging ein wenig zur Seite, nahm ein hölzernes Schaff auf, das dort wartete, füllte es mit Wasser aus dem Brunnen und begann, sich zu waschen. Corrie May sah ihm halb widerwillig zu. Wie eigen und empfindlich sie geworden war, seit sie sich ein wenig an die Lebensart auf Ardeith gewöhnt hatte – sie merkte es in diesem Augenblick. Es war ihr peinlich, wie Budge da den Lehm von seinen nackten Füßen kratzte, um den Schmutz nicht in die Hütte zu schleppen. Er wusch sich die Hände nur bis zu den Handgelenken; oberhalb des sauberen Ringes blieb der staubige, schwärzliche Schatten auf der Haut seiner Arme stehen; Corrie May vermochte kaum, die Augen davon abzuziehen. Die Seife verbreitete einen strengen und sauren Geruch. Das Schwarze unter seinen Nägeln auszukratzen – darauf verfiel er nicht.

Als Corrie May gerade ihren Fuß über die Schwelle setzen wollte, kam Ethel mit einer Ratte zum Vorschein; sie hatte das ekle Tier eben erschlagen und trug es an der Schwanzspitze vor sich her. »Wo das Viehzeug bloß ewig herkommt!« meinte sie halb mißmutig, halb gutmütig und warf den Kadaver ins Maisfeld. Sie wischte sich die Hände an der Schürze ab und ließ sich dann ohne weiteres zum Essen nieder. Die Küche war niedrig und dunkel; es roch streng nach verbranntem Fett und Herdrauch. Zum Abendessen war heißes Maisbrot aufgetragen und Schweinebauch; dazu gab es gedämpfte Tomaten mit Zwiebeln. Man hockte auf groben, selbstgebauten Schemeln ohne Lehnen. Corrie May mußte, ob sie wollte oder nicht, der Mahlzeiten gedenken, die man ihr auf Ardeith vorzusetzen pflegte: Roastbeef mit Reis und Sahnesauce, feine Gemüse, in Butter gekocht, Schokoladenkuchen mit Nüssen und Zuckerguß. Sie versuchte, eine Unterhaltung in Fluß zu bringen:

»Wie gefällt's denn deinem Mann bei den Soldaten, Ethel?«

»Ach, als ich ihn zum letztenmal sah, da gefiel's ihm noch ganz gut. Wie ihm das Leben an der Front gefällt, danach hab' ich ihn natürlich noch nicht fragen können.«

»Dreizehn Dollar im Monat und alles andere frei – das ist ein schöner Haufen Geld!« bemerkte Corrie May. »So viel hat er am Hafen wohl niemals verdient.«
»Manchmal schon – dann mußte er aber besonderes Glück haben. Ich kann mir wirklich viel auf ihn einbilden. Der Krieg hatte kaum angefangen, da trat er schon ins Heer ein.«
»Unsere Männer aus dem Süden, die sind wirklich alle tapfer! Auf meinen Pappa bin ich richtig stolz. Wie ist das mit dir, Budge? Willst du nicht auch zu den Soldaten?«
Budge unterbrach für einen Augenblick den ingrimmigen Angriff auf den Berg von Maisbrot, Fleisch und Tomaten, den er sich auf den Teller gehäuft hatte. »Soldaten –? Da halt' ich nicht viel von. Natürlich habe ich auch mein Vaterland lieb und all diese Geschichten. Aber wer soll mein Grundstück versehen, wenn ich weg bin?«
»Ein Feigling ist er ganz gewiß nicht, der Budge!« kam ihm Ethel hastig zu Hilfe. »Aber er hat ja recht. Wenn er in den Krieg zieht, ist keiner da, der seinen Acker bestellt.«
Corrie May überlegte. Es gefiel ihr gar nicht, daß Budge nicht Soldat werden wollte. Wenn sie ihn nun heiratete, und die Leute fragten sie, bei welchem Regiment er stände – was sollte sie antworten? Sollte sie sich schämen müssen?
»Meinst du nicht auch, daß jedermann gegen die Yankees ins Feld ziehen muß, wenn er nur irgend kann?« fragte sie ungewiß.
»Nein, das meine ich nicht!« erwiderte Budge sehr bestimmt und ohne zu zögern. »Ein paar Männer müssen zu Hause bleiben, die Felder zu bestellen. Meinetwegen will ich die Baumwolle abschaffen und bloß noch Gemüse ziehen, wenn's befohlen wird. Aber meinen Acker laß ich nicht im Stich, daß wieder lauter Unkraut drauf wächst!« Er hob seine Gabel und fuchtelte aufgeregt damit zu Corrie May hinüber. »Ich bin jeden Tag vor Sonnenaufgang aufgestanden und habe gearbeitet, bis ich abends nichts mehr erkennen konnte; habe Ordnung geschafft, hier auf diesen Feldern. Und dann hab' ich meine Baumwolle gepflanzt und hab' weiter geschuftet – und jetzt ist alles gut im Schuß, und ich denke nicht dran, mein Gewese im Stich zu lassen. Stell' dir vor, wenn ich jetzt ins Heer einträte –! Käme ich wirklich mit heilen Knochen aus dem Krieg zurück, so fände ich mein Land an einen anderen vergeben, müßte mir etwas anderes

pachten und die ganze schwere Arbeit von vorn anfangen. Ich bin so patriotisch wie jeder andere auch« – er setzte sich fest auf seinen Stuhl und hielt die Gabel aufrecht in der geballten Faust –, »aber von meinem Acker holt mich keiner weg!«

Corrie May lächelte; sie zweifelte nach wie vor, ob er mit seiner Ansicht wohl im Recht wäre. Er redete von den Feldern, als handele es sich um seine Kinder. »Ich verstehe schon, was du meinst, Budge –« antwortete sie gedehnt. »Aber –«

Budge lachte sie an, über den Tisch hinweg. Er hielt es offenbar für überflüssig, seine Ansichten weiterhin auseinanderzusetzen; stattdessen pries er Ethels Geschick, mit dem sie Tomaten und Zwiebeln zu schmoren verstand. Corrie May dachte sich im stillen: er hält den Krieg für nutzlos und überflüssig; er will nichts damit zu tun haben; für ihn ist nichts wichtiger, als wie er sich Haus und Hof gründet und seinen Acker bestellt. Aber ich heirate ihn nicht, nein, ich tu's nicht! Auf alle Fälle nicht gleich! Budge mag denken, was er will – aber was den Krieg betrifft, da bin ich anderer Meinung! Ich will keinen Mann heiraten, der es nicht für seine wichtigste Aufgabe hält, das Land vor den Yankees zu retten.

Als sie sich eine Stunde später mit Budge auf den Heimweg machte, hielt sie mit ihrer Meinung von der Sache nicht länger hinterm Berge:

»Paß mal auf, Budge! Ich verstehe schon, wie du über deine Felder und deine Arbeit denkst. Du hast viel geschafft und wirst eine gute Ernte einbringen, und deine Sachen hast du wunderbar in Ordnung. Du kannst stolz drauf sein. Aber wenn Krieg ausbricht, dann muß ein richtiger Mann an die Front und kämpfen!«

»Corrie May, meine ganze Arbeit wäre vergeblich!« beharrte er. »Selbst wenn ich die Pacht von meiner Löhnung bezahlte, wer soll auf den Feldern das Unkraut jäten, wenn ich nicht mehr zu Hause bin?«

»Das ist deine Sache!« erwiderte sie verstockt. »Du mußt nicht denken, daß ich dich nicht gern habe, Budge. Ich hab' überhaupt erst heute gemerkt, wie gern ich dich habe. Aber ich möchte mich für meinen Ehemann bei keinem Menschen entschuldigen müssen.«

Budge stieß einen tiefen Seufzer aus. Dann schwiegen sie beide. Als sie aber am Rattletrap ankamen, als Corrie May sich aufraffte, vom

Wagen zu steigen, zog Budge sie nochmals in seine Arme und küßte sie so inbrünstig, daß Corrie May schon drauf und dran war, nachzugeben.
Budge murmelte bedrückt: »Ich versteh' kein Wort von dem, was du sagst. Aber lieben tu' ich dich doch; ich komm' nicht dagegen an, Corrie May!«
»Ich – ach – ich will's nicht vergessen!« versprach sie. Ihre Stimme klang nicht sehr fest. Sie riß sich aus seinen Armen los und lief ins Haus.

SIEBENTES KAPITEL

1

In den Monaten, die folgten, dachte Corrie May viel über die Worte nach, die sie von Budge gehört hatte. Es war zu verstehen, daß er sein eben erst errungenes Anwesen nicht im Stich lassen mochte. Aber schließlich herrschte Krieg im Lande; er warf fast jedermanns Pläne über den Haufen, denn als erstes mußte das Land gerettet werden! Sie liebte die Larnes wahrlich nicht; aber daß Denis Larne schon gleich dem ersten Ruf zu den Waffen gefolgt war, das ließ sich nicht leugnen. Allerdings vermochte sie eine ganze Anzahl reicher Herren aufzuzählen, die nicht bei der Armee standen – Jerry Sheramy zum Beispiel –; das änderte nichts an der Tatsache, daß auch die längst hätten zum Heer stoßen müssen. Denn obgleich alle Welt strahlend die großen Siege bejubelte, welche das Heer der Südstaaten an seine Fahnen heftete, machte der Krieg merkwürdigerweise keine Miene, schon zur Ernte des Zuckerrohrs das Zeitliche zu segnen. Er dauerte und dauerte fort: die Yankees nahmen New Orleans ein und schickten Kanonenboote den Fluß herauf; mehrere Tage lang saß den Negern Angst und Schrecken derart heftig im Gebein, daß selbst die härtesten Aufseher sie nicht bewegen konnten, in der Nähe der Deiche zu arbeiten. Aber die fremden Truppen taten nichts weiter, als den Fluß stromauf zu schleichen, durch Baton Rouge zu marschieren und das Fort der Konföderierten zu Vicksburg schwächlich anzugreifen. Dann zogen sie sich still und eingeschüchtert wieder nach New Orleans zurück. Allem Anschein nach bedeutete, dort hocken zu bleiben, das einzige, wozu sie sich fähig fühlten.
Und der Krieg zog sich weiter hin. Nun dauerte er schon so lange; die Yankees bedrohten das Land von allen Seiten. Wer jetzt noch zu Hause blieb und nicht Soldat wurde, der war keinen roten Heller wert – das war Corrie Mays Meinung.
Bis sie dann eines Tages auf Ardeith ein Gespräch belauschte, durch das ihre Ansicht vom Kriege ins Gegenteil verkehrt wurde.
Jerry und einige andere Herren waren zum Mittagessen erschienen, saßen im großen Wohnzimmer, da das Essen noch nicht angerichtet war, und unterhielten sich über die Kriegslage wie jedermann sonst

und überall. Corrie May war gebeten worden, der alten Mrs. Larne einen bestimmten Schal zu holen; als sie mit dem Tuch ins Zimmer trat, vernahm sie, wie Jerry gerade ausrief:
»Ich möchte wissen, wie die Yankees sich das vorstellen: vier Millionen Neger in Freiheit setzen? Diesen Haufen Schwarzer auf uns loszulassen – welch ein Wahnsinn wäre das! Die Neger sind unklug wie kleine Kinder!«
»Das ist es ja!« erwiderte Bertram St. Clair. »Die Leute aus dem Norden vermögen sich nicht vorzustellen, wie ahnungslos und dumm die Neger in Wahrheit sind. Sie glauben – –«
Corrie May hatte Mrs. Larne den Schal um die Schultern gelegt und zog die Tür wieder hinter sich ins Schloß. Sie wußte, daß es den Larnes nicht angenehm war, wenn sie länger als nötig herumstand und die Unterhaltung mitanhörte. Aber der Augenblick hatte genügt, sie heftig zu verwirren. Was hatte sie geglaubt –? Das Vaterland müßte gerettet werden –? Corrie May kehrte in ihr Zimmerchen zurück und machte sich wieder ans Strümpfestopfen. Bald darauf erschien Ann, zu sehen, wie weit sie wäre; denn Mrs. Maitland hatte ihre Stellung als Hausdame aufgegeben und war Krankenschwester geworden. Ann mußte sich also eingehender als früher um den Haushalt kümmern, wenn sie auch das meiste nach wie vor Bertha und Napoleon überließ. Corrie May war entschlossen, die Herrin von Ardeith um eine klare Auskunft zu bitten. Ann sagte:
»Wenn du fertig bist, kannst du diese Kinderkleider durchsehen. Ein Kind zerreißt doch schrecklich viel!«
»Ja, Madame, das tun sie alle«, sagte Corrie May. »Entschuldigen Sie bitte, Madame, ich wollte Sie gern etwas fragen – über den Krieg!«
Ann packte einen kleinen Berg von Kinderkleidern neben Corrie May auf einen Stuhl und sagte gelangweilt: »Nun? Was denn?«
»Wenn die Yankees den Krieg gewinnen – wollen sie dann die Neger in Freiheit setzen?«
»Ja, das ist eine von ihren verrückten Ideen. Diesen Strumpf kannst du wegwerfen, Corrie May. Es lohnt nicht mehr, ihn zu stopfen.«
Corrie May legte den Strumpf beiseite; sie würde ihn schon noch benutzen können. Sie fragte weiter: »Madame, würden die Yankees die Neger kaufen, um sie dann freizulassen; oder würden sie die

Schwarzen einfach in Freiheit setzen, ohne Entschädigung an die früheren Besitzer?«
»Keinen Cent würden sie bezahlen! Um halb zwei kannst du in der Küche Mittag essen. Wenn du mit den Kleidchen fertig bist, brauchst du nicht länger zu warten. Für heute habe ich weiter keine Aufträge!«
Corrie May gab keine Antwort. Als Ann aus dem Zimmer gerauscht war, ließ Corrie May ihre Nadel lange ruhen und blickte durchs Fenster auf die Felder hinaus, auf denen die Sklaven der Larnes die Baumwolle hackten.
Welchen Wert sie wohl haben mochten, die vielen Sklaven von Ardeith? Sie wußte nicht, wie viele Neger man auf der Plantage zählte; aber sechshundert mochten es wohl sein. Ein schwarzer Säugling schon war seine hundert Dollars wert. Ein erwachsener Feldarbeiter kostete fünfhundert bis tausend Dollars je nach seinem Alter und seiner Stärke. Eine erfahrene Köchin oder Schneiderin, eine Zofe oder ein Diener wurden auf zwei- bis fünftausend Dollars geschätzt – Corrie May stieß einen leisen Pfiff aus. Jetzt wunderte sie sich nicht mehr, daß Denis Larne ohne Aufenthalt in den Krieg gezogen war. Nein, sie wunderte sich nicht mehr, daß die reichen Leute von jedermann verlangten, gegen die Yankees zu kämpfen. Aber warum in aller Welt sollte ein Mann wie Budge Foster ins Feld rücken, um anderer Leute Schlachten zu schlagen?
Sie warf Nadel und Faden beiseite. Budge besaß nur einen einfachen Verstand. Er dachte nicht viel nach. Aber dies eine hatte er doch begriffen: der Krieg, in den die anderen gezogen waren –, dieser Krieg war nicht der seine! Was für ein Dummkopf war sie doch gewesen! Vaterlandsliebe und die »Schöne Blaue Flagge« und die Militärmusik, die da »Dixie« spielte von früh bis spät – – – »Soll sie alle der Teufel holen!« murmelte Corrie May mit zusammengebissenen Zähnen. Sie merkte gar nicht, wie wild sie das Kleidchen des kleinen Denis in ihren Händen zerknüllte. Was hatte sie unter diesen Leuten noch zu suchen? Sie gehörte hier nicht her. Die Ideale der Larnes blieben ihr unverständlich. Sie beneidete sie um ihr großartiges Dasein voller Haltung und vornehmer Sitte; aber sie hegte keine Hoffnung mehr, es je zu teilen. Ihre Selbstsucht, ihre schmeichlerische Grausamkeit, ihr vollendetes Benehmen, ihre unnachahmliche Anmut – ach, sie

waren der Meinung, all diese vorzüglichen Eigenschaften gäben ihnen das Recht, sich über ihre Mitmenschen zu erheben. In all der Großzügigkeit weiterzuleben, wie sie lebten, um sich jene zweifelhaften Eigenschaften ungeschmälert zu erhalten, das bildete das höchste Ziel ihres Lebens. Wenn sie mit lauten Stimmen verkündeten, daß das Vaterland verteidigt werden müßte, so dachten sie an ihren Besitz und an ihr Vorrecht, die anderen auszubeuten – welche Unverschämtheit! Was habe ich hier noch zu suchen, fragte sich Corrie May; sie gönnen mir nur den Abfall ihres Überflusses. Es ist ihnen unendlich gleichgültig, ob ich lebendig bin oder tot.
Budge Foster aber, der sie liebte und nicht ohne sie leben wollte, dem sie, Corrie May Upjohn, das Schicksal bedeutete, dieser Budge stand im Hintergrund und wartete auf sie. Und gerade diesen ihren Budge hatte sie zurückgestoßen, weil er nicht hinausziehen wollte, sich für den Reichtum der Larnes aufzuopfern. Corrie May errötete vor Scham.
Also gut! Sie wollte mit den Larnes und ihrer ganzen Sippe nichts weiter mehr zu tun haben, ein für alle Male! Ich werde Budge Foster heiraten, beschloß sie, und ihm helfen, seinen Acker zu bestellen. Bei der nächsten Gelegenheit will ich ihn aufsuchen und ihm sagen, daß er mit mir zum Pfarrer gehen kann, wenn er mich noch haben will. Zuvor aber soll er mir schwören, daß er bei seinem Entschluß beharrt, das Soldatenspielen und den Krieg zu meiden. Dann mögen die Yankees kommen und die Sklaven befreien; je eher sie es zustande bringen, desto eher werden Neger und Weiße, beide, um Lohn arbeiten müssen! Dann braucht kein weißer Mann mehr mit Sklaven um die Wette zu schuften, die keinen Lohn verlangen dürfen. Wenn die reichen Plantagenbesitzer den Krieg verlieren, dann erst werden auch die armen Leute so weit kommen, einmal auf der noblen Straße dahinzustolzieren und nicht immer bloß arm', weiß' Pack zu bleiben!
Als sich Corrie May an diesem Abend bei Ann abmeldete, bat sie gleichzeitig um Urlaub für die kommenden Tage: sie fühle sich nicht besonders frisch. In ihrem Innern aber zweifelte sie kaum noch daran, daß sie den Boden von Ardeith nie mehr betreten würde.
Nach langer Fahrt erreichte sie endlich den Rattletrap Square und bog in die Seitengasse ein, in der sie wohnte; überrascht hielt sie

inne: fröhlicher Lärm und Gelächter quellen ihr entgegen. Mitten auf der Straße brannte ein Freudenfeuer, Würstchen wurden gebraten ringsum, und die Kinder sagen vergnügt »Schöne Blaue Flagge«. Corrie May beschleunigte ihre Schritte und war bald vor dem Feuer angelangt. Inmitten der lustigen Versammlung prangte ein gutes Dutzend junger Soldaten in blanken, neuen Uniformen: Männer aus der Nachbarschaft, die sich hatten anwerben lassen und deren Abschied nun von allen Freunden, Verwandten und Bekannten gefeiert wurde. »Die armseligen Dummköpfe!« flüsterte Corrie May zornig vor sich hin. Verschiedene der Mädchen liefen ihr entgegen. Corrie May vermochte sich dem fröhlichen Spektakel nicht zu entziehen. Sie drängte sich mit den Freundinnen durch die munter quirlende Menge – aber plötzlich setzte ihr das Herz für einen Schlag lang aus. Denn als die Flammen aufflackerten, erkannte sie Budge – – unter den Soldaten!

Er unterhielt sich lachend mit einem Nachbarn von früher, kaute an einer Wurst dabei, die noch an dem Stöckchen steckte, an dem sie gebraten worden war. Er trug einen grauen Uniformrock mit prächtig blanken Knöpfen und große, feste Schuhe an den Füßen. Auf seinen Zügen schienen Verlegenheit und Vergnügen miteinander im Kampf zu liegen; es war ihm wohl noch nie passiert, sich so in den Mittelpunkt der Ereignisse gestellt zu sehen wie an diesem Abend; doch zugleich schien er sehr mit sich zufrieden zu sein. Corrie May riß sich von ihren Freundinnen los und lief geradenwegs auf ihn zu:

»Oh, Budge!« schrie sie, »Budge!«

»Sieh einer an, die Corrie May!« Er schlug sich auf die Brust. »Wie gefällt dir mein neuer Anzug?«

Ihr Atem ging kurz und hastig. Sie faßte ihn mit beiden Händen am Arm und zog ihn aus dem Getümmel; sie mußte ihn unter vier Augen sprechen und gleich.

»Sag mir, Budge, sag mir, bin ich schuld daran, daß du ins Heer eingetreten bist? Hast du dir den Unsinn zu Herzen genommen, den ich damals geredet habe?«

Budge blickte zu ihr herunter; er trat unsicher von einem Fuß auf den anderen. »Ach, so schlimm war's nicht. Natürlich habe ich mir alles überlegt, was du mir gesagt hast. Ich habe lange darüber nachgedacht: daß du dich schämen mußt und nicht mit einem Manne verheiratet sein willst, der keine Lust hat, sein Vaterland zu verteidigen.«

»Budge, Budge, ich denke jetzt ganz anders!« Sie zog ihn aus dem Lichtschein des Feuers in die Schatten unter den Hauswänden. Auf einer dunklen Treppenstufe ließ sie sich nieder; er hockte sich neben sie. »All die dummen Gedanken habe ich hinter mir, glaub's mir!« drang sie in ihn. »Morgen wollte ich zu deiner Farm hinauskommen, und wenn ich den ganzen Weg hätte zu Fuß laufen müssen, und wollte dir sagen –«

Budges ehrliches Gesicht glühte im matten Abglanz des Feuers hoch auf: »Ist das wirklich dein Ernst, Corrie May? Du wolltest zu mir kommen, um mir zu sagen –?«

»Ja, ich will deine Frau werden!« Ihre Worte überstürzten sich. »Ja, ich wollte schon immer deine Frau werden, schon immer, ich habe es nur nicht gewußt. Ich will dich heiraten und will dir eine so gute Frau werden, wie ich nur irgend kann. Du mußt aber diese elende Uniform wieder ausziehen, sofort, und mit mir auf unsere Farm zurückkehren; da wollen wir beide unseren Acker bestellen!«

»Warum – aber –?« Budge wußte nicht weiter; er starrte auf seine blanken Knöpfe und seine schweren Schuhe. »Aber, liebes Herz, ich kann nicht mehr zurück. Ich bin Soldat. Die Männer kamen und haben mich abgeholt!«

»Kamen und haben dich abgeholt? Wovon redest du?«

»Ja, die Rekruten-Kommission! Sie sagten, es gäbe jetzt ein neues Gesetz, daß alle jungen Männer eingezogen werden.«

Sie atmete schwer: »Sie haben dich also gezwungen mitzugehen? Auch als du sagtest, du wolltest gar nicht?«

»Ganz so schlimm war es nicht. Es kam mich nicht mehr so hart an, seit du mir damals so verschiedenes erklärt hast. Daß du dich schämen müßtest und all das. Bloß –« er zögerte, holte tief Atem und stieß dann hervor: »Bloß hab' ich das heulende Elend gekriegt, als ich wirklich meine Felder im Stich lassen mußte.«

Corrie May erhob sich langsam und mühselig. Sie verstand vollkommen, was geschehen war. Budge hatte im Schweiße seines Angesichts vom ersten Morgengrauen bis zum letzten Licht des Abends schwer gearbeitet, hatte das Unkraut gejätet, seine Baumwolle gepflanzt, seinen Garten bestellt, denn er wollte selbständig werden und es zu etwas bringen in der Welt; jede Krume seines Bodens war ihm lieb und teuer gewesen; er hatte geackert und gegraben in Hitze und Kälte und Regen, mochten auch die Knochen schmerzen und die Mücken stechen. Und nun, da Äcker und Garten bestellt waren, da tauchten diese Kerle auf und holten ihn fort – mit Gewalt!

»Diese schmutzigen Hunde!« knirschte sie leise zwischen den Zähnen hervor.

»Aber, Corrie May!« fiel Budge besänftigend ein. »Solche Worte mußt du nicht in den Mund nehmen! Ein gutes Mädchen wie du!«

»Ich sage, was ich denke!« schlug sie böse zurück. »Diese Bande, die dich von deinem Haus und Hof wegholt, damit du dir für anderer Leute Nigger die Knochen zerschießen läßt. Ich sag's und sag' es laut heraus! Ich sag' es jetzt und jeden Augenblick, und wer mich hindern will, den werd' ich ins Gesicht schlagen.«

Sie war außer sich geraten und lief, so schnell sie konnte, wieder zum Feuer zurück. Blindlings drängte sie sich durch die Menge; sie glühte vor Not und Wut. Wer sie aufhalten wollte, den stieß sie um. Mochten sie fallen! Was kam es darauf an! Irgendwer mußte diesem Wahnsinn ein Ende setzen! Irgendwer mußte es laut herausschreien, mußte es diesen ahnungslosen Leuten sagen, wofür sie eigentlich kämpften! Nicht weit vom Feuer saß ein Kind auf einer Warenkiste; sie drängte es herunter – mochte es brüllen, mochte seine Mutter auch ärgerlich fragen, was sie sich eigentlich dächte –! Sie sprang auf die Kiste hinauf und schrie, so laut sie konnte:

»Halt, halt! Ihr Leute alle! Hört auf mit eurem Gesinge und Geschrei! Geht nach Hause und kümmert euch um eure Sachen und nicht um diesen verrückten Krieg!«

Rings um sich her hörte sie viele Leute geradezu keuchen vor Verwunderung: »Wer ist denn das? – Die kleine Upjohn – ihr Vater ist der Prediger aus dieser Straße. – Ach der! – Der ist nicht ganz richtig, nicht?«

»Ihr denkt, mein Pappa ist nicht ganz richtig«, schrie Corrie May. »Ist er auch nicht! Wenn sein Verstand in Ordnung wäre, dann hätte er sich nicht breitschlagen lassen und wäre ins Feld gezogen, damit anderer Leute Nigger Sklaven bleiben. Seid jetzt endlich alle einmal still und hört auf mich!«

Die Menge horchte tatsächlich auf; die Leute waren im Augenblick viel zu verblüfft, als daß ihnen etwas anderes eingefallen wäre. Corrie May riß sich ihre Kappe vom Kopf und warf sich ihr verwirrtes, gelbes Haar mit einer heftigen Bewegung aus den Augen. Sie erhob sich auf ihrer Kiste über allen anderen; das Flackerlicht des Feuers beglänzte sie, als hätte sie seinen ganzen Schimmer auf sich vereint. Hell beleuchtet stand sie gegen den dunklen Hintergrund der nächtlichen Straße, bebend vor wildem Eifer, den Leuten die Wahrheit, die volle Wahrheit zu enthüllen.

»Wozu führen wir diesen Krieg, wozu?« Sie kreischte beinahe. »Ihr wißt es natürlich nicht, weil es euch keiner jemals verraten hat. Die Yankees wollen nichts weiter als die Neger in Freiheit setzen. Und wenn sie es erreichen? Was geht es euch an? Keiner von euch besitzt auch nur einen einzigen Nigger als Eigentum. Wollt ihr euch für anderer Leute Nigger totschießen lassen? Mag sie verteidigen, wem sie gehören! Ihr jämmerlichen Hohlköpfe in der feinen Uniform! Ihr kommt euch so viel vor! Ihr seid so stolz, wenn ihr euch im Spiegel beguckt! Warum habt ihr nicht so viel Courage, der ganzen Bande einfach zu sagen: hol euch der Teufel mitsamt eurem Krieg!«

Aus der Menge stieg laut eine Stimme auf: »Das Mädchen redet Hochverrat!«

»Nichts da von Hochverrat!« schrie Corrie May. »Ich rede mit Verstand. Ich will euch nur klarmachen, daß euch die Reichen bloß ins Feld schicken und in den Tod, damit sie ihre Nigger behalten! Wenn die Sklaven freigelassen würden, dann bekämen wir alle bessere Löhne! Ja, wir alle! Ihr seid ja verrückt! Euch kann ja gar nichts Besseres passieren, als daß die Nigger freigesetzt werden! Ihr –«

Ein harter Lehmklumpen traf sie in den Magen. Ihr blieb die Luft fort. Sie keuchte: »Ihr armen, blöden –« »Stopft ihr das Maul!« gellte eine andere Stimme. »Werft sie ins Loch!«

Ein zweiter schwerer Lehmklumpen prallte ihr an die Brust. Sie taumelte; ein stechender Schmerz durchfuhr sie; aber noch hielt sie sich aufrecht und rief mit schon nachlassender Kraft: »Ich kann nicht still sein. Ich sage ja nur, was ich weiß. Es ist die Wahrh – –«

Ein Knüppel krachte auf ihren Schädel. Halb ohnmächtig vernahm sie die Worte: »Halt endlich dein verdammtes Maul!« Corrie May fühlte, wie sie fiel. Sie wollte schreien. Ein Faustschlag ins Gesicht erstickte ihre Stimme; sie sank in den Schlund der wirbelnden Menge von Soldaten und alten Leuten und kreischenden Weibern und Kindern. Man schlug sie und trat sie und zerrte sie über den Boden. Sie wehrte sich wie ein Tier mit Nägeln und Fäusten und Zähnen; noch als sie am Boden lag, biß sie in der Leute Waden. Aus endlos weiter Entfernung hörte sie Budge brüllen: »Laßt sie am Leben, laßt sie in Frieden! Sie weiß es nicht besser!«

Sie konnte Budge nicht sehen. Sie konnte überhaupt keinen Menschen mehr von einem anderen unterscheiden. Sie wußte nur: ich liege am Boden, und das ganze Volk trampelt auf mir herum. Sie rissen ihr das Haar mit den Wurzeln aus, und das Blut rann ihr in die Augen. Irgendein Fuß traf sie in den Magen. Ein würgender Schmerz wühlte in ihrem Inneren auf; sie übergab sich. Über und um sich her, sehr weit entfernt, sehr weit, hörte sie die Leute davon reden, wie sie alle Yankees so zertreten wollten und auch alle die Verräter, die es außerdem noch wagten, gegen den Krieg aufzutreten. Aber es war ihr schon gleichgültig, was ihre Peiniger schrien und brüllten. Sie mußte speien; man schlug sie weiter; sie blutete. Sie war nicht einmal mehr imstande, dagegen anzukreischen. Sie konnte kaum noch schlucken, sie würgte und bettelte nur noch armselig, sie, bitte, bitte, in Frieden zu lassen und aufzuhören. Aber sie hörten nicht auf. Sie waren zu wilden Tieren geworden, die wie Wölfe ihre Beute in Stücke reißen wollten.

Schließlich vermochte Corrie May nichts weiter, als nur noch zu stöhnen unter den Fäusten und Füßen – dann konnte sie selbst das nicht mehr. Es wurde schwarz um sie her; in ihren Ohren donnerte ein nie gehörter Donner. Ihr war, als hätte sie jemand auf den Kopf gestellt und wieder umgedreht und abermals verkehrt herum, und ständig schlug irgendwer mit einer Keule gegen ihren Leib! Bis sie am Ende auch das nicht mehr spürte.

2

Tief in dem Abgrund der Schwärze, in den gestürzt sie lag, kam sie unendlich langsam wieder zu sich. Sie erschauerte; ihr zerschlagener

Mund murmelte leise bettelnd: »Nicht mehr treten, nicht mehr treten!«
Alles um sie her blieb still. Haben sie meine Ohren taub geschlagen, fragte sie sich in müdem Schrecken. Gefühl kehrte langsam wieder in ihre Glieder zurück und mit ihm Schmerzen am ganzen Leibe. Ihr Kopf, ihre Arme, ihre Beine schienen wie Magneten von allen Seiten Schmerz anzusaugen, je heller sie wieder zu Bewußtsein gelangte. Sie machte den Versuch, die Augen zu öffnen. Sie waren wie zugeklebt. Ihrer Kehle entrang sich ein langdauerndes, schluchzendes Geräusch.
Von irgendwo aus der Finsternis vernahm sie eines Mannes Stimme: »Was ist Ihnen passiert, meine Dame?«
Plötzlich begriff sie, wovon sie erweckt worden war: irgendwer fühlte ihren Körper ab und wendete sie hin und her. Mit unbeschreiblicher Anstrengung versuchte Corrie May, die Augen zu öffnen; es gelang! Sie sah eine Laterne neben sich auf dem Boden stehen; im fahlen Umkreis ihres Lichts machte sich ein Mann in Polizei-Uniform zu schaffen. Hoch über ihr lehnten in schiefen Winkeln die Dächer der »Häuser«, in denen sie selbst und ihre Nachbarn, die Rattletrap-Leute, wohnten; die krummen Wände schwiegen finster.
Der Polizei-Beamte fragte: »Können Sie aufstehen?«
Sie antwortete: »Ich weiß nicht.«
Die Worte klangen fremd, und es schmerzte, sie auszusprechen; ihr Mund war so verschwollen und voll Blut, daß sie die Laute kaum wie sonst zu formen vermochte.
»Ich will Ihnen helfen«, sagte er.
Der Schall der freundlichen Stimme drang tröstlich an ihre Ohren; hinter ihren wunden Augenlidern wallten Tränen auf. Sie brachte es fertig zu flüstern: »Vielen Dank, Herr Wachtmeister!«
Er schob seine Hände unter ihre Schultern: »Nur langsam, langsam! Sie sind wohl hier in die Schlägerei geraten?«
»Ja!« sagte sie und biß sich auf die Lippen, um nicht laut aufzuschreien, denn als sie sich bewegen wollte, fiel sie der Schmerz erbitterter noch an.
»Schlimm, schlimm!« sagte er. »Wie konnten sie sich an einem Mädchen vergreifen!«

Corrie May stieß einen Schrei aus, als der Mann sie allmählich auf die Füße zu stellen suchte.
»Nur ruhig!« sagte er. »Sie werden nicht gehen können. Gebrochen haben Sie sich nichts, glaube ich. Aber Sie sind ganz und gar zerschunden. Wo wohnen Sie? Ich kann Sie tragen. Sie sind nicht sehr schwer!«
Sie kaute mühselig ein paar Worte hervor, die ihm die Richtung bezeichneten. Er machte sich auf den Weg. Die Straßen lagen verlassen. Die Leute vom Rattletrap Square fürchteten den Anblick der Polizei; sie waren gewohnt, die Türen vor ihr zu verrammeln. Corrie May spürte jeden Schritt des Mannes, der sie trug; doch spürte sie auch eine seltsame Genugtuung, noch am Leben zu sein; außerdem wurde sie jetzt nach Hause gebracht – das war so gut! Vor der Tür des Upjohnschen Hauses stieß er mit seinem Fuß an die Bretter; die Tür öffnete sich vorsichtig einen Spalt breit.
»Wer ist denn da?« fragte Mrs. Upjohn mit furchtsamer Stimme.
»Dies Mädchen hier ist bei der Schlägerei verletzt worden«, erklärte der Polizist. »Sie sagt, sie wohne hier!«
Mrs. Upjohn schrie leise auf: »Herr im Himmel, Corrie May! Bringen Sie sie herein, Herr Wachtmeister! Hier können Sie sie hinlegen! Corrie May, Kindchen, bist du schwer verletzt?«
»Wird alles nicht so schlimm sein«, murmelte sie mühsam, als sie auf dem Bette ausgestreckt lag.
Mrs. Upjohn rannte aufgeregt hin und her. »Wie, um alles in der Welt, ist denn das gekommen? Ich habe den Krach aus der Ferne gehört, bin aber vor lauter Angst nicht auf die Straße gegangen.«
»Wie die ganze Geschichte angefangen hat, Madame, das weiß ich auch nicht. Irgendwer hat die Leute aufgehetzt, und dann sind sie sich in die Haare geraten. Ein paar von uns wurden herkommandiert, um aufzuräumen. Aber als wir ankamen, herrschte ein solch wüstes Durcheinander, daß uns nichts weiter mehr zu tun übrigblieb, als die übelsten Schläger aufzuladen und in Gewahrsam zu bringen, damit sie wieder zur Vernunft gelangten.«
Der Polizist stand gemächlich in der Stube herum, während Mrs. Upjohn damit begann, Corrie Mays Wunden und Quetschungen vorsichtig zu waschen. »Schrecklich, schrecklich«, knurrte sie, »mein Mädchen so zuzurichten!«

»Ja, Madame, das stimmt wirklich. Ich fand sie ein Stück weiter unten auf der Straße. Sie wird wohl ohnmächtig geworden sein und ist gestürzt; das Volk hat dann auf ihr herumgetrampelt. In diesem Stadtteil ist alle naselang etwas gefällig.«
Wenn auch Corrie May ihre Mutter und ihren Retter miteinander sprechen hörte, so begriff sie doch kaum den Inhalt der Sätze. Die Mutter verband ihr die Wunden und reichte ihr eine Tasse Kaffee zur Stärkung. Als Corrie May sich aufrichtete, um besser trinken zu können, nahm sie wahr, daß auch der Polizist sich an einer Tasse Kaffee erwärmte. Er hatte sich beim Herd auf einem Stuhle niedergelassen.
»Ich dank' Ihnen auch schön, daß Sie mich nach Hause getragen haben!« sagte Corrie May leise.
»Nicht der Rede wert! Einer Dame hilft man immer gern, wenn sie in Not ist.« Er schlürfte dankbar seinen Kaffee. »Wie fing denn der Aufruhr an, Fräulein? Waren Sie von Anfang an dabei?«
Corrie May zögerte und verschluckte sich an dem Löffel Suppe, den die Mutter ihr jetzt anbot. Die Frage erschreckte sie; der Kaffee hatte ihre Lebensgeister wieder einigermaßen belebt; wenn sie diesem freundlichen Wachtmeister gestand, daß sie es gewesen war, die den Aufstand entfacht hatte, so mußte er sich in einen grausamen Rächer verwandeln und sie wegen Hochverrats verhaften.
»Corrie May«, mahnte die Mutter vorwurfsvoll, »antworte doch! Weißt du gar nicht, wie du dich zu benehmen hast!«
Corrie May fuhr sich mit der Zunge über die geschwollenen Lippen. »Ich glaube, irgendwer hat dagegen gesprochen, daß die Männer jetzt eingezogen werden.«
»So –?« Der Polizist blies über seinen Kaffee hin, um ihn abzukühlen. »Wird irgendeiner gewesen sein, der Angst vor der Front hat. Solche Leute gehören ins Gefängnis!«
Corrie May verschluckte sich abermals. »Soll denn jetzt der letzte Mann eingezogen werden? Jeder einzige?«
»Ja, Madame, so ist es wohl. Bloß die Alten werden noch zurückgestellt und die Kranken natürlich und auch die Besitzer von großen Plantagen und vielen Sklaven.«
Corrie May drängte den nächsten Suppenlöffel beiseite. Die Bewegung schnellte einen stechenden Schmerz durch ihre Schulter. »Wart

einen Augenblick, Mamma!« Sie wandte ihren Kopf zur Seite und blickte dem Polizisten gerade in die Augen. »Wie ist das mit den großen Sklavenhaltern –?«
»Kann ich mir wohl noch eine Tasse von diesem guten Kaffee einschenken, Madame?« fragte der Mann.
»Nur tüchtig zu!« erwiderte Mrs. Upjohn gastfrei und voller Dankbarkeit. »Da steht die Kanne! Willst du keine Suppe mehr essen, Corrie May?«
»Nein, Mamma! Ich möchte bloß wissen, ob das stimmt mit den großen Sklavenhaltern?«
»Ja, sicher, das stimmt. Das neue Gesetz besagt, daß jeder Mann, der zwanzig Sklaven oder darüber besitzt, nicht eingezogen werden kann. Es müssen ja ein paar Leute zu Hause bleiben, die die Plantagen versehen und die Nigger bewachen.«
»Ach so!«
Der leichte Anflug von Kraft, den Corrie May gespürt hatte, glitt wieder davon. Sie sank auf ihr Bett zurück. Das trüb erhellte Zimmer verschwamm ihr von neuem. Wie in einem wirren Traum sah sie vor den häßlichen Wänden ihrer ärmlichen Behausung die silbernen Türklinken und Fenstergriffe von Ardeith vorübertanzen, die schimmernden Kerzenhalter, die marmornen Kamine, die unterwürfigen Sklaven, die Säulenreihen hinter den moosbehangenen Eichen und schließlich gleich einer Reihe von Gespenstermasken die triumphierenden Gesichter jener Patrizier, die diesen Krieg, der ihre Reichtümer bedrohte, von anderen auskämpfen ließen; sie selbst aber entbanden sich von der Front.
Mrs. Upjohn sprang auf: »Gnade mir Gott, Herr Wachtmeister! Ich glaube, das arme Kind ist schon wieder ohnmächtig geworden! Helfen Sie mir ein bißchen!«
»Gewiß, gewiß! Ich habe sicher zu viel geredet! Es ist eine wahre Schande, wie sie dem Mädel mitgespielt haben.«
Corrie May fing bald darauf an zu phantasieren. Was sie redete, das beachtete ihre Mutter nicht; sie hatte gar keine Zeit dazu. Der Polizist mußte sich wieder auf seine Runde begeben. Mrs. Upjohn weckte eine Nachbarin und bat sie um Hilfe. Die ganze Nacht über wurde Corrie May vom Fieber hin und her geworfen; sie versuchte verzweifelt, sich Gehör zu verschaffen. Ab und zu beugte die be-

sorgte Mutter sich über ihr Bett in der Hoffnung, daß die Tochter endlich wieder zu sich käme. Aber Corrie May hörte nicht auf, mit den Fäusten schwächlich um sich zu schlagen und Schimpfworte vor sich hinzumurmeln. Die Mutter nahm sie ihr nicht übel; ihr Mädchen war ja ganz von Sinnen. Aber warum Corrie May gerade die Larnes so wild verfluchte, das begriff sie nicht, jene reichen, freundlichen Leute, die ihr Arbeit und Brot gewährt hatten, nachdem die Brüder vom Fieber dahingerafft waren.

3

Erst zwei Wochen später ließ Budge sich wieder sehen, um sich nach Corrie Mays Ergehen zu erkundigen. Corrie May hatte sich inzwischen so weit erholt, daß sie am Fenster sitzen und auf die Straße hinausblicken konnte. Noch vor dem Eintritt ins Haus erklärte Budge der Mutter seines Mädchens, daß er alles versucht habe, schon früher zu erscheinen, daß er aber das Lager nicht eher hätte verlassen dürfen.

»Sie schickten uns noch in der gleichen Nacht ins Lager zurück – ehe ich noch Gelegenheit fand, mich nach ihr zu erkundigen«, sagte er. »Und dann bekamen wir jeden Tag Strafexerzieren aufgebrummt, weil wir die Schlägerei mitgemacht hatten. Hoffentlich ist sie mir nicht böse, daß ich sie so lange habe warten lassen.«

»Sie hat schon Verständnis dafür!« versicherte Mrs. Upjohn. »Ich bin sehr froh, daß du gekommen bist, Budge. Du mußt sie etwas aufheitern. Sie ist so niedergeschlagen, seit das Fieber sie verlassen hat; ich erkenne sie gar nicht wieder.«

»Hat sie sich einigermaßen erholt?« wollte er ängstlich wissen.

»Oh, es geht ihr viel besser, körperlich! Aber sie spricht kaum ein Wort; sitzt nur immer stumm am Fenster und läßt die Hände ruhen. Ich habe ihr zugeredet, wieder Nadel und Wolle zu nehmen und zu stricken. Ich dachte, es würde sie von ihren traurigen Gedanken ablenken, wenn sie für die Soldaten arbeitet. Aber sie will nichts davon wissen. Gut, daß du gekommen bist, Budge!«

»Darf ich eintreten?« fragte Budge voll ängstlicher Ungeduld.

»Komm nur herein! Du wirst ihr schon gefallen in deiner neuen Uni-

form.« Mrs. Upjohn stieß die Tür weit auf: »Corrie May, du bekommst Besuch!«
Budge zog seine Kappe vom Kopf: »Wie geht's dir, Corrie May?« rief er herzlich.
Corrie May saß in einem alten Lehnstuhl vorm Fenster; über ihre Knie war ein Umschlagtuch gebreitet. Auf der Stirn klebte ihr noch ein Pflaster; sie war viel magerer geworden, als er sich je erinnern konnte; aber im übrigen schien es ihr leidlich wohl zu gehen. Budge dachte: wie riesengroß ihre Augen geworden sind! Aber das kommt wohl nur von den tiefen schwarzen Ringen darunter –!
»Mein Gott!« begann er, »eine Schande, wie sie dich mißhandelt haben!«
»Schön, daß du gekommen bist! Setz dich, Budge!« ermunterte ihn Corrie May.
Budge zog sich einen Stuhl herbei und fing umständlich zu erklären an, warum er nicht schon früher wieder aufgetaucht wäre. »Ich habe dich damals aus dem Haufen heraushauen wollen, aber irgendein Kerl hat mich niedergeschlagen, knallte mir einen Ziegelstein auf den Kopf. Ich muß für ein paar Minuten mein Bewußtsein verloren haben.«
»Ach, laß nur!« entgegnete Corrie May leise. »Du hast keine Schuld. Ich gebe überhaupt niemand die Schuld.«
Budge merkte allmählich, was ihre Mutter gemeint hatte: Corrie Mays Gemüt war tief bedrückt. Sie redete leise und lustlos; das Volk hatte sie wohl zu hart geschlagen; sie schien noch nichts richtig zu fühlen. Er war gekommen, um gut zu ihr zu sein und zärtlich; er hatte ihr klarmachen wollen, daß sie solche Sachen über den Krieg nicht hätte sagen dürfen, daß er ihr aber nicht böse wäre, obgleich er nun des Landes Uniform trug. Doch es empfahl sich wohl, all diese Ermahnungen vorläufig zurückzustellen; statt dessen zerbrach er sich den Kopf, womit er sie zum Lachen bringen könnte.
»Mach's dir nur bequem, Budge«, ließ sich Mrs. Upjohn vernehmen. »Ich setze mich mit meiner Flickerei auf die Treppenstufen vors Haus. Die Sonne scheint so schön warm!«
»Ja, Madame«, erwiderte Budge und wandte sich wieder Corrie May zu. »Ich muß dir von einem Burschen erzählen, den wir neulich ins Lager bekommen haben. Er stammte von irgendwo aus dem

Hinterwald jenseits von Baton Rouge und wußte nicht einmal, daß überhaupt ein Krieg im Gange ist. Die Rekrutierungs-Offiziere hatten es ihm erst beizubringen, als sie kamen, ihn zu holen. Das ist ein Kerl, sage ich dir! In seinem ganzen Leben ist er noch in keiner Stadt gewesen, und Schuhe hatte er noch nie getragen. Er kam mir nicht ganz richtig vor mit seinem dicken wackligen Kopf wie ein Kasperle –«

Er befand sich anscheinend auf dem richtigen Wege, kam es ihm vor. Sie hatte sich ein wenig aufgesetzt und hörte aufmerksam zu. »Erzähl weiter!« sagte sie. »Was haben sie mit ihm gemacht?«

»Der Kerl war furchtbar komisch! Er wollte wissen, was diese Yankees eigentlich wären, gegen die er kämpfen sollte – er dachte wohl, es handelte sich um wilde Tiere aus dem fernen Westen.« Budge lachte zwischendurch; sich des verrückten Kerls auch nur zu entsinnen, war schon belustigend. »Er stellte sich zuerst so dämlich an, daß ihn keiner für voll nehmen wollte. Sie fragten ihn, ob er überhaupt jemals ein Gewehr zu Gesicht bekommen hätte. Und, zum Teufel, ja, das hatte er wohl! Seit er laufen könne, wäre er nie ohne Gewehr unterwegs gewesen; und er könne alles schießen, was in den Wäldern herumliefe. Sie stellten ihm ein Kartenblatt mit einem Herz-As auf einen Baumstumpf und fragten ihn, ob er das wohl träfe. Das wäre ein Kinderspiel, sagte er, und ging so weit von dem Baumstumpf fort, daß das Herz-As nicht viel größer mehr war als ein Fliegenfleck. Dann drückte er das Gewehr an die Backe, zielte nicht lange und schoß ein Loch mitten durch das As. Da sagten sie ihm, daß er mit Glanz und Gloria in die Armee aufgenommen wäre, und dann wurde er eingekleidet –« Budge war wieder ins Lachen geraten; es dauerte ein Weilchen, ehe er weitererzählen konnte.

»Corrie May, ob du es nun glaubst oder nicht: als er erst seine neue Uniform und die Soldatenstiefel anhatte, gab es diesseits vom Mississippi keinen weißen Mann, der stolzer als dieser Kerl gewesen wäre. Du hättest ihn nur herumstolzieren sehen müssen! Man konnte denken, der ganze Krieg sei weiter nichts als eine Modenschau für ihn, damit er seine neuen Kleider ausführen kann – so sagte mein Leutnant. Kummer machte ihm nur, daß sein Mädchen daheim ihn so aufgetakelt nicht bewundern durfte. Da tauchte wie gerufen eines Tages im Lager ein Mann auf mit einem Fotografenkasten und dem dreifüßigen Ständer und seinem großen schwarzen Tuch; für einen halben Dollar machte der von jedem ein Bild, der bezahlen konnte – zum Nachhauseschicken! Der Kerl aus dem Hinterwald hatte natürlich noch nie etwas von einem Fotografen vernommen. Zuerst wollte er mit dem ganzen Apparat nichts zu schaffen haben; das Ding könnte explodieren oder sonst was, meinte er. Aber wir redeten ihm gut zu; der Kasten würde ihn nicht beißen. Zu guter Letzt faßte er sich schließlich ein Herz und setzte sich in Positur, ein Bild von sich machen zu lassen, stolz wie ein Schneekönig, aber immer noch ein bißchen ängstlich: das Gewehr behielt er schußbereit auf seinen Knien; falls der Fotograf ihm schließlich doch ans Leder wollte – –! Und der Kasten etwa doch in die Luft fliegen sollte –!«

Auch Corrie May hatte zu lachen begonnen. Budge meinte schon, es sei ihm tatsächlich gelungen, sie aufzuheitern, als das Gelächter ihr plötzlich in der Kehle erstickte; sie schluchzte mit einem Male in kleinen, zerdrückten Stößen. Budge war aufgesprungen und beugte sich über sie:

»Corrie May, Zuckerkind, tut dir was weh? Bist du mir böse? Hab' ich was Falsches gesagt?«

Sie schüttelte den Kopf.

Budge umarmte und küßte sie. »Was kümmert dich denn, liebes Kind? Kannst es mir doch sagen! Alles auf der Welt will ich für dich tun, Corrie May!«

Sie blickte auf; Tränen hingen noch an ihren Wimpern. »Budge, auch du kannst nichts tun. Kein Mensch kann etwas dagegen tun. Da holen sie sich den armen Burschen aus dem Busch, und er hat noch nicht einmal etwas von den Yankees gehört, kein Sterbenswörtchen. Und den schicken sie dann ins Feld – zum Totschießen! Und dich holen sie von deinem Acker weg –«

»Ja, so ist das nun 'mal!« knurrte Budge unsicher. »Aber dafür ist es eben Krieg. So hast du's mir ja erklärt, als du damals bei mir zu Hause warst.«

Corrie May beugte sich vor; sie blickte ihn mit durchbohrenden Augen an; fast fürchtete er sich. »Budge, setz dich her zu mir! Ich habe mit dir zu reden.«

»Ja, Liebes!« Er zog seinen Stuhl dicht neben sie.

»Seit der Nacht, in der sie mich so zerschlagen haben, wollte ich dringend mit dir sprechen«, flüsterte sie. »Damals hab' ich zu allen Leuten auf einmal reden wollen. Das war falsch. Ich kann wohl nicht besonders reden, sonst hätten sie mich verstehen müssen.« Sie weinte nicht mehr; sie sprach mit großer Bestimmtheit, als hätte sie schon seit Tagen auf diesen Augenblick gewartet. Sie fuhr eindringlich fort: »Budge, hast du nicht gesagt, daß du alles auf der Welt für mich tun willst?«

»Das will ich, und du kannst es mir glauben. Du weißt ja, wie sehr ich dich liebhabe!«

Corrie May deckte seine Hand leise mit der ihren und flüsterte: »Zieh diese Uniform aus, Budge, zieh sie wieder aus und laß uns irgend woandershin fliehen, wo man noch nichts von diesem Krieg gehört hat!«

Budge zuckte zusammen. Er starrte sie ungläubig an, als hätte er nicht recht verstanden. »Du meinst – – desertieren?«

»Genau das meine ich, Budge!«

Er ließ das Kinn hängen. »Liebes Mädchen, du weißt nicht, wovon du redest!«

»Doch, ich weiß es. In jeder Minute, seit ich hier krank liege, habe ich darüber nachgedacht. Leute wie du und ich haben in diesem Lande nichts zu erhoffen. Ich will fort von hier. Ich geh' über den Fluß! Nach Westen, Budge! In den fernen Westen! Da gibt's keine reichen Leute, die die anderen behandeln, als wären es Kakerlaken. Ich geh' fort von hier! Willst du mit mir kommen, so heirate ich dich gern und gleich – beim nächsten besten Priester. Wenn du aber hier bleiben willst, so gehe ich eben allein!«

Budge war wie vor den Kopf geschlagen. Er sperrte den Mund auf und klappte ihn wieder zu. Schließlich stotterte er: »Ich soll also ein Verräter werden?«

»Was verrätst du schon groß?« fragte sie erbittert und böse. »Nichts weiter als einen Haufen reichen Gesindels! Sie schicken dir die Kapelle auf den Hals und lassen dir ›Dixie‹ vorspielen, bis dir ganz anders ums Herz wird und dir die Tränen in die Augen steigen und du vollständig den Verstand verlierst und nicht mehr begreifst, wofür sie dich ins Feld jagen! So ist die Geschichte!« Sie wischte das Tuch von ihren Knien und erhob sich. »Budge, im Namen des allmächtigen Gottes, weißt du, wofür du kämpfen sollst?«

Auch Budge war aufgesprungen und stand ihr gegenüber: »Gewiß weiß ich das! Ich kämpfe für mein Vaterland! Und wenn du mich für einen Feigling hältst, der nur noch ans Auskneifen denkt, wenn er ins Feld ziehen soll – –«

»Ach, dummer Quatsch!« unterbrach sie ihn wild. »Wessen Vaterland denn? Das der Larnes und der Sheramys und der Purcells und der St. Clairs und der Durhams! Dein Vaterland? Ha, das macht mich lachen! Aber du kannst nichts dafür. Die Wahrheit hat dir keiner je verraten!«

»Ich will das nicht mehr hören!« erwiderte Budge mit strenger Stimme.

»Doch, du mußt mir zuhören, du mußt!« Sie trat dicht vor ihn hin und faßte seine beiden Arme. »Budge, sie haben dir vorerzählt, sie brauchten dich, das Vaterland vor den Yankees zu retten. Weißt du denn überhaupt, was die Yankees in Wirklichkeit vorhaben? Sie wollen bis zu uns marschieren und alle Sklaven in Freiheit setzen. Und hast du dir schon klargemacht, was daraus folgt für Leute wie dich? Du könntest endlich einmal Geld verdienen, denn dann gäbe es keine Nigger mehr, die umsonst arbeiten!«

Budge blickte finster: »Die Nigger wollen sie freisetzen? Woher weißt du das?«

»In Ardeith habe ich das gehört. Wer kann dich dazu verpflichten, ins Feld zu ziehen, damit die Larnes ihre Nigger behalten?«

»Nur sachte, sachte!« meinte Budge. »Ich weiß wirklich nicht, ob es richtig ist, die Nigger in Freiheit zu setzen.« Er hockte sich auf einen Schemel und rieb sich nachdenklich das Kinn. »Was glaubst du, wie aufsässig die werden, wenn sie erst für Geld arbeiten wie die Weißen und übermütig dazu!«

Übermütiger, als die Nigger auf Ardeith es jetzt schon sind, könnten sie bestimmt nicht werden, das darfst du mir unbesehen glauben!« Corrie May sprach jetzt langsam und mit Überzeugung. »Budge, sie sagen mir nicht einmal ›Guten Morgen‹, wenn ich an ihnen vorbeikomme, so eingebildet sind sie! Mag ja sein, daß die Leute, die ihre Nigger ordentlich gekauft und bezahlt haben, das Recht besitzen, sie zu behalten. Aber jetzt haben sie ein Gesetz erlassen, wonach ein Sklavenhalter nur dann ins Feld zu ziehen braucht, wenn er Lust dazu hat. Mr. Denis Larne ist nach seinem eigenen freien Willen und

Vergnügen ins Heer eingetreten. Aber dich hat man geholt, ob du wolltest oder nicht! Und warum? Weil du ein armer Schlucker bist, der keine Nigger sein eigen nennt!«

Budge zog noch immer ein zorniges Gesicht; er hatte zwar aufgehorcht, glaubte aber nicht ganz, was Corrie May behauptete: »Woher willst du das alles wissen?«

»Es ist ja Gesetz, Budge! Ein Polizist hat es mir erzählt – und wer kennt die Gesetze so genau wie ein Polizist? Wenn du genügend Geld besäßest, dir zwanzig Neger anzuschaffen, dann hätte die Aushebungskommission dich nicht einziehen dürfen.«

Budge stieß den Schemel hinter sich. Er schritt langsam bis zur Hinterwand des Zimmers und kam wieder zurück. Er knirschte: »Corrie May, das ist der gemeinste Trick, von dem ich in meinem ganzen Leben gehört habe.«

»Jetzt siehst du es endlich ein, wie?« fragte sie ihn dringlich.

Budge antwortete zögernd: »Und wie ich geschuftet habe! Ich habe meine Knochen kaum noch gespürt, als ich die Baumwolle pflanzte.« Er schwieg für eine kurze Weile. »Wenn ich zwanzig Nigger besäße, dann könnt' ich mich auf der Veranda lümmeln, meinen Schnaps trinken, eisgekühlt, und die Offiziere mitsamt dem ganzen Krieg könnten mir den Buckel herunterrutschen – ist es wirklich so?«

»Jawohl!« sagte Corrie May einfach.

Budge stieß so heftig nach dem nächsten Stuhlbein, daß der Stuhl umstürzte und sein blanker neuer Schuhe eine grobe Schramme bekam. Er beugte sich zur Erde, stellte den Stuhl wieder auf und setzte sich. Er stützte die Ellenbogen auf die Knie und starrte zu Boden. Auch Corrie May setzte sich wieder. Sie wartete; man mußte ihm Zeit lassen. Der Ausbruch hatte sie erschöpft; ich bin doch noch schwach, dachte sie; bin schwächer, als ich wahrhaben will. Nach schier endlosen Minuten des Schweigens fragte Budge mit rauher Stimme: »Was soll aus deiner Mutter werden, wenn du davonläufst?« Er blickte sie immer noch nicht an.

»Pappa schickt ihr die Hälfte von seiner Löhnung!«

Wieder dehnte sich das Schweigen unbestimmt durchs Zimmer. Ein Haufen abgerissener Kinder tobte die Straße hinunter – hinter einer Katze her. Ihre Stimmen klangen überlaut. Budge sprang unvermittelt von seinem Stuhle auf.

»Es ist keine Gerechtigkeit auf der Welt!« Er redete die Wand an. »Holen mich da von meinem Acker weg, bloß weil ich nicht reich bin!« Er drehte sich auf seinem Absatz um: »Wohin, denkst du, könnten wir fliehen?«

»Ich weiß nicht, wie die anderen Städte oder Länder heißen«, antwortete Corrie May, ohne zu zaudern. »Wir wandern am Flußdeich entlang, bis wir zu irgendeiner Fähre kommen, und setzen dann aufs Westufer über. Kein Mensch kennt dich da drüben. Keiner weiß, daß du bei den Soldaten gewesen bist. Und dann wandern wir immer weiter nach Westen –«

»Wenn ich nur lesen könnte –! Ich würde mir eine Karte beschaffen!« meinte Budge ziemlich hoffnungslos.

»Ob mit oder ohne Karte! Budge!« Corrie May war nicht gesonnen nachzugeben. »Budge! Es wird überall woanders besser sein als hier!« Sie trat dicht vor ihn hin: »Budge, sag mir, willst du mit mir mitkommen?«

Er wandte den Kopf zur Seite: »Corrie May, ich weiß nicht, was ich dir antworten soll. In Kriegszeiten desertieren – das ist eine schlimme Sache!« Er ballte die Fäuste. »Ja, wenn sie mich anständig behandelt hätten –! Ich wollte, ich hätte mir wählen können wie die reichen Leute, ob ich in den Krieg ziehen will oder nicht!«

»Du hast es eben nicht wählen können!« sagte Corrie May. »Hast du schon gemerkt, daß die reichen Leute nicht einmal ihre Neger zum Totschießen ins Feld schicken? Neger kosten einen Haufen Geld. Du, Budge, du kostest nur dreizehn Dollar im Monat!«

»Ich muß jetzt gehen, Corrie May!« Das Gespräch schlug ihm sichtlich über dem Kopf zusammen. »Ich muß!« sagte er. »Ich hab' nicht länger Urlaub!«

Sie lächelte spöttisch. »Da hast du es! Sie schnauzen dich an, wie?«

»Ach, schweig still, Corrie May! Du weißt ja nicht, was du eigentlich von mir verlangst. Du weißt nicht, wie gefährlich es ist. Ich muß jetzt gehen!«

»Wirst du mich wieder besuchen?«

»Bestimmt, Zuckerkind! Sobald sie mir wieder Urlaub geben!«

»Laß mich nicht zu lange warten!« warnte sie ihn mit ruhiger Stimme. »Wenn ich meine Glieder erst wieder bewegen kann, Budge – –! Ich bleibe keinen Tag länger hier, als es unbedingt nötig ist –!«

»Hör auf damit, Corrie May! Jetzt muß ich wirklich gehen!«
»Leb wohl!« sagte Corrie May leise.
Er umarmte sie so heftig, daß sie stöhnte, denn noch schmerzten die verzerrten Muskeln und die mißhandelte Haut. Sie vergrub ihr Gesicht an seiner Schulter: »Budge, bitte, komm doch mit mir mit! Ich will so gern deine Frau werden. Ich kann den Gedanken nicht aushalten, daß du elend betrogen wirst!«
Budge küßte sie verzweifelt. Plötzlich riß er sich los und stürzte davon, ohne ihr Lebewohl zu wünschen.

4

Für weitere zehn Tage war nichts von ihm zu sehen und zu hören. Am Nachmittag des elften Tages aber – Corrie May flickte gerade an einer zerrissenen Jacke – drang er plötzlich ins Haus, ohne vorher angeklopft zu haben. Corrie May wandte sich um; sie erwartete ihre Mutter, die eine Nachbarin hatte besuchen wollen. Als sie Budge erkannte, sprang sie auf: »Budge!« rief sie.
Budge gab keine Antwort. Er stand steif und horchte; dann drückte er die Tür hinter sich ins Schloß, blickte sich wild und mißtrauisch in der Küche um.
»Wo ist deine Mutter?« wollte er wissen.
»Sie wollte Mrs. Gambrell besuchen. Seit Mr. Gambrell am Fieber gestorben ist beim Zypressenroden geht es den Gambrells schlecht. Setz dich, Budge! Ich koche uns ein wenig Kaffee.«
»Ich will keinen Kaffee.« Seine Augen irrten wieder im Raume hin und her, als drohte aus den dunklen Ecken Gefahr. Seine Hand griff nach der ihren. Seine Stimme sank zu einem Flüstern herab: »Corrie May, ich will zusammen mit dir fort!«
Sie fuhr zusammen: »Budge, ist das dein Ernst?«
»Ja, ich habe mich über alles erkundigt. Du hast mir nichts Falsches gesagt. Jeden Tag schleppen sie mehr Leute ins Lager, lauter arme Teufel wie du und ich; und andere verfrachten sie schon an die Front – keiner von den Dummköpfen hat auch nur die geringste Ahnung, worum es sich eigentlich handelt. Das ist wirklich nicht mehr men-

schenwürdig. Heute abend mach' ich mich nach Westen auf den Weg, heute abend schon!«
Corrie Mays Herz begann zu klopfen wie ein Hammer: »Ich gehe mit!«
»Es ist eine schreckliche Sache, die wir vorhaben, Corrie May!«
»Ich weiß nichts von schrecklich. Ich bin stolz, daß du den Mut aufbringst, Budge.«
»Bist du es wirklich?« fragte er sehnsüchtig.
»Und so sehr!« Sie warf ihm die Arme um den Hals und küßte ihn. Budge hielt sie zärtlich fest.
»Corrie May, du bist ein mutiges Mädchen. Es wird nicht leicht sein.«
»Wann hab' ich's schon einmal leicht gehabt? Kannst du mir das verraten?« Sie schlüpfte aus seinen Armen und zog ihn zu einem Stuhl. »Sag mir, was du vorhast!«
»Ich habe mir Urlaub genommen, dich zu besuchen. Um sechs soll ich wieder im Lager sein.«
Sie steckten ihre Köpfe dicht zusammen und berieten, was zu tun sei. Budge hatte vor, sich hinter den Speichern bei der alten Zuckerpresse zu verstecken, bis die Dunkelheit hereinbrach; dann sollte Corrie May zu ihm stoßen. Sie würden dann am Deich entlangwandern, bis sie auf die erste Fähre stießen. Dort wollten sie sich übersetzen lassen. Sie waren beide noch nie auf dem Westufer des Stromes gewesen; niemand würde sie also dort erkennen. Corrie May erbot sich, ihres Vaters langen Predigerrock für Budge mitzubringen. Mit den Hosen stand es nicht so einfach; sie entsann sich eines Paars alter Arbeitshosen, die Lemmy gehört hatten. Sie waren schon mächtig zerrissen; aber er konnte seine Uniformhosen darunter anbehalten. Es wär' ein Jammer, so gute Hosen einfach wegzuwerfen.
Seine grimmige Entschlossenheit bestürzte sie fast. Er hatte sich die Flucht in den Kopf gesetzt und war jetzt fester entschlossen als sie selbst, koste es, was es wolle, den gefährlichen Sprung ins Ungewisse zu wagen. Budge verfügt über einen Schädel – sagte sich Corrie May im stillen –, der nur einen Gedanken auf einmal beherbergen kann; aber jetzt bin ich dankbar, daß es so ist und nicht anders. Sie versprach, ein Päckchen Proviant mitzubringen und außerdem noch

ihre Sparbüchse. Bei der alten Zuckerpresse wollte sie ihn treffen! Als Budge Abschied nahm, um sich rechtzeitig zu verstecken, umarmte er sein Mädchen sehnsüchtig, als könne er es nicht ertragen, sich noch einmal von ihr zu trennen, und sei es auch nur auf kurze Zeit.

»Corrie May, mein Leben, hast du auch wirklich keine Angst?«

Sie schüttelte ihr Haupt.

»Nun bei Gott!« schrie er. »Du hast mehr Courage als irgendein Mädchen, das mir bis heute begegnet ist, und mehr auch als jeder Mann! Ach, Corrie May, ich bete zum lieben Gott: – wenn wir uns wirklich zum fernen Westen durchschlagen sollten, dann will ich dir das Leben so leicht machen, wie du es verdienst: einen Teppich auf den Fußboden und ein gutes warmes Tuch für den Winter und einen großen guten Herd, der nicht raucht.«

»Ach, lauter so schöne Sachen! Aber ich liebe dich auch ohne sie. Wir werden schon weiterkommen.« Sie schob eine Locke seines Haars, die ihm in die Stirn gefallen war, wieder an ihren Platz. »Mach dich jetzt auf den Weg. Sobald es dunkel ist, treffe ich dich bei der alten Zuckerpresse hinter den Speichern.«

»Und morgen sind wir längst auf der anderen Seite des Flusses!« Sie lächelte stolz; er küßte sie zum Abschied.

Erst als sie allein war, spürte Corrie May, wie heftig ihr Herz klopfte, und auch ihre Knie gaben sonderbar nach. Ihre Phantasie, die beweglicher war als die seine, fing an, sich mit schrecklichen Bildern herumzuschlagen – Hunger, Wüsten, Indianern. Sie besaß keine Vorstellung davon, wie lange man unterwegs war, den fernen Westen zu erreichen; und eine Landschaft ohne Bäume und ohne den großen Strom vermochte sie sich erst recht nicht vorzustellen. Aber sie wollte nicht müde werden, ehe das Ziel erreicht war; das schwor sie sich. Bis in die Wüsten brauchten sie sicherlich nicht zu wandern. Auch im Westen sollte es Farmen und kleine Städte geben. Wenn andere Menschen dort lebten, warum sollten nicht auch sie und Budge dort ihr Auskommen finden.

Sie wickelte ihres Vaters Predigerrock und die alten Arbeitshosen Lemmys in Papier ein und packte Brot, Käse und Bauchfleisch zu einem kleinen Paket zusammen. Dann setzte sie sich nieder und wartete. Schuldbewußt gedachte sie ihrer Mutter. Es war nicht recht, daß sie ihre Mutter heimlich verlassen wollte: außer Corrie May hatte sie keine Kinder mehr. Irgendwie mußte sie ihrer Mutter eine Nachricht hinterlassen, daß sie nicht einfach verlorengegangen war. Wenn sie nur schreiben könnte! Eine dritte Person ins Vertrauen zu ziehen, das war viel zu gewagt! Ihr Vater hatte ihr wenigstens beigebracht, große gedruckte Buchstaben zu unterscheiden; aber sie mit ihrer eigenen Hand zusammenzufügen, darin besaß sie keine Erfahrung; kaum, daß sie ihren Namen malen konnte. Außerdem wies die Hütte nichts auf, womit sie hätte schreiben können.

Schließlich faßte sie doch den Entschluß, es zu versuchen. Sie breitete ein Stück Einwickelpapier auf dem Tische aus und schwärzte ein dünnes Stäbchen Feuerholz im Herdfeuer. Dann kniete sie sich auf einen Stuhl und versuchte sich an den Druckbuchstaben, langsam und mühselig. Ein paarmal mußte sie das Stückchen von neuem schwärzen; auch konnte ihre Mutter jeden Augenblick ins Haus treten. Doch niemand unterbrach sie bei ihrer schweren Arbeit; nach einer halben Stunde war das Werk vollbracht:

MAMMA MIR GETS GUT HAB KEINE ANKS
CORRIE MAY

Ihre Mutter verstand nichts vom Lesen und Schreiben; aber in der Nachbarschaft würde sich schon ein freundlicher Mensch finden, der ihr die Zeichen verdolmetschte. Corrie May versteckte das Papier und die beiden Bündel in ihrem Bett und machte sich dann daran, das Abendbrot zu bereiten.

Das Mahl schleppte sich unerträglich hin. Obgleich Corrie May sich vorgenommen hatte, möglichst viel zu essen, auf Vorrat sozusagen, damit sie bei Kräften bliebe, brachte sie vor Aufregung kaum einen Bissen hinunter.

Mrs. Upjohn ließ sich ausführlich über die Schwierigkeiten vernehmen, die Mrs. Gambrells Tochter ihrer Mutter bereitete; das Mädchen hätte die Gewohnheit angenommen, sich in der Nähe des Lagers der Rekruten herumzutreiben; das gäbe auf die Dauer nichts Gutes; das wüßte schließlich jeder. Corrie May klemmte ihre Füße um die Beine des Stuhls, auf dem sie saß, um sich zur Ruhe zu zwingen; sie bemühte sich, steif und still dazusitzen. Nein, in Kummer und Schande wollte sie ihre Mutter wenigstens nicht bringen. In der nächsten Stadt schon sollte ein Priester sie und Budge auf ehrliche Weise zu einem Paar zusammenfügen, und Budge sollte sie vorher nicht anrühren –!

Nach dem Abendbrot hatte Mrs. Upjohn noch eine Schürze zu flikken. Dann war die Glut im Herde mit Asche zu bedecken, damit am kommenden Morgen, wenn das Frühstück bereitet werden mußte, schnell wieder ein Feuer entfacht werden konnte, ohne ein Streichholz zu verschwenden. Corrie May hätte schreien mögen vor zitternder Ungeduld bei diesen gleichgültigen Verrichtungen. Endlich dann, nach einer kleinen Ewigkeit, begab sich die Mutter zu Bett. Auch Corrie May tat so, als ob sie sich niederlegte. Sie lag mit angespannten Muskeln steif auf ihrer Bettstatt und spürte, wie langsam von den Armhöhlen und Kniekehlen her der Schweiß ausbrach. Nach unermeßlichen Viertelstunden wußte sie es endlich: die Mutter schlief fest, sie konnte sie schlafen hören.

Corrie May erhob sich vorsichtig, breitete ihren groben Brief vor dem Herde aus, wo ihre Mutter ihn am folgenden Morgen sofort entdecken mußte, griff nach ihren Bündeln und schlich aus dem Zimmer. In der Tür hielt sie für einen Augenblick inne und blickte zu ihrer Mutter zurück, die sie als ein dunkles Etwas auf ihrem Bett erkennen konnte. Ob sie die Mutter jemals wiedersah–? Daran durfte sie nicht denken; sie hatte ihren Sinn ganz und gar darauf zu richten, wie sie Budge und sich selbst aus der gefährlichen Stadt in die Hut des westlichen Ufers schmuggelte!

Die Gassen ruhten dunkel, und niemand beachtete sie. Hier und da versuchte ein einsamer Mann, sie mit dem Ellenbogen zu streifen und mit ihr Bekanntschaft zu schließen; sie wischte solche Versuche schroff beiseite und beeilte sich, die alte Zuckerpresse zu erreichen.

Schwarz erhob sich hinter den Speichern das plumpe Bauwerk. Corrie May schlich mit angehaltenem Atem zwischen den Schuppen umher und hielt Ausschau nach Budge. Die Schatten lasteten tief; sie tappte wie im Leeren; bei jedem Schritt fühlte sie mit dem Fuß voraus, damit sie nicht über eine liegengebliebene Kiste oder einen vergessenen Schubkarren stolperte. Die große Stille bedrückte sie, als wäre ihr eine Last aufgebürdet. Plötzlich vernahm sie, wie im Dunkeln etwas raschelte. Ihr Fuß stockte. War es eine Ratte oder ein

Haufen Abfall, der zusammensackte? Sie flüsterte mit ersterbender Stimme ins Dunkel: »Budge –?«
»Sch –!« kam die Antwort.
Jetzt nahm sie ihn wahr, einen ungewissen Schatten; er kroch auf Bauch und Ellenbogen heran. Er wisperte: »Ja, hier bin ich. Ist alles in Ordnung?«
»Ja! Da sind Rock und Hosen. Zieh sie an!« wisperte sie zurück und kniete nieder.
Budge küßte ihr Handgelenk, als sie ihm die Kleider reichte. Corrie May huschte in die nächste Hausecke, um Wache zu halten, während er sich umzog. Aber es regte sich nichts Verdächtiges; nur Schweigen und Dunkelheit walteten ringsumher. Budge tauchte schattenhaft auf: »Ich bin fertig!« sagte er mit verhaltener Stimme.
Sie machten sich auf den Weg. Budge gab ihr leise zu verstehen, daß es besser war, sich an die Hintergassen zu halten und die Landungsbrücken zu vermeiden; den Uferdamm wollten sie erst erklimmen, wenn sie die Stadt hinter sich gelassen hatten. Sie wanderten schweigend dahin. Sie waren sich des Ernstes ihres Unternehmens von Anfang an bewußt gewesen; nun verschlug es ihnen die Sprache.
Sie umgingen den Park und die vornehmeren Wohnbezirke in weitem Bogen. Die dunklen Nebenstraßen waren holprig, und mehr als einmal stolperte Corrie May über unsichtbare Hinternisse. Budge stützte sie zärtlich. Nur wenige Menschen kreuzten ihren Weg; ihre Gesichter waren nicht zu erkennen. Sie beachteten die dunklen Gestalten nicht und wurden nicht beachtet. Es ging sich schwer. Einmal hielten sie inne, um sich den Sand aus den Schuhen zu schütten.
Corrie May versuchte den Vorschlag:
»Wir sind wohl an der Stadt vorbei. Wenn wir auf der Straße am Fluß weitergehen, kommen wir viel schneller vorwärts.«
»Stimmt!« erwiderte Budge. »Wie spät mag's inzwischen geworden sein?«
»Es wird wohl schon auf Mitternacht gehen.«
»Bist du müde?«
»Gar nicht!« lehnte sie ab, obgleich ihre Knie und Waden schon seit einer Weile schmerzten.
Er nahm sie bei der Hand und überquerte mit ihr ein Feld, das sich dunkel zu ihrer Linken erstreckte; bald tauchten die sanften Win-

dungen der Uferstraße auf, von hohen Eichen gesäumt; sie kletterten die Böschung hinauf und schritten nun schneller dahin. Auf der Uferstraße herrschte selbst um diese Nachtzeit noch Verkehr. Junge Herren zu Pferde preschten vorbei; manchmal grölten sie betrunken vor sich hin. Ab und zu rollten Kutschen hinter ihnen her und überholten die eilig Wandernden; reiche Plantagenbesitzer kamen aus dem Theater oder von einer Gesellschaft. Viele der schönen, stolzen Häuser auf den Pflanzungen boten sich noch erleuchtet dar. Wieviel Hunderte von Lichtern hinter all den hohen Fenstern wohl verknistern mochten! Welche Verschwendung! Die Morgenfrühe spendete doch Licht genug für jederlei Verrichtung.

Wieder schwoll Trommelwirbel von Pferdehufen hinter ihnen heran. Budge zog Corrie May hinter einen Baum. Fünf oder sechs Equipagen rollten dicht beieinander an den ängstlich Spähenden vorbei. Es handelte sich offenbar um die späten Gäste eines Festes, die sich gemeinsam auf den Heimweg gemacht hatten. Die Pferde trabten gemächlich dahin; die Insassen der Gefährte schienen keinen großen Wert darauf zu legen, vor Sonnenaufgang daheim zu sein. Die Damen und Herren unterhielten sich laut und unter schallenden Gelächtern von einem Wagen zum anderen. Die Stimmen klangen unbeherrscht; die Gesellschaft schien mehr getrunken zu haben, als ihr zuträglich war. Manche der jungen Herren trugen Armeeuniform. Die Damen prunkten im matten Sternenlicht mit entblößten Armen und Busen; Blumen glimmten in ihrem Haar. Corrie May ließ die grandiose Kavalkade vorüberwallen; sie erzitterte; wenn nun einer dieser Offiziere Budge erkannte! Aber die waren viel zu erheitert und mit sich selbst beschäftigt, als daß sie die beiden schattenhaften Gestalten am Straßenrand überhaupt bemerkten. In der letzten offenen Kutsche saß ein junger Offizier auf dem Rücksitz; er zog, gerade als der Wagen vorüberglitt, die Dame neben sich in seine Arme und küßte sie.

»Weiß Gott«, sagte Budge, »diese Sorte von Krieg lasse ich mir gefallen.«

»Es ist ja ihr Krieg. Mögen sie ihn genießen, wie sie wollen!« erwiderte Corrie May bitter.

Durch die Wolken von Staub, welche die Wagen hinter sich her schleppten, trotteten sie weiter.

»Wir sollten jetzt lieber am Damm entlanggehen. Die Plätze, an denen die Dampfer vertäut liegen, müssen wir schon hinter uns haben. Hier auf der Uferstraße wird mir der Verkehr zu stark!« Die Uniformen hatten Budge unruhig werden lassen.
»Das wird das beste sein!« stimmte Corrie May zu.
Der Weg von der Straße zum Flußdeich kam ihnen weiter vor, als sie erwartet hatten. Sie hatten einen Pfad gewählt, der um die Gärten eines großen Hauses zur Linken stromwärts hinüberführte. Die Uferstraße trug ihren Namen, weil sie in einigem Abstand den vielen Windungen des Stromes getreulich folgte; sie verband die großen Plantagen untereinander und mit der Stadt; zu ihren beiden Seiten breiteten sich die Felder aus; und überall begrenzte in der Ferne der Deich den westlichen Horizont.
Corrie May war müde des Wanderns. Und der Gedanke, wie viele Meilen sie noch wandern mußte, ehe Budge wirklich in Sicherheit war, ach, diese Vorstellung machte sie nur noch müder! Sie versuchte, nicht mehr nachzudenken. Endlich führte sie der Pfad an den Fuß des hohen Dammes; sie blickte den grasigen Abhang hinan, der sich in tiefer Schwärze gegen den Sternenhimmel abzeichnete. Noch nie war er ihr so hoch und steil erschienen.
»Bist du müde, Liebchen?« erkundigte sich Budge besorgt.
»Nicht ein bißchen!« antwortete Corrie May. Sie lachte. »Du glaubst wohl, ich bin eine feine Dame, die kaum ein Bein vors andre setzen kann, ohne daß ihr einer dabei hilft!«
»Du atmest so schwer. Und wir sind schon lange unterwegs.«
»Noch immer nicht lange genug, Budge! Komm nur weiter! Wollen wir oben auf dem Damm entlanggehen?« Sie fragte es, so frisch sie konnte.
Budge blickte zu dem hohen Bollwerk aus Erde empor, das die Felder vor dem Überschwall des Stromes schützte. »Oben wär' es leichter zu marschieren. Aber wenn jemand in den Feldern zur Rechten aufpaßt, dann sieht er uns gleich. Wir wollen lieber hier unten im Finstern bleiben.«
Corrie May lehnte sich an einen Baum, der am Fuße des Dammes Wurzel geschlagen hatte. »Was hast du da für ein Bündel unter dem Arm?« wollte sie wissen.
»Meinen Uniform-Rock und die Kappe«, antwortete Budge.

»Was willst du damit tun?«
»Ich werf's in den Fluß.«
Er kletterte den dunklen Abhang hoch und verschwand über die Kante des Deiches. Sie hörte ihn auf der anderen Seite des Dammes hinabstolpern und kurz danach ein Plätschern im Wasser; er hatte sich des verräterischen Packens entledigt. Bald kehrte er an ihre Seite zurück. »So! Hoffentlich war es das letzte, was ich noch mit der Konföderierten Armee zu tun gehabt habe!«
Bald wanderten sie auf dem schmalen Grasstreifen zwischen den Feldern und dem Anstieg des Dammes dahin. Nordwärts führte ihr Weg. Zur rechten Hand breiteten sich dunkel und flach die Felder; zur Linken begleitete sie düster der Damm, fünfzehn Fuß hoch; hinter ihm wallte der Strom eilig und schweigend zum großen Golf von Mexiko. Corrie May dachte sehnsuchtsvoll an das westliche Ufer. Dort wäre Budge um so viel sicherer! Doch allein der Gedanke schon, hinüberzuschwimmen, war kindisch. Der Strom maß hier über eine Meile in der Breite, und die Strömung zog mit so saugender Kraft und Schnelligkeit vorbei, daß es nur sehr selten ein starker Schwimmer wagte, das gewaltige Gewässer zu überqueren. Noch nie wie in dieser Nacht war sie der ungeheuren Gewalt des Mississippi innegeworden.
Ach, wie schrecklich müde sie war! Budge stapfte unverdrossen neben ihr her. Ob er seine Füße genau so schwer in den Gelenken fühlte wie sie selbst? An ihren Schuhen haftete die weiche Erde in gewichtigen Klumpen. Corrie May hatte sich ein Paar leichte Schuhe mit Gummizug angezogen, die Ann aus Versehen zu groß gekauft und dann auf ihre sorglose Art verschenkt hatte; sie waren schön gearbeitet und aus gutem Leder, aber für solche Märsche waren sie nicht vorbestimmt gewesen. Sie beneidete Budge um seine Soldatenschuhe, die stark genug waren, die längsten Märsche auszuhalten. Die Schmerzen in den Füßen brachten sie auf einen Einfall:
»Budge, nicht weit von hier weiß ich einen Schuppen auf dem Land von Ardeith, wo sie manchmal das Zuckerrohr unterbringen. Wenn wir den noch vor Tageslicht erreichen, können wir uns ausschlafen. Wenn es hell wird, können wir sowieso nicht weiter marschieren.«
»Wenn ich nur erst über den Fluß hinüber wäre! Irgendwo in dieser

Gegend müssen wir auf die erste Fähre stoßen. Ich weiß bloß nicht, ob die Fähre auch über Nacht in Betrieb ist.«
Wenn ich erst auf einem Fährboot bin und mich hinsetze, dann schlafe ich gleich ein – dachte Corrie May. Sie vermochte an nichts weiter mehr zu denken, als wie sie einen Fuß vor den andern setzte.
Plötzlich faßte Budge hart ihren Arm: »Was ist das?«
Sie horchten. Ohne Zweifel, das waren Männerstimmen.
»Ein paar Neger, glaube ich«, flüsterte sie.
»Nein, Negerstimmen sind das nicht!« gab er leise zurück. »Weiße Männer sind es!«
Corrie May horchte von neuem und lachte dann verhalten auf: »Budge, weißt du, was wir sind? Angsthasen! Wir sind schon an der Fähre angekommen, und wenn wir uns nicht beeilen, dann fährt sie uns noch fort!«
Sie hatte kaum ihr letztes Wort gesprochen, als eine Männerstimme rief: »Halt!«
Der Schreck ließ sie erstarren. Jetzt sahen sie's: Pferde trabten ihnen auf dem schmalen Grasstreifen schattenhaft entgegen. In der tiefen Dunkelheit neben dem Damm erkannte Corrie May die Umrisse von drei, vier Reitern. Und ein matter Funkelblitz des Sternenlichts verriet den Lauf eines Gewehres.
»Was habt ihr draußen zur Nachtzeit zu suchen?« rief einer der Männer.
Corrie May hauchte hastig: »Laß mich nur antworten!« Laut fügte sie hinzu: »Wir machen bloß einen Spaziergang.«
»Nicht möglich, Sergeant, da ist ein Mädchen dabei!« Leises, vergnügtes Gelächter klang auf. »Ja, Sergeant? Jawohl, Sergeant!« Der Mann erhob von neuem seine Stimme: »Tut mir leid, daß ich stören muß, Schwesterchen! Aber wir müssen sehen, wen wir vor uns haben.« Er schwang sich vom Pferd herab. »Was habt ihr denn hier angestellt?« Wieder das gleiche Gelächter aus dem Kreis der anderen Berittenen. Einer gab dem Frager den freundlichen Rat: »Mußt mal deine Mamma fragen!«
Der Geneckte schrie ärgerlich zurück: »Halt's Maul! Gib mir lieber die Laterne!« Ein Streichholz flammte auf. »Mir ist das auch nicht angenehm, ihr jungen Leute! Aber Befehl ist Befehl! Wir haben den Deich abzureiten und jeden anzuhalten, der uns begegnet.«

Als die Laterne aufleuchtete, gerann Corrie May vor Furcht das Blut in den Adern: Die Männer trugen die Uniform der Konföderierten Armee –! Wild schoß ihr der Gedanke durchs Gehirn: eine ekelhafte Farbe, dieses Grau! Niemals in meinem Leben werde ich ein graues Kleid tragen! Sie zitterte. Aber Budge stand aufrecht und ruhig da; er hielt sie fest im Arm.

Der Soldat trat auf sie zu. Corrie May stellte erleichtert fest, daß ein freundliches Grinsen seinen Mund in die Breite zog. »Tut mir leid!« sagte er nochmals. »Aber des Nachts soll man lieber zu Hause bleiben. Was habt ihr da in dem Bündel?«

»Ein paar Sachen zum Essen«, antwortete Budge zuversichtlich.

»Zeig mal her!«

Budge entließ Corrie May aus seinem Arm und schlug die Zipfel des Bündels auseinander.

»Gut!« sagte der Soldat. »Warum tragt ihr euer Frühstück bei euch? Wohin wollt ihr?«

»Stromauf!« erwiderte Budge. »Nach – nach Baton Rouge!«

»Hmmm –« Er hob die Laterne, so daß das Licht der Kerze auf ihre Gesichter fiel: »Wie heißt du?«

»John. John Smith.«

»Wo wohnst du?«

»Dalroy.«

»Beruf?«

»Ich arbeite am Hafen.«

»Was wollt ihr in Baton Rouge?«

»Mir ist da eine bessere Stellung angeboten.«

»Warum habt ihr euch mitten in der Nacht auf den Weg gemacht?«

Corrie May sprang schnell in die Bresche: »Ich bin der Grund dafür, Herr Soldat. Wir wollen uns heiraten. Aber meine Leute erlauben es nicht. Da sind wir ausgerückt.«

»So, so! Na, mir soll's recht sein!« Er senkte die Laterne: »Also lauft!« Doch schon nach ihren ersten Schritten schrie er abermals: »Halt!«

Er blickte angestrengt nach unten, packte dann Budge grob am Arm:

»Halt, mein lieber Herr John Smith! Wo habt Ihr denn diese Schuhe her?«

Budge schluckte:
»Ich hab' sie von einem Bekannten gekauft, der bei den Soldaten ist.«
»Ach, wirklich? Was habt Ihr denn bezahlt?«
»Anderthalb Dollar!«
»Hmmm – Wer war denn der Kerl?«
Budges Phantasie war nie besonders ergiebig gewesen. Er stotterte:
»Der Bursche hieß – hieß Budge Foster; steht beim fünfzehnten Louisiana-Regiment.«
»Wie kommt der Kerl dazu, dir die Schuhe zu verkaufen?«
»Weiß ich nicht. Er hat mich nur gefragt, ob ich wohl die Schuhe kaufen wollte.«
»Und da hast du sie gekauft, was! Nur einen Augenblick, Mr. John Smith! Vielleicht lügst du, vielleicht auch nicht. Wir wollen dich mal etwas näher betrachten!«
Budge machte einen Schritt vorwärts, als ob er fortlaufen wollte; er hielt sofort wieder inne; der Lauf des Gewehrs bohrte sich in seine Rippen. Der Soldat trieb ihn den andern Reitern zu. Corrie May schrie auf und rannte hinterher. Der Sergeant, der im Sattel sitzengeblieben war, befahl kurz angebunden:
»Taschen ausleeren! Man kann nie wissen!«
»Hände hoch!« Ein neuer Stoß mit dem Gewehrlauf!
Der Soldat kramte die Taschen durch und zog ein Buch aus dem Predigerrock.
»Was ist das?« fragte der Sergeant.
»Eine Bibel, Sir!«
»'ne Bibel – schön! Gib sie ihm zurück!«
Der Soldat faßte in die Hosentaschen unter den Overalls. Corrie May hätte schreien mögen vor Erleichterung, denn die Hosen selbst beachtete er nicht.
»Und was ist das hier? Ein Liebesbrief?« erkundigte er sich. Er nestelte das Papier aus der Tasche hervor und hielt es in den Schein der Laterne. Plötzlich verwandelte sich sein gelangweiltes Lächeln in ein Keuchen des Schreckens.
»Bei allen Heiligen! Du – dreckiges – Schwein! Und das schleppt eine Bibel mit sich herum!« Er warf sich herum. »Sehen Sie sich das an, Sergeant! Sein Soldbuch!« Er stieß Budge vor die Brust: »Soldat

Budge Foster also! Du dachtest, du könntest dir einfach einen anderen Rock anziehen und dich nach Norden davonmachen, was?«
Corrie fühlte ihre Knie unter sich nachgeben. Was Budge tat oder sagte, drang nicht mehr bis in ihr Bewußtsein. Sie warf sich ins Gras des Abhangs, preßte ihr Gesicht in die kühlen, feuchten Kräuter und begann zu schreien, ohne es eigentlich zu wollen oder zu wissen; sie schrie nicht selbst – es schrie aus ihr. Sie war zu Tode erschöpft; sie gab sich geschlagen. Mitten in ihrer gräßlichen Verzweiflung mußte sie daran denken, welch ein Jammer es war, nicht lesen zu können; wenn Budge gewußt hätte, was die Papiere enthielten und wie sie ihn verrieten – er hätte sie gewiß mit seinem Uniformrock im Fluß verschwinden lassen.
Einer der Soldaten stieß sie mit dem Fuße an:
»Mach, daß du auf die Beine kommst, und hör auf zu brüllen, oder ich muß dir das Maul verbinden. Nehmen wir sie mit, Sergeant?«
»Selbstverständlich! Beihilfe zur Desertion –!«
Der Soldat riß Corrie May am Arme hoch und stellte sie auf die Füße. Budge schlug immer noch um sich wie ein Wahnsinniger. Er stieß und boxte, kratzte und biß. Aber was konnte er ausrichten! Einer der Soldaten knallte ihm den Kolben seines Gewehrs über den Schädel, und Budge krachte zusammen wie ein gefällter Ochs. Corrie May schrie gellend auf, riß sich los und warf sich über ihren verlorenen Verlobten. Der Soldat zog sie unsanft wieder hoch.
»Stell dich nicht an. Er ist nicht tot.«
Sie warfen Budge über eines Pferdes Widerrist. Kopf und Arme baumelten kraftlos herab. Corrie May wurde auf ein anderes Pferd gehoben; der Reiter schwang sich hinter ihr in den Sattel und hielt sie fest. Sie hatte noch niemals zuvor auf einem Pferd gesessen. Sie rutschte hierhin und dorthin; die Beine schmerzten schon nach kurzer Zeit furchtbar; spitze Stiche schossen ihr von den Knien bis in die Hüften. Der Ritt dünkte sie endlos. Endlich klapperten die Hufe der Pferde wieder über das Steinpflaster der Stadt.
Vor dem Gefängnis hielten die Reiter still. Als der Soldat sich aus dem Sattel schwang, sank Corrie May schwer zu Boden wie ein Sack voll Mehl. Das erste Dämmern stieg schon am östlichen Himmel auf. Nach einer Weile kehrte der Soldat mit dem Gefängnisaufseher zurück; die Männer richteten das halb ohnmächtige Mädchen auf

und trugen es ins Innere des grauen, düsteren Gebäudes. Die Tür einer Zelle öffnete sich. Corrie May wurde hineingeschoben, fiel zu Boden und blieb liegen. Als sie sich nach unbestimmt langer Zeit auf den Rücken drehte, erblickte sie über sich einen Sonnenstrahl, der durch die eisernen Gitter des kleinen Fensters fiel, hoch über ihr an der rauhen Wand. Hatte sie geschlafen, war sie ohnmächtig gewesen – sie wußte es nicht.

Die Tage flossen seltsam nebelhaft vorbei. Schon bald verlor sie jede Vorstellung, wie oft schon der Sonnenstrahl durch das Gitterloch ihrer Zelle einen neuen Tag verkündet hatte. Dann erschienen zwei Polizisten und brachten sie in einen großen Saal, worin viele Leute versammelt waren; auf hohem Sitz thronte ein alter, strenger Richter. Man warf ihr vor, sie hätte einem Deserteur geholfen. Man redete mit lauten Stimmen auf sie ein. Sie begriff nicht viel von all dem Aufwand. Und dann wurde sie wieder in ihre Zelle zurückgebracht.

Manchmal erschien ihre Mutter, um sie zu besuchen. Stets brach die alte Frau in Tränen aus, wenn sie ihre Tochter vor sich sah. Corrie May beachtete es kaum. Sie verdämmerte die Tage in halber Betäubung. Aber schließlich raffte sie doch ihren ganzen Mut zusammen und erkundigte sich nach Budge.

Da begann ihre Mutter noch lauter zu weinen als sonst. Mühselig brachte sie schließlich die elenden Worte zustande: »Sie haben ihn an eine Wand gestellt und erschossen.«

Denn auf Desertion steht der Tod!

ACHTES KAPITEL

1

Ann wunderte sich anfangs, warum Corrie May gar nichts weiter von sich hören ließ. Sie vermutete zunächst, daß ihre fleißige und stets bescheidene Näherin krank geworden wäre; man hätte jemand hinschicken müssen, der sich nach ihrem Ergehen erkundigte. Aber der Rattletrap Square, in dessen Nähe Corrie May zu Hause war, hätte ebensogut auf einem anderen Stern liegen können; Ann hatte ihn noch nie betreten. In der Zeitung las sie mit ebensoviel Neugier wie Entrüstung von der Hinrichtung eines Deserteurs namens Budge Foster; aber da sie den Namen nie zuvor vernommen hatte, dachte sie nicht daran, ihn mit der verschwundenen Corrie May zu verknüpfen. Schließlich befestigte sich in ihr die Annahme, daß Corrie May geheiratet oder eine andere, besser entlohnte Stellung gefunden hatte; sie zerbrach sich nicht weiter den Kopf darüber, hielt es aber doch für undankbar, daß das Mädchen einfach weggeblieben war, ohne sich zu verabschieden. Nach wenigen Wochen hatte sie Corrie May mehr oder weniger vergessen.

Ihr Gemüt war mit anderen Fragen beschäftigt. Denis stand in Vicksburg und Oberst Sheramy in Port Hudson, und obgleich die Flußfestungen für uneinnehmbar galten, schlich ihr jedesmal die Furcht ins Herz, wenn sie an ihren Gatten oder ihren Vater dachte. Der erste Überschwang der Kriegsbegeisterung war längst erloschen; blasse Sorge hatte ihn abgelöst. Die feindliche Streitmacht, die New Orleans besetzt hielt, mochte jeden Tag zu einem neuen Sturm flußauf ansetzen; manchen Abend stieg Ann mit der zitternden Angst ins Bett, daß Kanonendonner sie wecken könnte. Aber die Wochen und Monate glitten davon, ohne daß sich Wesentliches veränderte. Überall und fortgesetzt wurde von strahlenden Siegen der Südstaaten berichtet; aber der Krieg schien an den Niederlagen der Yankees nicht ersticken zu wollen; er schleppte sich zähe fort und fort.

Die Zeitungen enthielten nichts weiter als Berichte von Schlachten und Gefechten – und die Listen von Gefallenen. Ann verlor zuweilen vollkommen die Fassung angesichts dieser Gebirge von Toten.

Der Krieg hatte längst aufgehört, ein Born des Ruhms zu sein; für Ann hatte er sich zu einem gräßlichen, Übelkeit bereitenden Alpdruck entwickelt. Die Zeitungen verschwiegen das Grauen zwar; aber es sickerte doch unaufhörlich ins Herz. Bei Shiloh sollte am ersten Tage der Schlacht jedes Bachbett Blut statt Wasser geführt haben; am zweiten Tage blieben die Pferde in den Sümpfen geronnenen Blutes stecken. Bei Corinth sollte auf dem Schlachtfeld irgendwo ein Zaun gestanden haben, über den die Verwundeten gestolpert waren; da hingen sie dann Stunde für Stunde; die Gedärme quollen ihnen aus den zerrissenen Bäuchen, und sie brüllten den ganzen Tag und die Nacht, bis sie endlich den Geist aufgaben. So sah der Krieg in Wahrheit aus. Zu solchen Fratzen hatte sich das goldene Abenteuer entzaubert, in das man einst die heldenkühnen Männer entlassen hatte, als sie hinauszogen, für ihr Vaterland zu kämpfen, mit Rosen überschüttet. Manchmal hockte Ann für Stunden am Fuße der großen Wendeltreppe und blickte zu dem Portrait von Denis in seiner grauen Uniform empor; sie hatte darauf bestanden, daß er sich malen ließ, bevor er ins Feld zog. Sie schaute es an und krampfte ihre Finger ineinander, bis sie schmerzten. »Herr im Himmel, ich bitte dich, ach, lasse die Flußfestungen nicht in die Hände der Feinde fallen!« Doch dieses tausendfach wiederholte Gebet wollte nicht mehr passen, seit die grausigen Gerüchte sie bedrängten; sie betete nur noch: »Erhalt ihn am Leben, Herr Gott! Allmächtiger Gott, laß ihn nicht auf solche Weise sterben!«

Das große Morden quälte sich weiter. Es dauerte schon zwei volle Jahre, ehe Denis seinen ersten Urlaub erhielt. Ann erwartete ihn bebend vor Hoffnung. Erst seit Denis ihr entzogen war, hatte sie wahrhaft entdeckt, wie sehr sie ihn liebte, wie kindisch sie bis dahin ihre Ehe geführt hatte. Der Krieg stürzte sie in ein Meer der Verlorenheit und Hilflosigkeit. Der Krieg hatte ihr zum ersten Male Seiten des wirklichen Daseins enthüllt, auf die sie nicht vorbereitet war; sie sehnte sich nach Denis; er allein konnte sie vor dem Grauen bewahren. Nun endlich kam er nach Hause. Er würde ihr das Unerklärliche erklären; und wenn sie es gemeinsam in ihrem Bewußtsein verarbeitet hatten, dann sollte sich ihre Ehe noch viel schöner entfalten als je zuvor.

Als aber Denis endlich nach Hause kam, ein mager gewordener ver-

düsterter Denis, da merkte sie bald, daß er bereit war, was immer sie wollte, mit ihr zu besprechen, nur nicht den Krieg! Zu ihrem Erstaunen schien Denis nicht zu ahnen, daß viele der grausigen Einzelheiten ihr bekannt geworden waren. Er meinte offenbar, daß für sie der Krieg ein buntes Gebilde aus Trommelklang, Dixie und Rosen geblieben wäre. Wenn er's tatsächlich nicht glaubte, so tat er doch so, als glaubte er es. Er war in Vicksburg dabei gewesen, und Vicksburg war ein riesiger, glühender Kessel der Hölle voller Blut und Grausen. Er wollte das alles so gründlich wie möglich vergessen, wollte die Augen schließen und nur noch Ardeith rund um sich spüren mit seinen kühlen Hallen und Säulengängen, seinen verträumten Gärten; seine Ann wollte er spüren, ein zartes und zärtliches, wunderbar heiteres Wesen voll unzerstörbarer Anmut, so fern und fremd dem Kriege, als gäbe es ihn gar nicht. Er mochte nicht einen Augenblick allein sein und folgte ihr durch das Haus, wohin sie auch ging; ihr bloßer Anblick schon schien ihn unsagbar zu erfrischen; er ließ seine Hand über ihre Arme und Schultern gleiten, fühlte den süßen Sammet ihrer Haut und murmelte mit einer Stimme, in der eine kaum begreifliche Ehrfurcht mitzuschwingen schien: »Ann, du bist so sauber!« Niemals erwähnte er auch nur mit einem Worte, was er erlebt und gesehen – und wie sehr es ihn mitgenommen hatte.
Nun wohl denn, sie wollte ihm keine Fragen stellen noch verraten, daß auch sie das Grauen längst gelernt hatte. Sie vertraute ihm nicht einmal die geringeren Schwierigkeiten an, mit denen sie auch hinter den schützenden Mauern von Ardeith zu kämpfen hatte – daß ein Stück Seife nicht unter einem Dollar und eine Zahnbürste nicht unter zwei zu kaufen waren; wie man von Geschäft zu Geschäft zu laufen hatte, um auch nur die simpelsten Notwendigkeiten zu befriedigen; wie man ewig die Hoffnung nährte, daß wieder einmal ein Schiff die Blockade durchbräche. Nadeln und Knöpfe zum Beispiel gab es überhaupt nicht mehr; wenn sie verlorengingen, so waren sie nicht mehr zu ersetzen.
Im Grunde fühlte Ann sich bitter betrogen. Sie hatte so viel von ihm erwartet. Nun durfte sie ihn nicht darum bitten – und sie dachte auch nicht daran, das Schweigen zu brechen. Es gab nicht viel, womit sie ihm den Krieg erträglicher machen konnte; die Illusion von Schönheit und unbeschwerter Anmut wollte sie ihm gern erhalten, wenn er

danach hungerte. Und als letztes Zeichen dafür, daß sie seinen Wunsch achtete, veranstaltete sie einen Abschiedsball.
Um dieses Fest vorzubereiten, das in der Nacht vor der Rückreise ihres Mannes nach Vicksburg stattfinden sollte, war Ann angestrengter tätig als jemals in ihrem Leben. Vor seiner Wiederabreise in die Bezirke des Grauens wollte sie noch einmal die verschollenen Tage des Friedens auferstehen lassen. Der entflohene Zauber der Fülle und reuelosen Freude sollte für ihn noch einmal beschworen werden.
Sie fragte nicht danach, wieviel Geld es kostete; sie kaufte Weizenmehl, Kaffee, Vanille, Ingwer und Schokolade, lauter seltene Kostbarkeiten, für die sie ganze Bündel von Scheinen »konföderierten« Geldes, gelber, abgenutzter Papierfetzen, hingeben mußte. Sie schmeichelte den Kaufleuten, sie kniete ihnen auf der Seele, ja, sie machte ihnen sogar schöne Augen, all die sagenhaften Herrlichkeiten hervorzulocken, die eigentlich nur noch an die Hospitäler abgegeben werden durften. Wenn Denis auch nur geahnt hätte, mit welchen Mitteln sie die Dinge herbeischaffte, die er selbstverständlich genoß – er wäre wohl und mit Recht entsetzt gewesen; aber er ahnte nichts. Er konnte oder wollte sich keine Vorstellung davon machen, wie es daheim hinter den Kulissen wirklich aussah. Er durfte nie erfahren, daß der Lagervorsteher sich von einem seiner Fässer voll Weizenmehl erst getrennt hatte, als Ann ihm das Diamanten-Armband auf den Ladentisch legte, das Denis ihr nach ihrem ersten Zank reuevoll zum Geschenk gemacht hatte. Schon all die Vorbereitungen erschienen ihr wie ein Fest; sie scherzte dabei und lachte, und er lachte mit. Und immer wieder flüsterte er ihr zu, wie schön sie wäre, wie zierlich und klug sie zu plaudern verstände und daß er sie anbete. Er erhob Einspruch dagegen, daß die Vorbereitungen zu der großen Gesellschaft sie so völlig in Anspruch nahmen; sie sollte die Einzelheiten doch Bertha und Napoleon überlassen. Unmöglich, antwortete Ann. Das Abschiedsfest sollte etwas ganz Besonderes werden; außerdem sei sie daran gewöhnt, dem Haushalt vorzustehen, seit Mrs. Maitland sie im Stich gelassen. Dann war sie wieder auf und davon und abermals auf der Jagd nach den kostbaren Delikatessen, die Denis in dem Glauben bestärken sollten, seine Ann wüßte nichts vom Kriege.

Ein einziges Mal nur versagte ihr entschlossenes Puppenspiel der Freude. Das geschah, als die alte Mrs. Larne sich nicht mehr enthalten konnte, ihr Mißfallen über die wilde Verschwendungssucht der Schwiegertochter laut werden zu lassen. Ann erwiderte mit eisigem Lächeln: »Hast du schon das witzige, neue Gleichnis gehört? So geizig wie jemand, der mit gelbem Gelde knausert –!« und wandte sich ab. Gelb waren die Geldscheine der Südstaaten –. Denis natürlich war außer Hörweite, als dies Scharmützel stattfand. Dabei hatte Ann der alten Mrs. Larne nicht einmal verraten, daß sie nicht nur ihr Armband geopfert, um den Lagerhalter zu bestechen, sondern daß sie auch noch eine goldene Uhr, einige Ringe und Busennadeln versetzt hatte, dazu nur zu ihrem halben Wert – denn ihr Geld war längst knapp geworden.
Wenn Denis nun eines Tages wissen wollte, wo ihr Schmuck geblieben wäre –? Doch diese kleine Furcht ließ Ann in dem allgemeinen Strudel ihrer ungewissen Heiterkeit wie so vieles andere versinken. Allerdings erahnte sie im allerfernsten Hintergrunde ihres Wesens, wohin die deutlichen Gedanken nicht mehr reichten, daß diese Furcht nur deshalb nicht mehr wichtig war, weil er – – aus Vicksburg – – wohl nie mehr – –. Ach, was kam es noch auf das Armband, auf die Busennadeln an! Aber heute war heute, und sie hatte keine weiteren Sorgen zu kennen, als all die Erfrischungen und Leckereien vorzubereiten, die ihm von früher her vertraut waren. Maismehlkuchen, mit braunem Zucker gesüßt, schmeckten allzusehr nach Krieg. In diesen Tagen seines Urlaubs und insbesondere an diesem letzten Tag gab es, durfte es den Krieg nicht geben.
Bertha schneiderte ihr ein neues Kleid aus meergrünem Samt, den ein Blockadebrecher nach Dalroy durchgeschmuggelt hatte; der Stoff kostete vierzig Dollars die Elle. Von ihrem Hochzeitskleid ließ Ann die kostbaren Spitzen abtrennen, um das Mieder des neuen Kleides damit zu garnieren. So ihr Hochzeitskleid zu schänden, gab ihr einen giftigen Stich durchs Herz: Krieg, Krieg, Krieg – entsetzlich wie noch nie! Ann hatte ihr Hochzeitskleid in Seidenpapier verpackt, getrocknete, wohlriechende Kräuter in kleinen Leinensäckchen zwischen die Falten gelegt und dann in einer mächtigen, luftdichten Truhe verschlossen; ihre Tochter – wenn ihr je eine Tochter geschenkt wurde – sollte es ebenso wie sie als Brautkleid tragen;

denn wie sich auch dann die Mode gestaltet haben würde – dies kostbare Gewand stellte ein solches Kunstwerk dar, daß ein jedes Mädchen sich glücklich schätzen würde, es zu tragen. Ann glaubte, vermuten zu müssen, daß sie in diesen Wochen ein zweites Kind empfangen hatte – konnte es diesmal nicht ein Mädchen werden? Als sie die Spitze abzuschneiden begann, vermochte sie kaum das Schluchzen zurückzudämmen, das ihr die Kehle eng werden ließ; zerschnitt sie ihm nicht sein künftiges Hochzeitskleid? Zum erstenmal in ihrem Leben erfuhr sie am eigenen Herzen, wie tief geheime Wunschträume in ihm Wurzel schlagen können und wie schmerzhaft es ist, sie auszureißen.

Doch Denis durfte nichts von alledem erfahren; sie bekannte ihm nicht, daß die Spitze an ihrem neuen Ballkleid schon einmal benutzt war. Er hatte sie an ihrem Hochzeitskleid nur ein einziges Mal gesehen; damals aber hatte die Wolke bräutlicher Lieblichkeit sie viel zu dicht umhüllt, als daß er sich die Einzelheiten ihres Gewandes ins Gedächtnis hätte prägen können; die Spitze an dem grünen Samtkleid erkannte er nicht wieder. Ann gestand ihm nicht einmal, daß unter Umständen der kleine Denis eine kleine Ann als Schwesterchen erhalten würde. Warum sie dies verschwieg – sie wußte es selbst nicht genau. Sie wurde von dem unbestimmten Gefühl beherrscht, daß Denis sich nicht noch besonders um sie sorgen dürfe, wenn er wieder in die Schlacht zog, ins Grauen der Wunden und des Todes. Was es auch immer kostete, sie wollte ihm das Bild der verwöhnten Geliebten erhalten, das an die Front mitzunehmen er sehnlichst sich zu wünschen schien; sie wollte es ihm als letztes Geschenk gewähren, und er sollte nicht ahnen, wie verzweifelt es abgerungen war.

So feierte sie ihr Fest, in meergrünen Samt bezaubernd gekleidet, mit Spitzen von ihrem Hochzeitskleid geziert; am Halsausschnitt trug sie das Medaillon, welches in der einen Schale die winzige Fotografie des kleinen Denis und in der anderen eine Locke seines Haares verborgen enthielt. Seit den Tagen, in denen Ardeith gegründet worden war, hatte kein strahlenderes Fest seine weiten Hallen erfüllt. Die meisten der Herren erschienen in Uniform; einige trugen ihre Arme in der Schlinge, ein paar andere wiesen überhaupt keinen Arm mehr im Ärmel auf; und dieser und jener konnte nicht tanzen, weil er sich nur an Krücken fortbewegte. Denn wenn auch das Rekrutierungsgesetz die Besitzer der Plantagen und Sklaven vom Heeresdienst entband, so hatten die meisten es doch genau wie Denis für unter ihrer Würde gehalten, daheim hinter dem Ofen hocken zu bleiben. Die Damen widmeten sich den verwundeten Herren mit besonderer Aufmerksamkeit; man gewann sogar den Eindruck, als hielten sie es für ausnehmend reizvoll, mit einem Herrn Polka zu tanzen, der nur noch über einen Arm verfügte. Auch Jerry war in Uniform zur Stelle; er war vor kurzem ebenfalls ins Heer eingetreten und stand im Begriff, mit Denis an die Front nach Vicksburg abzureisen. Einen Monat zuvor hatte er Sarah Purcell geheiratet. Als Ann mit Sarahs Bruder Hugh tanzte, der ebenfalls auf Urlaub da war, fiel ihr plötzlich auf, wie vorzüglich all die Damen gekleidet waren. Auch zu ihren Kleidern mußten die Stoffe von höchst unpatriotischen Blockadebrechern stammen, die statt Munition Seide und Samt ins Land schafften; denn elegante Kleiderstoffe waren auf erlaubte Weise gar nicht mehr zu beschaffen. Es gab Männer genug, die gegen die nicht einzudämmende weibliche Leidenschaft für hübsche Kleider wetterten; die Blockadebrecher erzielten viel höhere Gewinne, wenn sie Luxusartikel ins Land brachten, als wenn sie die Armen mit den Notwendigkeiten des Daseins versahen, die das Heer so bitter entbehrte. Ann lächelte krampfhaft; fast vergaßen ihre Füße, daß die Frauen nur aus Eitelkeit sich so kostbar und festlich kleideten, um auf den Ruinen zu tanzen. Solange man denken konnte, war man im Lande nicht so fröhlich gewesen wie jetzt. Für den Süden galt dies bestimmt, und wahrscheinlich – so vermutete Ann – galt es auch im Norden. Sie kannte die Redensart »sich zu Tode lachen«; doch war es ihr nie in den Sinn gekommen, daß es Zeiten gibt, in denen die Leute tatsächlich Ernst damit machen.

»Gestatten Sie mir, Mrs. Larne«, sagte Hugh Purcell, »Ihnen zu gestehen, daß Sie niemals bezaubernder ausgesehen haben als heute abend!«

»Schönsten Dank! Ich freue mich, daß Ihr Urlaub lange genug gedauert hat und Sie heute abend hier sein können!«

»Ich muß nächste Woche wieder hinaus.«

»Wohin?«

»Nach Port Hudson.«

»Mein Vater steht auch in Port Hudson.«

»Wir brauchen große Soldaten wie Oberst Sheramy zur Verteidigung der Flußfestungen.«
»Wird man sie wirklich halten können? Oder werden die Yankees Port Hudson und Vicksburg schließlich doch erobern und flußab vorstoßen?« fragte Ann.
»Gewiß nicht!« antwortete er zuversichtlich. »Der Fluß wird gehalten.«
Ann dachte: mehr erzählen sie uns doch nicht; sie mögen also in dem Glauben bleiben, wir wüßten nichts weiter; wenn ihnen das Herz davon leichter wird – –!
Doch ihre eigenen Nerven waren allmählich am Zerreißen; sie war froh, als der Tanz mit Hugh endlich sein Ende fand. Sie machte sich auf die Suche nach Jerry. Er pflegte offener zu sprechen als die übrigen; vielleicht war wenigstens er bereit, auf ihre Gedanken einzugehen. Sie fand ihn, wie er an einem Fenster hinter dem Flügel lehnte und mit dem Ausdruck spöttischer Erheiterung auf dem Gesicht den Ball an sich vorüberrauschen ließ. In seiner Uniform wirkte er noch häßlicher als sonst. Die stramm sitzende militärische Bekleidung war offenbar entworfen, um wohlgebaute, starke Körper wie den Denis' zur Geltung zu bringen; ein ungeschickt gestalteter Mensch wie Jerry wirkte im Grau der Konföderierten einfach grotesk.
»Amüsierst du dich?« fragte sie ihn.
»Ausgezeichnet!« Seine Mundwinkel bebten vor verhalten grimmiger Belustigung. »Du bist eine vollendete Gastgeberin, meine Liebe, die schönste Blüte der Frauenwelt aus den Südstaaten – –«
»Bitte, hör auf!« flüsterte sie mit kaum vernehmbarer Stimme.
Er zog die linke Augenbraue hoch: »Was willst du sonst von mir wissen, schönes Schwesterchen?«
»Ach – daß einer mir endlich die Wahrheit sagt.« Ihre Hand krampfte sich um die Elfenbeinstäbchen ihres Fächers. »Ich bin nahe am Verzweifeln, Jerry.«
Er lächelte kaum merklich und zog sich ein wenig tiefer in den Schatten des Fenstervorhangs zurück. Die Musik verschluckte ihre Stimmen. »Wenn du es also genau wissen willst, Ann – du bist die großherzigste Närrin, die mir jemals unterlaufen ist; du verdienst einen hohen Orden für Tapferkeit vor dem Feinde. Ich habe Denis noch nie so vergnügt gesehen wie in dieser Nacht.«

»Dann – – hältst du's also für richtig – – all diesen Aufwand?«
»Durchaus, mein Liebling!«
Plötzlich fragte sie: »Jerry, gebe ich diesen Ball eigentlich nur für Denis? Oder gebe ich ihn für mich? Glaubst du, daß ich anders geworden wäre, als ich bin, wenn ich Denis nicht geheiratet hätte?«
Er ließ seinen Blick über ihre Robe aus grünem Samt gleiten, über die kostbaren Spitzen an ihrem Mieder und über die Blumen in ihrem Haar: »Erspare mir die Antwort, bitte!«
»Warum weichst du mir aus?«
»Warum? Weil du Denis nun einmal geheiratet hast. Wenn es Denis nicht gewesen wäre, dann hättest du jemand geheiratet, der ihm verzweifelt ähnlich gesehen hätte. Ich halte nichts von dem Unsinn, daß man nur einmal wirklich lieben kann. Eine Frau vermag sich ein dutzendmal zu verlieben, in ein Dutzend Männer, und es bleibt doch immer derselbe Mann in den zwölfen.«
Ann biß sich auf die Lippen. Ihre Hände umschlossen den Fächer so dicht, daß die Stäbchen sich schmerzend in ihre Finger preßten. Gerade schloß der Walzer in strahlenden Akkorden. Sie hob ihre Augen und blickte ihren Bruder an, als wäre sie dicht am Weinen: »Ich fürchte, daß ich das nicht allzu genau verstehen will. Vielleicht bin ich auch viel zu erregt diesen Abend. Es ist bald Mitternacht. Was meinst du, soll ich jetzt die Leute auffordern, einen Happen zu essen? Es ist alles angerichtet.«
Jerry beachtete ihre Frage nicht; statt dessen fragte er:
»Verzeihst du mir?«
»Was sollte ich dir zu verzeihen haben? Komm, wir wollen zum Essen gehen.«
Jerry trat zur Seite, um sie zwischen sich und dem Flügel vorübergehen zu lassen. Er flüsterte ihr zu: »Du zitterst vor Nervosität, Ann. Sei vorsichtig!«
Sie hatte bald keine Zeit mehr, an sich selbst zu denken. Im Speisesaal bewies sie das Geschick der Gastgeberin, an drei Stellen zu gleicher Zeit zu sein; sie sorgte dafür, daß die alten Damen nicht lange nach einer Sitzgelegenheit zu suchen brauchten. Sie wußte die Gäste, die sich ihre Teller schon gefüllt hatten, unmerklich und taktvoll vom Büfett fortzulocken, damit die Späteren nicht gehindert wurden; es gelang ihr auch das Schwierigste, die ungenügende Anzahl

von Herren so zu verteilen, daß sich keine einzige Gruppe von Mädchen oder älteren Damen wirklich vernachlässigt fühlte. Zwischendurch fuhr ihr verstohlen der Gedanke durchs Hirn: dies ist die einzige Kunst, die ich wirklich beherrsche. Hierzu bin ich geboren. Wer mehr von mir verlangt, vergeht sich an mir.

»Darf ich Ihnen auch einen Teller bringen, Mrs. Larne?« Hugh Purcell war plötzlich neben ihr.

Sie strahlte ihn mit dem Lächeln an, durch das sie als Gastgeberin berühmt geworden war:

»Schönsten Dank! Noch nicht! Ich habe mich um meine Gäste zu kümmern.«

»Eine kleine Erfrischung müssen Sie zu sich nehmen. Hier –! Verweilen Sie wenigstens für eine Minute!«

Er griff nach zwei Gläsern Champagner, die Napoleon gerade auf einem fast schon geleerten Tablett vorübertrug, und kredenzte Ann eines davon:

»Gott steh' uns hier im Süden bei!« Er trank ihr zu.

»Gott steh' uns bei!« echote sie gehorsam.

Ist all dies noch Wirklichkeit, fragte sie sich plötzlich – und wenn's so ist – ich seh' dem allem nur aus großer Ferne zu; ich hab' ja gar nichts mehr damit zu tun.

Doch der Sekt belebte sie augenblicklich; sie war froh, daß Hugh sie dazu gezwungen hatte. Sie setzte ihr Glas ab; sie mußte einen der Alan Durhams zu bewegen suchen, sich um die St.-Clairs-Mädchen zu kümmern; wie wenig Phantasie die Durhams besaßen – jeder zweite Durham hörte auf den Namen Alan! Ein anderer Durham-Vetter hockte still für sich in einer Ecke. Er besaß nur noch ein Bein und statt des anderen einen Stock – zur Erinnerung an die Verteidigung von New Orleans. Ann hielt Umschau nach einem netten Mädchen, das ihn aufheiterte. Sarah Purcell wäre die Richtige – doch das ging auch nicht; man durfte Sarah keinen schwer Verstümmelten zumuten – ihr eigener Mann stand ja gerade vor dem Abmarsch zur Front nach Vicksburg. Cynthia Larne huschte herzu: »Suchst du jemand, Ann?«

»Ja, ich –« Ann zögerte; sie blickte zu Cynthia hernieder. Das Mädchen hatte inzwischen die Vierzehn überschritten und sich zu einem schmalen, drahtigen Wesen entwickelt, bleich von Antlitz, mit einer schweren Wolke schwarzen Haares darüber. Sie würde niemals eine Schönheit werden; doch umgab sie ein Hauch ruhiger Verläßlichkeit, den Ann sehr wohltuend empfand. »Cynthia«, sagte Ann verhalten, »könntest du mich bei jenem Mr. Durham vertreten, der ein Bein verloren hat?«

»Gewiß!« erwiderte Cynthia mit kühler Sicherheit. »Worüber soll ich mich mit ihm unterhalten?«

»Das ist ziemlich gleich. Nur nicht über den Krieg!«

Cynthia lächelte leise: »Ich verstehe. Gut!«

Ann stieß einen Seufzer der Erleichterung aus. Die Räume waren überfüllt; die Enge verursachte ihr Kopfschmerzen. Unwillig wies sie ihre Nerven zur Ruhe und widmete sich weiter ihrer Aufgabe, die vorbildliche Gastgeberin zu spielen. Ab und zu bot ihr einer der Herren Champagner an; sie lehnte die Gläser nicht ab. Sie fand keine Zeit, irgend etwas Richtiges zu essen; eine zittrige Erschöpfung drohte sich ihrer zu bemächtigen, der sie kaum noch zu widerstehen vermochte. Doch es gelang ihr noch einmal, sich zusammenzureißen, als sie mit Bertram St. Clair ein Glas Sekt getrunken hatte. Es wurde höchste Zeit, daß sie sich wieder in die Hand bekam, denn das Zeug war von heimtückischer Wirkung – und dies war Denis' letztes Fest! Wie schwer ihr auch immer das Herz werden mochte – sie durfte sich nicht gehen lassen und den Charme, den ihr jedermann nachsagte, einfach aus Nervosität vergessen.

Und sie stürzte sich wieder in den Strudel: »Haben Sie schon dies Huhn in Gelee versucht, Mrs. St. Clair? Versäumen Sie es ja nicht! Meine Köchin ist besonders stolz darauf. Sie läuft mir zu den Yankees über, wenn wir etwas davon übriglassen. Napoleon, bringe doch eine Kostprobe von dem Huhn, und einige Waffeln dazu. Ah, sieh da, Herr Dr. Purcell! Wie geht es Ihnen? Wie? Vielen Dank für die Nachfrage! Mir selbst ausgezeichnet. Ich freue mich, daß Ihnen die Kuchen schmecken – haben Sie schon ein Stück von dieser lockeren Schokoladentorte probiert? Sie schmeckt gerade zum Kaffee ausgezeichnet! Miß Valcour, darf ich Ihnen Leutnant Chauncey vorstellen? Leutnant Chauncey stammt aus Virginia; irgendein geheimnisvolles Kommando hat ihn hierher an den Mississippi verschlagen.«

Schließlich rettete sie sich in einen Winkel der weiten Zimmerflucht und hielt inne, den bunten Wirbel aus der Ferne zu betrachten: die Blumen und die zahllosen Kerzen, die schwellenden Rüschen und die raschelnden Volants, die glitzernden Epauletten, die Krücken und die Narben. »Wie viele von uns werden in einem Jahr noch am Leben sein?« fragte sie sich leise. »Und im Kinderzimmer schläft mein Kind; ein zweites habe ich empfangen. Wie kann man nur als Frau so grausam sein, in diese Sorte von Welt Kinder hineinzugebären!«

Denis tauchte in der Ferne auf; sein schöner Kopf und auch noch seine Schultern überragten einen Schwarm von blumengeschmückten Frisuren. Er wurde ihrer ansichtig und grüßte sie verstohlen mit einem Lächeln des Einverständnisses. Sie hob ihre Hand, küßte ihre Fingerspitzen in schneller, heimlicher Gebärde und ließ die luftige Zärtlichkeit zu ihm hinüberflattern.

Als ihre Hand wieder herniedersank, rührte sie eine umflochtene Flasche an, die einer der Diener dort vergessen hatte. Unwillkürlich schlossen sich ihre Finger um das gläserne Gefäß. Doch unerwartet tauchte Jerry neben ihr auf:

»Laß das, Ann!«

Er sprach mit leiser Stimme, aber mit so strengem und scharfem Ausdruck, daß sie fast erschreckt aufblickte: »Was soll ich lassen?«

»Dich zu betrinken!« sagte Jerry.

»Wie kannst – –«

»Komm hier herein, bitte!« unterbrach Jerry sie gedämpft. Er zog sie durch eine Nebentür in ein Hinterzimmer. Ann blieb vor ihm stehen, überrascht und unwillig.

»Jerry, ich bin nicht betrunken. Noch nie – –«

»Ich kenne die Anzeichen«, unterbrach er sie abermals. »Du hast den Champagner wie Wasser hinuntergegossen, den ganzen Abend lang! Gerade hast du wieder trinken wollen. Hör auf damit!«

»Ich weiß nicht, wovon du redest«, beteuerte Ann. »Es fällt mir ohnehin schwer genug, an diesem Abend meine Haltung zu bewahren. Nun fängst auch du noch – –« Sie wußte nicht weiter.

»Ja, ich weiß alles!« Er legte ihr seine Hände auf die Schultern, plötzlich sehr zart und liebevoll.

Sie sank auf einen Stuhl. »Jerry, du ahnst es ja nicht: ich bin wie in

Wasser und Feuer getaucht, schon den ganzen Abend über. Ich muß etwas dagegen tun, sonst werde ich wahnsinnig.«

»Glaube nicht, daß du die einzige bist, der es so geht!« Er stieß die Worte sonderbar wild hervor. Dann fügte er gedämpft hinzu, als sei er über sich selbst erschrocken und hätte zu viel verraten: »Ich hatte nicht die Absicht, dir eine Strafpredigt zu halten. Ich wollte dich nur warnen. Und obendrein –«

»Ja?«

»Sei doch besonders nett zu Sarah, bitte! Sie ist gar nicht damit einverstanden, daß ich fortgehe.«

»Wie kann sie damit einverstanden sein! Auch ich vermag nicht einzusehen, warum du dich gemeldet hast. Wenn doch Denis genug Verstand besessen hätte, den Krieg für sich selber sorgen zu lassen. Bei Vater war es etwas anderes; er gehörte schon zur Armee und hat in Mexiko gefochten – aber du und Denis, was habt ihr eigentlich bei den Soldaten zu suchen?« Sie stieß die Worte in tiefer Erregung hervor; dies war es ja, was sie in den vergangenen Wochen Denis zu bekennen sich nicht getraut hatte. »Warum hat man sonst Männer wie dich und Denis vom Heeresdienst befreit? Man will nicht all die Leute umkommen lassen, die wirklich Kultur haben und – Ideale – und, ach, verstehst du mich nicht?«

»Das Schicksal läßt sich doch nicht aufhalten, meine liebe Schwester«, erwiderte Jerry trocken. »Außerdem – es bleibt einem nichts anderes übrig. Ich kann es dir nicht erklären. Laß uns wieder hineingehen!«

Ann erhob sich widerstrebend.

Es wurde vier Uhr in der Frühe, ehe sich die letzten Gäste verabschiedeten. Denis brachte sie vor die Tür und wartete, bis ihre Wagen davonrollten. Dann kehrte er zu Ann in die Halle zurück. Er schloß sie in seine Arme.

»Es war ein wunderbarer Abend, Liebling!«

»Hat es dir wirklich Spaß gemacht?« Sie wollte es noch einmal bestätigt hören.

»Spaß ist kein Ausdruck dafür. Ich habe eine so gelungene Gesellschaft noch nie erlebt. Sieh dir nur an, wie es hier aussieht.«

Sie warf einen Blick auf die vergnügte Unordnung, die ringsumher herrschte. »Die Mädchen räumen schon auf.«

»Bist du müde?«
»Schon mehr tot!« erwiderte sie lachend.
Denis ahnte nicht, daß sie in diesem Augenblick ihre Hände zu Fäusten zusammenkrampfte und sich Mühe geben mußte, sie in den Falten ihrer grünen Samtrobe zu verstecken; sie hätte schreien mögen. Anscheinend nichts als müde fuhr sie fort: »Die Gesellschaft hat mir einige Mühe gemacht –«
»Ich weiß es, Liebste. Ich bin dir viel dankbarer, als du dir vorstellen kannst. Komm, wir wollen zu Bett gehen.«
»Ich bin schrecklich schläfrig«, murmelte sie.
»Laß dich nach oben tragen. Leg mir deine Arme um den Nacken!«
»Kannst du mich noch tragen?«
»Versuch's nur!«
Sie lachte. Denis hob sie auf seine Arme. »Wie bringt ihr es bloß fertig, euch mit so vielen Röcken überhaupt fortzubewegen?« rief er, als ihre Schleppe sich über seinen Armen bauschte. Er fügte hinzu: »Du sahst bezaubernd aus heute abend!« Sie schmiegte sich an ihn; er stieg mit ihr die Wendeltreppe hinauf. Als er die oberste Stufe hinter sich hatte, hielt er inne; sie hob ihren Mund zu ihm auf, ihn zu küssen; er drückte sie leidenschaftlich an sein Herz, ihre Lippen trafen sich.
So wollte sie sich für immer seiner erinnern –! Wie er sie auf seinen Armen die Treppen hinauftrug zu ihrer letzten gemeinsamen Nacht! So strahlend und glühend vor Kraft und Zärtlichkeit! So wollte sie ihn im Gedächtnis behalten; dieser lebensvolle Abglanz seines Wesens bot sich ihr als niemals wandelbare Zuflucht an.
Bald schon bedurfte sie einer solchen schützenden Zuflucht, denn Vicksburg wurde nach harter Belagerung von den Yankees erobert. Denis fiel in den letzten Tagen des Kampfes.

2

Als Ann von der bitteren Nachricht erreicht wurde, entsetzte sie sich nicht mehr sehr. Dichter nur wurde sie von der schmerzhaften Einsamkeit umschlossen, die um sie her gewachsen war, seit er Abschied genommen hatte. Sie hatte wie auf einer Insel gelebt; seit sich der Ring um Vicksburg geschlossen hatte, drangen nur noch vage Gerüchte zu Ann nach Ardeith.

Nun hatte sie also Denis verloren, Denis, der sich zwischen sie und all das andere stellen sollte, wovon Kenntnis zu nehmen sie nicht gewillt gewesen war. Sie fühlte sich im Stich gelassen; Angst kroch in ihr hoch. Sie hatte ein Kind geboren, und ein zweites würde folgen. Sie fühlte sich nicht stark genug, ihren Kindern den Schutz zu gewähren, dessen sie bedurften. Die Welt schien dem Irrsinn verfallen und jagte ihr täglich neue Schrecken ein; sie waren kaum noch zu ertragen. Wenn sie nur eine Menschenseele gehabt hätte, zu der sie sich hätte aussprechen können; aber sie hatte bestürzt die Entdeckung machen müssen, daß sie niemand gut genug kannte, um sich ihm anzuvertrauen. Sie hatte niemals auf fremde Leute besonderen Wert gelegt, sich also auch nicht die Mühe gemacht, freundschaftliche Beziehungen zu anderen Menschen zu pflegen.

Insbesondere nicht zu der alten Mrs. Larne, Denis' Mutter. Kurz nach der Abreise Denis' ins Feld hatte die Regierung die alte Mrs. Frances Larne gebeten, ihr Stadthaus als Hauptquartier zur Verfügung zu stellen. Ann hatte es daraufhin für ihre Pflicht gehalten, Frances und Cynthia nach Ardeith zurückzubitten. Doch auch in diesen Monaten, die sie mit ihrer Schwiegermutter unter einem Dache verbrachte, wollte sich kein herzliches Verhältnis entwickeln. Doch konnte Ann nicht mehr umhin, die Gefaßtheit zu bewundern, mit welcher Frances den Verlust ihres Sohnes zu tragen schien; sie beneidete sie darum und sehnte den Augenblick herbei, in dem die Schwiegermutter sich vielleicht ihrer zitternden Schwäche annehmen würde. Des Nachts, wenn sie einsam in ihrem Bett die Hände über ihre Augen preßte, dann flüsterte sie wohl ins Dunkel: »Wenn sie sich nur ein einziges Mal herbeiließe, mit mir zu sprechen!« Aber Frances kam nicht, und Ann brachte den Mut nicht auf, sich ihr zu nähern. Frances schritt durch das große Haus auf Ardeith mit einem Antlitz ohne Farbe, abweisend still und wie vom Schicksal gezeichnet. Ann hungerte danach, sie anzusprechen; doch sie wagte es nicht; denn abgewiesen zu werden, das wäre unerträglich gewesen. So brachte sie nichts Besseres zustande, als der Schweigsamkeit der Schwiegermutter nachzueifern, sich in ihr Zimmer einzuschließen und ihre Tränen einsam zu vergießen.

Doch dann war sie selbst von der Entschlossenheit überrascht, mit der sie zu handeln begann. Vicksburg war gefallen, so daß die Streitkräfte der Yankees jetzt ihre ganze Macht auf Port Hudson richten konnten; Ann glaubte nicht mehr daran, daß sich die zweite Flußfestung noch lange halten würde. Fiel aber auch sie, so lag das ganze Tal des unteren Mississippi offen vor den schwärmenden Haufen der Gegner. Ann zog allein Cynthia zur Hilfe heran; in den Stunden zwischen Mitternacht und Morgen vergruben die beiden Frauen heimlich die wertvollsten Stücke des Familiensilbers an entfernten Winkeln des Gartens und pflanzten Nasturtium- und Oleander-Büsche über die Verstecke, um sie unkenntlich zu machen. Andere Wertsachen verbargen sie in dem Tresor im Weinkeller und schoben eines Nachts, als alles schlief, ein großes Gestell für Weinflaschen vor die Tür hinter der die Treppe in den tiefen Keller und zu dem Tresor hinabführte; wer nicht Bescheid wußte, mußte hinter dem Schrank eine geschlossene Steinwand vermuten. Ann überanstrengte sich bei der heimlichen Arbeit so heftig, daß sie am Fuße der großen Wendeltreppe noch immer völlig außer Atem zusammensank, um schließlich auf allen vieren nach oben zu kriechen. Cynthia hatte mit einer Art von mürrischem Gehorsam ihr Äußerstes geleistet und Anns Bewunderung in viel höherem Maße erregt, als sie in ihrem gegenwärtigen Zustand der Schwäche auszudrücken imstande war; Cynthia erhob flüsternd besorgten Widerspruch:

»Ann, ich weiß nicht viel von Damen, die sich so wie du in anderen Umständen befinden – aber diese Schufterei ist dir gewiß schädlich. Wir sollten uns von irgend jemand helfen lassen. Napoleon würde sicherlich nichts verraten.«

Ann schüttelte ihr Haupt. Unter den gegenwärtigen Verhältnissen schien es ihr durchaus nicht angebracht, einem Schwarzen Vertrauen zu schenken. Die Feldarbeiter machten sich einer nach dem anderen mehr oder weniger heimlich davon; und wenn sich auch die Hausbediensteten vorläufig nicht der langsamen Auflösung angeschlossen hatten, so war Ann keineswegs sicher, ob sie damit wirklich ihre Treue oder nur ihre tief eingewurzelte Verachtung für all das beweisen wollten, was die Feldarbeiter wann und wo auch immer für richtig hielten.

Ann vermochte sich hinterher nicht mehr daran zu erinnern, wie sie endlich ins Bett gelangt war; sie lag noch kaum, da senkte sich der Schlaf wie ein dunkles, schweres Tuch auf sie herab.
Erst am Morgen wachte sie wieder auf; sie fühlte sich am ganzen Leibe wie zerschlagen und vermochte sich nicht dazu aufzuraffen, nach Mammy zu klingeln, um sich das Gebräu aus gebranntem Mais und gerösteten Süßkartoffeln bringen zu lassen, mit dem sie vorliebnehmen mußte, weil es keinen Kaffee mehr gab. Sie blieb einfach liegen, wie sie erwacht war, und starrte zu den Stopfstellen hinauf, die ihr Moskitonetz verunzierten. Die Sonnenflecken glitten unmerklich über den Fußboden dahin, während die Stunden vorrückten. Mittag war schon vorüber, als endlich die Tür des Zimmers vorsichtig geöffnet wurde und Cynthia auf Zehenspitzen hereinhuschte.
»Ann, bist du schon wach?«
»Ja. Was gibt's?« Ann richtete sich auf den Ellbogen auf. Cynthia brachte ein Tablett: »Hier ist dein Frühstück, Ann. Sarah ist von Silberwald herübergekommen, um dir zu sagen, daß sie von Jerry Nachricht hat. Er ist gesund.«
»Oh – –« Ann bebte vor Erleichterung. Jerrys Name hatte zwar nicht auf der Liste der Gefallenen von Vicksburg gestanden; aber das war nicht immer zuverlässig, und Ann hatte eine Bestätigung, daß er noch lebte, heiß ersehnt.
Cynthia schob das Moskitonetz beiseite: »Sarah und Mutter sind nebenan in dein Wohnzimmer gegangen, damit du nicht die Treppe hinunterzusteigen brauchst. Ich habe ihnen gesagt, daß du dich nicht besonders wohl fühlst – ich hielt es für das Beste, nachdem wir die halbe Nacht die schweren Möbelstücke hin und her geschoben haben. Wie geht es dir überhaupt?«
»Übel, Cynthia!«
»Das habe ich mir gedacht.« Sie setzte das Tablett auf dem Nachttischchen ab. »Nun mußt du etwas essen.«
Ann warf einen Blick über das Tablett; heißes Maisbrot, Butter und Marmelade waren darauf angeordnet; ein Kännchen und eine Tasse standen daneben. Ann lüftete den Deckel des Kännchens: »Wie, Cynthia?«
»Schokolade –!« bestätigte Cynthia stolz.
»Wo um alles in der Welt hast du die aufgetrieben?«

»Im hintersten Winkel der Speisekammer habe ich noch einen Rest gefunden. Er stammt wohl noch von der großen Gesellschaft – –. Ich dachte mir, Schokolade würde dir auf alle Fälle gut bekommen.«
Ann schlürfte durstig das süße warme Getränk. »Cynthia«, sagte sie, »ich habe dich sehr gern.«
»Wirklich? Das freut mich!«
»Ich habe dich gern, weil du anders bist als die meisten anderen Leute. Du bist nicht darauf aus, mir ewig deine Anteilnahme zu versichern, aber du legst offenbar Wert darauf, sie mir ständig zu beweisen. Indem du etwas für mich tust, meine ich.«
»Ich bin für schöne Worte nicht sehr zu haben«, entgegnete Cynthia. »Mutter beklagt sich ständig darüber, daß ich so wenig Takt besitze – weniger als alle anderen jungen Mädchen! Willst du jetzt aufstehen?«
»Ja, mir geht es viel besser, nachdem ich etwas gegessen habe. Was macht Mammy?«
»Sie wäscht die Kinderkleider, hinten auf dem Hof. Willst du dich anziehen?«
»Ach, wozu? Ich bin zu müde.« Sie schlüpfte aus dem Bett und strich sich vor dem Spiegel ein paarmal mit der Bürste über die Haare. Dann zog sie einen Schlafrock über, den ihr Cynthia aus dem Schrank gereicht hatte. Eine Naht an dem Schlafmantel löste sich auf, wie Ann feststellte; sie mußte genäht werden. Ann faßte den wilden Entschluß, es selbst zu versuchen. In der Pariser Pension, wo sie ihren letzten gesellschaftlichen Schliff erhalten hatte, war sie für ihr gelegentliches Geschick in feiner Handarbeit berühmt gewesen; wer sticken konnte, mußte auch imstande sein, einen Saum zu nähen. Sie öffnete die Tür, die aus ihrem Schlafzimmer in ihr Wohnzimmer führte, und trat hinein.
Sarah und Mrs. Larne warteten auf sie. Cynthia setzte sich auf den Fußboden und schlug die Arme um ihre Knie. Ein Sonnenstrahl spielte in Sarahs feuerrotem Haar. Eine beinahe durchsichtige Blässe lag über Sarahs Antlitz gebreitet. Die Haut der jungen Frau war von jener Weiße, die für rothaarige Menschen kennzeichnend ist; so bleich, wie sie jetzt sich zeigte, erschien sie beinahe wächsern – wie die Blütenblätter der Magnolie. Sarah sprach über Vicksburg; sie krampfte dabei ihre Hände fest im Schoß zusammen, als wollte sie

nicht verraten, wie ihre Finger in Wahrheit zitterten. Ann sagte nur wenig. Schon mehr als einmal war sie in den vergangenen Tagen und Wochen von dem gräßlichen Gefühl beherrscht gewesen, in kreischenden Widerspruch ausbrechen zu müssen, wenn noch einmal irgendwer die Greuel von Vicksburg zu erörtern begänne. Vielleicht war es erträglicher, in den Wahnsinn auszugleiten, als bei Verstand zu bleiben. Sarah erzählte, wie Jerry die Belagerung überstanden hätte; sie hatte seinen Brief erst wenige Stunden zuvor erhalten.
»Er befindet sich also irgendwo in Gefangenschaft?« fragte Ann, nachdem sie lange unbeweglich zugehört hatte.
»Habe ich's noch nicht erzählt?« sagte Sarah. Sie blickte keine der anderen Frauen an dabei; ihr Mund bebte unmerklich. »Er liegt in Natchez in einem Hospital.«
»Hat er zu sehr hungern müssen –?« wollte Ann wissen. Ihre Stimme klang merkwürdig dünn.
Sarah nickte: »Ja – er hat wohl Skorbut oder etwas Ähnliches –« Sie blickte zum Fenster hinaus. »Ich verstehe nicht viel davon.«
Die Stille im Raum wurde beinahe fühlbar. Ann wagte nicht, die alte Mrs. Larne anzuschauen. Jerry – dachte sie – Denis, einer nach dem andern, verkrüppelt, verhungert, verseucht –! Wer diesen Krieg angezettelt hat, der soll in der Hölle braten, das wünsche ich ihm! Durchs Fenster sah sie in der Ferne einen der Gardenienbüsche blühen, den sie über ihr dort vergrabenes Kaffee-Service gepflanzt hatte; es stammte von Frances Larne und war eines ihrer Hochzeitsgeschenke gewesen – –. Cynthia nahm die Unterhaltung wieder auf; sie sagte langsam: »Ich bin froh, daß die Greuel von Vicksburg erst bekannt wurden, nachdem die Stadt schon erobert und alles vorbei war.«
»Manchmal kommt mir der Gedanke«, sagte Sarah, »daß die Männer, die rechtzeitig den Heldentod starben wie Denis, glücklicher zu schätzen sind als jene, die den furchtbaren Endkampf durchzufechten hatten.«
»Sie haben Ratten gegessen«, sagte Cynthia.
»Sie haben alle Hunde und Pferde aufgegessen«, fuhr Sarah fort. »Sie haben ein Maultier, das verendet war, wieder ausgegraben und gegessen.«
»Sie haben Monate hindurch immer schrecklicher gehungert«, nahm

Cynthia den üblen Faden wieder auf. »Ehe sie anfingen, ihre Pferde zu verzehren, hatten sie schon längere Zeit nichts weiter mehr zu essen bekommen als ein Stückchen Brot und eine Scheibe Schinken am Tag.«
Sarah vermochte nicht einzuhalten: »Als die Reste der Garnison sich ergaben und die Männer angetreten waren, um in die Gefangenschaft zu marschieren, stürzten viele ohnmächtig aus Reih und Glied.«
»Wollt ihr beide, bitte, das Zimmer verlassen!« ließ Mrs. Larne sich plötzlich vernehmen. Sarah und Cynthia schraken zusammen. Die alte Mrs. Larne war so schweigsam gewesen, daß die übrigen ihre Anwesenheit überhaupt nicht mehr wahrgenommen hatten.
Doch Ann war schon davongestürzt und hatte die Tür zu ihrem Schlafzimmer hinter sich ins Schloß geschlagen. Frances blickte den andern beiden in die erschrocken aufgerissenen Augen. Sie rief gedämpft, aber sehr scharf:
»Habt ihr denn gar kein Mitleid?«
»Lieber Himmel, ich habe wohl den Verstand verloren!« murmelte Cynthia, und Sarah meinte bestürzt: »Ich dachte, sie wüßte es längst; jeder weiß es doch!«
»Wir haben es wohl alle gewußt. Deshalb braucht man es nicht breitzutreten.«
»Bitte, verzeih mir!« bettelte Cynthia. »Es tut mir so leid. Aber ich kann gar nichts weiter mehr denken als an Vicksburg – immerfort, womit auch immer ich beschäftigt bin; ich komme nicht davon los. Ich hoffe nur, daß Denis schon begraben war, als sie anfingen, die Ratten zu verspeisen.«
»Willst du endlich still sein!« schrie ihre Mutter.
Cynthia lief zu ihr hin. »Liebe Mutter, ich bin ja so dumm! Verzeih mir, bitte!« Sie brach in Tränen aus. Zum allerersten Male erlebte sie in diesem Augenblick, daß auch ihre Mutter die Selbstbeherrschung verlieren konnte; hatte doch sogar die Kunde, daß Denis gefallen war, ihr nur ein paar stille Tränen entlockt. Cynthia warf ihr leidenschaftlich die Arme um den Nacken: »Ich schäme mich schrecklich. Oh, bitte, sei mir nicht böse! Sicher ist er schon vorher gestorben. Du weißt doch, wie Denis geartet war: immer allen anderen voran! Ich bin sicher, daß er schon früh gefallen ist!«

Eine Weile schwiegen sie alle still. Frances hatte ihren Kopf an Cynthias Schulter vergraben. Sarah stand, ihren Rücken dem Zimmer zugekehrt, und blickte regungslos aus dem Fenster.
Schließlich richtete Frances sich wieder auf: »Ich will mich um Ann kümmern.«
»Dürfen wir das nicht tun?« fragte Cynthia schuldbewußt.
»Nein, ich glaube, ich kann das besser. Aber, bitte, denkt in Zukunft daran, ihr beiden, daß sie sich in einem sehr anfälligen Zustand befindet.« Frances hatte ihre Hand schon auf der Türklinke. »Und redet nie mehr von Vicksburg, wenn sie in der Nähe ist!«
Mrs. Larne betrat leise das Schlafzimmer ihrer Schwiegertochter. Ann hatte sich quer über das zerwühlte Bett geworfen, hatte ein Kopfkissen in ihre Arme geschlossen und sich einen Zipfel davon in den Mund gestopft, um das wilde Schluchzen zu ersticken, das ihr unaufhaltsam die Glieder und den Leib in kurzen Wellen erschütterte. Das seidengepolsterte Schemelchen neben dem Bett war umgestürzt. Frances stellte es wieder auf und setzte sich leise neben Ann aufs Bett.
»Mein armes Mädchen!« sagte sie sanft. Sie ließ ihre Arme um Anns hochgezogene Schultern gleiten und versuchte, sie durch die leise Berührung zu trösten. Ann krallte sich mit beiden Fäusten in das Kopfkissen; mit einem schrillen Laut zerriß das Leinen in ihren Zähnen.
»Laß mich in Frieden!« knirschte sie hervor. »Du – du bist aus Eis und Essig –!«
Ein feuriges Eisen rührte sich in der Brust der alten Frau – an der Stelle, wo ihr Herz zu finden war. Sie war es gwohnt, daß ihr Herz zuweilen mühsam ins Flattern geriet; aber einen Stich solchen Schmerzes wie in dieser Sekunde hatte sie selten verspürt. »Ach, mein liebes Kind –!« versuchte sie matt. »Ich habe ihn auch geliebt.«
Ann hatte ihr Gesicht tief in dem zerrissenen Kissen vergraben. Ihre Worte waren nur undeutlich zu verstehen; aber sie strömten unaufhaltsam hervor, als hätte eine lange aufgestaute Flut endlich den Damm durchfressen, der sie bis dahin gebändigt.
»Ich habe ihn mehr geliebt als irgend etwas auf Erden. Und er hat es nie gewußt. Ich wollte, daß wir Mann und Frau würden, wie es nur

wenigen Leuten gelingt – so, wie es geschrieben steht: ein Fleisch und ein Geist. Aber er hat nie in mir etwas anderes gesehen als ein kleines süßes Ding zum Spielen. Ich hab's dir nun gesagt, und nun weißt du es also und kannst weggehen und darüber brüten – denn du bist es gewesen, die mir das angetan hat. Du dachtest dir, ich wäre ein solcher Schwachkopf, daß ihm weiter gar nichts übrigbliebe, als dir Glauben zu schenken, selbst wenn es ihm gar nicht zum Bewußtsein kam. Und er hat es dir geglaubt. Du brauchst also nicht mehr neidisch zu sein und nicht mehr eifersüchtig; denn nun ist er tot, und du kannst so an ihn zurückdenken, wie du ihn haben wolltest. Ich habe ja nichts weiter verloren als die Hoffnung auf etwas, was ich nie besessen habe.«

Abermals fing ein feuriges Eisen an, in Frances' Brust zu wühlen. Sie beachtete es nicht. Sie hob Ann in ihren Armen hoch wie ein Kind und küßte sie. Es war, als schlösse sich eine Faust um das Herz der alten, harten Frau; mit nicht mehr abzuwehrender Gewalt bahnte sich die Glut der Reue einen Weg durch das Eis der künstlich allzulang gehegten Ablehnung. »Ann«, wisperte sie, »wirst du mir jemals verzeihen können?«

Ann hielt die Augen geschlossen und sagte kein Wort; sie wagte nicht gleich, ihren Ohren zu trauen. Endlich trafen sich die Augen der beiden Frauen, die Larne hießen; Ann begann, leise vor sich hinzuweinen; sie schmiegte ihren Kopf an Frances' Schulter und ließ ihren Tränen freien Lauf. »Du hast mich wirklich für einen Schwachkopf gehalten, nicht wahr?« fragte sie schließlich.

»Ja«, antwortete Frances ohne Umschweife.

»Aber warum nur? Bin ich denn wirklich einer?«

»Nein, Liebe. Ich glaube –« Selbst jetzt noch fiel es Frances schwer, sich offen auszusprechen. »Ich glaube, du hast nie recht Gelegenheit gehabt zu zeigen, was wirklich in dir steckt.«

Ann holte tief Atem. »Wahrscheinlich benehmen wir uns alle mehr oder weniger wie Dummköpfe. Wir sprechen uns nie zueinander aus. Wir gehen aneinander vorbei und sind schrecklich allein!«

»Das hast du gedacht? Und nie ein Wort davon gesagt?« fragte Frances voll tiefer Verwunderung.

»Ich bin sehr einsam gewesen. Und vielen Leuten geht es nicht anders. Wir reden und reden und verraten niemals, was wir eigentlich

im Sinne haben – und lernen uns im Grunde niemals kennen. Ich bin froh, daß ich meine Kinder habe. In vergangenen Tagen habe ich ständig daran gedacht, daß sie alles haben sollen, was sie brauchen, um sich voll zu entwickeln – und wenn es mir noch so schwerfallen sollte! Darum habe ich auch das Silber versteckt.«
»Das hast du getan? Wann?«
»Mitten in der Nacht. Ich habe Angst. Wenn mir irgend etwas zustößt, so weiß Cynthia, wo die Sachen versteckt liegen. All diese Erbstücke bedeuten ja mehr als nur den Silberwert, verstehst du? Sie deuten ein wenig an, was Denis den Kindern gegeben hätte.«
Ann sprach mit der schmucklosen Einfachheit eines kleinen Mädchens.
Frances sagte: »Du bist eine tapfere Frau, Ann.«
»Tapfer?« Ann zog verständnislos ihre Augenbrauen hoch. »Nein, das bin ich nicht. Ich bin verängstigt – und so entsetzlich am Ende meiner Kraft.«
Wieder schwiegen die beiden Frauen lange. Ann ruhte sich müde in den Armen der Älteren aus. Nach langen Minuten flüsterte sie: »Ich bin dir dankbar, daß du so gut zu mir bist.«
»Es schmerzt mich, daß ich nicht längst gut zu dir gewesen bin.«
»Ach, laß nur. Ich habe es kaum gemerkt. Ich habe dich ja früher nie gebraucht.«
Frances lächelte leise. Es war schon lange her, daß jemand ihrer Fürsorge bedurft hatte. Denis war schon seit vielen Jahren selbständig gewesen, und Cynthia war eine so unabhängige, kleine Person, daß man sich schwerlich vorstellen konnte, sie würde jemals nach fremder Hilfe verlangen.
Seit der Krieg in ihr Leben eingebrochen war, spürte Ann in diesen stillen Minuten zum ersten Male ein Gefühl der Sicherheit. Sie betrachtete das Antlitz der Frau, die über ihr ins Weite blickte. Es wollte ihr so vorkommen, als hätte sie nie ein Gesicht erlebt, königlicher als dieses mit seinem geraden Mund und dem harten Kinn; seine Ruhe, so schien es, war nur als Frucht vergangener Stürme zu begreifen. Doch wer ein solches Gesicht sein eigen nannte, dem konnte man vertrauen. Denis habe ich verloren, dachte Ann; aber seine Mutter läßt mich nicht im Stich; ich brauche mich nicht mehr zu sorgen.

Es klopfte jemand an die Tür. »Ich werde sehen, wer dort ist«, sagte Frances. Ann ließ sich wieder auf das Bett zurücksinken, traurig, daß ihr Frieden gestört wurde. Sie erkannte die Stimme Cynthias:
»Mutter, wie geht es Ann?«
»Leidlich! Was gibt es?«
»Ich muß ihr etwas sagen. Oder willst du es ihr lieber sagen?« Cynthia gab sich offenbar Mühe, mit ganz verhaltener Stimme zu sprechen. Aber ihre Stimme war von jenem eindringlich harten Klang, der die Worte auch dann deutlich werden läßt, wenn sie geflüstert werden. Ann richtete sich auf; ihr Fuß fühlte nach den Pantoffeln vor dem Bett. Sie fragte: »Was ist geschehen, Cynthia?«
Cynthia stand verwirrt im Türrahmen; sie hielt eine zerdrückte Zeitung in der Hand. »Ach, Herr im Himmel! Ich glaube, ich hätte lieber warten sollen. Ich weiß nicht, wie man mit diesen Dingen fertig wird. Es handelt sich um –«
»Port Hudson!« schrie Ann. Sie stolperte hoch und faßte nach dem Bettpfosten.
»Ja!« sagte Cynthia. »Port Hudson ist gefallen.«
Frances wich rückwärts einen Schritt ins Zimmer hinein. »Und – Oberst Sheramy?« fragte sie kaum vernehmlich.
»Er ist tot«, antwortete Cynthia kurz. Sie blickte ihre Mutter an und dann ihre Schwägerin und dann auf die Zeitung hernieder, die von ihren flatternden Händen längst zu einem unkenntlichen Strick zerdreht war. »Ann, bitte, Ann, ich habe ja gewußt, daß ich wieder alles falsch mache. Ich gehe lieber.«
Hinter ihr schloß sich die Tür. Frances ließ sich zögernd auf dem Sofa nieder, das neben der Tür stand. Ann rührte sich nicht; sie hielt sich immer noch krampfhaft am Bettpfosten fest. Sie schwieg. Wie eine Schlafwandlerin wanderte sie dann quer durch den Raum zu ihrem Sekretär, zog eins seiner Fächer auf und entnahm ihm eine Fotografie ihres Vaters. Sie blickte das steife Bildchen lange an. Wie liebenswürdig und voller Ruhe er stets gewesen ist und wie nachsichtig, wenn ich mich übermütig oder eigensinnig zeigte. Er muß mich sehr geliebt haben, dachte sie.
Und sie dachte weiter: seltsam, wie mich dies mitten ins Herz trifft; ich wußte doch, daß Port Hudson nicht lange mehr aushalten wird, nachdem Vicksburg gefallen ist. Außerdem hätte Vater wohl ohne-

hin viele Jahre vor mir sterben müssen; das ist der Lauf der Welt. Sie sprach wie allein zu sich selbst:
»Mein Vater soll tot sein?« Ihre Stimme klang ungläubig. Sie blickte auf das Bild in ihrer Hand herab. »Das ist verkehrt. Das ist nicht einmal heroisch. Es ist nichts weiter als unglaubwürdig und verrückt. Weil nämlich – was macht es aus; ich kann es ruhig erzählen – er nicht einmal für eine Sache gestorben ist, an die er glaubte. Der Oberst hat den Austritt der Südstaaten aus der Union niemals für vernünftig gehalten. Aber da er zur Armee gehörte und sich für die eine oder die andere Seite entscheiden mußte – er konnte schließlich sein Gewehr nicht auf die Leute richten!«
Sie blickte zu den Blumen hinaus, die in diesem schreckensvollen Sommer verschwenderischer blühten denn je.
»Allerdings hat er nie mehr ein Wort verlauten lassen, daß er nicht an unsere sogenannte gute Sache glaubte, seit der Krieg ausgebrochen war. Wir waren damals alle so begeistert und verwirrt, daß er es wohl für zwecklos hielt, überhaupt noch mit uns darüber zu sprechen. Aber er muß darunter gelitten haben. Er hat als Offizier der Vereinigten Staaten in Mexiko gekämpft und war stolz darauf. Aber daran habe ich nicht ein einziges Mal gedacht. Ich vermute, daß er von mir als seiner Tochter nicht viel gehabt hat.«
Ann wandte sich um, denn sie vernahm, wie Frances' Röcke leise zu rascheln begannen. Frances war aufgestanden; sie hatte ihre Hände vor ihrem Leib ineinander verschränkt; sie blickte abwesend vor sich hin, als sähe sie nichts mehr, und sprach mit einer rauhen, ganz ungewöhnlichen Stimme:
»Nein, Ann, es hat wirklich nichts mit Heldentum zu tun. Wir stellen uns nur so an, als glaubten wir, daß es so wäre. Dabei wissen wir ganz genau, daß es sich um nichts weiter handelt als um eine stupide Abschlachterei!«
Ein ungeheurer Gram schwang in diesen mehr geflüsterten als gesprochenen Worten. Ann flog mit einem Male, als fürchtete sie sich vor ihr. Die alte Mrs. Larne schien durch die Nachricht vom Tode des Obersten Sheramy aus der wie versteinten Starre aufgeschreckt zu sein, in der sie seit der Kunde vom Ende ihres Sohnes befangen gewesen war. Das Grauen des ganzen fürchterlichen Krieges fiel die plötzlich Schutzlose mit einem Male von allen Seiten an gleich einem

Rudel Wölfe; ihr war, als sprengten die Apokalyptischen Reiter alle vereint in entsetzlicher Galoppade unmittelbar auf sie zu.
Die alte Mrs. Frances Larne preßte beide Hände übers Herz. Ihre Augen weiteten sich vor Schrecken. Aus ihrer Kehle drang ein Laut, halb ein Stöhnen, halb ein Schrei. Ann sprang zu ihr hinüber.
»Bitte, laß mich dir helfen!«
Aber Frances, die ihre Hände immer noch über der Brust verschränkt krampfhaft zusammenpreßte, brachte mit unendlicher Anstrengung gerade noch hervor: »Es ist vorbei, liebe Ann. Ich kann nicht mehr weiter.«
Ann wollte sie festhalten; aber es gelang ihr nicht; Frances sank neben ihr auf dem Teppich zusammen. Ann schrie auf; mehr aus Instinkt als in der Hoffnung, ihr Herz noch schlagen zu hören, nestelte sie der am Boden Liegenden den Kragen und das Mieder auf.
Später vermochte sie dann nichts weiter mehr zu Cynthia zu sagen als: »Ich werde sie entsetzlich vermissen. Wir waren gerade erst Freunde geworden. Nun bin ich wieder allein.«
Als Frances die Augen schloß, spürte Ann noch deutlich jenes Gefühl von Sicherheit, das sie in Frances Armen genossen hatte; niemals wieder würde ein solcher Friede ihr Herz beglücken. Doch vermochte sie nicht, sich darüber hinwegzutäuschen, daß sie sich dabei geirrt haben mußte; Frances hatte ihr wohl Hilfe angeboten, doch im Grunde gar nicht mehr die Kraft dazu besessen. Ann fühlte sich von der gräßlichen Vorstellung umschlichen, daß sie von aller Welt verlassen war; nichts weiter blieb ihr als Einsamkeit und Furcht. Ob noch je anderes sie umfangen würde –? Ihr war, als sei sie auf einen fremden Stern verschlagen, wo ihr alles, was geschah, unbegreiflich blieb.

3

Anns zweites Kind, ein Mädchen, wurde um die Mittagszeit eines jener blendend blauen Oktobertage geboren, in denen die Sommerhitze, die zuvor schon vor kühlen Winden stromauf entflohen ist, noch einmal mit aller Gewalt wiederzukehren pflegt; gnadenlos und stickig lastet sie auf dem weiten Land, bis die Blumen die Köpfe hän-

gen lassen, als hätten sie sich zu Tode geblüht und nun damit abgefunden zu verwelken. Sonst hatte Ann sich des Sommers gefreut und eigentlich nie begriffen, warum Besucher aus dem Norden von ihm so angegriffen wurden. Aber in diesem Jahr entwickelte Ann nicht größere Standhaftigkeit als die Blumen oder die Besucher aus dem Norden; der bloße Gedanke an eine körperliche oder geistige Anstrengung ermüdete sie bereits. Wenn sie sich auch Mühe gab, diese Schlaffheit ihrem Zustande anzurechnen, so gestand sie sich zuweilen doch, daß ihre unbeschreibliche Mattigkeit auf anderen Ursachen beruhte: sie sah sich vor Aufgaben gestellt, die kaum zu bewältigen waren – und sie fürchtete sich. Sie trug kein Verlangen danach, Zeitungen zu lesen oder auf anderen Wegen Neuigkeiten zu erfahren. Sie wünschte sich nur, daß man sie in Frieden ließ. Mochte sonstwo geschehen, was da wollte – ihr blieb es vollkommen gleichgültig, solange sie selbst ungeschoren blieb.
Dr. Purcell war wie alle anderen Ärzte der Nachbarschaft längst zum Heeresdienst eingezogen und flickte verwundete Soldaten zusammen; so war Ann allein auf Mammy und Bertha angewiesen, als das Kind geboren wurde. Als Mammy ihr auf dunklen Armen das winzige ziegelrote Wesen vorhielt, war Ann vor grenzenloser Überanstrengung kaum imstande, die Augen zu öffnen. Als aber Mammy den Säugling in die alte, geschnitzte Wiege legen wollte, die neben dem Bett bereitstand, murmelte Ann: »Nein, nein, gib sie mir her!« Sie faltete ihre müden Arme um das kleine Geschöpft; so lag sie still; die winzige Faust berührte der Mutter Wange; Ann hielt die Augen geschlossen; eine so himmelhohe Woge der Liebe überflutete sie, wie sie es noch nie erlebt hatte. Auch den kleinen Denis hatte sie voller Liebe an ihr Herz genommen, als man ihr das Kind zum ersten Male in die Arme legte; aber damals war alles so einfach gewesen, ein sorgsam vorausgeplantes Werk war abgelaufen; das Schicksal war so heiter zuverlässig vorbestimmt erschienen. Doch dies Kind – daß es nun wirklich zum Leben sich regte, daß es die Augen aufschlug und sein Stimmchen erhob – welch ein Wunder! Das letzte Vermächtnis des verlorenen Geliebten, von dem er nicht einmal geahnt, daß er es hinterließ; das letzte Zeugnis seiner Liebe, in die Ruinen seiner Welt hineingeboren. Als Ann die Wärme der kleinen Kreatur neben sich erblühen fühlte, als gerade in diesem Augenblick die Stimme des

kleinen Denis vom Garten zu ihr ins Zimmer drang, gleich wieder von einer besorgten Dienerin zum Schweigen gebracht, brach wie ein Keim aus dunkler Erde so aus ihrer tiefen Abgespanntheit das Gelöbnis auf, die Welt des Vaters den Kindern wiederzuschenken. Als wenn ein Schmerz in ihrem Leibe plötzlich sich davongehoben hätte, so war ihr Herz mit einmal erleichtert. Sie lächelte mit geschlossenen Augen; Mammy zog die Fenstervorhänge vor. Ann war eingeschlafen.

Tief in den Abgrund ihres Schlafs hinunter drang ein Lärm. Es war nicht unterscheidbar, was es war – es war nur Lärm, der mitleidlos die Schläferin aus ihrem tiefen Unbewußtsein aufzuhetzen drohte, in das sie endlich eingeglitten, seit die Sturzflut der Schmerzen verebbt war. Ann erwachte widerwillig; auch das Kindlein neben ihr wurde wach und fing an zu greinen. Halb noch im Traum zog Ann es näher zu sich her und versuchte, seine kleinen Schmerzenslaute zu besänftigen.

Das Haus erdröhnte vor unerhörtem Spektakel; Türen krachten auf und zu; schwere Stiefel trampelten über die Treppen, durch die Hallen; Männerstimmen brüllten rings ums Haus. Zwischen den geschlossenen Vorhängen stahl sich ein Sonnenstrahl ins Zimmer; er war auf dem Teppich in der Mitte des Zimmers nur ein kleines Stückchen vorgerückt, wie sich Ann von einem Blick aus den Kissen belehren ließ; sie konnte nur eine oder zwei Stunden geschlafen haben. Oh, warum sorgte Mammy nicht dafür, daß Ruhe im Hause herrschte; Ann war noch immer wie steif vor Müdigkeit. Mammy sollte die rücksichtslosen Trampler zur Ordnung rufen; oder Cynthia oder Napoleon oder sonst wer sollte es tun! Was war überhaupt geschehen?

Sie versuchte sich aufzurichten und sank wieder ins Kissen; die geringe Anstrengung hatte ihr den Schweiß auf die Stirn getrieben. Jählings flog die Tür auf. Ein Soldat in blauer Uniform stieß Mammy beiseite, ohne ihren kreischenden Widerspruch zu beachten. Und dann drang mit einem Male ein ganzer Schwall von blauen Uniformen ins Zimmer. Ann wurde gar nicht beachtet. Einer der Männer griff nach einem Kerzenhalter und schrie: »Sieh einer an, das Ding ist ja aus Silber!« Ein anderer stolperte gegen die leere Wiege und stieß sie um. Die Türen ihres Schrankes wurden aufgerissen; im Nu waren

die Kleider Anns über das ganze Zimmer hin verstreut und wurden unter grimmigen Zoten verteilt; vor lauter Eile und Gier ging mehr als eines der sorglich gepflegten und gehüteten Stücke in Fetzen. Ann flog am ganzen Leibe in hilfloser Wut; ihre Arme umschlangen das Kind, als könnte sie es in all ihrer Schwäche noch beschützen. Sie erhob keinen Widerspruch; sie war zu nichts anderem fähig, als leise und schwächlich ins Kissen zu weinen. Bis dann ganz unerwartet von der Tür her sich Cynthias scharfe Stimme vernehmen ließ:
»Und ich sage Ihnen, kommen Sie hier herein und schaffen Sie Ordnung! Die Männer bringen sie um! Haben Sie denn kein menschliches Gefühl im Leibe?«
Ein Mann in der Uniform eines Hauptmanns brach sich durch den wüsten Haufen Bahn ins Zimmer. Er warf einen Blick auf das Bett und wandte sich:
»Raus hier! Seht ihr nicht, daß das Mädchen die Wahrheit sagt! Raus, sage ich!«
Die Soldaten ließen fallen, was sie gerade in der Hand hatten. Der Offizier erhob noch einmal seine Stimme. Widerwillig und mürrisch schoben sich die Männer schließlich aus dem Raum. Der Hauptmann stand vor Anns Bett. Er fragte:
»Wann wurde das Kind geboren?«
Sie versuchte, die Tränen zurückzuhalten, die immer noch über ihr Gesicht strömten; sie raffte sich zu der Antwort auf:
»Vor etwa einer Stunde.«
Sie hörte, wie der Offizier tief Atem holte. Für einen Augenblick verschlugen ihm die wenigen Worte die Sprache. Dann legte er seine Hand auf ihren Arm: »Bitte, verzeihen Sie uns, Madame!«
Ann vermochte nicht zu antworten. Die schwächlich dummen Tränen strömten weiter über ihr Gesicht; sie waren nicht aufzuhalten. Der Offizier schob mit dem Fuß einen Unterrock beiseite, der sich in seinen Sporen zu verfangen drohte, und schritt zur Tür hinaus. Ann preßte die Hände über ihre Augen; wenn ich doch endlich aufhören könnte zu weinen, dachte sie; Zorn und Erschöpfung stritten in ihr um die Oberhand; wie gut, daß wenigstens dem Kinde nichts passiert ist! Allmählich schienen die Geräusche, die sie aus dem Schlaf gestört hatten, zu versiegen; nach einer weiteren Viertelstunde betrat Cynthia leise das Zimmer. Sie warf einen Blick auf die

Wüstenei ringsum, welche die Soldaten zurückgelassen hatten. »Diese Kerle!« stieß sie hervor. Dann ließ sie sich am Bett auf die Knie fallen: »Ann, haben sie dir irgendwas getan?«

»Nein!« flüsterte Ann. Nach einer Weile brachte sie mühsam die Frage vor: »Was haben sie hier gewollt?«

»Ach, mit einem Male waren sie da. Ich spielte gerade mit Klein-Denis weiter hinten im Garten, damit er dich nicht störe – da tobten sie plötzlich über die Allee aufs Haus zu, als hätte sie einer aus dem Boden gestampft. Ich kann dir noch gar nicht genau sagen, was sie alles angestellt haben. Die meisten Maultiere haben sie abgetrieben und eine Menge Hühner und Schinken gestohlen; das ganze Haus haben sie umgewühlt. Ich habe versucht, ihnen klarzumachen, wie es dir ginge; die Aufregung brächte dich um, sagte ich ihnen. Sie glaubten mir nicht. Schließlich schleppte ich ihren Hauptmann hier herauf. Als der dich sah, trieb er sie endlich davon.«

»Sind sie jetzt weg?«

»Ja. Reg dich nur nicht mehr darüber auf. Das hätten wir auch überstanden. Schlafe nur weiter jetzt!«

»Wo ist der Kleine?«

»Mammy hat ihn bei sich.«

»Ist ihm wirklich nichts passiert?«

»Nein, Liebes! Schlafe doch wieder!«

»Bring mir Denis herauf. Ich will erst sehen, daß ihm nichts geschehen ist.«

Cynthia gehorchte. Als der kleine Bursche ins Zimmer tappelte, konnte sich Ann erleichtert davon überzeugen, daß er nicht nur unbeschädigt war, sondern obendrein auch noch vor Vergnügen strahlend krähte; sein Kleidchen klebte von Marmelade. Einer der Soldaten hatte ihm ein Stückchen Schokolade geschenkt, und ein anderer hatte ein paar Konservengläser geöffnet und den kleinen Denis schlecken lassen, was sein kleiner Magen an Süßigkeiten fassen konnte.

Die »Eroberer« hätten den Geheimtresor im Weinkeller nicht gefunden, obgleich sie bis zur Vorkammer neben der Halle vorgedrungen seien, berichtete Cynthia; dort hätten sie sich mit lautem Getöse die Taschen voller Weinflaschen gestopft und nicht gemerkt, daß sich hinter dem Flaschenschrank noch eine Tür befand. Dann wäre der Hauptmann erschienen und hätte die ganze Horde aus dem Hause gewiesen. Cynthia lehnte sich über Anns Bett und wisperte: »Es war sehr klug von dir, daß du darauf bestanden hast, das Silber zu vergraben.«

Ann versuchte, mit dem Kopf zu nicken, und flüsterte mit großer Anstrengung: »Bitte, laß mich allein!« – Und schon beim nächsten Atemzug war sie eingeschlafen.

Die Wochen danach blieben ihr nur wie eine Nebellandschaft unbestimmt in der Erinnerung. Mancherlei wurde ihr in diesen Tagen berichtet; aber das meiste floß an ihren Ohren vorbei, ohne einen Eindruck zu hinterlassen. Über Dalroy war der Belagerungszustand verhängt worden. Niemand durfte sich ohne einen von der Besatzung ausgestellten Ausweis auf der Straße sehen lassen. Die Dienstboten auf Ardeith waren alle auf und davon; nur Mammy, Napoleon und Bertha waren dem Hause treu geblieben; im übrigen beherbergte das Haus nur noch Berthas kleines schwarzes Söhnchen Jimmy, das kurz vor dem kleinen Denis das Licht der Welt erblickt hatte. »Mir ist alles gleich«, flüsterte Ann immer wieder. »Mir ist alles gleich! Laßt mich, bitte, bitte, in Frieden!«

Ann erholte sich nur langsam. Ganz allmählich erst wuchsen ihr die Kräfte wieder zu. Eines Tages fühlte sie sich endlich stark genug, mit ihrem Kinde im Arm die Treppen hinunterzusteigen. Ann hatte die Kleine Virginia genannt; das war immer ihr Lieblingsname gewesen; schon ihre Puppen hatte sie gewöhnlich auf diesen Namen getauft. Doch am Fuß der großen Treppe mußte sie sich bereits zum ersten Male niedersetzen; sie blickte sich um.

»Cynthia, wo sind die Familienbilder geblieben?«

»Ich habe sie von Napoleon auf den hintersten Boden tragen lassen; dort sind sie gut versteckt. Ein paar von ihnen sind wertvoll.«

Ann atmete erleichtert auf. Sie wollte die Bilder wieder ans Licht gebracht haben; sie sollten wieder von ihren alten Plätzen auf sie herniederblicken, die vertrauten, reglosen Gesichter. Jene Männer und Frauen, von lang vergessenen Malern konterfeit, hatten das Haus gebaut, das Geschlecht begründet und zu dem Rang erhoben, den ihm bisher niemand streitig zu machen gewagt. Ann hatte in der Vergangenheit nicht viel von Familiengeschichte gehalten; Ruhm und Glanz der Sippe hatten ihr wenig bedeutet. Jetzt verstand sie das

Gewesene besser und dankte dem Himmel dafür; denn der große Name der Vorfahren konnte ihr nicht genommen werden; sie wollte die sichtbaren Symbole um sich versammeln, die ihn verraten. Ihre Kinder sollten in der Tradition der Larnes aufwachsen und sie erneuern. Sie küßte leise das Köpfchen ihres Kindes. Dabei fiel ihr Blick auf eine tiefe Delle, die sich deutlich im Holz der untersten Treppenstufe abzeichnete. »Was ist denn das, Cynthia?« rief sie aus und wies auf das kaum zu verkennende Merkmal. »Es sieht aus wie ein Hufeisen.«

»Das ist richtig geraten«, erwiderte Cynthia mit vergnügtem Sarkasmus, der ihr, halb einem Kinde noch, sonderbar zu Gesicht stand. »Einer der Gäste, die sich unlängst bei uns eingeladen hatten, hielt es für richtig, hoch zu Roß die Halle zu betreten. Der Wendeltreppe allerdings hat sich das Roß verweigert.«

Ann ließ ihre Augen über das schöne Holzwerk gleiten. In solchen Spiralen schwebte auch das Leben aus dem Vergangenen ins Zukünftige, mochte auch die Spirale von den Hufen der Eroberer gezeichnet sein.

Doch was Ann sich vorgenommen, war nicht so leicht gehalten, wie es beschlossen worden war. Der Krieg schleppte sich weiter und weiter; der Friede war vergessen; Krieg war und würde sein. Ann sprach selten davon; zur Gewohnheit wurde ihr die Schweigsamkeit. Sie verrichtete, was zu verrichten war, sorgte für ihr Kind und gab sich Mühe, bei Bertha in die Schule zu gehen, um die wichtigeren Hausarbeiten zu erlernen; denn drei Dienstboten waren nicht einmal imstande, reichten nicht annähernd aus, auch nur dafür zu sorgen, daß überall im Hause so viel Staub gewischt wurde, wie es nötig war. Anns Ungeschicklichkeiten boten Bertha Anlaß zu so unerschöpflichem Ärger, daß Ann ihrer selbst überdrüssig wurde. Was bin ich doch für ein unfähiges Schaf! sagte sie sich immer wieder. Doch selbst dies ließ sie nicht hörbar werden; auch über die trostlosen Verhältnisse sonst, die überall rauchenden Ruinen, verlor sie kein Wort. Ein einziger wenigstens im Haus hatte den Anschein aufrechtzuerhalten, daß er den Mut noch nicht verloren hätte. Wenn das Grauen nur endlich aufhören wollte! Aber es beharrte zähe peinigend, sog in seinen widerlichen Schlund die Männer fort; sie brachten sich um, sie töteten sich, bis Ann noch tief in ihren Träumen von der fürchterlichen Vorstellung verfolgt wurde, daß sogar die Erde unter ihr vor Wut erbebte.

Die anderen priesen Anns Tapferkeit. Sie ließ sie bei dem Glauben; niemals und keinem einzigen gegenüber gab sie zu, daß sie des Nachts zuweilen mit wildem Aufschrei erwachte: Fetzen von zerrissenen Männern waren um sie her durch die Luft gesaust im Traum; sie spürte den Blutdurst der Kämpfenden und ekelte sich maßlos; und immer wieder erschienen ihr im Schlaf die Bäche von Shiloh, wie sie Blut statt Wasser führten. Es ahnte niemand, wie sie in der Mitte der Nacht in ihrem Bette aufrecht saß, die Hände an die Schläfen preßte und ins Dunkel stöhnte:

»Oh, großer Gott, ich flehe dich an, gebiete ihnen endlich Einhalt! Gib ihnen alles, was sie haben wollen, aber laß sie endlich innehalten, endlich innehalten, endlich!«

NEUNTES KAPITEL

1

Corrie May stand am Hafen und kaute an einer Banane, die sie von einem Fahrzeug des Heeres gestohlen hatte; die Sonne brannte ihr heiß aufs Haar. Die Sonne tat ihr wohl nach der langen Zeit im Gefängnis, und der Lärm bei den Landungsbrücken tat ihr wohl und die sonnenwarmen Bretter unter ihren Füßen, die Schuh und Strümpfe längst entbehren mußten, und der kühle Wind vom Strom fächelte so angenehm ihr Haar. Sie fühlte sich gesund und kräftig; zwar waren ihre Kleider dicht daran, auseinanderzufallen, und wenn sie etwas essen wollte, so blieb ihr nichts weiter übrig, als irgendwo ein paar Bananen zu stiebitzen; aber Angst – nein, Angst hatte sie nicht! Der Krieg war vorbei; nun würde alles anders werden, sie wußte nicht, was ihr vorbestimmt war; doch wie auch immer es aussähe, sie würde es willkommen heißen!

Die Zeit im Gefängnis war ihr schrecklich schwergefallen. Die Mahlzeiten, die man ihr in den Blechnapf geschlagen, waren aus widerlichen Abfällen zusammengebraut; ihre Mitgefangenen hatte sie als eine seltsame Rotte kennengelernt; die meisten saßen im Loch, weil sie sich öffentlich betrunken hatten, oder weil sie Dirnen waren, die sich dabei hatten überraschen lassen, wie sie auf der Straße Männer ansprachen. Wenn die Weiber sich ausgeschlafen hatten, konnte man sich ganz vernünftig mit ihnen unterhalten. Sie bewiesen eine allumfassende Vertraulichkeit. Ja, pflegten sie zu sagen, es ist nicht besonders schön auf dieser Welt; man muß eben zusehen, wie man weiterkommt und das eigne wie das Pech der anderen nicht besonders tragisch nehmen. Sie ließen sich in allen Einzelheiten die traurige Geschichte erzählen, wie Budge Foster standrechtlich erschossen worden war, und weinten dabei. Noch nie war Corrie May weiblichen Wesen begegnet, denen die Tränen so locker saßen und die so reichlich damit versehen waren. Aber zornig wurden sie selten; sie begnügten sich mit der Trauer.

Es fiel Corrie May nicht leicht, dies glatte Einverstandensein mit jeder Art von Schicksal zu begreifen. Sie, Corrie May, hegte keineswegs die Absicht, sich mit allem abzufinden, was da kam. Als sie erfuhr, daß Budge erschossen war, hatte die gräßliche Gewißheit sie zunächst wie ein harter Stoß vor die Stirn getroffen; doch die Verwirrung hatte sich in Zorn verwandelt; dann hatte sie den bitteren Entschluß gefaßt; wenn ich erst wieder frei bin, fang' ich noch einmal von vorne an; mich soll keiner dabei verhaften, wie ich auf der Straße Männer anspreche! Eines Tages tauchten Soldaten in blauen Uniformen auf und forderten Corrie May nicht gerade freundlich auf, sich zum Teufel zu scheren; das Gefängnis wurde in ein Hospital verwandelt. Sie hatte keine Frage gestellt, sondern ohne weitere Umstände ihr Heil in der Flucht gesucht.

Die Bananenschale flog in weitem Bogen in den Fluß; Corrie May nahm den staubigen Weg zum Stadtplatz unter ihre Füße; sie wollte sich nach Arbeit umsehen. Was in diesen Tagen sonst die Welt bewegen mochte, das bewegte sie nicht weiter; der Platz war immer schon der Mittelpunkt der Stadt gewesen. Sie wollte sich erkundigen, ob nicht das Gerichtsgebäude regelmäßig auszufegen wäre; damit ließen sich vielleicht ein paar Cents verdienen.

Die Straßen flossen über von Soldaten aus dem Norden. Auf dem Rasen vor dem Amtsgericht drängten sich Neger in solcher Zahl, daß auch noch die benachbarten Straßen von ihnen voll waren. Sie schrien allesamt gewaltig Beifall, denn von den Stufen des Gebäudes hielt ein Mann in schwarzem Anzug schallend eine Rede. Corrie May konnte nicht umhin, einige seiner Sätze aufzunehmen.

»... der gr-r-roße Adler-r-r, meine lieben Fr-r-reunde, de-r-r wie Moses euch aus diesem Land der-r-r-r Fesseln führ-r-rte und der-r nun seine Schwingen schützend über-r-r eur-r-ren Häupter-r-rn br-r-reitet ...«

Er schwengelte seine Arme hoch zum Himmel empor, und die Neger brüllten: »Jawoll, Boß, jawoll!«

»... jener-r-r edle Adler-r-r, meine Fr-r-reunde, der-r-r die Fahne der-r-r Fr-r-reiheit hütet ...«

Corrie Mays Blick folgte seinen großartigen Gesten himmelwärts; eine Fahne flatterte da oben wohl, aber einen Adler konnte sie nicht entdecken. Adler gehörten auf die Rückseite der Geldscheine; anderswo hatten sie nichts zu suchen. Geld – richtig, sie wollte sich ja Arbeit suchen. Sie drängte sich durch den dichten Schwarm der Schwarzen.

»Drängel nicht so, weißes Mädchen!« knurrte ein riesiger, dunkelbrauner Mann sie an.
»Was ist los?« wollte Corrie May wissen.
». . . frei unter der Fahne! Frei und gleich . . .« böllerte der schwarzberockte Mann von den Stufen des Gerichtsgebäudes.
»Jawoll! Hurra!« schrien die Neger.
»Drängel nicht so!« wiederholte der schwarze Riese. »Hast wohl noch nichts davon gehört, daß wir jetzt frei und gleich sind, was? So frei wie du und so gut wie du!«
»Naja, sehr weit wird's damit nicht her sein«, erwiderte Corrie May, geringschätzig. »Warum läßt du mich nicht vorbei?«
Der klobige, dunkle Mensch starrte zu ihr herunter: »Dann mach, daß du auf den Fahrdamm kommst! Der Bürgersteig ist jetzt nur noch für schwarze Herren!«
»Schwarze Herren, eh?« Corrie May griente. »Ach, du meine Güte!«
Aber sie bog ab und ging auf dem Fahrdamm weiter. Ihr fehlte die Zeit, sich lange zu ärgern. Der Kerl überragte sie um ein paar Handbreiten –; sie war schon einmal auf der Straße unter die Räuber gefallen; die Erfahrung hatte ihr genügt. Wichtiger war, daß sie eine Stellung fand. Erst mußte man etwas zu essen haben, dann blieb immer noch Zeit übrig, sich darum zu streiten, ob man den Bürgersteig benutzen durfte oder nicht.
An seinem äußeren Rande umwanderte sie den schwarzen Haufen – er roch ein wenig nach wilden Tieren – und erreichte schließlich den seitlichen Eingang des Gerichtsgebäudes; von hier aus vermochte sie den immer noch laut daherschwadronierenden Redner aus der Nähe zu betrachten. Ein magerer Bursche, der da oben stand; und er sah aus, als wär' mit ihm im Ernstfall nicht gut Kirschen essen. Sein Gesicht schimmerte rot. Was konnte der Kerl sein großes Maul aufreißen; seine Lippen zogen dann nur einen dünnen Saum rundum. Die Augen, aus denen er blickte, waren klein und niederträchtig: ein gemeiner Kerl, der da oben, von niederem Stande; seinem Anzug hätte es gewiß nicht geschadet, wenn er gebügelt worden wäre; das Haar hing ihm viel zu lang über die Ohren und in die Stirn. Er stammte aus den Nordstaaten, das war nicht zu bezweifeln; er redete durch die Nase; und wenn er irgendwo ein Schluß-r zu fassen bekam, dann

rollte und rummelte und schlug er einen Schweif damit. Aber Stroh, nein, Stroh hatte er nicht im Kopf! Er hantierte mit den Fäusten in der Luft und ließ seine Rockschöße flattern, daß der große Haufen von Negern auf dem Platz sich keine bessere Vorstellung wünschen konnte. Ein wenig erinnerte er sie an die Art, in welcher ihr seliger Pappa zu predigen pflegte. Wo mochte der jetzt stecken? Und Mamma? Ob sie die wohl wiedersehen würde? Von beiden war seit langem schon keine Nachricht mehr zu ihr gedrungen. Im Gefängnis war ihr der Ablauf der Wochen und Monate völlig durcheinander geraten. Ein Jahr war bestimmt vergangen, seit Mamma zum letzten Male bei ihr zu Besuch gewesen war. Der Mann da oben vor dem Gericht erinnerte sie wirklich an ihren Pappa. Er ließ die Silben genau so dahinrollen wie jener, schien dasselbe gute Gedächtnis für Bibelzitate zu besitzen und bearbeitete seine Zuhörer mit ähnlich gewalttätigen Mitteln. Und die dunkle, sonderbar duftende Menge schwor offensichtlich auf jedes seiner Worte. »Ja, Herr!« riefen die Neger. »Das ist gewißlich wahr! Amen, Boß!«
Milch und Honig versprach er ihnen, Mais und Wein! Es fehlte nicht viel, und er hätte ihnen einen großen, weißen Thron versprochen, darauf zu sitzen. Genau wie Pappa; nur erzählte er ihnen nicht, daß es Gott Vater im Himmel wäre, der ihnen diese schönen Dinge zugedachte; sondern die Fahne, der Adler, die Regierung in Washington, die würden sich eine Ehre daraus machen, dergleichen zu besorgen. Wie man es aber anzustellen hatte, die so schön gebratenen Tauben auch zu fangen, das beließ er genau so im ungewissen wie Pappa. Wie Pappa donnerte er flügelnden Arms in gewaltig rollenden Perioden über sie hin; sie schrien begeistert »Amen« und vergaßen natürlich, Fragen zu stellen.
Ich möchte wissen, was der von den Schwarzen will! fragte Corrie May sich verstohlen. Wenn ihr Pappa sich zu so gewagten Bildern und so mächtigem Stimmaufwand verstieg, dann war gewöhnlich der Augenblick nicht fern gewesen, an dem er den Hut zur Kollekte auf seine Rundreise schickte. Darauf war der Kerl sicherlich nicht aus; aber dumm war der nicht, das sah man ihm an. Diese armen, leichtgläubigen Nigger waren allesamt Wachs in seiner Hand. Was er ihnen auftrug, das würden sie brav für ihn verrichten. Corrie May vermochte ein Gelächter kaum zu unterdrücken.

Doch wieder fiel ihr ein, worauf sie eigentlich aus war. Sie wanderte um das Haus herum und erkundigte sich bei dem Posten vor dem Hintereingang, wo sie vorstellig werden müßte, wenn sie nach Arbeit fragen wollte.
»Da wende dich an Mr. Gilday«, sagte der Soldat.
»Herzlichen Dank! Und wo finde ich Mr. Gilday?«
»In dem vorderen Büro, gleich links die erste Tür.« Der Krieger lehnte sich gemächlich an die Wand und fragte obenhin: »Was für Arbeit suchst du denn? Wozu braucht der Mensch überhaupt zu arbeiten?«
»Wozu?« erwiderte sie. »Ich bin so sehr ans Essen gewöhnt, weißt du!«
»Du brauchst nicht gleich beleidigt zu spielen«, gab er zurück. »Ich bin selber daran gewöhnt.« Er grinste gutmütig. »Siehst aber ziemlich dürre aus; so, als ob du dir nicht gegönnt hast, was du gewöhnt bist.«
»Ich habe lange genug einen Fraß vorgesetzt bekommen, den man anderswo nicht einmal den Schweinen zumutet«, entgegnete Corrie May. »Nimm deine Hand von meinem Arm!«
»Entschuldige! War nicht schlimm gemeint.« Aber als er gehorchte und sich zur Seite wandte, bemerkte sie, daß sein linker Ärmel leer herniederbaumelte.
»Ich muß mich auch entschuldigen«, sagte sie reumütig. »Eine Schande, das da mit Ihrem Arm. Ist es im Krieg geschehen?«
Er nickte:
»Ja, bei Mansfield.«
Corrie May betrachtete ihn jetzt genauer; er war nicht sehr hoch gewachsen, wirkte aber sehr breit und stämmig; die Muskeln des ihm verbliebenen Arms wölbten sich prall und hart unter dem blauen Tuch. Ein dichter schwarzer Bart kräuselte sich um sein Gesicht.
»Es tut mir leid, daß ich so unfreundlich mit dir geredet habe«, sagte Corrie May.
»Ach, laß nur, ist schon in Ordnung!« erwiderte er gutmütig.
»Die hätten dich auch längst nach Hause schicken können!« fuhr sie fort.
»Er hob seine heile Schulter und ließ sie schnell wieder sinken: »Wüßte nicht, wozu!«

»Du könntest doch wieder deinem alten Beruf nachgehen, anstatt dich hier beim Postenstehen zu langweilen!«
»Langweilen ist gut«, gab er trocken zur Antwort. »Ich war von Beruf Grobschmied.«
Corrie May ließ einen langen Seufzer hören: »Ein großer Blödsinn, dieser ganze Krieg, nichts weiter!«
»Oh, ja!« Dann schien er sich wieder seiner Uniform und seiner Pflichten zu erinnern und fügte hinzu: »Aber, na, die Vereinigten Staaten sind wieder vereinigt und die Neger sind frei!«
»Huh hmm!« machte Corrie May. Sie schaute mit neuerwachter Anteilnahme zu ihm auf. Die wiederhergestellte Union machte ihr keinen sonderlichen Eindruck; aber über die Sklaven wollte sie Genaueres wissen. »Die Nigger sind wirklich freigelassen?« erkundigte sie sich. »Ich meine richtig frei, ein für allemal?«
Der Soldat betrachtete die Fragerin mit einiger erstaunter Herablassung: »Gewiß doch! Hast du noch gar nichts davon gehört? Wo hast du denn gesteckt?«
»Das kann dir ja egal sein! Aber sag mir, müssen die Schwarzen jetzt also auch für Lohn arbeiten?«
»Von jetzt ab genießen sie das Recht, für Lohn arbeiten zu dürfen!« berichtigte er sie gut patriotisch. »Sie sind frei. Wir haben sie mit dem unschätzbaren Gut der Freiheit gesegnet!!!«
Corrie May kicherte: »Freundchen, du brauchst keine Rede zu halten. Ich weiß schon, was du meinst.«
Er antwortete ein wenig unwillig: »Du kannst es dir ruhig einprägen, du und alle Rebellen: die Neger sind frei. Ihr werdet euch dran gewöhnen müssen!«
»Ich hab' nichts dagegen, das kannst du mir glauben!« erwiderte sie. »Ich bin sogar heilfroh darüber!«
Er starrte sie an: »Froh? Du, ein Rebellenmädchen? Oder bist du nicht aus dieser Gegend?«
»Doch, ich bin hier geboren. Aber im Herzen bin ich wohl immer ein Yankee gewesen. Ich glaube, du verstehst nicht, was ich meine.« Sie zögerte, blickte zu Boden und schob mit der großen Zehe ein paar Sandbröckchen beiseite: »Ich weiß nicht recht, wie ich es sagen soll –«
Er lächelte, als er sie erröten sah: »Nur keine Angst, Kleine!«

»Also«, sagte Corrie May und faßte sich ein Herz, »es tut mir wirklich sehr leid, daß du deinen Arm verloren hast, und ihr habt recht daran getan, daß ihr Männer aus dem Norden alle in die Armee eingetreten seid und dann hierher marschiert seid und habt die Nigger in Freiheit gesetzt – ich meine: besten Dank dafür!«
Sie wandte sich schon, um den Korridor hinunterzulaufen, verlegen, wie sie war; aber er streckte seinen Arm aus und hielt sie zurück. »So was zu sagen, Fräuleinchen, das ist aber nett von dir!« Er schien nicht nur überrascht zu sein, sondern auch erleichtert, als hätte er schon lange darauf gewartet, jemand zu finden, zu dem er sich aussprechen konnte. Sie hielt inne und blickte ihn an. Jetzt war die Rolle an ihm, nicht recht weiter zu wissen. »Was ich noch sagen wollte – – du bist, weiß Gott, das erste Mädchen aus diesem Rebellenland, das freundlich mit mir geredet hat, das allererste, weiß Gott!«
Corrie May streifte mit einem kurzen Blick seinen leeren Ärmel und schaute ebenso schnell wieder fort: »Benehmen sich die anderen denn so hochnäsig?«
»Das kann man wohl sagen! Verdenken darf man's ihnen kaum, aber – verdammt einsam für unsereinen!«
»Kann ich mir vorstellen«, sagte Corrie May.
Er stotterte verschämt: »Würd' mich freuen, wenn ich dich mal wiedersehen könnte, bestimmt! Wie heißt du denn? Ich mein's anständig, das kannst du mir glauben!«
»Mein Name ist Corrie May Upjohn!« willigte sie ein.
»Ich bin Jed Lindsay. Einundzwanzigstes Regiment Indiana.«
»Sehr erfreut!« Und keiner von beiden wußte, was im Augenblick weiter zu sagen wäre. Dann schwang sie sich zu den Worten auf: »Jetzt muß ich aber sehen, daß ich weiterkomme. Wer ist denn dieser Mr. Gilday eigentlich?«
»Der Regierungs-Agent. Er hat für gute Ordnung zu sorgen und sich um die Neger zu kümmern.« Jed Lindsay verlegte sein Gewicht von einem Fuß auf den anderen, blickte zur Seite und dann wieder hoch: »Und ganz gewiß, Corrie May Upjohn, hoffentlich findest du Arbeit da drinnen!«
»Ja, hoffentlich! Also, auf Wiedersehen!«
»Wiedersehen!« sagte Jed. Sie lächelten sich an. Corrie May wandte sich und betrat den langen Gang im Gerichtsgebäude.

Die Tür des Zimmers, zu dem Jed sie gewiesen hatte, stand breit offen. Die Fenster blickten auf den großen Platz hinaus, auf dem vor kurzem noch die Schwarzen versammelt gewesen waren. Halbzerrissene Vorhänge flatterten im Wind; sonnendurchfunkelt und grün nickten die Zweige der Bäume von draußen herein. Ein riesiger, unaufgeräumter Schreibtisch wuchtete mitten im Zimmer; ein paar Stühle standen umher, an der Wand erhob sich ein Büchergestell; ein gewaltiger Spucknapf aus Messing prangte in einer Ecke, und sechs Männer mit den Beinen auf dem großen Schreibtisch schienen sich angelegentlich darin zu üben, ihre Treffkünste zu beweisen – was den Spucknapf anlangte. Als Corrie May ins Zimmer trat, blickten sie sich um und nahmen von dem Erscheinen der unerwarteten Besucherin offenbar nicht ohne Wohlwollen Kenntnis.
Corrie May merkte auf der Stelle, daß sie keinen schlechten Moment erwischt hatte, denn die Männer waren alle höchst vergnügt gestimmt, als hätte gerade einer von ihnen eine witzige Geschichte zum besten gegeben. Corrie May faßte sich ein Herz und marschierte auf die Runde los: »Ist einer von Ihnen Mr. Gilday?« erkundigte sie sich.
»Ich«, antwortete der Mann in dem großen Lehnstuhl hinter dem Schreibtisch. »Was wünschen Sie?« Er lächelte sie an; sie kam unwillkürlich auf den Gedanken, ob sie im Gefängnis vielleicht nicht doch noch ein wenig hübsch geblieben wäre.
Mr. Gilday war der gleiche Mann, der kurz zuvor die Neger draußen so feierlich beschwatzt hatte. Corrie May fühlte einen Funken Hoffnung in ihrem Busen aufglimmen: vielleicht ähnelte der Mann auch sonst ihrem Pappa; dann mußte man ganz gut mit ihm fertig werden. Und, weiß der Himmel, sein Büro hatte es mehr nötig, aufgeräumt zu werden; Zigarrenasche, Zeitungen und Papierreste der verschiedensten Art und Herkunft trieben sich überall kunterbunt umher, und sicherlich seit einer Woche schon hatte niemand es mehr für nötig gehalten, Staub zu wischen. Corrie May baute sich vor dem Schreibtisch auf und erklärte ohne Scheu, daß sie sich als Reinmachefrau anbiete.
Mr. Gilday ließ seine Augen auf und ab über ihre Glieder gleiten und das auf eine Weise, die sie unsicher werden ließ. Sehr viel machte es ihr nicht aus; sie war vom Hafen her daran gewöhnt; und daß sich die

männliche Hälfte des Menschengeschlechts wesentlich geändert hätte, seit sie im Loch gesessen – auf diese ausgefallene Idee verfiel sie keine Sekunde lang! »Sie suchen also Arbeit, wie?« fragte Mr. Gilday hinhaltend.

»Jawohl, mein Herr!« erwiderte sie.

Ein Grinsen überzog sein Gesicht; seine schlimmen kleinen Augen verengten sich; er lehnte sich über den Schreibtisch: »Schön! Setzen Sie sich ein bißchen! Mach Platz, Dawson, und nimm deine Füße vom Tisch!«

Der mit Dawson Angeredete hob gutmütig lachend seine Beine vom Tisch. Corrie May nahm seitlings und ohne Umstände auf dem Berg von Papieren Platz. »Besten Dank!« sagte sie.

Mr. Gilday ließ sich wieder vernehmen: »Ist das nicht 'ne Schande, daß so ein hübsches Mädchen wie Sie überhaupt auf Arbeit gehen muß! Haben Sie sich noch keinen Ehemann zugelegt, der für Sie arbeitet?«

»Nein, mein Herr!« entgegnete sie halb geschmeichelt und halb verlegen. »Ich bin nicht verheiratet.«

»So was, so was, so was!« bemerkte Mr. Gilday erschüttert. »Was denken sich hier in den Südstaaten die Männer eigentlich? Sind die denn alle auf den Kopf gefallen? Solch ein hübsches junges Mädchen – und läuft immer noch ohne Mann herum!«

»Ich war schon drauf und dran, mich zu verheiraten«, rechtfertigte sie sich selbst und die Herren der Schöpfung aus dem Süden. »Aber mein Bräutigam ist gestorben.«

»Das ist ja schlimm!« fiel Mr. Gilday ein. »Ist er im Kriege gefallen?«

»Ja, man könnte es so nennen«, antwortete Corrie May und blickte beiseite. Mr. Gilday seufzte schwer und bemerkte wiederum: »Das ist ja schlimm!« Er lehnte sich vor: Corrie May vermochte nicht daran zu zweifeln: sein Atem roch nach Whisky. Er legte seine Hand auf ihr Knie und streichelte es. »Schlimm!« wiederholte er.

Dick und haarig lag seine Hand auf ihrem Schenkel. Corrie May griff danach, umschloß mit ihren Fingern fest sein Handgelenk, hob es an und pflanzte seine Hand wieder auf den Tisch zurück. »Wollen Sie nicht Ihre Hand lieber zu vernünftigeren Dingen benutzen?« meinte sie kühl.

Die anderen lachten vergnügt und voller Zustimmung. »Da hast du's, Gilday!« schrie einer der Kumpane. Auch Corrie May fing an zu lachen. Und Mr. Gilday lachte mit. In kameradschaftlicher Gebärde faßte er nach der Flasche, die neben ihm auf dem Fußboden stand:

»Trinken Sie einen Schluck mit!« bot er an.

Corrie May nahm die Flasche an. Sie machte sich nichts daraus; aber um ihren guten Willen zu zeigen, hob sie die Flasche, ließ sich einen Tropfen über die Zunge rollen und reichte das brennend scharfe Gesöff wieder zurück. Sie ließ nicht locker: »Nun, Mr. Gilday, wie steht es mit Arbeit hier?«

»Ja, warum denn nicht –?« erwiderte Gilday in bester Stimmung.

»Oh, danke schön! Herzlichsten Dank!« rief Corrie May entzückt. »Sie werden sich bestimmt nicht zu beklagen haben, Mr. Gilday! Ich werde hier schon sauber machen wie noch nie, Mr. Gilday! Nötig ist es ja!«

Alle fingen mit einmal an, sehr vertraulich zu tun, und redeten ziemlich wirr durcheinander. Mr. Dawson meinte wichtig: »Wir kommen ja ohne ein weibliches Wesen überhaupt nicht mehr zurecht. Hier sieht es einfach furchtbar aus!« Nach einer kurzen Pause fragte er mit noch wichtigerer Miene: »Welchen Lohn verlangen Sie denn?«

Corrie May zögerte mit der Antwort. »Ich weiß wirklich nicht. Was meinen Sie denn, wieviel man fordern soll?«

»Wie wär's mit fünf Dollars die Woche?« schlug Dawson vor.

Corrie May stockte der Atem vor freudiger Überraschung. Fünf Dollars die Woche! So gut war ihr die Arbeit noch nie bezahlt worden. Aber ehe sie noch antworten konnte, mischte sich Mr. Gilday ins Gespräch. »Du bist ein Geizkragen, Dawson. Wir wollen uns auf zehn Dollars die Woche einigen.«

»Zehn?« echote Corrie May ganz außer Fassung. Hier war ja allerhand gefällig im Gerichtsgebäude, seit die Männer aus dem Norden ihren Einzug gehalten hatten. Vielleicht waren solche Löhne im Norden üblich; dort gab es auch keine Neger, die umsonst arbeiten mußten. Sie spürte, wie Mr. Gildays Hand sich's wieder auf ihrem Oberschenkel wohl sein ließ.

»Zehn also!« versicherte er ihr.

Corrie May lächelte; sie hob die allzu vertrauliche Hand wieder fort und blickte dem Mann geradenwegs in die Augen: »Mir genügen fünf; dann können Sie die Hände in der Tasche behalten!«
Ein lautes Gelächter war die Antwort, an dem sich auch Gilday kräftig beteiligte; die Männer hatten sich schon in jenen Zustand hineingetrunken, in dem man nett und mürbe wird und die ganze Welt vergnüglich findet. »Ach was, bleiben wir bei zehn!« beharrte Mr. Gilday aufgeräumt und schlug ein mächtiges Kontobuch auf, das vor ihm auf dem Tisch lag. Die Seiten waren in Kolonnen und in Zeilen eingeteilt, und am Kopfe jeder Seite schwebte das bunte Bild eines Adlers! Er tauchte die Feder ins Tintenfaß: »Wie heißen Sie?«
»Corrie May Upjohn.«
»Wie alt?«
»Zwanzig.«
Er murmelte die Antworten vor sich hin, während er sie niederschrieb: »Dritten Oktober Achtzehnhundertfünfundsechzig. Corrie May Upjohn, zwanzig, für Reinigen des Gerichtsgebäudes, zehn Dollars die Woche.« Er holte eine Bibel aus einem Schubfach und hielt sie ihr hin: Leg deine Hand darauf. Bist du also willens, feierlich zu schwören, die Verfassung der Vereinigten Staaten zu achten? Bist du willens, zu beschwören, daß du alle Gesetze treulich befolgen wirst, die der Kongreß erlassen hat, dazu alle Verordnungen des Präsidenten der Vereinigten Staaten, soweit sie vom Obersten Gerichtshof nicht widerrufen werden?«
»Gewiß doch!« sagte Corrie May. »Aber was hat denn das damit zu tun, daß ich hier sauber machen soll?«
Mr. Gilday schien sich vor Spaß nicht lassen zu können: »Du kannst so bleiben. Aber jetzt ist Schluß!«
Corrie May ließ sich vom Schreibtisch heruntergleiten: »Soll ich heute schon anfangen? Oder erst morgen früh antreten?«
»Na, das kommt nicht so genau drauf an!« ließ sich Gilday voller Wohlwollen vernehmen. »Sie haben ja nicht einmal Schuhe an!«
»Das Wetter ist noch warm«, erwiderte Corrie May.
»Kaufen Sie sich lieber ein Paar!« meinte Mr. Gilday, zog aus seiner Tasche ein Päckchen Dollarnoten, ungefähr zwei Zoll stark, und blätterte eines der erfreulichen Papiere herunter. Er legte es auf den Schreibtisch in die Nähe ihrer Hand. Corrie May kicherte in sich

hinein. Das war ja beinahe ein Gesellschaftsspiel. Mit Daumen und Zeigefinger schnippte sie den Geldschein dem Spender wieder zu: »Nichts für ungut, Mr. Gilday!« sagte sie und fügte, vom Gelächter der übrigen befeuert, höchst vergnügt hinzu: »Wenn es dunkel geworden ist, dann müssen Sie mal am Hafen spazierengehen, Mr. Gilday, flußabwärts. Und wenn Ihnen nicht gefällt, was Ihnen da begegnet, dann marschieren Sie nur immer weiter, an den Valcourschen Lagerhäusern vorbei; und wenn sich seit dem Kriege nichts verändert hat, so müssen Sie hinter dem letzten Speicher in die dritte Querstraße links einbiegen. Aber«, fuhr sie lächelnd nach einer kleinen Pause fort, »das ist nicht da, wo ich wohne –! Also guten Tag allerseits! Auf morgen früh!«
Ein schallendes Gelächter folgte ihr, als sie die Tür hinter sich ins Schloß zog. Sie wußte nicht genau, was diese Männer darstellten; aber sie gefielen ihr; sie waren in Ordnung. Und diesen lustigen Mr. Gilday im Zaun zu halten – das war kein Kunststück. Schon seit ihrem zwölften Jahre meisterte sie dies Handwerk mit Erfolg. Wie gewöhnlich war der Mann gekleidet! Dabei schien er eine Menge Geld zu besitzen! Zehn Dollars in der Woche, das stelle sich einer vor! Und er hatte es in ein Regierungsbuch eingeschrieben; es mußte also stimmen. Corrie May pfiff munter vor sich hin; sie strebte dem Hinterausgang zu.
»Wie ist es mit der Stellung?« fragte sie eine freundliche Stimme, als sie wieder ins Freie trat.
Sie schaute in Jed Lindsays breites, vertrauenerweckendes Gesicht.
»Ja, ich hab' sie bekommen«, erwiderte sie. »Morgen früh fange ich an!«
»Das ist ja großartig!« sagte Jed. »Dann sehe ich dich also wieder!«
»Mußt du denn jeden Tag Posten stehen?« erkundigte sie sich?
Er nickte: »Viel mehr kann ich mit einem Arm sowieso nicht machen. Ich sage den Leuten, die hier jemand sprechen wollen, Bescheid, wo sie die Beamten finden. Hat man dir einen anständigen Lohn zugesagt?«
»Sogar sehr anständig! Zehn Dollars in der Woche!«
Er stieß einen achtungsvollen Pfiff aus: »Donnerdüwel nicht noch mal! Wie die mit dem Geld herumschmeißen, die Agenten der Re-

gierung, da bleibt einem beinahe die Spucke weg. Ich wollte, ich bekäm' da auch 'mal Arbeit.«
»Was zahlen sie denn in der Armee?«
»Ach, nur neunzehn Dollars im Monat.«
Das war ein wenig rätselhaft. Wenn die Regierung zehn Dollars die Woche für ein Mädchen ausgab, das die Stuben fegte, dann sollte sie einem kriegsbeschädigten Soldaten mindestens ebensoviel zahlen! Jed fügte hinzu:
»Wo mögen sie wohl das viele Geld herhaben?«
»Vielleicht sind sie reich?« meinte Corrie May versuchsweise.
»Sie sehen nicht danach aus. Wahrscheinlich bekommen sie das Geld von der Regierung in Washington.« Er blickte die Straße entlang –.
»Wie wär's mit einem Apfel?« meinte er.
»Danke, ja!« sagte Corrie May.
Er zog ein paar Äpfel aus der Tasche; die beiden ließen sich auf den Treppenstufen nieder.
»Hier haben wir schon lange keine Äpfel mehr zu sehen bekommen. Wo hast du sie her?« wollte Corrie May wissen.
»Meine Mutter hat sie mir geschickt. Wir haben ein paar Bäume im Garten stehen.«
Während jeder eine der angenehm säuerlichen Früchte verspeiste, sprachen sie nicht weiter. Der Mann gefiel Corrie May nicht schlecht. Einfach und geradezu, wie er war, erinnerte er sie an Budge. Sein leerer Ärmel erregte ihr Mitgefühl. Und Jed begann, ihr von seiner Heimat zu erzählen. Nur Haus und Hof, nicht eben groß, sagte er, aber alles schön in Ordnung. Da lebte er mit seiner Mutter und versah seine Schmiedewerkstatt. Was er allerdings anfangen wollte, wenn er wieder nach Hause käme, das wußte er nicht. Die Pferde mit Hufeisen zu beschlagen, das würde ihm nie mehr vergönnt sein. Aber ihm würde etwas anderes einfallen. Schön wär's im Norden, erzählte er ihr stolz. Sklaven hätte es nicht gegeben. An einigen Orten im Norden hätte man zwar auch üblicherweise Sklaven besessen; das hätten ihm die alten Leute erzählt; aber dann hätte man herausgefunden, daß es sündlich wäre, Sklaven zu halten, und so hätte man die Sklaven freigelassen. Solange er denken könnte, wäre im Norden jedermann ein freier Mensch gewesen. In Indiana, wo er zu Hause war, da würden die Leute alle frei und gleich geachtet. Na-

türlich wären manche Leute reicher als die anderen, aber das machte keinen großen Unterschied. Vor dem Gesetz gäb es keine Unterschiede.
»Im Norden muß es sich gut leben lassen«, meinte Corrie May nachdenklich. »Hier im Süden ist es nie besonders schön gewesen.«
»Deshalb sind wir ja in den Krieg gegangen«, rief Jed aus. »Die Leute hier im Süden sollen ebenso frei und gleich sein wie die im Norden. Und von jetzt ab ist auch nicht mehr darüber zu reden.«
Sie lächelte voller Hoffnung. »Ich wär' froh, wenn ich's noch erlebte!«
»Im Norden würde es dir besser gefallen als hier!« behauptete Jed. »Dort sind wir längst alle an das freie Leben gewöhnt!«
Corrie May seufzte tief: »Ach ja?! Da würd' es mir besser gefallen! Das glaube ich auch!«
Die Schatten dehnten sich schon in die Länge; sie konnte nicht länger hier sitzenbleiben und die Zeit verschwatzen. War die Sonne erst versunken, so wurde es bald dunkel. Jed meinte, ja, das wunderte ihn stets von neuem, wie schnell es in Louisiana dunkel würde, kaum, daß die Sonne untergegangen sei. Da weiter im Norden, wo er daheim wäre, da dauerte die Dämmerung wohl eine Stunde an. Corrie May lachte und meinte, das bliebe sich ziemlich gleich; er stimmte zu; auf alle Fälle aber würde er sie am nächsten Morgen wiedersehen. Sie bedankte sich noch einmal für den Apfel und machte sich auf den Weg.
Eine Schlafstelle hatte Corrie May sich noch nicht besorgt; sie fand Unterschlupf in einem der Valcourschen Speicher und rollte sich auf einem weichen Baumwollballen dicht zusammen. Eine Weile ruhte sie noch mit offenen Augen in der Dunkelheit und dachte nach. Früher war es schrecklich gewesen, in Dalroy zu leben, aber jetzt schienen bessere Zeiten heraufzusteigen. Im Süden sollte es von nun ab genau so zugehen wie im Norden, jeder gleich und frei wie alle anderen. Jed hatte es gesagt – und wer sollte schließlich besser wissen, was durch den Krieg gewonnen war, als einer der Soldaten aus dem Norden. Sie dachte: nun werde ich wahrscheinlich heiraten und Kinder bekommen; ich will sie auf die neue Art und Weise erziehen. Sie würde ihnen von Anfang an klarmachen, wieviel schöner sich

jetzt leben ließe als damals, als sie selber noch ein Kind gewesen war. Neuerdings brauchte man nur zu arbeiten, ehrlich zu bleiben und sich nicht um anderer Leute Sachen zu kümmern, dann kam man schon in der Welt voran.

2

So prächtig war es Corrie May noch nie gegangen. Sie verrichtete ihre Arbeit fleißig und gewissenhaft; jeden Samstag zahlte Mr. Gilday ihr zehn Dollars Lohn aus. Natürlich stellten ihr die Männer nach, wenn sich eine nach ihrer Meinung günstige Gelegenheit ergab; und besonders Gilday entpuppte sich als einer von der Sorte, die ihre Hände nicht von den Mädchen lassen kann, wo immer sie ihrer habhaft wird. Aber Corrie May nahm diese Versuche nicht weiter tragisch; sie war gewandt genug, sich ihrer Haut zu wehren. Sie mietete sich ein nettes Zimmer bei einer Frau, die ihren Mann im Kriege verloren hatte, und froh war, einem anständigen Mädchen Unterkunft gewähren und regelmäßig die Miete kassieren zu können. Corrie Mays neue Wohnung lag nicht mehr am Rattletrap Square, sondern an einer der ehrenwerten, wenn auch bescheidenen Straßen oberhalb der Landungsbrücken. Bald erlaubte ihr auch der gute Lohn, sich ein paar hübsche Kleider zu kaufen und sich adrett anzuziehen.

Sie war nicht ohne inneren Widerwillen zum Rattletrap gewandert und hatte sich nach ihrer Mutter erkundigt. Mrs. Gambrell schlug die Hände über dem Kopf zusammen: ob sie es denn nicht erfahren hätte – ihre Mutter wäre schon seit einem Jahr unter der Erde! Und was ihren Vater, den alten Mr. Upjohn, anbeträfe, von dem wäre nichts mehr zu hören und zu sehen gewesen. Vielleicht lebte auch er gar nicht mehr! Es hatte sich ja herumgesprochen, wie es manchmal in den großen Schlachten zugegangen war; wer fragte schon groß nach einem Soldaten mehr oder weniger, besonders wenn's kein Offizier war. So viele waren einfach verschollen.

Corrie May vergoß um ihre Mutter manche stille Träne. Ihr ganzes Leben lang hatte sie sich schrecklich plagen müssen, ihre gute, alte

Mutter. Ach, wahrlich, ein Elend war es, daß sie nicht mehr lebte! Wie angenehm hätte sie jetzt ihre Tage verbringen können, wo Corrie May so reichlich verdiente. Nun war sie tot. Auch all die anderen Freundschaften und Beziehungen, in die sie vor dem Krieg verstrickt gewesen, sie hatten sich in Nebel aufgelöst. Die Jahre vor ihrer Gefängniszeit versanken ins Ungewisse. Die Vergangenheit geriet ihr so gut wie ganz und gar abhanden; es war Corrie May, als finge ihr Dasein noch einmal von vorne an –!

Nichts galt mehr, was gegolten hatte. Selbst die vertrauten Straßen am Hafen boten einen anderen Anblick als zuvor. Die ganze Stadt schwamm in einer Stimmung, die festlich und zu gleicher Zeit verärgert anmutete. Überall wehten Fahnen im Winde, prangten die gleichen Sterne und Streifen, die aus den Jahren vor dem Kriege jedermann bekannt waren. Damals allerdings pflegten sie nur vor wenigen öffentlichen Gebäuden zu flattern. Jetzt aber prahlte das Blau, das Rot und Weiß von allen Ecken und Enden her; man konnte sich müde daran gucken. Wenn die Leute von den großen Plantagen in die Stadt gefahren kamen, so waren sie zu üblen Umwegen gezwungen, um ja die aufgepflanzten Fahnen zu vermeiden; denn es war verordnet, daß jeder, der an der Fahne vorüberging, ihr eine Ehrenbezeigung zu erweisen hatte; und wie bitter sie die erzwungenen Grüße haßten! Corrie May fand diesen Haß durchaus erheiternd. Die großen Familien – war nicht dies Wort zu offenem Hohn geworden! – hatten ihren Krieg verloren, sie hatten ihre Sklaven verloren; nichts weiter blieb ihnen übrig, als ihre vollkommene Niederlage mit verwirrtem Ärger einzustecken. Sie hatten sich wohl in dem Traum gewiegt, mit dem lieben Gott ein Sonderabkommen geschlossen zu haben, wonach ihnen für alle Zeiten ein sorgloses Dasein verbürgt war; nun fühlten sie sich ganz offenbar vom lieben Gott betrogen.

Die ganze Stadt schwärmte von Soldaten, die allesamt sehr schmuck ihre blauen Uniformen in der südlichen Sonne spazierenführten; der bunte Aufwand wirkte ein wenig dumm, denn der Krieg war vorbei, und die stolzen Jünger des Mars hatten nichts weiter mehr zu verrichten, als dem Herrgott die Tage zu stehlen – die ganze Soldatenspielerei hing ihnen längst zum Hals heraus. Und sie hielten auch mit ihrer Meinung keineswegs hinter dem Berge: jawoll, die Vereinigten

Staaten wären ja nun gerettet – – warum, in drei Teufels Namen, schickte man sie nicht nach Hause?
In der Unions-Armee hatte eine Anzahl von Negern mitgekämpft; die spreizten sich wie die Truthähne. Weshalb und wozu man sie in den Straßen der südlichen Städte umherstolzieren ließ, das wußte kein Mensch – es sei denn, den ehemaligen Sklavenhaltern sichtbarlich zu Gemüte zu führen, daß sie den Krieg so gründlich wie möglich verloren hatten. Und natürlich trieben sich auch sonst und überall die befreiten Negerlein umher, wußten sich vor Übermut kaum zu lassen, pfiffen auf jede Arbeit und wuchsen sich allmählich zur Landplage aus. Die blaue Armee hatte außerhalb der Stadt ein Lager für sie eingerichtet, wo sie die Schwarzen fütterte und einigermaßen in Ordnung zu halten suchte; aber die Neger fanden wenig Spaß am Lagerleben. Ihre Phantasie schlug allzu gern bunte Blasen; sie waren nun befreit und große Herren; die Regierung hatte sie mit wunderbaren Kutschen auszustatten, mit schönen Schlössern und mit Champagner tagein, tagaus. Bei alledem vermochte Corrie May sich das Lachen kaum zu verbeißen. Denn wenn sie auch nicht vorgab, zu den Eingeweihten zu gehören – daß die Agenten im Amtsgericht nicht die fromme Absicht hegten, die Nigger mit Champagner zu traktieren, das konnte selbst noch eine blinde alte Frau mit dem Krückstock fühlen. Die Soldaten und Zivilagenten aus dem Norden redeten den Negern wunderbar zu Munde; das verstanden sie vorzüglich; aber menschlich wollten sie mit ihnen nichts zu tun haben; eine schwarze Haut nur anzurühren, gewannen sie niemals über sich.
Doch mochten sie tun, was sie wollten – Corrie May fragte nicht danach. Sie hatte sich darum zu kümmern, wie sie selbst im Leben vorwärtskam. Die Monate flossen dahin, und je weiter sie vorrückten, desto inniger fühlte Corrie May sich mit ihrem Schicksal einig. Regelmäßig empfing sie ihren guten Lohn, lebte nach ihren Begriffen recht gemächlich davon und genoß ihr Dasein. Jed gefiel ihr gut, und auch verschiedene andere Soldaten, die Jed ihr vorstellte, fanden ihren Beifall. Wenn die wenig beanspruchten Krieger Urlaub hatten, dann fuhr man zusammen ins Grüne, und des Abends wallfahrte man gelegentlich ins Theater. Und an ihrer Arbeitsstelle sorgten die Agenten der Regierung eifrig dafür, daß keine Langeweile aufkam.

Besonders Mr. Gilday hatte ständig einen Scherz oder Witz parat; manchmal, wenn sie sein Büro aufräumte, ließ er seine vielen Kontobücher liegen und verschwatzte mit ihr den ganzen Tag. Zuweilen lud auch er sie ins Theater oder in ein Wirtshaus ein; doch holte er sich immer wieder einen Korb. Dann zog er sie wohl damit auf, daß sie der Gesellschaft Jeds und der anderen Soldaten den Vorrang vor der seinen gab. Aber Corrie May lachte ihn einfach aus.
Es ergab sich wie von selbst und ganz unmerklich, daß Corrie May und Mr. Gilday gewissermaßen Freundschaft miteinander schlossen. Sie machten sich gegenseitig wenig vor; sie war sich völlig darüber im klaren, worauf er hinauswollte; zwar schmeichelte ihr seine Ausdauer; zugleich aber fand sie es erheiternd, wie eingenommen er von sich selber war. Sie blieb dabei, Jed diesem Mr. Gilday vorzuziehen, denn Jeds Mutter hatte ihrem Sohn vor anständigen Mädchen Respekt beigebracht. So ließ sich Corrie May ihre Arbeit nicht verdrießen und vergaß nicht ein einziges Mal, die Fahne mit den Sternen und den Streifen durch einen ehrbaren Knicks zu grüßen.
Die Agenten der Regierung hatten großen Spaß daran, an jeder zweiten Straßenecke eine Fahne zu entfalten; sie hatten ihren Spaß daran, wenn die Gesichter der Aristokraten sich vor kalter, stummer Wut verzerrten, weil sie alle hundert Schritt gezwungen waren, stillzustehen und den Fahnen ihre Ehrerbietung zu bezeigen. »Ein paar von diesen dummen Fahnen könnten doch wohl eingezogen werden!« meinte eines Morgens Corrie May zu Mr. Gilday. (Sie war nun länger als ein Jahr für Mr. Gilday tätig.) Während sie den Flur seines Zimmers scheuerte, fügte sie hinzu: »Es ist wirklich eine Plage damit; alle naselang müssen die Leute stehenbleiben und die Mütze ziehen!«
Er klopfte seine Pfeife an der Tischkante aus, so daß die Asche auf den Fußboden fiel: »Oh, es schadet ihnen gar nichts! Man muß es ihnen noch eine ganze Weile unter die Nase reiben, daß sie den Krieg verloren haben.«
Corrie May vermochte sich eines verstohlenen Lächelns nicht zu enthalten; sie ließ sich auf ihre Knie nieder, um die Asche aufzunehmen, und senkte ihren Kopf, damit er ihr Lächeln nicht bemerkte. Aber er nahm es wahr, beugte sich hernieder und fragte:
»Was gibt es denn zu lachen?«

Sie wischte am Flur herum, als gälte es ihr Leben, und brachte nach einigen Augenblicken der Verlegenheit heraus: »Mich geht das überhaupt nichts an!«
»Ach was, zier dich nicht! Ich kann auch böse werden!«
Sie hockte sich auf den Fußboden, hielt den Scheuerbesen in der einen und das Wischtuch in der anderen Hand: »Mr. Gilday, das können Sie mir glauben: ich hab' das Volk, das vor dem Krieg die vielen Sklaven besaß, weiß Gott, nicht in mein Herz geschlossen. Sie haben mich herumgestoßen, als wär' ich ein Holzklotz. Aber Sie können sie hundertmal am Tag vor der Fahne strammstehen lassen, Sie können sie meinetwegen bis zum Jüngsten Gericht durch die Nigger vom Bürgersteig boxen lassen – die ändern Sie nicht, die nicht! Wenn Sie wissen, was ich meine –!«
»Nur weiter!« sagte Mr. Gilday, als sie innehielt. Er strich sich nachdenklich über sein Kinn.
Corrie May zögerte, aber dann fiel ihr ein, daß es jetzt keine Unterschiede mehr zwischen den Leuten gäbe; jeder mochte sagen, was ihm in den Sinn kam; so fuhr sie fort: »Mr. Gilday, an die Leute kommen Sie nicht heran, solange Sie das Volk nicht an der Stelle treffen, wo sie mit dem lieben Gott die besondere Abmachung getroffen haben, daß sie etwas Besseres sind als andere Menschen. Sie haben Bildung und Manieren und das sind sehr schöne Sachen. Ich wollte, ich hätte auch ein wenig davon abgekriegt. Aber die Larnes, die Sheramys und all die anderen von der gleichen Sorte, die glauben fest und treu daran, der liebe Gott hätt' sie aus einem andren Klumpen Erde gebacken als uns gewöhnliches Pack. Daß wir genau so vornehme Leute geworden wären wie sie, wenn wir in der gleichen Wiege gelegen hätten, auf den Gedanken sind sie noch nie verfallen.«
Die kleinen schwarzen Augen Mr. Gildays verengten sich, während er sie betrachtete, als sähe er sie zum ersten Male; sein Mund streckte sich zu einem Lächeln, bei dem die Lippen geschlossen blieben. Nach einer Weile stellte er die Frage: »Hast du dir das alles selber ausgedacht, Corrie May?«
»Daß ich auf den Kopf gefallen bin, hat mir bisher keiner nachgesagt, mein Herr!« Sie erhob sich.
Mr. Gilday lächelte und nickte. Er ließ seine Augen über Corrie May

gleiten, wie sie da am Scheuereimer stand und ihren Lappen auswrang. »Du entwickelst dich allmählich zu einer sehr passablen jungen Dame, Corrie May!«
»Vielen Dank für das Kompliment, Mr. Gilday!« antwortete Corrie May, ohne sich umzuwenden. Sie war mit dem Aufwischen des Zimmers fertig, nahm ihr Staubtuch aus dem Arbeitskorb und fing an, die Stühle und Gestelle abzuwischen. Natürlich sehe ich nicht übel aus, dachte sie, in meinem blauen Baumwollkleid und mit meiner weißen Schürze – und mein gelbes Haar gebürstet und schön aufgesteckt. Hübsche Kleider und Schuhe zu tragen, ja, das machte wirklich Spaß! Und besonders dann, wenn man die angenehmen Dinge selbst verdient und gekauft hat. Der erborgte Glanz der abgelegten Kleider Anns vermochte sich mit der Freude an den selbsterworbenen Röcken, Strümpfen und Schuhen nicht zu vergleichen.
Mr. Gilday nahm die Unterhaltung wieder auf:
»Bist du mit deinem Lohn zufrieden, Corrie May?«
»Ja, vielen Dank, Mr. Gilday!« erwiderte Corrie May; sie blickte von der Stuhllehne nicht auf, die sie gerade bearbeitete.
»Vielleicht können wir dein Gehalt demnächst erhöhen.«
»Sie sollten sich wirklich nicht überanstrengen, Mr. Gilday! Ich komme mit meinem Gelde gut aus.«
Er lachte. »Ich überanstrenge mich gewiß nicht. Du arbeitest ja für die Regierung; geradeso wie ich!«
»Die Regierung bezahlt uns sehr anständig«, bemerkte Corrie May.
»Ach, Unsinn!« meinte Mr. Gilday in bester Laune. »Der Regierung ist es vollkommen gleichgültig, ob es uns gut oder schlecht geht. Jeder muß sehn, wie er fertig wird, für wen auch immer er arbeitet. Und du, Corrie May, du bist schließlich nicht übers Ohr zu hauen, genau so wenig wie ich –.«
»Besten Dank für das Kompliment, Mr. Gilday! Sie lassen sich bestimmt nicht die Butter vom Brot nehmen.«
»Die Butter nicht –« wiederholte Mr. Gilday! »Bestimmt nicht! Und wegen der reichen Leute –? Was du da vorhin gesagt hast –, ich weiß nicht, ob ich dich genau verstanden habe. Aber ich kriege sie schon zu fassen, wo es ihnen weh tut. Weißt du zum Beispiel, was das hier für ein Buch ist? Lies mal, was auf dem Deckel steht!«

Sie ließ ihr Staubtuch nicht ruhen und meinte obenhin: »Ich verstehe nicht viel vom Lesen, Mr. Gilday.«
»Na schön!« fuhr er fort. »Trotzdem hast du mehr Verstand als manche, die da lesen und schreiben wie ein Wasserfall. Dies ist ein Buch, in dem alle Steuern verzeichnet sind, Corrie May, eine vollständige Steuerliste.«
Sie zog ihre Augenbrauen hoch. »Ihr zieht also die Steuern ein; das habe ich mir schon sagen lassen. Allerdings, ich habe mich nicht zu beklagen. Ich brauche keine Steuern zu zahlen.«
Er lachte. »Und wirst auch keine zu bezahlen brauchen, wenn du dich weiter hierherum in der Nähe aufhältst und keine Dummheiten machst. Die Leute, von denen du vorhin gesprochen hast, die Larnes, die Sheramys, die St. Clairs, die Purcells und so weiter, die sind jetzt an der Reihe und müssen blechen!«
Sie kicherte, ohne es eigentlich zu wollen. »Allmählich wird's auch Zeit, das kann man wohl sagen.«
»Ganz meiner Meinung! Irgendwer muß den Krieg bezahlen. Und sie haben ihn angefangen – oder etwa nicht?«
»Und ob!« Corrie May ließ ihr Staubtuch ruhen; das Gespräch ließ sich anscheinend immer vernünftiger an.
»Und ob, jawoll!« wiederholte Mr. Gilday ihren Ausruf mit Behagen. »Drei Cents Steuer für jedes Pfund Baumwolle zum Beispiel, das zum Entkernen in die Maschine geht. Wer zahlt das?«
»Natürlich die Pflanzer!« erwiderte sie; ihr begann verschiedenes aufzudämmern.
»Und zwei Cents Steuern für das Pfund Zucker?« fuhr Mr. Gilday fort und kniff das linke Auge zusammen.
»Großartig!« sagte Corrie May voller Bewunderung. »Wirklich eine großartige Sache!«
Er nickte. »Allerdings! Und das ist noch längst nicht alles! Grundsteuern – wer bezahlt die denn? Du hast recht, Corrie May, es wurde allmählich Zeit, daß wir die Bande an ihrem Geldbeutel zu fassen kriegten!«
Corrie May reckte sich; sie fragte: »Aber müssen die Steuergelder nicht alle nach Washington geschickt werden, Mr. Gilday? Wir beide haben ja nichts davon.«
Mit engen Augen blickte er sie an und erwiderte: »Oh, doch, Corrie

May! Du bekommst für deine Arbeit den besten Lohn; hast nie einen besseren erhalten. Und ich –«

»Nun –?«

Er zog ein Schubfach auf und brachte ein Papier zum Vorschein; ein Siegel baumelte daran. »Und ich? Ich habe mit der Regierung einen schönen, fetten Vertrag geschlossen, die Uferstraße zu reparieren.«

»Das freut mich aber; das ist bestimmt eine feine Sache. Dafür müssen Sie natürlich gut bezahlt werden.«

Er lehnte sich in seinen Stuhl zurück und stopfte sich eine neue Pfeife. »Und das beste daran ist, daß die Uferstraße gar nicht repariert zu werden braucht!«

»Doch!« rief sie aus. »Sie soll ganz und gar voller Löcher sein, ein tiefes Loch am anderen!«

Mr. Gilday stellte die kühle Gegenfrage: »Wer benutzt die Straße? Du etwa, oder ich? Wir haben draußen auf den Pflanzungen nichts verloren. Die Leute, die die Uferstraße benutzen, das sind die aus den großen Häusern an der Straße. Sie sollen sich ihre Straße selber reparieren und die Löcher selber zuschippen, wenn sie darin steckenbleiben!«

Corrie May mußte tief Atem holen. »Aber, Mr. Gilday, das – nein, das ist doch nicht ehrlich! Sie kassieren das Geld und tun nichts dafür!« Mr. Gilday antwortete ungerührt: »Gib mir mal die Streichhölzer vom Tisch da drüben!«

Sie reichte ihm die Schachtel; er blickte sie über seine Pfeife hinweg aus engen Augen an. »Corrie May, ich will dir mal was sagen! Du hast keinen Grund, für diese Leute einzutreten. Und ich werde in kurzer Zeit ein recht wohlhabender Mann sein, wenn alles hübsch so weiterläuft wie bisher. Und du und ich, wir könnten wunderbar miteinander auskommen; du müßtest nur aufhören, deine Nase so hoch in die Luft zu stecken!«

Corrie May wandte sich von seinem Schreibtisch fort, ohne ihn aus den Augen zu lassen. »Mr. Gilday, ich bin niemals reich gewesen; aber meine Mutter hat mich zur Ehrlichkeit erzogen. Und Sie –? Sie sind ein Betrüger!«

»Na, na, nur sachte!« sagte er. »Ich sollte dich auf der Stelle an die Luft setzen – was meinst du?«

Sie meinte es eigentlich auch. Sie hatte das Wort gar nicht aussprechen wollen; es war ihr einfach entschlüpft vor lauter Erstaunen. Gilday hielt sie immer noch mit seinen Augen fest; um seine Mundwinkel zuckte es ironisch und vergnügt; er sagte: »Mach, daß du fortkommst, sonst packt mich womöglich doch der Zorn.«
»Ja, Herr!« Sie raffte Eimer, Besen, Schaufel zusammen, hielt aber an der Tür inne; es war ihr noch etwas eingefallen; sie vermochte sich nicht zu enthalten, es auszusprechen: »Zu der Frau, von der ich ein Zimmer abgemietet habe, kommen manchmal Leute zu Besuch und reden über Sie und die anderen Herren aus dem Norden, die hier im Gerichtsgebäude ihr Büro haben. Und manchmal gebrauchen sie ein Schimpfwort für Sie und Ihre Freunde!«
»Wie heißt denn das?« Corrie Mays Bekenntnisdrang schien ihn eher zu erheitern als zu ärgern.
»Wenn Sie's also wissen wollen – ›Bündelbrüder‹ schimpft man Sie!«
– »Bündelbrüder –?« Gilday blies mit großer Sorgfalt einen Ring aus Tabaksrauch in die Luft. »Nicht möglich! Wie gemein! Wie unfreundlich die Leute manchmal sind –! Was meinen sie überhaupt damit?«
»Als die Regierungsagenten hier ankamen, da brachten sie nichts weiter mit als ein schäbiges, kleines Bündel, das sie bequem in einer Hand tragen konnten«, erklärte Corrie May. »Aber sie werden alle reich hier unten, und wenn sie abreisen, dann haben sie die Taschen voll Geld; und für ihr Gepäck brauchen sie nicht nur ein Bündelchen, sondern gleich ein paar Möbelwagen.«
»Hmmm«, machte Mr. Gilday. »Ich will die Krätze kriegen, wenn die Leute nicht recht haben.«
Daß und wie Corrie May ihn aufgeklärt hatte, schien ihn keineswegs zu entrüsten; im Gegenteil, es erheiterte ihn offenbar nicht wenig. Die hübsche Corrie May in der Tür, mit Besen und Schrubber bewaffnet, setzte noch einmal an: »Ich hab' es selber nicht verstanden, was das heißen soll: Bündelbrüder. Aber seit Sie mir von Ihrem Vertrag erzählten, habe ich begriffen, worum es sich handelt. Machen alle die Agenten aus dem Norden solche Geschäfte?«
»Oh, nein!« ließ er sich vergnügt vernehmen. »Nur die tüchtigen!«
Corrie May drückte die Tür hinter sich ins Schloß.

Sie war richtig froh, als sie endlich eine Pause einlegen und sich zu Jed hinaussetzen konnte. Natürlich durfte sie sich nicht gerade bei ihm über die Bündelbrüder beklagen, denn Jed stammte auch aus dem Norden, und es wär' auch nicht taktvoll gewesen. Jed war ein so sauberer und ehrlicher Bursche, daß Corrie May es stets als Wohltat empfand, mit ihm zu plaudern. Er bot ihr wieder ein paar Äpfel an, die ihm seine Mutter geschickt hatte. Ja, wirklich, Jed gefiel ihr jeden Tag besser!

»Deine Mutter schickt dir aber eine Menge Äpfel!« meinte sie respektvoll.

»Sehr viel anderes hat sie nämlich nicht zu schicken, meine gute, alte Mamma«, sagte Jed. »Ich wär' froh, wenn ich endlich 'mal für meine Mutter richtig sorgen könnte; außer mir hat sie niemand.«

»Das hätte ich mir auch gewünscht: für meine Mutter zu sorgen!« pflichtete Corrie May ihm traurig bei.

»Wo lebt deine Mutter?«

»Sie ist tot. Meine Leute sind alle tot.«

»Das ist schlimm! Aber wie du für dich selber sorgst–! Du bist wirklich tüchtig!«

»Ich bin nicht tüchtig!« sagte Corrie May.

»Doch, du bist tüchtig!« sagte Jed. »Ich muß dich bewundern, Corrie May! Ich selber bin leider nicht tüchtig.«

Corrie May blickte ihn von der Seite an. Nein, sehr tüchtig war er nicht; mit Mr. Gilday ließ er sich nicht vergleichen. Und einfache, ehrliche Leute wie sie selbst oder Budge oder Jed, die kamen wohl nie auf einen grünen Zweig. »Jed«, fragte sie, »glaubst du daran, daß gute Menschen wirklich in den Himmel kommen, wenn sie gestorben sind?«

»Daran glaube ich ganz bestimmt. Gute Menschen kommen in den Himmel!« erklärte er.

»Hoffentlich stimmt's!« meinte sie nicht ganz überzeugt. »Irgendwo und irgendwie sollten sie belohnt werden!«

»Corrie May« – nahm Jed nach einer Weile den Faden wieder auf, »Corrie May; ich habe mir verschiedenes überlegt. Wenn ich wieder in Indiana bin, dann mache ich einen Laden auf. Der Kongreß hat ein Gesetz erlassen, daß teilbeschädigte Soldaten wie ich fünfzehn Dollars im Monat Rente bekommen; davon kann man natürlich nicht le-

ben; und mein ganzes Leben bloß so herumsitzen, das möchte ich auch nicht!«
Sie stimmte zu: »Das ist auch nichts. Weißt du denn, wie man ein Geschäft zu führen hat?«
»Ach, ich denke doch! Die Farmer in meiner Gegend kenne ich alle, und was sie brauchen auch! Ich denke an einen Laden, weißt du, in dem man alles mögliche kaufen kann, Bänder und Nadeln und Sensen und Pflüge und Hühnerfutter. Manchmal kann man auch noch die Postagentur übernehmen; man muß nur den Abgeordneten fürs Parlament kennen –! Hier im Süden gibt's solche Läden gar nicht; ich habe wenigstens noch keine angetroffen.«
»Nein – wo Nadeln und Sensen zur gleichen Zeit verkauft werden –, aber im Norden ist wohl vieles anders.«
»Im Norden ist alles ganz anders als hierherum«, bemerkte er wakker. Er schaute zu Boden und kratzte sich mit einem Stecken ein Bröckchen Lehm vom Absatz. »Ach – und was ich noch sagen wollte, Corrie May – –« Er zögerte mit einem Male und errötete.
»Was wolltest du denn sagen?« erkundigte sie sich liebenswürdig.
»Hmmm, willst du noch einen Apfel essen?«
»Gern! Schönsten Dank! Du bist wirklich nett zu mir!«
»Du bist ja auch ein nettes Mädchen!« sagte Jed. »Du bist – ich meine – du bist wirklich ein nettes Mädchen, Corrie May!«
Auch sie hatte ihre Augen abwärts gerichtet und spielte mit dem Apfel in ihrer Hand.
»Du sagst mir so viele Freundlichkeiten, Jed –!« meinte sie unbestimmt.
»Indiana würde dir schon gefallen, Corrie May. Das glaube ich ganz bestimmt!« setzte er abermals an.
»Warum auch nicht?« erwiderte Corrie May ein wenig unsicher. Jed stellte scharrend seine Füße um.
In diesem Augenblick trat Mr. Gilday aus der Tür; zwei der anderen Agenten aus dem Norden begleiteten ihn. Mr. Gilday grüßte Corrie May auf so freundschaftliche Manier, als hätte sie ihn nie im Leben einen Betrüger genannt.
»Sieh da, Corrie May! Wie geht's?«
Sie wandte den Kopf: »Danke, gut, Mr. Gilday!«

»Ich dachte mir, wir könnten zu Pailet essen gehen. Hast du Lust, mitzukommen, Corrie May?« fragte er.
»Nein, besten Dank! Ich habe keine Zeit!«
Die beiden anderen Herren lachten und blickten Gilday von der Seite an. Der ließ auch ein Lachen hören, ein kurzes, leises Auflachen, und meinte keineswegs verstimmt: »Das ist wirklich schade! Wir würden Bouillabaisse bestellen!« (Er sprach das schwierige Wort wie Bullybess aus). »Kannst du wirklich nicht mitkommen?«
»Nein, Mr. Gilday. Ich muß wieder an meine Arbeit gehen.«
»So, so –!« sagte Mr. Gilday. »Nun, dann müssen wir schon mit uns allein vorliebnehmen, liebe Kollegen!« Ihn in Harnisch zu bringen, war offenbar unmöglich. Was ihm auch immer begegnete, schien ihn zu erheitern, – als wär' das Leben hier im Süden so schön, daß kein Ärger es jemals trüben könnte. Corrie May erhob sich von ihrem Platz auf den Treppenstufen.
»Ich muß mich wieder an meine Arbeit machen, Jed!«
Auch Jed war aufgestanden. »Was ich noch sagen wollte, Corrie May –«
»Ja, was denn?«
»Der Gilday! Der soll keinen Unsinn mit dir anfangen!«
»Ach, Jed, um den kümmere ich mich gar nicht.«
»Na, hoffentlich nicht!« erwiderte er unsicher. »Ein ziemlich gefährlicher Bursche, der Gilday!«
Sie lächelte. »So schlimm ist er gar nicht. Hat sich vorgenommen, so viel zu verdienen, wie er nur kann. Ich pass' schon auf mich auf. Hab' nur keine Sorge!«
»Daß so ein nettes Mädchen wie du für solche Kerle arbeiten muß«, beharrte Jed, »nein, in Ordnung ist das nicht!«
»Ach, du brauchst dir nichts draus zu machen! So – nun muß ich aber wirklich wieder anfangen«, sagte Corrie May.
Sie verschwand im Innern des Gerichtsgebäudes und machte sich daran, den Korridor auszufegen. Drei- oder viermal am Tage mußte der lange Gang gesäubert werden, wenn er auch nur einen leidlich blanken Eindruck machen sollte; die Nigger und die Bündelbrüder und die vielen sonstigen Besucher entledigten sich gerade hier mit Vorliebe ihres überflüssigen Papiers, ihrer Zigarrenstummel und der

Bananenschalen, ein schmutziges Pack, das waren sie. Doch Corrie May machte sich nicht ungern an die Arbeit; man konnte so gut dabei nachdenken.

Sie hatte viel zu überlegen: Jed – Indiana! Daß Jed ihr von Tag zu Tag aufrichtiger zugetan war, ließ sich nicht bezweifeln. Als Mr. Gilday auftauchte, hatte er gerade eine sehr ernsthafte Frage an sie stellen wollen. Doch hatte sie in jenem Augenblick zugleich ein Gefühl der Erleichterung gespürt, weil Jed nicht mehr dazu kam, die Frage auszusprechen, die ihm auf den Lippen schwebte. War das nicht eigentlich verwunderlich? Ihr war klar, daß Jed sie heiraten würde, wenn sie ihn auch nur vorsichtig dazu ermunterte. Liegt mir etwas daran? fragte sie sich. Jed war ein ehrlicher Bursche; er ähnelte Budge; anständig, fleißig und sparsam, wie es seiner Art entsprach, würde sie neben ihm niemals betteln gehen müssen; ihren Lebensunterhalt würde er, mit oder ohne Arm, stets zu verdienen wissen. Und sicherlich würde er immer tun, was sie ihm sagte – wie Budge es auch getan hatte, woran ja nicht zu zweifeln war. Sie besaß ein helleres Köpfchen als Jed, und auch als Budge es je besessen hatte; das war nun einmal so. Mr. Gilday hatte sie »tüchtig« genannt – und diese Bezeichnung stand ihr auch zu!

An diesem Abend mochte Corrie May sich nicht von Jed verabschieden. Sie ging nach Hause, aß das Abendbrot, das die Wirtin ihr vorsetzte, und zog sich bald auf ihr Zimmer zurück. Sie wollte allein sein. Will ich Jed heiraten oder nicht – wonach steht mir eigentlich der Sinn? Sie mußte endlich Klarheit gewinnen.

Sie hatte sich quer über ihr Bett geworfen und die Hände hinter dem Haupt verschränkt. Wenn ich Jed heirate – das bedeutet Sicherheit. – Sie sann weiter: wir würden uns in Indiana niederlassen, jenen Allerweltsladen aufmachen; Kinder würden uns geboren werden; und in der Zeit, in der ich nicht die Kinder oder den Haushalt zu besorgen habe, würde ich am Ladentisch stehen und Nadeln, Garn und Lampenöl verkaufen. Und die Kinder würden wir zur Schule schikken; sie sollten lesen und schreiben und rechnen lernen und was sich sonst noch lernen ließ. Im Norden war sicherlich gut wohnen; dort gab's Gerechtigkeit für arm und reich. Dort brauchte man nicht erst auf bessere Zeiten zu warten wie hier im Süden. Jed wird ein guter Ehemann werden – ich würde gut mit ihm auskommen. Ich bin

schon fast so weit, ihm nachzugeben; aber das bessere Leben im Norden lockt mich mehr dabei als die Begeisterung für seine Person – Corrie May war nicht gewohnt, sich viel vorzuspiegeln.
Wenn er um mich anhält, dann heirate ich ihn – das soll von jetzt ab beschlossen sein! Nach all den verrückten Jahren, die vergangen sind, will ich nichts weiter mehr gewinnen als endlich einmal Ruhe und Frieden.
Als sie am nächsten Morgen wieder zur Arbeit ging, begegnete sie Jed, der sich gerade auf seinen Posten an der Hintertür begab. Er hielt sie an.
»Ich habe dir eine Kleinigkeit mitgebracht«, sagte er unbeholfen und kramte ein kleines Paketchen aus der Tasche.
»Wirklich?« rief sie aus. »Das ist aber nett von dir!«
Sie hielt ein blaues Band in der Hand, das Haar damit aufzubinden. Fast stiegen ihr die Tränen in die Augen; sie dankte ihm herzlich und wand sich das Band um ihre gelben Flechten.
Jed begann von neuem: »Am nächsten Sonntag wollen wir ein Sommerfest veranstalten, meine Kameraden und ich. Willst du nicht mitkommen?«
»Gewiß! Warum nicht! Ich komme gern mit!«
»Großartig, Corrie May!« sagte er und blickte sie mit einem ersten Anflug von Besitzerstolz befriedigt an – als hätte er bereits um ihre Hand gebeten, und sie hätte ja gesagt.
Corrie May war wie von innen her erwärmt, als sie ins Haus trat und an ihre Arbeit ging. Jed war herzensgut! So tröstlich empfand sie es, daß abermals ein Mensch ihr angehören wollte. Sie nahm sich zuerst Mr. Gildays Büro vor; sie wollte es schon gereinigt und verlassen haben, wenn er zum Dienst erschien. Der –! Mit seinem ewigen Schmunzeln und seinen Diebereien!
Aber er trat schon ins Zimmer, als sie noch seinen Schreibtisch abstaubte. »Guten Morgen!« grüßte er munter und ließ seinen Hut durch die Luft auf den Haken segeln. Der Hut verfehlte sein Ziel und endete in der Zimmerecke; Corrie May hob ihn auf, bürstete ihn sauber und hängte ihn an seinen Platz.
»Schöner Tag heute!« meinte er und setzte sich.
»Ein wenig kühl!« erwiderte sie, ohne ihre Arbeit zu unterbrechen.

»Viel zu tun, wie?« bemerkte Mr. Gilday.
»Sehr viel!« gab sie trocken zur Antwort.
»Ach Unsinn! Was brauchst du so zu hetzen!«
Sie warf ihm einen Seitenblick zu; was für gute Anzüge er jetzt ständig trug, aus bestem Tuch! Besseres hatten auch die Herren nicht getragen, die auf Ardeith zu Besuch erschienen. Mr. Gilday hatte ein Päckchen aus der Tasche zum Vorschein gebracht und knüpfte die Schnur auf. »Sieh 'mal her, Corrie May! Wie gefällt dir das?«
Es war ein wunderschönes Schultertuch, das er auf dem Tische ausbreitete, aus feiner, leichter Wolle mit großen roten und braunen Blumen dareingewebt, und die Kanten mit seidenen Fransen eingefaßt.
»Oh –!« rief sie aus und trat an den Tisch, um das edle Gewebe mit den Fingern zu prüfen. »Das ist ja entzückend!«
Über das Tuch hinweg lächelte Mr. Gilday ihr zu: »Gefällt es dir also?«
»Es ist einfach herrlich!« erwiderte Corrie May ernsthaft. »Ein Geschenk für eine Dame?«
Gilday nickte: »Für dich, Corrie May!«
Sie zuckte zusammen. »Für mich?« Sie ließ das Tuch aus ihren Händen wieder auf den Tisch gleiten. Mr. Gilday lehnte sich zurück.
Corrie May griff nach ihrem Staubtuch. »Besten Dank, nein, Mr. Gilday!«
Er streckte seine Hand über den Tisch und streichelte ihren Arm. »Ach, hab' dich nicht so! Leg's dir doch einmal um die Schultern! Versuch's doch!«
»Nein, ich danke!« wiederholte Corrie May. Sie wandte sich zur Tür. »Ich brauche es wirklich nicht, Mr. Gilday!«
Ehe er antworten konnte, hatte sie schon die Tür hinter sich geschlossen. Sie lief zum hinteren Portal des Gebäudes, hielt ihr Staubtuch immer noch in der Hand und blickte sich suchend um. Da war er: Jed gab gerade einer Anzahl von Negern Bescheid, die einen der Regierungsagenten sprechen wollten. Ach, Jeds sauberes, anständiges Gesicht –! Als er sie erblickte und ihr zulächelte – ihr war, als hätte jemand im Dunkeln eine Lampe angesteckt.
»Warum läufst du so?« wollte er wissen. »Bist ja ganz rot im Gesicht. Steht dir aber gut!«

Die Neger drängten sich in den Gang hinein. Corrie May blieb vor der Tür stehen. Sie hatte noch mehr als ein Zimmer zu reinigen; aber sie mußte mit Jed wenigstens ein paar Worte sprechen; sie sehnte sich danach, den freundlichen Respekt zu spüren, mit dem er ihr entgegentrat. Was kam es schon darauf an, wenn ihre Arbeit ein Weilchen liegenblieb. Gilday würde ihr jetzt ohnehin die Stellung kündigen –!

»Meine Mutter hat mir geschrieben«, begann Jed. »Sie haben große Kälte zu Hause. Und es schneit Tag für Tag.«

»Was du sagst!« erwiderte Corrie May. »Noch nie in meinem Leben habe ich Schnee gesehen.«

»Wenn alles verschneit ist, das sieht wirklich schön aus! Überall der weiße Schnee! Es friert dann. Und man kann Schlitten fahren!«

»Was ist ein Schlitten?« fragte Corrie May.

»Ein Schlitten? Etwas Ähnliches wie ein Wagen, nur daß er Kufen statt der Räder hat und Glocken dazu. Eine feine Sache! Du wirst Spaß daran haben.«

Sie lehnte sich an die Wand. »Es klingt so hübsch, was du erzählst. Mir würde wohl alles gefallen, was es da im Norden gibt. Hast du keine Sehnsucht danach?«

Er lächelte und seufzte in einem. »Die hab' ich schon. Drei Jahre bin ich jetzt von zu Hause fort.«

»Dann bist du also nicht vom Anfang des Krieges an dabeigewesen?«

Er schüttelte sein Haupt. »Nein! Wenn du die Wahrheit wissen willst – ich konnte nicht recht einsehen, was ich eigentlich mit der ganzen Kriegsgeschichte zu tun haben sollte. Was hier im Süden passierte und wie es hier aussah, das wußte ich nicht; und außerdem hatte ich für meine Mutter zu sorgen.« Ein halb verlegenes Grinsen verzerrte sein Gesicht. »Na und dann, du weißt ja, wie es zugeht, dann wurde ich eben eingezogen.«

»Ach, wurden auch im Norden die Männer eingezogen?« Corrie May mochte es fast nicht glauben. Für ein so wunderbares Ideal hatten doch die Männer aus dem Norden kämpfen können, für die Freiheit versklavter Neger und für Freiheit, Gleichheit und Brüderlichkeit im ganzen Lande; dafür brauchte man die Männer nicht einzuziehen; dazu konnte man sich freiwillig melden.

»Wenn irgendwo Krieg ist, dann werden überall die Männer eingezogen; das ist nun einmal so«, meinte Jed gelassen; er machte sich keine Illusionen. »Natürlich hat es diesmal schon einen Sinn gehabt; die Vereinigten Staaten mußten vereinigt bleiben und durften nicht zerrissen werden, bloß weil der Süden seine Sklaven nicht in Freiheit setzen wollte; und dann noch all das übrige –!«
»Ja, das ist wohl wahr. Und im Norden war die Sache sicher besser eingerichtet als hier im Süden. Im Norden sind ja die Leute alle gleich.«
»Was meinst du mit ›besser eingerichtet‹?«
»Ich meine: alle Männer wurden eingezogen – ohne Unterschied.«
»Gewiß, alle Männer wurden eingezogen; nur Väter von kleinen Kindern und Kranke durften zu Hause bleiben.« Jed ließ seine Augen voller Bewunderung auf dem blauen Band in ihrem gelben Haar verweilen. »Und natürlich brauchten auch solche«, fügte er nachlässig hinzu, »die sich loskaufen konnten, nicht Soldat zu werden.«
Corrie May ließ ihr Staubtuch fallen. Jed hob es wieder für sie auf. Ihr Mund blieb vor Erstaunen offen stehen – hatte sie richtig verstanden? Sie fragte ungläubig: »Soll das heißen, Jed, daß sich jeder, der genug Geld besaß, vom Soldatwerden freikaufen konnte?«
»Ja, gewiß! Wer dreihundert Dollars auf den Tisch des Hauses legen konnte, der wurde nicht eingezogen und durfte zu Hause bleiben!«
»Die Reichen brauchten also nicht ins Feld ziehen?«
»Nein! Wenn sie reich genug waren –!« sagte Jed. »Natürlich, als der Krieg immer länger dauerte, mußte man mehr und mehr dafür bezahlen, nicht eingezogen zu werden. Manch einer soll einen riesigen Haufen Geld ausgespuckt haben, um bloß nicht an die Front zu kommen.«
»So ist es also im Norden zugegangen, im Norden?« Sie fragte es mit gepreßter Stimme, die vor Widerwillen und Unglauben vibrierte.
»Was hast du denn, Corrie May? Du siehst ja aus, als täte dir etwas weh?«
»Mit tut nichts weh! Warum hast du denn nicht die dreihundert Dollars locker gemacht und bist zu Hause geblieben? Dann wär' dein Arm noch an der Stelle, wo Gott ihn dir hat wachsen lassen!«

Er lachte kurz auf. »Dreihundert Dollars?! So viel Geld habe ich noch nie in meinem Leben besessen.«
»Noch nie besessen – !« Sie holte tief Atem. »Und wirst es auch nie besitzen! Du bist nicht tüchtig!«
»Herr im Himmel, Kind«, rief Jed. »Ich bin tüchtig genug für unseren Bedarf.« Er klopfte ihren Arm. »Tüchtig genug, und ich weiß ein hübsches Mädchen von einem häßlichen zu unterscheiden. Das blaue Band im Haar, das steht dir wirklich fein. Zu dem Sommerfest am nächsten Sonntag, da mußt du's auch einbinden.«
Sie schwenkte herum und blickte ihn an. »Jed, ich will von dem Sommerfest nichts mehr wissen. Hier ist dein Band! Schenk' es lieber einem Mädchen, das nicht tüchtiger ist als du.«
»Was ist in dich gefahren, Corrie May?« Er trat einen Schritt von ihr zurück, mehr erstaunt als gekränkt. »Was hab' ich gesagt, das dich so böse macht?«
»Oh, nichts! Ich könnt' es dir in tausend Jahren nicht erklären. Der liebe Gott hat manche Leute dumm geschaffen, damit sie für die Tüchtigen die schmutzige Arbeit verrichten. Ich will lieber zu den Tüchtigen gehören. Dein Band, das kannst du behalten, und deine Schlitten und die Glocken dazu und deinen ganzen aufgeblasenen Norden. Freiheit und Gleichheit und Brüderlichkeit! Nichts als fauler Zauber! Ihr wollt den Süden also wie den Norden machen! Ihr braucht euch nicht weiter anzustrengen: der Süden ist schon längst so wie der Norden. Hier wie da gibt's nur zwei Sorten von Leuten; die eine Sorte bekommt, was sie haben will, und die andere läßt sich an der Nase herumziehen und glaubt, was man ihr vorerzählt: von Fahnen und Vaterland und läßt sich die Arme abschießen und ist noch stolz darauf, weil man das patriotisch nennt. Zum Teufel mit dem ganzen Irrsinn und mit dir dazu, mit dir auch!«
Sie wollte ins Haus hineinlaufen, aber Jed verstellte ihr die Tür. Er hatte sie kaum verstanden und war aufs äußerste bestürzt; er begriff nichts weiter, als daß sie ihm erbittert zürnte; mehr faßte er nicht; atemlos brachte er heraus: »Corrie May, bitte, sag mir, was ich angerichtet habe. Ich habe nichts Böses gemeint.«
»Oh, du wirst nie etwas Böses meinen. Geh zurück nach Indiana und bete zu Gott, daß er für dich sorgt, denn du selbst bringst es doch nicht fertig und jemand anderes auch nicht. Laß mich vorbei jetzt!«

Sie warf das Band auf die Erde und fegte an ihm vorbei. Ihr Inneres kochte; ihr war glühend heiß vor Ärger; nicht irgend jemand sonst, sich selbst allein hätte sie ohrfeigen mögen. Sie war schon wieder drauf und dran gewesen, in die verrosteten Raubtierfallen von Pflicht und Anstand hineinzutreten; die Reichen bauen sie für die dummen Armen auf. Man brauchte sich nur die Leute anzuschauen, die auf die Schliche der Reichen hereinfielen: ihre Brüder – die waren im Waldlager am Fieber gestorben; Jed – der mußte noch einmal von vorn anfangen; er hatte sich nicht loskaufen können und schließlich Arm und Beruf verloren; ihre Mutter – die war alt und verbraucht und elend gestorben – und war doch an Jahren noch nicht alt gewesen. Die Leute aber, die den Reichen keinen Glauben schenkten, Mr. Gilday zum Beispiel, die kleideten sich in feinste Tuche, trugen ganze Bündel von Zwanzig-Dollar-Scheinen in der Tasche spazieren, zwei Finger dick, und grienten der übrigen Welt ins Gesicht, von früh bis spät. Corrie May faßte nach der Klinke an der Tür, die in Mr. Gildays Zimmer führte, und drückte sie nieder.
Mr. Gilday redete mit einem armseligen, blassen Mann in der Uniform der Konföderierten; der Rock war derart abgetragen und verschlissen, daß seine ehemals graue Farbe kaum noch zu erkennen war. Die Knöpfe waren abgeschnitten, denn nach der Vorschrift durfte sich kein Mann mehr auf der Straße in der Uniform der Besiegten blicken lassen. Als sich nach dem Erlaß dieses Gesetzes herausgestellt hatte, daß viele Männer zivile Kleider gar nicht mehr besaßen, hatte man die Verordnung abgeändert; die Uniformen durften weiter getragen werden, wenn vorher alle Abzeichen und die Knöpfe abgetrennt waren. Wenn zuweilen Männer vom Lande in den Straßen auftauchten, die von der Verordnung nichts gehört hatten, so machten sich die Bündelbrüder aus dem Norden einen Spaß daraus, den armen Teufeln ein paar Nigger hinterherzujagen; die schnitten ihnen dann die Knöpfe vom Rock. Der Mann vor dem Schreibtisch lauschte Mr. Gildays lässigen Befehlen mit der jämmerlichen Dankbarkeit eines Menschen, der mehr herumgestoßen worden ist, als er ertragen kann. Als Corrie May die Tür hinter sich wieder schloß, hörte sie ihn sagen: »Ich bin Ihnen sehr dankbar, Mr. Gilday. Es ist sehr gütig von Ihnen.«
»Gut, gut! Sie können jetzt gehen«, sagte Mr. Gilday. Er spielte mit

der goldenen Uhrkette, die ihm über die Weste hing. »Aber vergessen Sie nicht, jeden Tag unterwegs zu sein, ganz gleich, ob das Wetter gut oder schlecht ist!«
»Jawohl, ich verstehe!«
Der Fremdling verbeugte sich höflich. Er hatte eine ausgezeichnete Erziehung genossen; sie war seiner Sprechweise unverkennbar anzumerken, auch der makellosen Sauberkeit seiner ärmlichen Uniform. Corrie Mays Lippen kräuselten sich vor Verachtung: der Sklaventreiber! Mag er die Folgen seines verwünschten Krieges tragen! Es wird ihm guttun!
Sie betrachtete den Mann geringschätzig, wie er an ihr vorbeischritt und das Zimmer verließ. Mr. Gilday wandte ihr die Augen zu und ließ seine Blicke über ihre Glieder gleiten; auch diesmal vermochte Corrie May sich der Empfindung nicht zu erwehren, daß ihre Kleider plötzlich durchsichtig waren –.
»Willst du etwas?« fragte er. Seine Mundwinkel zuckten in jener unbestimmten Gebärde, die man nur ein Lächeln nennen konnte und die doch kein Lächeln war.
»Ja!« sagte Corrie May. Sie trat an seinen Schreibtisch und lehnte sich über ihn hinweg. »Haben Sie noch das Schultertuch, Mr. Gilday?«
Seine dicken Augenbrauen hoben sich ein wenig in leichter Überraschung. »Sicherlich! Ich habe es noch«, antwortete er.
Corrie May fuhr mit klarer Stimme fort: »Ich habe mir die Sache überlegt. Ich möchte das Tuch gerne haben. Es ist doch zu hübsch.«
Gilday stützte seine Ellenbogen auf den Tisch, deckte eine Hand mit der anderen und lehnte sein Kinn obendrauf. »Also sieh 'mal an!« ließ er sich vernehmen; nach einem Weilchen fügte er trocken hinzu: »Du nimmst also endlich Vernunft an?«
»Ja! Ich nehme endlich Vernunft an.«
Gilday fing an, tief im Hals zu lachen. Er lachte nicht so sehr aus Freude darüber, daß sie sich schließlich doch ergeben hatte; er lachte triumphierend – hatte er nicht einen Sieg erfochten!
»Gewiß!« meinte er nach ein paar ewigen Sekunden genüßlich langsam. »Du sollst das Tuch bekommen. Ich hab' mir schon gedacht, daß du es zu guter Letzt doch würdest haben wollen. Man muß dir nur Zeit lassen nachzudenken.«

Auch Corrie May lachte. Sie winkte mit ihrem Kopf zu der geschlossenen Tür hinüber und fragte: »Wer war der Mann?«
»Er soll die Post austragen.«
»So – –?« machte sie. Ihr war, als gälte es einer Verschwörung. Ein Gefühl heimlicher Erheiterung überkam die kleine Corrie May; sie hatte den Absprung gewagt – und er schien zu gelingen.
Gilday fuhr nach einer Weile fort: »Ich habe nämlich einen Vertrag bekommen; ich muß dafür sorgen, daß die Post ausgetragen wird. Der Kontrakt bringt mir hundert Dollars im Monat.«
»Das ist ein Haufen Geld – für nichts weiter als die Post auszutragen!« bemerkte sie. »Und das alles für den Mann, der da eben weggegangen ist –?«
Gilday streckte seine Hand aus und streichelte leise ihren Nacken, vom Ansatz ihres Haares her bis zu ihrem Kragen. Er sagte gleichmütig: »Natürlich zahle ich dem Kerl nur vierzig Dollars im Monat von den hundert, die ich selbst bekomme. Meine Idee dabei ist, Kindchen, die eigentliche Arbeit von ein paar elenden Schwachköpfen verrichten zu lassen.«
Corrie May lächelte und warf einen Blick zur Tür hinüber. Sie war nun völlig mit sich selbst im reinen. Doch Gilday zwang sich zu kühler Nüchternheit. Er beobachtete Corrie May mit jener angelegentlichen Schärfe, die für ihn bezeichnend war – als hätte er die Absicht, hinter ihre Augen zu dringen und das Innerste ihrer Gedanken zu ergründen.
Schweigen waltete eine Zeitlang im Zimmer. Corrie May hob sich auf die Zehenspitzen und setzte sich auf die Kante des Schreibtisches; die Hände verschränkte sie in ihrem Schoß. Wieder streckte Gilday seine Hand aus und deckte sie über die ihren. Sie lächelte ihn an. Für ein paar unwägbare Minuten saßen sie so und betrachteten einander mit freundschaftlicher Zustimmung. Es war fast, als wären sie schon seit Jahren eng verbunden und verständen einander so selbstverständlich gut, daß sie keiner Worte weiter bedurften. Corrie May räusperte sich schließlich und wollte wissen:
»Mr. Gilday, sind Sie auch Soldat gewesen während des Krieges?«
Er lachte: »Wie kommst du darauf? Natürlich nicht! Ich hatte doch nicht den Verstand verloren!«
»Nein, das hatte ich auch nicht erwartet«, erwiderte Corrie May.

»Wie sind Sie vom Heeresdienst freigekommen?«
»Ich habe mich losgekauft. Wie denn sonst?«
»Das dachte ich mir. Wer Geld hat, kann praktisch tun, was er will. Oder etwa nicht?«
»Doch, doch, das stimmt!« Gilday nickte in munterem Einverständnis. Corrie May wollte mehr wissen; sie drängte: »Erzählen Sie weiter! Wo haben Sie das viele Geld hergehabt? Waren Sie schon vor dem Kriege ein reicher Mann?«
»Keine Spur! Wenn ich die Wahrheit sagen soll: ungefähr ein Jahr vor dem Kriege bin ich hier in dieser Gegend aus einer Stellung hinausgeworfen worden, und es ging mir dreckig genug. Aber als ich wieder nach Norden zurückkam, konnte ich mich glücklicherweise mit einem Kerl zusammenspannen, der eine Kleiderfabrik betrieb; er stellte billige Männerkleider her und ähnliches Zeug. Und dann verschafften wir uns einen Auftrag, Armeeuniformen zu liefern. Damals bei Kriegsbeginn konnte jedermann, der irgend etwas herstellte, Lieferungsverträge für die Armee abschließen.«
Corrie Mays Hochachtung vor diesem tüchtigen Manne begann beträchtlich zu steigen. Sie sagte: »Oh, also damals schon haben Sie aus der Regierung Kapital geschlagen?«
»Das will ich meinen!« versicherte Gilday. Er grinste breit, als er seiner Fischzüge gedachte. »Das waren Zeiten, Corrie May! Alle Welt schien den Verstand verloren zu haben, als der Krieg tatsächlich ausgebrochen war; die Regierung am allermeisten. Von überallher wurden die Männer zusammengetrommelt, um Soldaten zu werden; dabei fehlte es an allem: an Schuhen, an Uniformen, an Sätteln, an Decken, an Gewehren; schlechterdings gar nichts war vorbereitet. Die Fabrikanten konnten also nicht schnell genug die vielen Aufträge ausführen, mit denen sie überschüttet wurden. Dabei gab's natürlich weder genug Wolle noch genug Leder im Lande – –« Er lachte laut auf und schlug sich auf die Schenkel vor Vergnügen.
Sie lehnte sich vor. »Und haben Sie Ihre Lieferverträge erfüllen können?«
»Aber gewiß doch! Wir lieferten eben Schund.«
»Schund? Was für Schund?«
»Aber Kindchen! Wir nähten eben Uniformen aus allem, was wir irgend auftreiben konnten. Man kann alte Lumpen sammeln lassen;

sie werden aufgedröselt und wieder zu Tuch verarbeitet; alte Mehlsäcke, Speicherbodendreck und was man sonst noch irgendwo zusammenfegt. Das alles wird, so gut wie's geht, verwoben; das herrliche Tuch dann blau gefärbt, wunderbar geplättet – und die dumme Blase von der Regierung der Vereinigten Staaten zahlte uns bessere Preise dafür, als jemals zuvor für gute wollene Stoffe gezahlt wurden. Und dann fährt man nach Hause und dankt dem lieben Gott im Himmel kniefällig dafür, daß er so viele gutgläubige Esel in diese Welt setzt.«

»Aber haben solche Uniformen überhaupt gehalten?«

»Daß die Uniformen hielten, dazu hatten wir uns nicht verpflichtet. Wenn die Truppen mit unseren Uniformen in den ersten Regen gerieten, dann lösten sich die herrlichen Tuche in Wohlgefallen auf; und selbst wenn es nicht regnete – manche unserer prächtigen Röcke zerfielen schon am zweiten Marschtage. Aber dann waren die Regimenter schon weit von Washington entfernt, lagen irgendwo in Dreck und Speck und mußten zusehen, daß sie ihren Kopf wegsteckten, wenn die Kugeln flogen. Wer kümmerte sich überhaupt darum! Zum Spaß waren sie schließlich nicht in den Krieg gezogen! Sie hatten zu fechten und im übrigen das Maul zu halten.«

Corrie May lachte laut heraus. »Sie sind mir ein feiner Patriot, Mr. Gilday, ein feiner Patriot!«

»Aber Kindchen!« sagte Gilday mit einer Stimme, die nur so schwirrte vor Spott und verstelltem Beleidigtsein. »Ich bin einer der feinsten Patrioten, die Gottes Sonne je beschienen hat. Ich habe Kriegsanleihen gekauft, und ich habe jungen Damen Geld gespendet, die für die Hospitäler sammeln kamen, ich habe auf den Wohltätigkeitsbasars der Soldatenhilfe getanzt und obendrein Nadelkissen, Tintenwischer und gehäkelte Sofaschoner und sonst noch alles mögliche erworben, was ich noch viel weniger gebrauchen konnte.« Er stimmte in das schallende Gelächter ein, das zu bemeistern sie sich längst keine Mühe mehr gab. »Aber, Corrie Maychen! Wo denkst du hin! Wenn ich nicht als erstklassiger patriotischer Bürger bekannt gewesen wäre – glaubst du denn, die Regierung hätte mich dazu ernannt, hier für die armen Neger nach dem Rechten zu sehen und darauf aufzupassen, daß das reiche, vornehme Volk im Bezirk Dalroy richtig seine Steuern bezahlt?«

Corrie May schüttelte tief bewegt ihr Haupt. Mit einer Bewunderung, die fast an Ehrfurcht grenzte, meinte sie: »Mr. Gilday, wenn mich nicht alles täuscht, sind Sie der gemeinste Mensch, den ich in meinem ganzen Leben gesehen habe.«
Gilday lächelte. Seine Augen glitten über sie hin. Wieder ließ er jenes schlimme triumphierende Glucksen tief im Halse hören, das ihr schon vertraut war. »Da magst du recht haben, Kindchen!« stimmte er zu. Er faltete seine Hände auf dem Schreibtisch und fuhr fort, sie höchst erheitert zu betrachten.
Plötzlich schwang sie sich zu der Frage auf: »Wer sind Sie eigentlich, Mr. Gilday? Wo stammen Sie her?«
Ohne seine kleinen Augen von ihr abzuziehen, antwortete er: »Wenn du es wissen willst, wo ich geboren bin –? Auf einer Farm im Kreise Ulster, im Staate New York, nicht weit von Kingston.«
Seine Augen wurden noch kleiner und enger als sonst. Nun blickte er sie nicht mehr an; er schaute an ihr vorbei und auf die Wand, als wäre sie durchsichtig und hinter ihr läge jene Farm im Staate New York, an die ihre Frage ihn erinnert hatte. Er preßte die Lippen zusammen; hatte er nicht etwas sagen wollen und sich dann doch eines Besseren besonnen –?
Corrie May sagte nachdenklich: »Verrückt ist das mit Ihnen, Mr. Gilday! Alles, was Sie tun, ist schlimm – und dann kommt es mir wieder so vor, als hätten Sie das alles tun müssen, ob Sie nun wollten oder nicht.«
»Tun müssen –?« wiederholte er. »Stimmt! Tun müssen, ob ich wollte oder nicht!«
Er blickte immer noch an ihr vorbei in eine unbestimmte Ferne. Die beiden Menschen schwiegen lange. Draußen vor den Fenstern schwatzten die Neger in ihrem seltsam verwischten Englisch; sie hockten, wie stets jetzt, auf dem Rasen vor dem Gerichtsgebäude und hielten Maulaffen feil. Endlich nahm Mr. Gilday den Faden wieder auf; er redete wie geistesabwesend und mehr für sich als für seine Zuhörerin.
»Meine Mutter hat dreizehn Kinder zur Welt gebracht; aber vier von ihnen sind bloß groß geworden. Irgendeines von meinen Geschwistern war immer am Sterben, so kommt es mir vor, wenn ich heute daran zurückdenke. Und was mußten wir schuften! Ich war kaum

neun Jahre alt und dann um vier Uhr aufstehen und das Vieh versehen –! Und es war kalt –! Mein Gott, diese Winter! Ich melkte die Kühe und gleich gefror mir die Milch im Eimer. Hast du jemals auf Frostbeulen laufen müssen, Corrie May?«
»Frostbeulen? Was sind Frostbeulen?«
»Du kennst sie nicht einmal dem Namen nach – das dachte ich mir. Deshalb bin ich auch südwärts gezogen. Ich wollte von den fürchterlichen Wintern nichts mehr wissen. Warum erzähle ich das eigentlich alles? Ich hab' schon ewig lange nicht mehr davon gesprochen.«
»Nun wenn schon! Weiter, bitte!« sagte Corrie May. Sie wunderte sich, wie leise und gierig zugleich ihre Stimme klang.
Gilday erhob sich. Er steckte seine Fäuste in die Jackentaschen und schritt zum Fenster, lehnte sich an das Brett davor, schien Corrie May nach wie vor nicht wahrzunehmen und fuhr fort:
»Zuerst habe ich in Virginia auf einer Baumwoll-Plantage gearbeitet. Der Besitzer ließ sich selten auf der Pflanzung sehen; er verbrachte seine Zeit meistenteils in New York oder auf Reisen in Europa. Ein niederträchtiger Bursche! Ewig steckte er in Schulden und machte uns Aufsehern die Hölle heiß; so große Ernten, wie er sie brauchte, konnten wir nicht erzielen. Für Düngung gab er keinen Pfennig aus; der Boden auf seiner Plantage war schon so ausgesogen, daß er mehr einer Wüste ähnlich sah als gutem Ackerland. Bald konnten wir ihm ein Stück Land abkaufen, ein anderer Aufseher und ich. Ein Teil davon lag in Virginia und ein anderer jenseits der Grenze in Maryland. Dort haben wir dann Nigger für den Sklavenmarkt gezüchtet. Wir setzten sie auf das Land; sie mußten sich selber etwas anbauen, wenn sie etwas zu essen haben wollten, und ließen sie nach Herzenslust Kinder kriegen; die kleinen Niggerlein, die geboren wurden, verkauften wir dann. Das Geschäft ließ sich nicht schlecht an. Aber dann juckte mir das Fell; ich fing an zu spekulieren, und als 57 der große Krach kam, da hab' ich alles wieder verloren, was ich bis dahin zusammengescharrt hatte. Ich mußte also wieder Aufseher werden, Sklaventreiber. Hab' zuerst für einen Pflanzer in Georgia gearbeitet. Im Sommer 59 hat dann hier in der Nähe der Oberst Sheramy mich auf seiner Pflanzung Silberwald angestellt; so bin ich hierhergekommen –«

Corrie May unterbrach ihn erstaunt: »Sie haben bei Oberst Sheramy auf Silberwald gearbeitet?«
Ein verbissenes Lächeln flackerte um seinen Mund. »Ja! Aber nicht sehr lange. Er hatte eine Tochter. Der gefiel ich nicht.«
»Wie? Miß Ann Sheramy? Die später den Denis Larne geheiratet hat?«
»Dieselbe! Ich habe sie eines Tages wohl allzu neugierig betrachtet; sie war entsetzlich empfindlich. Mein liebes Scheuermädchen, was haben die Leute hier nicht alles mit den Zuckerplätzchen angestellt, die sie ihre Frauen nannten; sie waren so zart, daß sie schon umfielen, wenn sie eine Blume abpflücken wollten; und weiß Gott, viel mehr verstanden sie nicht; zu allem anderen waren sie zu dumm. Ich begegnete ihr am Tor des Parkes; sie saß zu Pferde. Es war mitten im Sommer; von sechs Uhr morgens an war ich bei glühender Hitze in den Baumwollfeldern unterwegs gewesen; und bis zum Abend hatte ich keinen Schluck Eiswasser mehr zu erwarten – da rauscht sie also heran, sprengt die Allee entlang, kühl wie ein Wasserfall, und sieht so verdammt hochnäsig an mir vorbei. Ich dienerte und machte meinen Kratzfuß, wie es von mir erwartet wurde, und guckte sie mir nebenher ein bißchen an; ich konnte ihr Korsett erkennen. Mehr als siebzehn oder achtzehn Zoll maß sie um die Taille nicht. Und ich mußte an meine Mutter denken, die sich nichts dergleichen leisten konnte und die nichts weiter besaß, ihre Taille zusammenzuhalten, als ihr Schürzenband. Und dann schaute ich ihr nach, wie sie die Straße hinunter davonfegte. Das nächste, was dann passierte: meine Stellung flog in die Luft. Sie hatte sich bei ihrem Bruder beschwert: der neue Aufseher wäre ihr nicht mit genügendem Respekt begegnet!«
Corrie May preßte erregt die Hände ineinander und lehnte sich vor. »Weiter, Mr. Gilday! Ich weiß noch ganz genau, wie es war, als sie Hochzeit machte.«
»Ich auch, zum Teufel! Auf den Landungsbrücken habe ich sie angesprochen. Sehr entzückt war sie nicht. Ich fuhr mit demselben Schiff wie das glückliche Hochzeitspaar, allerdings nur im Zwischendeck. Und da mußte ich an all die üblen Dinge denken, die ich mein Leben lang mitangesehen hatte; und ich dachte an die vergnügten Leute, die Glück und Geld mit Löffeln fressen und die uns andere nicht an die

Suppenschüssel lassen, weil sie glauben, wir sind das Hungern gewöhnt. Und ich hab' mir geschworen: eines Tages wird die Bande mir dafür blechen!« Er hob plötzlich die Augen und blickte Corrie May voll an. »Und jetzt, Corrie May, ist die Zeit gekommen: sie müssen blechen!«
Sie ließ sich langsam von ihrem Platz auf dem Schreibtisch abwärts gleiten. »Und das sollen sie auch! Ich habe damals ganz genau das gleiche gedacht. Ich weiß, wie es da in einem aussieht. Ich habe für das Weib gearbeitet!«
»Du?« rief er überrascht. »Du hast mehr Grips in deinem kleinen Finger als die in ihrem ganzen Kopf.« Er grinste. »Jetzt bin ich also hier im Süden, und sie mögen mir so viele Schimpfnamen an den Schädel werfen, wie sie wollen! Aber ehe ich hier wieder fortgehe, habe ich mir alle meine Taschen vollgefüllt. Soll sie der Teufel holen, Corrie May: jetzt sind wir dran!«
»Ja!« erwiderte Corrie May ruhig. »Jetzt sind wir dran!«
Er stand noch immer am Fenster; Corrie May schritt zu ihm hinüber. Gilday wandte sich ihr zu und legte ihr seinen Arm um die Schulter. Sie schaute zu ihm auf, erfaßte mit einem Blick sein ganzes unbeschreiblich angemessenes Äußeres: das dicke, stets verwirrte Haar, seine listigen kleinen Augen, seinen gierigen Mund und dies grobe, quere Kinn; das Kinn eines Mannes, der da wußte, was er wollte, und der, verdammt noch mal, auch kriegen würde, was er wollte! Zum ersten Male in ihrem Leben wurde Corrie May von dem drängenden Bedürfnis befallen, in Worten auszudrücken, was sie dachte, und wurde schmerzhaft des Unvermögens inne, Sätze zu bilden, in denen ihr Herz sich spiegelte. Sie wußte ganz genau, wen sie vor sich hatte, wer sie da im Arme hielt. Dieser Gilday: ein gottloser Lump! Keine Menschenseele in diesem ganzen Dalroyer Bezirk, die nicht besser dran wäre, wenn er plötzlich mit Tod abginge! Aber er besaß in Vollkommenheit, was sie selbst bisher noch immer hatte entbehren müssen: diese blanke Entschlossenheit zum Erfolg um jeden Preis, auch um den des Verbrechens, und diese selbstverständliche Sicherheit, mit welcher er ohne Reue oder Mitleid beiseite fegte, was sich ihm in den Weg stellte. Von einer Gewalt, die stärker war als sie selbst, wurde sie ihm in die Arme getrieben; sie vermochte diesem saugenden Verlangen nicht zu widerstehen. Ein Gefühl, aus

Ehrfurcht, Bewunderung und gespannter Entdeckerfreude gemischt, beherrschte sie vollkommen.
»Ach, weiß der liebe Himmel, Mr. Gilday – –« begann sie stockend und beinahe heiser von neuem, »ich meine – – wie heißt du eigentlich mit Vornamen?«
»Sam«, sagte er und lächelte zu ihr nieder.
»Sam, du bist – glaube ich –, du bist ein wunderbarer Mann!«
Schon überkam ihn wieder jenes Lachen, das für ihn bezeichnend war; doch diesmal spürte sie leiblich selbst, wie das Gelächter, ein tiefsitzendes Beben, seinen Körper durchfuhr. Er sagte: »Du und ich – wir werden uns wunderbar amüsieren!«
Sie flüsterte: »Das werden wir bestimmt!«

ZEHNTES KAPITEL

Als Gilday anbot, ihr ein ganzes Haus zu mieten, rieselte Corrie May ein seltsamer Schauer den Rücken hinunter. Es handelte sich um das vornehme Gebäude mit dem stolzen Balkon, unter dem einst Corrie May gestanden und gejubelt hatte, als in des Krieges Maienblüte die Soldaten ins Feld hinauszogen. Es gehörte den Durhams; der Schiffsverkehr auf dem Strom lag danieder, und die Steuern auf Grundbesitz waren in so schwindelnde Höhen geklettert, daß die Familie ihren kostspieligen Wohnsitz nicht länger halten konnte.
Gilday meinte, er würde es gern mieten, aber nur dann, wenn es ihr Spaß machte. Corrie May fuhr in ihrem eleganten Wägelchen vor dem Hause vor und blickte an seiner schönen, ausgewogenen Front in die Höhe; sie zitterte vor Freude und Genugtuung. Hier sollte sie wohnen, sie. Corrie May Upjohn vom Rattletrap Square, hier in einem jener Paläste, für welche die Stadt berühmt war! Aber als sie das Haus besichtigt hatte, war sie enttäuscht. Von außen machte es einen grandiosen Eindruck mit seinen breiten Galerien und seinen hohen Fenstern, aber von innen – die Wände des großen Gesellschaftszimmers waren einfach weiß gestrichen; nur unter der Decke zog sich eine Bordüre von gemalten Weinranken entlang. Corrie May bat Gilday um die Erlaubnis, das Haus ein wenig verschönen zu dürfen; gewiß, sie sollte nur loslegen; auch ihm käme es zu simpel vor.
So machte sie sich an die Arbeit, glühend vor Eifer. Die vorderen Räume wurden mit einer Tapete ausgeschlagen, auf der ein Muster von roten und purpurnen Rosen prangte, die ein goldenes Gatter emporkletterten; in der Halle aber wurden blaue Tapeten an die Wände geklebt, über die güldene Blumensträuße, durch rosa Bänder und Bögen miteinander verknüpft, unzählbar ausgeschüttet waren.
Um die Fenster ließ Corrie May goldgelbe Samtvorhänge drapieren und mit goldenen Kordeln hochschürzen. Und wo auch immer mußten Bilder die Wände schmücken, auf denen Liebesgötter einherflatterten, während im Hintergrund glyzinenverhangene Bogengänge dämmerten. Über dem Kamin im Empfangszimmer wurde ein goldgerahmter Spiegel aufgehängt und zwischen den Fenstern ein gewaltiges rotes Plüschsofa aufgebaut. Den Speisesaal staffierte sie

mit prächtigen Gemälden von Früchten und Fischen aus, damit der Appetit der Gäste nicht der künstlerischen Anregung entbehrte; Glasschränkchen wurden aufgebaut – knollig geräumige Karaffen aus rosa Kristall erglitzerten darin und ein eitel aufgestelltes Porzellanservice, mit fröhlich dahinsprengenden Ponys geschmückt.
Gilday zahlte für alles und jedes, halb erheitert und halb befriedigt.
Sie mit so viel Lust Geld verschwenden zu sehen, bereitete ihm nicht geringes Vergnügen. »Das ist wunderbar, das ist herrlich!« erklärte sie ihm atemlos mit strahlenden Augen wieder und wieder; er lachte dann und kniff sie in die Backe. »Mach nur immer so weiter, Kindchen! Ich sagte dir ja: jetzt sind wir dran!«
Ja, jetzt bin ich an der Reihe, sagte sich Corrie May voller Freuden und rannte geschäftig die Treppen hinauf und hinunter; ah – sie waren gerade mit einem dicken grünen Teppich ausgelegt worden; in die Halter an den Wänden – dachte sie – muß ich noch lange, vielfarbige Kerzen kaufen! Aber wenn sie es auch schon ungemein genoß, ihr Haus aufs feinste herauszuputzen, so war doch letztlich der Genuß, neue Kleider anzupassen und zu bestellen, durch nichts zu übertreffen. Zuerst mochte sie kaum daran glauben, daß sie einfach ins nächste Geschäft stolzieren und ganze Berge von Tuchen und Stoffen durchwühlen durfte, als wäre sie eine große Dame. Sie trat zunächst nur furchtsam an die Ladentische: »Darf ich mir etwas in Popeline ansehen, mein Herr, wenn es Ihnen nicht zuviel Mühe macht!« Sie schüttelte sich heimlich dabei vor Verlegenheit, denn der Blick, mit dem der Verkäufer sie musterte, besagte offenbar, daß er solchen Kundinnen in vergangenen Jahren keineswegs zu Diensten gewesen war. Aber die Zeiten waren schlecht; die Geschäfte bedurften der Kunden dringender, als Corrie May der Kleider bedurfte – was sie schon nach kurzer Zeit begriff. Es lernte sich schnell, selbstbewußt die Läden zu betreten, die Schleppe zu schwenken und zu flöten: »Tarlatan –? Ich bitte Sie! Da könnte ich genau so gut Fliegengaze tragen! Wollen Sie mir nicht etwas in den Seidensamten vorlegen, von denen man jetzt so viel hört!« Und dabei mußte man die falschen Haarflechten, die die Mode vorschrieb und die in zierlichen Bögen vom Hinterkopf auf den Nacken herniederglänzten, mit einer seitlich schrägen Kopfbewegung an Ort und Stelle schwenken,

damit jedermann merkte, wie man die modischen Attribute zu beherrschen wußte.
Sie liebte es, wenn die Verkäufer ergeben vor ihr krochen. Sie liebte es, wenn Frauen den Laden betraten, die einstmals reich gewesen waren; nun mußten sie sich von ihren Brüdern begleiten lassen oder einem alten Diener, der trotz der neuen Verhältnisse dem Hause die Treue bewahrte; denn eine Dame, die, unverkennbar die neuen Zeiten höchst abscheulich findend, zum alten Pflanzeradel gehörte, durfte sich in diesen Tagen schwerlich unbehütet auf die Straße wagen – und dann liebte es Corrie May, wenn die Größen von einst nichts weiter als ein paar Ellen billigen Perkals erstanden, während eine Anzahl grüner Dollarscheine aus ihrer Hand auf den Ladentisch flatterten – für Seide natürlich oder Sammet oder Crêpe de Chine. Und welch unerhörten Spaß es doch bereitete, die Schneiderinnen auf den Trab zu bringen – und zur Verzweiflung! Sie mochten etwa zu bedenken höflich anheimstellen, nicht Brokat mit Stickereien zu verzieren und Straßenkleider eventuell – nur ein Vorschlag, Gnädige Frau! – ohne Schleppe anzufertigen. Corrie May wußte unsäglich hoheitsvoll zu antworten: »Hören Sie 'mal zu, Sie! Wer bezahlt eigentlich für diese Kledage, Sie oder ich?« In vergangenen Jahren mochten Schneiderinnen leichthin die Achseln gezuckt haben – wir können leider auf lange Zeit hinaus keine weiteren Aufträge annehmen, meine Dame – wenn sie von Persönlichkeiten im Stile Corrie Mays beansprucht wurden; das war vorbei! Die alten Kunden brachen reihenweise unter der Last der Bündelbrüder-Steuern zusammen; man mußte für jeden neuen dankbar sein, wenn er nur bezahlen konnte. So nähten sie Kleider für Corrie May Upjohn und fragten nicht viel nach Geschmack und Stil; sie dachten an das Portemonnaie der Kundin mit dem wilden Geschmack, die erregend vielen Dollarnoten darin und schluckten ihre Proteste hinunter – und mochte sie auch verlangen, daß den ganzen Sonntag über gearbeitet wurde, damit sie den neuen Sommerhut schon Montag früh spazierenführen konnte. So sonnte Corrie May sich in der Festlichkeit der Tage, die kein Ende mehr zu nehmen schien. Sie faßte ihre blumig rauschenden Röcke zusammen, fegte strahlend auf die Straße hinaus und summte vergnügt vor sich hin: »Jetzt bin ich an der Reihe. Ich bin jetzt dran! Jetzt geh' ich auf der noblen Straß'!«

Auch Dienerschaft hatte sie natürlich eingestellt. Wenn auch die meisten der befreiten Neger jede Arbeit schlechterdings verweigerten, so fand sich doch auch unter ihnen hier und da ein klügerer, der Verstand genug besaß, um sich zu sagen, daß die Regierung die ehemaligen Sklaven nicht ewig unterhalten würde. Nur wenige der früheren Sklavenbesitzer konnten sich neuerdings noch Hausbediente leisten; Corrie May konnte es. Sie bezahlte ihre Schwarzen gut, denn ihre Zuneigung – das wußte sie wohl – war sie zu gewinnen nicht fähig. Sie hatte es nie gelernt, mit farbigen Dienern umzugehen; es war deshalb schwieriger, für sie zu arbeiten als für die Patrizier zuvor, denen es weiter kein besonderes Erlebnis bedeutete, nach einem dienstbaren Geist zu klingeln. An den Samstagen aber, wenn sie die Neger vor sich antreten ließ, ihnen die hohen Löhne auszuzahlen, pflegte sie mit deutlichem Glanz des Triumphs in den Augen ihre Schar dienender Geister etwa folgendermaßen anzureden: »Die Zeiten haben sich geändert, merkt euch das! Als ihr noch alle Sklaven wart, da befahl das Gesetz, daß eure Herrin euch erhalten, ernähren und behausen mußte, ganz gleich, ob ihr gute oder schlechte Arbeit leistetet. Heute seid ihr keine Sklaven mehr, und ich kann euch auf die Straße jagen, wenn ihr mir nicht aufs Wort gehorcht. Also richtet euch danach!«
Und sie richteten sich danach. Diese vornehm erzogenen Neger wurden mit der neuen Ordnung der Dinge genau so wenig fertig wie ihre früheren Besitzer.
Corrie Mays Dasein begann wie von innen her zu leuchten. Neben den Kleidern und Dienern und dem wunderschönen Haus erwarb sie sich in diesen Tagen auch noch andere Kenntnisse, die noch entscheidender für ihr Dasein waren. Ein Gefühl wuchs ihr zu für ihre eigene Bedeutung in der Welt – und dann dämmerte ihr die Einsicht, wie schön sie war!
Die Erkenntnis blühte ihr erst allmählich auf; sie verfügte nun über einen eigenen großen Toilettenspiegel –. Ihre Haut wurde nicht mehr von der Sonne verbrannt. Sie pflegte ihr Gesicht mit Wässern und Salben, hütete es sorgfältig und erzielte mit der Zeit eine vornehm zarte Blässe, die sich sehen lassen konnte. Grobe Arbeit hatte sie nicht mehr zu verrichten; statt dessen verfügte sie über beinahe unbegrenzte Zeit, sich die Hände mit Milch zu massieren und mit

feinen Wildlederläppchen die Fingernägel glänzend zu reiben. Sie lernte, sich die Augenwimpern zu schwärzen; jetzt erst gelangte zu voller Wirkung, daß sie höchst ungewöhnliche Augen besaß; sie waren nicht einfach blau, sondern schimmerten groß und dunkel, beinahe veilchenfarben. Nun endlich war ihr die Muße gewährt, ihr Haar zu waschen und so lange zu bürsten, bis es reich und üppig glänzte. Früher hatten die Leute sie einfach zu den »Hellblonden« gezählt; wenn aber jetzt Gildays Freunde zu ihren Abendgesellschaften erschienen, so riefen sie aus: »Sie haben ein wunderbares Goldhaar, Miß Corrie May!«
Zwar ließ sich ihre Taille nicht mehr zur modisch vorgeschriebenen Enge zusammenschnüren; aber sie entdeckte bald, daß sie eine ausnehmend gute Figur besaß; außerdem ließ Gilday verlauten, daß er allzu stark geschnürte Frauen nie besonders goutiert hätte. Als sie zum ersten Male in ihrem Leben eine wirklich passend gearbeitete Krinoline anlegte, wußte sich Gilday vor vergnügter Bewunderung gar nicht zu lassen, so blendend sah sie aus. »Die Mädchen sollten alle ein paar Jahre arbeiten wie du, Kindchen!« sagte er ihr. »Dann entwickeln sie sich so, wie der Himmelsvater sie gemeint hat. Und«, fügte er hinzu, sehr befriedigt über das gute Urteil, das er mit seiner Wahl bewiesen zu haben glaubte, »der liebe Gott scheint sich nicht darin vertan zu haben, wie er die Frauen geschaffen hat.«
Corrie May lachte leise auf. Sie hätte keinem Menschen erklären können, wie tief und erregend die Freude war, sich selbst entdeckt zu haben. Und keiner Menschenseele vermochte sie den strahlenden Zauber begreiflich zu machen, der sich über sie senkte, wenn sie vor dem Spiegel stand; mit all der Ehrlichkeit, die ihr ein Leben unter harten und kantigen Tatsächlichkeiten beigebracht hatte, stellte sie dann fest, daß sie schöner war, als Ann Sheramy es je gewesen.
Diese Einsicht schenkte sich ihr eines Abends spät. Ein paar Bekannte waren Gilday ins Haus gefallen; er hatte sie wie üblich mit Wein und schärferen Getränken traktiert. Jetzt half er ihnen vor der Tür in ihre Wagen, denn sie standen alle nicht mehr ganz sicher auf den Füßen. Corrie May stieg in ihr Zimmer hinauf, und wie sie die Schleppe fallen ließ, erspähte sie sich in ihrem großen Spiegel. Der Kerzenschimmer brach sich in ihrem Haar, als wär es mit Gold und Silber gebürstet; über einer Wolke aus Tüll schimmerten ihre Schul-

tern in makellosem sanftem Glanz. Mit einem plötzlichen tiefen Seufzer der Freude trat sie näher heran.
Sie hob ihre Arme und sah das Licht bebend von ihren Handgelenken zu ihren Schultern gleiten; die schlanke Festigkeit, mit welcher unter ihrer Haut die Muskeln spielten – beinahe atemlos nahm sie sich wahr. Sie blickte sich von der Seite an: wie vollendet die spitz zulaufende Korsage in den Rock hinüberglitt; wie anmutsvoll und schlank sich ihre Figur entwickelt hatte; sie trug den großen Faltenstrauß im Rücken, als bedeutete er wirklich nichts weiter als einen angenehmen Schmuck, nicht etwa eine Bürde. Sie betrachtete ihre dunkelschönen Augen, ihr festes, klar umrissenes Profil; frische Luft und Arbeit hatten ihr eine Haut verliehen und ebensoviel Anmut, wie eben erblühte Blumen sie besitzen. Sie erinnerte sich der milchigen Blässe Anns und ihres weichen zarten Knochenbaus, der ohne Widerstand in jedes modische Korsett zu zwängen war. Und mit einem Male wurde Corrie May so heftig von diesem Gefallen an sich selbst überwältigt, als bohrte sich ihr ein Pfeil ins Herz. In unbeschreiblicher Ekstase, die sie am ganzen Leibe fliegen machte, schlug sie die Hände vors Gesicht und ließ sich auf ihr Bett sinken, schluchzend vor nie erlebtem Glück und unerhörter Befriedigung.
So fand Gilday sie vor, als er ins Zimmer trat; er erschrak. Er faßte sie bei der Schulter und wollte wissen, was sich um alles in der Welt ereignet hätte. »Hat dir irgendeiner der beschwipsten Burschen etwas Unhöfliches gesagt?«
»Nein, nein!« schluchzte Corrie May. »Keiner hat was Übles gesagt. Es ist nur alles so wunderbar! Deshalb muß ich weinen!«
Gilday lachte sie aus: »Du bist ein süßer verdammter kleiner Wirrkopf!« sagte er.
Sie versuchte nicht, weiteres zu erklären. Für ihre intimen Empfindungen bekundete Gilday kein besonderes Interesse; und Corrie May war vom Leben viel zu eindringlich zur Nüchternheit erzogen worden, als daß sie von Gilday etwas anderes erwartete. Aber er hatte sie gern, und sie bemühte sich unermüdlich, ihn zufriedenzustellen; nie zankten sie sich –!
Sie rühmten sich ganzer Kompanien von neuen Freunden und Bekannten; jeden Abend hatten sie das Haus voller Gäste. Die abendlichen Feiereien ließen sich gewöhnlich lärmvoll heiter an, denn die

Besucher gehörten samt und sonders zu den Leuten, denen es in diesen Tagen nicht hoch genug hergehen konnte – Steueragenten und Beauftragte des Amtes für die befreiten Sklaven, dazu ein Haufen anderer Männer aus dem Norden, die nicht einmal dem Namen nach die Bundesregierung repräsentierten, sich aber alle schon nach kurzer Zeit in staatliche Stellen und Ämter wählen ließen. Sie brachten ihre Mädchen mit, die ebenso wie Corrie May allen Sorgen und Bedenken gründlich abhold waren. Mr. Dawson erschien mit seiner neuen Gattin; sie hörte auf den Namen Laura, und wo er sie aufgesammelt hatte, das ahnte kein Mensch. Sie hatte es fertiggebracht, ihn in einer schwachen Stunde, als er betrunken war, vor den Standesbeamten zu schleppen; nun war sie »richtig« mit ihm verheiratet, und sie durfte ihr Näschen hoch in die Lüfte strecken und eifrig darauf achten, daß jedermann sie mit »Mrs. Dawson« anredete. Corrie May beobachtete sie erheitert, aber nicht ganz ohne Neid. Gildays Freundin zu sein, bedeutete zwar wesentlich mehr, denn Gilday verdiente zweimal so viel Geld wie Dawson; er war viel tüchtiger und schlauer als Dawson, aber auch deshalb viel zu schlau, sich je zu betrinken. Es kam nicht viel darauf an. Die Leute bewunderten Gilday wesentlich eifriger als Dawson und mochten Corrie May viel lieber als Laura mit ihren angestrengt feierlichen Allüren.
Gilday äußerte die Absicht, im August eine »wirklich große Gesellschaft« zu geben. Corrie May machte sich beglückt daran, sie vorzubereiten mit Gelees und Salaten, Kuchen und Torten, dazu alkoholischen Getränken in solcher Fülle, daß jeder, der Lust dazu verspürte, sich einen Rausch antrinken konnte. Und für sich selbst ersann sie ein Kostüm so fabelhaft, daß schon der bloße Plan sie schwindeln machte.
Die Phantasie, die der Krieg auf halbe Rationen gesetzt hatte, durfte sich in diesem Jahre 1867 endlich wieder einmal austoben. Das Land erholte sich langsam von den Anstrengungen des Krieges und wie, um auch äußerlich darzutun, daß man sich wieder in harmloserer Aufregung entspannen durfte, war die Damenmode wild geworden. Die Kleider wurden derart mit Verzierungen überladen, daß ihr Gewicht die Kräfte schwächlicher Personen zuweilen überstieg; sechzig Jahre lang hatte man flachsohlige Schuhe getragen; nun schossen die Absätze plötzlich vier Zoll hoch in die Höhe. Die

Mode, das obere Hinterteil des Rockes über ein vorgebuchtetes Drahtgestell zu ziehen und einen halben Meter im Umkreis die Stoffe darüberhin zu drapieren, machte es den Damen so gut wie unmöglich, sich niederzusetzen, während gleichzeitig die hohen Absätze es ebenso schwierig machten, zu stehen und zu gehen; ein falscher Haarknoten, der an der Hinterseite der Frisur befestigt werden mußte, besaß gut und gern ein Gewicht von einem Pfund und verursachte schon nach kurzer Zeit stechende Schmerzen im Nacken. Die Armbänder wurden so schwer, daß sich die Damen wie gefesselte Verbrecher vorkamen; und die langen, vielfach gefältelten Schleppen fegten an Schmutz und Zigarrenstummeln alles zusammen, was ihren Trägerinnen nur irgend unter die Füße geriet. Wenn man die neuen modischen Vorschriften benau befolgte, so konnte man schmerzlos weder sitzen noch stehen, noch gehen, noch atmen – und mit jedem neuen Kleidungsstück, das man anlegte, sah man barbarischer aus. Doch der Krieg war vorbei, und jedermann hatte die Pflicht, sich vor spektakligem Übermut schlechterdings zu überschlagen – wer mochte noch daran erinnert werden, daß man über eine Million von Gräbern hinwegtanzte. Um die Mitsommerzeit genügten Falbeln, Volants und Schleifen nicht mehr, und eine noch extravagantere Dekoration erschien auf dem Plan: Pfauenfedern!

Man steckte sich ganze Sträuße von Pfauenfedern an den Busen; man garnierte die Röcke damit und stolzierte mit Sonnenschirmchen einher, die ganz und gar aus Pfauenfedern bestanden; man drapierte sie um den Rand der Hüte oder hängte je eine an das Ende der langen Bänder, mit denen man sich die Kappen unter dem Kinn zusammenband; anstatt einer seidenen Rosette auf dem Ballschuh trug man eine Pfauenfeder, und die Damen von Welt standen nicht an, sich Pfauenfedern ins Haar zu stecken, die verführerisch über die reichen Wellen von falschen Locken herniedernickten. Man kaufte sich Busenbroschen, die in halb oder gar nicht edlen Steinen Pfauenfedern darstellten; kleine Fleckchen von schillerndem Samt wurden so auf die Kleider gestickt, daß sie zu Bildern von Pfauenfedern zusammenflossen; die Taschentücher wurden damit garniert, und selbst in den Mustern für Bettlaken, Fenstervorhängen und Geschirrtüchern tauchten sie auf.

Und wenn man in diesem Pfauenfedern-Sommer eine Gesellschaft

gab, dann bestellte man Eis, Berge von Eis, das aus dem Norden nach dem warmen Louisiana geschafft wurde – zu Schiff wie in vergangenen Zeiten. Und das Eis wurde zerstampft, gefärbt, in Pfauenfeder-Formen gepreßt, in anderes Eis gepackt, damit es abermals fest gefror, und dann süß und bunt und kalt aufgetragen. Die Pfauenfedern schmolzen endgültig erst auf den Zungen der Gäste.
Corrie May hielt das komplizierte Verfahren für eine herrliche Idee. Vier Tage vor ihrer Gesellschaft stattete Corrie May dem Leiter der Eistransporte einen Besuch ab. Ob er ihr das Eis in den bewußten Pfauenfarben und Formen liefern könnte? Gewiß, das könnte er wohl, nur der Preis – –.
»Der Preis spielt keine Rolle«, sagte Corrie May. »Ich habe vierundfünfzig Leute eingeladen, und wir müssen für jeden zwei Portionen rechnen. Und dann brauche ich natürlich noch weiteres Eis für die Getränke.«
»Das macht zusammen einen ganzen Berg von Eis aus«, bemerkte der Mann zweifelnd. »Ich muß ja die Pfauenformen auch noch wieder in Eis packen und mehr als acht bringe ich in einem Kübel nicht unter; sonst sind die bunten Federn nicht mehr fest und frisch, wenn sie serviert werden.«
Corrie May zog ihr Portemonnaie hervor und begann, vor seinen Augen Dollarnoten abzuzählen. Der Blick des Eismannes wurde seltsam starr und abwesend. Er atmete geklemmt.
»Hmmmm«, brachte er schließlich heraus. »Die Zeiten sind schlecht, ja, die Zeiten sind schlecht. So viel Eis wie früher ist beim besten Willen nicht mehr zu verkaufen. Die Schiffe frachten auch nicht mehr so viel heran.«
»Könnten Sie mir nicht einige Pfund extra bestellen?« erkundigte sie sich.
»Das kann ich natürlich!« rief er eifrig aus. »Ich mache Ihnen einen Vorschlag, Madame. Ich sage von jetzt ab allen anderen Kunden, daß Sie das gesamte Eis vorbestellt haben, das bis zum nächsten Dienstag eintrifft; und außerdem bestelle ich noch hundert Pfund extra.«
»Damit bin ich selbstverständlich einverstanden!« erwiderte Corrie May großartig. Sie nahm eine Zeitung vom Tische auf und fächelte sich damit Luft zu. Es war ungewöhnlich heiß, selbst für August; sie

hatte ihren Wagen genommen, um wegen des Eises zu verhandeln, fühlte sich aber jetzt genau so schlaff, als wäre sie zu Fuß gegangen. »Ich meine aber, Sie sollten lieber einhundertfünfzig Pfund extra bestellen«, fügte sie hinzu. »Die Hitze ist ja toll; da kann man gar nicht genug Eis im Hause haben.«

»Jawohl, Madame!« entgegnete er voll Ehrfurcht. »Nur – wenn ich so sagen darf – für einen Extra-Auftrag wird gewöhnlich im voraus bezahlt.«

»Oh, bitte!« sagte Corrie May und legte einen Packen Banknoten auf den Tisch. Mit ihren Zählkünsten stand es nicht zum besten; so fügte sie hinzu: »Zählen Sie sich Ihr Geld ab. Die Scheine beschmutzen mir die Handschuhe.«

»Gewiß, Madame, bitte sehr, Madame! Ganz zu Ihren Diensten! Ich bin so frei! Und wenn ich das noch sagen darf, Madame, es ist eine feine Sache heutzutage, wenn man bar bezahlt bekommt. Ich weiß das bestimmt zu schätzen, Madame, bestimmt, Madame!«

Corrie May beobachtete ihn mit geheimem Abscheu. Der hungrige Griff, mit dem sich seine Finger um die Geldscheine schlossen, war ihr nur allzu vertraut. Ich werde mich kaum sehr viel anders angestellt haben – dachte sie –, wenn ich auf Ardeith meinen Lohn bekam. Sie fragte: »Waren Sie auch im Felde?«

»Allerdings, Madame! Nur – –« er verschluckte sich fast vor Aufregung. »Natürlich bin ich jetzt kein Konföderierter mehr«, versicherte er hastig. »Ich bin jetzt wirklich umerzogen, ganz gewiß! Sie können sich erkundigen, wo Sie wollen: Sie werden kaum jemand auftreiben, der der Union treuer anhängt als ich. Natürlich habe ich mich nicht freiwillig gemeldet; ich wurde eingezogen –!«

»Das versteht sich!« sagte sie lachend. »Die Männer wollen jetzt alle eingezogen worden sein. Wenn man Nordstaatengeld in der Tasche hat, dann redet hier jedermann, als hätte es in der ganzen Konföderierten Armee keinen einzigen Freiwilligen gegeben.«

»Ja, Madame!« meinte er schwächlich und errötete. Als er das Geld abgezählt und ihr den Rest zurückgegeben hatte, versuchte er die Frage:

»Madame stammen wohl aus dem Norden, nicht wahr?«

Corrie May lächelte. Sie faltete die Geldnoten zusammen und steckte sie wieder in ihr Portemonnaie zurück. Wie sie das Schloß ihrer Handtasche einschnappen ließ, blickte sie verstohlen an sich hinunter. Sie trug ein Kleid aus weißem Musselin über einem rosaseidenen Unterzeug; neun Volants umgürteten ihren Rock, und drei Ellen lang fegte die Schleppe hinter ihr her. Ihre Handschuhe aus rötlichem Ziegenleder waren mit winzigen Pfauenfedern in Purpur und Gold bestickt, und aus blauem Sammet wand sich ihr die Gürtelschärpe um die schlanken Hüften. Rosa Rosen blühten auf ihrem Kapotthütchen, einem winzigen Gebilde nur, denn es durfte mit ihren kunstvoll verschlungenen Haarflechten nicht in Konflikt geraten; unter dem Kinn wurde es von blauen Samtbändchen festgehalten.

»Nein«, erwiderte sie langsam, »ich stamme nicht aus dem Norden. Ich kenne den Norden überhaupt nicht. Wenn es dort schneit, habe ich mir erzählen lassen, bekommt man dicke Frostbeulen. Nein, mir gefällt der Süden besser.«

»Ich bitte um Vergebung, Madame, wirklich! Ich meinte bloß – –« Er zögerte. »Ich meine, Madame ist so elegant angezogen! Ich bitte um Vergebung, wenn ich zu aufdringlich sein sollte. Hier im Süden hat ja sonst kein Mensch mehr Geld. Das ist Ihnen sicherlich nicht unbekannt, Madame. Die Pfandleihen wollen keine silbernen Löffel mehr beleihen – –.«

Corrie May richtete sich auf. »Ich weiß es, Mann. Aber wenn ich an Ihrer Stelle wäre, ich zerbräche mir nicht den Kopf darüber. Man muß die guten Zeiten nur zu finden wissen, hier und anderswo! Sie werden mir also das Eis reservieren –?«

»Jawohl, meine Dame!« Er grinste breit. »Es ist schon bezahlt; ich vergesse es nicht. Ich halte jedes Pfund zurück.«

Corrie May bestieg ihren leichten eleganten Einspänner. Sie hatte noch mit Gilday zu reden. Es mußte noch verschiedenes besprochen werden; außerdem brauchte sie Geld. Die Schneiderin wollte das Kleid, das Corrie May sich für die große Gesellschaft anfertigen ließ, an diesem Abend bereit halten; Corrie May hatte vor, bei ihr vorbeizufahren, um es abschließend zu begutachten. Dann aber wurde ihr auch die Rechnung vorgelegt. Gilday mochte es nicht, wenn sie Schulden anstehen ließ. Das Kleid sollte eine phantastische Angelegenheit werden mit langer, von Pfauenfedern eingefaßter Schleppe. Vor dem Gerichtsgebäude stieg sie aus.

Sie fand Gilday mit fünf oder sechs anderen Männern in seinem Büro und wurde herzlich begrüßt.

»Sieh da, sieh da, die Corrie May!« rief Mr. Dawson. »Und aufgeputzt wie ein Weihnachtsbaum. Wo willst du denn hin, so fein gemacht?«

»Nirgendwohin, ich wollte hierher«, erwiderte sie vergnügt. »Ich kann doch meine Freunde nicht in einer Wachstuchschürze besuchen. Das wär' noch schöner!«

Gilday saß hinter seinem Schreibtisch. Er streckte den Arm aus und zog sie näher heran; sie nahm auf der Armlehne seines Sessels Platz.

»Na, was willst du, Kindchen?« fragte er.

»Na, was wohl?« erwiderte sie. »Mein Geld ist schon wieder alle!«

»Möge Gott mir helfen!« rief Gilday nicht ohne Stolz. »Das Mädchen macht mich bankrott!«

Ein schallendes Gelächter war die Antwort. Dawson schrie: »Auf die Ku-Kluxers, die Femebrüder, sind neuerdings Kopfpreise ausgesetzt; man braucht nur ihre Skalpe abzuliefern; das Haar muß noch dran sein!«

Seine Worte gaben dem Gelächter neue Nahrung. Corrie May zuckte mit den Schultern: »Wenn die Nigger blöd genug sind, sich von ein paar Männern in weißen Laken zu Tode ängstigen zu lassen – meinetwegen! Die Bevölkerung hat ihren Spaß daran, und keiner geht leer aus. Hör zu, Gilday! Wenn du keine sechzig Dollars hast, so gestehe es. Mein Kleid kann ich dann nicht abholen, und die Gesellschaft am nächsten Dienstag können wir auch nicht veranstalten, denn ich habe nichts anzuziehen.«

Einer der Männer, der Cockrell hieß und ein loses Maul hatte, summte leise den Schlager:

> »Miß Flora McFlimsey vom Madison Square . . .«

und die ganze Versammlung nahm es auf. Corrie May hörte ungeduldig zu. Irgendwer schien ewig diese Zeilen zu zitieren, wenn sie in der Nähe war. Es bereitete ihr schon Unbehagen genug, daß Gilday häufig Bücher las; er sang jetzt die Zeilen:

> »Und so hat er Miß Flora betört und gewonnen
> mit Seide und Reifrock und Cul de Paris!«

Corrie May unterbrach ihn: »Seit wann bist du eigentlich unter die

Dichter gegangen, Samuel, oder gibst du mir jetzt endlich die sechzig Dollars?«

»Was bin ich doch für ein Esel!« verkündete Gilday seinen Kumpanen.

»Jedesmal, wenn ich Corrie May zu Gesicht bekomme, trägt sie ein neues Kleid. Und jetzt soll ich ihr Geld geben, weil sie nichts mehr anzuziehen hat. Herr, erbarme dich meiner armen Seele!«

Wieder allgemeines Gelächter –! Aber es diente, wie Corrie May wohl merkte, eher dazu, den blanken Neid der anderen zu verbergen, als ihre Erheiterung zu verkünden. Diese Herren Bündelbrüder waren ständig damit beschäftigt, die Frauenwelt des Südens Revue passieren zu lassen; sie hatten schnell einen recht anspruchsvollen Geschmack entwickelt. Aber die wahrhaft schönen Frauen gehörten meistenteils zu der Sorte, die es neuerdings vorzog, sich verstört und ärmlich gekleidet hinter ihren Magnolienbäumen zu verbergen; und nicht viele dieser frischgebackenen Herren verfügten über Gildays Talent, die Schönheit auch unter geringem Kattun zu entdecken.

»Hör endlich auf!« sagte Corrie May. »Es ist schon vier Uhr vorbei, und ich habe noch vielerlei zu besorgen!«

Gilday zog nachsichtig ein Schubfach seines Schreibtisches auf. Es war voller Geld, das aus dem Einzug der Grundsteuern stammte. Gilday verstand es ausgezeichnet, die Steuerlisten abzuändern; er setzte die Größen der steuerpflichtigen Ländereien in den Registern geringer an, als sie sich tatsächlich bemaßen, veranlagte aber die Steuern für den wahren Umfang der Grundstücke; die so erzielten Überschüsse steckte er in die eigene Tasche. Er griff ein paar Scheine aus dem großen Kasten heraus und sagte: »Laß sehen, was wir hier haben –! Hundertzehn Dollars. Reicht das?«

»Das reicht!« sagte Corrie May und lächelte. Er lächelte zurück und gab ihr das Geld. Als Corrie May die Noten in ihr Portemonnaie stopfte, hörte sie die Tür gehen und dann leise das Rascheln von Unterröcken. Sie blickte auf: es war Ann Sheramy Larne, die soeben den Raum betreten hatte.

Für den Bruchteil einer Minute blieb Ann bei der Tür stehen, als fiele es ihr zu schwer, sich dem Schreibtisch zu nähern. In dieser kurzen Ewigkeit wurde Corrie May der Besucherin so völlig inne, wie sie nie zuvor einen anderen Menschen deutlich erfaßt hatte. Fast fünf

Jahre lang war Corrie May der jungen Mrs. Larne nicht begegnet; nun wurde sie als erstes von dem Gedanken überfallen, wie es möglich war, daß sich irgendwer so seltsam und ungeheuerlich verwandelt hatte.

Anns Antlitz war dünn und hart geworden; es sah aus, als wäre es in Stein gemeißelt. Ihre ganze Figur schien in sonderbarer Steifheit befangen, die Corrie May an Holzschnitzereien in einem alten Kirchenstuhl erinnerte. Sie trug ein Kleid aus einfachstem grauem Popeline, besetzt mit schmalen weißen Bändchen am Halse und an den Handgelenken; der Rock zeigte sich ziemlich eng geschnitten, als hätte der ärmliche Stoff nicht mehr zu den üppigen Puffen gereicht, die die Mode vorschrieb. In ihren grau behandschuhten Händen hielt sie ein Geldtäschchen. Als Ann sich endlich dem Schreibtisch näherte, erkannte Corrie May, daß Ann zu bescheidenem Knoten nur ihr eigenes Haar geschürzt hatte – entweder ein sicheres Zeichen der Armut oder ein solches völliger Verachtung der Mode; und Corrie May glaubte Ann gut genug zu kennen, daß das letztere nicht in Frage kam.

Ann schien keineswegs wahrzunehmen, was neben und außer ihr noch im Zimmer vorhanden war; ihr Vorhaben nahm sie ganz in Anspruch. Sie trat vor Gildays Schreibtisch, wurde aber kaum des Mannes inne, der dahinter saß; offenbar sah sie in ihm keinen Menschen, sondern nur ein Symbol. Mit einer völlig ausdruckslosen Stimme erklärte sie:

»Ich bin gekommen, um die letzte Rate der diesjährigen Grundsteuer auf die Plantage Ardeith zu bezahlen.«

»Nicht möglich!« sagte Gilday; er hatte schwerlich zugehört. Er lehnte sich vorwärts, entließ Corrie May aus seinem Arm und stützte seine beiden Ellenbogen auf den Tisch. Ein langsames Lächeln glomm in seinen Zügen auf, jenes merkwürdige freudlose Lächeln, in dem sich nur seine Lippen ein wenig streckten. Zwischen den Zähnen hervor sagte er: »Da trifft man also mit einem Male lauter alte Bekannte! Miß Sheramy, wenn ich mich nicht sehr täusche – oder etwa nicht?«

Jetzt erkannte auch Ann ihn wieder; ihre Augen glitten flackernd über sein Gesicht. Sie erwiderte kalt:

»Mein Name ist Larne.«

»Natürlich, natürlich, ich habe mich geirrt!« Aus Gildays Stimme klang ein schneidender Hohn. »Es sieht mir ähnlich zu vergessen, daß eine Dame ihren Namen ändert, wenn sie heiratet. Nun behaupten Sie nicht nur noch, Sie hätten mich vergessen.«
»Ich glaube, Sie heißen Gilday«, entgegnete Ann; kaum, daß sie die Lippen dabei bewegte; unverkennbarer noch als zuvor schien ihr Gesicht jetzt aus Stein geschnitten. Corrie May nahm wahr, wie Anns Hände sich unter den zwirnenen Handschuhen um das Geldtäschchen krampften; die Knöchel traten einzeln hervor.
»Richtig, richtig!« rief Gilday spöttisch gefühlvoll. »Wie ich mich freue! Wie wunderschön, daß wir uns nach so langen Jahren wiedertreffen! Sieben oder acht muß es her sein, seit wir uns zum letzten Male gesehen haben. Seien Sie mir herzlich gegrüßt!«
Er streckte ihr seine Hand entgegen. Ann holte tief Atem. Corrie May mußte beinahe laut herauslachen, so sehr belustigte sie der Gedanke, daß hier eine der eingefleischtesten Aristokratinnen einem Bündelbruder die Hand schütteln mußte. Beinahe hilflos vor Wut – was sich bei all ihrer Selbstbeherrschung nicht verbergen ließ – löste Ann ihre Rechte von der Geldbörse; ihr Gesicht glich einer wächsernen Maske. Es war nicht zu verbergen: die Finger des Handschuhs waren ausführlich gestopft. Corrie May stellte es triumphierend fest. Nicht nur auf jene zierliche Weise an den Fingerspitzen, für die sie einst bezahlt worden war, sondern in großen Placken; ein Zeichen verzweifelt unzulänglich gewahrter Vornehmheit. Gilday ließ sich Zeit, ehe er die Hand Anns wieder aus der seinen entließ.
»Alte Freundschaften zu erneuern, das ist doch eins der schönsten Vergnügen, nicht wahr?« schwatzte er weiter. »Darf ich Ihnen diese Herren hier vorstellen. Dies ist Mrs. Larne, Kinder, eine alte Freundin von mir aus der Vorkriegszeit. Hier haben Sie Mr. Dawson, einen gründlich verheirateten Mann; er glaubt es selber kaum. Mr. Cockrell, Mr. Reed, Mr. Farnsworth, Mr. Higgins und diese junge Dame hier, auch eine alte Freundin von Ihnen. Sie erinnern sich ihrer sicherlich.«
»Guten Tag!« sagte Ann eisig. Sie hatte ihre Hand endlich wieder zurückziehen können. Der graue Handschuh war fleckig geworden; Gildays Hand hatte geschwitzt. Er glühte von Schadenfreude. Anns Blicke streiften Corrie May. »Guten Tag!« sagte Corrie May.

Gilday hatte wieder seinen Arm um ihre Schultern gelegt, mit besitzerischer Gebärde. Corrie May lächelte. Der Schatten einer Empfindung wehte auch über Anns wie erstarrtes Gesicht. Ihr Blick erfaßte Corrie May ebenso vollständig, wie kurz zuvor Corrie May die Besucherin in einem Augenblick ganz und gar in sich aufgenommen hatte. Die Schleppe, die Volants, die blaue Samtschärpe und die falschen Haarflechten – all diese modischen Verzierungen Corrie Mays hatte Ann sofort begriffen. Es dauerte nur einen Augenblick: Anns Augen verengten sich kaum merklich; ihre Mundwinkel zuckten leise in geheimer Verachtung. Schnell huschte die unwägbare Sekunde vorüber; Anns Antlitz wandelte sich in Stein; ihre Augen hefteten sich auf Gilday, als sähe sie nichts weiter in ihm als einen gleichgültigen Fremden.

»Ich möchte den vollen Betrag der Steuer erlegen«, sagte sie. »Wollen Sie ihn, bitte, entgegennehmen.«

»Gewiß, gewiß!« erwiderte Gilday leichthin. Er langte nach seinem Kassenbuch. »Die Sache hat nicht solche Eile. Entsetzlich heiß heute! Wollen Sie sich nicht ein wenig setzen! Wir könnten noch ein Viertelstündchen plaudern.«

»Nein, danke!« sagte Ann.

Sie stand bewegungslos, während Gilday mit den Seiten des Buches raschelte. Corrie May betrachtete Ann mit beinahe gierig prüfenden Blicken. Sie stellte fest, zu wie vollkommener Glätte Anns einfache Frisur geordnet war, wie makellos sauber – und unnachahmlich im Sitz – das ärmliche Gewand ihren abgemagerten Leib umschloß. Fast erregte der Anblick ihr Mitgefühl. Aber sie rief sich sofort zur Ordnung: Mitleid wäre nichts als Blödigkeit; wie hatte Ann vorhin die Lippen gekräuselt! Wenn sie sich doch an ihr rächen könnte –! Es genügte nicht, zuzusehen, wie sie ihre Steuern bezahlen mußte. »Wenn ich's ihr doch in die Haut einschreiben könnte, daß die Zeiten sich geändert haben; daß heute ich, Corrie May, auf dem hohen Pferde sitze und sie, die andere, barfuß im Staube hinschleichen muß«, flüsterte eine böse Stimme im Innern Corrie Mays.

Gilday hatte endlich die richtige Seite gefunden.

»Hier wären wir also –!« Er redete langsam und mit Genuß, als läge ihm daran, den Spaß der ganzen Prozedur so lang wie möglich auszudehnen. »Plantage Ardeith; Eigentum des Denis Larne junior,

minderjährig; in Verwahrung und Verwaltung von Mrs. Denis Larne senior, Mutter des Eigentümers und Vormund während seiner Minderjährigkeit. Die Angaben sind doch wohl in Ordnung, nicht wahr?«
»Ja«, sagte Ann. Sie öffnete ihre Tasche. »Ich habe hier die Steuerfeststellung Ihres Büros«, fuhr sie fort. »Sie setzt die Restschuld auf einhundertachtundneunzig Dollars fest, die heute zahlbar sind.«
Gilday nickte: »Richtig!« Seine Stimme bekam einen öligen Klang. »Goldrichtig! Einhundertachtundneunzig Dollars! Heute ist der letzte Zahltag. Wenn Sie nicht vor heute abend sechs Uhr hier erschienen wären, dann hätten wir ein Stück Ihres schönen Zuckerbodens versteigern müssen, um uns für die Steuer bezahlt zu machen. Das hätten wir natürlich höchst ungern getan; oder glauben Sie das etwa nicht?«
»Ich habe das Geld hier«, sagte Ann ruhig.
»Nun, wenn Sie's dahaben, dann geben Sie's her!«
Ann entnahm ihrer Tasche einen Packen Geldscheine und reichte ihn über den Tisch. Corrie May bemerkte, daß Ann die Geldscheine an ihrem Schmalende anfaßte – um keinesfalls mit Gildays Finger in Berührung zu kommen.
Gilday nahm die Noten in seine haarige Hand und zählte sie durch. Seine Lippen bewegten sich lautlos, während er zählte. Dann blickte er hoch.
Ann entfaltete ein Papier. »Zeichnen Sie mir bitte diese Quittung ab!«
»Quittieren, wie?« sagte Gilday. Er schlug sich die Noten klatschend in die Hand.
Sie schob ihm das Papier hinüber.
»Hmmm, hmmm«, machte Gilday. Seine kleinen Augen bohrten sich in die ihren. »Meine verehrte Dame, ich würde Ihnen das Geld ja gerne quittieren. Es wäre mir sogar ein Vergnügen, wenn Sie nur die volle Steuer gezahlt hätten. Aber Sie haben mir nicht den vollen Betrag gezahlt. Und, meine Dame, meine sehr verehrte Dame, Sie wissen wahrscheinlich, daß ich als Vertreter der Regierung der Vereinigten Staaten die richtige Zahlung der Steuern erst bescheinigen kann, wenn der volle Betrag geleistet ist.«
Anns Kehle bewegte sich; sie mußte schlucken. Corrie May nahm

wahr, wie der Besucherin ein Schauer über Schultern und Rücken flog. Aber sie behielt ihre Stimme in der Gewalt: »Sie müssen sich irren, Mr. Gilday! Ich bin sicher, daß ich Ihnen einhundertachtundneunzig Dollars übergeben habe.«

Gilday lächelte. »Meine liebe Mrs. Larne, wir sind ja gut miteinander befreundet, und es wäre mir ein Vergnügen, Ihnen die Sache zu erleichtern, aber ich bin ein Beamter der Regierung und ihr verantwortlich. Sie werden wissen, daß Sie mir nur einhundertachtundachtzig Dollars übergeben haben. Ich bin doch keiner von diesen dummen Niggern, die nicht bis drei zählen können. Sie dürfen von mir nicht verlangen, daß ich die Vereinigten Staaten um zehn Dollars betrüge – oder ist das etwa Ihre Absicht?«

Ann holte tief Atem. Sie sagte mit einer unheimlich bebenden Festigkeit: »Würden Sie die Güte haben, das Geld noch einmal zu zählen!«

Gilday lachte wie gewöhnlich tief im Halse. Bei dem warmen zufriedenen Laut spürte Corrie May, wie ihre eigenen Rachegefühle sich ein wenig sänftigten. Gilday warf das Päckchen Banknoten vor Ann auf den Tisch: »Zählen Sie lieber selber, meine Dame!«

Ann nahm die Noten auf und zählte sie durch. Ein kleiner entsetzter Laut entrang sich ihrer Kehle. Sie fing noch einmal zu zählen an, sehr langsam diesmal; ihre Lippen bewegten sich dabei, wie sich Gildays bewegt hatten. Sie legte das Geld auf den Tisch zurück und blickte in ihre Tasche. Sie enthielt nichts weiter als ein Schlüsselbund und ein Taschenbuch.

»Entschuldigen Sie!« sagte sie schließlich. »Ich muß einen Zehndollarschein auf der Straße verloren haben.«

»Sehr unangenehm, wirklich!« murmelte Gilday.

»Ich werde die zehn Dollars schon irgendwoher beschaffen«, flüsterte Ann atemlos. »Ich werde sie morgen einzahlen.«

Gilday schüttelte in heiterer Bedenklichkeit seinen Kopf: »Das ist nun aber wirklich ein Jammer. Heute ist der letzte Tag, an dem die Steuern bezahlt werden können. Bis sechs Uhr heute abend, hier steht's, so deutlich, wie nur irgendwas!«

Anns Augen flatterten zu der Uhr an der Wand. »Mr. Gilday«, drang sie verzweifelt in ihn, »es ist jetzt halb fünf. Mit Pferd und Wagen von hier nach Ardeith zu fahren, das kostet zwei Stunden.

Und zurück wieder zwei Stunden! Ihnen die fehlenden zehn Dollars vor sechs Uhr abends herbeizuschaffen, ist ganz unmöglich.«
»So, so!« sagte Gilday. Er lehnte sich in seinen Stuhl zurück und spielte mit der Uhrkette auf seiner Weste. »Die Aufforderung spricht aber von sechs Uhr, unmißverständlich in englischer Sprache!«
Corrie May hätte es nicht für möglich gehalten, daß ein Gesicht noch tiefer erbleichen könnte als das Anns; seine Haut wurde weiß wie Kreide. Gilday lächelte unverschämt. Er klimperte mit seiner Uhrkette. Ann hielt sich an der Tischkante fest. »Was bedeutet das?« fragte sie. – »Wir müssen nach den von der Regierung erlassenen Vorschriften, meine verehrte Dame, Grundstücke versteigern lassen, wenn die Steuern darauf nicht ordnungsgemäß bezahlt werden.«
»Die Zuckerrohr-Äcker von Ardeith – versteigern – für zehn Dollars?« Sie kreischte die Worte fast. Zwei oder drei der anderen Männer begannen zu kichern; sie hatten bis dahin kaum zugehört; Szenen wie diese waren sie gewohnt.
»So lautet der Befehl der Regierung«, sagte Gilday. Er hatte die Uhrkette um seine Daumen gewickelt und wiegte sich auf den Hinterbeinen des Schreibtischstuhles hin und her.
Ann riß einen ihrer Handschuhe herunter. Sie wand sich mit einiger Schwierigkeit ihren Ehering vom Finger. »Ist Ihnen dieser Ring zehn Dollars wert?« fragte sie.
Der Ring klapperte auf den Tisch. Gilday nahm ihn auf und drehte ihn in seinen dicken Fingern hin und her.
»Da ist ja sogar was drin geschrieben«, bemerkte er, »in ganz kleinen Buchstaben; ob man das lesen kann?« Er hielt den Ring ins Licht.
»Doch, jetzt kann ich's lesen: ›Für Ann von Denis, am 6. Dezember 1859‹. Winzig klein geschrieben, winzig!«
Eine Pause entstand. Ann hielt sich mit der bloßen Hand an der Tischkante fest. Corrie May sah sogleich, daß sie von Arbeit gerötet war; wo der Ring gesessen hatte, zog sich ein weißes Bändchen um den Finger.
»Ist das auch richtiges Gold?« erkundigte sich Gilday behaglich.
»Selbstverständlich!« knirschte Ann mit deutlicherer Verachtung hervor, als sie sich bisher hatte anmerken lassen.

Gilday ließ den Ring auf den Schreibtisch klingeln. »Ich werde Ihnen mal was sagen, verehrte Dame. Solchen Trödel haben wir nun schon säckeweise eingenommen. Hier scheint jeder seine Steuern mit Ringen, Broschen und Armbändern bezahlen zu wollen. Wenn es wenigstens altes Goldgeld wäre, dann wüßte man Bescheid. Woher soll man aber ahnen, ob dieser Kram wirklich aus echtem Gold besteht oder nicht. Wir haben keine Zeit, erst all dies Zeug mit Salzsäure zu begießen. Ich will nett sein, wegen unserer alten Freundschaft: werde Ihnen das Ding da mit fünf Dollars anrechnen.«
»Sie – –.« Ann verschluckte das Wort, das ihr schon auf der Zunge geschwebt hatte; sie schwieg verkrampft.
»Nicht ich! Die Vereinigten Staaten!«
Ann richtete sich gerade auf. »Ja, ich weiß!« sagte sie langsam. »Die Vereinigten Staaten.« Und dann noch einmal nach einem tiefen, langen Atemzuge: »Die Vereinigten Staaten!«
Gilday drehte in der Uhrkette seine Daumen. Dawson stieß seinen Nachbarn in die Seite; beide grinsten sich verständnisinnig an. Cockrell griff nach einer Flasche und ließ sich einen guten Schluck Whisky in den Schlund laufen.
In Corrie Mays Hirn explodierte ein Einfall wie Sterne, Lieder und Banner des Sieges. Ein Beben böser Freude durchrann sie. Sie öffnete langsam und umständlich ihr Portemonnaie und entnahm ihm einen Zehn-Dollar-Schein: »Hier sind die zehn Dollars!« sagte sie. »Nehmen Sie Ihren Ring zurück!«
Zum zweitenmal an diesem Tage blickte Ann sie an, diesmal ungläubig. Corrie May legte ihren Arm um Gildays Nacken. Mit der anderen Hand schob sie die fehlende Note in das unzulängliche Päckchen der Steuergelder Anns.
Gilday wollte wissen: »Was ist denn in dich gefahren?« Aber Corrie May beachtete ihn nicht. Mit klarer Stimme sagte sie zu Ann: »Nehmen Sie es! Ich habe genug davon!«
Eine Sekunde lang vermochte Ann sich nicht zu regen. Dann sammelte sie sehr zögernd ihren Ring auf und steckte ihn wieder an den Finger. Als ob sie das Zuckerrohr-Land von Ardeith gegen die Demütigung abwöge, die ihr widerfuhr, schlossen sich ihre Finger langsam über dem nun genügenden Päckchen. Ohne aufzublicken, sagte sie tonlos:

»Ich danke Ihnen. Sie bekommen es wieder.«
»Sie brauchen sich nicht zu bemühen«, erwiderte Corrie May mit gespieltem Gleichmut. »Sie brauchen das Geld gewiß dringlicher als ich.«
»Du! Das ist mein Geld! Bist du nicht recht bei Trost!« rief Gilday aus.
»Mach keinen Lärm! Unterschreibe die Quittung!« befahl Corrie May mit leiser Stimme. »Das will ich mir nicht entgehen lassen.«
Gilday zog ein verwundertes Gesicht, lächelte sie dann von der Seite an, als ob er gehorchte. Ann faltete die Quittung zusammen und steckte sie ein. Sie schaute zu Corrie May hinüber: »Sie sind sehr freundlich«, sagte sie, zitternd und mühsam bestrebt, die Formen zu wahren.
»Nicht der Rede wert!« erwiderte Corrie May.
Ann nahm ihren Handschuh auf, drehte sich um und verließ das Zimmer.
Als die Tür ins Schloß schnappte, brach Gilday in Gelächter aus. »Kindchen, verdammt, das war komisch!« schrie er. »Erst habe ich nicht verstanden, wo du hinauswolltest. Hast du gesehen, wie sie die Ohren hängen ließ?«
Corrie May gab keine Antwort. Sie starrte zu der Tür hinüber, durch welche Ann verschwunden war.
»Ich hätte von ihrem Land ja nur ein paar Morgen zum Verkauf stellen dürfen.« Er gluckste vergnügt. »Sie hat es bloß nicht gewußt.«
Corrie May ließ sich von der Seitenlehne seines Stuhles gleiten und sagte: »Ich muß jetzt mein Kleid abholen.«
Gilday erinnerte die anderen: »Ihr alle seid für Dienstag abend zu mir nach Hause eingeladen. Es wird was los sein, das verspreche ich euch!«
Corrie May verabschiedete sich kurz. Auf den Stufen vor dem Gericht stand sie für einen Augenblick still. In der Ferne bog der Wagen aus Ardeith gerade um die Ecke; Napoleon saß auf dem Kutschersitz. Corrie verschränkte ihre Finger und stützte das Knie darauf. Sie fühlte sich nicht so erhoben oder beglückt, wie sie erwartet hatte. Sie hatte Ann jahrelang bitter verabscheut; als sie ihr den Geldschein hinwarf, hatte sie auf ein Gefühl uneingeschränkten Triumphes gehofft. Aber davon war keine Rede. Ihr war vielmehr – in der Tat –,

als müßte sie sich schämen. Zum ersten Male in ihrem Leben hatte sie sich aus freien Stücken bösartig und gemein benommen, und zum ersten Male, seit sie ihre Lose mit Gilday in einen Topf geworfen, spürte sie, daß sie sich nicht nach seinem Vorbild verwandeln konnte. Eine ganze Weile stand sie auf den Treppenstufen, bis ihr einfiel, daß die Schneiderin auf sie wartete. Sie versuchte, sich von neuem an dem Gedanken zu freuen, wie prächtig sie in ihrem Kleid mit Schleppe und Pfauenfedern aussehen würde. Aber das bevorstehende Fest hatte jeden Glanz verloren; man würde es überstehen; das war alles.

Sie sagte sich, daß am Geschehenen nichts mehr zu ändern war, bestieg ihren Wagen und machte sich auf den Weg zur Schneiderin. Und doch verwünschte sie sich im stillen bitter: das Schicksal hatte ihr zum ersten Male die Gnade gewährt, sich wirklich als große Dame zu beweisen; sie hatte es nicht begriffen; sie hatte versagt.

ELFTES KAPITEL

1

Napoleon fuhr mit Ann im Wagen über die holprige Straße nach Ardeith zurück. Die Herrin der großen Plantage lag mit geschlossenen Augen in den Sitz zurückgelehnt; sie hatte ihre Hände vors Gesicht geschlagen und versuchte, das Schluchzen zu unterdrücken, das ihr schmerzhaft die Kehle zerpreßte. Zornig flüsterte sie sich zu: »Ich will nicht weinen. Es nützt nicht das geringste. Und wie würden sie das genießen, wenn sie wüßten, ich weine!«

Aber sie war so müde und erschöpft, daß sie sich körperlich nicht mehr beherrschen konnte; die Tränen quollen durch die Finger und rannen ihr über die Handgelenke. Obgleich sie sich schon an früher Unvorstellbares gewöhnt hatte, wurde sie doch zuweilen von der Verzweiflung mit solcher Gewalt überflutet, als ob sie noch nie zuvor verzweifelt gewesen wäre. Sie war entsetzlich müde; müde, zu kochen, die Flure zu schrubben, die Wäsche zu plätten und den Gemüsegarten zu hacken; müde, einen alten Unterrock aufzutrennen, um für ihr kleines Mädchen ein Kleid daraus zu nähen, oder einen alten Wollschal aufzulösen, um aus der Wolle für Denis Handschuhe zu stricken, müde, den zerfransten Saum eines Kleides mit dem Volant von einem anderen zu übernähen, das nicht mehr zu flicken war; denn um alles in der Welt mochte sie nicht abgerissen erscheinen. Sie war so entsetzlich müde, das Geld für die Steuern zusammenzusparen, sich von den Negern vom Bürgersteig stoßen zu lassen und die schmierigen Bemerkungen der Steuereinnehmer anzuhören, wenn sie vorüberging. Sie war so schauerlich müde des ewigen Kampfes, sich Anstand und Selbstachtung zu erhalten – und das in einer Welt, die nicht mehr den geringsten Wert auf diese Qualitäten zu legen schien. Es hatte einmal eine Zeit gegeben, in welcher menschlicher Anstand selbstverständlich gewesen war. Sie entsann sich dieser Jahre kaum; die Erinnerung daran war verwelkt wie alte Blumen, denen das Wasser ausgegangen ist. Die Welt von früher war wie der Traum aus einer vergessenen Nacht.

Sobald sie das Geld nur irgend zusammenkratzen konnte, mußte sie dem Mädchen die zehn Dollars wiedergeben. Ann erschauerte, als

sie an Corrie May zurückdachte; sie hatte ihre Näherin stets für eine angenehme kleine Person gehalten; wie war es möglich, daß sie sich mit einer Kreatur wie diesem Gilday einließ; was habe ich an ihr verbrochen – dachte Ann –, womit habe ich die höhnische Herablassung verdient, mit der sie mir das Geld auf den Tisch warf? Als ich Corrie May damals als Näherin einstellte – es war ein Akt purer Menschenfreundlichkeit! Niemals – so dachte Ann weiter – habe ich sie unfreundlich oder ungeduldig angefahren; und doch ist es nicht Dankbarkeit gewesen, die sie bestimmt hat, mir das Geld vorzustrecken; ich hätte es zu Boden werfen sollen!
Aber dann war sie sich ihrer entsetzlichen Hilflosigkeit bewußt geworden; Gilday leckte sich schon den Mund; es wäre ein Fest für ihn gewesen, das Zuckerland von Ardeith versteigern zu lassen – was sollte dann aus den Kindern werden; sie besaßen ja außer ihrer Mutter keinen Menschen, der für sie sorgte. So hatte ihre Hand zugegriffen und das Geld genommen, während sie ihre Stimme wie die einer Fremden sprechen hörte: »Ich danke Ihnen!« In ihrem Innern aber brach zugleich die Frage auf: »Was habe ich diesen Menschen angetan, daß sie mich so hassen?«
Mochte der Himmel wissen, wo sie zehn Dollar hernehmen sollte! Sie hatte die letzten Heller zusammenscharren müssen, um die Steuer aufzubringen. Bevor sie nicht die Baumwolle dieses Herbstes verkauft hatte, war nicht mit Einnahmen zu rechnen. Und wenn sie die Baumwolle entkernen lassen wollte, so hatte sie zuvor die Steuer zu bezahlen, die darauf gelegt war – sie würde wiederum ein Schmuckstück versetzen müssen. Vielleicht brachte Jerry es fertig, die Baumwolle zu einer der geheimen Entkernungsmaschinen zu schaffen, die von den Mitgliedern des Ku-Klux-Klan in den Sümpfen aufgestellt waren. Die Männer, die dort ihre Baumwolle heimlich entkernen ließen, riskierten ihr Leben. Aber wenn sie an dem einzigen Produkt, das ihnen ein wenig bar Geld einbrachte, nichts verdienten, so wußte der Himmel allein, wovon sie leben sollten.
Es war so gut wie unmöglich geworden, sich Geld zu verschaffen, indem man die letzten Wertgegenstände bei einer Pfandleihe versetzte. Hugh Purcell zum Beispiel hatte einen Teil des Silbers wieder ausgegraben, das seine Mutter während des Krieges versteckt hatte; und dann waren ihm nur fünfzehn Cents für den schweren silbernen

Löffel geboten worden. Das Ardeith-Silber ruhte beinahe vollständig im Schoße der Erde; es lohnte sich nicht, es auszugraben. – –
Der Wagen gelangte nach Ardeith. Ann reichte Napoleon den Torschlüssel; er stieg vom Bock, schloß auf, drückte die mächtigen Torflügel auf, führte das Pferd hinein und schloß das Tor wieder hinter dem Wagen zu. In alten Zeiten hatten die Tore von einem Jahr zum anderen offen gestanden, gastlich immer und unbesorgt; als Ann zum ersten Male befahl, sie zu verschließen – am Tage zuvor war Virginia geboren worden –, zeigte sich das Schloß so rostig, daß es guten Zuredens und vielen Öls bedurfte, ehe der Schlüssel sich knarrend drehen wollte. Das flache Land schwärmte von Marodeuren, und was auf den Feldern heranwuchs, das wurde zur Hälfte gestohlen, ehe es reifte. Ann hielt also stets die Tore verschlossen und trug den Schlüssel an ihrem Bund. Sie blickte sich um: wie das Unkraut sich wieder vordrängte! Stolz war sie einst auf den wunderschönen Park und die wohlgepflegten Gärten gewesen. Nun ging es schon lange über ihre Kraft, des Unkrauts Herr zu werden. Sie war froh, wenn es ihr gelang, die Allee einigermaßen frei zu halten; an manchen Tagen vermochte sie ihren Rücken ohnehin kaum noch aufzurichten.
In dem grün gedämpften Licht unter den hohen Bäumen spielte der kleine Denis mit Napoleons schwarzem Söhnchen Jimmy; die Kinder schienen die Hitze nicht zu spüren. Als Ann aus dem Wagen stieg, lief Denis auf sie zu: »Du mußt dir das Haus ansehen, das wir gebaut haben!« Sie hatten das winzige Gebäude aus Stöcken und alten Kisten errichtet. Denis war barfuß und trug einen Anzug aus gewürfeltem Baumwollstoff, der einmal für eins der Unterkleider Anns den Rock abgegeben hatte. Er paßte ihm nicht besonders gut; Anns Nähkünste waren inzwischen nicht zur Meisterschaft gediehen. Aber auch in plumpen Kleidern blieb Denis ein anziehendes Kind; er entwickelte sich hübscher und kräftiger als seine kleine Schwester Virginia. Virginia, ein zartes, zierliches Wesen, blickte lieber ernst ins Dasein als heiter, als wüßte sie, daß sie in eine geschlagene Welt hineingeboren war. Denis dagegen schien diese Erde für eine sehr vergnügliche Angelegenheit zu halten. Er sah seinem Vater entsprechend ähnlich und hatte von ihm die freundliche Begabung geerbt, ohne allzu viele Fragen hinzunehmen, was das Leben

bot. Ann erriet schon jetzt, daß Denis nie viel nachdenken würde, es sei denn gezwungenermaßen. Und da sie selbst es schmerzhaft empfand, wenn sie allzu gründlich nachdenken mußte, so wünschte sie ihrem Sohn, daß er es niemals nötig hätte. Sie bewunderte gebührend das Kinderhaus und fragte ihn dann:
»Hast du die Abschrift gemacht, die ich dir aufgegeben habe?«
»Ja, Madame!« erwiderte er tugendhaft. »Ich habe die Sätze zehnmal abgeschrieben und dann das Heft auf deinen Sekretär gelegt, was du mir gesagt hast.«
»Wie du mir gesagt hast, Liebling!« verbesserte Ann.
»Ja, Madame!« Denis seufzte. Sie fuhr tröstend mit der Hand über sein verwirrtes Haar. Wahrscheinlich korrigierte sie ihn zu häufig. Aber es war nur wenig, was sich aus den Ruinen für die Kinder retten ließ, und gutes Englisch kostete nicht viel und war so dankbar, daß Ann sich daran gewöhnt hatte, ihm eine außergewöhnliche Wichtigkeit beizumessen.
Sie fand die große Halle leer, als sie eintrat. Ann hielt einen Augenblick inne. Der Kronleuchter und die Kerzenhalter lagen voller Staub und erst recht die kunstvollen Schnitzereien an dem Geländer der Wendeltreppe. Sie und Cynthia mühten sich, soviel sie konnten; aber das reichte bei weitem nicht hin. Zwar hielten Napoleon, Bertha und Mammy treu bei den beiden verlassenen Frauen aus. Doch Napoleon war die meiste Zeit damit beschäftigt, die wenigen Feldarbeiter zu beaufsichtigen, die Ann sich leisten konnte – sie mußten ja für jeden Tag Arbeit bezahlt werden neuerdings. Und Mammy war schon zu alt, um noch wirklich etwas zu leisten. Ann und Cynthia vermochten allein mit Berthas Hilfe die zahlreichen Aufgaben nicht zu bewältigen, die früher dreißig Dienstboten in Atem gehalten hatten. Sie hatten die Teppiche aufgenommen, Tabakblätter hineingerollt und sie dann auf dem Boden verstaut; die nackten Fußböden ließen sich leichter wischen und fegen. Die überschüssigen Räume hielt Ann unter Verschluß; wenn die Türen nicht geöffnet wurden, staubte es in den Zimmern nicht so arg wie sonst. Manchmal empfand sie das Haus wie einen vernachlässigten alten Mann. Als sie nach oben stieg, ließ sie den Finger über das Geländer gleiten; der Finger wurde schwarz vom Staub, den er zusammenstrich. »Ja, auch die Armen können sich sauber halten!« flüsterte sie bitter.

In ihrem Zimmer riegelte sie die Tür hinter sich ab und lehnte ihr Haupt für einen Augenblick an den Bettpfosten. Auf ihrem Sekretär lag des kleinen Denis Schreibarbeit; neben ihm wartete in einem Korbe abgetragene Wäsche, die zu flicken war. Ann beachtete sie nicht. Ihre Nerven hatten nach dem ekelhaften Auftritt mit Gilday und Corrie May noch nicht aufgehört zu zucken. Doch stachelte sie sich an, ihr Kleid zu ändern; hielt sie es doch für das einzige, das sich noch auf der Straße zeigen ließ. Sie holte ein altes Sommerkleid aus dem Schrank und wunderte sich wieder einmal, was aus all ihren Sachen geworden war: aus den Schuhen, die ganze Gestelle gefüllt hatte, den Bergen von Unterröcken und Hemden, den Kleidern und Tüchern und Kappen und Hüten, ihren vielen Dutzend Paar Strümpfen; sie waren einfach zerfallen, hatten sich in nichts aufgelöst, man mochte sie flicken und ändern, soviel man wollte. In vergangenen Tagen war es ihr nie eingefallen, ihre Kleider nach der Haltbarkeit zu wählen. Keiner hatte sie damals gewarnt, daß ihnen bestimmt war, ewig zu halten.

Während sie ihr Kleid aufknöpfte, faßte sie mit der freien Hand in das obere Fach des Schrankes. Sie zögerte, zog die Hand wieder zurück und griff dann doch nach der Whisky-Flasche, die dort verborgen stand. Dutzende von Malen schon hatte sie beschlossen, keinen Whisky mehr in ihrem Zimmer aufzubewahren: die Versuchung, die Flasche anzusetzen, war zu stark, wenn sie stets griffbereit dastand und die Tür verschlossen war. Während sie das Glas von ihrem Waschständer zur Hälfte vollaufen ließ, fragte sie sich ärgerlich, was, in Gottes Namen, ihr andres übrigblieb, wenn Leib und Seele nach Betäubung geradezu schrien! Der Vorrat an geistigen Getränken im Keller von Ardeith erwies sich als unerschöpflich – wie geschaffen, der Verzweiflung dieser Tage Herr zu werden. Moralinsauer über den Alkohol zu predigen – das war kein großes Kunststück. Wer durchzumachen hatte, was sie durchmachte, dem war der Trost des Alkohols zu gönnen. So seltsam mutig wurde man davon; und er zauberte nachts den Schlaf herbei, wenn man so übermüdet war, daß man nicht einschlafen konnte.

Die Sonne war schon untergegangen; das Zwielicht schwebte im Raum wie Rauch; immer noch drückte die Hitze schwer. Der Whisky schien dicht unter ihrer Haut entlangzugleiten, wo es heiß

wie in einem feurigen Ofen rumorte; die Hitze innen und die Hitze außen schienen sich gut zu entsprechen. Eine Ahnung von Frieden überkam sie. Doch schon nach wenigen Minuten klopfte es an der Tür.
Ann gab zunächst keine Antwort; das Klopfen wiederholte sich. Sie vernahm, wie Cynthias Stimme nach ihr rief. Ann schreckte hoch, ärgerlich und auch verwirrt. Cynthia war inzwischen achtzehn Jahre alt geworden, ein seltsam hartes und schwieriges Geschöpf. Ihre Stimme klang stets ein wenig schrill; in den Umrissen ihres Gesichts und ihrer Figur behaupteten scharfe Ecken und Kanten weitaus den Vorrang vor sanfteren Rundungen. Und ebenso bewegte sie sich auch: eckig und hastig. Außer einer klaren Haut hatte sie keines der Attribute weiblicher Schönheit aufzuweisen. Sich liebenswürdig zu geben und zu benehmen – dafür bewies sie nur geringe Begabung. Ann mochte zuweilen nichts von Cynthia wissen; doch versagte sie der jüngeren Schwägerin nie ihre Bewunderung.
»Ann!« rief Cynthia von neuem.
Langsam raffte Ann sich auf. »Ja? Was gibt's?«
»Öffne bitte die Tür!«
Ann stellte die Whisky-Flasche wieder in den Schrank zurück und gehorchte widerstrebend.
Mochte Cynthia spüren, daß Ann getrunken hatte – sie ließ sich nichts anmerken. Sie besaß ein besonderes Talent dafür, sich nicht um anderer Leute Angelegenheiten zu kümmern. Sie sagte nichts weiter als: »Entschuldige, daß ich dich störe! Virginia geht es schlecht!«
»Schon wieder?« Ann seufzte. Das arme Puppenkind war allzu zart, die heißen Sommer nahmen es heftig mit. »Was fehlt ihr?«
Cynthias Gesicht lag in noch ernsteren Falten als gewöhnlich. »Es ist nicht nur einer ihrer üblichen kleinen Anfälle, Ann. Es geht ihr wirklich furchtbar schlecht. Denis sagte mir eben, daß du schon vor einer Weile nach Hause gekommen wärst. Da wollte ich dir sofort Bescheid sagen.«
»Komm!« rief Ann und lief voran zum Kinderzimmer. Mammy hatte am Bettchen der Kleinen gesessen und sprang auf.
»Oh, Madame! Dem Himmel sei Dank, daß du endlich da bist. Der Kleinen geht es so schlecht.«

Ann beugte sich über das Bett. Virginia wurde im kommenden Oktober vier Jahre alt; sie war klein für ihr Alter. Ihr Gesicht zeigte sich hochgerötet; sie wimmerte leise. Ein einziger Blick sagte der Mutter, daß Cynthia sich nicht geirrt hatte: das Kind war schwerkrank. Jähe Furcht wallte in Ann hoch. Sie legte ihre Hand auf die glühende Stirn des Kindes und murmelte: »Ich bin es, Liebling: Mutter!« Ann blickte zu Cynthia hinüber, die ihr gefolgt und am Fußende des Bettes stehengeblieben war.
»Wann hat dieser Zustand angefangen?«
»Bald, nachdem du fort warst. Sie fing an zu schreien und fortwährend nach ihrem Bäuchlein zu fassen. Sie hat sich dann schrecklich übergeben müssen. Ob ihr irgendwas beim Mittagessen nicht bekommen ist?«
»Wahrscheinlich die Milch nicht!« Anns Stimme hörte sich rauh an wie Sandpapier; als die furchtbare Hitzewelle vor ein paar Tagen das Land zu überfluten begann, hatte Ann sehnsüchtig an Eis gedacht. Aber es war bei diesem blassen Gedanken geblieben; die Zeiten, in denen sie Eis für selbstverständlich gehalten hatte, waren längst vorbei; der bevorstehende Steuertermin nahm ohnehin alle ihre Gedanken in Anspruch. Eis zu kaufen –! Ebensogut hätte sie sich vornehmen können, Diamanten zu kaufen! Sie hielt Virginia in ihren Armen und legte ihre Wange an die flammende des Kindes.
Cynthia fuhr fort: »Ann, sie vermag nichts bei sich zu behalten, nicht einmal einen Schluck Wasser. Ich habe alles versucht, was ich wußte –.« Sie senkte ihre Stimme: »Ich habe noch nie ein Kind so entsetzlich leiden sehen.«
»Schale Milch ist wie Arsenik!« sagte Ann gepreßt. Sie legte das Kind wieder auf sein Bettchen und wandte sich zu Mammy: »Gib ihr ja nichts zu essen! Nur Wasser, teelöffelweise, wenn sie es haben will. Lege ihr eine kalte Kompresse auf die Stirn. Vielleicht wird dadurch das Fieber gesenkt!«
»Ach, Madame«, sagte Mammy traurig, »das Wasser im Krug ist so warm.«
»Sag Napoleon, er soll frisches aus dem Brunnen holen; es wird kühler sein.« Sie beugte sich abermals über das Bett. »Virginia, sei ein gutes Mädchen! Ich werde dir etwas besorgen, damit dir wieder besser wird.« Ann winkte Cynthia und ging leise mit ihr in die Halle

hinaus: »Glaubst du, daß irgendwo in der Stadt Eis zu haben ist?«
»Eis?« Cynthia zog ein Gesicht. »Ich habe keine Ahnung. Seit der Krieg zu Ende ist, sind ja wohl die Eisschiffe wieder erschienen. Hast du denn Geld?
Ann schüttelte ihr Haupt. Das Pfund Eis: fünfundzwanzig Cents! Und wieviel geeiste Limonade sie früher an einem einzigen heißen Tage zu trinken pflegte! – »Den letzten Cent habe ich den Geiern auf dem Steueramt dalassen müssen. Aber wir müssen uns Eis beschaffen! Das Kind hat irgend etwas Vergiftetes zu sich genommen. Nichts aus der Speisekammer darf es mehr zu essen bekommen!«
Cynthia streckte hilflos ihre Hände aus: »Niemals habe ich ein Kind jammern hören, wie sie es tat. Kann ich noch etwas helfen?«
»Achte bitte auf Denis! Wenn ich nicht zum Abendessen herunterkomme, laß ihn nichts als Gemüse essen! Unter keinen Umständen Milch oder Fleisch! Und sage Napoleon, ich möchte ihn gleich sprechen!«
Sie holte sich eilig aus ihrem Zimmer ihr Schlüsselbund, stieg die Treppen hinunter, durchquerte die Getränkekammer und tastete sich mit einer Kerze zu dem festen Geheimfach im Keller. Es blinkte an der Seitenwand wie ein gepanzerter Wächter; das Licht entlockte ihm matten Widerschein. Ann öffnete die schwere Tür und betrachtete die wenigen Schmuckstücke, die ihr noch verblieben waren. Sie hatte schon so viele versetzt, daß sie keinen Wert mehr darauf legte, sich an jedes einzelne zu erinnern. Doch letzthin boten die Pfandleihen so wenig für Juwelen, daß es sich kaum noch lohnte, sie anzubieten. Da lag das Medaillon mit dem Bildnis des kleinen Denis in dem einen Schälchen und seiner Locke in dem anderen. Sie hatte an diesem Stück unwandelbar festgehalten; jetzt sollte es geopfert werden; sie fragte sich besorgt, wieviel sie wohl dafür erhalten würde – wenn sich nur genug Eis dafür kaufen ließe, Virginias Nahrung frisch zu halten und ihr kalte Umschläge zu machen, bis diese furchtbare Hitzewelle weiterzog. Ann nestelte das Bildchen und die Haarlocke aus dem Medaillon heraus, verwahrte beides von neuem, schloß die Türen hinter sich und rannte wieder nach oben. Napoleon erwartete sie in der Halle.
»Sieh zu, was du für das Medaillon bekommst, und kaufe Eis dafür, Napoleon!« Der schüttelte traurig seinen dunklen Äthiopierkopf

und machte sich auf den Weg. Bertha erhielt den Befehl, den alten Eisschrank sauber auszuscheuern. Dann kehrte Ann zu Virginia zurück.
Das Fieber der Kleinen war im Steigen. Ann versuchte, ihr die Stirn mit nassen Lappen zu kühlen. Mehr wußte sie nicht zu tun; es schien wenig zu nutzen. Sie dachte an einen Arzt; aber es war niemand mehr da, den sie hätte schicken können; außerdem zweifelte sie daran, ob ein Arzt ihr Besseres raten würde, als Virginias Essen auf Eis zu halten. Die Nacht hing heiß und stickig über dem Haus und seinen Gärten – eine jener Nächte, in denen selbst gesunde Leute mit unbeschwerten Gemütern sich unruhig hin und her zu wälzen pflegen und zuweilen schreiend erwachen. Für ein krankes Kind: ein mörderisches Wetter! Ann saß an Virginias Bett; manchmal wanderte sie im Zimmer auf und ab, um ihrer eigenen Ratlosigkeit Herr zu werden; die schmalen Rinnsale von Schweiß, die über ihr Gesicht herniederglitten, wischte sie sich mit dem Ärmel ab, ohne zu merken, daß er längst naß und fleckig war.
In der zweiten Stunde nach Mitternacht vernahm sie endlich Napoleon, wie er heimkehrend die Haustür aufschloß. Sie eilte treppab, ihn zu sprechen.
Seine nächtliche Fahrt hatte keinen Erfolg gezeitigt. Er händigte ihr das Medaillon wieder aus. »Einen Pfandleiher habe ich aus dem Bett geholt«, erzählte er. »Der sagte mir, daß er keine Geschäfte mehr macht; er leiht kein Geld mehr aus; auf gar nichts mehr. Dann habe ich nach dem Mann gesucht, der das Eishaus unter sich hat, und habe ihn auch gefunden. Ich dachte, daß er vielleicht das Schmuckstück behält, bis wir es wieder auslösen, und uns so lange Eis darauf leiht. Aber er hatte kein Eis vorrätig, das zu verkaufen war. Jemand, der nächste Woche eine große Gesellschaft gibt, hat alles Eis aufgekauft und im voraus dafür bezahlt.«
Ann ließ sich in einen Stuhl fallen; die Beine wollten sie nicht mehr tragen.
Schließlich raffte sie sich von neuem auf. »Napoleon«, sagte sie, »ich weiß, wie müde du bist. Aber du mußt mir helfen. Fahre nach Silberwald hinüber und hole meinen Bruder. Vielleicht weiß er, was zu tun ist.«
Napoleon schlich mit hängenden Schultern wieder hinaus; Ann stieg

die Treppen abermals empor. Virginia glühte vor Fieber; sie murmelte unverständliche Worte; zuweilen jammerte sie leise. Es gab also Eis in der Stadt, viel Eis sogar. Aber irgendwer wollte ein Fest feiern – – Feste!
Gegen Morgen sank Virginia betäubt in einen Schlaf äußerster Erschöpfung. Erst nach Sonnenaufgang kehrte Napoleon mit Jerry zurück. Ann stolperte zur Halle hinunter.
»Hast du Geld?« fragte sie ihren Bruder atemlos.
Er steckte seine Hand in die Tasche. »Drei Dollars«, sagte er.
»Komm, sieh dir Virginia an!«
Jerry brachte kein Wort heraus, als er vor dem Kinderbettchen stand. Er drehte sich kurz auf dem Hacken um und kehrte zu Ann zurück. Jerry war jetzt einunddreißig Jahre alt; man hätte ihn auf fünfzig schätzen können. Der Skorbut hatte sein Haar ergrauen lassen, die »Rekonstruktion« tiefe Falten in sein Gesicht gegraben. Er trug einen Anzug aus selbstgewebtem groben Stoff und dazu ein altes gefälteltes Hemd, in welchem er vor dem Kriege Sarah Purcell seine Besuche abgestattet hatte. Er zog die Tür hinter sich zu und sagte mit leiser Stimme: »Ja, Ann, sie ist wirklich sehr krank!«
»Kann man denn gar nichts tun, Jerry?« rief sie verzweifelt.
»Ich weiß nichts«, erwiderte er offen. Es entsprach nicht seiner Natur, falschen Trost anzubieten. »Wenn ich Geld genug besäße, könnte ich vielleicht die Arbeiter am Eishaus bestechen. Napoleon erzählte mir, daß bis zum nächsten Dienstag das gesamte einlaufende Eis vorweg bestellt und bezahlt ist. Von einer gewissen Upjohn –!«
»Upjohn?« Sie preßte ihre Hände gegeneinander, beinahe rasend vor hilflosem Zorn. »Weil diese elende kleine Hure eine Gesellschaft gibt, muß ich abseits stehen und mein Kind sterben sehen?«
Jerry faßte ihre verkrampften Hände in die seinen und führte sie zu einem Stuhl an der Wand. »Ich fahre zur Stadt und suche sie auf. Kennst du sie?«
»Sie hat für mich gearbeitet; du mußt sie gelegentlich hier gesehen haben.« Ann faßte in ihre Tasche und holte das Medaillon hervor. »Suche sie auf, Jerry! Sage ihr, das Medaillon sei ihres, wenn sie mir für eine Woche Eis zubilligt.«
Er nickte und stapfte eilig die Wendeltreppe hinunter. Ann schlich

sich in Virginias Zimmer und legte sich neben sie aufs Bett; sie war am Ende ihrer Kraft. Der Himmel hatte sich bezogen; die Luft glich heißem Wasserdampf.

2

Jerrys Gaul war müde, und er war es auch und hungrig dazu. Er hatte nichts weiter als eine Tasse Kaffee und ein Stück vom gestrigen Maiskuchen zu sich genommen, als Napoleon ihn aus den Federn holte. Erst ein Dutzend Umfragen klärte ihn darüber auf, wo diese Upjohn zu finden war. Er wußte zwar, daß die Durhams ihr Haus an einen Bündelbruder vermietet hatten; aber die Namen der neuen Bewohner hatte er sich nicht gemerkt. Endlich stand er vor der richtigen Tür; er zog die Glocke.

Ein farbiges Mädchen öffnete. Nein, sagte sie, Miß Corrie May wär' nicht zu Hause. Sie mochte zur Schneiderin gegangen sein oder zu einem von den Bäckern oder wer weiß wohin. Sie wäre mit der Vorbereitung für eine große Gesellschaft beschäftigt und hätte deshalb kaum Zeit für andere Dinge. Mr. Gilday – der sei auch nicht zu Hause. Um diese Tageszeit wäre er gewöhnlich auf dem Gericht zu finden.

Jerry richtete seine Schritte zu dem Eishaus. Der Verwalter zeigte sich höflich, blieb aber allen Bitten Jerrys unzugänglich. Schmuckstücke wollte er ohnehin nicht in Zahlung nehmen. Man wußte nie, ob sie echt waren oder aus Glas. Eine Dame hätte alles Eis vorbestellt und in gutem, echtem Gelde bezahlt – und gutes, echtes Geld, das war es, was man heutzutage nötig hatte.

Jerry sah sich des Mannes hagere Glieder und hungrige Augen an und konnte ihn nicht einmal tadeln. Schon viele verarmte Leute hatten nach dem Kriege versucht, gläsernen Schmuck als echten zu verkaufen; wer sich auf Juwelen nicht verstand, der vermochte den Unterschied nicht zu erkennen. Die Kaufleute waren es müde, sich betrügen zu lassen.

Vor dem Gericht band er sein Pferd an einen der dazu bestimmten Pfosten und betrat das Gebäude. Er mußte wohl eine Stunde warten; dann endlich durfte er bei Gilday eintreten. Gilday hinter seinem

Schreibtisch lehnte sich zurück, steckte die Daumen in die Seitentaschen seiner Weste und betrachtete den Besucher. »Wie in alten Zeiten, das könnt' ich beschwören! Man sieht all die Sheramys wieder. Einen nach dem anderen. Nun brauchen Sie mir bloß noch zu erzählen, daß Sie etwas von mir wollen –!«
Jerry raffte sich zusammen, bevor er antwortete. Diese Sorte von Leuten um eine Kleinigkeit bitten zu müssen, fiel ihm wesentlich schwerer, als ihnen die Steuern zu bezahlen. »Ich wollte mich nur erkundigen, ob Sie vielleicht wüßten, wo ich Ihre Freundin Miß Upjohn treffen könnte.«
»Keine Ahnung!« sagte Gilday. »Ich weiß nicht, wo sie herumflaniert; kümmere mich nicht um ihren Ausgang und Eingang. Was soll die Frage überhaupt bedeuten? Heute ist Samstag, und ich bin ein stark beschäftigter Mann.«
»Meine Schwester würde gern etwas Eis kaufen«, fuhr Jerry verzweifelt fort. Erschöpfung und Hunger machten sich allmählich bei ihm bemerkbar. »Ihre kleine Tochter ist sehr krank; sie muß sich an verdorbener Nahrung vergiftet haben!«
»Ach, zum Teufel!« erwiderte Gilday. »Ich habe kein Eis zu verkaufen. Sie kommen mir vor, Mr. Sheramy, wie einer dieser blöden Nigger, die hier vor dem Amt für befreite Sklaven herumlungern; sie meinen, wir könnten zaubern und müßten alle ihre verrückten Wünsche befriedigen. Ist dies Haus hier ein Eisladen, und sehe ich aus wie ein Eishändler?«
»Miß Upjohn hat alles Eis in der Stadt aufgekauft.« Jerry fing nochmals an zu bitten. »Und das Kind meiner Schwester wird wohl sterben, wenn ich kein Eis beschaffe.«
»Ach, wirklich?« machte Gilday. Er drückte den Stuhl noch weiter zurück, so daß er seine Füße auf den Tisch legen konnte. »Die Kinderchen haben das so an sich«, meinte er in leichtem Gesprächston. »Legen sich manchmal hin und sterben einfach, nicht wahr? Als ich noch klein war, pflegte meine Mutter ewig darüber zu jammern. Sie meinte immer, warum wohl der liebe Gott so viele kleine Kinder auf die Welt setzte, wenn er sie doch gleich wieder sterben ließ.« Seine kleinen Augen verengten sich zu einem Schlitz; seine Oberlippe streckte sich und entblößte die Zähne. »Aber ich will mit der Wahrheit nicht hinter dem Berge halten, Mr. Sheramy. Wenn Corrie May

alles Eis aufgekauft hat, so wird sie es für irgend etwas Wichtiges brauchen. Und ich denke, es sollte Ihrer Schwester nicht schwerfallen noch weitere Kinder zu produzieren. Sie soll sich nur an dieselbe Adresse wenden, die ihr das erste verpaßt hat.«

Jerrys Fäuste ballten sich. Ohne jeden klaren Gedanken langte er über den Tisch und landete seine Faust gegen Gildays Kinn.

Gildays Stuhl stürzte nach hinten über; aber Gilday sprang blitzschnell wieder auf die Beine und über den Tisch hinweg. Jerry empfing einen Faustschlag gegen die Schläfe, der ihn in die Ecke schmetterte. Seit seinem Skorbut war er längst nicht mehr so kräftig, wie er aussah.

Ein paar Negerpolizisten stürzten ins Zimmer. »Was ist los, Mr. Gilday?«

Gilday bürstete sich den Rock ab. »Steckt diesen weißen Esel ins Loch, damit er abkühlt. Er hat einen Beauftragten der Vereinigten Staaten bei der friedlichen Ausübung seiner Pflichten tätlich angegriffen; solche Frechheiten muß man ihm abgewöhnen. Weg mit ihm, und ein bißchen fix!«

3

Jerry ließ auf sich warten. Ein Regenschauer brach aus den Wolken; kaum war er vorübergerauscht, so trat die Sonne wieder durch den Dunst; die Schwüle wurde unerträglich. Die Sonne versank in einem Meer von karmesin- und purpurfarbener Glut, zaubervoll schön; die Sterne hingen niedrig und groß am Himmel wie Goldstücke. Ann saß am Fenster. Die schimmernden Sommernächte – wie oft hatten Denis und sie in dieses violenfarbene Dunkel hinausgeträumt und sich wohl zugeflüstert, die Sterne wären vom Himmel gefallen und im langwallenden Moos an den Bäumen hängengeblieben. Aber sie und Denis waren stets so gesund gewesen, daß sie nie auf den Gedanken kamen, solche Nächte könnten ebenso gefährlich werden, wie sie schön sind.

Sie wandte sich vom Fenster fort und blickte durch die sternenblasse Finsternis zu Virginia hinüber. In den ersten Stunden der Nacht hatte Virginia kreischend deliriert; nun war sie ruhig geworden. Ann

biß sich in die Faust, um das Schluchzen zu ersticken, das ihr in die Kehle stieg. Ach, Herr im Himmel, wo blieb Jerry?
Als der Tag anbrach, fiel sie auf dem Bett neben Virginia in tiefen Schlaf, schrecklich erschöpft, wie sie war. Erst die Schmerzensschreie des Kindes weckten sie von neuem. Der Tag erhob sich glänzend über dem Land wie die vorhergegangenen und ebenso gnadenlos. Ann schickte Napoleon in die Stadt; er sollte erkunden, wo Jerry verblieben war.
Sie fürchtete sich, Virginia irgend etwas zu essen zu geben; noch heftiger wurde sie von der Furcht gepeinigt, daß auch der kleine Denis erkranken könnte; in diesem Wetter war es fast unmöglich, für unverdorbene Nahrung zu sorgen. Aber Denis schien nicht daran zu denken, krank zu werden; er protestierte ergrimmt gegen das ewige gekochte Gemüse, das ihm vorgesetzt wurde, und verlangte nach Milch und Fleisch. Aber das gab es nicht; so blieb er gesund wie ein Fisch im Wasser. Ann überließ ihn der Fürsorge Mammys und widmete sich ausschließlich der erbarmungswürdigen kleinen Virginia. Wenn nur Jerry Eis beschaffte! Mußte man sich ständig übergeben, so ließ sich zuweilen der Krampf beschwichtigen, wenn man ein Stück Eis auf der Zunge zerschmelzen ließ. Virginia behielt nicht einmal das kühle Wasser bei sich, das Napoleon aus der tiefsten Tiefe des Brunnens emporwand.
Dann kehrte Napoleon endlich wieder und berichtete, Jerry wäre verhaftet; er hätte Gilday tätlich angegriffen. Ann war die Treppen hinuntergeeilt, als Napoleons Gefährt die Allee heraufklapperte. Napoleon gab müde, stockend und erregt seine traurige Kunde von sich; Ann sank auf die Treppenstufen nieder; sie lehnte ihr Haupt an das staubige Geländer und bedeckte das Gesicht mit den Händen. »Oh, Gott, ich bitte dich, lasse sie wieder gesund werden!« wisperte sie verzweifelt. »Tu mir dies nicht an. Ich kann nicht mehr ertragen.«
Ihr war, als blickte sie in die schneidend kalten Augen Gildays; sie glitzerten vor Hohn, nicht anders als die Corrie Mays; sie sah hinter ihren geschlossenen Lidern das Mädchen vor sich, aufgetakelt mit allem modischen Putz und Prunk und Widersinn; die beiden lachten ironisch, lachten sie aus, sie, die einstmals viel beneidete Besitzerin von Ardeith. Die beiden schienen ihr zuzurufen: »Du kannst nichts

mehr ertragen? Oh, ja, du kannst! Wir sind noch nicht mir dir quitt!«

Ann wankte die Treppe hoch. Sie stieß auf Cynthia vor der Tür des Kinderzimmers.

»Ann – –« stammelte sie. Ann hatte ihr kaum ins Antlitz geblickt, da stieß sie die Schwägerin beiseite und stürzte ins Zimmer. Cynthia hatte das Leinen über der kleinen Dulderin Gesicht gezogen. Ann mochte nicht glauben, was dies bedeutete, und riß das Laken wieder fort. Aber Cynthia hatte sich nicht getäuscht, wenn auch Virginias armseliges Körperchen noch heiß vom Fieber war, in dem es hatte verglühen müssen.

Sie vergrub ihr Gesicht in den Kissen neben dem stillen Totenantlitz. Niemand hatte sie darauf vorbereitet, daß dies bevorstand. Noch in den vergangenen Tagen, als die Furcht ihr schwer zu schaffen machte, hatte sie an das Allerschlimmste nicht glauben wollen. Nun war Virginia tot, ein so kleines Mädchen. Keiner wird sie vermissen, dachte Ann. Sie ist schon so gut wie vergessen. Ich allein werde an sie denken.

Und sie dachte auch an Corrie May und ihre Gesellschaft. Da würde es Schüsseln und Flaschen geben, tief in Eis verpackt, ganze Blöcke von Eis und kleine Klümpchen davon und winzige Splitter und Splitterchen; und alle würden im Kerzenschein glitzern – wie Diamanten!

4

In den Wochen danach fühlte sich Ann so geschlagen, daß sie zuzeiten gar nicht mehr danach fragte, ob Ardeith erhalten blieb oder auch nur sie selbst. Sie wollte nicht mehr nachdenken; sie wollte nur noch vergessen. Sie dankte dem Himmel, daß so viel Alkohol im Weinkeller lagerte; das war das einzige, wofür sie ihm dankbar war –.

Jerry schaffte die Baumwolle von Ardeith zu einer der geheimen Entkernungsanlagen in den Sümpfen und ließ sie dort zum Verkauf aufbereiten. Hätte Jerry sich nicht um die Schwester gekümmert, die Steuern hätten ihr Ardeith unter den Füßen fortgefegt. Manchmal, wenn Jerry sie grimmig zur Ordnung rief, raffte sie sich zusammen. Aber schon nach acht oder zehn Tagen vergaß sie von neuem, was sie sich vorgenommen. Das Elend schien sowieso kein Ende zu nehmen. Was hatte es für einen Sinn zu kämpfen, wenn man nicht wußte, wofür. Es fiel ihr ein, wie Denis' Mutter gestorben war; sie fing an zu begreifen, warum seit einiger Zeit so viele ihrer Bekannten an unverständlichen Krankheiten starben, für die die Ärzte nie ein Heilmittel wußten. Es war leichter zu sterben, als die Mühsal weiter zu ertragen. Das hatte sie nun begriffen.

ZWÖLFTES KAPITEL

1

Als Corrie May zum ersten Male von jenen Männern erzählen hörte, die, in weiße Laken gehüllt, des Nachts durch die Lande sprengten, hatte sie an einen prächtigen Spaß geglaubt. Die Reiter ängstigten die Neger schier zu Tode; Corrie May hatte nichts dagegen einzuwenden; sie fühlte keine besondere Sympathie für das schwarze Volk. Sie hielt die Gespenstermänner für faule Aristokraten, die früher ihr Dasein verspielt und vertanzt und nun statt dessen die nächtlichen Ritte erfunden hatten, um sich zu amüsieren. Sie erwachte zu einer Art von Panik, als sie entdecken mußte, daß der Ku-Klux-Klan sich aus verzweifelten Männern zusammensetzte; die nächtlichen Reiter waren sogar bereit, ihr Leben zu opfern, wenn es galt, den Terror der »Rekonstruktion« zu bekämpfen. Corrie May hatte es für eine großartige Idee gehalten, jedes Pfund Baumwolle zu besteuern, das zum Entkernen ging; die Pflanzer hatten den Krieg angefangen; mochten sie nun dafür bezahlen! Als Corrie May das Gerücht vernahm, daß die Pflanzer in den Sümpfen versteckt Entkernungsanlagen errichteten, um der Steuer ein Schnippchen zu schlagen und ihre Baumwolle steuerfrei stromab zu verladen, hielt sie Gilday, Dawson und ihre Freunde durchaus für berechtigt, die geheimen Anlagen auszuheben und jeden Ku-Kluxer umzubringen, der es wagte, seine Baumwolle steuerfrei zu verschiffen.

Die Regierungsagenten waren wieder einer der geheimen Anlagen auf die Spur gekommen; sie verbarg sich am anderen Flußufer sehr geschickt in einem weiten Marschgebiet. Die Agenten legten sich in einen Hinterhalt; als eine Kolonne von hochbepackten Baumwollwagen, geführt von Männern in weißen Laken, heranschwankte, eröffneten sie das Feuer.

Aber trotz der Gesetze, die ehemaligen Rebellen das Tragen von Schießwaffen verboten, verfügten auch die Ku-Kluxer über Gewehre und Pistolen; sie schossen zurück. Gilday allerdings war vorsichtig wie immer im Hintergrund geblieben; er ließ sich in den Schatten einer Maschine fallen und kam unbeschädigt davon; der dumme Dawson aber fand den Tod.

Das war schade, denn Dawson war ein angenehmer Mann gewesen. Zu seinem Begräbnis erschien Corrie May sehr gefaßt und feierlich in einem schönen, schwarzen Kleid. Laura hatte sich als Witwe prächtig aufgetan, in Trauerkleidern und einem langen Trauerschleier, der sie bis fast zu den Fußgelenken bedeckte. Corrie May mußte an sich halten, um nicht laut aufzulachen; der Chor intonierte »Ruhe in Jesus – –« Dieses Weib, als Witwe aufgemacht, mit schwarzgerändertem Taschentuch und ehefräulichem Trennungsschmerz!!
Erst einige Wochen später merkte sie, daß Lauras Witwenschaft keineswegs für immer amüsant zu bleiben versprach; keineswegs! Corrie May spürte statt dessen einen Schauer der Angst über ihren Rükken rieseln.
Gilday war einige Nächte lang nicht nach Hause gekommen. Zunächst beunruhigte sich Corrie May nicht weiter. Er hätte auf seinem Amt verschiedene lange Berichte fertigzustellen, entschuldigte er sich; dann wollte er mit seinen Kollegen Poker gespielt haben! Eines Morgens fragte sie ihn doch, wo er nachtsüber gesteckt habe. Gilday wurde sofort und unvermutet grob: sie solle ihren Mund halten. Sie schluckte die ärgerliche Antwort, die ihr auf der Zunge schwebte, hinunter; sie wollte nicht nörgeln, durchaus nicht! Als dann Gilday das Haus verließ, schien er umgänglich wie immer. Am Nachmittag des gleichen Tages wollte sie Gilday auf dem Gericht besuchen; sie brauchte Geld. Da Gilday im Vorderzimmer nicht zu finden war, blickte sie durch die halb offene Tür in den Nebenraum, wo er seine Kontobücher und Akten aufzuheben pflegte. Er saß hinter einem Tisch; die Witwe Laura Dawson lag halb über den Tisch gebreitet und zeigte ihm einige Papiere; ihr Witwenschleier war weit zurückgeschlagen; sie stützte sich auf ihre Ellbogen.
Corrie May wandte sich ab und ging leise hinaus. Sie wollte nach Hause fahren, um nachzudenken.
Dieses Weib, dachte sie wild. Sie warf sich in ihrem Zimmer aufs Bett. Was Laura Dawson auch immer tat – irgendeine Teufelei war stets dabei. Corrie May hatte keine Ahnung, was Laura jetzt im Schilde führte. Jene Papiere –! Ob Laura lesen konnte, das wußte Corrie May nicht; aber Gilday verstand zu lesen –!
Gilday kam an diesem Abend nicht heim. Corrie May saß allein im Dunkeln. Das ganze Geschäft war genau zu überlegen. Laura

mochte »tüchtig« sein; aber auch Gilday war tüchtig – da steckte irgendein Rätsel. Gilday besaß weder Gewissen noch Herz; er nahm sich, was er haben wollte; Corrie May zwang sich zu größter Ehrlichkeit: nein, daß es ihm Spaß machen konnte, Laura zu erobern, dafür war beim besten Willen kein Grund einzusehen. Laura hatte die Tage der Jugend und Schönheit längst hinter sich; Corrie May aber wußte von sich: ich bin jung und schön.
»Ach, lieber Gott, ich bitte dich!« Corrie May war mitten im Gebet, ohne es eigentlich zu merken – zum ersten Male wieder, seit Budge erschossen worden war. »Ich bitte dich, Vater im Himmel, blas ihr das Lebenslicht aus, damit ich mit Gilday wieder nett und friedlich leben kann. Gott, ich bin schlecht gewesen. Aber wenn du machst, daß er mich gern hat wie früher – ich schwöre es! –, dann werde ich ihn schon dazu kriegen, daß er mich heiratet. Bestrafe mich nicht, wie ich es verdient habe! Ich habe ja noch nie in meinem Leben jemandem etwas Böses angetan. Ich werde ihn schon dazu bekommen, daß er mich heiratet; gib mir nur die Zeit dazu!«
Sie öffnete ihre Augen. Ja, sie hatte sich schwer versündigt und nicht einen Augenblick auf ihr Gewissen gehört. So ließ Gott sie nun erkennen, wie übel und ekel es war, ein schlechtes Mädchen zu sein. Jetzt wollte sie ihren Gilday halten, hatte sich aber bereits all der Mittel entledigt, mit denen dies sicher zu bewirken war.
Waren sie wirklich alle verbraucht? Verfügte sie über keines mehr, das sie erneut ins Feld führen konnte? Doch! Die alten waren niemals alt: ihre blütenfrische Haut, ihre makellose Figur, das nette Benehmen, das sie sich angewöhnt hatte – und dann ihre neue Herbstgarderobe! Als Corrie May am nächsten Morgen aufgestanden war, bürstete sie ihr Haar, bis es glänzte, und legte ihr neues Kleid an – aus schwerer Seide, mit lavendelfarbenen Tupfen. Es war ein Sonnabend, und Gilday mochte früh nach Hause kommen.
Aber er ließ sich nicht blicken. Am Sonntagmorgen schmückte sie sich wieder aufs beste. Gilday blieb den ganzen Tag über aus. Erst am Montagnachmittag tauchte er auf.
Sie lief ihm entgegen; ihre Schleppe rauschte über den Teppich, als er das Wohnzimmer betrat. Sie rief: »Da bist du endlich! Wie geht's, lieber Sam? Hast du schon gegessen, oder soll ich dir etwas anrichten lassen?«

Ohne zu antworten, nahm Gilday sie bei der Schulter und drückte sie in einen Stuhl. Sie saß da dumm und wie erstarrt; war er betrunken? Sie hatte keine Ahnung, wie sie sich dann verhalten mußte; noch nie hatte er an einem Abend mehr als zwei, drei Gläser Wein oder Whisky getrunken. Gilday saß ihr gegenüber an der anderen Wand des Wohnzimmers und sagte kein Wort. Bedrückt ließ Corrie May ihre Augen über die großen Blumen auf den Tapeten gleiten; wie hübsch hatte sie das Haus für ihn hergerichtet; doch er schien sich nicht viel daraus zu machen.
Schweigen herrschte; langsam glitt die Sonne von einer Rose zur nächsten. Corrie May zermarterte sich den Kopf; sie wollte eine harmlose nette Bemerkung machen; es fiel ihr keine ein. Sie dachte nur immer das eine: Oh, bitte, lieber Gott, bitte, bitte, lieber Gott –!
Schließlich stellte Gilday die Frage: »Hast du auf mich gewartet, Corrie May?«
»Sicher, lieber Sam!« erwiderte sie, so munter sie konnte. »Ich habe ja nichts Besseres zu tun. Kann ich dir was zu trinken oder sonstwas besorgen?«
»Ach, sei still!« fiel er ein. »Gib dir nicht immer Mühe, nett zu mir zu sein. Ich bin keinen Schuß Pulver wert.«
Sie versuchte zu lachen. »Natürlich, Sam, bist du keinen Schuß Pulver wert. Das ist mir nichts Neues. Du hast doch nicht etwa einen moralischen –? Das wär' wirklich was Neues!«
»Ach, mach, daß du 'rauskommst!« sagte Gilday.
Sie erhob sich langsam, um den Raum zu verlassen. Aber dann rief er sie zurück. »Nein, setz dich wieder. Ich habe dir etwas zu sagen. Und du kannst mir glauben, Corrie May, ich habe es mir nicht so schwierig vorgestellt.«
Sie ließ sich auf den nächsten Stuhl sinken. »Was meinst du, Sam?«
»Corrie May, ich habe mich am Samstagmorgen verheiratet.«
Sie umklammerte die Armlehnen des Stuhles so hart, daß sie glaubte, der Goldlack müßte sich lösen; schließlich brachte sie heraus: »Samuel Gilday, hast du deinen klaren Verstand verloren?«
»Durchaus nicht – behalten! Darum habe ich nämlich geheiratet.« Er lachte kurz auf, holte tief Atem und setzte sich aufrecht hin. »Paß also auf!« sagte er finster. »Du hast kein Recht, mir Vorwürfe zu machen. Was für eine Sorte Kerl ich war, hast du von Anfang an ge-

wußt. Ich will was werden, Corrie May! Das wußtest du auch. Ich habe dich nie darüber im Zweifel gelassen.«

»Sam, hast du Laura Dawson geheiratet?«

Er lachte häßlich. »Stimmt! Tüchtig von mir, was?«

Corrie Mays Herz klopfte so hart, daß ihr war, als müßte sie ohnmächtig werden. »Dieses Weib!« flüsterte sie mühsam. »Ihr halbes Leben lang hat sie auf der Straße gelegen.«

»Sie wird sich von jetzt ab anständig benehmen«, sagte Gilday. »Ich weiß, wie man Frauen behandelt.« Er lehnte sich vor: »Ich will dir erklären, wie es gekommen ist. Ich habe es eigentlich nicht vorgehabt; ich wollte dir nur einfach sagen, pack deine Sachen und mach, daß du weiterkommst. Aber ich muß es dir doch erklären. Du bist und bleibst ein nettes Mädchen – mit mehr Verstand als jedes andre Mädchen, das ich kenne. Und wenn ich schon heiraten mußte, so hätte ich viel lieber dich geheiratet als irgendeine andre!«

»Und warum also Laura Dawson?« fragte sie rauh.

»Dieser Dawson, weißt du, ich hatte ihm nie sehr viel Grips zugetraut. Aber er war schlauer, als wir annahmen. Er hatte vor, nach New Orleans zu gehn. Das ist eine große Stadt, und reich ist sie auch. Selbst noch jetzt nach dem Kriege liegt da das Geld auf der Straße. Der Dawson hat sich einen Vertrag zu verschaffen gewußt, die Flußdämme bei New Orleans neu zu bauen –«

»Was hatte das mit Laura zu tun?« unterbrach sie ihn.

»Sie besitzt die Vertragspapiere, mit seinem Namen darin und so weiter. Sie wollte mir die Papiere überlassen, wenn ich sie heiratete.«

»Dein Name lautet doch nicht Dawson.«

»Stimmt!« gab er zu. »Aber das weiß in New Orleans kein Mensch.«

Hell schien die Sonne auf die Tapetenrosen. Corrie May flüsterte: »Ich verstehe, Sam, ich verstehe.«

Sichtlich erleichtert erhob sich Gilday. »Na also. Ich wußte, du bist ein vernünftiges Mädchen, Corrie May. Nett von dir, daß du kein Theater machst.« Er stelzte herzu und tätschelte ihren Arm. »Corrie May, ich halte viel von dir. Ich wollte dich ja nicht kränken. Mir ist ein Stein vom Herzen, daß du die Sache so leicht nimmst.«

Sie war unfähig zu antworten. Sie starrte ihn an und nickte, als wäre sie mit Blödheit geschlagen. Gilday fuhr fort:

»Wir müssen uns trennen. Es bleibt nichts andres übrig. Am besten, du packst deine Sachen gleich und bist spätestens morgen fort, damit ich das Haus aufgeben kann. Nächste Woche reise ich nach New Orleans ab.« Er holte eine Rolle Geldscheine aus der Tasche und blätterte einige Noten herunter: »Hier sind hundert Dollars!«
Sie wiederholte wie betäubt: »Hundert Dollars.«
Gilday kicherte. »Du wirst schon weiterkommen. Kindchen, ich muß jetzt fort. Man wartet auf mich. Also mach's gut! Leb wohl!« Und hatte die Tür schon hinter sich zugeschlagen. Sie saß noch immer auf ihrem Stuhl inmitten der Liebesgötter und Rosen, mit den Geldscheinen im Schoß. Zum zweiten Male stand sie nun dem Schicksal gegenüber, bewaffnet allein mit einhundert Dollars. Doch diesmal wußte sie: das war nicht viel!
Gilday ging die Treppe hinunter, sie hörte seine Schritte verhallen – und sprang auf. Er konnte nicht einfach verschwinden – nicht auf diese Weise! Sie stürzte auf den Balkon hinaus. Da unten sprang er schon in seinen Wagen. Ja, es war wirklich so! Er ließ sie einfach sitzen, ebenso kalt und berechnend, wie er sie genommen hatte. Nie würde sie ihn wiedersehen! Um die nächste Ecke bog sein Wagen und war fort.

2

Corrie May wandte sich an die Frau, bei der sie zur Miete gewohnt hatte, als sie noch täglich die Korridore des Gerichts zu fegen pflegte. Die Frau musterte Corrie May von oben bis unten mit offener Verachtung: »Ein Zimmer? Ja, ein Zimmer ist frei. Aber für Sie nur, wenn Sie im voraus bezahlen.« Corrie May bezahlte im voraus und zog mit ihren Sachen ein. Dann hockte sie ein paar Tage lang trübe und zerschlagen auf dem Rand ihres Bettes und mühte sich ab, das wüste Durcheinander ihrer Gedanken zu ordnen und sich an ihren neuen Zustand zu gewöhnen.
Gilday war ein übler Lump gewesen. Aber sie hatte ihn trotzdem gern gehabt. Es lohnte nicht, darüber nachzudenken. Der Schmerz und die Wut, verlassen zu sein, ließen ohnehin mit den Wochen

nach. Aus Erfahrung wußte sie, daß hundert Dollars schnell dahinschwinden, wenn Miete und Mittag- und Abendessen davon bestritten werden müssen, ohne daß für Nachschub gesorgt ist. Sie hatte sich nach Arbeit umgesehen. Sie hatte von je gearbeitet und war auch jetzt noch dazu fähig. Vielleicht hatte sie es nicht einmal nötig. Sie verfügte über einen ganzen Schrank voller schönster Garderoben; sie sah durchaus nicht übel aus. Und manch einer der Männer aus dem Gerichtsgebäude hatte Gilday um sie beneidet –.
Sie war gerade drauf und dran, sich für diesen Weg zu entschließen, als ihr plötzlich der Himmel einstürzte und all ihre Pläne unter sich begrub: sie bekam ein Kind!
Zuerst wollte sie es nicht glauben. Ein Jahr hatte sie mit Gilday zusammen gelebt und sich anfangs gefürchtet; aber die Zeit war glatt dahingeflogen, und Corrie May hatte die Furcht vergessen. Nun sollte sie also ein Kind gebären, jetzt, wo sie auf Strand saß und Gilday sein Heil in der Flucht gesucht hatte –!
Ja, sie hatten recht gehabt, die Leute alle, von denen sie scheel angesehen worden war. Sie hatte die Tugendbolde ausgelacht; sie schienen gewußt zu haben, daß Gott die Sünderinnen bestraft. Die Sünderin war sie selbst, und Gott strafte sie nun. Zwar hatte sie ihm versprochen, alles daranzusetzen, daß Gilday sie heiratete; aber Gott war allwissend: wäre Gilday bei ihr geblieben, so hätte sie nicht danach gefragt, ob er sie heiratete oder nicht. Gott ließ all die Dinge geschehen, die Pappa in seinen Predigten anzudrohen pflegte. Sie hatte ihrem Pappa nie geglaubt und seine Predigten für leeres Geschwätz gehalten; aber nun bewies ihr Gott, daß Pappa die Wahrheit gepredigt hatte.
Sie besaß viele Freunde, oder meinte es wenigstens. Sie hatten mit Vergnügen auf ihren Gesellschaften getanzt und getrunken. Aber jetzt war es aus mit den Gesellschaften und mit den Freundschaften auch. Es kümmerte sich keiner darum, ob irgendeine Corrie May lebendig war oder tot. Und die alten Freunde vom Rattletrap Square – die meisten hatten selber nichts zu essen; als Corrie May sie besuchte, schien sie in jedem zweiten Blick die Worte zu lesen: Geschieht dir ganz recht! Sie hatte vom Rattletrap nichts wissen wollen, als sie in Samt und Seide ging; mochte sie jetzt der Teufel holen!
Auch ihre vielen schönen Kleider ließen sich kaum zu Geld machen;

kein Mensch wußte etwas anzufangen mit dem modischen Plunder; die Zeiten waren zu schlecht dazu. Und ihr Schmuck – nichts als Prahlerei und gewöhnliches Glas, wenn man näher zusah.
Sie gab ihr bisheriges Zimmer auf und bezog eine schäbige Kammer, die weniger kostete. Als die winterlichen Regen rieselten und die Nebel durch jede Spalte krochen, waren selbst die dicksten Decken und Tücher nicht mehr imstande, sie des Nachts zu wärmen. Sie drehte jeden Cent dreimal um, ehe sie ihn ausgab; sie kaufte sich nichts mehr zu essen, bis sie schließlich so fürchterlichen Hunger bekam, daß sie der Versuchung nicht länger widerstehen konnte. Sie schlang das minderwertige Zeug gierig in sich hinein; es wurde ihr schlecht wie noch nie in ihrem Leben. Ihre Haut bekam ein seltsam teigiges Ansehen; dunkle Säckchen bildeten sich unter ihren Augen wie bei einer alten Frau; die Gürtel ihrer Kleider ließen sich nicht mehr schließen. Wenn sie ausgehen mußte, so hüllte sie sich in ihren Mantel, so gut es ging, um ihre Figur zu verbergen.
In diesen kalten Nächten, wenn sie vor lauter Nebel von ihrem zerbrochenen Fenster aus kaum die andere Straßenseite erkennen konnte, dann sagte sie sich mehr als einmal, was für ein Dummkopf mit Fransen sie gewesen war: was Kummer und Sorge bedeuteten, das erfuhr sie erst jetzt, während sie damals bei gesundem Leibe stets das gesunde Selbstvertrauen hatte, zu jeder Arbeit fähig zu sein; dies Gefühl der Sicherheit war ihr Vergangen. Sie fühlte sich krank, so krank, daß sie sich endlose Tage auf ihrem Bette wälzte – es wies keine Laken auf und keine Bezüge – und zu sterben meinte vor Übelkeit und Schwäche; doch es starb sich nicht so schnell. Dann schleppte sie sich ins Freie; vielleicht fand sich eine Stelle, wo sie für ein paar Kupfer ein Mahl von roten Bohnen erstehen konnte. Dann aß sie tagelang überhaupt nichts mehr. Je weniger sie aß, desto dikker wurde sie.
So bleib' ich eben, dachte sie, auf dieser verdreckten Matratze liegen und gebäre mein Kind ganz für mich allein. Gott mag wissen, was dann mit mir passiert. Vielleicht fand das Kind bei der Geburt den Tod; es sollte ihr gleich sein; aber sie erschauerte vor der Möglichkeit, daß auch sie selber sterben konnte. Sie wollte noch nicht sterben. Trotz all der Nackenschläge, die das Schicksal ihr versetzt hatte – sterben wollte sie nicht!

An einem Morgen im April klopfte es an ihre Zimmertür. Die Frau, der das Haus gehörte, trat ins Zimmer, ohne Corrie Mays Antwort abzuwarten: die Miete wäre nun schon drei Wochen überfällig; wie es damit wäre? Corrie May setzte sich auf und schüttelte verstockt den Kopf. »Ich habe kein Geld mehr«, sagte sie.
Die Frau erwiderte giftig: »Ich auch nicht. Ich muß meine Miete haben. Dies ist keine Kinderbewahranstalt. Ich vermiete meine Zimmer für Geld und nicht um anderer Leute schöner Augen willen.«
Sie öffnete Corrie Mays Koffer und blickte hinein. Die modischen Kleider prunkten immer noch verführerisch. Das Weib grinste gierig: »Die behalt' ich erst mal!« murrte sie mit gebleckten Zähnen. »Du machst jetzt, daß du rauskommst!«
Zu andrer Zeit hätte Corrie May sie wohl angeschrien. Jetzt fühlte sie sich derart krank, daß es leichter war, einfach zu gehorchen. Sie raffte sich mühsam zusammen und stolperte wortlos auf die Straße hinaus.
Das Wetter hatte sich aufgehellt; die Luft duftete ein wenig nach Frühling. Corrie May lehnte sich an die Häuserwand und blickte den Leuten nach, die vorübergingen. Da war keiner, der von ihr Notiz nahm. Sie blieb stehen, wo sie stand, fühlte sich zu schwer, um weiterzugehen; würgende Übelkeit peinigte sie unausgesetzt. Am Ende vermochte sie sich nicht länger aufrecht zu halten; sie setzte sich in den Rinnstein.
Ein kitzliges Gefühl machte sich in der Gegend ihres Magens bemerkbar. Wann hatte sie zum letztenmal gegessen? Gestern wohl, oder am Tag davor? Nein gestern! Sie hatte sich zur Hinterseite des Logierhauses geschlichen und ein Stück Maisbrot und einen alten Kohlkopf im Mülleimer gefunden. Daher stammte wohl dies verrückte Gefühl im Magen, als wenn sie sich übergeben müßte und könnte es nicht. Es ging ihr so elend, daß sie weiter nichts zu denken vermochte. Sie bestand aus nichts anderem mehr als Übelkeit.
Ein schwarzer Polizist, der vorüberschlenderte, stieß sie mit dem Fuße an und befahl ihr, sich fortzuscheren. Sie erhob sich gehorsam, froh, daß das Wetter sich milder anließ: sie trug nur ein dünnes Kleid, ein Kleid aus buntgewürfelter Seide, das prächtig anzusehen gewesen war, als sie es kaufte. Aber sie hatte nie gelernt, gute von schlechter Seide zu unterscheiden; die Seide dieses Kleides hatte

schon zu schleißen begonnen, als Corrie May das Kleid zum drittenmal anzog.

Der Polizist hatte ihr befohlen, sich davonzuscheren – und sie wankte willenlos die Straße entlang. Ohne es eigentlich vorzuhaben, wandte sie sich zum Hafen. Müde sah sie den schwarzen Arbeitern zu, wie sie die Schiffe beluden. Nicht mehr so viele wie früher lagen an den Landungsbrücken. Corrie May blickte sich um: was hatte es einst für Spaß bereitet, hier zu stehen und die Welt vorüberrauschen zu lassen, stromauf und stromab. Wohnte man in der Nähe des Stromes, dann spielte sich das ganze Dasein an seinen Ufern ab. War sie glücklich und wollte es feiern, so war sie zum Hafen gegangen; und in den Augenblicken tiefster Niedergeschlagenheit wie jetzt hatte es sie wieder zum Hafen gezogen, als könnten ihr die blanken Wasser den Rat und die Hilfe verschaffen, nach denen sie verlangte. Was auch immer geschehen mochte, der Mississippi strömte dahin, unbeirrbar dahin; seine goldenen Fluten wallten dem Meere zu, unwandelbar und voller Gleichmut. Der Strom – so wollte es scheinen –, er allein blieb der gleiche. Die ganze übrige Welt – sie hielt nicht Stich.

Da stand sie nun, krank und müde und hungrig, und keine Menschenseele fragte danach. Aber sie selbst, sie fragte danach. Und wie sie danach fragte! Corrie May ließ sich von der alten guten Sonne bescheinen, am Ufer des alten guten Flusses, und wußte mit einem Male, daß sie trotz allem den Kampf noch nicht aufgab; eine kleine mutige Stimme rief unablässig aus dem Dickicht der Verzweiflung, daß sie noch längst nicht verloren wäre. Man gab sich nicht geschlagen, solange man noch am Leben war und entschlossen, den Kopf über Wasser zu halten.

Allerdings hatte sie jetzt für zwei Leute zu sorgen; für das Kind und sich selbst. Mit Entsetzen erinnerte sie sich daran, daß sie schon nicht mehr danach gefragt hatte, ob ihr Kind am Leben blieb oder nicht. Sie hatte es sich nicht gewünscht; sie hatte es gehaßt, weil es Gildays Kind war; Gilday hatte sie im Stich gelassen. Aber nach allem: es war ja auch ihr eigenes Kind! Vielleicht gelangte es in der Welt zu Macht und Einfluß. Sie wollte ihm die Weisheit mitteilen, die sie selbst so schwer errungen hatte: man muß seine Entschlüsse fassen und dann dazu stehen, koste es, was es wolle! Das war schon

etwas, ein Kind danach zu erziehen! Häuser und Pflanzungen vermochte sie ihm nicht zu vererben; doch die Kunst, wie man mit Bitternissen und Rückschlägen fertig wird, sie ist auch etwas wert! Sie hockte sich seitlings auf eine Kiste; ein Neger lud Fässer in einen Wagen. Er kletterte auf den Kutschersitz und trieb das Maultier an, lenkte es dann in die Richtung der Straße, die zu den Plantagen hinausführte. Corrie May mußte des Tags gedenken, an dem sie in großer Angst und Entmutigung nach Ardeith hinausgefahren war, um dort Arbeit zu erbitten. An jenem Tage hatte Ann ihr nichts als Gutes angetan. Eigentlich auch später stets, wenn sie die Wahrheit sagen sollte. Aufreizend war sie zwar gewesen, in ihrer Albernheit und Putzsucht; aber ein böses Herz hatte sie nie bewiesen. Und es dämmerte Corrie May in diesen Augenblicken, wie wenig Leute sie aufzuzählen vermochte, von denen sie nie etwas andres als Freundlichkeiten erfahren hatte.
Der Fahrer des Wagens hielt noch einmal sein Maultier an und lehnte sich über den Rand des Wagens, denn am Wegrand saß ein andrer Neger, mit dem er etwas zu beschwatzen hatte. Corrie May fühlte einen Schauer über ihren Rücken rieseln. Nein, sie konnte es nicht! Sie hatte Ann die Zehn-Dollar-Note ins Gesicht geworfen; sie konnte sie jetzt nicht um ein Mittagsmahl bitten. Auch die zehn Dollars konnte sie nicht mehr von ihr verlangen; sie hatte sie schon erhalten; ein mit wenigen Worten beschriebenes Blatt Papier hatte dabeigelegen. Sie konnte nicht lesen, was da geschrieben stand, und hatte den Zettel Gilday gezeigt. Er hatte die Schriftzüge entziffert: »An Corrie May Upjohn! Rückzahlung des Darlehens. Ann Sheramy Larne.«
Corrie May erinnerte sich daran, wie Gilday gelacht hatte; sie selbst war heimlich vor Scham errötet. Nein, lieber wollte sie gleich hier in den Fluß springen, als Ann um ein Stück Maisbrot angehen.
Was aber hatte sie eben erst sich vorgenommen? – alles auszuhalten, was da kam! Ann abermals um eine Freundlichkeit bitten, das war bitterer als zu hungern. Aber wenn sie ihrem Kinde später klarmachen wollte, daß man zuerst und vor allen Dingen am Leben und am Werk bleiben mußte, dann kamen auch Zeiten wie diese: man verschluckt all den Stolz und tut so, als hätte es ihn nie gegeben, wenn die bittre Pille herunter ist. Der Kutscher des Wagens schaute nach

der andren Seite; sie kletterte schnell auf den Karren und kauerte sich hinter den Fässern zusammen. Der Fahrer sagte schließlich dem Freunde Lebewohl und rollte mit seinem blinden Passagier davon.

»Ich werde so nett sein, wie ich kann, und meinetwegen auch unterwürfig«, schwor sich Corrie May. Der Wagen rumpelte über die tief zerfahrene Straße. Der diebische Gilday hatte keinen Handschlag an sie gewendet; sie starrte voller Wurzeln und Löcher wie ein Waldweg. »Ich werde mich bei ihr entschuldigen, daß ich sie damals so hochmütig behandelt habe. Ich werde sie um Arbeit bitten. Ich will auf dem Felde arbeiten und mit dem Essen als Lohn zufrieden sein. Wenn sie jetzt auch arm ist, so wächst ihr doch noch im Garten das Gemüse halb von selber zu. Ja, eine gute Mahlzeit, das soll mir als Lohn genügen!«

Nach diesem Beschluß fühlte sie sich bedeutend besser. Allerdings: sie bekam ein Kind. Aber deswegen wimmerte sie nicht, wie es die feinen Damen tun; die sitzen dann in den Sofaecken herum und lassen sich bedienen. Dabei fiel ihr ein, wie Ann in spitzenbesetzten Morgenröcken die Zeit vertrödelt hatte, als sie ihr erstes Kind erwartete; Corrie May lächelte verächtlich und spürte es gar nicht.

Der Wagen hielt vor einem Speicher still; Ardeith war noch etwa eine Meile Wegs entfernt. Als der Kutscher die leeren Fässer abladen wollte, entdeckte er den ungeladenen Fahrgast.

»Was ist denn das, weißes Mädchen«, fragte er erstaunt, »hier einfach so mitfahren?«

Sie lächelte ihn an: »Ich wollte nur ein bißchen spazierenfahren. Ich hab dich ja nicht gestört.«

»Na, jetzt mußt du aber absteigen«, sagte er. »Sonst kann ich die Fässer nicht abladen.«

»Fährst du nicht noch weiter?« fragte sie hoffnungsvoll.

»Nein! Ich geh' jetzt nach Hause, damit meine Alte mir Abendbrot macht.«

Abendbrot –? Corrie Mays Magen tat einen Hüpfer. »Wo wohnst du?« erkundigte sie sich.

Er wies zu einer Hütte hinüber, die weit draußen in den Feldern unterhalb der Deiche stand. »Na, jetzt mach aber, daß du weiterkommst, weißes Mädchen!« drängte er gutmütig. »Meine Alte wartet auf mich.«

»Also gut!« Corrie May gab nach und kletterte zu Boden.
Sie nahm den Weg nach Ardeith unter die Füße; es fiel ihr nicht leicht; aber es blieb ihr ja nichts weiter übrig, als einen Schritt vor den anderen zu setzen. Die Felder, an denen sie vorüberstapfte, boten keinen schönen Anblick. Hier und da sah man ein paar Männer bei der Arbeit; doch ihre Zahl war gering.
Die Hälfte der Äcker war überhaupt nicht bestellt; das Unkraut wucherte wer weiß wie hoch.
Corrie May beachtete es kaum. Sie durfte nicht stillstehen; sie hatte ihre Beine zu bewegen; wenn sie es lange genug aushielt, gelangte sie nach Ardeith.
Die Muskeln schmerzten ihr bis in die Hüften hinauf; ihr Kopf dröhnte; endlich stand sie vor den Toren von Ardeith. Sie wollte den Vordereingang benutzen und die Allee entlang zum Hause wandern. Damit verletzte sie vielleicht den schuldigen Respekt; aber der Umweg zum Hintertor erschien ihr unerträglich lang.
Doch das hohe eiserne Tor war verschlossen und verriegelt. Seltsam: es war sonst nie geschlossen gewesen; Corrie May hätte früher kaum für wahr gehalten, daß das Tor überhaupt ein Schloß besaß. Sie legte ihr Gesicht an die Eisenstäbe und blickte in den Park. Am anderen Ende der Eichenallee erhob sich das stolze Haus der Larnes; seine weißen Säulenreihen schimmerten durch das lang herabwallende Moos der Bäume wie seit je; aber zwischen dem Haus und dem hohen Zaun war das Unkraut wie ein Dickicht aufgeschossen; schulterhoch an manchen Stellen. Hier und da, wo sie noch nicht ganz und gar verwachsen waren, brachten sie die Blumenbeete von früher in Erinnerung; Oleander- und Gardenienbüsche behaupteten sich tapfer gegen die Invasion der Kräuter aus Wald und Feld. Die Allee bahnte sich als letzte Gasse durch die grünen Wände; auch auf ihr wucherte zwischen den Wagengeleisen das Gras. Ein weißes und ein schwarzes Knäbchen ließen im kühlenden Schatten des Fahrwegs einen Ball von einem zum anderen springen. Der kleine Weiße konnte niemand anders als Denis Larne sein. Wenn das mein Sohn wäre, dachte Corrie May, so ließe ich ihn Unkraut jäten anstatt Ball zu spielen. Die vornehmen Leute nehmen anscheinend niemals Verstand an – selbst dann nicht, wenn sie verarmt sind. Wahrscheinlich war in Ann Larnes Hirn noch nie der Gedanke aufgeblitzt, daß ein

gesunder Junge dazu angehalten werden muß, nützliche Arbeit zu leisten.

Das Negerlein verfehlte den Ball; er rollte in der Wagenspur bis vor das hohe Tor. Die Kinder rannten ihm nach. Denis bekam ihn als erster zu fassen und schleuderte ihn den Weg entlang zurück. Corrie May rief ihn an: »Bitte, kleiner Denis!«

Der Knabe wandte sich dem Tore zu und sah die fremde Frau durch das Gitter.

»Komm einen Augenblick her, bitte!«

Er lief herzu. »Ja, Madame!«

»Du bist der kleine Denis Larne, nicht wahr?« erkundigte sie sich.

»Ja, Madame!« antwortete er höflich. »Ich bin Denis Larne!«

»Könntest du mich, bitte, hereinlassen?« fragte Corrie May. »Ich habe mit deiner Mutter einiges zu besprechen.«

»Es tut mir leid, Madame, aber ich habe den Torschlüssel nicht bei mir; den hat meine Mutter.« Seine Aussprache war klar und genau, und der Tonfall seiner Worte klang dem Ohre angenehm; Corrie May kannte ihn; schon vor dem Kriege hatte er ihren Neid erweckt.

»Meine Mutter ist in der Küche, an der Hinterseite des Hauses«, sagte Denis. »Wenn Sie außen zur Hintertür gehen, wird meine Mutter Sie einlassen.«

»Na schön!« sagte Corrie May mißmutig. Sie machte sich auf den Weg; der Ärger ließ sie ihre Müdigkeit beinahe vergessen. Der kleine Lord mit seinen musterhaften Silben – und das Unkraut rings ums Haus! Das sah ihr ähnlich und ihnen allen: vornehme Manieren, ja, aber keinen Funken Verstand!

Auf einigen Feldern reifte Baumwolle heran. Die Äcker waren samt und sonders vernachlässigt; aber Corrie May hatte vernommen, daß jetzt wieder mehr Baumwolle angebaut werden konnte; der Kongreß hatte die Baumwollsteuer aufgehoben. Es hatte sich als unmöglich erwiesen, sie einzuziehen. Herr im Himmel, bin ich müde! Sie hielt an und atmete tief. Sie durfte nicht allzu abgehetzt bei Ann eintreffen; sie konnte nicht auf Arbeit rechnen, wenn sie zu schwächlich aussah, sie zu verrichten. Endlich erreichte sie das hintere Tor; es war verschlossen wie das vordere.

Die weiten Rasenflächen hinter dem Hause waren in einen Gemüsegarten verwandelt; ein junges Mädchen arbeitete darin; sie richtete ein Gerüst von Bohnenstangen auf und befestigte daran die Ranken der Pflanzen. Neben der Küchentür stand eine Waschwanne; die Wäsche hing an einer Leine zwischen zwei Feigenbäumen zum Trocknen.

»Bitte, Fräulein!« rief Corrie May.

Die Gärtnerin streckte ihren Rücken gerade und kam zum Tor geschritten. Die hager aufgeschossene Person trug das Haar zu einem schwarzen, festen Knoten im Nacken zusammengefaßt. Gekleidet war sie in ein altes, blaues Baumwollfähnchen, gestopft unter den Achseln. Noch nie glaubte Corrie May ein so scharfes Gesicht gesehen zu haben wie dieses. Die ist niederträchtig! – das war Corrie Mays erster Eindruck.

»Was wünschen Sie?« fragte das Mädchen, als es das Tor erreicht hatte. »Ich möchte gern Mrs. Larne sprechen«, sagte Corrie May. »Würden Sie mir wohl das Tor aufmachen!«

»Was wollen Sie von ihr?«

»Bitte, Madame, ich wollte sie um Arbeit fragen.«

»Soviel ich weiß, haben wir keine Arbeit zu vergeben.« Das Mädchen sprach kurz angebunden; sie war es wohl gewohnt, Arbeitsuchende abzulehnen.

»Bitte, Madame, ich möchte mit ihr sprechen«, drängte Corrie May – sie hatte sich ja vorgenommen, die Unterwürfige zu spielen. »Ich brauche entsetzlich nötig Arbeit. Bitte, lassen Sie mich selbst bei ihr nachfragen.«

»Also meinetwegen!« Das Mädchen zog einen Schlüssel aus der Tasche und öffnete das Tor. Daß ein so junges Mädchen mit so verbittertem Gesicht in die Welt blickte, beunruhigte Corrie May. Sie entsann sich des Tages, an dem die Truppen ausmarschierten – wie die Kutsche aus Ardeith vorfuhr, ein elegantes Kind in seinem Kleid aus getüpfeltem Musselin ausstieg, zu einem tiefen Knicks zusammensank und murmelte: »Guten Morgen, Onkel Alan!« Das Mädchen, das Corrie May vor sich sah, konnte nur Miß Cynthia Larne sein.

Corrie May ging zur Tür des Küchenhauses hinunter; sie stand offen. Im Herd brannte ein Feuer; am Tisch stand Ann und schnitt einen Kohlkopf in schmale Streifen; sie verbreiteten sich wie Schnürsenkel über das Schneidebrett. Ein Teller neben ihr hatte mit einigen alten Semmeln Fliegen angelockt. Ein paar Atemzüge lang nahm

Corrie May das Bild in sich auf: Anns Gesicht unschön gerötet von der Hitze des Herdes; das Haar war ihr in feuchten Strähnen in die Stirn gerutscht. Sie trug ein Kleid, dessen Stoff einst mit einem Druckmuster geschmückt gewesen war; aber nun war es so verschossen, daß man es nicht mehr erkennen konnte; im Nacken war ein Knopf verlorengegangen; da hielt eine Nadel den Stoff zusammen. Und sie schnitt Kohl zum Abend auf – Sklavenfraß!

Ann wurde des Schattens inne, der von der Tür her in die Küche fiel; sie hob ihren Kopf verwundert.

Corrie May tat einen Schritt vorwärts: »Madame, erkennen Sie mich nicht?«

Ann legte das Messer nieder und erhob sich: »Corrie – May – Upjohn –!« brachte sie mit rauher Stimme heraus. »Was willst du? Wer hat dich hereingelassen?«

»Miß Cynthia!« erwiderte Corrie May. »Ich wollte Sie sprechen!«

Sie hatte vorgehabt, ehrerbietig und anständig um Arbeit zu fragen – nun stieg ihr der Geruch des Kohls in die Nase; auf dem Tisch standen die Semmeln; hinter der Gazetür eines Speiseschrankes lockte eine Schale mit saurer Milch, ein Stück gekochtes Schweinefleisch und ein ganz kleiner Berg von Apfelsinen. Der Kopf wurde ihr mit einem Male sonderbar leicht, ihr Magen krampfte sich wild zusammen, sie sank auf einen Stuhl neben dem Küchentisch und stöhnte: »Madame, um Gottes Gnade und Barmherzigkeit willen, geben Sie mir etwas zu essen!«

Ann schritt langsam um den Tisch herum. Als sie zu sprechen anhub, war ihre Stimme dünn vor bösem Erstaunen: »Soll das bedeuten, daß du hungrig bist?«

Corrie May nickte: »Seit gestern habe ich nichts zu essen gehabt; nur ein paar Abfälle aus einer Mülltonne.« Sie hatte die Ellenbogen auf den Tisch gestützt und ihre plötzlich feuchte Stirn in die Hände gelehnt.

Schweigen folgte. Es lastete so lange, daß Corrie Mays Kopf wieder klar wurde, ihr Magen sich beruhigte und sie Kraft fand, aufzublikken. Ann war neben dem Küchentisch geblieben, schaute auf die Besucherin herab, ohne ein Glied zu rühren. Auf einem Schemel zur Seite stand ein Wassereimer; der Stiel einer Schöpfkelle überragte seinen Rand. Corrie May fragte:

»Bitte, Madame, geben Sie mir einen Schluck Wasser!«
Ann blieb bewegungslos und gab keine Antwort; Corrie May nahm das Schweigen als Erlaubnis, trat zu dem Eimer, führte den vollen Schöpfer zum Munde und trank. Danach fühlte sie sich besser. Sie wandte sich wieder um. Anns Augen waren ihr gefolgt. Corrie May nahm abermals das Wort:
»Madame, ich glaube, ich habe mich damals wie eine Verrückte benommen. Was ich aber jetzt sagen wollte: ich möchte so gerne wieder zu Ihnen kommen und für Sie arbeiten. Wenn Sie mir kein Geld geben können, das macht nichts! Ich will arbeiten, so gut ich kann, für mein Essen, für weiter nichts. Alles auf der Welt will ich für Sie tun, wenn Sie mir nur eine von den Semmeln dort zu essen geben.«
Ann regte sich noch immer nicht. Corrie May vermochte der Versuchung nicht mehr zu widerstehen; sie streckte ihre Hand aus, griff nach einer der Semmeln und begann zu essen.
Ann beobachtete sie und fragte dann mit seltsam klangloser Stimme: »Du bekommst ein Kind, nicht wahr?«
»Ja, Madame!« Corrie May setzte den Teller auf den Tisch zurück und schluckte den letzten Bissen hinunter. Ann fuhr fort:
»Und dieser widerliche Gilday hat dich hinausgeworfen, nicht wahr? Das hättest du vorher wissen sollen!«
Corrie May wischte sich an ihrem Rock die Hände ab. »Ja, Madame, das hätte ich wohl! Ich habe bloß nicht darüber nachgedacht. Und nun – –«
Ein sonderbares kleines Lächeln flog über Anns Gesicht, als Corrie May zögerte und nicht weiterwußte. Anns Stimme sank fast zu Flüstertönen: »Jetzt wirst du also auch ein Kind bekommen und kannst dir dann vorstellen, wie es ist, wenn es vor den eigenen Augen am Fieber verbrennt – und man kann nichts dazu tun – die Sommerhitze hat die Nahrung verdorben, und das Kind hat sich daran vergiftet –« Sie zog den Atem ein; es klang wie ein trocknes Schluchzen. »Und andre Leute beschlagnahmen zur gleichen Zeit das ganze Eis, das ihm das Leben retten könnte, und kühlen damit den Schnaps für ihre betrunkenen Gäste –«
Corrie May riß die Augen auf: »Aber, Madame, wovon reden Sie?«
»Ich rede von meiner kleinen Tochter.« Anns Stimme rasselte wie

eine rostige Kette. »Sie starb im letzten Sommer, weil ich ihr die Milch nicht kühl halten konnte. Wie fühlt man sich eigentlich dabei, Corrie May, wenn man Kinder umbringt?«

Corrie May schüttelte langsam den Kopf: »Ich habe niemals Kinder umgebracht. Ich wußte nicht, daß Ihnen ein kleines Kind gestorben ist. Ich wußte nicht einmal, daß Sie überhaupt ein Mädchen hatten.«

»Als du das ganze Eis in der Stadt zusammenkauftest – sagtest du dir nicht, daß es vielleicht die kleinen Kinder nötig brauchten? Sie schrien damals vor Hunger nach unverdorbener Nahrung; das Wetter war grauenvoll. Du zogst dir den Firlefanz auf den Leib, für den wir bis zum Weißbluten bezahlen mußten. Du mit deiner Seide und den Pfauenfedern und den Champagnerflaschen in den Kühlern, voll von Eis, ganz voll von Eis –!« Ann legte den Rücken ihrer Hand an die Stirn und ballte die Finger langsam zur Faust. »Oh, du hast dich wunderbar amüsiert, und meine kleine Virginia starb dabei. Und jetzt hast du die Frechheit, hier einzudringen und mich um Essen anzubetteln!« Sie fing an zu lachen. Das Gelächter war gräßlich anzuhören; über Corrie Mays Haut flog eine Gänsehaut. Ann beugte sich über den Tisch, griff nach dem Teller, auf dem die Semmeln gelegen hatten, und warf ihn in weitem Bogen zum Fenster hinaus. Draußen zerbrach er klirrend, als er den Boden berührte. »Mach, daß du hinauskommst!« schrie Ann. »Wenn du verhungerst, geschieht's dir recht!«

Einen Augenblick lang blickten sich die beiden Frauen über den Küchentisch hinweg in die Augen. Dann fand Corrie May ihre Sprache wieder. Sie faßte die Lehne des Stuhls, der vor ihr stand. Sie brauchte nicht zu überlegen; sie sprach klar und deutlich; die Worte schienen alle in ihr bereit zu liegen, als wären sie schon lange aufgestaut und brauchten bloß entbunden zu werden.

»Verhungern soll ich? Wenn ich auf Ihre frommen Wünsche hätte warten wollen, dann wär' ich schon vor Jahren verhungert, und Sie hätten nicht eine Minute schlechter deswegen geschlafen.« Ihr Nakken wurde steif, während sie sprach, als hätte ihr einer einen Ladestock durchs Rückgrat gezogen. »Ich habe nichts davon gewußt, daß Ihr kleines Mädchen gestorben ist; es tut mir leid, daß sie tot ist. Aber ich kann nichts dafür! Ebenso wie Sie nichts dafür können, daß mir die Soldaten meinen Budge Foster erschossen haben, weil er nicht für Ihre Schlösser und Sklaven, Mrs. Larne, in den Krieg ziehen wollte!«

Ann hörte ihr wohl oder übel zu, wütend und erstaunt zugleich. Als Corrie May innehielt, um Atem zu holen, fragte sie dazwischen: »Wer ist Foster? Ich habe niemals von ihm gehört.«

Jetzt war die Reihe, grell herauszulachen, an Corrie May. Sie lachte die Gegnerin aus; sie gewann die Oberhand.

»Nichts von ihm gehört, was? Natürlich nicht! Auf dieser Welt scheinen viele Dinge zu passieren, von denen wir nichts wissen; und trotzdem sind wir schuld an ihnen, trotzdem! Oh, ich kann Ihre Redensarten nicht mehr mit anhören!« schrie sie. »Sie mit Ihrer vornehmen Sprechweise und Ihrem süßen Benehmen! Sie waren zu Ihrem Ehemann recht nett und freundlich und zu Ihren Kindern dazu, und die älteren Herrschaften wurden mit Respekt behandelt; Sie hatten überhaupt ein angenehmes Wesen und Sie glaubten, mehr wäre nicht nötig, und die ganze Welt liefe dann nach Ihrem Wunsch. Aber das ist Ihnen wohl nie in den Sinn gekommen: daß manchmal die Leute abtreten müssen, die lange das große Wort geführt haben. Und zu diesen Leuten, die heute zu verschwinden haben, gehören Sie, ob Sie wollen oder nicht!« Sie unterbrach sich. Ob Ann ihr zuhörte oder nicht, war schwer zu sagen. Doch die Herrin von Ardeith starrte der ehemaligen Geliebten des abhanden geratenen Gilday mit so unheimlicher Wut in die Augen, daß sie wohl verstanden haben mußte. Corrie May holte noch einmal aus:

»Ihnen geht es schlecht und mir geht es schlecht! Ob Sie es verdient haben oder ob Sie es nicht verdient haben – was frage ich danach! Mich kümmert nur, wie ich selber fertig werde! Daß ich verhungern soll, das können Sie mir ja an den Hals wünschen. Aber ich denke nicht daran, Ihnen den Gefallen zu tun! Sie, mit Ihren Adern voll von blauem Blut und Spülwasser! Ihnen will ich mal was sagen: wenn einer aus dieser Küche verhungern wird – ich bin es bestimmt nicht, ich nicht!«

Ann war hinter dem Tisch auf einen Stuhl gesunken. Als wenn sie gewürgt würde, so heiser flüsterte sie: »Lieber Gott im Himmel, machen Sie doch endlich, daß Sie hinauskommen!«

»Jawohl!« schrie Corrie May. »Jetzt gehe ich.«

Aber in der Tür blieb sie noch einmal stehen und blickte sich um. Ann schien geschlagen; sie war so bleich wie der Tod; ganz von ferne spürte Corrie May ein wenig Mitleid. Sie sagte ruhiger:
»Madame, daß Ihr kleines Mädchen gestorben ist – es tut mir wirklich leid! Es ist eine Schande, wenn einer immer alles bekommt, was er haben will – wird es ihm dann eines schönen Tages genommen, so ist er aufgeschmissen und weiß nicht, was er machen soll. Und wenn wieder einmal ein heißer Sommer kommt, und Sie kriegen Angst wegen Ihres kleinen Denis, nachdem Sie Ihr zweites Kind schon verloren haben, so will ich Ihnen für diesen Fall einen guten Rat geben: wir armen Leute haben nie Eis gehabt; deswegen sind unsre Kinder doch nicht gestorben. Man stellt die Milch in einen Eimer mit einem Deckel, der dicht schließt, und läßt den Eimer an einem Strick in den Brunnen hinunter; sie bleibt dann so frisch, als wäre sie in Eis aufbewahrt.«

DREIZEHNTES KAPITEL

1

Ardeith lag schon lange hinter ihr; Corrie May wanderte weiter und weiter und weiter. Die Straße wand sich zwischen den Feldern hin, von moosverhangenen Eichen beschattet, gewaltigen und unwandelbaren Bäumen, die wesenhaft dem großen Strom glichen. Längst wußte Corrie May nicht mehr, wohin sie eigentlich unterwegs war. Sie wagte nicht, sich auszuruhen; wenn sie sich niedersetzte, würde sie nicht wieder aufstehen können; das wußte sie dumpf. Der wilde Ausbruch in der Küche von Ardeith hatte sie, aller Kraft beraubt, auf die Straße entlassen. Klar zu denken, war zu einer unlösbar harten Aufgabe geworden; nur ein einziger, stumpf bohrender Gedanke beherrschte sie noch: weiter muß ich, weiter!

Sie war sich selbst so schwer! Der Leib lastete ihr auf den Beinen und zerrte sie rückwärts. Über ihrem Haupte wehten die grauen Fahnen des Mooses auf und ab, und unablässig wisperte der Wind in den Blättern. Ein wiegender Rhythmus beherrschte den Wind und das Moos und auch ihre Schritte. Sie schwankte auf ihren Beinen, drohten sie doch ständig, unter ihr wegzusacken. Und auch vor ihr die Straße fing zu schwanken an; sie glitt schleichend fort nach links, nach rechts, nach links, nach rechts. Und sie wurde in dies Gleiten hineingesogen zur Linken der Straße nun und nun zur Rechten. Sie versuchte zu widerstehen; der Sog war stärker; die Straße schwankte fort und fort. Und alle Dinge schwankten hin und wider, im Takt mit leisem Laut. Sie setzte ihren Fuß zu Boden und fühlte, wie sie schwankte. Sie setzte ihren andren Fuß zur Erde und schwankte her mit ihrer Last, her und wieder hin. Gradaus zu sehen, das vermochte sie nicht mehr. Das Moos an den Zweigen schwankte, die Straße schwankte, und die Bäume schwankten mit. Ihre Knie gaben nach. Sie sank zu Boden, die Augen geschlossen – aber immer noch schwankte sie weiter, und die ganze Welt dazu, von der sie nichts mehr sehen konnte. Mit beiden Händen krallte sie sich in den Boden, um sich festzuhalten. Und auch die alte Erde ruhte nicht mehr fest; sie schwankte mit im gleichen Augenblick. – – –

Aus dem Dunkel drang an ihr Ohr eine schläfrige Negerstimme: »Da hol mir doch dieser und jener, Liza! Ein weißes Mädchen! Sieh dir das an!«
Nackte Füße ließen den Boden leise dröhnen; eine Frauenstimme antwortete: »Na, Fred, sie wird nichts weiter als besoffen sein. Hast nicht gesehen, wie sie die Straße entlang gewackelt kam?«
»Besoffen? Um diese Tageszeit?«
»Gibt genug Leute, die schon am hellichten Tage sich einen antrinken. Du merkst auch gar nichts, du mit deinem dicken, leeren Schädelkasten! Hast denn nicht gesehen, wie sie immer von einer Seite auf die andre gestolpert ist?«
Corrie May spürte Hände an ihrem Leib, die sie auf den Rücken drehten; sie schlug die Augen auf. Zwei glänzend schwarze Gesichter neigten sich über sie, gutmütig grinsend. Ihr war, als nähme sie die dunklen Köpfe nur wie durch einen Schleier wahr; die Umrisse blieben unscharf. Sie brachte schließlich heraus:
»Ich bin nicht betrunken.«
Seltsam zärtlich schimmerten des Weibes Augen auf: »Mein Gott, Fred, sie bekommt ein Kind!« Die schwarze Samariterin schob ihre Arme unter Corrie Mays Schultern: »Kannst nicht mehr laufen, Kindchen?«
Mit großer Anstrengung schüttelte Corrie May ihr Haupt: »Nein, laufen kann ich nicht mehr.«
»Wo willst du denn hin?« fragte Liza.
»Ach, nirgendwohin!«
»Hast du keinen Ort, wo du wohnst?«
»Nein, keinen!« Corrie May versuchte krampfhaft, sich aufzurichten; sie preßte die Fäuste hinter sich auf den Boden. »Wenn ich nur einen Bissen zu essen hätte«, murmelte sie, »dann käme ich vielleicht wieder auf die Füße. Ich weiß es nicht.«
»Du armes, armes Kindchen!« sagte Liza sanft.
Corrie May wandte sich an Fred: »Hast du nicht vielleicht eine Hütte irgendwo?«
»Ja, schon«, erwiderte Fred zweiflerisch. »Aber ein Platz für weiße Leute ist das nicht.«
Corrie May brachte es endlich fertig, sich aufzurichten. Die Welt hatte aufgehört, um sie herum zu schwanken. Sie versuchte eine

schüchterne Frage: »Ich will mich auch ganz ordentlich benehmen und im Hause helfen und im Garten und was sonst noch ist – könntet ihr nicht so tun, als ob ich gar nicht weiß wäre?«
Die beiden Schwarzen sahen einander an und blickten dann auf Corrie May hernieder. »Ach, du armes Kindchen!« flüsterte Liza abermals.
Das Negerpaar hatte noch dies und das zu bereden. Corrie May hörte nicht hin. Sie war nicht dazu fähig. Aber sie fühlte schließlich, wie Freds Arme sie aufhoben; dann lag sie auf dem hölzernen Boden eines Wagenkastens; ihr Haupt ruhte in Lizas breitem Schoß. Der Wagen rollte von der Hauptstraße fort auf einem Seitenweg in die Felder hinein. Liza hielt Corrie May fest im Arm, als das klobige Gefährt über den holprigen Grund zu rumpeln begann. Das nächste, was sie spürte, war: sie wurde aus dem Wagen gehoben und in eine kleine weißgekalkte Hütte getragen; Fred trieb die Meute seiner schwarzen Sprößlinge ins Feld hinaus; sie hätten nicht vor der Tür herumzulungern und Maulaffen feilzuhalten. Dann breitete Fred eine Matratze neben der mit Lehm beworfenen Stubenwand aus. Liza richtete die Kranke auf und bot ihr ein Stück fetten Schinken an. »Hier, das wird dich wieder auf die Beine bringen!« sagte sie.
Corrie May aß das fette Fleisch herunter und saugte dann die Schwarte aus. Liza brachte ihr eine große Tasse heißen Kaffee. »Nun trink mir noch dies hier, Kindchen! Ich hab' dir einen schönen Kaffee gekocht.«
Corrie May schlürfte gierig. »Bestimmt ein schöner Kaffee!« murmelte sie. Es war schon lange her, daß sie Kaffee wie diesen getrunken hatte: Stark und heiß und erfrischend. Sie blickte über den dikken Topf zu Liza hinüber und lächelte: »Ich merk' schon, was schöner Kaffee ist, wenn ich einen zu trinken kriege.«
Liza grinste befriedigt, als sie ihr Gebräu so loben hörte. »Geht's dir jetzt ein bißchen besser?«
Corrie May nickte. Abwechselnd lutschte sie an der Schinkenschwarte und schlürfte den Kaffee; dabei lächelte sie den staunenden Negerlein zu, die sich in allen Größen um ihr Lager versammelt hatten und sie mit offenem Munde anstarrten. »Du hast einen Haufen Kinder, bestimmt!« bemerkte sie zu Liza.
»Sieben Stück«, entgegnete Liza stolz. Sie wiegte sich vergnügt in ei-

nem Schaukelstuhl, aus Zuckerrohr geflochten. »Dir fehlt weiter gar nichts«, fügte sie hinzu. »Bei meiner Seele, krank bist du nicht gewesen, bloß verhungert!«

»Das mag wohl stimmen«, gab Corrie May zu. Sie hob ihre Beine von dem niedrigen Lager herunter, kniete sich auf den Fußboden und legte ihren Arm um Lizas füllige Hüften. »Du bist ein guter Christenmensch«, sagte sie. »Du wirst in den Himmel kommen, wenn du einmal gestorben bist.«

»Da bete ich auch immer drum, zu unserem Herrn und Heiland, Kindchen«, sagte Liza.

»Und ich will auch jeden Tag dafür beten, solange ich noch am Leben bin«, versprach Corrie May.

Sie ließ ihr Haupt in Lizas Schoß sinken. »Oh, bitte, laß mich bei euch bleiben! Ich werde keinen Ärger machen. Wenn ich erst wieder ausgeschlafen bin und mich ein bißchen aufgefüttert habe, dann komm' ich auch wieder in Ordnung und kann für euch arbeiten. Ich will euch bei eurer Baumwolle helfen oder auf die Kinder aufpassen, wenn ihr aufs Feld zur Arbeit geht. Ich möchte bei euch bleiben!«

Liza faßte Corrie Mays Kopf in ihre beiden schwarzen Hände und blickte ihr verwundert in die Augen. »Aber, Liebchen, du kannst doch nicht bei uns bleiben. Du bist doch weiß. Und dein Kind wird doch auch weiß sein.«

»Ach, Liza, du bist ein besserer Christ als alle weißen Frauen, die ich kenne«, bettelte Corrie May. »Wenn mein Kind ein so guter Mensch wird wie du, dann will ich dem lieben Gott auf den Knien danken. Laß mich doch bei euch bleiben!«

Liza sagte: »Leg dich nur wieder hin und schlaf dich richtig aus.«

Als Corrie May wieder erwachte, graute der Morgen. Sie streckte sich noch einmal behaglich aus. Sie hatte in ihren Kleidern geschlafen; nur die Schuhe standen neben ihrer Matratze; irgendwer hatte sie ihr ausgezogen, während sie schlief. Sie fühlte sich wunderbar wohl. Als sie sich zur Seite wandte, stellte sie fest, daß sie die Nacht neben zwei wohlgenährten schokoladenbraunen Negerlein verbracht hatte. Sie vernahm, wie nackte Füße über den Flur schlurften; einen Augenblick später tauchte Liza vor dem Lager auf, in ein Nachtgewand aus blaugewürfeltem Schürzenstoff höchst umfangreich gekleidet. »Na, wie fühlst du dich, Kindchen?«

»Gut!« erwiderte Corrie May. Sie griff nach ihren Schuhen auf dem Fußboden. »Ich helfe dir, Frühstück machen.«
Liza grinste stolz und breit: »Zuerst muß der hier sein Frühstück bekommen.« Sie hob den kleineren der beiden Nachtgefährten Corrie Mays empor, grub aus dem Halsausschnitt ihres Hemdes eine Brust hervor, gewaltig strotzend, und meinte: »Du mein lieber Himmel, diese Neugeborenen haben einen Hunger –!«
»Wo steht dein Frühstücksgeschirr?« erkundigte sich Corrie May.
»Feuer hab' ich schon angezündet«, sagte Liza, »der Kaffeetopf steht auf dem Brett über dem Herd.«
Corrie May hatte keine Zeit, niederzuknien, um zu beten. Aber als sie den Wasserkessel aufstellte, hielt sie inne für ein paar Atemzüge lang. Sie preßte ihre Hände vor die Augen und wisperte: »Ich danke dir, lieber Vater im Himmel, ich danke dir!«

2

Freds Baumwollernte ließ sich günstig an. Er hatte seine Äcker auf einer Steuer-Versteigerung erworben und noch einiges abzuzahlen. Eine große Plantage wär' es gerade nicht, erzählte er Corrie May, aber genug Arbeit für ein Maultier; er und Liza hatten ihr vergangenes Leben lang als Ackersklaven auf einer Pflanzung unweit Vicksburg gearbeitet; es fiel ihnen also nicht schwer, sich jetzt mit dieser kleinen Baumwollfarm ihr Brot zu verdienen. Das ganze Land um Vicksburg, jedes Haus und jeden Hof, hatten die Yankees bei den erbitterten Kämpfen um die Stadt verbrannt und zerstört. So waren Fred und Liza, als auch ihre Heimat in Flammen aufging, südwärts gewandert und hatten sich nun mit ihren sieben Kindern hier in Louisiana am Mississippi niedergelassen. Vier der Kinder halfen schon den Eltern auf dem Acker; so kamen sie recht gut voran.
Corrie May machte sich nützlich, soviel sie konnte. Von der Feldarbeit verstand sie wenig, um so mehr aber vom Kochen und Kinderwarten. Fred und Liza verkündeten mehr als einmal ihre Meinung: daß Corrie May ihnen wirklich nützlich wäre und sich Essen und

Wohnung wohl verdiente. Sie waren weiter freundlich zu Corrie May und quälten sie nicht mit dummen Fragen; was sie nichts anging, das ließen sie auf sich beruhen. Corrie May gelangte allmählich zu der Einsicht, daß sie bisher die Schwarzen völlig falsch beurteilt hatte; noch nie, so schien es ihr, war sie Menschen begegnet, die ein so gutes und freundliches Herz besaßen wie ihre dunkelhäutigen Retter.

Als Corrie May ihr Kind zur Welt brachte, ließ Liza ihren Mann allein aufs Feld zur Arbeit gehen. Sie blieb daheim, der Gebärenden beizustehen. Liza zeigte ihr das winzige rote Wesen, in ein Stück sauberes Leinen gewickelt; Corrie May flüsterte: »Du bist so gut zu mir, Liza. Vergiß das nicht: ich will immer für dich beten!«

»Ach was!« sagte Liza. »Jetzt hast du einen schönen großen Jungen! Für den mußt du jetzt beten!«

Corrie May schloß gehorsam die Augen und schickte ihr Gebet zum Himmel: »Bitte, lieber Gott, laß mein Kind aufwachsen und ein guter Mensch werden! Laß es so gut werden wie Fred und Liza!« Und dann fügte sie noch ein Gebet hinzu, weil sie ja auch eine Weiße war: »Bitte, lieber Gott, steh ihm bei, daß er es zu etwas bringt im Leben, daß er immer schöne Kleider hat zum Anziehen und die Leute ihn höflich grüßen auf der Straße und Achtung vor ihm haben, wenn sie mit ihm sprechen.«

Corrie May lag mit geschlossenen Augen und ruhte. Aber Liza war gar zu neugierig; sie wollte unbedingt erfahren, wie das Neugeborene heißen sollte. Die Pickaninnies waren von der Arbeit heimgekehrt und wollten zum Wohle des neuen weißen Knäbleins eine gute Tasse Kaffee trinken. Corrie May drückte das kleine weiße Bündel in dem Leinentuch fest an ihr Herz:

»Er soll Fred heißen!«

Der Mund blieb Liza vor Erstaunen offen stehen. »Fred? Fred, nach meinem Manne?«

»Ja, Fred, nach deinem Mann!« bekräftigte Corrie May. »Mein Junge heißt Fred Upjohn. Fred nach deinem Mann und Upjohn nach mir.«

Liza wollte sich schier ausschütten vor Lachen. Sie fühlte sich aufs höchste erfreut und geschmeichelt. Sie tappte zu ihrem Mann hinüber, der in der Ecke des Zimmers saß, und schlug ihm auf die Schul-

ter: »Hast du gehört, du dummer, nichtsnutziger Nigger? Die weiße Frau hat ihr Kind nach dir genannt!«
Da lachte auch Fred, beglückt und verwirrt von der Ehre, die ihm da widerfuhr. Er trat ans Lager der Wöchnerin und brachte ihr eine große Tasse Kaffee dar, damit sie schnell wieder zu Kräften käme.

3

Corrie May hatte nicht die Absicht, ihren beiden Wohltätern länger zur Last zu fallen, als ihr körperliches Befinden es unbedingt erforderlich machte. Als sie sich von neuem kräftig und gesund fühlte, zog sie wieder in die Stadt zurück. Sie wollte für sich selber sorgen, mietete ein Zimmer in einer der Seitenstraßen am Hafen, wo die Leute so um Geld verlegen waren, daß sie selbst einen quäkenden Säugling mit in Kauf nahmen. Zu dem Hause gehörte ein sonniger Hinterhof, wo man Wäsche trocknen konnte. Corrie May nahm ihren kleinen Fred auf den Arm und wanderte durch den Park zu den Straßen hinüber, in denen die wohlhabenderen Leute wohnten. Sie klopfte an den Hintertüren und fragte, ob man ihr nicht Wäsche zum Waschen anvertrauen wolle.
Handel und Wandel hatten sich inzwischen ein wenig gebessert; die Zeiten lenkten langsam wieder in die alten Bahnen ein. Schon gab es wieder so manche Familie, die es sich leisten konnte, ihre Wäsche zum Waschen zu geben. Es dauerte nicht lange, und Corrie May kam jede Woche mit so viel Wäschebündeln heim, daß es ihr nicht mehr schwerfiel, die Miete zu bezahlen und für Essen und Trinken zu sorgen. Sie hatte hart zu arbeiten; der kleine Fred bereitete viel Mühe und Umstände. Das Kind auf dem einen Arm zu tragen und die schweren Wäschebündel im anderen, machte die langen Märsche durch die Stadt nicht gerade zum Vergnügen. Aber irgendwie waren die Widerwärtigkeiten leichter zu ertragen, seit sie zugleich für ihr Kind zu sorgen hatte. Sie hatte früher jeden Säugling für eine Last und eine Quelle ewigen Ärgers gehalten, und das stimmte auch; aber sie machte sich nichts daraus, solange der kleine Fred vergnügt und munter war; und das war er, Gott sei Dank! Das Kind erfreute sich einer geradezu strahlenden Gesundheit, wurde ein hübscher kleiner

Kerl. Dies Bröselchen von einem Kinde kroch und stapfte munter und selbstgewiß einher; wer ein Auge dafür hatte, der sah dem kleinen Burschen an, daß er nicht dazu geboren war, hinter dem Ofen zu hocken. Er würde sein Glück beim Schopf fassen.

Corrie May hatte solche Freude an ihrem kleinen Söhnchen, daß sie sich nur wenig ärgerte, als die alten Pflanzerfamilien allmählich wieder zu Wohlstand gelangten. Sie erzeugten stets bedeutendere Ernten. Der Schiffsverkehr auf dem Strom nahm ständig zu. Manchmal bekam Corrie May die Herrin von Ardeith zu Gesicht, wie sie in einer neuen Kutsche mit ihrem kleinen Sohn durch die Straßen fuhr; stets war er nach der Mode in hübsche dunkle Anzüge gekleidet und trug gestreifte Strümpfe an den Beinen. Ab und zu fragte sie sich, ob Ann sie erkannte. Wahrscheinlich nicht; aber das war ihr gleichgültig. Sie verlangte nicht danach, Ann zu begegnen. Ann hatte ihr einmal den Hungertod an den Hals gewünscht; das hatte ihr vollauf genügt. Sie war nicht verhungert, was allein schon einen Sieg über Ann bedeutete. Außerdem hatte sie nun für Fred zu sorgen; der sollte guten Schulunterricht erhalten und zu einem geachteten Bürger heranwachsen. Manchmal, wenn sie die Wäsche austrug und er an ihrer Hand die Straße entlangtappelte, prägte sie ihm ein, daß das Land jetzt in Ordnung wäre: ein richtiger Mann könnte alles erringen, was er sich wünschte.

Fred fragte dann: »Kutschen und Pferde wie die reichen Leute?«

»Sicher!« sagte Corrie May zuversichtlich.

Wenn Fred ausmessen wollte, wieviel er gewachsen war, so stellte er sich neben den Kamin. Als er das Sims mit der Hand erreichen konnte, verkündete er, daß er nunmehr beschlossen hätte, an die Arbeit zu gehen und ein reicher Mann zu werden; dann würde er sich eine Kutsche kaufen und damit im Park spazierenfahren wie die schönen, vornehmen Damen, die ihm stets gewaltigen Eindruck machten. Schon verstand er es, für seine Mutter Bestellungen auszurichten und auch die Wäsche abzuliefern, wenn die Bündel nicht gar zu schwer wogen. Als er acht Jahre alt geworden war, machte ihm seine Mutter klar, daß er anfangen müßte, lesen zu lernen. Ein früheres Wohnhaus nicht weit vom Hafen war in eine Schule verwandelt worden. Schulgeld wurde nicht gefordert. Die Eltern hatten lediglich für die Bücher zu sorgen.

Fred widersprach zunächst: er wolle nicht in die Schule gehen. »Die Jungens werden den ganzen Tag dabehalten«, sagte er.
»Es macht aber Spaß, zur Schule zu gehen«, erwiderte Corrie May. »Außerdem bringt man es zu nichts im Leben, wenn man nicht lesen und schreiben kann.«
»Du hast mir aber gesagt, Mutter, daß auch du nicht viel vom Lesen verstehst«, hielt er ihr entgegen.
»Ja, und da siehst du mich nun!« gab sie ihm beinahe böse zurück. »Anderer Leute Wäsche muß ich waschen und uns damit das Brot verdienen. Und dabei bin ich eine weiße Frau.«
»Du hast doch aber kein Geld, mir eine Fibel zu kaufen.«
»Nächsten Sonnabend bekomme ich einen Dollar und dreißig Cents von einer Dame«, erwiderte Corrie May. »Das wird wohl reichen, um dir eine Fibel und eine Schiefertafel zu besorgen.«
So ging Fred in jenem Herbst zum ersten Male zur Schule. Schon früh jeden Morgen erhob sich Corrie May vom Lager und kochte ihm einen großen Topf voll Hafergrütze, damit die neu zu erwerbende Wissenschaft auf nahrhafter Grundlage Wurzel schlagen konnte. Es dauerte nicht allzulange, und Fred wußte die Buchstaben des Alphabets alle auseinanderzuhalten; eines Nachmittags zeigte er seiner Mutter stolz die Schiefertafel, auf der in großen lateinischen Buchstaben

FRED UPJOHN

geschrieben stand. So stolz war Corrie May, daß ihr war, als müßte sie bersten; jetzt wußte er schon seinen Namen zu schreiben und war doch noch solch winziges Bürschchen.
Der Winter brach an. Da geschah es eines Abends, daß sie, von ihren Botengängen heimkehrend, ihr Söhnchen in einer Ecke am Herde zusammengekringelt fand; Fred schluchzte und weinte bitterlich. Er wischte sich die Tränen mit dem Ärmel aus dem Auge, als er seine Mutter die Küche betreten sah; sie eilte besorgt auf ihn zu: ob er krank sei oder was sonst ihm fehle?
Nein, nein, sagte Fred, ihm fehle gar nichts. Er wollte nicht mit der Sprache heraus. Doch Corrie May bestand darauf, zu erfahren, was ihm solchen Kummer verursachte; schließlich bekannte er die Wahrheit.
Sie pflegte ihm seine Hemden aus Mehlsäckchen zusammenzustop-

peln; an diesem Tage hatte sie ihm ein funkelnagelneues angezogen, das sie erst am Sonntag zuvor genäht. Der Baumwollstoff trug noch den Namen der Firma, die ihr Mehl in ihm zu liefern pflegte, und die Druckschrift war nicht genügend ausgewaschen; man konnte sie deutlich lesen. So war er mit der Marke »Dillon's Liebling« quer über den Rücken gedruckt in die Schule gekommen, und die anderen Kinder hatten ihn fürchterlich zum Narren gehalten; zur Schule ginge er nie wieder, niemals wieder!

Corrie May versuchte ihn zu trösten; aber er war schon zu groß, um sich ohne weiteres ablenken zu lassen. Sie bereitete ihm sein Abendbrot und schickte ihn zu Bett. Bald war er eingeschlafen. Sie legte sich, nachdem sie aufgeräumt hatte, neben ihn aufs Bett, weinte ein wenig ins Kissen und schlief dann auch. Aber am nächsten Morgen war Fred nicht dazu zu bewegen, sich zur Schule auf den Weg zu machen. Sie mochte ihm zureden, soviel sie wollte: mit »Dillon's Liebling« auf dem Rücken wollte er das Haus nicht mehr verlassen.

Corrie May erinnerte sich einer Dame, einer Mrs. Price, die ihr für die Wäsche zweier Wochen zwei Dollar schuldete. Die Damen ließen sie oft auf ihr Geld warten, wenn sie gerade den Betrag nicht passend zur Hand hatten; sie hielten es vielfach schon für ein frommes Werk, Corrie May mit Arbeit zu versehen – sie brauchte sie ja so dringend. Corrie May war diese Sorte christlich guter Werke zu gewohnt, um sich noch allzusehr darüber zu erregen. Doch heute machte sie sich auf, bei Mrs. Price vorzusprechen, und bat um die zwei Dollar: sie hätte eine allerdringendste Ausgabe und könnte das Geld nicht länger entbehren. Mrs. Price schien zunächst recht ungehalten und meinte, sie hätte in dieser Woche wirklich kein Geld. Aber schließlich ließ sie sich doch zu einem Dollar erweichen. Natürlich mußte Corrie May dabei ein paar Redensarten über sich ergehen lassen: wie dankbar sie zu sein hätte, daß sie überhaupt für anständige Leute arbeiten dürfte, wo sie doch ein Kind der Sünde in die Welt gesetzt hätte und so weiter.

Corrie May antwortete geduldig: »Jawohl, Madame!« und lief mit ihrem Dollar in der Hand nach Hause, so schnell sie konnte.

»Hier hast du einen Dollar!« sagte sie zu Fred. »Aber du mußt auch heute zur Schule gehen wie ein braver Junge. Morgen kannst du

dann, wenn die Schule aus ist, dir für deinen Dollar Stoff zu zwei Hemden kaufen. Eins trägst du und das andere ist in der Wäsche.«
Fred sperrte vor Erstaunen den Mund auf. Seine Augen strahlten vor Freude. Noch niemals hatte er einen ganzen Dollar in der Hand gehalten. Oh, gewiß, er würde das Mehlsackhemd noch einen weiteren Tag lang tragen. Dann bekäme er ja ein besseres. Ein blaues Hemd und ein weißes vielleicht, alle beide neu!
Zum Abendbrot kratzte Corrie May die letzte Hafergrütze zusammen. Sie hatte nichts weiter mehr im Hause. Wenn jene Mrs. Price ihr nicht auch noch den zweiten Dollar zahlte, den sie Corrie May schuldete, so wußte sie nicht, wovon sie für den Rest der Woche leben sollten. Aber Fred bekam ein paar gute Hemden jetzt; er durfte sich nichts daraus machen, wenn er den Leibgurt für wenige Tage enger schnallen mußte. Am nächsten Morgen bereitete sie ihm Kaffee zum Frühstück; mehr hatte sie nicht. Als er davongetrabt war, fühlte sie sich so froh und heiter, daß sie ihren eigenen Hunger vergaß; auch des Tages Arbeit fiel ihr trotz allem leichter als je zuvor. Als sie ihn aus der Schule kommen hörte, ließ sie ihre Waschbütte im Stich und lief ihm entgegen. Kaum war er ihrer ansichtig geworden, so brach er von neuem in Tränen aus wie ein kleines Kind.
»Was ist denn jetzt wieder los?« wollte sie wissen.
Fred trat ins Zimmer, warf seine Schulbücher und die Tafel aufs Bett, hockte sich daneben und schluchzte weiter. Corrie May hatte ihre liebe Not, sich zusammenzureimen, was passiert war. Er heulte immer lauter. Schließlich verlor sie die Geduld: »Hast du denn den Verstand verloren? Neun Jahre bist du alt und benimmst dich so kindisch.«
Allmählich bekannte er seine Sünden. Ein paar der größeren Jungen blieben gewöhnlich noch beisammen, wenn die Schule aus war, und wetteten auf alles mögliche unter der Sonne, natürlich gegen Geld. Fred hatte niemals mithalten können; er war von jeher ohne einen Cent in der Tasche zur Schule geschickt worden. An diesem Tage nun hatte ihn der Hafer gestochen; er hatte seinen Dollar überall herumgezeigt. Darauf hatten ihn die größeren Bengel eingeladen, sich nach der Schule an ihrem Wettvergnügen zu beteiligen. Fred war der Versuchung erlegen und hatte sein Geld bis auf das letzte rote Kupferstück verspielt.

Corrie May fühlte ein solches Mitleid mit dem Unglücksraben in sich aufsteigen, daß sie beinahe selbst in Tränen ausgebrochen wäre. Aber dann fiel ihr ein, daß das wohl kaum die richtige Art und Weise wäre, den Sohn zu erziehen; er war noch jung und sie eine erwachsene Frau. Irgendwer mußte ihm Verstand eintrichtern, und außer ihr gab es offenbar keine Menschenseele, die sich damit abgeben wollte. Endlich kam er aus seinem Geschluchz und Geschnuffel so weit wieder zu sich, daß er hörte, was sie sagte; sie schüttelte ihn heftig an den Schultern, obgleich es sie beinah umbrachte. Sie gab sich Mühe, ihn anzufauchen:

»Du bist der schlimmste Nichtsnutz, der mir jemals vorgekommen ist. Und ich kann dir nur sagen, ich schäme mich, einen solchen Sohn zu haben: mit den anderen Lümmels Wetten abschließen. Ist dir ganz recht, daß du dein Geld verloren hast. Du verdienst ja gar nichts Besseres. Und wenn du nicht auf der Stelle mit deinem Geheul aufhörst, dann bekommst du eins hinter die Ohren. Du verdienst nichts Besseres und nichts anderes, als Hemden aus Mehlbeuteln zu tragen. Halte endlich den Mund!«

Fred verstummte.

Am nächsten Morgen nahm sie ihn bei der Hand und schleppte ihn zur Schule. »Jetzt gehst du hier hinein!« sagte sie ihm vor der Schultür, »und lernst mir alles, was du lernen sollst. Der Herr im Himmel weiß, daß dir noch der Verstand fehlt! Sieh zu, wie du ihn dir erwirbst!«

Doch am Nachmittag des gleichen Tages unternahm sie nochmals einen Vorstoß zu jener Kundin, Mrs. Price, und bekannte ihr, daß sie keine Krume Brot mehr im Schrank hätte. Fast wider Erwarten gelang es ihr, der stöhnenden Schuldnerin auch noch den zweiten Dollar zu entreißen. Dann ging sie hin erstand für das Geld einen Laib Brot und einige Pfund Bohnen und obendrein ein wenig Baumwollstoff zu einem Hemde. Sie eilte nach Hause und plättete einen Stapel Wäsche, der einer anderen Dame, einer gewissen Mrs. Harris, gehörte. Sobald sie damit fertig war, lieferte sie das frische, zum Teil noch warme Leinen ab, obgleich es erst für den bevorstehenden Samstag bestellt war. Mrs. Harris erklärte sich außerstande, ihr die Wäsche vor dem Ende der Woche zu bezahlen. Doch Corrie May versuchte es mit dem Vorschlag, ob nicht der Blumengarten gejätet werden müßte; bald käme der Frühling – und dann brauchte Mrs. Harris vielleicht einen guten, starken Jungen zum Jäten. Mrs. Harris meinte, das könnte wohl zutreffen. Darauf empfahl ihr Corrie May ihren kleinen Fred; er säße den halben Tag unnütz herum, und für einen viertel Dollar würde er den Garten wunderbar in Ordnung bringen. Sie verabredete mit Mrs. Harris, daß Fred am Samstagnachmittag zum Jäten anzutreten habe.

Als Corrie May ihren Jungen aus der Schule kommen sah, nähte sie immer noch an seinem neuen Hemd; sie versteckte es schnell unter der Matratze. Er schlich zur Tür herein, immer noch sehr betrübt, denn die anderen Kinder hatten ihn mit seiner Mehlreklame auf dem Rücken wiederum gehörig geneckt. Sie tröstete ihn: er wär doch ihr guter Junge und klug dazu und ginge ja zur Schule, um etwas Ordentliches zu lernen, damit er seiner Mutter später helfen könnte; und aus den anderen Jungens sollte er sich nichts machen! Die hätten keine Manieren; hier stände obendrein ein gutes Abendessen für ihn bereit, schöne Bohnen und frisches Brot. Dann erzählte sie ihm von dem Unkraut im Garten der Mrs. Harris und wie er einen viertel Dollar verdienen könnte, wenn er den Garten säuberte. »Für einen viertel Dollar«, erinnerte sie ihn, »kannst du genug Stoff für ein Hemd kaufen –!«

»Meinst du wirklich?« ließ Fred sich vernehmen; er fing an, schüchtern zu strahlen.

»Ob du wirklich schon verdienst, daß ich dir Arbeit verschaffe –« erwiderte sie obenhin. »Du mit deinen Wetten und deinem Geldverplempern!«

Er beteuerte: »Ich will auch ganz bestimmt nicht mehr wetten und mein Geld verplempern, ganz bestimmt nicht, Mamma!«

»Na schön«, sagte Corrie May. »Komm jetzt und iß dein Abendbrot.«

Als er sich den viertel Dollar für ein Hemd verdient hatte, sie das andere unter der Matratze hervorholte und ihm klar wurde, daß er nun zwei besaß, gab es keinen stolzeren Knaben am ganzen Mississippi als Fred. »Hoffentlich läßt du dir das eine Lehre sein!«

Damit endlich schloß Corrie May erzieherisch den ganzen Vorfall ab.

Sie ließ ihn die Schule lange besuchen. Er lernte nicht nur lesen und schreiben, sondern auch noch Zahlen zusammenzählen, und erzählte ihr bald, daß er besser zu addieren verstünde als alle anderen. Er war der einzige Junge in der Klasse, dem Rechnen Spaß machte – so großen Spaß, daß er manchmal des Abends länger aufblieb, um zu seinem Vergnügen die Rechenaufgaben am Schluß des Buches zu lösen. Corrie May wußte nicht recht, wozu es gut war, wenn man tüchtig rechnen konnte; aber die Lehrer schienen davon angetan; also mußte wohl etwas daran sein. Dann kehrte Fred eines Tages aus der Schule zurück und packte höchst erstaunliche Kenntnisse aus, die er gerade erst erworben hatte. Er berichtet seiner Mutter, daß Amerika durchaus nicht immer bekannt gewesen wäre. Ein Mann namens Columbus hätte erst über den Ozean segeln müssen, um es zu entdecken. Corrie May wollte nicht glauben, daß ihr Land jemals nötig gehabt hatte, entdeckt zu werden.

»Er hat es eben – so eben gefunden!« teilte Fred ihr mit.

Corrie May blickte sich um: »Na, verfehlen konnte er es ja schließlich nicht!«

Später wußte Fred von einem Manne namens Washington zu berichten, der das Land befreit hätte.

»Von wem befreit?« wollte Corrie May wissen.

»Von den Briten!« erklärte Fred.

»Wer ist denn das?«

»Das sind Leute von der anderen Seite des Ozeans.«

Sie seufzte. »Mein lieber Fred, ich glaube, diese Weisheit geht nicht mehr in meinen Kopf. Man will nicht 'mal gewußt haben, daß es überhaupt die Vereinigten Staaten gab; und dann mußten sie auch noch befreit werden, als man sie schließlich gefunden hatte?«

Fred lachte sie aus, und sie errötete.

Als Fred zwölf Jahre alt geworden war, wollte er in allem Ernst nichts mehr von der Schule wissen. Er mochte dort nicht mehr den ganzen Tag vertrödeln, während sie schwer arbeitete. Sie antwortete ihm nur, er solle den Mund halten: die Arbeit mache ihr nichts aus; außerdem trüge er ja am Samstag ihre Bündel aus und hülfe ihr den ganzen Sommer lang, wenn er Ferien hätte.

Fred beharrte darauf: »Das ist ja doch keine richtige Arbeit. Ich bin jetzt groß genug. Ich will Geld verdienen.«

»Du mußt dir noch viel mehr Weisheitskram in deinen Kopf stop-

fen, Fred, bevor ich dich von der Schule lasse!« meinte Corrie May hartnäckig.
»Nein, Mamma, ich habe wirklich genug gelernt. Ich kann so gut lesen wie irgendwer, und ich kann schreiben und rechnen. Mit dem Buchstabieren hapert's noch ein bißchen; aber rechnen kann ich besser als alle anderen. Und jetzt, Mamma, wollen sie uns noch ganz verdammte Sachen beibringen –«
»Wirst du mal nicht solche Worte gebrauchen, Junge! Du treibst dich viel zuviel bei den Landungsbrücken herum.«
»Aber manche Dinge sind ganz verdammt!« erklärte Fred hitzig. »Wir müssen jetzt Verse lernen – solch ein Quatsch! Ich versteh' nicht 'mal, was sie bedeuten. Mamma –.« Er sprang auf und umarmte sie. »Mamma, wenn sie uns nur was Vernünftiges in der Schule beibringen wollten. Aber Verse lernen und solchen Unsinn –! Nein, mit solchem Zeug lasse ich mir nicht den Kopf vollstopfen. Ich will Geld verdienen!«
»Ach was!« sagte Corrie May.
Fred blickte an ihr vorbei und lächelte ein heimlich entschlossenes Lächeln. Zum ersten Male merkte Corrie May, daß er seinem Vater Gilday ähnlich sah. Fred war zu einem untersetzten kleinen Jungen mit rundlichem Gesicht herangewachsen. Corrie May nahm das versteckte freudlose Lächeln um seinen Mund wahr; sie meinte, Gilday vor sich zu sehen, und hörte ihn sagen: »Ich will was werden in dieser Welt, Corrie May!« Sie begriff mit einem Male, daß auch Fred nicht aufzuhalten war, wenn er sich etwas in den Kopf gesetzt hatte.
Nach einer Weile fing er wieder an; doch blickte er ihr noch immer nicht in die Augen. »Du sollst nicht mehr am Waschfaß stehen den ganzen Tag und fremder Leute Kleider waschen. Ich gehe zum Hafen und beschaffe mir Arbeit.«
Er hatte seine Hände in die Taschen gesteckt, und sie sah, daß er sie zu Fäusten darin ballte; die Hosen buchteten sich an den Oberschenkeln deutlich aus. Seine ganze Haltung war ihr plötzlich so vertraut, daß sie ihm trotz ihrer bedingungslosen Ehrfurcht vor der Schule nicht weiter zu widersprechen wagte.
Am Tage darauf machte sich Fred auf, sich am Hafen für Botengänge und andere Gelegenheitsarbeiten anzubieten.

VIERZEHNTES KAPITEL

1

Im Frühling nach dem achten Geburtstag des kleinen Denis ließ Ann die Familienbilder vom Boden herunterholen und wieder an ihre alten Plätze hängen. Dann nahm sie Denis bei der Hand und zeigte ihm das Bildnis seines Vaters.

»Er war ein großer Mann, Denis«, sagte sie. »Einer der tapfersten Edelleute, die je gelebt haben! Du mußt ihm gleich werden, wenn du groß wirst.«

Denis nickte sehr ernsthaft. Er hatte schon so viel über seinen Vater vernommen, daß sich in seinen Vorstellungen der ältere Denis längst zu einer beflügelnden Legende ausgewachsen hatte. Er blickte zu dem Bildnis hoch, als wäre es ein Heiligenschrein, der die hohen Ziele seines Geschlechtes für alle Zeiten bewahrte und verkörperte. Nach einem Weilchen glitten seine Augen zu dem anderen Bildnis nebenbei. »Wer ist denn diese Dame in dem schönen blauen Kleid?« erkundigte er sich.

Ann wandte sich ihm erschrocken zu: »Lieber Junge, das bin doch ich!«

Seine Augen öffneten sich vor Erstaunen weit. »Du?« fragte er. Er war noch viel zu kindlich, als daß er sich bemüht hätte, die Höflichkeit zu wahren.

Sie ließ seine Hand fallen. »Ja, Lieber, im Jahre einundsechzig habe ich so ausgesehen.«

Ohne ein weiteres Wort ließ sie ihn stehen und schloß sich in ihres verstorbenen Gatten altes Kontor ein, wo sie die längst nicht mehr ordentlichen Kontobücher der Pflanzung aufbewahrte; sie ließ sich in den Lehnstuhl hinter Denis' altem Schreibtisch fallen. Und so in aller Heimlichkeit des stillen Kontors befühlte sie zum erstenmal ihr Gesicht mit den Händen, als kennte sie es gar nicht mehr, fühlte die Falten, wo früher Grübchen gesessen hatten, fühlte die kleinen trokkenen Hautröllchen, die unter ihren Augen nisteten. Achtzehnhunderteinundsechzig, und heute schrieb man erst achtzehnhundertneunundsechzig. Im August würde sie dreißig Jahre alt werden.

Am Nachmittag des gleichen Tages befahl sie anzuspannen und ließ sich von Napoleon nach Silberwald hinüberfahren. Sie bat Jerry um eine Unterredung unter vier Augen und händigte ihm den Schlüssel aus, der die Tür zum Weinkeller von Ardeith öffnete. Sie sagte: »Behalt ihn, Jerry, und gib ihn mir unter keinen Umständen zurück! Was ich auch anstellen mag, gib ihn mir nicht wieder, selbst dann nicht, wenn ich dir sage, ich brauchte nur etwas Sherry, um einen Pudding zu würzen, oder wenn ich dir sage, ich hätte einen Herzanfall und brauchte einen Kognak –« Sie lachte bitter. »Ich kann mir schon die schönsten Vorwände ausdenken, nicht wahr, den Schlüssel zurückzufordern?«

Jerry antwortete ruhig: »Ich verstehe. Du wirst den Schlüssel nicht bekommen.«

Mehr sagte er nicht. Sie blickte in sein ernstes, häßliches Gesicht und fragte sich, ob er wohl je das Verlangen nach Alkohol spürte. Wie wenig man doch die Menschen kannte, die man kannte. Wie klug er war und zugleich milde; er hielt ihr keinen belehrenden Vortrag, ja, er ließ nicht einmal verlauten, daß er ihrem Entschluß zustimmte. Doch plötzlich beugte er sich vor und küßte ihre Stirn. Solange sie sich erinnern konnte, war dies das erstemal, daß er sie geküßt hatte. Als sie nach Ardeith zurückfuhr, spürte Ann ein Gefühl der Erleichterung und des Sieges. Allerdings: es würden Nächte kommen, in welchen sie den Verlust des Schlüssels bitterer bedauern würde als alle anderen Irrtümer ihres Lebens. Sie blickte über die wüst daliegenden Felder hinweg; wie sehr sie ihnen glich! Doch wenn sie sich so tief nicht hätte sinken lassen, wie sie schon gesunken war, so hätte sie niemals diese letzten Vorräte von Kraft und Entschlossenheit entdeckt, die ihr geholfen hatten, den Schlüssel nach Silberwald zu tragen.

Sie dachte an Denis, ihren Mann: ob er es wohl ausgehalten hätte, unter Ruinen zu leben. Sie erinnerte sich des bitteren, vom Skorbut gezeichneten Gesichtes ihres Bruders Jerry und war froh, daß es ihr erspart geblieben war, ihren Gatten in eine zerstörte Welt heimkehren zu sehen. So war ihr Denis als ein Bild ewiger, männlicher Jugend in der Seele haftengeblieben. Für alle Zeit blieb er der stolze Offizier, den sein Bildnis darstellte, kühn, stark und umstrahlt von Ruhm. Sie selbst, verbraucht im Zusammenbruch des Vergangenen, fühlte sich nicht mehr fähig, ihrem Sohn noch viel zu bedeuten.

Doch wenn sie ihm ständig die unwandelbare Tradition der stolzen Larne-Familie vorhielt, dann sollte es ihr nicht schwerfallen, den Sohn nach dem Vorbild des Vaters zu formen.
Sobald sie es ehestens bezahlen konnte, bestellte Ann ein granitenes Totenmal und ließ es auf dem Friedhof neben den Gedenksteinen für die Vorfahren ihres Mannes aufrichten. Denis' Name und der Tag seiner Geburt waren auf dem Totenmal eingegraben, dazu die Zeile:

»Gefallen bei der Belagerung von Vicksburg
und auf dem Schlachtfeld begraben im Jahre 1863.«

Jeden Sonntag, wenn sie zur Kirche fuhren, brachten sie frische Blumen mit, und Denis ordnete sie am Fuß der granitenen Säule zu bunten, duftenden Rabatten. Es wäre rührend, mit anzusehen, wie Denis seinen Vater verehrte, an den er sich doch gar nicht erinnern könnte – das sagten die Freunde der Familie immer wieder. Und was für ein hübscher Junge er war, und stets vergnügt, wohlgelaunt und klug! Sicherlich war er seiner verwitweten Mutter ein großer Trost. Ann sagte: »In der Tat, beinahe füllt er schon den Platz seines Vaters aus!« und betrachtete ihn voller Stolz. Auch Cynthia bewunderte Denis; allerdings aus anderen Gründen: sein Geschick, auf allem zu reiten, was vier Beine hatte, machte ihr wesentlich größeren Eindruck als die guten Manieren, die Ann ihm beibrachte.
Zweimal in der Woche fuhr Denis nach Silberwald, wo ein Lehrer, den Ann und Jerry gemeinsam angestellt hatten, ihn und seine Vettern in die Anfangsgeheimnisse der Wissenschaft einweihte. Im übrigen erhielt er seinen Unterricht daheim von der Mutter. Ann liebte es sehr, ihn zu unterrichten und seine übrigen Studien zu beaufsichtigen; sie hätte gern seine ganze Ausbildung übernommen; aber er sollte auch Latein und Fechten lernen – zwei Gegenstände, die ihre eigene Erziehung nicht berücksichtigt hatte. Denis liebte es sehr, sich von seiner Mutter belehren zu lassen. Er war schon ein großer Junge und brachte ihr immer noch sein Geschichtenbuch mit der Bitte: »Lies mir vor, Mutter!« Hingerissen saß er dann da, die Arme um die Knie geschlungen, und wärmte sich an dem Klang ihrer Stimme.

Cynthia beobachtete solche Szenen mit Ungeduld. »Er liest längst genau so gut wie du!« rief sie Ann mehr als einmal zu. »Warum läßt du ihn seine Geschichten nicht selber lesen!«
Ann nahm solche Bemerkungen übel auf. Denis war alles, was ihr geblieben war; sie sah ihr gutes Recht darin, sich jeden Tag von neuem an ihm zu freuen. Keiner Menschenseele hatte sie je bekannt, daß sie von ihrer Ehe mit dem älteren Denis enttäuscht war; nur ihrer Schwiegermutter hatte sie es gesagt; damals allein – kurz vor dem Tode der harten Frau – war die Wahrheit ans Licht getreten. Doch im geheimen hatte sie längst aufgegeben, sich angenehm zu täuschen. Glanzvoll und heiter, ja, so war ihre Ehe mit Denis Larne verlaufen; aber die Gemeinsamkeit und Kameradschaft, die sie ersehnt hatte, die war ihr vorenthalten worden – vielleicht nur deshalb, weil sie ihrer erst wirklich bedurfte, als der Krieg die glatten Tage sorglosen Daseins schon aufs Spiel gesetzt, ach, schon zerstört hatte. Jetzt aber wußte sie, was sie wollte, und dieser zweite Denis sollte sie nicht enttäuschen!
Was Cynthia anbetraf: in allen praktischen Fragen war sie Ann eine große Hilfe. Sie hatte freiwillig den ganzen Haushalt übernommen, so daß Ann ihre Kraft uneingeschränkt der Aufgabe widmen konnte, die Plantage wieder in Gang zu bringen. Wenn Cynthia aber von dem kleinen Denis sprach, so wurde offenbar, daß sie ihn mit ganz anderen Gefühlen betrachtete, als Ann es tat.
Allmählich erreichte Denis ein Alter, in dem er fähig wurde, Soll und Haben der Plantage zu begreifen; inzwischen war das Leben auf Ardeith schon wesentlich leichter geworden. Im politischen Leben ging zwar immer noch alles drunter und drüber, und die Steuern bleiben hoch. Doch welche Schikanen auch immer man anwendete, sie änderten nichts daran, daß die Welt nach dem Zucker, dem Reis und der Baumwolle verlangte, die auf den Feldern am Strome unverändert üppig heranreiften. Manchmal erzählte Ann ihrem Sohne, welchen Kampf es sie gekostet hatte, ihm die Plantage zu erhalten. »Ich glaubte, ich wüßte, wie man Baumwolle und Zuckerrohr züchtet«, sagte sie dann wohl. »Aber ich merkte bald, daß ich kaum eine Ahnung davon besaß, wie die Felder in den einzelnen Jahreszeiten auch nur auszusehen haben.«
»Hast du es dann gelernt?« fragte Denis.

»Ja! Man kann beinahe alles lernen, wenn man muß. Anfangs natürlich hätte ich der geschickteste Pflanzer unter der Sonne sein können, es hätte mir wenig genutzt. Sie preßten so viel Steuern und Abgaben aus mir heraus, daß zum Leben fast nichts mehr übrigblieb. Ich mußte meine letzten Laken zerschneiden, um dir Kleider zu nähen.«

»Es muß eine schreckliche Zeit gewesen sein«, sagte Denis leise schaudernd.

»Ja, Lieber, es war eine schreckliche Zeit! Aber ich habe dir die Pflanzung erhalten, und nun wirst du sie dein Leben lang besitzen; wärst du nicht gewesen, so hätte ich die lange Quälerei nicht überstanden.«

Denis blickte bewundernd zu ihr auf – und auch mit einer heimlich ehrfürchtigen Scheu.

2

In späteren Jahren wollte es Denis scheinen, daß ihm von frühester Jugend an nichts so nachdrücklich eingeprägt worden war wie die Pflicht, stets und ständig gute Manieren zu wahren. Erinnerte er sich seiner jungen Jahre, so trat ihm als erstes bedeutendes Ereignis jener Augenblick vor die Seele, in welchem die Mutter vor dem Bildnis seines Vaters ihm gesagt hatte: »Er war ein Herr. Einer der vollkommensten Edelleute, die je gelebt haben. Vergiß das nie!«

Mit seinem Vater wäre er gut ausgekommen, wenn er ihn erlebt hätte – daran zweifelte Denis nicht; so gepflegt und fröhlich blickte er aus seinem Bildnis auf den Sohn hernieder. Obgleich die graue Uniform bewies, daß das Portrait kurz vor seinem Auszug in den Krieg gemalt worden war, erweckte es fast den Eindruck, als hätte er kurz vor einer angenehmen Abendgesellschaft Modell gestanden. Das änderte nichts an der Tatsache, daß der Vater Muster und Urbild eines Edelmannes gewesen war: freundlich zu Untergebenen, ritterlich den Damen gegenüber, von untadelhafter Haltung unter seinen Freunden. Wenn Denis sich in schwierigen Lagen den Kopf zerbrach, wie er sich zu verhalten hatte, so brauchte er sich nur zu fragen: »Was hätte mein Vater unter den gleichen Umständen getan?«

Das hatte seine Mutter ihm beigebracht; und er wagte nie, an den Lehren der Mutter zu zweifeln.
Seine Mutter – so kam es ihm stets vor – wußte überhaupt alles, was zu wissen sich lohnte. Sie war eine große Dame und immer noch auf eine ernste Weise schön. Jedermann sprach von ihr als einer erstaunlichen Frau. Eine außerordentliche Leistung – so sagten die Leute –, all die schweren Jahre hindurch die Plantage zu halten, die Steuern zu zahlen und dem Boden mit einer beschränkten Zahl von Arbeitern leidliche Ernten abzuringen!
Denis erinnerte sich daran, wie seine Mutter sich mit den Jahren leise verändert hatte. Durch seine frühesten Vorstellungen schritt sie als eine Frau, die scheinbar niemals jung gewesen war; so unnachgiebig bestand sie auf reinem und schönem Englisch, auf untadeligem Benehmen, daß er erst als Erwachsener begriff, nicht alle Knaben wurden so erzogen. Manchmal ging sie leise zärtlich mit ihm um; manchmal aber riß sie ihn heftig an sich, als fürchtete sie, er könnte ihr geraubt werden.
Oftmals belauschte er andere Frauen, wie sie seine Mutter die bestangezogene Frau des Landes nannten. Das verwunderte ihn, als er noch ein Knabe war; denn man vermochte nur selten genau anzugeben, wie sie eigentlich gekleidet war. Sie trug nur dunkle Stoffe, erlesen einfach zugeschnitten; sie verliehen ihr eine Würde und Schönheit, die unnachahmlich schien. Denis entsann sich der Jahre – ein leises Schuldgefühl beherrschte ihn dabei –, in denen ihre verwaschenen, alten Gewänder irgendwie so herrlich weich gewesen waren; sie schienen eigens dazu bestimmt, daß ein Kind den Kopf daran lehne. Langsam lernte er begreifen, daß diese weichen, alten Kleider die Überbleibsel aus einer leichtherzigen Mädchenzeit gewesen waren; und er sehnte sich ein wenig nach den Tagen, in denen seine Mutter noch die alten Kleider getragen hatte. Die schweren Stoffe, die sie später bevorzugte, umgaben sie, wie ein Schneckenhaus das empfindliche Wesen in seinem Inneren verbirgt. Wer sich eine große Dame vorstellen wollte, eine selbstsichere und unnahbare Persönlichkeit, der dachte an Mrs. Ann Sheramy-Larne.
Alles, was sie tat, war so vollkommen richtig, daß niemand es jemals in Frage stellte – ausgenommen Cynthia dann und wann, die von Natur wenig Talent für Ehrerbietung mit auf den Weg bekommen

hatte. Doch sogar Cynthia wurde von der Mutter des kleinen Denis zurechtgewiesen, wenn sie sich ironischer Bemerkungen unterfing.

Der kleine Denis konnte seine Tante Cynthia manchmal nicht begreifen; aber langweilig war sie nie. Einige Tage nach Denis' zwölftem Geburtstag ereignete es sich von ungefähr, daß Cynthia zu ihm ins Wohnzimmer trat. Er saß am Kamin und erledigte seine Rechenaufgaben; am Tage darauf hatte er wieder nach Silberwald zu fahren, um mit seinen Vettern den ständigen Unterricht in Algebra, Latein und anderen Fächern zu genießen. Als Cynthia mit ihrer Näharbeit ins Zimmer trat, schob er sein Buch zur Seite, sprang auf und zog der Tante einen Stuhl an die andere Seite des Kamins. Obgleich Wolken den Tag verschatteten, fiel auf die Stelle, an welcher Tante Cynthia Platz nehmen wollte, ein unangenehm blendendes Licht. Aufmerksam zog Denis den Vorhang vor eins der Seitenfenster, damit Cynthia unbelästigt nähen konnte. Sie murmelte im Niedersetzen: »Vielen Dank, Denis!« Um die Winkel ihres dünnen Mundes zuckte ein kaum merklicher Sarkasmus.

»Ich tat es gern, Tante Cynthia!« erwiderte Denis. Doch als er sich wieder an seine Algebra zurückbegeben wollte, streckte Cynthia die Hand aus und hielt ihn fest.

»Denis, mein Respekt vor deiner Mutter steigt mit jedem Tag«, sagte sie zögernd. »Was für ein Meisterstück sie aus dir gemacht hat!«

»Aus mir? Wie meinst du das, Tante Cynthia?«

Cynthia lachte kurz auf: »Mein Junge, du verfügst über alle die Kennzeichen des wohlerzogenen Edelmannes.« Sie lehnte sich in ihren Stuhl zurück; der Nähbeutel ruhte ihr noch immer ungeöffnet im Schoß. »Die siebente Tochter einer siebenten Tochter bin ich nicht, Denis, aber die Zukunft höchst zuverlässig weissagen kann ich dir trotzdem.«

Denis stand schräg vor ihr und hörte höflich zu. Er war ein wenig verwirrt und beunruhigt wie stets, wenn Tante Cynthia ihre schillernden Bemerkungen ins Blaue schoß. Cynthia fuhr fort:

»Du wirst lateinische Dichter lesen und daraus zitieren, vor allem aus den Werken Catulls. Du wirst den poetischen Byron verehren. Du wirst die Damen so zart behandeln, als schwebten sie ständig in Gefahr, in der Mitte auseinanderzubrechen. Und du wirst natürlich die Armee Nord-Virginiens für die großartigste Versammlung tapferer Helden halten, die Gott der Allmächtige jemals auf dieser Erde auftreten ließ.«

»Ich habe das Heer Virginiens nicht mehr erlebt«, meinte Denis sehnsüchtig, halb nachdenklich.

»Mein liebes Kind, kommt es etwa darauf an? Damit beweist du dich ja gerade als einer deiner Rasse, Denis: du hast gelernt, von Legenden zu leben, die dir im Grunde nebelhaft bleiben.«

Denis vernahm von der Tür her ein Geräusch. Seine Mutter stand plötzlich im Zimmer und betrachtete ihn und seine Tante mit Erstaunen und Mißbilligung. »Cynthia«, rief sie aus, »was erzählst du dem Kind schon wieder.« Cynthia öffnete ihren Nähbeutel und fädelte eine Nadel ein, als gäbe es nichts Wichtigeres auf der ganzen Welt.

Ann sagte: »Ich habe im Studierzimmer Feuer im Kamin anzünden lassen, Denis. Beende deine Aufgaben dort.«

Denis gehorchte. Ann zog die Tür des Wohnzimmers hinter ihm zu.

»Cynthia, ich habe dich schon vielfach gebeten, Denis nicht den Kopf zu verdrehen. Er versteht nur die Hälfte von dem, was du sagst, und das ist dümmer, als wenn er gar nichts versteht.«

Cynthia faltete ihre Näherei auseinander. Sie fing an, die Kante eines Kleiderkragens mit schmaler Borte einzufassen. Sie hob die Augen nicht von ihrer Stichelei und antwortete: »Es tut mir leid, wenn ich dich gekränkt habe, Ann. Jede Kränkung lag mir wirklich fern. Du bist stolz auf Denis, nicht wahr?«

»Ja!« sagte Ann. Sie stand am Fenster und blickte zwischen den Vorhängen die hohe Eichenallee hinunter, die auf das eiserne Gittertor in der Ferne hinwies. Das Tor stand wieder offen. Man schrieb den Monat Dezember. Die Luft ging kalt und schwer. Regen kündigte sich an.

»Ich weiß es«, sagte Cynthia. »Ich werde ihn nicht mehr auslachen.« Ohne aufzusehen, fügte sie nach einem Weilchen hinzu: »Vielleicht nur – Ann, vielleicht nur, weil ich ein altes Mädchen bin und nichts weiter zu tun habe als herumzusitzen und andere Leute zu beobachten, vielleicht kann ich deshalb ihr Benehmen besser verstehen, als sie selbst es können.«

Ann lachte freundlich: »Rede keinen Unsinn, Cynthia! Ein altes Mädchen –? Du bist ja erst dreiundzwanzig Jahre alt.«
»Rede du keinen Unsinn, Ann!« erwiderte Cynthia bitter. »Ich habe noch keinen einzigen Walzer in meinem Leben getanzt; kein Mann hat mich je geküßt. Von meiner Sorte gibt es Tausende, hier im Süden und oben im Norden, das weißt auch du. Die Männer, die uns heiraten sollten, liegen bei Shiloh, bei Corinth, bei Gettysburg begraben. Wir blieben sitzen, unverbrauchte Restbestände des Krieges. Nicht viele von uns werden es zugeben, aber glaube nicht, daß wir uns nicht darüber im klaren sind.«
Ann blickte zu den Bäumen hinaus, die still und grau im Grauen standen. Schließlich fragte sie mit leiser Stimme: »Meinst du, ihr wärt die einzigen Überbleibsel des Krieges?«
Sie schwiegen beide lange nach dieser Frage. Cynthia setzte sorgsam Stich an Stich. Dann erwiderte sie: »Dich wird man wenigstens nicht vergessen; du bist selbst auf dem besten Wege, zur Legende zu werden.«
»Was soll das heißen?«
»Magnolien-Blüten mit Rippen aus Stahl. Und mein Bruder, dein Gatte, als Verkörperung einer großen Tradition! Dabei weißt du genau so gut wie ich, daß er nichts weiter war als ein netter junger Mann.« Sie lachte kurz auf, als sie Anns entrüstete Miene wahrnahm. Ann hatte sich scharf auf dem Absatz umgewandt.
»Unsinn, Cynthia! Ich lege nicht den geringsten Wert darauf, zur Legende zu werden. Aber ich will meinem Sohn ein Ideal aufrichten, das sein Leben lang vorhält.«
»So ausgedrückt, klingt es natürlich besser«, erwiderte Cynthia trocken. Sie stichelte einen Augenblick weiter und fuhr dann fort: »Ich bin nicht klug genug, Ann, dir haarklein das Gegenteil zu beweisen. Aber wenn ich heute ständig mit anhöre, in welchen Tönen des Entzückens von der Unübertrefflichkeit des Alten Südens gesprochen wird, dann frage ich mich manchmal, ob Denis jemals merken wird, daß sich vor dem Kriege von dieser Unübertrefflichkeit keine Menschenseele etwas träumen ließ.«
Ann sagte: »Du bist eine Gans!« und ging hinaus.
Denis wuchs heran und sah von Jahr zu Jahr mehr seinem Vater ähnlich. Allgemein hielt man ihn für einen reizenden Burschen. Er war

gesund und hübsch und stammte unverkennbar aus guter Familie; grobes Benehmen lag außerhalb seines Bereichs; schlechte Laune gestattete er sich nie. Ann beobachtete aufmerksam, wie er ohne Rückschlag und ohne abzuirren, zu musterhafter Männlichkeit heranwuchs. Sie glaubte, ein Recht darauf zu besitzen, auf ihn als ihre beste Leistung stolz zu sein.

FÜNFZEHNTES KAPITEL

1.

An manchen Tagen verdiente Fred ein paar Groschen, an anderen verdiente er nichts. Von früh bis spät machte er sich am Hafen zu schaffen. Wenn die Lastwagen der Plantagen heranrollten, so lief er herbei und bot zum Abladen seine Dienste an. Bezahlte man ihm manchmal zehn Cents für die zuweilen schwere Arbeit, so war er schon zufrieden. Und immer stand er bereit, auf die Pferde achtzugeben, wenn Leute von außerhalb zur Stadt gefahren kamen, um dies oder das zu erledigen. Für seine Wacht bei den Gespannen mußte er sich meist mit einem Fünfer begnügen; gelegentlich aber brachte er's auch bis zu fünfzehn Cents. So stiegen seine Verdienste in manchen Wochen auf anderthalb Dollar. Er lieferte die Gelder getreulich seiner Mutter ab. Die machte nie viel Wesens davon, daß ihr die Arbeit schwerfiel, aber ab und zu beobachtete er doch, wie sie sich die Hände in den schmerzenden Rücken stützte und sich mühsam aufrichtete. Zu viele Jahre schon stand sie über das Waschfaß gebeugt. Er nahm auch wahr, wie übel sich manche der Damen aus den großen Häusern benahmen; sie ließen sie einen Monat lang auf den Lohn warten und zogen ihr dann noch einen Teil davon ab, wenn auch nur das Eckchen eines Taschentuches vom Bügeleisen leicht versengt war.

Aber die Mutter behauptete immer, daß die Zeiten jetzt leichter als früher zu ertragen wären. Sie erklärte ihm, daß sie ihren Unterhalt als Wäscherin nicht verdienen könnte, wenn die reichen Leute noch Sklaven besäßen. Und Fred erlebte selbst, daß sie damit nichts Falsches behauptete: er fand am Hafen genau so leicht und so schwer Arbeit wie die schwarzen Burschen seines Alters.

Die Männer am Hafen kannten ihn alle bereits, als ein Jahr vergangen war. Fred war wohlgelitten; niemals zeigte er sich mürrisch und erst recht nicht faul; es fiel ihm nicht schwer, beinahe jeden Tag diese oder jene Beschäftigung aufzutreiben. Viel versprach er sich vom kommenden Frühling; er hatte nicht vergessen, wie im Jahre zuvor sich die Geschäfte am Hafen belebten, als die Winternebel verflogen waren.

Doch als der Frühling anbrach, begannen die Wasser des Flusses zu steigen.
Zuerst dachte Fred sich nicht viel dabei. In jedem Frühling schwoll der Strom, wenn im Norden der Schnee schmolz. Rückte der Sommer näher, war der Schnee in den Golf von Mexiko geflossen, so sanken die Wasser wieder ab. Schon im Jahre zuvor war der Strom heftiger angeschwollen als gewöhnlich. Aber die Schiffe hatten nicht aufgehört, ihre mächtigen Schaufelräder durchs Wasser zu wirbeln und stromauf und stromab die wallend blanke Straße zu durchfurchen.
In diesem Jahre schwoll der Strom an – und schwoll nicht ab. Er schwoll und schwoll.
Hochwasser wie noch nie seit Menschengedenken! Die Dampfer verschwanden vom Fluß wie weggeblasen. Nur tollkühne Kaufleute wagten es noch, solcher Strömung ihre Waren anzuvertrauen. Die anderen zogen die Eisenbahnen für ihre Transporte vor. An den Landungsbrücken gab es keine Arbeit mehr. Fred erkundigte sich bei den Männern, die da auf Kisten und Ballen tatenlos herumsaßen, womit die Leute sich beschäftigten, wenn das Hochwasser anhielt. Sie schüttelten die Köpfe. So hoch wie in diesem Jahre wäre es noch nie gewesen, sagten sie. In Hochwasserjahren gäbe es eben keine Arbeit. Fred wollte kaum glauben, daß sie sich achselzuckend so mit den Umständen abfanden. Doch schwang eine Geduld in ihren Aussprüchen mit, die fast nach Weisheit klang: über den Strom hatte keiner Macht.
Nicht leicht fiel es Fred, sich einfach wie die Männer in die Launen des Stromes zu ergeben. Fred entsann sich, in der Schule von seinen Lehrern gehört zu haben, daß in alten Zeiten die Indianer dem Strome göttliche Ehren erwiesen. Bis dahin hatte er die Indianer für nichts weiter als unwissende Heiden gehalten; jetzt begann er sie zu verstehen und war doch selbst kein Heide, und man schrieb das Jahr achtzehnhundertzweiundachtzig. Der steigende Strom war wie Gott, wortlos, ungeheuer, nicht beirrbar; und so wie Gott fragte er nicht viel nach den winzigen Wesen, die über seine Ufer krabbelten.
Aber dann fiel ihm ein, daß Gott auch anders sein konnte. In der Sonntagsschule hatte ihm ein frommes Fräulein beigebracht, daß

Gott die Menschen dieser Welt mit väterlicher Sorge umschließt. Seine Mutter arbeitete sich fast zu Tode mit ihrer Wäscherei; er war nun beinahe vierzehn Jahre alt und mußte etwas unternehmen, ihr zu helfen. Als in der Nacht darauf seine Mutter eingeschlafen war, schlüpfte Fred noch einmal aus dem Bett, kniete nieder und schickte ein Gebet zu seinem Schöpfer, er möge doch nicht dem Strome gleichen und die Menschen mißachten, sondern er möge seine Güte beweisen und ihm Arbeit verschaffen; denn er könne nun nicht länger warten; er müsse seiner Mutter helfen.

Der Tag darauf stieg hell und strahlend auf. Die Luft duftete nach Frühling. Es war, als machte sich die Sonne über den verlassenen Hafen lustig. Fred gesellte sich zu einem Mann, der sein ganzes Leben lang am Strom gearbeitet hatte und nun den ersten warmen Frühlingstag auf einer leeren Obstkiste verträumte.

»Findet man denn bei Hochwasser nirgendwo Arbeit?« fragte Fred nach einigen einleitenden Bemerkungen. Der alte Mann nahm die Pfeife aus dem Mund: »Doch, auf den Dämmen kann man Arbeit finden.«

Fred wurde schon ein wenig zuversichtlicher: »Ach, weiter stromauf? Dort, wo die Plantagen sind?«

Der alte Knabe überlegte; sein Mund stand offen; er fühlte mit der Zunge nach einem der letzten Veteranen seines Gebisses; er murmelte: »Der kommt mir so wie lose vor. – Nein, wo die großen Plantagen sind, da nicht. Auf Ardeith und Silberwald zum Beispiel, da gibt es mächtig hohe Dämme, und wenn das Wasser zu steigen anfängt, dann hören sie eben mit der Ackerarbeit auf, und alles, was zwei Hände und zwei Beine hat, das muß auf die Deiche, besonders wenn irgendwo schwache Stellen sind. Ich glaube, daß die Plantagen Deiche haben, so hoch, wie der Fluß niemals steigt.«

»Gibt es überall stromauf so hohe Deiche?« wollte Fred wissen.

»Leider nicht«, erwiderte der alte Mann. »Ganz und gar nicht!« Er fühlte mit dem Finger nach seinem Zahn. »Oberhalb der großen Plantagen, verstehst du, da haben die Leute nicht mehr so viel Geld. Da muß der Staat für die Dämme sorgen. Aber wenn der Strom nur wenig Wasser führt – in solchen Jahren vergißt der Staat gewöhnlich, daß er sich um die Dämme zu kümmern hat. Und mit einem Damm ist das so: entweder man kümmert sich darum und polstert ihn und flickt ihn, oder er bekommt weiche Stellen. Jetzt sollen sie ja kräftig an den Dämmen arbeiten.« Er seufzte mit jenem überlegenen Mitleid, mit welchem alte Leute manchmal die Sorgen der aufgeregten Welt betrachten. »Kannst mir glauben, Junge, in diesem Jahr wird's weiter stromauf mehr als eine Überschwemmung geben.«

»Wie ist denn so eine Überschwemmung?« erkundigte sich Fred.

Der Alte blies einen Paff aus seiner Pfeife. »Hast du noch nie einen Dammbruch zu Gesicht bekommen, mein Sohn?«

»Einen Dammbruch?«

»Ja, wenn der Damm bricht?«

»Nein, das habe ich noch nie gesehen.«

Der alte Mann schüttelte gemächlich sein Haupt. »Eine schlimme Sache, so ein Dammbruch! Das kann ich dir sagen!«

Fred stützte seine Ellbogen auf die Obstkiste. »Wer arbeitet denn da an den Deichen?«

»Na, wer wohl! Männer natürlich! Arbeitskommandos.«

»Bekommen die auch Lohn?«

»Gewiß!«

»Wie kommt man denn dahin?«

Der alte Mann zuckte die Schultern. »Das ist weiter nicht schwer. Da ist der Fluß, und die Straße geht immer an ihm entlang nach Norden. Aber schwere Arbeit da an den Deichen für so'n halbes Kind wie dich!«

Fred lachte. »Ach, das macht mir nichts aus. Ich bin zähe, das sagen sie alle.«

Er ließ den alten Mann im Stich und blickte sich um. Nicht weit entfernt sah er einen Neger sitzen, der in der Seitengasse hinter dem Hause wohnte, das seine Mutter und ihn beherbergte. Er ging auf den Schwarzen zu und blieb vor ihm stehen. »Du, Zeke, hör mal zu!« Der Neger grinste umgänglich. »Was ist denn, Fred?«

»Ich habe hier drei Cents«, sagte Fred. Er hatte eigentlich von vieren sprechen wollen; aber als er die Hand in die Tasche steckte, fiel ihm ein, daß es sich wohl empfehle, einen Cent zu behalten; er zog also nur drei hervor. »Du mußt meiner Mutter etwas bestellen, Zeke!« begann Fred. »Sag ihr, ich habe mich stromaufwärts auf den Weg gemacht; dort gibt's Arbeit an den Deichen. Und ich komme erst wieder, wenn die Arbeit vorüber ist. Und sag ihr, sie soll sich nur

keine Sorge machen. Ich lasse mich auf keine Dummheiten ein.«
Zeke versprach, die Bestellung auszurichten, und nahm dafür grinsend die drei Cents in Empfang. Es war noch ziemlich früh am Tage. Fred marschierte auf der Stelle los; er hoffte, noch vor Anbruch der Nacht auf ein Arbeitskommando zu stoßen. Für seinen vierten Penny kaufte er sich von einem Negerweib ein großes Stück Kuchen; die Schwarze bot das dunkle Gebäck auf einem Brett aus, das sie vor sich her trug. Fred stopfte sich das Gebäck in die Tasche und nahm dann die Uferstraße unter seine Füße.
Es dauerte nicht lange, so nahm ihn ein Wagen bis Ardeith mit. Vor dem hohen Gittertor hielt er einen Augenblick inne und schaute die ragende Allee entlang. Das Haus war schön und auch die mächtige Allee, deren Bäume ihre Äste hoch oben zu einer grünen Kuppel verflochten; Fred mußte an eine Kirche denken. Hochmütige Leute wohnten hier. Die Mutter hatte ihm erzählt, daß gleich nach dem Kriege die Larnes arm gewesen wären; aber seit dem Krieg waren siebzehn Jahre vergangen, und nun hatten sie wieder Geld. Die Dame, die auf Ardeith wohnte, hatte einst seine Mutter aus ihrer Küche gewiesen und ihr nachgeschrien, sie könne ihretwegen verhungern. Wie man so zu seiner Mutter reden konnte, überlegte Fred zornig, während er schon weiterwanderte; kleine Staubwolken trieben im kühlen Wind zur Seite; seine nackten Füße wirbelten sie auf. Er wollte es denen schon zeigen! Wenn er erst groß war, dann! Mit seinem Wagen würde er vor ihrem stolzen Park und Schloß auf und ab kutschieren und so viel Staub aufwirbeln, daß ihnen schlecht werden sollte.
So kühl der Morgen sich angelassen hatte, so heiß entfaltete sich der Mittag. Ein anderer Wagen, der Fred überholte, ließ ihn aufsteigen und nahm ihn nach Silberwald mit. Dort mußte er abermals aussteigen und zu Fuß weiterwandern; jetzt ließ er sich den Kuchen gut schmecken. Allmählich senkte sich der Nachmittag; Fred spürte, wie Müdigkeit ihm in die Glieder kroch. Aber er marschierte unverdrossen weiter, und wenn Leute ihm begegneten, so nickte er ihnen zu und sagte »Guten Tag!«
Zum ersten Male war er so weit von Hause fort. Die Äcker der Pflanzungen dehnten sich prangend im Sonnenschein. Von ihrem fernen Rande grüßte ein Wälderstreif herüber. Der gehörte wohl

auch noch zu Silberwald. Er hatte sich erzählen lassen, daß die großen Besitzer gern hier und da die Wälder weiterwachsen ließen; sie liebten es, auf die Jagd zu gehen; die wilden Bäume und Gebüsche boten jagdbaren Vögeln und Eichhörnchen Unterschlupf. Als ob es nicht genug arme Leute gäbe wie ihn selber und seine Mutter, die sich auf dem nutzlosen Land gern ihren Kohl und ihre Süßkartoffeln ziehen würden!

Die Felder und Wälder Silberwalds wurden von anderen Ländereien abgelöst, die sich ungleichmäßiger und gröber bearbeitet zeigten. In den Gemüsegärten um die weißgetünchten Hütten waren häufig Frauen am Werke und machten sich an den Beeten zu schaffen. Jenseits der Felder in der Ferne zog sich der Deich hin, den Windungen des Stromes getreulich folgend. Selbst den unerfahrenen Augen Freds blieb es nicht verborgen, daß die Dämme hier viel weniger hoch getürmt den Fluß begleiteten als weiter stromab, wo die großen Plantagen mit ihren Feldern zum Strom hinunterstießen. Der Deich erschien dem Wandernden wie ein langgestreckter Hügel von fünfzehn bis zwanzig Fuß Höhe, der sich in sanftem, grasigem Abhang in die Felder herniedersenkte. Fred dachte sich, wie herrlich es wäre, wenn er Arbeit fände; dann wollte er die Müdigkeit in seinen Beinen auf der Stelle vergessen. Es war spät am Nachmittag, die Sonne stand schon über dem westlichen Ufer des Stromes.

Die Straße legte sich in eine scharfe Kurve. Als Fred sie durchmessen hatte, blickte er wie von ungefähr wieder zum Deich hinüber – der war da plötzlich schwarz von Menschen.

Dicht wie Ameisen krabbelten Menschen über die Abhänge. Auf dem Wiesenstreif davor war eine Herde von Zelten versammelt. Auf den Feldern und über den Abhang stolperten Männer hinter Maultieren her; sie waren vor seltsame Gebilde gespannt, die riesigen Schaufeln glichen. Und auf der Krone des Deichs – so weit man sehen konnte – wurden Sandsäcke über Sandsäcke getürmt und gestapelt. Fred sprang mit einem Satz von der Straße auf den weichen Boden des Pfluglandes und strebte der Stelle zu, wo er die Männer an der Arbeit sah.

Als er näher gekommen war, blieb er erst einmal stehen, um die Maultiere anzustaunen, wie sie die mächtigen Schaufeln hinter sich her schleppten; vor lauter Neugier vergaß er, wie müde er war. Die

Männer errichteten auf der oberen Deichkante einen festen Plankenzaun, drei Fuß hoch etwa; und gegen diesen Zaun wurden Sandsäcke geschichtet, ihn zu verstärken. Hunderte von schwarzen und weißen Männern – so schien es – werkten mit aller Macht. Zunächst fiel keinem der junge Bursche auf. Erst als Fred sich weiter zum Damme schob, brüllte ein Mann ihn böse an: »Scher dich vom Deich weg, Bengel!«
Fred wollte sich erkundigen, ob er nicht eingestellt werden konnte, aber der Mann trieb sein Maultier an und hörte nicht hin. Fred versuchte sein Heil noch bei einigen anderen, erhielt aber auch hier nichts weiter zur Antwort als: »Mach, daß du weiterkommst!«
Schließlich erspähte er einen Neger, der gerade einen Augenblick verschnaufte, um sich den Schweiß vom Gesicht zu wischen. Der Schwarze quälte sich mit einem vier Zoll starken Pfosten ab, den er den Deich hinaufzuschleppen hatte. Fred lief auf ihn zu. »He, wer ist denn hier eigentlich der Oberste?«
Der Neger wandte sich ihm zu: »Was willst du?«
»Wer ist hier der Oberste?«
»Mr. Vance!« Er nahm den Kampf mit seinem Pfosten wieder auf.
»Wer ist Mr. Vance?«
»Ein weißer Herr. Einer von der Regierung.«
Fred stolperte hinter ihm her: »Wo finde ich ihn?«
Der Schwarze mußte sich von neuem verschnaufen. »Da oben auf dem Deich, bei den Sandsäcken! Da steht er ja. Der mit den hohen Stiefeln!«
Schon setzte er abermals an und schleppte den Balken weiter. Fred schaute zu der Stelle hinüber, die ihm gewiesen worden war. Er erblickte auf der Krone des Deiches einen langen, schlenkrigen Mann; er trug seine Arbeitshosen in hohe Stiefel gestopft, die ihm bis zu den Knien reichten. Fred kletterte den Damm hinauf; bei jedem zweiten Schritt wurde er angeschrien, sich aus dem Weg zu packen; es machte ihm nichts aus; er spürte Vertrauen zu dem Mann da oben; aus seinen sicheren Winken und Befehlen war es abzulesen: Mr. Vance verstand seine Sache!
»Donnerwetter noch mal!« sagte Fred laut, als er die Krone des Deiches erreichte und über die Barrikade der Sandsäcke hinweglickte. Anstatt gemächlich fünfzehn Fuß unterhalb der Dammkante ent-

langzuschleichen, hatte der Fluß sich bereits bis zum ursprünglichen oberen Rand gehoben und umspülte die Pfosten des Plankenzauns, welche den Wall von Sandsäcken stützten. Die goldene schöne Faulheit des Stromes war dahin; er hatte sich in eine braune Furie verwandelt. Wallend und schäumend schoß er vorbei, von Wirbeln überfleckt; sie zerrten und sogen an den Hängen des Dammes. Ganze Bäume, schwere Stämme trieben in der Strömung; der Strom hatte sie weiter stromauf irgendwo entwurzelt, ausgespült; nun kreiselten sie in den riesigen Wirbeln, als hätte der Gewaltige seinen Spaß daran, mit ihnen zu spielen, ehe er sie in den Golf von Mexiko hinausspie. Gut eine Meile maß die Breite des Flusses von hier bis zum westlichen Ufer. Schierer, sinnloser Schrecken schlug über Fred zusammen angesichts dieser heulenden Wassermassen. Er fühlte sich versucht, Hals über Kopf davonzulaufen.

Jemand packte ihn bei der Schulter, und eine Stimme sprach: »Hinunter vom Damm, Jung'! Siehst du nicht, daß wir zu arbeiten haben!«

Fred blickte in das magere, unrasierte Gesicht des Mr. Vance. Den Damm zu verlassen, schien ein fast willkommener Befehl. Aber er packte den Zipfel des nächsten Sandsackes. Er schrie über all dem Brausen und Geschrei: »Nein, ich will nicht 'runtergehen. Ich will für Sie arbeiten.«

»Mach, daß du weiterkommst, du bist ja noch ein Kind!« sagte Mr. Vance.

Fred griff nach ihm mit beiden Händen: »Mr. Vance, Sie können es mir glauben, ich bin zähe und kräftig. Ich kann ebenso Sandsäcke schleppen wie die Männer da.«

Mr. Vance vermochte ein Grinsen nicht zu unterdrücken. Aber seine Miene war freundlich, wenn sich auch sein festes, lehmverschmiertes Gesicht unter einem wochenalten Bart verbarg. »Wie alt bist du?«

»Bald vierzehn!«

»Du bist noch zu klein, Jung'«, meinte er eilig, aber nicht böse. »Die Arbeit hier ist schwer!«

»Ich schaffe so viel wie ein Mann, Meister! Und Arbeit muß ich haben. Meine Mutter wäscht für andre Leute die Wäsche. Und sie hat sonst keinen, der ihr hilft; bloß mich!«

Mr. Vance schrie zu einem Mann hinüber, der einen Pfosten heraufschleppte: »Weiter nach hinten damit! Ans Südende!« Er blickte wieder auf Fred: »Stell dir vor, der Damm gibt nach! Wahrscheinlich ist es nicht, aber es könnte passieren. Ich möchte nicht die Verantwortung tragen, dann ein Kind auf den Damm genommen zu haben.« Aber als er in Freds erregtes Knabengesicht blickte, kam ihn zum zweiten Male ein Lächeln an: »Also, weiß der Himmel, jeden erwachsenen Mann aus der Umgegend haben wir schon eingestellt. Die Arbeit ist verdammt hart, und wer einmal in einer Arbeitskolonne von mir steckt, der kommt nicht wieder heraus, ehe nicht das Hochwasser nachgibt. Melde dich bei dem Vormann da mit dem roten Haar; sag ihm, ich hätte dich zur Arbeit angenommen. Zehn Cents die Stunde, bis das Wasser zu fallen anfängt.«

Fred wandte sich und stapfte zu dem rothaarigen Vormann hinüber: »Ich soll hier arbeiten!« verlangte er. »Zehn Cents die Stunde. Mr. Vance hat es gesagt.«

Der Vormann zog ein Notizbuch aus der Tasche seiner verschmierten Arbeitshose, vermerkte Freds Namen und blinzelte dann zur Sonne, um die ungefähre Tageszeit festzustellen; vermerkte dann auch die Stunde. »Siehst du die Wagen da unten mit den Sandsäcken? Fang an, die Säcke hier heraufzuschleppen, wie es die anderen machen!«

Fred sprang den Abhang hinunter und zerrte einen Sandsack von dem Haufen, der dort aufgeschichtet lag und immer wieder aus schwer beladenen Wagen ergänzt wurde. Das ungefüge Ding war klobiger von Gewicht, als Fred gedacht hatte; die Säcke den Abhang hinaufzuzerren: eine harte Schinderei! Als Fred endlich oben angekommen war und einen Augenblick anhielt, um Atem zu schöpfen, rief ihn scharf der Vormann an: »Na, worauf wartest du? Wo bleibt der nächste Sack?«

Fred stolperte gehorsam nach unten. Wenn man von einem Vormann angesprochen wurde, mußte man springen – so viel wußte er. Er schleppte fünf oder sechs Säcke den Hang hinauf; dann wurden sie ihm so schwer, daß er sie kaum noch von der Stelle bewegen konnte. Er war ja an diesem Tage viele Meilen gewandert und schon grimmig ermüdet gewesen, als er mit der Arbeit begonnen hatte. Allmählich wurde es dunkel. Er keuchte und schuftete, stemmte

seine nackten Füße in den weichen Boden und zerrte an den bleischweren Säcken. Dicht senkte sich die Finsternis, aber an Feierabend schien keiner zu denken. Bei dem Sandsackwall flackerte ein hohes Feuer und weiter am Damm entlang flammten andere auf. In ihrem unsicheren Schein sah man die Männer unermüdlich den Deich hinauf- und heruntersteigen. Fred solperte wieder ins Feld hinunter; halb am Verzweifeln war er angesichts des wirren, ständig nachwachsenden Berges von Sandsäcken; im launischen Licht der Feuer wirkte er riesig. »Los, was wartest du! Nimm dir einen!« schrie ihn der Fahrer des Wagens an, der gerade am Abladen war.
Fred fiel wütend den nächsten der Säcke an. Der Abhang, so sanft er bei Tage auch aussah, jetzt schien er beinahe lotrecht geneigt und Meilen hoch. Er krampfte seine Fäuste in das grobe Gewebe des Sakkes; seine Zehen spreizten sich und bohrten sich in das zertretne Gras des Abhangs; er biß die Zähne zusammen.
»Willst du Kaffee trinken?« fragte hinter ihm eine Frauenstimme. Er setzte ab und blickte sich um. Eine grobknochige Frau in einer verschmierten Schürze hielt ihm eine blecherne Tasse entgegen: »Es ist Zeit. Der Kaffee-Eimer ist da.« Er hielt die Tasse in seinen schmerzenden Fingern. Die Frau stellte vorsichtig einen großen Eimer zu Boden, hob den Deckel ab und schenkte ihm voll ein: Kaffee, so schwarz wie feuchter Schlamm aus dem Flusse. Der Dampf, der aus dem Eimer quoll, verbreitete einen erlesenen Duft.
»Vielen Dank!« sagte Fred und hockte sich ins Gras.
»Zucker?« erkundigte sie sich sachverständig und hielt ihm ein Stück Zeitungspapier hin, das zu einer Art von Tüte zusammengedreht war. »Greif nur hinein!«
Er tauchte seine Finger in den süßen Vorrat. »Teufel, das tut aber gut«, seufzte er.
Sie erhob ihre Stimme: »Mrs. Lyman! Mrs. Lyman! Hier ist noch ein Mann, der Hunger hat.«
Aus dem Schatten tauchte eine graue, vorgebeugte Frau; auch sie schleppte einen Eimer; er enthielt Gemüse und fettes Schweinefleisch. Sie reichte Fred einen Teller und einen Löffel aus Zinn und legte ihm gewaltig auf. »Das muß man sagen, ihr haltet euch ordentlich an die Arbeit, ihr Männer. Und Pausen macht ihr wohl überhaupt nicht!« bemerkte Mrs. Lyman, während er wie ein Wolf zu

schlingen begann. Obgleich er seine Knochen kaum noch rühren konnte, lächelte Fred beglückt und stolz, so müde er war: zweimal war er in den letzten Minuten zu den Männern gezählt worden. So ein gutes Abendbrot hatte er sein Leblang nicht gegessen. Selbst wenn daheim das Essen bitter knapp gewesen war, hatte er nicht solchen Hunger verspürt wie in den Stunden vor diesem Mahl.
»Bist du fertig mit dem Teller?« fragte Mrs. Lyman, als er den letzten Bissen aufgekratzt hatte. »Dann gib ihn wieder her, damit ich mir den nächsten Hungrigen suche!«
Sie wankte in die Dunkelheit davon. Fred sprang wieder auf die Füße. Wie gut solch heißes Mahl doch tat! Jetzt brauchte er vor seinem Sandsack nicht mehr zu verzagen. Ein paar Dutzend Frauen wanderten durch die Dunkelheit mit Eimern voll Kaffee und Töpfen voll Fleisch; es waren die Frauen, die Mütter, die Töchter der Männer, die hier arbeiteten; sie stammten aus den Hütten in den Feldern. Sie nötigten die Männer eifrig, kräftig zuzulangen, damit sie bei Kräften blieben; man merkte es: sie ängsteten sich vor dem Strom; sie kannten seine Furchtbarkeit nicht minder als die Männer, die sich wütend plagten, die alten Ufer zu verstärken, daß er nicht ausbräche. Es fiel Fred auf, daß die Männer sich nach dem Abendessen keine Ruhepause gönnten, wie es bei den Ladearbeitern am Hafen üblich war. Sie alle wohnten in den Hütten unterhalb des Deiches; ihre Äcker waren es, die der Strom bedrohte. Das harte Werk, das sie vollbrachten, galt wichtigeren Zielen als nur dem Lohn, der sie erwartete.
»Na, wie geht's?« fragte dicht hinter ihm eine freundliche Stimme. Mr. Vance war es; seine stoppligen Backen zeigten sich mehr noch als vor Stunden mit Lehm verschmiert; die Haut um seine Augen war wie entzündet vor Erschöpfung; aber sein Lächeln hatte nichts von der früheren Freundlichkeit verloren. Fred lächelte dankbar zurück.
»Mir geht's gut, Herr!« antwortete er so selbstbewußt, wie er's nur zustande brachte.
»Leg dich jetzt lieber ein bißchen aufs Ohr!« schlug Mr. Vance vor.
»Ja, Mr. Vance«, erwiderte Fred und schämte sich, weil das Verlangen nach Schlaf ihn im gleichen Augenblick fast überwältigte. »Wo kann man sich denn hier schlafen legen?«

»Komm mit mir mit! Ich will mich auch ausstrecken.«
Fred taumelte hinter ihm den Deich hinunter. Am Fuß des Dammes hatten die Füße der vielen Menschen und Tiere das Erdreich in einen klebrigen Schlamm verwandelt. Sie stapften zu einem der Zelte hinüber. Mr. Vance hob die Klappe vor dem Eingang auf; undeutlich erkannte Fred die Umrisse von Männern, die einer neben dem andern auf groben Strohsäcken aufgereiht lagen. Alle schienen sie fest zu schlafen.
»Wo soll ich mich hinlegen?« fragte Fred.
»Wo du Platz findest!« sagte der Mann, der ihn zur Arbeit eingestellt hatte, und fügte hinzu: »Du machst dich gut, Fred! Ich habe dich beobachtet.«
Fred strahlte vor Freude auf. Aber ehe er noch antworten konnte, war der Alte schon im Dunkel verschwunden, einen Schlafplatz zu suchen. Mit seinen morastigen Füßen fühlte sich Fred vorsichtig in die Finsternis des Zeltes hinein, bis er einen leeren Strohsack entdeckte. Er taumelte nieder; der Schlaf stürzte über ihn her, als hätte ihn eine Keule getroffen.
Es dämmerte gerade erst blaß, als die Männer schon sich regten. Keiner redete viel mit dem Jüngsten. Überhaupt war man hier kein Freund von zahlreichen Worten. Sie brummelten nur, der Fluß stiege weiter – wenn es nur nicht noch regnen wollte! Vor den Zelten waren wiederum die erfreulichen Damen unterwegs, die Männer zu speisen, diesmal mit Kaffee und Maisbrot. Später sah Fred, wie sie sich auf den Feldern an die Arbeit machten; ihre Kinder halfen mit. Noch nie hatte er so schwer arbeiten müssen wie an diesem Tage, und doch war er glücklich, daß er so guten Leuten beistehen durfte.
Die Wasser des Stromes stiegen, und immer wilder werkten die Männer; ohne jede Pause, ohne einmal Atem zu holen, wie Fred noch keinen Menschen in seinem Leben arbeiten gesehen hatte. Dreimal am Tage erschienen die Frauen und schleppten Essen und Trinken herbei. Nicht einmal blieben sie aus, es mochte regnen oder nicht; die Sonne mochte scheinen oder der Mond; und ob es kalt war oder heiß, die Männer hockten sich stumpf auf ihre Zugschaufeln oder ihre Schubkarren, schlangen wortlos Berge von Fleisch, Gemüse und Maisbrot in sich hinein und stürzten sich wieder auf ihre Arbeit.

Meilenweit schichteten sie die Krone des Deiches entlang die Sandsäcke auf; Abertausende von Sandsäcken gegen den Plankenzaun getürmt! Die Frauen gruben Erde aus den Feldern und karrten sie an den Fuß des Dammes. Die großen Schaufeln glitten dammauf, dammab, von Maultieren gezogen, die so müde waren, daß sie die Peitschen ihrer ebenso müden Treiber kaum noch zu spüren schienen. Manchmal prasselte Regen auf Menschen und Tiere hernieder, manchmal brannte die Sonne heiß. Der Regen zerweichte den Damm, daß sich der Lehm an die Schuhe der Männer heftete, bis sie ihnen als schwere Klumpen an den Füßen hingen, die mühsam zu schleppen waren. Die meisten zogen ihre Schuhe aus, warfen sie in die Felder und arbeiteten barfuß.
Fred achtete nicht mehr darauf, ob es Tag oder Nacht war; die Zeit hatte jeden Sinn für ihn verloren. Des Nachts zündeten die Männer große Feuer an; aber wenn es regnete, dann erloschen sie; und trotzdem schuftete in der Finsternis jedermann blindlings weiter. Wer zu müde war, um noch den Arm zu heben, der stolperte zu den Zelten hinüber oder ließ sich auch einfach zu Boden sinken, wo er ging und stand, und schlief. Wurde er von denen getreten, die noch weiterarbeiteten, so erwachte er, fluchte unmäßig und schlief wieder ein. Und das Wasser stieg, Zoll für Zoll. Jeden Morgen hatte es sich ein wenig dichter an den Kamm der Sandsackbarrikade hinaufgeschoben als am Tage zuvor.
Auf der Innenseite des Deichs nagte die saugende Strömung an dem alten Bewuchs, an den Befestigungen, die nicht sorgsam genug erneuert waren; ganz allmählich fraß sie sich unter die Krone des Dammes. Die Männer versuchten, Sandsäcke ins Wasser zu senken, um die Innenseite zu pflastern – vergeblich; die Strömung riß sie hinweg und spülte sie auf Nimmerwiedersehen davon. Als die Sandsäcke nicht mehr schnell genug angeliefert wurden, frachteten viele der Männer ihre eigenen Baumwollballen herbei, den schwindenden Damm damit aufzupolstern. Fred erfuhr von Mr. Vance, daß die Baumwollballen nicht viel ausrichten konnten. Aber es beruhigte die Männer, ihr kostbares Erzeugnis dort aufgestapelt zu sehen, fest und hoch als ein Schutz gegen den Fluß, aber auch vielleicht als ein Sühnopfer.

Die Frauen trieben inzwischen das Vieh in eigens zu diesem Zweck errichtete Hütten unterhalb des Deiches; brach der Damm, so konnten die Tiere gleich auf der Kuppe des Walles, soweit er noch standhielt, Schutz suchen. Der Deichmeister, Mr. Vance, erlaubte nicht, die Tiere schon jetzt auf den Damm zu treiben, sie behinderten die Arbeit. Wer ein zweistöckiges Haus besaß, der schaffte all seine Habe in den oberen Stock. Die Neger aus den geringsten Hütten brachten die hochverehrte Familienbibel oder auch ein paar ihrer liebsten Möbelstücke in die Häuser weißer Leute, die über zwei Stockwerke verfügten, und beteten dann, bei einem Dammbruch möge das Wasser nicht bis in den zweiten Stock steigen. Die Kinder kletterten in die Bäume und hängten Bündel von Möhren und Rettichen in die oberen Zweige; wenn der Damm brach, so wollten sie sich von diesen Vorräten nähren. Die kleinen Mädchen hängten ihre Puppen dort oben auf und kleine Knaben ihre liebsten Spielsachen, so daß die Bäume schließlich wie Weihnachtsbäume aussahen, als hätte sich einer einen schlechten Scherz mit ihnen erlaubt.
Um das Eigentum der Siedler hatten sich allein die Frauen und Kinder zu kümmern. Die Männer beurlaubte Mr. Vance keine Stunde von der Arbeit am Deich. Die Frau eines der Männer erschien auf dem Arbeitsplatz und ließ den Arm des harten Deichmeisters erst fahren, als er sich willens zeigte, ihr zuzuhören: sie wollte ihren Mann wenigstens so lange von der Arbeit entbunden haben, daß er daheim ein Bündelchen mit Kleidern in einen hohen Baum hängen konnte; es enthielt die nötigsten Dinge für das Kind, das sie erwartete. Diesen Mann ließ Mr. Vance für kurze Zeit laufen; sonst gab er in keinem Falle nach.
Wer ein Boot besaß, der band es an die Vordertreppe seines Hauses, damit er damit zum Deiche rudern konnte, wenn das Wasser durchbrach. Die wenigen Dinge von Wert, deren sich die Siedler rühmten, dazu auch Proviant, wurden zusammengepackt und in den Booten verstaut.
Doch wenn die Frauen nicht für die Männer kochten oder sich um ihren schmalen Besitz bemühten, ihn an sicherem Platz verstauten, dann ging das Leben für sie weiter wie immer. Sie warteten ihre Kinder mit ruhiger Selbstverständlichkeit, sie hackten die Felder, sie fütterten ihr Vieh; sie saßen auf den Treppenstufen vor ihren Häusern

und flickten des Mannes alte Hosen, und die Kinder spielten vor ihnen auf der Straße. Vielleicht hielt der Damm dem Druck des Wassers stand. Dies war nicht das erste Hochwasser, das sie erlebten, und bisher hatte der Deich sich stets bewährt.
Fred schleppte Sandsäcke hangauf, bis seine Schultern schmerzten und er kein Gefühl mehr in seinen Armen hatte. Er hielt des Nachts die Feuer in Gang und schuftete in ihrem Schein; und wenn es regnete, so arbeitete er auch ohne sie weiter. Er aß, wenn sich Gelegenheit dazu bot; stand dann oder hockte am Damm, während ihm die Frau Gemüse und Schweinefleisch auf den Teller häufte. Stets hatte er sich beim Essen zu beeilen; der Teller mußte weiterwandern. Manchmal hielt er noch einen mächtigen Runken Maisbrot in der einen Hand, kaute daran und zerrte mit der andren schon den nächsten Pfahl auf die Anhöhe. Er schlief, wenn er umfiel, im Zelt oder auf dem Erdboden; stand wieder auf und scharwerkte weiter, kämpfte mit den anderen gegen den Strom, voller Wut wie sie; er kannte sich kaum noch.
Er dachte nicht mehr daran, daß er drauf aus gewesen war, seiner Mutter zu helfen; er hatte so gut wie vergessen, daß er zehn Cents in der Stunde verdiente. Diesen Kampf kämpfte er um des Kampfes willen; der heulende grausame Fluß sollte bleiben, wohin er gehörte! Wir halten die Flut in Schach; wir stärken den Damm immer wieder von neuem, und wenn auch jeder zweite Mann und die Maultiere alle dabei verrecken. Aber den Fluß, den zwingen wir!
Eines Tages stieß Mr. Vance zu ihm, während er einen Sandsack den Abhang hochschleppte.
»Mach's doch mehr wie ein Maultier und ziehe den Sack hinter dir her!« riet ihm Mr. Vance. »Das ist leichter für die Schultern.«
»Ja, Herr!« sagte Fred. Er mochte Mr. Vance gut leiden. Nur selten fand der Deichmeister Zeit, ein paar menschliche Worte an Fred zu richten; doch dann waren sie um so wohltuender.
»Da kommt der Kaffee!« sagte Mr. Vance.
Die Frau eines der Werkleute stolperte heran, mit einem Eimer und einer Tüte aus Zeitungspapier. Ein Dutzend anderer Männer drängte sich herzu, begierig, ihre Tassen in den braunen Trank zu tauchen. Mr. Vance füllte seinen Kaffeetopf, holte sich mit schmutzigen Fingern Zucker aus der Tüte und reichte dann seine Tasse an

Fred weiter. »Hier, Jung'! Laßt ihn zuerst trinken, Männer! Er ist kleiner als ihr.« – »Vielen Dank, Herr!« sagte Fred. Er trank das Getränk in großen Schlucken hinunter; es war heiß und duftete prächtig. Mr. Vance grinste zu dem jüngsten seiner Werkleute hinunter; seine Kleider waren derart mit Lehm verschmiert, daß ihre ursprüngliche Farbe nicht mehr zu erkennen war; er hatte sich schon so lange nicht rasiert, daß sein Gesicht einem großen Rundbesen glich. »Das tut gut!« meinte Mr. Vance zu einer der Kaffeeträgerinnen. »Wie uns die Damen hier helfen, das ist wirklich großartig!«

»Uns macht's nichts aus, Herr! Wir tun das mit Vergnügen!« versicherten sie ihm. Es kam so herzlich und aufrichtig heraus, daß Fred sich sagen mußte: auch die Frauen hier umher mochten Mr. Vance gut leiden. »Wenn ich das Abendessen bringe, soll es dann hierher oder weiter stromabwärts geschafft werden?«

»Hierher! Da unten hat heute Mrs. Lyman die Fütterung übernommen.« Er richtete sich wieder hoch. »Na, mein Junge«, meinte er zu Fred, »ich glaube, wir machen uns wieder an die Arbeit. Müde?«

»Nein, gar nicht!« erwiderte Fred kräftig.

Mr. Vance lächelte: »Versuch's also 'mal, dich wie ein Maultier vor den Sack zu spannen. Es sieht nicht schön aus; aber es macht die Schlepperei leichter.«

Fred machte sich wieder ans Klettern. Dabei zog er den Sandsack hinter sich her, wie ihm geraten war. Er wünschte, Mr. Vance fände häufiger Zeit, mit ihm zu sprechen. Deichmeister zu sein, das war ein schöner Beruf! Irgendwann mußte das Hochwasser wieder absinken. Vielleicht fand Mr. Vance dann Muße, sich ein wenig ausführlicher mit ihm zu unterhalten. Fred wollte von ihm erklärt haben, wie man es anstellte, Deichmeister zu werden.

Die Männer in Freds Kolonne waren an der Reihe gewesen, Kaffee zu trinken; nun machten sie sich alle wieder an die Arbeit. Mr. Vance brüllte einen Maultiertreiber an, und Fred horchte respektvoll hinüber. Mr. Vance besaß einen reicheren Vorrat an Flüchen als alle die Männer, die Fred bisher fluchen gehört hatte. Auf der Krone des Dammes zog Fred dem gehetzt dahinschießenden Strom ein langes Gesicht. Nun hatte das Wasser fast schon die obere Kante der Sandsackbarrikade erreicht. Noch immer trieben ganze Bäume, weiter stromauf entwurzelt, in der rasenden Strömung; sie rammten ihre

Kronen oder auch die sperrigen Wurzelarme in den Damm hinein, als wären sie Waffen des Stroms und teilten seine Zerstörungswut. Fred lud seinen Sack an den Haufen ab, von dem aus die Männer die hölzernen Pfeiler verstärkten und polsterten, und machte sich wieder auf den Weg hangab. Die Sonne hatte sich hoch über dem Strom nach Westen hinabgeneigt; schon nahte die Zeit fürs Abendbrot. Er hörte, wie Mr. Vance zu ein paar Männern hinüberschrie: »Sagt der Frau da, sie kann ihre Kühe noch nicht hier nach oben treiben! Die Kühe müssen unten auf dem Feld bleiben, Frau! He, Fred! Fred Upjohn!«

»Ja, Herr?« Fred lief zu ihm hinüber.

»Da hinten müssen mehr Stützpfähle eingerammt werden; bring den Männern ein paar nach oben!«

»Jawohl, Mr. Vance!« Fred hielt einen Augenblick inne und blickte über den Sandsackwall zum Fluß hinüber. »Mr. Vance, ob der Fluß noch höher steigt?«

»Ich hoffe nicht, mein Sohn.« Ein grimmiger Zug stahl sich um seinen Mund. »Ein ganz verdammtes Hochwasser, was?«

»Bestimmt!« gab Fred zu. »Kommt solch Hochwasser häufig vor?«

Mr. Vance schüttelte sein Haupt. »Eine Flut wie diese habe ich noch nicht erlebt und arbeite doch schon zwanzig Jahre am Fluß. Er mag jetzt gut und gern zwei Millionen Sekundenfüße führen.«

»Sekundenfüße? Was ist das?«

»Soundso viel Kubikfuß Wasser in der Sekunde. Halt dich jetzt nicht weiter auf! Schlepp die Pfähle hoch!«

»Jawohl, Herr! Faulenzen wollte ich nicht!« Fred rannte den Damm hinunter.

Die Werkleute, die die Pfosten in die Erde rammten, arbeiteten langsam und zähe im Takt. Fred fragte sich, ob sie wohl ebenso müde waren wie er selbst. Er hatte vor Müdigkeit längst vergessen, wie lange er schon hier aushielt; es kam ihm vor, als hätte er überhaupt nicht geschlafen, seit er am Abend jenes Wandertages über die Felder zum Damm gestolpert war. Man kam ja nur zum Schlafen, wenn man sich beim besten Willen nicht mehr auf den Beinen halten konnte; doch fand man kaum Erholung in solchem Schlaf: man wurde getreten und wurde naß vom Regen. Sollte es noch mehr regnen, so überlegte sich Fred, würden sie wohl alle die Flinte ins Korn werfen. Der Regen rann den Männern aus dem Haar in die Augen, und jeder zweite war erkältet. Immer wieder mußte dieser oder jener nach Hause geschickt werden, wenn er vor Frost schauerte oder im Fieber glühte; der ewige Regen ging den Männern schwer auf die Nerven.

Fred blieb gesund. Er war zähe; ihn focht nichts an. Er hatte sich vorgenommen auszuhalten, bis der Flutberg abschwoll. Die Frauen hatten versprochen, den Männern ein gewaltiges Festessen zu geben, Hühnerbrühe und Schweinebraten, wenn es ihnen gelang, den Damm zu retten. Danach dann wollte die Regierung einige gelehrte Deichbaumeister aus Washington senden, einen ganz und gar neuen Damm zu entwerfen; denn der alte, abgenutzte überstand kein weiteres Hochwasser mehr. Sich bei einem Festtagsessen ordentlich vollzustopfen, das wäre eine feine Sache; aber der Stolz, der sie alle erfüllen würde, der hätte einen anderen Grund. Stolz würden sie sein, daß sie den Fluß geschlagen hatten. Gott im Himmel, was war das für ein Fluß! Fred war so müde, daß alle seine Glieder und Muskeln ächzten vor Schmerzen. Aber nachgeben oder aufhören zu arbeiten, nein, das wollte er nicht! Er wollte den Fluß in seine Schranken verweisen, und wenn es ihn umbrachte.

Als er die Pfähle herbeigeschleppt hatte, wurde ihm aufgetragen, Bretter zu holen. Dann hatte er schwere Ladungen großer Nägel heranzutragen und schließlich wieder die ewigen Sandsäcke. Freds Füße waren wund überall und zerschunden; Schweiß rann ihm übers Gesicht und unter dem Hemde den Leib hinunter. Und über dem Geschrei der Männer vernahm er unaufhörlich, wie die Strömung heulend meerwärts tobte. Seltsam war das und erschreckend. Gewöhnlich glitt der große Mississippi in vollkommenem Schweigen dahin. Die wilden Laute, die ihm jetzt entstiegen, hatten triumphierenden Klang. Fred überraschte sich dabei, daß er unaufhörlich betete, während er den zerstampften Hang auf und nieder kletterte, auf und nieder.

»Oh, Gott, ich bitte dich, lasse den Deich nicht brechen! Laß ihn nicht brechen, lieber Gott! Wir tun unser Bestes. Mehr können wir nicht. Wir wollen Tag und Nacht arbeiten – es kommt uns nicht darauf an; aber laß den Damm nicht zerbrechen, ich bitte dich! Ich bitte dich, laß ihn fest stehnbleiben, Herr im Himmel! Wenn du den Damm nicht brechen läßt, so will ich von jetzt ab jeden Sonntag zur Kirche gehen und will nicht mehr jammern, daß ich keine Schuhe habe, und will meine Bibelverse lernen und nicht mehr mit Murmeln spielen und auch nicht mehr wetten, so lange wie ich lebe. Ich bitte dich, lieber Vater im Himmel, laß den Deich halten! Wir haben uns wirklich alle ehrlich abgeschuftet, so sehr wir nur konnten. Bitte, laß den Deich bestehen! Bitte, laß ihn nicht zerbrechen! Bitte, Herr im Himmel, bitte ...!«

Unter seinen Füßen schien die Erde zu erschauern; tief in ihrem Innern murrte es seltsam; und das Murren ward überdeckt von einem widerlich saugenden Geräusch. Der Sandsackwall bewegte sich leise. Die Männer auf dem Deich schickten plötzlich ein Geheul zum Himmel, das nichts Menschliches mehr an sich hatte, ließen Hämmer und Pfähle und Säcke fallen und fingen zu laufen an, brüllend wie wilde Tiere, sich überstürzend und wieder aufraffend, während sie auf der Krone des Deiches nach beiden Richtungen auseinanderströmten, einen leeren Raum des Schreckens zwischen sich öffnend. Fred fühlte sich bei der Schulter gepackt und von Mr. Vance vorwärts gestoßen. Der Stoß war sehr heftig; er taumelte zu Boden, sprang wieder auf und rannte, was das Zeug hielt. Unterhalb des Deichs brüllte und tobte das Vieh, die Weiber kreischten, die Männer schrien; über all dem Lärm aber durchdrang die Lüfte jenes furchtbare murrende saugende Geräusch; es glich ungeheurem Gelächter! Fred stürzte davon; er wußte kaum, warum er lief und wohin, prallte mit Männern und Kühen und Frauen und Mauleseln zusammen, und jeder Mann schrie jedem anderen zu, so laut er konnte, schrie es zum Himmel empor:

»Er bricht! Er bricht!«

Fred stürzte von neuem, fiel gegen die Sandsäcke. Keuchend taumelte er wieder hoch, wischte sich den Lehm aus den Augen, sah Männer und Frauen das Vieh auf den Damm treiben. Die Tiere brüllten, quiekten, wieherten vor Schrecken. Fred fühlte einen Tritt in den Hosenboden. Die Stimme des Deichmeisters:

»Lauf, du junger Esel! Lauf, sag' ich dir! Mein Gott, warum habe ich das Kind bloß auf den Damm gelassen? Lauf, du verdammter Unglücksrabe!«

Fred trieb in dem rasenden Haufen dahin. Weiße und Neger, Maultiere, Schweine und Kühe, Kaffee-Eimer und Zuckertüten, Kinder und Sandsäcke und Schubkarren – das alles wirbelte den Deich entlang. Allmählich aber ließ die Hetze nach, erstarb in schierer Erschöpfung. Fred war so außer Atem, daß er einfach nicht mehr weiterlaufen konnte, selbst wenn er es gewollt hätte. Er rieb sich die Augen, sie klebten immer noch voller Lehm. Er blickte den Damm entlang den Weg zurück, den er gekommen war.

Weit hinten also war eine Bresche in den Damm gerissen; das gelbe Wasser schoß gurgelnd durch die verhängnisvolle Pforte. Der Bruch war noch nicht breiter, als eine Straße breit ist. Plötzlich, wie Fred aus der Ferne hinsah, gaben die Seiten der Bresche nach, verschwanden schneller im schäumenden Wasser, als sich verfolgen ließ. Die hochgetürmten Sandsäcke kollerten wie Bausteine durcheinander und schienen nicht eilig genug in das einstürmende Wasser scharenweis' hinunterpurzeln zu können. Eine Kuh mit erhobenem Schwanz, außer sich vor Schrecken, prallte mit voller Kraft in den Sandsackwall; als wär' ihr der Boden unter den Füßen fortgezogen, so gab der Deich unter ihr nach; sie trompetete vor Entsetzen und versank hilflos in den schmutzig braunen Fluten. Jenseits der sich reißend erweiternden Bresche sah Fred die Menschen in der entgegengesetzten Richtung davonstürmen. Über dem Toben des Wassers hörte er sie kreischen und fluchen. Ihm war, als sei die Welt in zwei Hälften auseinandergespalten, und er fragte sich, ob er die Männer da drüben jemals wiedersehen würde.

Fred stand und starrte: schon klaffte die Bresche zweihundert Fuß in der Breite, dann vierhundert, dann sechshundert. Die Wasser ergossen sich über die Felder in einem gelben See, einem riesigen Fächer gleich. Noch immer saugten sie den Damm in sich ein mit jenem Geräusch, das wie ein schneidendes Gelächter klang. So würde Gott am Jüngsten Tage lachen; Fred wußte es aus der Sonntagsschule. Jenseits der vorwärts stürmenden Wasserwelle banden Frauen die Boote los, die an ihren Treppenstufen vertäut lagen, und kletterten hinein. Kinder stiegen in die Bäume, wo sie ihr Spielzeug aufgehängt hatten. Sie kreischten gellend nach ihren Müttern, aber die Mütter konnten sie nicht mehr erreichen. Nun auch entlang dem äußeren Abhang des Deiches wälzte das Wasser sich vor, bis die Krone des

Dammes zu einer langgestreckten Insel wurde, nicht breiter als zwölf Fuß, endlos hingestreckt, so weit man sehen konnte. Männer und Frauen und Tiere waren darauf zusammengepreßt und flohen als dicke Knäuel weiter auf ihm zurück, voller Furcht, auch unter ihnen werde der Damm nachgeben und der Strom durchbrechen.
An den Eckpfeilern der Bresche stürzte das Erdreich immer noch nach. Der Bruch maß nun schon tausend Fuß in der Breite. Die Felder waren im Wasser ertrunken und auch die Straße an ihrem fernen Rand. Die Flut stieg immer noch an. Frauen und Kinder versuchten, ihre Kähne zum Damm hinüber zu rudern, kamen aber nur langsam vorwärts; die Strömung aus dem Einbruch schwemmte sie ab. Manche der Boote wurden von den regellosen Fluten ständig im Kreise umhergetrieben. Schon drang das Wasser in die Häuser. Es stieg und stieg, und bald war von den kleineren Hütten nichts weiter mehr zu sehen als die Schornsteine. Jämmerlich blickten sie über den schmutzig gelben Spiegel.
In den Zweigen eines Baumes nahe am Deich bemerkte Fred ein Nest mit viel kleinen Vögeln. Die beiden Alten flogen mit entsetztem Gezwitscher umher. Die Jungen hielten ihre Schnäbel weit geöffnet. Schon stand das Wasser an den unteren Zweigen und kroch schnell höher hinauf; es kroch und kroch. Und hob das Nest von den Zweigen; es stürzte um in der Strömung, und die vier kleinen Vögel versanken mit immer noch offenen Schnäbeln in der schaumigen Flut. Hilflos flatterten die Alten noch eine Weile über der Stelle, als könnten sie nicht glauben, was geschehen war.
»Es hat alles nichts genutzt«, sagte Fred. »Unser Damm war nichts wert.« Er redete mit sich selbst. Ringsumher herrschte immer noch wilde Aufregung; keiner beachtete ihn. Plötzlich spürte Fred einen schmerzenden Kloß im Hals. Es schmerzte ganz anders als der Schmerz in seinem Rücken und seinen Beinen. Er hob seinen Ärmel vor die Augen. Hoffentlich merkte es keiner. Er schämte sich; seit seiner Kindheit hatte er nicht mehr geweint. Als er seinen Arm wieder herunternahm, erblickte er Mr. Vance, der auch auf der Kante des Dammes saß. Er hatte die Knie unter sein Kinn gezogen, die Arme darum gefaltet und schaute hinaus, wie die Zerstörung weiter und weiter um sich fraß. Mr. Vance hob den Rücken seiner Hand zuerst zu einem Auge und dann zum anderen. Und auch Fred fühlte

seine Augen wieder brennen. Verstohlen hob er den Arm. Mr. Vance wurde seiner ansichtig und schickte ihm ein komisch verzerrtes Lächeln hinüber. Er winkte und zog Fred neben sich auf den feuchten Boden herunter.

»Wir erzählen's keiner vom anderen, nicht wahr, mein Junge?«

Fred schüttelte den Kopf. Er traute sich nicht zu sprechen vor Angst, den Kloß nicht verschlucken zu können, der ihm noch immer in der Kehle brannte. Aber tröstlich war es, neben Mr. Vance zu sitzen und zu wissen, daß selbst ein großer barscher Mann wie er Tränen in die Augen bekam, wenn er mit ansehen mußte, was alles ein Dammbruch anrichtete.

Das Wasser hatte nun die kleineren Bäume alle verschlungen; auf den höchsten Zweigen der größeren, die noch über das Wasser ragten, hockten Vögel aufgereiht, einer am anderen. Die Sonne schimmerte höhnisch blank in den zierlichen Wellchen, die der warme Wind übers Wasser tanzen ließ. Nur noch ein Hausdach hier und da oder ein Schornstein in dem gewaltig mahlenden See. Laut rufend feuerten die Männer vom Deich herab die Frauen an, die immer noch mit aller Macht ihre Boote herüberzurudern suchten. Im Wasser tanzten Tische und Stühle, tote Schweine, Matratzen und ertrunkene Kühe. Nach einer Weile faßte Fred sich endlich ein Herz und sprach:

»Mr. Vance, warum baut man den Deich nicht so fest, daß er nicht brechen kann?«

Mr. Vance ließ einen tiefen langen Seufzer hören. »Ich weiß es nicht, mein Sohn. Manche sagen, sie könnten es. Aber so wahr mir Gott helfe, ich weiß es nicht.«

Ein Kuhkadaver trieb an ihrem Platz vorbei. Das Euter war noch prall voll Milch. Fred sagte:

»Wenn ich erwachsen bin, dann möchte ich Deiche bauen, Deiche, die nicht zerbrechen, damit die Leute so etwas wie dies nicht zu erleben brauchen.

»Hölle und Teufel!« sagte Mr. Vance.

Mr. Vance weinte nicht mehr. Wut und Erbitterung hatten ihn ergriffen. Fred dachte nicht daran, es ihm übelzunehmen. Was er selbst spürte, war nicht eigentlich Wut. Er fühlte sich geschlagen. Sie hatten sich alle fast zu Tode geschunden vor lauter Arbeit; und es

war doch so vergeblich gewesen, als hätten sie keinen Finger krumm gemacht.
Langsam sank die Nacht. Die Sonne tauchte hinter den westlichen Horizont. Der Tag verweilte noch einen Herzschlag lang in allerreinstem Licht. Jedwedes Ding stand deutlicher in ihm gezeichnet da als in der vollen Sonne. Dann wurde es mit einem Schlage dunkel.
Die Leute auf dem Damm entzündeten ein Feuer. Es roch nach Kaffee. Die meisten Kähne hatten sich reichlich mit Proviant versehen. Man würde nicht zu hungern brauchen.
»Wie lange werden wir hier aushalten müssen, Mr. Vance?« versuchte es Fred mit einer Erkundigung.
»Was?« Mr. Vance hatte die Frage gar nicht aufgenommen; er wandte scharf den Kopf. Sein Sinn sowohl wie seine Augen waren auf nichts anderes gerichtet als auf die gelbe Vernichtung weit ringsum. – Fred wiederholte seine Frage.
»Einen Tag vielleicht oder zwei. Eine ganze Flotte von Booten ist von Staats wegen zur Hilfeleistung unterwegs. Wenn erst bekannt wird, daß hier der Damm gebrochen ist, so werden die Boote bald erscheinen. Ertrinken werden wir nicht. Höher, als es jetzt ist, wird das Wasser nicht steigen.«
»Sie wissen wohl alles, Mr. Vance, was man über den Fluß wissen kann, wie?« Fred fragte es neiderfüllt.
Einigermaßen finster erwiderte Mr. Vance: »Eigentlich sollte ich es wissen; habe mein ganzes Leben am Flusse gearbeitet. Aber ich glaube, was den Mississippi anbelangt, da lernt keiner richtig aus.«
Fred spürte den sinnlosen Wunsch davonzulaufen. Er hatte von einem Dammbruch mehr als genug, solange er lebte. Trotz allem, was Mr. Vance gesagt hatte – ob es nicht doch einen Weg gab, die Dämme so fest zu errichten, daß sie niemals brachen?
So saß der Knabe im Dunkeln; die Feuer glitzerten über das Wasser hin; die Flüchtlinge aus der großen Wassernot hockten um sie her. Mr. Vance streckte sich auf dem Boden aus, wobei er den Kopf auf den Arm legte. »Willst du nicht auch ein bißchen schlafen, Fred?«
Auch Fred legte sich nieder.
»Mr. Vance, bevor Sie einschlafen –«
»Ja?«

»Arbeiten Sie ständig am Fluß?«
»Ja, so ziemlich. Warum?«
»Ich möchte auch am Deich arbeiten. Vielleicht fällt mir mit der Zeit etwas ein, wie man ihn stärker bauen könnte. Ich will gern weiter für Sie arbeiten!«
Mr. Vance streckte die Hand aus und klopfte Fred auf den Arm. »Ich will dir mal was sagen, mein Sohn: wenn du den Fluß unter den Daumen bekommen willst, dann mußt du dir schon mächtig große Mühe geben und ein großer Mann sein. Aber da wirst du wohl kein Glück mit haben. Gewiß nicht so leicht und obenhin! Wie ist das mit dir? Hast du eine Schule besucht?«
»Ja, vier Jahre lang!« erwiderte Fred eifrig, obgleich er nicht recht begriff, was die Schule damit zu tun hatte, wie man Erde zu einem Deich aufschippte.
»Rechnen hast du auch gelernt?«
»Und wie!« rief Fred. »Ich war der Beste in der Klasse. Wir sind bis zur Dezimalrechnung gekommen. Sie ist mir überhaupt nicht schwergefallen.«
»Wenn das so ist –« sagte Mr. Vance, »dann wüßte ich nicht, warum du nicht ständig für mich arbeiten solltest!«
Fred richtete sich auf: »Meinen Sie das wirklich, Mr. Vance?«
»Gewiß! Aber jetzt halt den Mund und schlafe endlich!«
»Jawohl, Mr. Vance!« Fred streckte sich aus. Die roten Feuer spiegelten sich in den öden Wassern. Fred fühlte sich gehoben und glücklich. Er würde den Fluß bekämpfen, und außerdem war ihm nun ständige Arbeit sicher. Die Mutter hatte schon recht gehabt, als sie darauf bestand, daß er die Schule besuchte. Wenn nur die Rettungsboote bald auftauchen wollten, damit er nach Hause wandern konnte, ihr die großen Neuigkeiten zu berichten.

2

Corrie May wußte, daß sie sich nicht um Fred zu ängstigen brauchte. Er war vernünftig und paßte auf sich auf. Aber als sie vernahm, daß weiter stromauf der Deich nachgegeben hatte, war es um ihre Ruhe geschehen. Die Nachrichten von der großen Überschwemmung, die in den Zeitungen standen, sagten ihr nichts; sie konnte sie nicht lesen. So verbrachte sie all ihre karge freie Zeit am Hafen und fragte die Männer aus, ob sie etwas von Fred gehört hätten. Nein, das hätten sie nicht; aber warum sollte es ihm schlecht gehen?! Doch brachte sie es nicht fertig, so wohlgemut wie sie zu sein.

Acht Tage nach dem Dammbruch machte sie sich mittags auf, die reine Wäsche auszutragen. Als sie aus ihrer Seitengasse auf die Hauptstraße trat, erkannte sie plötzlich Fred in der Ferne; er kam ihr entgegen. Sie ließ ihren Korb einfach stehen und rannte auf ihn zu, laut seinen Namen rufend. Auch Fred setzte sich gleich in Trab, als er sie erblickte.

»Fred, lieber Fred!« rief sie. »Ich habe ja solche Angst gehabt. Gott sei Lob und Dank, daß du wieder da bist, lieber Fred –!«

Sie herzte und küßte ihn und vergaß dabei, daß er ein großer Junge war und öffentliche Zärtlichkeiten nicht mehr besonders schätzte. Fred ließ ein verlegenes Lachen hören und entwand sich ihrer Umarmung. »Es ist mir ja nichts passiert. Das siehst du doch. Hör auf, mich zu küssen!«

»Ach, Fred, ich bin so aufgeregt. Warst du dabei, als der Damm brach?«

»Natürlich, ich war dabei!« erwiderte er wie einer, dem solche Abenteuer zum täglichen Brot gehören und den es langweilt, davon zu sprechen.

»Erzähl mir davon!«

»Nicht jetzt! Das dauert zu lange!« meinte er obenhin. »Sag, willst du dich nicht um deine Wäsche kümmern? Es könnte einer leicht damit verschwinden!«

Gemeinsam wanderten sie zu dem verlassenen Korb zurück. »Ich trag' sie für dich!« bot Fred an, als sie nach dem Griffe faßte.

Corrie Mays Erregung klang langsam ab; sie fand schon Muße, ihren Sohn von oben bis unten zu mustern. »Fred Upjohn!« rief sie aus. »Wie siehst du bloß aus!«

Seine Kleider starrten vor getrocknetem Lehm. Sein Hemd hing in Fetzen; ein Ärmel war gänzlich abhanden geraten, und die Hosen flatterten ihm zerfranst um die Beine. Selbst sein Haar war mit Erde verklebt.

Fred lachte ihr in die erschreckten Augen. »Auf den Dämmen wird

man dreckig; das ist nun einmal so!« verkündete er heiter. »Heiß ist das heute! Willst du vielleicht eine Limonade trinken?«
»Limonade?« staunte sie.
Fred stelzte schon auf seinen nackten schmutzigen Beinen zu einer Bude hinüber, wo Erfrischungen feilgehalten wurden. Mit großartiger Geste bestellte er zwei Gläser Eislimonade. »Und ich will nur frisch ausgedrückte Zitronen dazu haben!« wies er den Händler an.
Corrie May war ihm erstaunt über die Straße gefolgt. Nie war sie gut genug bei Kasse gewesen, sich solche Leckereien zu erlauben – von dem einen Jahr abgesehen, das sie mit Gilday verbracht hatte. Sie machte große Augen, als Fred einen Dollarschein auf den Tisch flattern ließ; sie zählte selbst das Wechselgeld nach und steckte es ein. Fred grinste, wie er ihr das Glas reichte.
»Schmeckt gut, was?« erklärte er. Er hatte den Wäschekorb neben sich auf die Erde gestellt. Sie nickte: »Du sollst aber dein Geld nicht so zum Fenster hinauswerfen. Du mußt dir Kleider kaufen, Hemd und Hosen. Das Zeug, das du auf dem Leibe hast, das gibt ja nicht einmal mehr Scheuerlappen.«
»Kleider? Ja, die werd' ich mir schon kaufen.« Corrie May merkte plötzlich, daß sie zu ihm aufblicken mußte, wenn sie ihn ansprechen wollte. Fred bohrte seine Zehen in den Boden: »Und – dann – Mamma –« fing er zögernd an.
»Was denn?« fragte sie ein wenig besorgt.
Eine leichte Röte stieg Fred in die Stirn. Er stotterte: »Und, was ich noch sagen wollte: du sollst dir auch ein neues Kleid kaufen. Hier hast du das Geld!« Er kramte einen Fünf-Dollar-Schein aus der Tasche und reichte ihn ihr.
»Fred, hast du was angestellt?« Sie packte ihn ängstlich am Arm. »Wo kommt das viele Geld her?«
»Laß mich los, Mamma! Wie ein kleines Kind hältst du mich fest. Ist doch alles in Ordnung! Du weißt doch, daß ich am Deich gearbeitet habe, und das Geld ist mein Lohn. Zehn Cents für die Stunde! Und vierzehn, fünfzehn Stunden am Tag haben wir gearbeitet. Auch sonntags natürlich! Selbst für die Zeit, die wir auf dem Deich gesessen haben, als wir auf die Rettungsboote warteten, haben wir bezahlt bekommen.«
Corrie May verschluckte sich an einem Stückchen Eis aus der Limo-

nade und mußte husten. Zum ersten Male fühlte sie sich in der Gesellschaft ihres Sohnes befangen. Er war nun schon so erwachsen. Sie fragte höflich:

»Es war wohl schlimm beim Dammbruch, wie?«

»Ja, sehr schlimm«, erwiderte Fred kurz, »aber, Mamma, das wollte ich dir eigentlich nicht erzählen.« Er setzte sein leeres Glas auf die Theke nieder.

»Fred!« unterbrach sie ihn. »Da kommt eine Kutsche. Wenn sie hier anhalten, kannst du vielleicht bei den Pferden bleiben und dir einen Fünfer verdienen.«

»Ich halte keine Pferde mehr.« Er blickte sich nicht einmal nach der Kutsche um. Als Corrie May das Glas absetzte, erkannte sie, daß es einer der Wagen aus Ardeith war; da brauchte er ohnehin nicht sein Glück zu versuchen. Für die Larnes sollte Fred keinen Finger rühren. »Hör zu, Mamma«, fing Fred wieder an. »Ich habe Arbeit. Ich meine richtige Arbeit, ständig und regelmäßig.«

Sie wandte sich ihm voller Freude zu. »Wirklich? Was hast du vor?«

»Ich will Deichmeister werden.« Fred hatte seine Verlegenheit vergessen; er sprach hastig. »Mamma, ich werde für Mr. Vance arbeiten. Er war der Oberste am Deich; ich habe unter ihm gearbeitet. Er weiß mehr über Dämme und Deichbau –« Fred kam fast außer Atem vor Eifer. »Am Montag schon soll ich anfangen. Er zahlt mir drei Dollar die Woche für den Anfang. Er sagt, wenn ich mich dranhalte, so kann ich Deichmeister werden wie er selber. Dann kriege ich vielleicht sogar einen Vertrag von der Regierung und muß Dämme bauen.«

»Nicht möglich, Fred!« Ihr Gesicht glühte. Sie hörte zu, als wollte sie ihm die Worte vom Munde reißen. Er fuhr fort:

»Und diese Vertragsbaumeister sind große Leute. Sie reisen nach Washington und was sonst noch! Manchmal sprechen sie sogar mit dem Präsidenten selber –«

»Guter Gott!« ächzte Corrie May.

Mehr vermochte sie nicht zu sagen. Die Neuigkeiten waren zu viel für sie. Fred redete immer noch eilig fort; aber sie hörte kaum noch zu. In ihrem Kopf ging alles wunderbar bunt durcheinander. Fred Upjohn, ihr eigener Sohn – und wird mit dem Präsidenten selber re-

den! Die Kutsche aus Ardeith hielt nicht weitab vom Bürgersteig. Denis Larne stieg aus. Ein schlanker, vornehmer, junger Herr in einem wunderbar geschnittenen Anzug aus grauem Tuch.
»Und dann, Mamma, genau wie du mir erzählt hast. Mr. Vance hat mir berichtet, daß früher nur die Nigger an den Dämmen gearbeitet haben. Damals hatten die Pflanzer so viele Sklaven, daß sie die einfach auf die Deiche schicken konnten, wenn es nötig war. Jetzt aber kann auch ein weißer Junge, wenn er sich nicht vor der Arbeit fürchtet, alles über Deichbau lernen, was man wissen muß, und kann wirklich ein großer Mann werden.« –
Denis Larne streckte seine Hand aus und half seiner Mutter aus der Kutsche. Unwillkürlich verfolgte Corrie May mit den Augen Ann; sie ging langsam weiter, während Denis hinter ihr die Wagentür schloß. Wie gut sie immer noch aussah, obgleich sie nicht länger mehr jung zu nennen war. Sie trug ein dunkelblaues Seidenkleid und eine dunkelblaue Kappe mit einer gelben Feder querüber. Ihre Taille war zu elegantester Zerbrechlichkeit geschnürt, und unter ihr reichte der Rock bis zum Boden so eng, daß Corrie May sich fragte, ob sich Ann nicht die Knie zusammenbinden mußte, wenn sie beim Schreiten den Rock nicht sprengen wollte. Und der junge Denis, in feinstes Tuch gewandet, wirkte nicht weniger elegant; mit vollkommener Selbstsicherheit zog er ihren Arm in den seinen. In Corrie Mays Gemüt verwelkte die Freude. Oh, über diesen unnachahmlichen Vorteil guter Geburt! Fred mochte der größte Deichbaumeister werden, den es jemals gegeben hat – überlegte sie traurig –, jener mühelose Zauber würde niemals von ihm ausstrahlen. Dazu gehörten – ach, Geschlechter und Generationen! Mit einem Gefühl des Widerwillens entsann sie sich der Erzählung ihres Vaters, nach welcher Ann Sheramy und sie selbst einen Vorfahren gemeinsam besitzen sollten.
Fred merkte nichts; er redete immer noch eindringlich fort: »Also hör zu, Mamma. Wenn ich drei Dollars in der Woche verdiene, dann brauchst du nicht mehr so viel zu waschen und zu plätten. Du wirst auch gar nicht mehr Zeit genug dazu haben. Wenn ich erst regelmäßig zur Arbeit gehe, dann wirst du mir auch ein bißchen den Haushalt führen müssen –«
Zögernd ließ sie ihre Augen von Denis Larne wieder zu ihrem Sohne

gleiten. »Ja, Fred!« stimmte sie zu; sie wollte ihm seine Freude nicht verderben. »Natürlich werd' ich dir den Haushalt führen.«
»Das wird fein werden, Mr. Vance sagt, wenn ich gut arbeite, kann ich bald auch viel mehr Geld verdienen als drei Dollar die Woche. Ich muß dann lernen, wie man von Grund auf einen Deich baut. Er hat mir schon davon erzählt. Als wir auf die Rettungsboote warteten, hatte er nicht mehr so viel zu tun; da konnten wir stundenlang miteinander reden. Er sagte mir, ich habe genau so viel und so gut gearbeitet wie die anderen erwachsenen Männer.« Mit einem stolzen Grinsen auf dem Gesicht hielt Corrie Mays Sohn inzwischen Ausschau nach anderen Bekannten, denen er die großen Neuigkeiten mitteilen konnte. Er fuhr fort: »Paß mal auf, Mamma, ich will diesen Korb mit Wäsche für dich austragen; und dann gehe ich noch ein bißchen zum Hafen hinunter und will den Leuten da ›guten Tag‹ sagen; du gehst nach Hause und kochst uns Abendbrot. Was meinst du zu einem guten Beefsteak? Hier ist Geld dafür.« Er stieß sie ungeduldig mit dem Ellbogen an. »Mamma, hör doch endlich auf, die Leute da anzustarren!«
»Der junge Mann sieht gut aus«, sagte Corrie May.
»Na, ich geh' mit dir jede Wette ein: der hat in seinem ganzen Leben noch keinen Tag richtig gearbeitet«, erwiderte Fred verächtlich. »Also, Mamma, nun besorge das Beefsteak! Ach, ich glaube, du hast mir überhaupt nicht richtig zugehört.«
»Doch, doch!« beteuerte Corrie May ein wenig krampfhaft. Sie legte ihre Hand auf Freds Arm. Es war der Arm, den kein Ärmel mehr deckte. Sie fühlte seine jungen Muskeln sich regen unter der schmutzigen Haut. Sie ließ ihre Augen noch einmal zu den Larnes zurückschweifen: Denis öffnete seiner Mutter gerade die Tür eines Geschäfts, mit erlesener Höflichkeit. Wie hatte sie mit den Leuten von Ardeith die Klinge gekreuzt – und war in jedem Gang unterlegen. Sie faßte noch einmal einen Herzschlag lang die Gestalt des Sohnes der Ann Sheramy ins Auge: er verkörperte eine Tradition, verkörperte sie vollkommen, eine Tradition jedoch, die nicht mehr wert war, fortzubestehen. Ihr eigener Sohn hatte nicht wie Denis Larne eine Tradition geerbt; aber er besaß die Kraft, eine neue zu begründen – die Erkenntnis flutete über sie hin wie Sonnenlicht, das aus zerreißenden Wolken dringt.

»Hörst du denn gar nicht, was ich sage, Mamma?« drang Fred noch einmal in sie. »Willst du jetzt das Beefsteak kaufen gehen?«

»Aber ganz gewiß!« entgegnete Corrie May, plötzlich heiter und herzhaft. »Ich gehe jetzt Beefsteak kaufen. Und dann koche ich dir ein Abendbrot, wie du's dein Lebtag noch nicht gegessen hast!«

Die Schöße am Gehrock des jungen Denis Larne flappten noch einmal auf und verschwanden dann hinter der Ladentür, durch die Ann Sheramy zuvor getreten war. Corrie May sah es von fern. In ihren Augen leuchtete Triumph.